B. Traven

Abenteuergeschichten

Diogenes

Eine Auswahl von sieben Traven-Geschichten
erschien 1967 im Diogenes Verlag unter dem Titel
›Nachtbesuch im Busch‹

Diogenes Verlag AG Zürich, 1974
Lizenzausgabe mit freundlicher Genehmigung
des Limmat-Verlags, Zürich
Alle Rechte vorbehalten
Copyright © 1967 by
Theodor Pinkus, Limmat-Verlag Zürich
150/74/w/1
ISBN 3 25700937 2

Inhalt

In the Bush in Mexico
American Song

Down we hiked from Illinois
Full of hope three jaunt boys
   In the bush in Mexico

Shorty Greg kicked off the first
He wasn't fit to stand the thirst
   In the bush in Mexico

We buried him near a maguay plant
With our bare hands in boiling sand
   In the bush in Mexico

A nasty snake bit Kid at night
I could do nothing so he died
   In the bush in Mexico

I was grounded with delirium
While the buzzards picked my chum
   In the bush in Mexico

I cannot return to Illinois
For I feel as if I'd slain these boys
   In the bush in Mexico

I got to stay for ever here
Where their voices I can hear
   In the bush in Mexico

Im Busch in Mexiko
American Song

Von Illinois kamen wir herunter
Drei junge Burschen mutig und munter
   In den Busch in Mexiko

Der kleine Greg ging am Durst zugrunde
Die Zunge hing ihm wie 'ne Faust im Munde
   Im Busch in Mexiko

Bei einem Maguay mit nackter Hand
Gruben wir ihn in den heißen Sand
   Im Busch in Mexiko

Eine Schlange biß Kid in die Hände
Am Abend war's schon mit ihm zu Ende
   Im Busch in Mexiko

Ich lag im Fieber-Delirium
Die Geier pickten an Kid herum
   Im Busch in Mexiko

Ihre Mütter würden mich traurig fragen
Fühl so, als hätt ich die Jungen erschlagen
   Im Busch in Mexiko

Kann nicht zurück in die Heimat mehr gehn
Muß wohl bei den Kameraden stehn
   Im Busch in Mexiko

Der Großindustrielle

In einem kleinen indianischen Dorfe im Staate Oaxaca erschien eines schönen Tages ein Amerikaner, der Land und Leute zu studieren gedachte. Bei seinem Hinundherwandern gelangte er zur Hütte eines indianischen Klein-Landwirtes, der sich seinen bescheidenen Lebensunterhalt dadurch verbesserte, daß er in der freien Zeit, die ihm von seiner Tätigkeit auf seinem Maisfeld blieb, kleine Körbchen flocht.

Diese Körbchen wurden aus Bast geflochten, der in verschiedenen Farben, die der Indianer aus Pflanzen und Hölzern zog, gefärbt war. Der Mann verstand diese vielfarbigen Baststrähnen so künstlerisch zu verflechten, daß, wenn das Körbchen fertig war, es aussah, als wäre es mit Figuren, Ornamenten, Blumen und Tieren bedeckt. Daß diese Ornamente nicht auf das Körbchen etwa aufgemalt waren, sondern als Ganzes sehr geschickt hineingeflochten waren, konnte auch einer, der nichts davon verstand, sofort erkennen, wenn er das Körbchen innen betrachtete. Denn innen kamen alle die Ornamente an der gleichen Stelle wie außen zur Ansicht. Die Körbchen mochten verwandt werden als Nähkörbchen oder als Schmuckkörbchen.

Wenn der Indianer etwa zwanzig Stück dieser kleinen Kunstwerke geschaffen hatte, und er war in der Lage, sein Feld für einen Tag allein zu lassen, dann machte er sich frühmorgens um zwei Uhr auf den Weg zur Stadt, wo er die Körbchen auf dem Markte feilbot. Die Marktgebühr kostete ihn zehn Centavos.

Obgleich er an jedem einzelnen Körbchen mehrere Tage arbeitete, so verlangte er für ein Körbchen nie mehr als fünfzig Centavos. Wenn der Käufer jedoch erklärte, das sei viel zu teuer, und er begann zu handeln, dann ging der Indianer auf fünfunddreißig, auf dreißig und selbst auf fünfundzwanzig Centavos herunter, ohne je zu wissen, daß dies das Los vieler, wohl der meisten Künstler ist.

Es kam oft genug vor, daß der Indianer nicht alle seine Körbchen, die er auf den Markt gebracht hatte, verkaufen konnte; denn viele Mexikaner, die glauben betonen zu müssen, daß sie gebildet sind, kaufen bei weitem lieber einen Gegenstand, der in einer Massenindustrie von zwanzigtausend Stück täglich hergestellt wird, aber den Stempel Paris oder Wien oder Dresdner Kunstwerkstatt trägt, als daß sie die Arbeit eines Indianers ihres eigenen Landes, der nicht zwei Stück ganz genau gleich anfertigt, in ihrem Einzigkeitswert zu schätzen verstünden.

Wenn der Indianer seine Körbchen nicht alle verkaufen konnte, dann ging er mit dem Rest von Ladentür zu Ladentür hausieren, wo er, je nachdem, mit barscher, mit gleichgültiger, mit wegwerfender, mit gelangweilter Geste behandelt wurde, wie Hausierer, Buch- und Einrahmungsagenten behandelt zu werden pflegen.

Der Indianer nahm diese Behandlung hin wie alle Künstler, die allein den wirklichen Wert ihrer Arbeit zu schätzen wissen, derartige Behandlung hinnehmen. Er war nicht traurig, nicht verärgert und nicht mißgestimmt darüber.

Bei diesem Forthausieren des Restes wurden ihm oft nur zwanzig, ja sogar fünfzehn und zehn Centavos für das Körbchen geboten. Und wenn er es selbst für diese Nichtigkeit verkaufte, so sah er häufig genug, daß die Frau das Körbchen nahm, kaum richtig ansah, und dann, noch in seiner Gegenwart, das Körbchen auf den nächsten Tisch warf, als wollte sie damit sagen: »Das Geld ist ja völlig unnütz ausgegeben, aber ich will doch den armen Indianer etwas verdienen lassen, er hat ja einen so weiten Weg gehabt. Wo bist du denn her? – So, von Tlacotepec. Weißt du, kannst du mir nicht ein paar Truthühner bringen? Müssen aber schwer und sehr billig sein, sonst nehme ich sie nicht.«

Die Amerikaner sind ja nun mit solchen kleinen Wunderwerken nicht so verwöhnt wie die Mexikaner, die, von einigen Ausnahmen abgesehen, nicht wissen und nicht schätzen, was sie in ihrem Lande an Gütern haben. Und wenn nun auch der allgemeine Amerikaner den wirklichen Wert an unvergleichlicher Schönheit dieser Arbeiten nicht abzuschätzen versteht, so sieht er doch in den meisten Fällen sofort, daß hier eine Volkskunst vorliegt, die er würdigt und um so rascher erkennt und schätzt, als sie in seinem Lande fehlt.

Der Indianer hockte vor seiner Hütte auf dem Erdboden und flocht die Körbchen.

Sagte der Amerikaner: »Was kostet so ein Körbchen, Freund.«

»Fünfzig Centavos, Señor«, antwortete der Indianer.

»Gut, ich kaufe eines, ich weiß schon, wem ich damit eine Freude machen kann.« Er hatte erwartet, daß das Körbchen zwei Pesos kosten würde.

Als ihm das klar zum Bewußtsein kam, dachte er sofort an Geschäfte.

Er fragte: »Wenn ich Ihnen nun zehn dieser Körbchen abkaufe, was kostet dann das Stück?«

Der Indianer dachte eine Weile und sagte: »Dann kostet das Stück fünfundvierzig Centavos.«

»All right, muy bien, und wenn ich hundert kaufe, wieviel kostet dann das Stück?«

Der Indianer rechnete wieder eine Weile: »Dann kostet das Stück vierzig Centavos.«

Der Amerikaner kaufte vierzehn Körbchen. Das war alles, was der Indianer auf Vorrat hatte.

Als der Amerikaner nun glaubte, Mexiko gesehen zu haben und alles und jedes zu wissen, was über Mexiko und die Mexikaner wissenswert ist, reiste er zurück nach New York. Und als er wieder mitten drin war in seinen Geschäften, dachte er an die Körbchen.

Er ging zu einem Schokoladengroßhändler und sagte zu

ihm: »Ich kann Ihnen hier ein Körbchen anbieten, das sich als sehr originelle Geschenkpackung für feine Schokoladen verwenden läßt.«

Der Schokoladenhändler besah sich das Körbchen mit großer Sachkenntnis. Er rief seinen Teilhaber herbei und endlich auch noch seinen Manager. Sie besprachen sich, und dann sagte der Händler: »Ich werde Ihnen morgen den Preis sagen, den ich zu zahlen gewillt bin. Oder wieviel verlangen Sie?«

»Ich habe Ihnen bereits gesagt, daß ich mich nur nach Ihrem Angebot richten kann, ob Sie die Körbchen erhalten. Ich verkaufe diese Körbchen nur an das Haus, das am meisten dafür bietet.«

Nächsten Tag kam der Mexikokenner wieder zu jenem Händler. Sagte der Händler: »Ich kann für das Körbchen, mit den feinsten Pralinés gefüllt, vier, vielleicht gar fünf Dollar bekommen. Es ist die originellste und schönste Packung, die wir dem Markte anbieten können. Ich zahle zwei und einen halben Dollar das Stück, Hafen New York, Zoll und Fracht auf meine Lasten, Verpackung zu Ihren Lasten.«

Der Mexikoreisende rechnete nach. Der Indianer hatte ihm bei einer Abnahme von hundert das Stück für vierzig Centavos angeboten, das waren zwanzig Cents. Er verkaufte das Stück für zwei und einen halben Dollar. Dadurch verdiente er am Stück zwei Dollar dreißig Cents oder ungefähr zwölfhundert Prozent. »Ich denke, ich kann es für diesen Preis tun«, sagte er.

Worauf der Händler antwortete:

»Aber unter einer wichtigen Bedingung. Sie müssen mir wenigstens zehntausend Stück dieser Körbchen liefern können. Weniger hat für mich gar keinen Wert, weil sich sonst die Reklame nicht bezahlt, die ich für diese Neuheit machen muß. Und ohne Reklame kann ich den Preis nicht herausholen.«

»Abgeschlossen«, sagte der Mexikokenner. Er hatte rund

etwa vierundzwanzigtausend Dollar verdient, von welchem Betrage nur die Reise abging und der Transport bis zur nächsten Bahnstation.

Er reiste sofort zurück nach Mexiko und suchte den Indianer auf. »Ich habe ein großes Geschäft für Sie«, sagte er. »Können Sie zehntausend dieser Körbchen anfertigen?«

»Ja, das kann ich gut. Soviel wie Sie haben wollen. Es dauert eine Zeit. Der Bast muß vorsichtig behandelt werden, das kostet Zeit. Aber ich kann so viele Körbchen machen, wie Sie wollen.« Der Amerikaner hatte erwartet, daß der Indianer, als er von dem großen Geschäft hörte, halbtoll werden würde, etwa wie ein amerikanischer Automobilhändler, der auf einen Schlag fünfzig Dodge Brothers verkauft. Aber der Indianer regte sich nicht auf. Er stand nicht einmal hoch von seiner Arbeit. Er flocht ruhig weiter an seinem Körbchen, das er gerade in den Händen hatte.

Es waren vielleicht noch fünfhundert Dollar extra zu verdienen, womit die Reisekosten hätten gedeckt werden können, dachte der Amerikaner; denn bei einem so großen Auftrag konnte der Preis für das einzelne Körbchen sicher noch ein wenig herabgedrückt werden.

»Sie haben mir gesagt, daß Sie mir die Körbchen das Stück für vierzig Centavos verkaufen können, wenn ich hundert Stück bestelle«, sagte er nun.

»Ja, das habe ich gesagt«, bestätigte der Indianer. »Was ich gesagt habe, dabei bleibt es.«

»Gut dann«, redete der Amerikaner weiter, »aber Sie haben mir nicht gesagt, wieviel ein Körbchen kostet, wenn ich tausend Stück bestelle.«

»Sie haben mich nicht darum befragt, Señor.«

»Das ist richtig. Aber ich möchte Sie jetzt um den Preis für das Stück fragen, wenn ich tausend Stück bestelle und wenn ich zehntausend Stück bestelle.«

Der Indianer unterbrach jetzt seine Arbeit, um nachrechnen zu können. Nach einer Weile sagte er: »Das ist zu viel, das kann ich so schnell nicht ausrechnen. Das muß ich mir erst gut überlegen. Ich werde darüber schlafen und es Ihnen morgen sagen.« Der Amerikaner kam am nächsten Morgen zum Indianer, um den neuen Preis zu hören.

»Haben Sie den Preis für tausend und für zehntausend Stück ausgerechnet?«

»Ja, das habe ich, Señor. Und ich habe mir viel Mühe und Sorge gemacht, das gut und genau auszurechnen, um nicht zu betrügen. Der Preis ist ganz genau ausgerechnet. Wenn ich tausend Stück machen soll, dann kostet das Stück zwei Pesos, und wenn ich zehntausend Stück machen soll, dann kostet das Stück vier Pesos.«

Der Amerikaner war sicher, nicht richtig verstanden zu haben. Vielleicht war sein schlechtes Spanisch daran schuld.

Um den Irrtum richtigzustellen, fragte er: »Zwei Pesos für das Stück bei tausend und vier Pesos das Stück bei zehntausend? Aber Sie haben mir doch gesagt, daß bei hundert das Stück vierzig Centavos kostet.«

»Das ist auch die Wahrheit. Ich verkaufe Ihnen hundert das Stück für vierzig Centavos.« Der Indianer blieb sehr ruhig, denn er hatte sich das alles ausgerechnet, und es lag kein Grund vor, zu streiten. »Señor, Sie müssen das doch selbst einsehen, daß ich bei tausend Stück viel mehr Arbeit habe als mit hundert, und mit zehntausend habe ich noch viel mehr Arbeit als mit tausend. Das ist gewiß jedem vernünftigen Menschen klar. Ich brauche für tausend viel mehr Bast, habe viel länger nach den Farben zu suchen und sie auszukochen. Der Bast liegt nicht gleich so fertig da. Der muß gut und sorgfältig getrocknet werden. Und wenn ich so viele tausend Körbchen machen soll, was wird denn dann aus meinem Maisfeld und aus meinem Vieh? Und dann müssen mir meine Söhne, meine Brüder und meine Neffen und Onkel helfen beim Flechten. Was wird denn da aus deren Maisfeldern und aus deren Vieh? Das wird dann alles sehr teuer. Ich habe gewiß gedacht, Ihnen sehr gefällig zu sein und so billig wie möglich. Aber das ist mein letztes Wort, Señor, verdad, ultima palabra, zwei Pesos das Stück bei tausend und vier Pesos das Stück bei zehntausend.«

Der Amerikaner redete und handelte mit dem Indianer den halben Tag, um ihm klarzumachen, daß hier Rechenfehler vorliegen. Er gebrauchte ein neues Notizbuch voll von Blättern, um an Ziffern zu beweisen, wie der Indianer für sich ein Vermögen verdienen könne, bei einem Preis von vierzig Centavos für das Stück, und wie man Unkosten und Materialkosten und Löhne verrechnet.

Der Indianer sah sich die Ziffern verständnisvoll an, und er bewunderte die Schnelligkeit, mit der der Amerikaner die Ziffern niederschreiben und aufsummieren, zerdividieren und durchmultiplizieren konnte. Aber im Grunde machte es wenig Eindruck auf ihn, weil er Ziffern und Buchstaben nicht zu lesen vermochte und aus der klugen, volkswirtschaftlich sehr bedeutenden Vorlesung des Amerikaners keinen andern Nutzen zog als den, daß er lernte, daß ein Amerikaner stundenlang reden kann, ohne etwas zu sagen.

Als der Amerikaner dann endlich erkannte, daß er den Indianer von seinen Rechenfehlern überzeugt hatte, klopfte er ihm auf die Schulter und fragte: »Also, mein guter Freund, wie steht nun der Preis?«

»Zwei Pesos das Stück für tausend und vier Pesos das Stück für zehntausend.« Der Indianer hockte sich nieder und fügte hinzu: »Ich muß jetzt aber doch wieder an meine Arbeit gehen, entschuldigen Sie mich, Señor.«

Der Amerikaner reiste in Wut zurück nach New York, und alles, was er zu dem Schokoladenhändler sagen konnte, um seinen Vertrag lösen zu können, war: »Mit Mexikanern kann man kein Geschäft machen, für diese Leute ist keine Hoffnung.«

So wurde New York davor bewahrt, von Tausenden dieser köstlichen kleinen Kunstwerke überschwemmt zu werden. Und so wurde es möglich, zu verhüten, daß diese wunderschönen Körbchen, in die ein indianischer Landmann den Gesang der Vögel, die um ihn waren, die Farbenpracht der Blumen und Blüten, die er täglich im Busch sah, und die ungesungenen Lieder, die in seiner Seele klangen, hineinzuweben gewußt hatte, zermanscht und zerstampft in den Kehrrichttonnen in der Park Avenue gefunden wurden, weil sie keinen Wert mehr hatten, nachdem die Pralinés herausgeknabbert waren.

Die Geschichte einer Bombe

Der Indianer Eduardo Llaca hatte drei hübsche Töchter. Alle drei heiratsfähig, die jüngste dreizehn, die älteste sechzehn Jahre alt. Eines Tages kam zu ihm der Indianer Guido Salvatorres, der hier am Orte mehrere Wochen im Busch gearbeitet und für etwa fünfzig Pesos Holzkohle gebrannt hatte. Nachdem er sich ein neues Hemd, eine neue Hose und einen neuen Hut gekauft sowie der alten Negerin, wo er in Kost gewesen war, die Rechnung bezahlt hatte, blieb ihm nicht viel übrig.

Am Samstag war Tanz gewesen, der bis zum Morgen dauerte und bei dem Salvatorres die drei hübschen Mädel kennengelernt hatte, aber sehr wenig Gelegenheit bekam, mit ihnen zu tanzen, weil die andern Burschen immer viel flinker waren als er.

Den Sonntag hatte er gebraucht, um einen Gedanken zu bekommen. Und dieser Gedanke arbeitete an ihm Montag, Dienstag und Mittwoch. Am Donnerstag war der Gedanke so reif geworden, daß er am Freitag klare Gestalt annehmen konnte und seinen Erzeuger am Samstag zu jenem Vater führte. – »Welche willst du denn haben?« fragte Llaca.

»Diese da!« sagte Salvatorres, wobei er auf Bianca zeigte, die gerade vierzehn Jahre alt war und die das hübscheste Gesicht hatte.

»Das glaube ich dir, die würde dir wohl schmecken. Wie heißt du denn übrigens?«

Nachdem Salvatorres seinen vollen Namen, den er wohl nennen, aber nicht buchstabieren konnte, hergesagt hatte, fragte ihn der Vater, wieviel Geld er habe.

»Achtzehn Pesos«, sagte er. Das war doppelt soviel, als er wirklich besaß.

»Da kannst du Bianca nicht haben, ich brauche eine neue Hose, und die Alte hat keine Schuhe. Wenn du so hoch hinauswillst und es auf Bianca abgesehen hast, können wir nicht in Lumpen herumlaufen. Eine Hose für mich und ein Paar neue Schuhe für die Alte, oder wir können dich in der Familie nicht gebrauchen. Gib mir mal Tabak.«

Nachdem die Zigaretten gerollt und angezündet waren, sagte Salvatorres: »Ich kann auch die da nehmen!« Diesmal zeigte er auf Elvira, die älteste unter den dreien.

»Du bist nicht dumm, Salvatorres. Sage, hast du denn Arbeit?«

»Ich habe einen Esel.«

»Kein Pferd?«

Diese Fragen nach seinem Vermögen setzten Salvatorres ein wenig in Verlegenheit. Er spuckte ein paarmal aus und sagte dann: »Ich habe einen Onkel, der arbeitet in einer Mine bei Torreon. Da gehe ich rauf, wenn ich eine Frau habe, und warte, bis auch ich in der Mine arbeiten kann. Man kann dort leicht drei Pesos den Tag verdienen.«

»Drei Pesos ist hübsches Geld«, sagte der Alte. »Aber die achtzehn Pesos, die du hast – damit können wir nicht einmal die Hochzeit machen.«

»Soviel kann doch die gewiß nicht kosten. Einen Pfarrer können wir nicht nehmen, und die Lizenz für das Standesamt können wir auch nicht bezahlen.«

»Freilich nicht«, sagte der Alte, »soviel Geld gibt es gar nicht. Aber wir müssen doch wenigstens zwei Musikanten haben für den Tanz und zwei Flaschen Tequila, sonst sagen die Leute uns nach, Elvira sei überhaupt gar nicht verheiratet, sondern sei nur mit dir davongelaufen. Und so etwas machen meine Töchter nicht. Warte nur ja darauf nicht, dann kannst du alt werden.«

Es wurde dann hin und her gerechnet, daß Salvatorres noch drei Wochen oder vier im Busch Kohle brennen solle, um das Geld zusammenzuhaben für die Musikanten, den Tequila, ein Kilo Kaffee, drei Kilo Zucker, ein Paar Schuhe für die Mutter und eine Hose für den Vater. Als er damit einverstanden war, wurde ihm erlaubt, daß er hier in Kost gehen könne bei den zukünftigen Schwiegereltern, wofür er ein Drittel weniger zu zahlen habe als bei der Negerin; man wolle ihn inzwischen schon als Sohn anerkennen, er möge sich dort in der freien Ecke ein Schlafgestell einrammen, und wenn er eine zweite Decke kaufen wolle für Elvira, so könne sie schon bei ihm schlafen, damit nicht so viele Umstände gemacht zu werden brauchten, denn verhindern ließe es sich ja doch nicht. Nachdem Salvatorres auch diese Decke für Elvira zugestanden hatte, wurde Elvira selbst, die wie alle Familienmitglieder der ganzen Verhandlung beigewohnt hatte, gefragt, ob sie etwas einzuwenden habe.

»Ich würde ganz gern nach Torreon gehen«, war die Antwort, und damit war diese wichtige Familienangelegenheit erledigt.

Auf alle Fälle fehlten Salvatorres jene neun Pesos, die er sich in die Tasche gelogen hatte. In den vier Wochen, die er zu arbeiten hatte, ging auch das Hemd in die Brüche, und für die Hochzeit mußte er unbedingt ein neues haben. Diese beiden Tatsachen waren die Ursache, daß einem in der Nähe wohnenden amerikanischen Farmer eines Tages zwei Kühe fehlten, die nie wiederkamen.

Nachdem der Tanz gewesen war, der alte Llaca sich betrunken hatte, er eine neue gelbe Zwirnhose und seine Señora ein Paar neue Schuhe besaßen, war Elvira die rechtmäßige Gattin des Salvatorres, die ihm niemand entführen oder verführen durfte, ohne seine Ehre zu verletzen und seinen Zorn hervorzurufen. Salvatorres packte seine beiden Decken, einen Kaffeekessel, seinen Machete, seine Axt und seine Elvira auf den Esel und wanderte in die Minengebiete von Torreon.

Nur eine Woche lungerte er herum, dann bekam er Arbeit in einer Kupfergrube. Die Arbeit war schwer, aber er fürchtete sich nicht davor. In der freien Zeit, die er hatte, baute er sich eine Hütte, in der er mit seiner Elvira ein glückliches Leben führte. Sie kochte ihm das Essen, wusch seine Wäsche, flickte ihm seine Hosen, prickte ihm die Sandflöhe aus den Füßen und wärmte ihm in den kalten Nächten, die in jener Berggegend so häufig sind, das Bett. Er fühlte sich wohl, betrank sich nie, und sie hatte keinen Grund zu irgendwelcher Klage.

Vielleicht wäre das ein ganzes Menschenleben so geblieben, wenn nicht eines Tages ein Bursche mehr in Elvira entdeckt hätte, als Salvatorres je fähig war, in ihr auch nur zu ahnen. Als Salvatorres jenes Abends heimkam, war Elvira ausgeflogen. Und da sie die schöne Decke, ihr zweites Hemd, ihre beiden Kleider und den Kamm mitgenommen hatte, wußte Salvatorres, daß es für immer war, daß sie nicht daran dachte, die eheliche Gemeinschaft mit ihm fortzusetzen.

Die Hütten der eingeborenen Bevölkerung sind nicht imstande, irgendwelche Geheimnisse zu verbergen. Nachdem Salvatorres etwa zwei Dutzend Hütten abgesucht hatte, fand er die richtige. Er hörte seine Elvira darin lachen und schwatzen. Er spähte durch die Wände und erblickte Elvira schmeichelnd an der Seite ihres Neuerwählten sitzen. Sie war in vortrefflicher Laune. Außer diesem Paar waren noch zwei andere junge Paare in derselben Hütte. Alle waren lustig und guter Dinge, und sie hatten sich zu einem gemütlichen Abendschwätzchen zusammengefunden. Der Name Salvatorres wurde gar nicht erwähnt, sein Träger war ausgelöscht aus dem Gedächtnis dieser lustigen Leutchen.

Die wahren Motive einer Handlung zu ergründen, die der Angehörige einer Rasse begeht, die nicht die unsrige ist, ist ein törichtes Beginnen. Vielleicht finden wir das Motiv, oder wir mögen glauben, daß wir es gefunden haben, aber wenn wir versuchen, es zu begreifen, es unserer Welt- und Seeleneinstellung nahezubringen, stehen wir ebenso hoffnungslos da – vorausgesetzt, wir sind ehrlich genug, es einzugestehen –, genau so, als wenn wir in Stein eingegrabene

Schriftzeichen eines verschollenen Volkes entziffern sollen. Der Angehörige der kaukasischen Rasse wird, wenn als Richter über die Handlung des Angehörigen einer andern Rasse gesetzt, immer ungerecht sein.

Was Salvatorres jetzt tat, kann lediglich in der Handlung und in der Wirkung mitgeteilt werden. Eine Erklärung für seine Handlung zu geben, würde eine Untersuchung nötig machen, die ein dickes Buch füllen würde.

Als er sich davon überzeugt hatte, daß seine Elvira sehr glücklich war, offenbar viel glücklicher und viel verliebter, als er sie jemals gesehen hatte, solange sie seine Frau war, daß also keine Hoffnung blieb, sie je wieder als Ehegespons zu haben, beschloß er, einen dicken Strich unter diesen Abschnitt seines Lebens zu ziehen.

Mit der ganzen Geschicklichkeit und Intelligenz, die den mexikanischen Indianern eigen ist, fabrizierte er in überraschend kurzer Zeit eine ausgezeichnete Bombe aus den denkbar primitivsten Mitteln. Um ihre Wirkung ganz sicher zu machen, arbeitete er sich mit großer Mühe in die Werkzeugbude, verschaffte sich das Dynamit, das Hütchen und die Zündschnur. Als alles fertig war, schlich er sich wieder zu jener Hütte, wo die lustige Gesellschaft noch immer beisammen war und wahrscheinlich im Sinne hatte, dort zu übernachten. Türen haben diese Hütten ja nicht, und so war es eine einfache Sache, die Bombe, nachdem die Zündschnur gut Feuer gepackt hatte, in die Hütte zu schleudern.

Nachdem das geschehen war, verließ Salvatorres die Nähe der Hütte und ging ruhig nach Hause, um sich zu Bett zu legen. Was ein Mensch nur tun konnte, um eine Bombe wirkungsvoll zu machen, das hatte er getan. Das Resultat kümmerte ihn nicht. Ging die Bombe auf, war es recht, ging sie nicht auf, war es auch recht. Nachdem die Bombe verfertigt und sachgemäß an die richtige Stelle gebracht worden war, hatte die ganze Ehegeschichte jegliches Interesse für ihn verloren. Morgen und für den Rest ihres ganzen Lebens waren Elvira und ihr neuer Gatte und alle, die bei diesem Drama bewußt oder unbewußt helfend mitgewirkt hatten, vor dem Zorn Salvatorres' so sicher, als ob er nicht existierte. Für ihn war der Fall Elvira gänzlich abgetan.

Nicht aber so für die lachende Gesellschaft in der Hütte.

In den Bergwerksgegenden Mexikos weiß jeder Indianer und jede Indianerin, was es zu bedeuten hat, wenn sie plötzlich eine alte Konservenbüchse sehen, an der eine schmökende Zündschnur hängt. Die Bombe sehen und raus aus der Hütte, ohne ein Wort zu sagen, ohne auch nur einen Warnungsschrei auszustoßen, dauerte nur den Bruchteil einer Sekunde. Dann erfolgte eine fürchterliche Explosion, die die Hütte splitterweise einige hundert Meter weiter fortschleuderte.

Elvira und ihre neue Liebe waren mit dem Schrecken, der keine ernsten Folgen bei ihnen zurückließ, davongekommen. Auch die übrigen Leutchen waren heil, bis auf eine der anderen beiden jungen Frauen, die in dem Augenblick, als die Bombe auf der Bildfläche erschien, sich in einer Ecke gerade mit den Kaffeetassen beschäftigte und deshalb weder die Bombe noch den wortlosen Abschied ihrer Gäste bemerken konnte. Diese bedauernswerte Tochter Mexikos machte die Reise der Hütte mit, und da sie sich in der kurzen Zeit nicht so rasch entscheiden konnte, mit welchem Teil der Hütte sie die Fahrt machen möchte, landete sie stückweise an zwanzig verschiedenen Stellen der Umgegend.

Zwei Tage später erschien auf dem Arbeitsplatz des Salvatorres ein Polizeibeamter. Das Verhör ging vor sich, ohne daß sich Salvatorres in seiner Arbeit viel stören ließ. Nur dann gerade, wenn er sich sowieso die Zeit nahm, um sich eine Zigarette zu rollen, gab er genügend Auskunft.

»Sie haben da in die Hütte des Juan Guennel eine Bombe geworfen?«

»Das ist richtig. Das geht aber Sie gar nichts an. Das ist

eine reine Familienangelegenheit.« Salvatorres ist in seinem guten Recht.

»Bei dieser Bombengeschichte ist aber eine Frau getötet worden.«

»Das weiß ich, das brauchen Sie mir nicht zu sagen. Das ist meine Frau, und ich denke doch, daß ich mit meiner Frau machen kann, was ich will, denn sie kriegt doch von mir das Essen und die Kleider, und die Musik für die Hochzeit habe ich auch bezahlt.« Salvatorres ist abermals in seinem guten Recht.

»Es ist aber nicht Ihre Frau Elvira, die getötet wurde, sondern die Frau des Juan Guennel.«

»Dann geht mich die ganze Geschichte überhaupt gar nichts an. Die Frau des Juan kenne ich gar nicht, die hat mir gar nichts getan, und wenn die dabei draufgegangen ist, dann war das nicht meine Absicht, das ist dann ein Unglücksfall. Und für Unglücksfälle bin ich nicht verantwortlich. Die Guennel-Frau konnte ja besser achtgeben.« Damit ist für Salvatorres die Angelegenheit erledigt. Seine Zigarette ist aufgeraucht, er wirft den Stummel fort, nimmt eine Pickhacke und wütet gegen den Berg.

Acht Tage darauf ist die Gerichtsverhandlung. Salvatorres hat sich wegen Mord zu verantworten. Die Geschworenen sind indianische Arbeiter, wie er einer ist. Irgend jemand hat ihm gesagt: »Im Gerichtssaal hältst du einfach die ganze Zeit das Maul. Entweder du sagst kein einziges Wort oder, wenn du schon was sagst, antwortest du immer nur ›Das weiß ich nicht‹.« Daran hält sich Salvatorres. Im großen und ganzen ist ihm das alles ganz egal. Wird er verurteilt, ist es ihm recht, wird er freigesprochen, ist es ihm auch recht. Er rollt sich seine Zigaretten und macht sich in dem Gerichtssaal einen faulen Tag. Auch die Geschworenen rauchen frischweg; wenn man es ihnen verböte, würden sie nach Hause gehen, und man hätte keine Geschworenen.

»Der Angeschuldigte hat den Mord eingestanden. Der

hier als Zeuge anwesende Beamte hat den Angeschuldig-
ten an seinem Arbeitsplatz vernommen, und die Tat ist
ohne weiteres zugegeben worden.«

Der öffentliche Ankläger vertritt eine klare, sichere
Sache; er hat so gut wie gar keine Arbeit.

Ein Geschworener läßt Salvatorres durch den Vorsitzen-
den fragen, ob er den Mord eingestanden habe.

»Das weiß ich nicht«, sagt Salvatorres. Darauf setzt er
sich wieder und raucht weiter.

Ein anderer Geschworener wünscht das Protokoll zu
sehen, in dem Salvatorres unterschrieben hat, daß er dem
Beamten gegenüber die Tat nicht geleugnet habe.

»Das Protokoll ist nur von dem Beamten unterzeichnet,
da Salvatorres weder lesen noch schreiben kann. Er hat
aber gestanden, und dafür haben wir das Wort und das
Protokoll des Beamten, eines ehrenhaften Mannes.«

Der öffentliche Ankläger wird ein wenig nervös.

Ein dritter Geschworener will wissen, warum sie, die Geschworenen, dem Beamten, der im Dienste und Lohn des
Staates steht, mehr Glauben und Vertrauen schenken sollen als Salvatorres, der sich seinen Lebensunterhalt verdiene, ohne von den Steuern der Leute zu leben.

Ein vierter Geschworener verlangt, daß Salvatorres hier
in Gegenwart der Geschworenen erklären soll, ob er den
Mord begangen habe, da er nicht sehe, auf Grund welcher
Beweise er Salvatorres schuldig sprechen könne.

»Bekennen Sie sich schuldig?«

»Das weiß ich nicht.« Salvatorres setzt sich wieder und
beginnt an einer neuen Zigarette zu rollen.

Der Vertreter der Anklage spielt seine letzte Karte aus.
Er läßt die Zeugen aufmarschieren: Elvira, ihren Geliebten und die anderen drei Leutchen, die an jenem Abend in
der Hütte waren. Sie alle wissen, was der ganze Ort weiß
und worüber gar kein Zweifel herrscht, da Salvatorres viel
zuviel auf seine Ehre hält, als daß er irgend jemand darüber
im unklaren ließe, wie er eine ungetreue Frau behandelt.

Die Zeugen erklären einmütig, daß sie nicht gesehen haben, wer die Bombe geworfen habe. Und auf die Frage, ob sie glauben, daß Salvatorres es gewesen sein könne, erklären sie wieder einmütig, es könne auch ebensogut der frühere Liebhaber der Frau des Guennel gewesen sein; er wohne zwar seit einem halben Jahr in Parral mit einer Frau, aber er sei sehr eifersüchtig. Elvira fügt hinzu, sie kenne Salvatorres sehr gut, da sie seine Frau gewesen sei, und eine Bombe würde er nie werfen, sicher nicht gegen eine Frau, die er gar nicht kenne.

Dem öffentlichen Vertreter der Anklage ist sein wunderschöner Kuchen zerkrümelt. Die Geschworenen ziehen sich zurück, und nach einer Viertelstunde Anstandsberatung geben sie ihr Urteil ab: »Salvatorres ist unschuldig mit allen Stimmen.«

Salvatorres wird sofort auf freien Fuß gesetzt. Er geht mit den Zeugen, Elvira und ihren Neuerwählten eingeschlossen, in den nächsten Saloon, wo sie eine Flasche Tequila leeren, wobei sie der Reihe nach die Flasche an den Mund führen. Am Nachmittag desselben Tages ist Salvatorres bereits wieder in der Grube.

Am Abend des nächsten Tages ist Tanz. Salvatorres ist auch da. Er findet eine neue Frau, die sehr hübsch ist und noch in der Nacht in sein Haus einzieht.

Nachmittags geht sie aus, um ihre Habseligkeiten, die sie in einem Schilfkorbe aufbewahrt, von ihrer bisherigen Unterkunftsstelle zu holen und in das neue Heim zu bringen.

Am Abend – Salvatorres ist schon längst von der Arbeit heimgekehrt – sieht sie plötzlich, während sie die Frijoles auf den Tisch stellen will, eine alte Konservenbüchse mit einer schmökenden Zündschnur daran, mitten auf dem Fußboden liegen.

Sie konnte noch rechtzeitig entweichen. Aber von Salvatorres ist nicht einmal mehr ein Hosenknopf übriggeblieben, den sie als trauernde Witwe hätte beweinen können.

Der Banditendoktor

Eines Nachts wurde an die dünne Bretterwand des Bungalows geklopft, in dem ich wohnte. Eine Uhr besaß ich nicht, aber nach der Stellung des Mondes schätzte ich, daß es kurz nach zwölf Uhr sein müsse. Es war in einem indianischen Dorfe, und der Ort stand im ganzen Distrikt in dem Rufe, ein Nest von Banditen zu sein.

Auf dem Lande in Mexiko ist man nirgends sicherer, als wenn man mitten drin zwischen Banditen wohnt, weder Indianer noch Mestizo ist und sich um nichts kümmert, was die Leute um einen herum tun und auf welche Weise sie ihr Leben fristen. Und außerdem habe ich erfahren, daß man in solcher Umgebung friedlich und zufrieden lebt, wenn jedem Bewohner des Dorfes bekannt ist, daß man nur ein Paar durchlöcherte Stiefel, einige abgetragene Hemden und eine Hose besitzt, die nicht einmal mehr gut genug dazu ist, eine andere Hose damit auszuflicken. Man darf auch ruhig noch obendrein einige Pesos haben, einige Bücher und eine klickernde und aus allen Nähten fallende Schreibmaschine mit amerikanischen Typen.

Die Leute, die in jenem Dorfe wohnten, Banditen oder Nichtbanditen, ließen mich nicht verhungern. Als ich mit meiner Baumwollfarm elend zusammengesunken war, weil mir meine schöne Baumwolle der Boll-Weevil geholt hatte, der neun Monate Arbeit und Hoffnung in weniger als vierundzwanzig Stunden vernichtet hatte, stand ich da, zerknittert und zerknüllt ins Blaue blickend. Aber kaum hatte ich für mich die Fragen aufgeworfen: »Was werden wir essen?«, »Was werden wir trinken?«, »Wohin werden wir uns nun wenden?«, da erschienen in meinem Bungalow zwei Männer des Dorfes mit dem Wunsche, daß sie Englisch gelehrt haben möchten. Und sie wollten wissen, wieviel ich dafür berechne. Ich sagte, zwanzig Centavos für jeden und für jede Stunde. Sie zahlten mir jeder zehn Stunden im voraus, und so konnte ich Saat für Mais kaufen, um in dem Baumwollfelde, das zugrunde gerichtet war, Mais anzupflanzen, für den die Zeit günstig war, weil die erste Periode der Regenzeit dicht bevorstand.

Durch jene zwei Schüler bekam ich in kurzer Zeit zehn weitere Schüler; denn aus irgendeinem Grunde, mir damals nicht klar, wollten alle Männer des Ortes mit einem Male Englisch lernen. Die Männer kamen beinahe regelmäßig, aber sie bezahlten ihre Stunden durchaus regelmäßig. Und wir alle waren miteinander höchst zufrieden. Also was werde ich mich darum bekümmern, ob Banditen oder Nichtbanditen! Sie ließen mich leben und ich sie.

Wird auf dem Lande in Mexiko des Nachts an die Tür geklopft, so gebieten einem Erfahrung und gute Lehren, sich ruhig zu verhalten, nicht zu antworten und soviel wie möglich zu versuchen, den Atem zu unterdrücken. Es kommt vor, daß man nach dem Anklopfen die Tür öffnet, um nachzusehen, wer es ist, und ob es vielleicht der Telegraphenbote sein könnte, der einem hundert Dollar bringen möchte. Sobald man die Tür öffnet, kracht dann ein Schuß oder es krachen ein halbes Dutzend, und man zieht sich wieder zurück, entweder allein oder von einem halben Dutzend Männern verfolgt, entweder gesund und unbeschädigt oder mit einigen Bleikernen beschwert.

Tapferkeit mag ja vielleicht eine große Tugend sein, auf dem Schlachtfelde, wo die befleckten Ehrenschilde der Nationen wieder reinpoliert werden sollen; aber Tapferkeit an gewissen Orten und zu gewissen Zeiten und in Mexiko ist meist ein Zeichen von unheilbarer und angeborener Dummheit. Es ist hier niemand verpflichtet, Jongleur zu sein und herumflitzende Revolverkugeln mit den Zähnen aufzufangen. Dafür ist ja der Zirkus da.

Und da es nun schon mehrere Jahre her war, daß ich mit Wanderzirkussen herumgezogen war, so hatte ich die Gelenkigkeit verloren, und ich hielt mich, als ich das Anklopfen hörte, so still wie eine vergrabene Geldtruhe. Es klopfte wieder und diesmal stärker und nachhaltiger. Ob ich nun zu zittern begann und mir der kalte Schweiß ausbrach, weiß ich jetzt nicht mehr; aber ich glaube, daß es nicht geschah. Denn wenn es schon soweit ist, daß nachts heftig an die Tür geklopft wird und das Klopfen sich verstärkt, nützt es gar nichts mehr, vor Angst zu schwitzen; denn dann ist das, was geschehen wird, auf alle Fälle schon entschieden, ganz gleich, was es ist. Man kann sich dann also ruhig Schweiß, Angst und Hoffnungsbrühe sparen und diese Dinger für die Würmer aufbewahren, damit man nicht nachträglich von denen noch beleidigt wird, daß man ihnen nicht genug Fett und Muskelfleisch hinterlassen hat.

Nachdem nun abermals heftig geklopft worden war, hörte ich halblaut draußen reden. Es waren, wie ich aus den verschiedenen Stimmen hören konnte, wenigstens drei Männer. Die Stimmen hatten einen kräftigen und mitleidlosen Tonfall. Die Männer wußten, was sie wollten.

Dann hörte ich, wie die Männer zur Tür schuffelten. Ich hörte die schweren Tritte auf der sandigen Erde. Zwei schienen Halbstiefel anzuhaben und einer Sandalen. Auf alle Fälle wurde mein Leben um die Zahl der Schritte verlängert, die bis zur Tür waren. Ich überlegte, ob ich fliehen könnte.

Der Bungalow hatte, wie alle solche Holzhäuser in Mexiko und im Süden der Staaten, an jeder Seite eine Tür. Aber die Türen hatte ich mit Vorlegebalken verrammelt. Das Abwuchten des Balkens konnte nicht ohne Geräusch getan werden, und beim leisesten Geräusch wären die Männer an der Tür gewesen, wo ich ausbrechen wollte. Ich dachte natürlich auch sofort an Medizin, eine Art von geschickt gewählter List, durch die ich mich vielleicht retten könnte. Aber in diesem kurzen Augenblicke – ich war aus tiefem Schlaf geklopft worden – fiel mir keine Medizin ein, die brauchbar hätte sein mögen. Ich mußte wohl auch erst einmal zusehen, wie die Männer, denen ich eine mich heilende Medizin zu verabreichen gedachte, aussahen und was sie wollten. Einen Revolver oder eine sonstige schießende Spritze hatte ich auch nicht. Hilft auch nicht viel, wenn man so etwas hat. Es kann glücken, daß man alle drei erschießt. Das ist das geringste. Viel wichtiger und viel schwieriger ist, aus dem Dorfe fortzukommen, nachdem man drei seiner Bürger erschossen hat, aus einem Dorfe heil fortzukommen, von dem man weiß, daß es eine Burg voll von Banditen ist. Ich habe oft gefunden, daß es eine der größten Sicherheiten ist, wenn man keinen Revolver hat. Dann hat man keine Verpflichtung, tapfer zu sein. Tapferkeit wird immer und überall schlecht belohnt. Es sind immer die Leisegänger, die den Krieg überleben; die wahrhaft Tapferen bleiben draußen für den Ruhm derer, die unter Triumphbogen heimmarschieren.

Die Männer waren nun zur Tür gekommen. Der Bungalow war auf Pfosten gebaut, der schweren tropischen Regengüsse wegen. Infolgedessen führten hier einige Stufen hinauf zur Tür.

Ich hörte die Leute die Stufen hinauftrampeln. Da die Treppe nicht sehr breit war, schien nur einer an der Tür zu sein, während die beiden andern auf den unteren Stufen standen.

Der Mann an der Tür klopfte nun heftiger an, und er gebrauchte wohl, nach dem harten Ton zu schätzen, den Knauf seines Revolvers oder seines Gewehrs.

Als das Klopfen nichts fruchtete, begann er zu rufen: »Oiga, Hombre, machen Sie auf, stehen Sie auf. Wir wollen mit Ihnen reden.«

Das gab mir nun den Beweis, daß sie genau wußten, daß ich im Hause war, denn andernfalls würden sie nicht rufen.

Sie waren hartnäckig sowohl mit dem Klopfen als auch mit dem Rufen. Aber ich rührte mich nicht, mit keiner Wimper.

Nun redeten sie wieder untereinander. Dann hörte ich, wie sie die Stufen hinabpolterten und über den Sand dahinschlurften. Ich glaubte, daß sie endlich eingesehen hätten, ich sei nicht zu Hause. Aber ich hatte mich verrechnet, wie es immer geht, wenn man etwas glaubt.

Sie gingen einige Schritte weiter und blieben dann stehen, genau an der Wand, die meinem Brettergestell, auf dem ich schlief, am nächsten war. Und nun begannen sie hier gegen diese Wand mit aller Kraft zu klopfen und zu rufen. Jetzt wußte ich aber auch, daß unter den Männern einer sein mußte, der mein Haus genau kannte; denn sonst wäre es für jene Leute nicht möglich gewesen, zu wissen, in welchem Teil des Bungalows ich schlief. Es blieb mir nun nichts weiter übrig, als zuzugeben, daß ich im Hause sei. Und ich machte mich auf, dem Tode, gefaßt und ohne mit einem Härchen zu wackeln, in das kalte Auge zu sehen. Ruhmvoll war ein solcher Tod nicht, denn niemand würde Notiz davon nehmen, wie kaltlächelnd und höhnisch ich den Tod hinnahm; denn erstens war es finster, und zweitens war weder ein Zeitungsreporter noch ein Geschichtsschreiber zugegen, der der Nachwelt hätte verkünden können, wie edel meine Haltung in der letzten Stunde meines Lebens war. Banditen scheren sich nicht viel darum, ob man eine edle Haltung einnimmt, oder ob man vor kalter Angst mit den Kinnbacken bibbert. Auch Henker kümmern sich nicht darum. Es ist Geschäft, nüchtern und sachlich wie jedes Geschäft, und darum uninteressiert an jeder Phrase, die nichts mit dem Geschäft unmittelbar zu tun hat.

So schnell stand ich ja nun nicht auf von meiner Bretterlage, wie vielleicht erwartet worden war. Denn jede Minute, die ich gewann, war dem Tode abgerungen. So sagte ich schläfrig: »He, ihr da draußen, was ist denn los? Caray, zum gottverfluchten Maultierschwengel, kann man denn in diesem Nest, bebrütet von Teufelsfratzen und Geierfedern, nicht eine einzige Nacht in Ruhe schlafen? Was ist denn das für ein besoffenes Gesindel, das sich vor meiner Hütte herumbalgt? Ich habe keinen Tequila hier im Hause. Zur Hölle mit euch verschwefelter Brut, ich will schlafen.« Ich war immer lauter geworden, mich absichtlich in Wut und Ärger hineinredend; denn wenn es schon meine letzten Worte auf dieser Erde sein sollten, so wollte ich doch, daß sie mit Inbrunst, Kraft und Saft mein letztes Gebet verschönern möchten, damit die Ewigkeit weniger langweilig sei.

Einem schlaftrunkenen Menschen nimmt man nichts übel, wenn man sein rasches Aufstehen dringend benötigt. Und diese Männer hier schienen mein Wachwerden wirklich sehr zu wünschen. Denn als sie hörten, daß ich antwortete, wurde ihr harter Ton ein wenig milder. Vielleicht hatten sie geglaubt, ich sei in der Tat nicht daheim, und daß sie deshalb unverrichtetersache hätten abziehen müssen.

Einer nahm nun das Wort allein: »Hören Sie, Señor, kommen Sie doch für einen Augenblick zur Tür, ich muß dringend mit Ihnen sprechen, es ist eine ernste Sache.« Es lag viel Bitten in dem Klang seiner Worte.

Indianer und Halbindianer haben keinen Begriff für Zeit. Wenn sie etwas auf dem Herzen haben, kommen sie zu jeder beliebigen Zeit des Tages oder des Nachts.

Mich an die Tür zu locken, konnte nun aber doch vielleicht nur ein Trick sein, um das, was sie mit mir vorhatten, leichter und bequemer auszuführen. Aber was immer es auch sein mochte, was die Männer zu tun gedachten, ich mußte nun doch endlich die Tür öffnen. Sie hätten die Tür ja sowieso einschlagen können, wenn sie gewollt hätten.

»Hallo, Señores«, sagte ich nun, mich dabei schläfrig gegen den Türpfosten lehnend, »womit kann ich Ihnen helfen?«

Es war Mondschein, und ich konnte die Männer, die da vor den Stufen standen, deutlich sehen, wenngleich ich ihre Gesichter nicht erkennen konnte, weil sie von großen

31

Hüten beschattet waren. Die Männer waren sehr robuste Gestalten, ohne Jacken, nur Hosen an und Baumwollhemden, die am Hals offenstanden. Einer trug Ledergamaschen und gelbe Stiefel mit hohen Absätzen, die aber völlig schiefgelaufen waren. Ein anderer trug ledergraue Stiefel, die an mehreren Stellen aufgeplatzt waren. Der dritte trug, wie ich schon früher aus seinem leichten Tritt geschlossen hatte, Sandalen an nackten Füßen.

Zwei der Männer, die mit Stiefeln bekleideten, hatten jeder ein Gewehr, das sie in der Hand trugen. Der eine von diesen beiden hatte außerdem noch einen Revolver hinten im Ledergurt stecken. Beide hatten ihre Gürtel voll mit Patronen gespickt. Der Mann mit den Sandalen trug nur einen Machete in der Hand.

Es war dieser Mann mit dem Machete, der mich zu kennen schien. Ich glaubte auch, daß ich ihn schon verschiedene Male im Dorf gesehen hatte, während mir die andern beiden durchaus fremd waren.

Man hat zuweilen etwas Instinkt. Und nirgends entwickelt sich der Instinkt besser als bei einem Leben, wo man auf guten Instinkt fortwährend angewiesen ist, und wo der Instinkt oft nur das einzige Schutzmittel ist, das man zur Verfügung hat. Dieser Instinkt gab mir merkwürdig rasch die Gewißheit, daß der Mann mit dem Machete mir gegenüber friedliche Absichten hatte und daß die beiden anderen Männer nicht mein Leben und meine Reichtümer verlangten, sondern irgendeine Hilfeleistung.

Es war dann vielleicht doch nicht mein Instinkt, der mir die Absicht der Männer verriet, sondern es war wohl nur, daß ich die Gedanken des Mannes mit dem Machete auffing in demselben Augenblick, als er sich bemühte, seine Gedanken in Worte umzusetzen. Er sagte: »Señor, tenga la bondad, por favor, möchten Sie nicht die große Freundlichkeit haben, mit uns zu meinem Hause zu kommen? Ich habe da meinen Neffen liegen. Ich weiß nicht, was er hat. Man hat ihn mir krank ins Haus gebracht. Er will nicht aufwachen. Und wir möchten Sie doch recht sehr bitten, mit uns zu gehen und zu sehen, ob Sie ihm nicht helfen können.«

»Was fehlt ihm denn?« fragte ich.

»Das wissen wir eben nicht, und darum möchten wir Sie ja so sehr bitten, nachzusehen, was mit ihm ist.«

Der nächste Doktor wohnte etwa vierzig Meilen weit. Er würde für den Besuch, der nur zu Pferde zu machen war und drei Tage Zeit aufbrauchte, sicher wenigstens hundert Pesos verlangen, eine Summe, die auf den Tisch gelegt werden mußte, ehe sich der Doktor auf das Pferd setzte. Und wer von diesen Leuten kann hundert Pesos bezahlen? Umsonst kommt der Doktor nicht, weder dieser noch ein anderer. In erster Linie ist er Geschäftsmann und in zweiter Linie noch lange nicht nur Doktor; denn es stundet ihm niemand die Miete, und wenn er seine Rechnung beim Bäcker und beim Gemüsehändler nicht pünktlich bezahlt, dann wird ihm im zweiten Monat nicht einmal mehr ein Kilogramm Kartoffeln geborgt. Wer nicht zahlen kann, hat kein Recht zum Leben, er muß entweder sterben oder versuchen, ohne Doktor am Leben zu bleiben. Darum bleiben die meisten Mexikaner so lange am Leben, bis sie mehr als neunzig Jahre alt sind und kein Kirchenbuch sich mehr darauf besinnen kann, wann sie geboren wurden, vorausgesetzt natürlich, daß ihnen nicht in einer Schießerei der Atem fortgeblasen wurde und gleich so weit, daß sie ihn nicht mehr einfangen können.

Ich besaß eine wacklige Pappschachtel, in der einmal, in längst vergessenen Zeiten, Schuhe eingepackt gewesen sein mögen, die sicher nicht meine Schuhe waren, denn meine Schuhe waren viel älter. Diese Pappschachtel, was immer ihr einstiger und erster Zweck gewesen sein mochte, diente mir als Medizinkasten. Man darf sich natürlich meinen Medizinkasten nicht so vorstellen wie einen First-Aid-Kasten der Henry-Ford-Automobil-Fabrik, Dearborn. Er war nicht ganz so vollkommen. Meine Medizin-Pappschachtel enthielt auch einige Medizin. Aber außer dieser Medizin war noch darin: Nähzeug, Hosenknöpfe, ein morsches Farbband, einige abgebrauchte Sicherheits-Rasierklingen, eine ausgepreßte Zahnkremtube, ein großer Angelhaken, zwei kleine Angelhaken, fünf Zeitungsausschnitte, ein Taschenmesser mit zerbrochener Hauptklinge, die andere, kleine Klinge war zwar sehr verrostet, war aber sonst noch gut erhalten, Bindfaden in verschiedenen Stärken, vier verschiedene Schrauben, einige Nägel, ein Bleistiftstümmelchen, ein undichter Füllfederhalter, der ausgebrochene Zahn eines Eselfüllens, die Rattel einer Klapperschlange und noch einige andere Sachen, an deren Art und Gebrauchswert ich mich nicht genau erinnere.

In meiner Jungenzeit hatte ich stets all mein irdisches Hab und Gut in meinen Hosentaschen und Jackentaschen, weil ich immer fahrtbereit und reisefertig sein mußte, wo immer ich auch war. Da ich inzwischen wohlhabender geworden war, trug ich nunmehr alle meine irdischen Reichtümer in jener wackligen Pappschachtel, die im Augenblick zugeschnürt sein konnte. Denn meine Lebensweise hatte sich seit meiner Jungenzeit wohl vorübergehend, aber nicht dauernd geändert. Auch jetzt noch mußte ich immer, zu jeder Tageszeit und Nachtstunde, reisefertig sein.

Auch wenn mir jene Herren mit schußbereiten Gewehren nicht gesagt haben würden, daß meine medizinischen Kenntnisse augenblicklich sehr dringend gewünscht seien, so hätte ich dennoch meinen Medizinkasten mit mir genommen. Das geschah instinktiv und aus Erfahrung. Denn es war vorgekommen, daß ich glaubte, mich nur für eine Stunde von meinem gegenwärtigen Aufenthaltsorte zu entfernen; und wenn ich zur Besinnung kam, war ich auf einem anderen Kontinent gelandet, zuweilen gestrandet. Durch solche Erfahrungen wird man vorsichtig, und Zahnbürste, Rasierzeug und ein kleiner Taschenkompaß

waren Tag und Nacht gut eingeknöpft in meiner linken
hinteren Hosentasche als ständiges Notgepäck.

Was wußte ich, wo ich landen würde, wenn ich jetzt mit
diesen drei Nachtvögeln davonflog.

»Ist das Ihr Doktorkasten?« fragte mich nun einer der
Männer, während er dabei sein Gewehr so über die Schulter warf, daß er den Lauf vorn in der Hand behielt und
der Kolben hinten über dem Rücken war.

»Ja, das ist mein Medizinkasten«, bestätigte ich, und die
Männer murmelten etwas, das wie Zufriedenheit klang.

»Dann wollen wir uns nun aufmachen«, sagte ein zweiter.

Ich schob den hölzernen Riegel vor die Tür. Und dann
zockelten wir los.

Ich hatte auch nicht die leiseste Idee, wohin wir gehen
würden. Denn darüber war nichts gesagt worden. Es hatte
keinen Zweck für mich, zu fragen, wohin wir gehen würden; denn ob wir nach Honduras marschierten oder nach
Alberta in Kanada, das hatte ja nicht ich zu entscheiden,
sondern das wurde, ob es mir nun gefiel oder nicht, von
denen diktatorisch entschieden, die Gewehre hatten.
Immer wer das Gewehr hat, der hat das Recht, zu kommandieren, und immer der, der das Gewehr nicht hat, hat
die Pflicht, zu gehorchen. Das ist nun schon so seit dem
flammenden Schwert des Erzengels an der quietschenden
Gartentür des Paradieses. Weltgeschichtliche Leistung,
zwei nackte Menschen aus dem Gemüsegarten hinauszuja-
gen, wenn der Feldhüter ein flammendes Schwert
schwingt und die beiden durch Schuld geknickten Leutchen nichts weiter als Waffe in den Händen halten als
ihre Scham, ein abgetrenntes Blatt von ihrer flimsigen
Kleidung und die abgeknabberte Rinde ihres Apfelstru-
dels, der an allem Unheil schuld war. Was blieb ihnen übrig, sie mußten gehorchen, und es half ihnen gar nichts,
daß sie zwei Mustermodelle aus den Privatkunstwerkstät-
ten für künstlerische Lehmarbeiten waren. Hätten sie

ebenfalls ein Schwert oder ein Maschinengewehr gehabt, wäre alles anders gekommen, und unsere Ansichten über Befehlen und Gehorchen hätten eine andere Richtung eingenommen. Darum wird man wohl verstehen, warum ich mit den drei Männern durch die Nacht wanderte, ohne mit einer Silbe mich zu beschweren oder gar zu fragen, wohin wir gehen würden. Wo man nichts dreinzureden hat, läßt man alles gehen, wie es will.

Wir trotteten nicht mitten durch das Dorf, sondern hielten uns nahe den Hütten, die mehr am Rande lagen. Die Hunde bellten entsetzlich von allen Seiten. Und jene Hunde, die uns nicht sahen und uns nicht hörten, bellten sich heiser, um den übrigen Hunden nicht alles Vergnügen allein zu lassen. Es war ein Höllenlärm im Dorfe. Denn von dem anhaltenden Bellen der Hunde wachten auch die Hähne auf und krähten, und die Esel fielen mit ein. Aber von den Bewohnern kam niemand vor seine Hütte, um zu sehen, was los sei. Denn Indianerhunde, wenn erst einmal einer damit anfängt, bellen die halbe Nacht, ob da ein Trupp Banditen die Häuser umschleicht, oder ob ein Esel schläfrig durch das Dorf wandert, oder eine Katze hinter einer Maus her ist, oder ob der Mond scheint oder ob gar nichts geschieht.

Nachdem wir die letzten Häuser hinter uns hatten, marschierten wir eine gute lange Strecke durch niedriges Dschungelgestrüpp, dann durch ein Stück Busch und erreichten endlich ein Bretterhaus.

Das Haus hatte vorn einen eingezäunten Blumengarten und an beiden Seiten gutgepflegte Gemüsegärten, wie ich leicht und sicher in dem hellen Mondlicht erkennen konnte. Das Haus sah nicht von alten Brettern zerflickt aus und war nicht mit Lumpen, alten Schilfmatten und Fellen behängt und benagelt, wie die meisten Häuser des Dorfes auszusehen pflegten. Es machte von außen schon einen sehr reinlichen Eindruck. Auf der Porch, der Veranda, standen zahlreiche Blumen eingepflanzt in Töpfen, und da waren kleine Palmen und tropische Blattgewächse in Kasten und ausgebrauchten Eimern und Petroleumbüchsen. Der gute Eindruck, den ich von außen empfing, wurde um ein Vielfaches verstärkt, als ich in den Wohnraum kam. Nicht nur in dem Dorfe selbst, sondern im ganzen Bezirk hatte ich ein ähnlich sauberes und gut möbliertes Haus nie vorher gesehen. Das Haus eines gutsituierten amerikanischen Farmers, der Reinlichkeit und Behäbigkeit liebt, konnte weder in Texas noch in Arizona, noch in Coahuila oder Sonora besser und freundlicher aussehen als dieses Haus. Ich hatte nicht gewußt, und ich hätte es auch nicht geglaubt, daß hier in dieser Gegend eine so wohldeftige Familie lebte, die fähig war, ein Haus so in Ordnung und Wohnlichkeit zu halten, wie ich es hier sah.

Die Leute hatten eiserne weißlackierte Bettstellen; sie hatten richtige Stühle, einige Schaukelstühle, eine gute Decke auf dem Tisch, große eingerahmte Bilder an der Wand: Lohengrin mit seiner Elsa auf dem Bettrand sitzend; Othello, seine großen Bombastreden von fernen Ländern und wilden Ungeheuern haltend; Porfirio Diaz in glänzender Generalsuniform; der Ausmarsch des mexikanischen Freiheitshelden Hidalgo aus dem Dorfe Dolores; die Heilige Jungfrau von Guadelupe; und eine Anzahl von kleinen und vergrößerten Photographien von Onkeln, Tanten, Großvätern, Ehepaaren, Kindern und Kommunionskerzenträgern, die wohl alle zur Familie gehörten.

Man vermochte sich nichts zu denken, das friedlicher hätte sein können, wohlanständiger und ehrenwerter als das Haus und die Familie, die es bewohnte. Wer in einem solchen Hause wohnte und ein Haus so in Ordnung und Sauberkeit halten konnte, waren Bürger, die einen Staat wohl in seinen Fundamenten stützen und erhalten konnten.

Aber ein erfahrungsreiches Leben lehrt einen in harter,

wenn auch in erfolgreicher Schulung, Dinge nicht blindlings so zu nehmen, wie sie aussehen. Es gibt wunderschöne Pflanzen im mexikanischen Busch, die einen verführen, sie näher anzusehen, aber wenn man sie anfaßt oder auch nur unvorsichtig mit dem nackten Arm streift, bekommt man einen Hautausschlag, an dem man zwölf Monate doktern und salben kann und man selbst dann noch nicht einmal sicher ist, wann man ihn los sein wird.

Trotz des wohlanständigen und ehrenwerten Hauses vergaß ich doch nicht einen Augenblick lang, daß mich drei Männer hierhergelockt hatten, die auch dann noch genügend verdächtig hätten sein müssen, wenn sie nicht mit schußbereiten Gewehren und gespickten Patronengürteln beladen gewesen wären.

Mit keinem Wort und mit keiner Geste ließ ich erkennen, daß mir der Zwischenreim für das wohlanständige Haus und die drei Burschen bereits klargeworden war. Ich sah das alles so an, als ob es gar nicht anders sein könnte. Ich betrachtete mir die Bilder an den Wänden, als ob sie große Meisterwerke einer Galerie seien, und um die Leute glauben zu machen, daß ich die Bilder bewundere, sagte ich: »Sehr schöne Bilder, von berühmten Meistern gemalt.« Aber während ich das sagte, sah ich mir doch alles, was es in dem Raum zu sehen gab, sehr sorgfältig an. Ich betrachtete mir die Fenster genau, dadurch, daß ich die Augen senkte, während ich den Kopf hoch hielt, als betrachte ich die Bilder. Aber die Fenster waren gut verrammelt, kein Lichtstrahl drang hinaus in die Nacht, und es war wenig Hoffnung, aus einem der Fenster zu springen, wenn es hätte nötig werden sollen. Es führten zwei Türen aus dem Raume, aber beide führten nur in zwei andere Räume.

Die beiden Männer mit den Gewehren setzten sich auf Stühle so an die Tür, daß an jedem Pfosten einer saß. Sie stellten ihre Gewehre zwischen die Knie und drehten sich Zigaretten.

»Setzen Sie sich doch, Señor«, sagte jetzt einer der Männer, während er mit dem Fuße auf einen leeren Stuhl deutete und dabei das Maisblatt, in das er den Tabak eindrehte, mit der Zunge beleckte.

Ich setzte mich und sah mich nun weiter in dem Raume um, aber in einer Weise, als ob ich mich eben nur umsehe, weil sonst nichts weiter zu tun oder zu sehen war.

Der Fußboden war mit dicken Petates reich belegt. Die Matten waren gelb und frisch. An den Stellen, wo die Matten nicht ganz zusammentrafen, konnte ich sehen, daß der Fußboden knochenbleich gescheuert war und rein wie frischgewaschenes Linnen. In einer Ecke war ein kleiner Altar, auf dem ein Muttergottesbild stand, mit einem brennenden dünnen Lichtchen, in einem Wasserglase mit Öl schwimmend. Über den Ecken des Muttergottesbildes hingen drei billige Rosenkränze. Zu beiden Seiten des Muttergottesbildes standen ein halbes Dutzend von Heiligenbildchen in sehr billigen und geschmacklosen Rähmchen. Auf dem Tische, auf dem eine reine buntfarbige Baumwolldecke gebreitet lag, stand eine richtige Petroleumlampe. Eine richtige Petroleumlampe hatte ich wohl seit vierzehn Monaten nicht zu Gesicht bekommen; denn im ganzen Dorfe hatte niemand eine und ich am wenigsten. Und es war wohl diese Petroleumlampe, die mir, gleich bei meinem Eintritt in das Zimmer, am stärksten den Eindruck übermittelt hatte, daß ich mich im Hause von wohlhabenden Leuten befinde. Auf dem Tische stand noch eine Fruchtschale aus rötlichem Glase, deren Rand blumenartig verbogen war, mit einem verschnörkelten Fuße aus einem blechernen Metall. Eine Schale, wie man sie gelegentlich in einem Zelt gewinnen kann, in dem man für zehn Cents mit fünf Bällen auf einen Knopf werfen kann, bis ein lebendiger Neger hinten in ein mit Wasser gefülltes Faß fällt, oder in einem anderen Zelt, wo man für zehn Cents zwei rohe Eier einem lebendigen Neger ins Gesicht werfen darf.

Der Mann mit dem Machete war gleich bei unserem Eintritt in eines der Nachbarzimmer gegangen, und er hatte die Tür hinter sich fest zugemacht. Zuweilen hörte ich – das ganze Haus war ja nur, wie alle Häuser hier, aus dünnen Brettern gebaut –, daß im Nebenraum halblaut gesprochen wurde.

Endlich kam jener Mann wieder zurück in das große Zimmer, wo wir saßen. Er hatte eine Flasche und ein Gläschen.

»Wollen wir erst einmal einen nehmen«, sagte er und goß das Gläschen voll. Er bot es mir an; ich sagte »Salud!« und schwenkte den Tequila hinunter. Er rann mir warm und mollig durch die Kehle, und ich dachte, wo man so guten Tequila hat und anbietet, da kann nicht pure Mörderei und Feindschaft auf dich warten, denn einen so guten Añejo verschwendet man nicht auf jemand, den man aus der Welt zaubern will.

Das Gläschen wurde nachgefüllt und machte seine Runde.

»Noch einen ganz, ganz Kleinen, damit die Ohren nicht wackeln?« fragte der Mann gutmütig.

»Como no«, sagte ich, und er schenkte mir noch einen gesunden Tropfen ein. Aber ich war der einzige, der zweimal nippen durfte. Weder bekamen die beiden Türwächter noch einen nachgeschlürft, noch zog der gute Mann selbst sich einen kleinen Ohrenberuhiger hinterher.

»He, ja«, sagte der Mann nun, während er die Flasche zukorkte, den Korken mit Andacht fest eindrehte und Flasche und Gläschen auf den Tisch stellte, »ja, nun wollen wir doch einmal an das Geschäft gehen.« Er stand auf, öffnete leise die Tür, durch die er gekommen war, und winkte mir, zu folgen.

Die beiden Männer, mit den Gewehren zwischen ihren Knien, blieben bei der Tür sitzen. Merkwürdig war, daß ich jetzt wie plötzlich das Gefühl bekam, daß die beiden Männer nicht mich bewachten oder mich verhindern wollten zu entspringen, sondern daß sie dort dicht an der Tür bewaffnet saßen, um diejenigen, die im Hause waren, zu schützen gegen jemand, der von draußen kommen könnte. Davon wurde ich um so mehr überzeugt, als sich die beiden etwas zuflüsterten und der eine aufstand, hinausging und sich draußen auf eine Stufe setzte, während der andere, der im Raume blieb, sich so setzte, daß er von jemand, der hereinkam, nicht sofort gesehen werden konnte, während er selbst den Hereinkommenden völlig unter der Gewalt seines Gewehres hatte.

Ich folgte nun jenem Manne, der die Tür zu dem zweiten Raum geöffnet hatte.

In dem Raume brannte ein kleineres Lämpchen, das wenig Licht verbreitete. Der Mann ging zurück in den ersten Raum, nahm die Lampe vom Tisch und leuchtete mir nun in jenes Zimmer hinein. Zwei Frauen saßen auf Schaukelstühlen. Beide hatten den Rebozo um Kopf und Hals gelegt, weil es nun kühl in der Nacht wurde. Beide Frauen waren Indianerinnen, sauber gekleidet und in Sprache und Benehmen — wie ich bald lernte — durchaus gleich den Frauen eines mexikanischen Ranchobesitzers von mittlerem Wohlstand.

Die eine der Frauen war verhältnismäßig jung. Sie war, wie ich gleich hörte, die Frau des Mannes mit dem Machete. Die andere Frau war älter; sie konnte wohl gut die Mutter der Frau oder des Mannes sein. Das Zimmer war das Schlafzimmer des Ehepaares. Da in dem ersten Raum gleichfalls zwei Betten waren, schien es, daß hier mehrere Personen wohnten, vorausgesetzt, daß jene Betten in Gebrauch waren, was ich ja nicht erraten konnte.

Beide Frauen standen auf aus ihren Stühlen und sagten freundlich und höflich: »Guten Abend, Señor!« Sie gaben mir die Hand und setzten sich wieder.

Ich sah mich im Raume um, und ich bemerkte zur Seite auf einer Schilfmatte einen jungen Mann liegen, der bis zum Kinn mit einer halbwollenen Decke zugedeckt war.

Sein Gesicht war bleich; bleich wie das Gesicht eines Indianers eben werden kann. Aber das Gesicht war voll, und daraus schloß ich, daß der Mann nicht lange krank sein konnte, daß er wohl nur schwer verwundet sei. Er rührte sich nicht und lag da wie tot.

»Das ist der Junge, von dem ich Ihnen gesagt habe«, sagte der Mann und stellte die Lampe auf einen Stuhl, den er dicht an das Lager des Kranken rückte.

»Sie können dem Jungen gewiß helfen, Señor«, sagte nun die jüngere Frau. »Er ist mein Neffe, und wir würden recht traurig sein, wenn er uns fortstürbe. Seit unser eigener und einziger Sohn in einer dummen Schießerei sein Leben verlor, haben wir diesen hier wie unseren Sohn angesehen. Wir würden Ihnen wirklich von ganzem Herzen danken, wenn Sie etwas tun könnten, daß er uns erhalten bleibt. Es ist der letzte, der uns bleibt von allen Jungen aus unserer Familie. Alle übrigen sind erschossen oder erstochen worden bei den Wahlen, und keiner hat doch je ein Amt für sich haben wollen. Es war nur immer der anderen wegen, daß sie sich in die politischen Händeleien hineinmischten.«

Die Frau weinte nicht, aber sie hatte eine echte Rührung in ihren Worten. Die ältere Frau seufzte einige Male auf.

In den letzten Monaten hatte hier im Distrikt keine einzige Wahl stattgefunden. Die Wahlhändel wurden auch nicht hier im Dorfe ausgefochten, sondern in der Distriktsstadt, wo alle die Burschen und Männer der umliegenden Dörfer natürlich hinritten, um ihre Schießerei, ihr Vivaschreien in den Straßen und das Händeschütteln der Kandidaten, die sie auf ihren Schultern durch die Straßen schleppten, genießen zu können. Es kamen niemals alle, die zu den Wahlreden ritten, lebend wieder heim. Jedesmal blieben zwei, drei oder ein Dutzend auf dem Felde der Wahlkämpfe.

Da aber lange keine Wahl gewesen war – denn die gegenwärtigen Behörden des Distrikts waren von der Federalregierung provisionell eingesetzt worden, um die ewigen Wahlmördereien zu verhindern –, so konnte der Bursche hier nicht gut bei einer Wahl etwas abbekommen haben.

Ich kniete nieder und begann ihn zu untersuchen. Die Augen waren geschlossen. Als ich die Augendeckel hob, sah ich, daß die Augen wohl schläfrig waren, aber nicht trüb, und die Pupillen reagierten auf das Licht. Das Herz schlug regelmäßig, aber sehr leicht, nur wie ein Tippen. Der Atem war sehr leise; aber auch er ging ziemlich gleichmäßig.

»Was fehlt ihm denn?« fragte ich aufblickend.

Die Frau antwortete mir und sagte: »Das wissen wir eben nicht. Sie haben uns den Jungen so ins Haus gebracht, und er ist noch nicht einmal aufgewacht. Denken Sie, daß er uns wegsterben kann, Señor?«

»Das kann ich nicht sagen. Vorläufig stirbt er nicht. Hat er nicht etwas gesagt zu den anderen, was ihm fehlt oder wo es ihm weh tut?« fragte ich.

Niemand antwortete mir, und ich sah auf, um zu sehen, warum ich keine Antwort bekam. Ich bemerkte, daß der Mann die Frau rasch ansah, den Finger auf den Mund drückte und mit dem Kopf schüttelte. Sofort sah ich wieder weg und wandte mich dem Kranken zu. Dann dehnte ich ein langes »Ja« von mir, schluckte vernehmlich und richtete mich halb auf. Die Leute hatten genügend Zeit gehabt, ihre Geheimsprache zu vollenden, und sie sahen mich an und zuckten die Schultern. »Hat er denn etwas gegessen, das ihm nicht bekam?« fragte ich nun.

»Ich glaube nicht«, antwortete der Mann.

Ich setzte mich auf den Stuhl, machte tiefe Gedanken und tat alles genau so, wie es auch andere große Doktoren und berühmte Ärzte tun. Das will sagen, ich wußte nichts, solange mir nicht der Kranke selbst sagen konnte, was ihm weh tat und wo es ihm fehlte. Ich war ja kein Viehdoktor.

Dann sagte ich das, was alle Ärzte sagen: »Es ist sehr

ernst. Aber ich werde mein Bestes tun, vielleicht bringen wir ihn durch.«

In dem Augenblick kamen die beiden Männer mit den Gewehren herein. Sie waren neugierig geworden und wollten sehen, wie tüchtig ich war. »Wo ist mein Medizinkasten?« fragte ich. Sofort sprang einer der Männer in den Nebenraum und brachte meine Pappschachtel. Was ich damit tun wollte, wußte ich im Augenblick natürlich nicht. Aber ich war gewiß, daß mir schon etwas einfallen würde. Tun mußte ich auf alle Fälle etwas, ganz gleich, was es war; denn ich war hierhergeschafft worden als Doktor, man erwartete von mir, mich als Doktor zu benehmen und zu betragen, und so blieb mir nichts anderes übrig, als den Leuten gefällig zu sein.

Welche Folgen es haben würde, wenn ich als Doktor versagte, darüber bestanden keine Zweifel. Die Tatsache, daß beide Männer mit den Gewehren jetzt im Raume waren, bewies mir, daß meine Vermutung, sie möchten jemand von draußen verhindern, in das Haus einzubrechen, unrichtig war. Sie waren jetzt hier hereingekommen, um zu sehen, was ich leisten könnte. Und daß sie die Gewehre selbst hier in diesem Raume, wo ein Sterbender lag, nicht aus der Hand stellten, das gab mir die Gewißheit, daß sie sehr bald die Gewehre auf mich richten würden und sagen: »Du rettest jetzt den Burschen da, und zwar sofort; und wenn er nicht in wenigen Minuten auf und gesund ist wie ein junger Hahn, dann knallen diese Gewehre, und du kannst dich danebenlegen in dieselbe Grube.«

So etwas geschieht Ärzten in der Tat, und wenn ich schon hier als Arzt tätig bin, warum soll man mit mir eine Ausnahme machen?

Aber als geschickter Arzt, der seine Medizin gut studiert hat, kann man das Sterben eines Sterbenden recht gut in die Länge ziehen. Dann kann man sich noch immer damit entschuldigen, daß Gott das eben anders bestimmt habe. Und das wird einem geglaubt. Vielleicht wird man es auch mir glauben. Die Leute sind ja Christen, gute Christen, mit Rosenkränzen und allen notwendigen Heiligenbildern gut versorgt.

So beginne ich meine verantwortungsvolle Tätigkeit.

»Haben Sie Cafion im Hause?« frage ich die Frau.

»Ja, wir haben eine ganze Glastube voll.«

»Geben Sie mir drei Pastillen und ein Glas mit Wasser.«

Ich löse die Pastillen in dem Wasser auf, und mit Hilfe des Onkels und des einen Mannes öffne ich dem Kranken den Mund, hebe den Kopf hoch und lasse ihn die Lösung schlucken. Er schluckt auch, und es kommt nichts in die Luftröhre.

Ich wartete zehn Minuten, rauchte eine Zigarette, erbat mir einen neuen guten Schluck von dem alten Tequila, und als ich nun den Kranken wieder untersuchte, fand ich, daß die Medizin, die ich ihm gegeben hatte, vorzüglich wirkte. Das Herz hatte begonnen, kräftiger zu arbeiten. Die Medizin konnte zwar das Herz so kräftig anregen, daß es übersetzte und aufhörte zu schlagen. Aber ich hatte wieder einmal Glück, was jeder Doktor haben muß, wenn er Erfolg sucht. Ich weiß recht gut, daß ein richtig abgestempelter Doktor das alles ganz anders machen würde. Aus diesem Grunde ist er ja auch abgestempelt und stiller Teilhaber der Beerdigungsinstitute. Aber ich muß mich mit den Kenntnissen und Medizinen behelfen, die ich zur Verfügung habe. Ich kann keine Kampferinjektion in das Herz machen, weil mir die Maschinerie dazu fehlt.

Das Herz schlug nun kräftig und zufrieden, aber der Bursche wollte nicht aufwachen. Am Kopfe konnte ich nichts finden. Ich schlug ihm die Backen, die Handflächen und die Handgelenke. Ohne irgendwelchen sichtbaren Erfolg.

Ich schnürte nun meine Medizinschachtel auf. Die Leute sahen natürlich den Inhalt. Ob sie über die merkwürdigen Medizinen, die ich in der Pappschachtel hatte, erstaunt waren oder nicht, konnte ich nicht feststellen, denn sie ließen kein Wort verlauten. Sie mochten wohl überzeugt sein, daß die Angelhaken dazu dienten, irgend jemand etwas aus dem Magen zu fischen, das er unvorsichtigerweise verschluckt hatte, und das abgebrochene halbverrostete Taschenmesser diente nach ihrer Meinung gewiß als chirurgisches Instrument zur Amputation von Füßen und Armen oder zum Herausnehmen des Blinddarms. Auf jeden Fall wurden angesichts des Inhalts meiner Medizinschachtel die Achtung vor mir und das Zutrauen zu meinen Fähigkeiten nicht geringer, sondern, wie ich wohl sehen und fühlen konnte, erheblich verstärkt.

Ich nahm eine halbaufgebrauchte Tube Mentholatum heraus und schmierte eine dünne Schicht der Salbe dem Burschen an die inneren Nasenwände, um ihm das Atmen zu erleichtern durch Erweichen des Schleims. Dann fragte ich die Leute, ob sie Ammoniak im Hause hätten. Sie hatten ein Fläschchen zur Hand, und nach einigen heftigen Dosen nieste sich der Junge munter. Ich fächelte ihm kräftig Luft zu, und er begann bald tüchtig und tief zu atmen. Aber als er nun zum Bewußtsein kam, begann er aus vollem Herzen zu stöhnen.

Jetzt wußte ich, was los war und was mir nicht verraten werden sollte. Ich überlegte eine gute Weile, was ich tun sollte. Denn mir war nun alles völlig klargeworden. Sagte ich offen heraus, was ich jetzt wußte, so konnte das eintreten, was ich erwartet hatte, seit ich das erste Anklopfen an meinem Bungalow hörte. Die Kenntnis, die ich jetzt auf einem Umwege erlangt hatte, machte mich zu einem sehr unbequemen Zeugen. Und das konnte die Männer leicht verpflichten, mich aus der Welt zu schaffen.

Aber dann sah ich die jüngere Frau, die Tante des Burschen, an. Die Tränen standen ihr dick in den Augen, und ich wußte, daß sie im tiefen Ernst sei, dem Jungen gegenüber wie eine leibliche Mutter zu fühlen. Der Junge konnte sich vielleicht auch ohne meine Hilfe wieder hochbringen, aber nicht vor zwei Tagen. Und inzwischen kamen die Soldaten; und er, der sich nicht in Sicherheit bringen konnte, wurde draußen am Gartenzaun, nach einer Vernehmung von fünf Minuten, erschossen. Daß er erschossen wurde, war sicher; daß ich hier von den Männern meiner unbequemen Mitwisserschaft wegen erschossen wurde, mochte zweifelhaft sein.

Wieder sah ich die Frau an, und wieder sah ich ihren wehen Blick auf mich gerichtet. Ich will nicht sagen, daß ich nun aus übergroßer Menschenliebe mich entschied. Das wäre ungenau. Ich möchte auch nicht besser und edler erscheinen, als ich wirklich bin. Denn um die volle Wahrheit einzugestehen, es sind wie bei jedem anderen gewöhnlichen Menschen Bosheiten, Niederträchtigkeiten, Hilfsbereitschaft, Menschenfreundlichkeit und Liebe zu meinen Mitmenschen in so gleichem Maße in mir verteilt, daß nicht immer mein Wille, sondern oft, wenn nicht meist, eine reine Nebensächlichkeit entscheidet, ob ich in einem bestimmten Falle eine wenig lobenswerte Handlung begehe oder eine Tat ausübe, die alle Menschen glauben macht, ich sei der edelmütigste und selbstloseste Mensch. Daß man so wird, das macht der Busch, und das macht das Herumschlagen mit allen Sorten von Menschen, und das macht die Aufgabe, fertig werden zu müssen mit Umständen, die einem selten Zeit lassen, darüber nachdenken zu können, ob das, was man tun muß, edelmütig oder nichtswürdig ist.

Hier, in diesem Falle, entschied, wie so häufig vorher, die Neugierde, zu erfahren, was wohl mit mir geschehen würde, falls ich das tue, was nach meinem Urteil als das Dümmste und Unvorsichtigste angesehen werden muß. Wissentlich tat ich das, was man mir nicht als große Klugheit anrechnen mag. Wenn ich mich aber dennoch durch den bittenden und wehen Blick in den Augen jener Frau vielleicht endgültig entschied, so will ich es nicht auf meine Rechnung gesetzt haben als einen Posten, der zugunsten eines edelmütigen Charakters verbucht werden kann. Denn das wäre eine Unwahrheit.

Ich blickte den Onkel des Burschen, also jenen Mann, der mit dem Machete gekommen war, an, hielt meinen Blick eine Weile auf ihn gerichtet und sagte dann kurz und laut: »Wo hat er denn das Loch? Wie kann ich ihn denn hochbringen, wenn Sie mir nicht sagen, was er abgekriegt hat?«

Alle Anwesenden, selbst die ältere Frau, fuhren erschreckt zusammen, stießen kurze Ausrufe aus, wurden bleich, und ihre Blicke flogen von einem zum anderen, bis sie alle auf meinem Gesicht haftenblieben.

Der Onkel bekam seine Ruhe am ersten zurück. Er sagte in einem Ton, als ob er bereit sei, alles aufzugeben, dabei die beiden Männer mit den Gewehren ansehend: »Ich habe es euch ja vorher gesagt, ihr wolltet es ja nicht glauben, dem Gringo können wir nichts vormachen, der ist Doktor durch und durch.«

Ich wartete nun auf nichts mehr. Ich zog die Decke herunter, sah rasch hin über die Brust und den Leib, und dann sah ich bereits den weiten Blutfleck auf dem Petate. Ich schob die Decke bis zu den Füßen und fand zwei kräftige Schußwunden, eine am Oberschenkel, die andere an der Wade. Die Wunde an der Wade war nicht schwer. Hier hatte eine Kugel nur tüchtig gestreift. Dagegen war die Wunde am Oberschenkel eine sehr heftige Fleischwunde. Die Kugel war heraus, denn ich fand Einschuß und Auslauf. Das Kaliber war heftig, sicher .45; außerdem war die Kugel offenbar oben abgefeilt und eingekerbt gewesen, wie das hier mit Vorliebe getan wird. Wäre sie auf den Knochen gestoßen, dann wäre das Bein zu kleinen Splittern zersprengt worden. Aber der Knochen war nicht verletzt, wie ich aus dem Verlauf des Schußkanals sehen konnte. Dagegen hatte die Kugel wohl eine oder gar mehrere Adern aufgerissen, was einen großen Blutverlust zur Folge gehabt haben mußte und zweifellos die alleinige Ursache war, daß der Bursche so weit herunterkommen konnte.

Die Adern schienen sich aber bereits ausgeblutet zu haben, oder sie waren von dem trocknenden Blute schon gut verklebt; denn um die Wundränder hatten sich schwache Krusten gebildet. Es waren auf die Wunden sehr schmutzige Hemdenlappen gewickelt. Die einzige Gefahr, die für den Burschen bestand, war die einer Infektion und damit die Möglichkeit, daß er den Brand bekam. Nun ist ja das Blut der Indianer im allgemeinen so gesund, daß nur dann eine wirklich schwere Infektion ihrer Wunden eintritt, wenn alle Vorsichtsmaßregeln außer acht gelassen werden.

Ich ließ rasch alte Leinenfetzen auskochen. Die Leute hatten eine reichliche Packung reiner Baumwolle im Hause, und ich hatte einige sterilisierte unberührte Gazebinden.

Ich wusch die Wunden mit heißem Wasser und Seife gut aus. Aus meinem Medizinkasten brachte ich eine Flasche Zonite hervor, ein sehr starkes Desinfektionsmittel, das während des Krieges mit viel Erfolg verwendet wurde. Die Flasche war mir übriggeblieben von einem Ölkamp, wo ich gearbeitet hatte. Ich goß das Zeug gleich so rein in die Wunden. Der arme Junge sauste halb in die Höhe; denn er mußte sicher ein Gefühl haben, als bohre man ihm einen weißglühenden Eisenstab durch die Schußkanäle. Aber er durfte sicher sein, daß es ihn rettete. Ich ließ ein wenig nachtrocknen, streute eine dicke Schicht von Bismut-Jodoform auf die Wunden, legte Gaze darauf und verband. Der Junge seufzte tief auf, aber jetzt mit einem gewissen Wohlgefühl. Gleich darauf fiel er in einen tiefen, ruhigen Schlaf, nachdem ich ihm einen heftigen Tequila eingeschenkt hatte. Der Tequila wird ja vielleicht seinen Narben nicht sehr dienlich sein; aber Schönheitsfehler an den Oberschenkeln spielen ja nur eine Rolle, wenn er beim Mädchen liegt, und bei solcher Gelegenheit helfen sie ihm beim Prahlen und vertiefen die Liebe seines Mädchens, das ja, wie jedes Mädchen, lieber mit einem Helden schläft als mit einem Nußknacker.

Die Frage, die jetzt kommen mußte, kannte ich. Darum sagte ich gleich, ohne zu warten: »Wenn Sie ihn morgen aufs Pferd heben, um weiterzureiten, werden Sie gut tun, ihm einen kräftigen Verband aus einem alten Gummischlauch oder Gummigürtel oder elastischen Hosenträgern über der Wunde am Oberschenkel anzulegen, damit er nicht aufs neue ausblutet und vielleicht gar fortblutet.«

Ich zeigte den Männern, wie sie das machen sollten, sagte ihnen, daß sie jeden neuen Verband, den sie auf die Wunde brächten, erst auskochen müßten, gab ihnen den Rest meines Zonite und meines Bismutpulvers, erbat mir einen weiteren kräftigen Tequila, sagte: »Gute Nacht!« zu allen, gab allen die Hand – die Tante des Jungen beugte sich nieder und küßte meine Hand –, und dann ging ich auf die Tür los.

Scheinbar tat ich das alles so, als ob das, was ich hier gesehen und getan hatte, etwas gewesen wäre, das ich jeden Tag zwölfmal in genau derselben geschäftsmäßigen Weise sähe und täte. In Wahrheit aber tat ich das alles sehr bedacht, jeden Augenblick darauf wartend, daß einer der Männer sagen würde: »Sie können nicht so ohne weiteres fortgehen, Señor, wir wollen erst noch ein Wort miteinander sprechen; wir wollen das draußen hinter dem Hause bei den Gemüsebeeten erledigen.«

Aber daß ich kein Wort darüber verlor, wie der Junge zu den Wunden gekommen war, und nicht einmal andeutete, ich wüßte um die Schußwunden, daß ich mich benahm, als gehöre ich zu der Bande und als wäre ich ein uralter Freund des Hauses, der nichts sagt aus Freundschaft und noch weniger etwas sagt aus Geschäftsklugheit, daß ich klar sehen ließ, es sei mir vollkommen gleichgültig, was meine Mitmenschen tun, solange sie mich ungeschoren und friedlich meiner Wege gehen lassen, brachte sie aus allen Plänen hinaus. Und um das alles noch zu verstärken, sagte ich, als ich bei der Tür war: »Wenn es schlimmer werden sollte, rufen Sie mich ruhig; ich komme ganz gern, auch in der Nacht. Überhaupt immer können Sie mich rufen, wenn ich Ihnen helfen kann, ich tue es gern und mit Freude.«

Die letzten Worte gaben wohl den entscheidenden Ausschlag. Man wird doch nicht den einzigen Doktor erschlagen, den man hat, und den einzigen, der, wenn herumgefragt wird, keine berufliche Verpflichtung hat, Behörden Auskunft zu geben über Schußwunden, die er behandelt hat und die ihm verdächtig erschienen sind.

Aber so leicht kam ich nicht davon. Als ich an der Tür stand, kam der Onkel auf mich zu und sagte: »Entschuldigen Sie, Señor, wir können Sie nicht allein zu Ihrem Haus gehen lassen; es könnte Ihnen etwas zustoßen auf dem Wege. Ich glaube auch nicht, daß Sie den Weg allein heimfinden. Sie verlaufen sich sicher im Busch. Und zur Nachtzeit allein im Busch sein und ohne den Weg zu kennen, möchte ich Ihnen nicht raten. Der Weg hierher ist nicht gut bekannt. Wir haben Sie hierhergebracht, und es wäre unhöflich, wenn wir Sie nicht wieder zu Ihrem Hause brächten.«

Ja, da war ich wieder. Eine Stunde Weg durch Busch und Dschungelgestrüpp mit den drei Männern, zwei mit Gewehren, der eine außerdem mit einem Revolver und der dritte mit einem Machete, scharf gefeilt wie ein Schlachtmesser. Mit drei Männern, die trotz aller guten Meinung, die sie von dem Doktor und seiner Hilfsbereitschaft haben mögen, sich doch bei weitem sicherer fühlen, wenn einer, der etwas wissen könnte, weniger auf der Welt ist. Und von den dreien braucht ja nur einer auf dem Wege einen dummen Gedanken zu bekommen. Ehe die beiden andern es verhindern können, ist es schon geschehen. Ob sie sich nachher darum streiten, ob es richtig und ob es dankbar war, ändert nichts an der alleinigen Sache, die mich betrifft.

Ich sehe wieder auf die Tante. Sie steht noch da im Zimmer. Aus Höflichkeit mir gegenüber hat sie sich nicht wieder in ihren Schaukelstuhl gesetzt. Sie wartet, bis ich das Haus verlassen habe. Sie sieht mich an, mit aufrichtiger Dankbarkeit in den Augen. Sie kommt, von einem inneren Gefühl plötzlich getrieben, auf mich zu, ergreift meine Hand und küßt sie nochmals. Dann lächelt sie und nickt, dreht sich um, geht zu einem Schränkchen, nimmt eine Flasche mit Honig heraus und gibt mir den Honig. »Ist sehr gut für die Mehlkuchen, die Sie sich backen, sind dann nicht gar so sehr trocken. Morgen schicke ich Ihnen zwei Dutzend Eier hinunter und ein paar Kilo Ochsenfleisch. Und nochmals vielen Dank, daß Sie gekommen sind.«

»Nicht der Rede wert«, sage ich. »Geben Sie dem Jungen, wenn er aufwacht, mehrere Tassen gute Fleischbrühe mit tüchtig Eier darinnen eingerührt. Wird ihm rasch hochhelfen. Gute Nacht, Señora.«

Die Frau wußte recht gut, was mir auf dem Wege geschehen könnte und sicher geschehen würde, wenn die Männer zur Überzeugung kamen, es sei für ihre eigene Sicherheit besser, ein Maul, das wacklig werden kann, rechtzeitig und gut zu stopfen. Aber ich hatte die Sympathie und Dankbarkeit der Frau gewonnen. Die Frau war nicht so nebensächlich in dem Geschäft der Männer, wie es vielleicht erschien. Sie war durch die Verwundung ihres Neffen heftig aus der Fassung gebracht worden. Das ist wohl richtig. Und oberflächlich gesehen, mochte es den Eindruck erwecken, daß sie eben nur eine Frau war wie andere. Aber wenn ich ein Haus sehe, wie dieses war, dann weiß ich, wer der Kommandant ist. Und weil die Frau mehr Intelligenz besaß als einer der drei Männer, ihr eigener Mann eingeschlossen, so wußte ich auch, wer das Hirn des Unternehmens war. Nur die mickrigen Spitzbuben und die Centavos-Wegelagerer sind verdreckt, verlaust und mit Lumpen behangen. Zwischen einer intelligent geführten Räuberbande und einer gewissen Sorte von Bankgeschäften, wo der Präsident im eleganten Automobil fährt, ist der Unterschied nicht so groß, wie man meint. Innerhalb der modernen Zivilisation ist das beste Schutzmittel für alle Handlungen und Dinge ein wohlanständiges Äußeres und ein gutbürgerliches Gesicht. Ehrlichkeit und Ehrbarkeit müssen nach allen Seiten ausstrahlen, dann kann man im Schatten tun, was man will, ohne je Verdacht auf sich zu laden. Und wenn die Frau mir in Gegenwart der Männer sagte: »Morgen schicke ich Ihnen Eier und Fleisch hinunter!«, so sagte sie damit: »Wehe den Knechten hier, wenn du morgen nicht in voller Gesundheit in deinem Hause bist, um dich an dem zu laben, was ich dir schicken werde.«

Die Männer hatten das Kommando verstanden. Der Doktor mußte dem Geschäft erhalten bleiben. Wir kamen friedlich zu meinem Bungalow. Als wir uns »Buenas noches!« sagten, fühlte ich, daß mir der Onkel drei Pesos in die Hand drückte. »Nehmen Sie«, sagte er, »eine kleine Vergütung.«

»Entschuldigen Sie«, erwiderte ich, »von meinen Freunden nehme ich kein Geld für eine Hilfeleistung, die ich aus rein menschlichen Gründen getan habe und immer zu tun bereit bin, wenn ich dazu Gelegenheit habe.«

Er hielt das Geld noch eine Weile hin, als ob er glaubte, es sei nur eine Höflichkeit von mir, so zu sprechen, und ich würde das Geld dann doch schon nehmen. Denn er, wie jeder im Dorfe, wußte recht gut, wie nötig ich drei Pesos hätte brauchen können. Aber ich lehnte noch einmal ganz entschieden ab und sagte: »Sie werden mich doch nicht etwa beleidigen wollen, Señor!«

»Ganz gewiß nicht«, sagte er und schob das Geld wieder in seine Tasche zurück. Dann fügte er hinzu: »Ich werde sehen, ich kann Ihnen gewiß morgen zwei Burschen schicken, die Englisch lernen wollen.«

»Das ist schon besser«, meinte ich darauf. »Ich werde

morgen früh zu Ihnen kommen, um zu sehen, wie es dem Jungen geht.« Er druckste, als ob er sagen wollte, das sei nicht nötig, und auch die beiden anderen Männer taten, als ob sie etwas dagegen einwenden wollten. Aber es mochte ihm wohl gleichzeitig einfallen, daß es vielleicht nötig sein könnte, noch mal nach dem Jungen zu sehen.

»Gut, gut«, sagte er dann nach einer Sekunde. »Und nochmals ›Gute Nacht!‹ und vielen, vielen Dank.«

Am nächsten Morgen um neun Uhr machte ich mich auf, den Jungen noch einmal zu besuchen. Das ist ja so etwa die richtige Besuchszeit für tüchtige Doktoren.

Ich hatte kaum das letzte Haus des Dorfes hinter mir gelassen, da traf ich auf den Onkel. Gleich hatte ich das bestimmte Gefühl, daß der Mann auf mich am Wege gewartet hatte, weil er vermeiden wollte, daß ich zu ihm ins Haus käme bei Tage. Ich war nicht einmal sicher, ob ich das Haus überhaupt wiedergefunden hätte. In der Tat, um es gleich jetzt zu sagen, als ich eine Woche später versuchte, das Haus zu finden, aus purer Neugierde, erlebte ich, daß ich mich völlig im Busch verlief, daß ich erst nach Stunden und erst nach Einbruch der Dunkelheit meinen Weg ins Dorf zurückfand und auch nur dadurch, daß ich zu meinem Glück einen Kohlenbrenner antraf, der auf dem Heimwege war. Die Männer hatten mich in jener Nacht sehr geschickt so im Gestrüpp und im Busch herumgeführt, daß ich geglaubt hatte, die Richtung genau zu wissen, während sie durchaus falsch war.

Der Onkel sagte mir: »Der Junge ist auf. Er ist heute mit den übrigen schon sehr früh fortgeritten. Es ging recht gut. Wir haben ihm den Verband so angelegt, wie Sie uns gesagt haben. Die Wunde war schon gut am Heilen. Und hier sind auch die Eier und das Ochsenfleisch, das Ihnen die Señora gestern nacht versprochen hat. Es ist auch nicht gerade nötig, daß Sie im Dorf viel darüber reden. Die Leute denken dann gleich, daß da eine Schlägerei gewesen sein könnte, und das bringt den Jungen nur in einen schlechten Ruf. Verstehen Sie, Señor?«

»Ich verstehe, und ich habe auch gar keinen Grund, darüber zu sprechen. Jeder kann in eine solche Lage kommen.« Dann brachte ich einen Zettel hervor: »Ich möchte Sie aber bitten, wenn Sie zur Stadt kommen sollten, mir die Medizinen zu kaufen, die ich hier aufgeschrieben habe und die ich in der Nacht alle aufbrauchen mußte.«

»Natürlich, Señor«, sagte der Mann und nahm den Zettel. Dann gingen wir unserer Wege.

Als ich zu meinem Bungalow kam, saßen auf den Stufen die beiden neuen Burschen, die Englisch lernen wollten und es auch gleich versuchten. Sie bezahlten mir jeder zehn Stunden im voraus.

Zwei Tage später, sehr früh am Morgen, fand ich, daß das Dorf von Soldaten umzingelt war. Keiner konnte hinaus aus dem Dorfe, aber wer draußen war, durfte hinein. Ein paar Häuser wurden oberflächlich durchsucht. Und eine große Anzahl von Einwohnern, Männer, Frauen und Kinder, wurden zusammengetrieben und auf dem Dorfplatze von Offizieren und einigen Beamten der Distriktpolizei vernommen.

Ich hörte bald, was los sei. Einige Nächte vorher waren drei Haciendas von Banditen überfallen worden. Die Besitzer waren gebunden worden, und es war alles Geld, das gefunden oder erpreßt werden konnte, gestohlen worden. Dreißigtausend Pesos waren geraubt worden. Jedes Kind wußte, daß dies eine Lüge sei, denn kein Haciendabesitzer hält so viel Geld im Hause, und wenn er es vergraben hat, so sagt er es nicht und gesteht es auch nicht. Aber zweitausend Pesos alles in allem mochte richtig sein.

Die Soldaten waren den Banditen auf der Spur. Die Spur führte hier in das Dorf. Und weil das Dorf als Banditennest im ganzen Staate berüchtigt war, so wären die Soldaten auch ohne Spur hierhergekommen.

Ich schlenderte ruhig meiner Wege und wollte zum Dorfplatz gehen, um mir das Schauspiel anzusehen. Da kam mir einer der Bewohner entgegen.

»Es ist nicht viel los, die Soldaten werden wohl am Nachmittag wieder abziehen müssen, ohne die Banditen hier gefangen zu haben. Sie suchen auch hier nur nach einem Burschen, der einem verwundeten Banditen fortgeholfen und ihn zur Flucht unterstützt hat. Wenn die Soldaten den Mann kriegen, dann wird er sofort vernommen und gleich auf dem Platze erschossen. Die Offiziere sagen, daß diese Art Leute schlimmer und gefährlicher seien als die Banditen selbst.«

»Was hat denn der Mann getan? Wie kann er denn den Banditen zur Flucht verhelfen?« fragte ich. »Die Banditen sind doch groß genug und schlau genug, sich allein fortzuhelfen. Die brauchen keine Hilfe.«

»Hier liegt der Fall anders«, sagte nun wieder der Mann. Wir waren stehengeblieben. Er schien sehr froh zu sein, mich gefunden zu haben, um mir recht heiß alles das zu erzählen, was von den Offizieren und von den Soldaten erzählt worden war, was die Leute unter sich im Dorfe tuschelten, welche wilden Gerüchte herumschwirrten, und was er sich selbst dachte. Wäre alles das, was die Offiziere errieten, was die Leute im Dorf sich erzählten, was der eine vermutete und was hier mein Berichterstatter sich ausdachte, wäre das alles schön vereint und gut geordnet den Offizieren bekannt gewesen, so hätten sie damit einen Erfolg vielleicht erzielen können. Aber alle diese Zeugenansichten waren verstreut und darum wertlos.

»Ja, hier liegt der Fall anders«, sagte der Nachbar. »Das ist so, sehen Sie, Señor. Auf der letzten Hacienda, wo die Banditen waren, hat einer der Burschen, ein ganz junger noch, einen mächtigen Schuß ins Bein abgekriegt, vielleicht gar zwei Schüsse. Der Bursche hat tüchtig geblutet. Seine Freunde haben ihn aber doch fortgekriegt. Und sie sind bis hierher in dieses Dorf gekommen. Man hat sie hier gesehen, wie sie den Jungen auf dem Pferde weiterschleppten. Wo sie ihn hingetragen haben, weiß man nicht. Aber sie haben einen Doktor geholt. Keinen richtigen Doktor, sehen Sie, Señor, aber einen, der das auch gut kann. Das hat man auch gesehen. Und gestern morgen war der Junge wieder gesund, und darum konnte er fortgeschleppt werden. Die Banditen sind gesehen worden von Männern, die im Busch arbeiten. Ohne den Mann, der kuriert hat, hätten die Banditen den Jungen nicht weiterschleppen können. Der Junge wäre von den Soldaten gefunden worden; die Soldaten hätten so erfahren können, wer er ist und zu welcher Familie er gehört. Dann hätten sie bald die ganze Bande gehabt.«

»Und nun«, fragte ich, »ist keine Hoffnung mehr, die Banditen zu fangen?«

»Wenig«, sagte der Mann. »Seit die Offiziere wissen, daß der geschossene Bursche entflohen ist, suchen sie jetzt nur noch nach dem Manne, der kuriert hat und so den Banditen fortgeholfen hat. Die Offiziere sagen, sie wissen genau, daß er hier im Dorfe ist. Sie haben das ganze Dorf umstellt, er kann nicht fort. Sie suchen die Häuser ab, und wenn sie die Medizin finden, wissen sie gleich, wer es ist. Der Mann wird dann sofort hier abgeurteilt und auch gleich darauf erschossen wegen Banditenbegünstigung.«

»Geschieht ihm ganz recht«, sagte ich. »Ein anständiger Mensch hilft keinem Banditen fort.«

»Sie haben doch auch Medizin im Hause, nicht wahr?« fragte mich nun mein Nachbar.

»Ja, etwas, für den Notbehelf.«

»Das ist nicht genug, was Sie haben«, sagte er darauf.

In diesem Augenblick kam aus dem gegenüberliegenden Hause ein Offizier heraus mit einem Sergeanten und drei Soldaten, die in jenem Hause nach Medizin oder nach sonstigen Spuren gesucht hatten.

Ich hatte in jener Minute auch nicht die geringste Neigung, mir Soldaten anzusehen, und ich wollte weiterschlendern. Aber mein Nachbar hielt mich am Arm und sagte: »Bleiben Sie ruhig stehen, Señor, die tun uns nichts.«

Ich hielt es auch für besser, stehenzubleiben, denn jetzt kam der Offizier auf mich zu, gefolgt von seinen Leuten.

Da ich völlig unschuldig war, niemals verwundete Banditen kuriert hatte, niemals fliehende Banditen unterstützt hatte, so hatte ich keinen Grund, verlegen zu werden.

»Welches ist Ihr Haus, Señor?« fragte der Offizier.

»Da hinten, der Bungalow«, antwortete ich.

»Haben Sie Medizin im Hause?« fragte der Offizier sehr gleichgültig.

»Ja, etwas.«

»Was für welche?«

»Eine halb aufgebrauchte Tube Mentholatum, Señor«, sagte ich.

»Können Sie Schußwunden kurieren?« fragte er mich.

»Ist jemand von Ihren Leuten geschossen worden?« Ich fragte sehr erschreckt und mitleidig zugleich.

»Ja«, sagte der Offizier.

»Das tut mir so aufrichtig leid«, sagte ich traurig werdend. »Aber ich, ich kann kein Blut sehen, dann wird mir sofort schlecht, daß ich umfalle.«

»So sehen Sie auch aus, Señor«, sagte der Offizier laut auflachend. »Das ist mit euch Amerikanern allen so. Habt nicht die gesunden Nerven, die wir Mexikaner haben. Wir können Blut sehen, und wie! Natürlich keine Beleidigung gemeint, Señor. Adios, und entschuldigen Sie mich, wenn ich Sie belästigen mußte. Wir sind hier im Dienst. Adios.«

Er schüttelte mir die Hand und ging.

Mein Nachbar trottete hinter dem Offizier her, der ein weiteres Haus absuchen ging.

Als ich jetzt allein stand und gerade überlegte, ob ich in mein Haus gehen sollte oder weiter im Dorfe herumstreifen, kam ein Junge auf mich zu, schon rufend, als er noch einige Schritte entfernt war: »Oiga, Señor, ich bringe die

Medizinen aus der Stadt; der Señor sagt, es ist alles richtig bezahlt.« Ich nahm ihm das Paket ab und schob es in meine Tasche.

Sobald mein Mais eingebracht und verkauft war, hielt ich es für besser, die Gegend zu verlassen, ohne Weiteres abzuwarten. Es war einige Monate später, und ich saß im Eisenbahnzuge nach Mexico City. Die Fahrt brachte, wie das oft vorkommt, Bekanntschaften zusammen, die eigentlich nicht zueinander gehören. Es war zwischen den Stationen Silao und Celaya, als zwei Herren, beide Mexikaner, die schon eine beträchtliche Strecke mit mir im selben Wagen fuhren, sich in meine Abteilung setzten und mich höflich fragten, ob ich nicht mit ihnen einige Partien Domino spielen möchte. Ich sagte zu. Wir spielten um Bier, das wir im Zuge kauften, und das schon immer viel früher ausgetrunken war, ehe das Spiel entschieden hatte, wer das Bier zu bezahlen hatte. Die Bezahlung ging ziemlich gleichwertig herum, und wir regten uns nicht sonderlich auf.

Der Zug bekam Verspätung, und wir wurden des Spiels überdrüssig. Die beiden Herren blieben in meiner Abteilung sitzen, und wir begannen zu schwätzen. Was man so in einem Eisenbahnzuge schwätzt.

Es war ganz natürlich, daß wir auch auf die Amerikaner in Mexiko zu sprechen kamen. Immer, wenn irgendeine Bemerkung fiel, die wie eine Beleidigung gegenüber Amerikanern aufgefaßt werden mochte, setzten die Herren sofort höflich hinzu: »Sie verstehen, Señor, das meine ich nur so im allgemeinen; ich habe keineswegs die Absicht, Sie oder irgend jemand von Ihren Freunden zu verletzen. Es ist ja auch nur der Unterhaltung wegen.« Darauf lachten sie, und wenn ich vorsichtig etwas gegen die Mexikaner sagte, dann fügte ich auch hinzu, daß es nur der Unterhaltung wegen sei, und daß mir die Mexikaner ebenso lieb seien wie meine eigenen Landsleute, die auch nicht alle von Engeln ausgebrütet worden seien, und daß wir alle miteinander unsere tiefen Schattenseiten haben, ganz gleich, welcher Nation wir angehören.

»Das ist richtig«, sagte der eine der Herren, »da haben Sie aber durchaus recht. Wir haben hier eine gute Anzahl von Amerikanern im Lande, die nichts als Unheil stiften.«

»Weiß ich, Señor«, fiel ich ein, »da sind die großen Öl-magnaten und die Minenkompanien und die Chiclekom-panien und die großen Bankiers, die einen mexikanischen Staat nach dem andern annektieren wollen.«

»Ja, die auch«, sagte der Herr, »aber an die habe ich ge-rade im Augenblick nicht gedacht. Ich meine eine andere Sorte von Amerikanern. Es kommt mir sehr oft so vor, als ob alles Gesindel von den Staaten, dem es dort oben zu heiß unter den Füßen wird, hier nach Mexiko kommt, um allen möglichen Unfug zu verrichten.«

»Solche Leute gibt es«, bestätigte ich. »Wir haben wirk-lich viel Gesindel. Das ist wahr. Und Mexiko ist das nächste fremde Land, wo diese Burschen glauben, sicher zu sein.«

»Aber nicht mit mir, Caballero, nicht mit mir«, ereiferte sich der kleine, etwas fette Herr. »Mit mir können diese Ihre Landsleute – entschuldigen Sie, daß ich sage paisa-nos, Landsleute, aber ich meine Sie ja nicht –, ja, also mit mir können diese Sträflinge nichts ausrichten. Ich bin ihnen heiß dahinter, si, Señor. In meinem Distrikt können diese Burschen sich nicht halten, oder ich habe sie gleich am Kragen; und wenn sie hier etwas ausgenascht haben, dann sacke ich sie gehörig ein. Aber gehörig und dick. Und dann werden sie ausgeliefert, um daheim den Rest abzumachen, den sie sich dort aufgeknallt haben.«

»Dann sind Sie wohl Staatsanwalt, Señor?« fragte ich.

»Noch nicht, aber vielleicht eines Tages. Wer weiß. Pro-bablemente. Nein, ich bin Polizeichef in dem Distrikt Conitaclapam. Kennen Sie den Distrikt, Señor? Waren Sie da schon einmal oben?«

»Nie in meinem Leben«, sagte ich, der Wahrheit gemäß. Einem Polizeichef gegenüber muß man immer die Wahrheit sagen, wie einem Richter, wie einem Staatsanwalt. Nur dann kommt man ungeschoren und fröhlich durchs Leben. Conitaclapam war jener Distrikt, wo ich meine abgefressene Baumwollfarm gehabt hatte, wo das Dorf, in dem ich wohnte, mit Banditen so vollgestopft war, daß ich der einzige Bewohner war, auf den ich schwören konnte, daß er bestimmt kein Bandit war. Ich glaube, ich lasse das lieber sein mit dem Schwören, und begnüge mich damit, zu sagen, daß jenes Dorf eine gute Anzahl von Banditen beherbergte, die alle miteinander so unschuldig aussahen wie frischgewaschene Englein auf einem Muttergottesbild.

Der Polizeichef wußte sofort, daß ich jene Gegend nicht kannte und nie gesehen hatte. Darum konnte er frischweg und freiheraus reden: »Ich habe da in meinem Distrikt eine gute Anzahl von Amerikanern leben, Farmer, Viehzüchter, Baumwollpflanzer, Ladeninhaber. Durchweg sehr anständige, ordnungsliebende Leute, die das Gesetz achten, pünktlich ihre Steuern und Abgaben entrichten und mir nie auch nur die geringste Sorge oder Schererei machen. Leute mit Bildung, fleißig, arbeitsam, sparsam, fortschrittlich. Ja, wie ich gestehen möchte, Leute, auf die Sie, Señor, stolz sein dürfen. Landsleute von Ihnen, gegen die ich einen tiefen Respekt fühle, die mir jeden Tag willkommen sein würden als mexikanische Bürger.«

»Ja, ich treffe hier in Mexiko genug solche tüchtigen Leute von uns. Wackere Pioniere, um die es schade ist, daß sie nicht daheim bleiben«, sagte ich mit aufrichtiger Überzeugung.

Der Polizeichef schien sich nicht viel aus meiner Meinung zu machen. Er war im Fluß und wollte reden. Was konnte ich dagegen tun? Ich ließ ihn weiterreden. Die größte Freude, die man Menschen machen kann, ist die, sie reden zu lassen, solange sie wollen, bis ihnen das Maul ausfranst. Man wird viel mehr geachtet, wenn man andere reden läßt, als wenn man selbst redet; denn kein Mensch hat auch nur das geringste Interesse daran, die Meinung eines andern zu hören.

So redete der Polizeichef immer drauflos: »Aber außer solchen achtbaren Amerikanern, die in meinem Distrikt zu haben ich mich glücklich schätze, habe ich auch einiges Gesindel darunter. Und auch gleich das gefährlichste, das Ihr Land auszuspeien vermag. Entschuldigen Sie, Señor, das ist natürlich nicht persönlich gemeint, in keiner Weise. Ich habe da in meinem Distrikt eine gute Zeitlang einen Burschen gehabt, der Ihrem Lande sicher keine Ehre macht, ein Bursche, von dem ich zehnmal schwören will, daß er in zwanzig Städten Ihres Landes gesucht wird wegen Raubmords, Postdiebstahls, Bankeinbruchs, Geldfälschung, Bigamie, Scheckradierung, Mädchenraubs, Gefängnissprengung, Opiumschmuggels und mehr solcher Dinge. Was er eigentlich in meinem Distrikt gemacht hat, oder wie er dahin gekommen ist, habe ich nie richtig erfahren können. Er hat da so getan, als ob er Baumwolle farmen wollte oder Öl bohren oder Kupferminen entdecken. Aber die Wahrheit ist, er ist nichts weiter gewesen als ein Landstreicher und Vagabund. Keinen ganzen Fetzen auf dem Leibe, wie mir die Leute sagen. Er hat weder die Pacht für das Land bezahlt noch die Miete für das Haus, in dem er wohnte.«

»Vielleicht hatte der arme Bursche kein Geld«, wandte ich ein, meinen vom Unglück gejagten Landsmann verteidigend.

»Mag sein«, sagte der Polizeichef. »Das will ich ihm ja auch nicht anrechnen. Dios mio, es kann ja jedem Menschen einmal eine Zeitlang das Feuer verregnen. Wenn er sonst anständig ist, habe ich gar nichts dagegen einzuwenden, wie er sich durchklammert durchs Leben. Aber was hat dieser Bursche dort getan, und das in meinem Distrikt —«

»Was denn, Señor?« fragte ich, gespannt seiner Rede folgend.

»Er hat gedoktert. Das würde ich ihm ja auch gar nicht so übelnehmen. Solange er die Leute nicht im Bauche herum-operiert, geht es mich gar nichts an, und ich frage kein Wort nach der Lizenz. Aber er hat alle Banditen, die wir anschossen, und die uns sicher in die Hände gefallen wä-ren, wenn er nicht gewesen wäre, gesundkuriert, so daß sie uns alle entwischten und wir nie einen einzigen kriegen konnten. Er hat sie alle beschützt. Er hat jedes Haus ge-wußt, wo die Banditen sich versteckten, wenn wir hinter ihnen her waren. Er hat sie nicht nur kuriert, das wäre auch nicht das Schlimmste, aber er war so gerissen, so durch und durch getränkt mit allen Kniffen und Schli-chen, daß er ihnen Zaubermittel gab, wodurch den Bandi-ten da jeder Überfall glückte. Er hat mit Radioapparaten gearbeitet und mit Lichtsignalen, so daß jede Ankunft von Soldaten den Banditen lange vorher verraten war, ehe wir noch fünf Meilen vom Dorf entfernt waren. Und was hat der Mann verdient! Die Banditen haben ihm die Tausende von Pesos nur immer so hingeschleppt ins Haus, ein Tausend Pesos nach dem andern. Der Mann hat mehr verdient als ich in meiner Stellung als Polizeichef. Dann hat dieser Vagabund alle Banditen englisch sprechen gelehrt, so daß sie bald darauf auch die amerikanischen Farmer überfallen konnten und den Farmern auf eng-lisch das Geld auspressen konnten. Was bin ich hinter diesem Mann her gewesen! Viermal war ich mit einer Kompanie Soldaten da, ihn zu fangen. Hat unsere Regie-rung sehr schwer Geld gekostet. Können Sie sich denken, Señor. Denn wir können das nicht umsonst machen. Es ist alles sehr teuer. Und auch ein Polizeichef muß leben, er kann nicht alles nur aus reiner Liebe zu seinem Berufe tun. Man hat mir von der Regierung schwere Vorwürfe gemacht wegen der Banditen und mir dreimal mit Abset-zung gedroht, wenn ich da nicht Ordnung schaffe. Aber ich habe das alles an die Regierung berichtet. Ein Bericht von sechzig Maschinenschriftseiten. Es wird jetzt bei der Regierung auch eingesehen, daß ich alles tat, was nur in der Macht eines sterblichen Menschen liegt, und man hat eingesehen, daß dieser Amerikaner die alleinige Schuld trägt, daß wir die Banditen nicht fangen können.«

»Haben Sie ihn denn nicht einfangen können?« fragte ich.

»Nie«, sagte der Herr empört. »Nie zu fangen gewesen. Ist viel zu schlau. Gut gedrillt in den Strafgefängnissen seines Landes. Und dann hatte er doch auch alle die Banditen da im Bunde. Wie war denn da etwas zu erreichen? Ich kann gegen Menschen alles ausrichten, aber gegen Teufel bin ich machtlos. Das hat man bei der Regierung auch eingesehen. Wir werden ihn ja auch noch kriegen. Wir haben alle seine Personalien. Sind eingetragen in allen Ämtern der Republik.«

»Wieviel kann er denn abbekommen, wenn er gekriegt wird?«

»Entweder erschossen oder zwanzig Jahre nach den Maria-Inseln.«

»Ist er denn nicht mehr in deinem Distrikt?« fragte jetzt der andere der Herren, der halb zugehört, halb geschlafen hatte.

»Nein, er hat sich fortgestaubt. Richtig ist, wir haben ihm den Distrikt so eingeheizt, daß er eines Nachts auf und davon gegangen ist. Und was soll ich Ihnen sagen, Señor«, wandte er sich wieder an mich, »seitdem der Bursche hinaus ist aus meinem Distrikt, herrscht dort tiefe Ruhe, keine Banditenüberfälle. Die Zivilisation ist wieder eingekehrt in den an sich so friedlichen Distrikt. Sie dürfen mir aufs Wort glauben, Señor, unsere Leute in jenem Distrikt sind alle friedliche und anständige Bürger, die in Ordnung ihrer Arbeit nachgehen. Freilich, wenn so ein Erzvagabund diese Leute unter seine unheilvolle Macht bekommt, dann – unsere Bürger sind ja auch nichts weiter als gewöhnliche Menschen –, was dann geschehen kann und geschieht, haben wir ja gesehen.«

Wir waren inzwischen nach Juan del Rio gekommen, wo wir alle ausstiegen, um im Restaurant zu Mittag zu essen. Hier traf der Polizeichef zwei Diputados, zwei Abgeordnete, die er kannte, und die den gleichen Zug benutzten, um gleichfalls nach Mexico City zu fahren. Als der Zug weiterfuhr, betrachteten die beiden Herren, die mit mir Domino gespielt hatten, es als angenehmer, sich für den Rest der Reise mit den Diputados zu unterhalten. Dadurch gelang es mir, mich unauffällig in einen andern Wagen zu schieben, so daß der Polizeichef mich nicht mehr sah und mich ebenso leicht und schnell vergaß, wie er mich kennengelernt hatte.

Aber da mir alle Schliche und Kniffe wohl vertraut waren, wie mir amtlich bestätigt worden war, hielt ich es für gesünder, in der ersten Vorstadt von Mexico City, wo der Zug hielt, auszusteigen und von dort mit der Straßenbahn nach der City zu fahren. Denn wenngleich ich unschuldig war wie ein frischgebadeter Cherubim, ist man erst einmal in den Schlingen des Gesetzes, dann ist es meist immer zu spät, seine Unschuld zu beweisen. Auf alle Fälle hat man einige Monate abzusitzen, und entschädigt wird man weder für das schlechte Essen noch für das harte Bett, noch für die Läuse, die man bekommt.

Hier kann ich ja nun in aller Ruhe erzählen, daß da einmal ein Polizeichef war, der sich so unfähig erwies, daß er selbst dann noch keinen Banditen erwischt haben würde, wenn er mit ihm Karten am selben Tisch gespielt hätte, und daß da ein Polizeichef war, der wohl wußte, daß er zu Unrecht Gehalt von der Nation bezog, der aber, um jenes Gehalt nicht zu verlieren, und um die Aussicht behalten zu können, weiter in den Ämtern hinaufzurücken, seine Unfähigkeit und seine Stupidität dadurch zu verdecken suchte, daß er einen Amerikaner in seinen Berichten anschuldigte, der Anführer von Banditen zu sein. Die Erde an den Stiefelsohlen jenes Amerikaners mag ja nicht ganz so unverdächtig sein, wie das hier dargestellt wird – denn jeder Mensch wünscht von sich nur Gutes zu berichten –, aber ganz so schlimm, wie es in den Berichten an die Regierung geschildert wurde, in sechzig Seiten Maschinenschrift, ist es doch nicht gewesen. Das soll keine Verteidigung sein, sondern nur die bleiche unbemalte Wahrheit.

Außerdem ist es Wahrheit, daß die Banditenüberfälle in jenem Distrikt, von dem hier die Rede war, in letzter Zeit erheblich zugenommen haben. Das berichten die Zeitungen. Und die Regierung berichtet, daß sie drei Kompanien Soldaten in den Distrikt schicken wird, um Ordnung zu schaffen.

Aber was auch alle berichten und sagen mögen, Zeitungen, Regierung und der Polizeichef, kümmert mich wenig. Was ich berichtet und gesagt habe, das ist die Wahrheit. Ich muß es wissen; denn ich war dabei. Alle übrigen, die berichten, waren nicht dabei. Und insbesondere die Tausende von Pesos, die mir in die Tasche berichtet wurden, habe ich nie gesehen und noch viel weniger gehabt. Mein ganzer Verdienst an jenen Geschäften war: sechzehn Eier, es können auch zwanzig gewesen sein, ich will um die Zahl nicht streiten; zwei Kilogramm gutes Ochsenfleisch, ich habe es nicht nachgewogen, weil man einer geschenkten Katze die Flöhe nicht berechnet, aber das Fleisch war gut; und ferner habe ich meine Medizinen ersetzt bekommen, die mir einen heißen Schrecken bereiteten, als sie mir laut entgegengeschrien wurden; und endlich bekam ich zwei Schüler in Englisch. Aber die kann ich als Lohn nicht zählen, denn ich mußte hart mit ihnen arbeiten, sie haben nichts bei mir gelernt, verließen mich nach zwei Tagen und wurden auf der Farm eines Amerikaners erwischt, als sie sechs Kühe in Englisch davon überzeugen wollten, ihnen lieber freiwillig zu folgen, als gezwungen, und mexikanisch mit ihnen zu ziehen. Aber auch daran war ich völlig unschuldig. Denn wenn jemand Englisch lernen will, ist es unhöflich, ihn zu fragen, ob er vielleicht die Absicht habe, amerikanischen Farmern in Mexiko in englischer Sprache Geld auszupressen. Wenn das Geld den Farmern erst einmal mit Erfolg ausgepreßt wurde, ist es ihnen gleich, ob es ihnen in Englisch, in Spanisch oder in Chinesisch abgepreßt wurde. Es kommt auf keinen Fall wieder, selbst dann nicht, wenn ein geschickter Polizeichef es erfolgreich zurückerobern sollte. Was fort ist, das ist fort. In Mexiko so gut wie in den Staaten.

Die Medizin

Es geschah in einem Dorfe, das ausschließlich von Indianern bewohnt wird. In seinem Bezirk hatte ich eine kleine Farm gepachtet, auf der ich Baumwolle pflanzte. Das Haus auf jener Farm war bei der letzten Revolution eingeäschert worden. Aus diesem Grunde wohnte ich in einer schlichten Palmhütte im Dorf. Da ich in der ganzen weiten Gegend der einzige Weiße war, kannten mich alle Indianer auf dreißig Meilen im Umkreise.

Die Leute konnten weder lesen noch schreiben, und alles, was über zwanzig zählte, alle Finger und alle Zehen, das war ›Mil‹ oder Tausend. Aber was Tausend ist, wieviel es ist und wie es sich in die Welt der Begriffe einordnet, dafür fehlte ihnen jegliches Verständnis.

Jedoch ich konnte eine Zeitung lesen, war im Besitze einiger aus dem Leim gehender Bücher und einiger amerikanischer Zeitschriften mit Bildern und Ansichten aus einer fernen Welt. Ich konnte Briefe schreiben, und eines Tages bekam ich sogar einen Brief aus einem Lande, das gewiß auf der andern Seite des Mondes lag, denn niemand hatte je von diesem Lande gehört.

Kein Wunder, daß ich als gelehrter und weiser Mann angesehen wurde, dem kein Geheimnis der Welt und der Unterwelt verborgen war. Manchmal hat das seine Vorteile. Ebenso häufig, um nicht gerade zu sagen meistens, hat es aber auch seine Schattenseiten, die zuweilen unangenehm sein können.

Eines Nachmittags kam ich auf meinem Esel vom Felde heimgeritten, als ich vor dem Stacheldrahtzaun, der den Platz um meine Hütte einfriedete, einen Indianer hocken sah.

Ich kannte ihn nicht, weil er aus einem andern Dorfe war.

Er war ungewaschen, ungekämmt und ziemlich in Fetzen,

was freilich in einem Dorfe in den Tropen und an einem Wochentage kaum besonders auffällt.

Sobald er mich sah, begrüßte er mich sehr höflich und wartete geduldig, bis ich von meinem eleganten Roß abgestiegen war. Dann begann er sofort zu erzählen. In einem wirren Durcheinander redete er auf mich ein. Je weiter er in seiner Geschichte kam, je mehr ging sie ihm selbst zu Herzen, bis er endlich zu weinen anfing und seine Erzählung vor lauter Schluchzen abgebrochen werden mußte.

Im Verlauf seiner Rede hatte er das, was er mir sagen wollte, etwa zwanzigmal wiederholt. Stets mit den gleichen Worten, die ihm zur Verfügung standen, und immer in den gleichen einfachen Sätzen. Lediglich seine innere Bewegung änderte sich. Er begann gleichgültig, als ob es die Geschichte eines andern wäre, und er endete mit einem schreienden Weinkrampf.

»Das ist so, Señor, verdad, wahrhaftig. Ich komme in mein Haus. Ich habe Holz gefällt. Im Busch. Ich komme in mein Haus. In meinen Jacalito. Ich habe Hunger. Keine Tortillas stehen da und keine Frijoles. Ich rufe mein Weib. Meine Mujer. Keine Antwort. Sie ist nicht in meinem Hause. Ihr Sack mit ihrem Kleide und den Strümpfen und den Schuhen hängt nicht am Sprossen. Die Decke ist auch fort. Meine Mujer ist mir fortgelaufen. Kommt nicht wieder. Ich habe keine Tortillas, und ich habe keine Frijoles. Und ich habe Hunger. Sie ist fort. Mit dem Sohn einer Hure. Mit einem stinkenden Coyoten, dessen verfluchte Mutter eine Hure ist. Die Rattenpest und die Blattern auf den verfluchten Hurensohn der Hölle!«

Nachdem ich dieselbe Geschichte nun wohl zwanzigmal mit angehört hatte, sagte ich: »Oiga, Hombre, hören Sie, lieber Mann, bei mir ist Ihre Mujer nicht.«

»Das weiß ich«, sagte er, »so ein kluger Mann wie Sie, Señor, würde diese dreckige alte Hexe nicht ins Bett nehmen.«

Nun begann er genau dieselbe Geschichte von neuem zu erzählen. Aber da es anfing, langweilig zu werden, immer dasselbe zu hören, und tiefere Ausbrüche seiner inneren Erregung nicht zu erwarten waren, sagte ich:

»Warum erzählen Sie mir das alles? Gehen Sie zum Alkalden, dem Ortsschulzen, und lassen Sie Ihre Frau einfangen.«

»Der Alkalde ist ein Idiota. Aber Sie wissen alles, Señor. Sie wissen auch, wo meine Mujer ist. Das sollen Sie mir jetzt sagen. Sie muß mir Tortillas machen und Frijoles kochen. Ich habe Hunger.«

»Hören Sie zu, lieber Nachbar. Ich habe Ihre Frau nicht fortgehen sehen. Und wenn ich nicht sehen konnte, in welche Richtung sie ging, so kann ich auch nicht wissen, wo sie jetzt ist.«

Er sah mich erstaunt an. Sein Glaube an die Unfehlbarkeit und an die Vollkommenheit der weißen Rasse erlitt die erste Erschütterung. Zugleich aber kam die Erinnerung an etwas anderes, das nach seiner Meinung mit der weißen Rasse innig verknüpft war.

»Ich bin nicht reich, Señor«, sagte er. »Ich kann Ihnen nicht viel bezahlen. Ich habe nur zwei Pesos und fünfzig Centavos. Das ist mein ganzes Vermögen. Und das gebe ich Ihnen für Ihre Arbeit.«

»Ihr Geld will ich nicht haben. Aber wenn Sie mir auch ›Mil‹ Goldpesos geben würden, ich kann Ihnen nicht helfen. Ich weiß nicht, wo Ihre Esposa ist.«

Wieder sah er mich mißtrauisch an, ob es die geringe Summe sei, die er besitze, oder ob es wirklich wahr sei, daß ich, der weiße Medizinmann, nicht wisse, wo seine entlaufene Frau sich in diesem Augenblick aufhalte. Voller Zweifel ging er fort, nachdem ich ihm gesagt hatte, daß ich mir Kaffee kochen wolle, und zu diesem Zweck dann in meine Hütte ging.

Er lief nun in die Hütten der Dorfbewohner, wo er offenbar seine Geschichte auftischte und gleichzeitig berichtete, daß der weiße Medizinmann ein armer Tropf sei, der weniger wisse als ein Indianer. Die Dorfbewohner fühlten sich dadurch persönlich beleidigt; denn ich war der Stolz und der Ruhm des Dorfes. Was in den Hütten alles über mich geprahlt wurde und was dem Manne alles angeraten wurde, was er tun solle, um meine geheimen Kräfte zu seinen Gunsten wirken zu machen, weiß ich nicht. Aber ich könnte es wortgetreu berichten, und es würde aufs Wort stimmen.

Jedenfalls kam der Mann vor Sonnenuntergang wieder, blieb am Zaun geduldig stehen, bis ich gelegentlich aus der Hütte trat, um dem Esel Mais zu geben.

Sofort rief er mich an: »Un momento, Señor, por favor!«
Ich kam zum Zaun. Ich sah, daß der Mann jetzt eine Machete, ein langes, schwertartiges, scharfes Buschmesser, in der Hand trug.

»Sie wissen nicht, wo meine Mujer ist?« fragte er.
»Nein.«
»Aber Sie können sie finden. Ich kann Ihnen keine ›Mil‹ Goldpesos geben. Die habe ich nicht. Aber wenn Sie mir nicht sagen, wo meine Mujer ist, schlage ich Ihnen den Kopf ab.«

Er hob die furchtbare Waffe hoch.

Nun saß ich fest. Die Drohung mit dem Kopfabschlagen ist ernst. Was schiert sich der Indianer darum, wenn er mich umbringt! Er verkriecht sich in den Dschungel. Wird er gefangen und ohne Gerichtsverhandlung von den Soldaten erschossen, so nimmt er das mit Gleichmut hin. Dann hat er eben Pech gehabt. Augenblicklich ist er verzweifelt und macht sich keine Gedanken über die Folgen.

Ich versuche dieselbe Ausrede wie vorher: »Ich habe nicht gesehen, in welche Richtung Ihre Frau gegangen ist.«

Auf diese meine Entschuldigung hat er inzwischen von den andern Eingeborenen eine gute Antwort gelernt: »Wenn ich die Richtung gesehen hätte, finde ich meine

Mujer allein. Da brauche ich keinen Medizinmann. Die Männer haben mir alle gesagt, Sie sind ein Weitseher. Sie haben zwei zusammengenähte Rohre. Wenn Sie da hindurchsehen, dann können Sie da weit hinten auf dem Berge einen Mann gehen sehen. Sie haben gesagt, daß auf den Sternen am Himmel Leute leben. Sie können das sehen mit Ihren Rohren. Sie sehen oft in der Nacht mit den Rohren zu den Sternen und sehen sich die Leute an. Sie haben auch gesagt, daß die weißen Männer mit Rohren alles sehen können, was inwendig von einem Menschen ist, ohne ihn aufzuschneiden. Sie haben auch gesagt, daß die weißen Männer mit Leuten sprechen können, die ›Mil‹ Kilometros weit fort sind. Ich will jetzt, daß Sie mit meiner Mujer sprechen und ihr sagen, daß ich keine Tortillas habe und keine Frijoles, und daß sie sofort in mein Haus kommen soll mit dem Luftwagen, den die weißen Männer haben.«

Er schwang seinen Machete deutlich genug, um zu zeigen, daß er wisse, wie er seinen Willen durchzusetzen habe.

Ich kann hier nicht breit klarlegen, warum ich gegen eine solche ernsthafte Drohung machtlos war. Erschießen konnte ich ihn nicht. Dann wären mir alle Indianer und auch die Soldaten auf den Hals gekommen. Was soll man vor Gericht sagen? Wie soll man es beweisen, daß man in Notwehr war? Fliehen? Wohin? Der Indianer kennt die Wege besser als ich. Ich konnte mich also nur durch Medizin retten.

Ich holte mein bescheidenes Feldglas und guckte lange nach allen Richtungen. Endlich tat ich einen Aufschrei: »Ich sehe sie. Ich sehe sie. Der Hurensohn hat einen schwarzen Bart und schlägt sie. Sie schreit: Mein Mann, ,mein lieber Mann, hilf mir, hole mich!«

In höchster Aufregung hatte der Indianer meine Handlungen verfolgt. Nun rief er: »Caramba, das habe ich mir doch gleich gedacht, daß es der Hundesohn Gonzales sein muß. Der hat einen schwarzen Bart. Nun will ich aber laufen und sie holen. Dem werde ich aber ganz gewiß tüchtig eins über den Kopf geben. Wo ist sie? Fragen Sie gleich, Señor.«

»Sie ist ›Mil‹ Kilometros weit. Der Mann mit dem schwarzen Bart hat sie mit einem Luftwagen fortgeschleppt. Sie ist jetzt in dem Dorfe Chicolco. Das liegt bei Porhutta. ›Mil‹ Kilometros weit, nach Süden. Da sehen Sie, da in jener Richtung, nach Süden, nach Süden, immer nach Süden.«

»Da will ich aber gleich gehen und sie holen«, sagte er nun aufgeregt.

»Gehen sie sofort. Es sind ›Mil‹ Tage zu laufen. Halten Sie sich auf dem Wege nicht auf, sonst schleppt der Indio mit dem schwarzen Bart sie noch viel weiter.«

»Ich gehe noch jetzt«, sagte er, im heftigsten Reisefieber zitternd. »Und vielen, vielen Dank, mil gracias, Señor. Sie sind ein Weiser, verdad, wahrhaftig. Sie haben sie so schnell gefunden. Aber die zwei Pesos und fünfzig Centavos kann ich Ihnen jetzt nicht geben. Die brauche ich für die Reise. Adios, Señor, leben Sie wohl!«

Und fort ging er, ohne mir die Medizin zu bezahlen. Ich brauche nicht sehr besorgt zu sein, daß er mir so rasch wieder auf den Hals rückt. Es sind sechshundert Meilen, die er zu machen hat. Und da ihm das Reisegeld fehlt, muß er zu Fuß gehen.

Aber die Medizin, die ich ihm gab, ist wirklich gut. Er ist ein starker und gesunder Bursche. Er wird keine fünfzig Meilen gehen und dann irgendeine Arbeit finden. Oder er stiehlt einem Farmer eine Kuh. Inzwischen hat er Tortillas gegessen und Frijoles. Und wenn er Arbeit hat, hängt ihm am nächsten Tage eine neue Mujer ihren Sack mit dem Sonntagskleide, den Strümpfen und den Schuhen in seine Hütte.

Bändigung eines Tigers

In einer kleinen Stadt im Staate Michoacan lebte ein junges Mestizomädchen, von dem man mit gutem Recht sagen durfte, daß eine gütige Natur ihr gegenüber wahrhaft verschwenderisch gewesen sei mit allen den Gaben, die eine jede Frau immer nur glücklich machen können.

Die Eltern jenes jungen Mädchens waren vor einigen Jahren kurz nacheinander gestorben, und das Mädchen lebte in dem Hause ihrer verstorbenen Eltern mit ihrer Großmutter und mit ihrer Tante. Ihr Vater besaß ein gutgehendes Sattelzeuggeschäft, das ihn durch seine Tüchtigkeit zu einem wohlhabenden Manne gemacht hatte. Luisa Bravo war das einzige Kind ihrer Eltern gewesen. Sie war durch die Erbschaft von ihren Eltern ein reiches Mädchen geworden, und sie hatte alle Aussicht, nach dem Ableben ihrer Großmutter und ihrer Tante, die beide gleichfalls ein kleines Vermögen besaßen, zu gegebener Zeit noch reicher zu werden. Es war darum kein Wunder, daß Doña Luisa, sowohl ihrer auffallenden Schönheit als erst recht ihrer Wohlhabenheit wegen, unter den jungen Männern der Stadt, die sich zu verheiraten gedachten, eine begehrte Partie war.

Die Freier flogen auf sie zu wie Bienen auf Honigbonbons. Aber keiner der Freier, so sehr er auch in Geldnöten sein mochte oder so sehr er auch das schöne, gutgebaute Mädchen als seine Bettgenossin wünschte, hielt lange genug aus, um es mit ihr bis zu einer öffentlichen Verlobung zu bringen.

Es war ganz gewiß nicht die Schuld der Freier; denn wo so viel Geld, verbunden mit so viel Schönheit, zu erwarten ist, nimmt ein jeder eine große Menge von Unbequemlichkeiten sauersüß mit in Kauf; Unbequemlichkeiten, von denen, bei weniger rosig erscheinenden Fällen, zwei vollauf genügen können, um einen jungen Mann davon abzuschrecken, ein Mädchen auch nur zu einem Tanze aufzufordern.

Doña Luisa hatte alle Unarten, die eine Frau nur haben kann. Und zwei Dutzend mehr.

Sie hatte zuerst einmal von Natur aus ein zügelloses Temperament, das, wenn es ausbrach, durch nichts, aber auch durch gar nichts zu besänftigen war. Da sie das einzige Kind ihrer Eltern war und die Eltern in ewiger Sorge und Furcht lebten, das Kind möchte ihnen fortsterben – obgleich sie gesund und munter war wie ein Verpflegungsoffizier fünfzig Meilen hinter der Front –, so war sie von Säuglingszeit an so verzogen und so verhätschelt worden wie ein Kaiser, der soeben mündig geworden ist, nach seiner Thronbesteigung von den Höflingen und Schranzen verhätschelt und verpäppelt wird.

Jeder Wille wurde ihr getan, und jeder Wunsch wurde ihr erfüllt. Und weil sie von Kindheit an sehr schön war, so wurde sie nicht allein von ihren Eltern bewundert und verhimmelt, sondern von allen Leuten, die mit ihr in Berührung kamen. Das Wort Gehorchen kannte sie nur von andern, ihre Eltern, ihre Großmutter und ihre Tante eingeschlossen. Sie gehorchte nie, und es drang auch nie jemand darauf, daß sie irgendwem zu gehorchen habe.

Ein solcher Fall ist ja nun in Mexiko, wo das Kind bis zu seinem Lebensende einen tiefen Respekt gegen seine Eltern und seine älteren Verwandten hat und über Gehorsam gar nicht gesprochen wird, weil er einfach vorhanden ist, sehr selten. Aber, wie Doña Luisa bewies, gibt es auch hier Ausnahmefälle.

Sie war von ihren Eltern in ein mexikanisches und später in ein amerikanisches Colegio zur Erziehung geschickt worden, wo sie sich zwar zu einem beschränkten Gehorsam zwang, ohne jedoch dadurch ihren Grundcharakter auch nur im geringsten beeinflussen zu lassen. Hier, im Colegio, war es ihr eitler Stolz und ihr berstender Ehrgeiz, allen übrigen Schülern überlegen und voran zu sein, daß sie sich zum Gehorchen herabließ. Kam sie jedoch während der Ferien nach Hause, so machte sie alles doppelt gut, was sie inzwischen versäumt hatte, und sie war widerspenstiger als zuvor.

Hinzu kam, um ihren Charakter noch ungefügiger und starrer zu gestalten, ein unbändiger Jähzorn, der durch lächerlich geringfügige Anlässe zu einem so verheerenden Ausbruch kam, daß die Indianermädchen, die im Hause dienten, und die Indianerburschen, die in der Werkstatt ihres Vaters arbeiteten, davonliefen und sich stundenlang nicht im Hause sehen ließen. Bei solchen Anfällen ungehemmter Wut geschah es nicht selten, daß sich sogar ihr Vater und ihre Mutter vor ihr versteckten und einschlossen. Daß sie Töpfe, Tassen, Gläser und Pfannen den Bediensteten an den Kopf warf, war noch das Geringste; es waren auch Messer und Beile, mit denen sie warf oder mit denen sie auf ein Mädchen losging. Sie würde vielleicht der Möglichkeit sehr nahe gekommen sein, daß man sie für verrückt erklärt und in ein Irrenhaus gesperrt hätte, wenn nicht ihre Eltern eben sehr wohlhabend gewesen wären und zu den angesehensten und einflußreichsten Familien des Städtchens gehört hätten. Die Jähzornsanfälle blieben ja auch meist innerhalb des Hauses und trafen nicht die Öffentlichkeit und deren Sicherheit. Wenn wirklich irgendein Schaden angerichtet wurde, so heilten ihn die Eltern durch Geschenke und durch verdoppelte Freundlichkeit gegenüber den Bediensteten. In Mexiko gehören die Bediensteten ja auch viel mehr zur eigentlichen Familiengemeinschaft als in den meisten anderen Ländern.

Doña Luisa hätte auch schon darum nicht als verrückt erklärt werden können, weil sie sehr intelligent war. Außerdem konnte sie, wenn sie wirklich wollte, von einem Liebreiz sein, der alle Leute bezwang, die in ihrer Nähe waren. Das glich vieles wieder aus und trug dazu bei, daß die Bediensteten sowie andere Leute, die gelegentlich im Hause zu tun hatten, wie Lieferanten, Händler, Maultiertreiber und Handwerker, nie ernstlich daran dachten, sich dem Hause fernzuhalten oder dauernd in einem Zustand der Beschwerde zu bleiben.

Denn neben den unzähligen Fehlern, die Doña Luisa hatte, besaß sie auch wieder einige Vorzüge, die versöhnten. Darunter den Vorzug, daß sie sehr generös, sehr freigebig sein konnte. Und einem freigebigen Menschen, der niemand verhungern läßt, der hier mit einem Peso und dort mit einem abgelegten Paar Schuhe oder einem noch sehr guten Kleid oder einem aufgefärbten Unterrock oder einer Spieluhr, deren Melodien er endlich müde geworden ist, anderen Menschen gelegentlich Freude macht oder ihnen aus bitterer Not hilft, sieht man viele, beinahe alle Untugenden und Laster nach.

Das Studium in den Colegios fügte aber einen Zug dem Charakter der jungen Dame bei, der ihren Gesamtcharakter weiter verschlechterte. Sie bestand alle Examen in den Colegios mit Auszeichnung. Dadurch aber wurde sie noch stolzer und hochmütiger, als sie vorher schon gewesen war. Sie wußte alles besser als andere Leute. Niemand konnte ihr etwas über ein Buch, über eine Philosophie, über ein politisches System, über eine Kunstanschauung, über ein astronomisches Problem sagen, ohne daß sie es nicht besser gewußt hätte. Sie mußte allem und jedem widersprechen. Sie war immer im Recht. Und wenn es jemand gelang, sie zweifelsfrei zu überzeugen, daß sie im Unrecht war oder im Irrtum, so bekam sie einen ihrer gefürchteten Anfälle von Jähzorn. Sie spielte vorzüglich Schach, aber sie durfte nicht verlieren. Dann konnte es nur zu leicht geschehen, daß ihrem Gegenspieler alle Figuren und das Brett hinterher an den Kopf flogen.

Aber es muß wiederholt werden, daß sie Tage hatte, wo sie nicht nur durchaus zu ertragen war, sondern so bezaubernd sein konnte, daß man ihr lachend alles vergab, was sie je getan hatte.

Alles in allem erwogen, wird man aber nun doch wohl

verstehen, warum jeder Freier früher oder später vom Kuchen abrückte, auch wenn er noch so ernste Absichten ihr gegenüber hatte, wenn er auch noch so willig war, sie zu erdulden und sich – Geld und Schönheit sind auch in Mexiko sehr starke Anziehungskräfte – mit den zahlreichen Charakterfehlern des jungen Mädchens abzufinden. Jeder Mann, auch wenn ihn das Wasser dicht an den Nasenlöchern kitzeln sollte, vergißt doch nicht im letzten Augenblick vor der endgültigen Entscheidung, daß er eben mit der geheirateten Frau auf Gnade und Ungnade verbunden bleibt, bis ›der Tod sie von ihm scheidet‹. Und in Mexiko, vor der Revolution, wo die katholische Kirche unumschränkte Macht besaß, gab es keine andere Ehescheidung als die, die vom Richter Sensenmann vorgenommen wurde. Wo es keine Ehescheidung gibt, prüft man viele andere Dinge sorgfältiger als das eine und einfältige Ding, ob sich das Herz zum Herzen findet. Sich gefundene Herzen allein genügen nicht und nirgends auf Erden. So leicht und elegant, wie sich zwei Herzen für die Ewigkeit finden, und so oft, wie zwei Herzen vor Anbeginn der Welt schon füreinander bestimmt waren, so leicht können sich die schönen Herzen auch wieder verlieren, ob Ewigkeit oder nicht Ewigkeit. Wenn das Salz zur Suppe fehlt und ein heiler Stiefel im Regenwetter, dann bedauern die Herzen merkwürdig rasch, daß sie von Ewigkeit her füreinander bestimmt gewesen sind.

Nun fehlte ja hier kein Salz in der Suppe. Es war sogar genügend Pfeffer und Öl als Zugabe noch vorhanden. Aber ein Mann, der vorher schon weiß, daß ihm die Pfannen und Töpfe um die Ohren fliegen werden, muß doch nun schon ganz und gar vertrottelt sein, wenn er sich freiwillig dazu hergibt, in die Gefahrenzone kommandiert zu werden.

Manch einer der jungen Männer, dem die Schönheit des Mädchens gefiel und deren Geld erst recht gefiel, dachte ja bei sich, daß er Mann genug sei, und wenn er es nicht sei, werden würde, um nach der geschlossenen Heirat sich zum Herrn und Meister der jungen Frau aufzuschwingen. Das dachten und hofften aber nur die, die Doña Luisa zum ersten oder zum zweiten Male sahen. Wenn sie aber dreimal im Hause gewesen waren, wenn sie glaubten, dem Mädchen etwas nähergekommen zu sein und ein wenig mehr vertraut mit ihr geworden waren, dann gaben sie jene kühne Hoffnung auf. Und hatten sie die Hoffnung erst einmal aufgegeben, so war es für immer. Sie alle lernten sehr schnell, daß eine Zähmung der Widerspenstigen nur versucht werden konnte mit dem sicheren und unausbleiblichen Tode des Bändigers.

Es gab auch genügend Freier anderer Art im Städtchen, Witwer, die Erfahrung hatten, Witwer, die Duldung und Unterwerfung gelernt hatten, alte und alternde Junggesellen, die für einen ehrlichen und normalen Kampf nicht mehr in Frage kamen, die, was immer es auch kosten möchte, dennoch zufrieden gewesen wären, völlig zufrieden gewesen wären mit den wenigen erfolgreichen Viertelstunden, die sie mit einem so schönen und jungen Mädchen in einem gemeinsamen Bett hätten verbringen dürfen. Und es gab genügend junge und alte Männer, die willig und widerstandslos bereit waren, bedingungslos zu gehorchen und untertan zu sein und sich, ohne zu zucken, hingestellt hätten, um mit ihrem Kopfe Messer, Beile, Stühle und Revolverkugeln lächelnd und aufopferungsfreudig aufzufangen. Das waren jene, denen das Wasser nicht nur an den Nasenlöchern kitzelte, sondern denen es schon zehn Fuß über dem Scheitel stand, also Männer, die nichts mehr zu verlieren hatten als ihre Schulden und ihre Gläubiger. Und es waren auch Männer bereit, das Mädchen zu heiraten, die nichts anderes waren als Faulenzer oder Spieler, und wieder andere Männer, die ihrem ganzen Wesen nach der Gattung Patrote oder Zuhälter angehören, auch wenn sie sich in Wahrheit nie mit einem Mädchen, das geschickt ihr Handtäschchen zu schwingen versteht, einlassen oder eingelassen haben.

Aber keiner von allen diesen Männern hatte auch nur die geringste Aussicht, Doña Luisa zu heiraten. Denn gegen solche Männer war Doña Luisa geschützt. Hier schützte sie ihre Intelligenz. Und sie war nicht von der Art, daß sie Hals über Kopf sich hätte verlieben können; so sehr und so unerwartet verlieben können, daß sie blind geworden wäre und den Mann und seine Absichten nicht mehr hätte durchschauen können.

Soweit ihre Heirat in Frage kam, wußte sie schon, was sie wollte. Sie wollte einen richtigen und vollwertigen Mann. Er durfte ruhig seine Jahre haben, wenn er sonst noch genügend Antlitz besaß, ihr das zu verschaffen, was sie nötig zu haben glaubte. Sie war auch gar nicht so wild darauf, sich zu verheiraten unter allen Umständen. Obgleich ein älteres, unverheiratetes Mädchen in Mexiko keine sehr glückliche Figur darstellt, so war sie sich doch genügend bewußt, daß sie aus wirtschaftlichen Gründen jedenfalls keinen Mann brauchte. Und aus anderen Gründen war sie auch noch nicht einmal so sehr davon überzeugt, daß sie ohne Mann etwa nicht leben könnte. Wenn es wirklich unbedingt nötig werden sollte, dann konnte sie – wenn auch nicht in Mexiko, so doch in Paris oder in Madrid oder in Berlin – genügend Gelegenheit finden, ohne die Verpflichtung zu haben, sich nun auch gleich deshalb zu verheiraten. Sie hatte ja nicht ohne Erfolg im amerikanischen College studiert, wo man außer Geographie und Englisch auch noch andere Dinge lernt, die im Leben von Wert und Nutzen sind.

Dies alles waren gute Gründe, warum sie sich nicht ernstlich bemühte, Freiern zu Gefallen zu leben und ihnen ein Gesicht zu zeigen, das bis zu den letzten Akkorden des Hochzeitsmarsches ausreichte. Frauen besitzen ja auf diesem Felde besondere Gaben und Fähigkeiten, die in der Hölle ausgeheckt wurden, lange ehe es einen Apfelbaum und ausgebrochene Rippen gab. Aber Doña Luisa nahm es nicht tragisch, wenn wieder ein Freier, der an sich sehr sympathisch schien, abgesprungen war. Sie machte sich keinen Schnipper daraus und weinte sicher keinem einen gesalzenen Tropfen nach.

Die jungen Männer der Stadt, die als ernst zu nehmende Freier in Betracht kamen, sowohl ihrer gesellschaftlichen Stellung wegen, als auch ihrer sonstigen persönlichen Vorzüge wegen, strichen Doña Luisa nach einigen Jahren endgültig von der Liste heiratsmöglicher Damen. Doña Luisa wurde zwar zu allen Festlichkeiten, die von den verschiedenen Klubs der Staats-Landsmannschaften wie von den zahlreichen anderen gesellschaftlichen Sociedades und Centros veranstaltet wurden, stets eingeladen; und sie erschien auch immer und benahm sich hier genauso lustig wie andere junge Mädchen. Aber auf jedem Fest wurde jeder Neuankommer, sobald er einmal mit Doña Luisa getanzt hatte und eine Minute frei war, sofort von den eingeweihten jungen Herren in eine Ecke gezogen und dringend vor den bevorstehenden Gefahren gewarnt. Manche dieser frisch hinzugekommenen Herren glaubten natürlich, daß Eifersucht vorläge oder ein geheimer Boykott. Und wenn sie hörten, daß neben der Schönheit auch reichlich Geld vorhanden sei, so ließen sie sich durch jene Warnung nicht einschüchtern und begaben sich auf das Schlachtfeld, aus dem sie innerhalb von zwei Wochen flügellahm und zerschunden zurückkehrten und unaufgefordert den Verteidigungstrupp der Warner verstärkten.

Wie jedes andere junge Mädchen, so wurde auch Doña Luisa mit den Jahren immer älter. Sie hatte jetzt vierundzwanzig Jahre zu verbuchen, ein Alter, das für ein Mädchen in Mexiko als hoffnungslos betrachtet werden muß, soweit eine Heirat in Frage kommt, bei der sie noch ein Wort mitsprechen möchte. Bei diesem Alter nimmt in Mexiko eine Dame, was sie kriegen kann, und sie fragt nicht länger mehr nach Titel, Würden, Geld und Lendenkraft.

Nicht so Doña Luisa. Ob sie aus der Reihe der Heirats-

möglichkeiten heraus war oder noch mitten drin, das berührte sie nicht. Sie kam immer mehr zu der Überzeugung, daß es vielleicht überhaupt besser sei, sich nicht zu
verheiraten, weil sie dann viel weniger Schwierigkeiten
haben würde darin, niemand zu gehorchen, niemand zu
Gefallen zu sein, niemals Widerspruch zu finden und immer recht zu behalten, ohne sich deswegen herumstreiten
und aufregen zu müssen. Sie wurde sich immer mehr bewußt – besonders wenn sie ihre verheirateten Freundinnen
und Schulkolleginnen ansah –, daß für eine Frau mit genügend Geld das Leben bequemer und angenehmer ist,
wenn sie sich nicht verheiratet.

Und es begab sich, daß da lebte im selben Staate
Michoacan ein Mann, nicht mit Namen Abraham, wohl
aber mit dem guten, wenn auch schlichteren Namen
Juvencio Cosio.
Don Juvencio eignete eine kleine Hazienda nicht weit von
der Stadt, in der Doña Luisa lebte. Die Entfernung war
nur eine Stunde Ritt. Don Juvencio war nicht gerade
reich, aber er war von genügendem Wohlstand, denn er
verstand seine Hazienda gut und vorteilhaft zu bewirt-
schaften.
Er war damals etwa fünfunddreißig Jahre alt, gleichmäßig und normal gewachsen, nicht gerade schön und nicht
gerade häßlich, na und gut, wie Männer, die nicht besonders auffallen und keinen Weltrekord auf irgendeinem
Gebiete des Sports geschlagen haben, eben für gewöhnlich
auszusehen pflegen.
Ob er jemals vorher von Doña Luisa gehört hatte, ist nie
klar geworden. Er sagte hierzu weder ja noch nein, und
wenn er, das geschah später recht häufig, direkt gefragt
wurde, so sagte er einfach nein. Es sei hier gesagt, daß alle
Wahrscheinlichkeit dafür spricht, daß er Doña Luisa vorher nicht gekannt hat und daß er auf keinen Fall, von
niemand, gegen sie verwarnt worden war. Nicht gerade

häufig, aber doch zuweilen war auch er auf Festen der Centros erschienen, denn er hatte von seiner Schulzeit her eine gute Anzahl von Freunden in der Stadt. In den letzten Jahren war er freilich dem rasch aufrückenden Nachwuchs junger Männer, die er nicht kannte, etwas fremd geworden; und er wurde gelegentlich schon einmal bei Einladungen, die von den jungen Männern ausgegeben wurden, übersehen. So kann es durchaus möglich sein, daß er wahrscheinlich Doña Luisa nie auf einem jener Feste gesehen oder getroffen hat, und als sicher darf angenommen werden, daß er nie mit ihr getanzt hatte. Da er sich in den letzten Jahren auch immer mehr und mehr mit seiner Hazienda zu schaffen machte, weil er mehr und mehr Freude an ihr bekam, so ritt er immer seltener zur Stadt und nur dann, wenn er den Auftrag nicht durch einen seiner Leute erledigen konnte.

Eines Tages nun dachte er, daß er sich endlich einmal einen neuen schönen Reitsattel kaufen müßte, weil der alte schon recht schäbig geworden war. Don Juvencio ritt zur Stadt. Beim Herumsuchen nach einem Sattel kam er zur Talabarteria der Doña Luisa und fand, daß hier in der Auslage die schönsten und bestgearbeiteten Sättel seien.

Doña Luisa hatte das Geschäft ihres Vaters nicht verkauft, weil sie nicht den Preis dafür erhalten konnte, den das Geschäft wert war. So hatte sie beschlossen, das Geschäft zu behalten und es mit Hilfe des alten Meisters, der mehr als zwanzig Jahre schon mit ihrem Vater gearbeitet hatte, und mit den beiden verheirateten Gehilfen, die gleichfalls schon seit Jahren hier arbeiteten, weiterzuführen. Es ging viel leichter, als sie gedacht hatte. Sie war im Laden tätig und hielt die Bücher in Ordnung, während die Tante und die Großmutter das Haus versorgten. Das Geschäft blühte, und weil die Arbeiten gleich gut geblieben waren und die Kundschaft sich noch vermehrt hatte, waren die Einnahmen aus dem Geschäft besser geworden, als sie zu Lebzeiten des Vaters waren.

Luisa war im Laden, als Don Juvencio sich die Sättel besah, die im Ladeneingang, im Fenster und an den Außenwänden des Hauses zur Schau ausgelegt und aufgehängt waren.

Luisa trat in die Tür und beobachtete für eine Weile Don Juvencio, der mit der Miene des Kenners und Gebrauchers die Sättel sorgfältig auf ihren Wert, ihre Arbeit und ihre Haltbarkeit prüfte. Er sah plötzlich auf, und sein Blick traf unerwartet das auf ihn gerichtete Gesicht der Doña Luisa. Und Doña Luisa – sie hat sich später nie erklären können, warum – lachte den Mann offen an. Aber sie sagte nichts, sie lud ihn nicht ein, in den Laden zu kommen, um sich die Sättel anzusehen, die drinnen auf Lager seien, sie drängte mit keinem Worte auf ihn ein, und sie pries mit keiner Silbe die Ware an, wie es in Mexiko die Regel ist, sobald man vor einem Schaufenster stehenbleibt.

Das freie offene Lachen fing Don Juvencio ein; und er wurde etwas verlegen. Noch vor der Tür stehend, sagte er: »Buenos dias, Señorita, ich habe die Absicht, mir einen neuen Sattel zu kaufen.«

»Soviel Sie wollen, Señor«, antwortete darauf Doña Luisa, »Pase, Usted, Señor, und sehen Sie sich auch die Sättel an, die ich drinnen im Laden habe, vielleicht gefällt Ihnen einer von denen noch besser, denn die sehr guten lege ich nicht da aus, wo sie von der Sonne und dem Staub verdorben werden können.«

»Con su permiso«, sagte Don Juvencio, und er folgte Doña Luisa in den Laden.

Er sah sich alle Sättel an. Aber merkwürdigerweise hatte er nun die Fähigkeit verloren, die Sättel nüchtern und vorurteilsfrei zu prüfen. Er klopfte zwar an den Sattelstöcken herum, kratzte am Leder und zupfte die Riemen knallend auseinander, aber seine Gedanken waren nur oberflächlich bei den Sätteln. Er sagte wenig, und das wenige, was er sagte, bezog sich nur auf die Sättel. Dann aber blickte er einmal rasch auf, als ob er etwas fragen wollte. Obgleich Doña Luisa sofort wegsah, hatte er dennoch so viel von ihrem Blick aufgefangen, daß er wohl wußte, daß sie ihn während der ganzen Zeit aufmerksam angesehen hatte, ebenso prüfend, wie er vorher die Sättel angesehen hatte.

Und als Doña Luisa fühlte, daß sie von ihm überrascht worden war, während noch ihr Blick für einen kurzen Moment auf seinem Gesicht geruht hatte, wurde diesmal sie verlegen. Ihr Gesicht rötete sich ein wenig. Aber sie gewann sich gleich wieder zurück, lachte ihn an und beantwortete sachlich und geschäftsmäßig den gefragten Preis für den Sattel, den er gerade aufgenommen hatte und hin und her drehte.

Er fragte nach den Preisen einiger anderer Sättel, aber sie fühlte, daß er jetzt nur fragte, um etwas zu sagen.

Dann fragte er nach einigen anderen Dingen, fragte, wo das Leder herkomme, das hier verwendet sei, wie die Geschäfte gingen und noch so einiges ohne Bedeutung.

Dann fragte sie, wo er herkomme und wie seine Geschäfte gingen. Er sagte ihr seinen Namen, erzählte ihr, wie groß seine Hazienda sei, wieviel Vieh er habe, wieviel Pferde und Maultiere, wieviel Mais er im letzten Jahre verkauft habe und wieviel Schweine, und wie die Preise gewesen seien.

Von einem Sattel wurde vorläufig nicht mehr gesprochen. Als er dann nach einer halben Stunde, oder es war vielleicht eine ganze Stunde – beide hatten die Zeit nicht beachtet – fühlte, daß er nun doch wieder auf den Sattel zurückkommen müßte, um nicht aufdringlich zu erscheinen, sagte er endlich: »Ich denke, daß ich diesen Sattel hier nehme.« Dabei wies er auf den schönsten und teuersten Sattel hin. »Aber ich werde es mir doch noch ein wenig bedenken und mir noch andere in der Stadt ansehen gehen. Ich möchte wohl, daß Sie mir diesen Sattel hier bis morgen zurückhalten, Señorita. Morgen werde ich dann kommen und bestimmt sagen, ob ich ihn kaufe oder nicht. Dann, hasta mañana, Señorita.«

»Hasta mañana, Señor«, sagte Doña Luisa, und er verließ den Laden.

Nun kauft man ja in Mexiko kein Ding überrasch, ganz gleich, ob es sich um einen Esel, ein Pferd, ein Haus, einen Sattel, eine Hose oder ein Taschenmesser handelt. Darum war die Tatsache, daß er sich nicht sofort zum Kaufe entschloß, für sie in keiner Weise auffallend. Aber mit dem guten Instinkt der Frau wußte sie, daß er seine Entscheidung hinsichtlich des Sattels getroffen hatte und daß er den Kauf nur darum aufschob, um morgen wiederkommen zu können. Sie hatte sich hierin nicht getäuscht. Das war wirklich der Grund gewesen, warum er nicht gekauft hatte.

Er sah sich natürlich keinen anderen Sattel in einem nächsten Geschäft an, sondern er schlenderte zu dem Platze, wo sein Pferd an einen Pfosten gebunden war, setzte sich auf und ritt langsam heim.

Auf dem Heimwege dachte er nur an das Mädchen und an ihr Lachen. Und als er auf seiner Hazienda angelangt war, da war er verliebt bis zu völliger Hilflosigkeit.

Er war drei- oder viermal vorher in seinem Leben verliebt gewesen; aber es war nie etwas daraus geworden. Jetzt war er freilich vollkommen davon überzeugt, daß er noch nie in seinem Leben verliebt gewesen sei und daß alle früheren Liebschaften nichts weiter gewesen waren als zufällige Bekanntschaften.

Am nächsten Morgen war er schon um neun Uhr wieder im Laden.

Diesmal war die Tante im Laden. Das enttäuschte ihn. Er wußte sich aber zu helfen. Er sagte: »Perdoneme, Señora, ich habe mir gestern hier einige Sättel angesehen. Aber die junge Frau, die hier im Laden war, wollte mir noch einige andere Sättel zeigen, die sie zurückgelegt habe.«

»Ja, das war meine Nichte Luisa. Hören Sie, Señor, ich weiß nun nicht, welche Sättel sie gemeint haben könnte.

Luisa ist irgend etwas einkaufen gegangen. Wenn Sie zehn Minuten warten können, dann ist sie zurück, und sie kann Ihnen die Sättel gern zeigen.«

Juvencio brauchte aber keine vollen zehn Minuten zu warten, und da kam Luisa heim.

Sie lachten sich beide an wie alte Bekannte.

Als nun Luisa sofort die Tante mit einem Auftrag ins Haus schickte, wußte Juvencio – ein Mann begreift ja schwer und sehr langsam in gewissen Dingen, aber zuweilen hat ja auch er den richtigen Instinkt –, ja, da wußte Juvencio, daß Luisa ihm nicht ganz abgeneigt war, denn sie wollte mit ihm allein sein.

Um das Gespräch wieder in Gang zu bringen und ohne es durch einen Kauf zu rasch abschließen zu müssen, begann er aufs neue, sich alle übrigen Sättel anzusehen. Das Gespräch schweifte jedoch sehr bald, wohl dem Wunsche beider folgend, von den Sätteln ab und wandte sich anderen Dingen zu.

Er wurde ein wenig dreister und fragte geradewegs, ob sie sich nicht bald verheiraten werde.

»Ich wüßte nicht gegen wen«, sagte Doña Luisa, ihn anlachend, »ich habe keinen Novio, ich habe keinen einzigen Liebhaber.«

»Ha«, sagte er nun, »ein so schönes Mädchen wie Sie sind, Señorita, und keinen Liebhaber, das glaube ich nicht.«

»Es ist aber doch so, Señor.« Sie brachte ihre Fingerspitzen hoch und klopfte sich damit beteuernd und verschwörend gegen die Lippen und sagte: »Bei der Heiligen Allerreinsten Jungfrau nicht, Señor.«

»Ja, dann muß ich es wohl glauben«, sagte darauf Don Juvencio lachend.

Es verging wieder eine Stunde des Hinundherredens, und als er endlich abermals einsah, daß er gehen müßte, entschied er sich nun, den Sattel zu kaufen. Er zählte das Geld auf den Tisch einzeln auf, nachdem er es aus seinem Ledergurt ausgeschüttet hatte.

Als sie das Geld genommen hatte und sein Geschäft eigentlich nun abgeschlossen war, hielt er sich die Tür zur Rückkehr offen und sagte: »Ich werde wohl noch verschiedene Dinge brauchen, Señorita, und ich werde in den nächsten Tagen wiederkommen müssen, mit Ihrer Erlaubnis.«

»Das ist Ihr Haus, Caballero, kommen Sie wieder, so oft Sie wollen, Sie sind immer gern gesehen.«

»Ist das so ernst gemeint, Señorita?« fragte er. »Oder sagen Sie das nur zugunsten des Geschäfts?«

»Nein«, lachte Doña Luisa, »ich meine es im wahren Ernst. Und damit Sie sehen, wie ernst ich es meine – wollen Sie uns nicht die Ehre erweisen, ins Haus zu kommen und mit uns zu frühstücken? Wir sind gerade beim Frühstück, und wenn Sie nicht gekommen wären, dann wäre ich nun schon damit fertig.«

Der Mexikaner trinkt frühmorgens, gleich nachdem er aufgestanden und sich gewaschen hat, eine oder zwei Tassen Kaffee und ißt dazu nur einen Bissen oder meist gar nichts. Das nennt er Desayuno. Dann zwischen acht und zehn Uhr morgens setzt er sich zu einem Frühstück nieder, das den doppelten Umfang eines Mittagessens in Schweden hat. Darum ist das Frühstück, das Almuerzo heißt, eine Angelegenheit, die ohne besondere Mühe sich über eine Stunde Zeit hinziehen kann, ehe man damit völlig durch ist.

Als Doña Luisa und Don Juvencio in den Comidor, in das Eßzimmer, kamen, schienen die Tante und die Großmutter soeben mit dem Frühstück fertig geworden zu sein, weil sie so lange nicht hatten warten wollen und übrigens daran gewöhnt waren, daß Luisa aß, wenn es ihr gefiel, und nicht, wenn andere es wünschten oder gar kommandierten.

Aus Höflichkeit blieben aber die beiden älteren Frauen noch so lange sitzen, bis der erste Gang vorüber war. Sie sagten ein paar freundliche Worte zu ihrem Gast, standen dann auf vom Tische und verließen das Zimmer.

Das Frühstück der beiden Leute dehnte sich bis gegen elf Uhr aus.

Nicht am nächsten Morgen, wohl aber am übernächsten, kam Don Juvencio schon wieder, diesmal um Gurte zu kaufen.

Und von diesem Tage an kam er jeden zweiten Tag, um etwas zu kaufen oder etwas umzutauschen, oder um etwas zu bestellen nach besonderer Anordnung. Daß er sich jedesmal, wenn er kam, zum Frühstück niedersetzen mußte, wurde zur Regel. Dann kam es auch schon vor, daß er noch weitere Dinge in der Stadt zu ordnen hatte, die sich bis über den Mittag hinzogen; und so wurde er auch zum Mittagessen eingeladen. Und dann geschah es einmal, daß er erst am Nachmittag zur Stadt kommen konnte. Es begann zu regnen, als er im Hause der Doña Luisa war, und er blieb zum Abendessen. Aber es regnete immer heftiger, und die Nacht war undurchsichtig, und der Regen wuchs an, anstatt nachzulassen. Was sollte er in ein Hotel gehen, sagten die Frauen, und dort das Geld unnötig ausgeben, er könne auch hier im Hause schlafen, man habe genügend freie Zimmer, und wenn das Bett, das man ihm anbieten könnte, auch nicht gerade sehr gut sei, so sei es doch auf keinen Fall schlechter, als die Betten in dem Hotel seien. Und so verbrachte er einen langen Abend mit Doña Luisa im Hause und nahm die Gastfreundschaft für die Nacht bereitwillig an.

So vergingen zwei Wochen, und er lud die Frauen für den Sonntag auf seine Hazienda ein. Doña Luisa und die Tante kamen hinausgeritten mit Pferden, die er sehr frühzeitig zur Stadt geschickt hatte, und mit zwei seiner Leute zur Begleitung. Die Großmutter war daheim geblieben, um das Haus nicht allein zu lassen.

Nun geschah alles Weitere genau so, wie es immer geschieht, wenn ein Mädchen und ein Mann glauben, daß sie sich mit einer Heirat abfinden könnten, um dem ewigen Hinundherrennen, das nur ermüdet, ein Ende zu machen.

So kamen die beiden endlich überein, sich die Ehe zu versprechen. Er hatte bei der Großmutter und der Tante, höflich und den Sitten gehorchend, angefragt; und die beiden hatten nichts gegen die Heirat einzuwenden, denn Don Juvencio war ein anständiger Mensch, von ehrenhafter Familie, hatte einen mäßigen Wohlstand, war nüchtern und arbeitsam, und er hatte alle sonstigen Tugenden, um einen guten Ehemann für Luisa zu machen.

Juvencio hatte natürlich auch Luisa selbst gefragt; und weil sie schon zwei Wochen vorher gewußt hatte, welche Antwort sie geben würde, falls er sie fragen sollte, so erfolgte von ihrer Seite aus die Zusage ohne lange Ziererei und mit Bestimmtheit.

Bis zu dieser Phase einer Heiratsmöglichkeit war Doña Luisa auch mit einigen anderen ihrer Freier gelangt. Mit zweien von denen sogar schon, ehe vier Wochen vergangen waren. Damit soll hier gleich gesagt werden, daß diese Vorverlobung innerhalb der engsten Familie für niemand irgendeine Gewißheit bot, daß diese Heirat, die jetzt in Aussicht stand, auch wirklich vollzogen werden würde. Die Großmutter und die Tante, durch frühere Erfahrungen weise geworden, zweifelten sehr daran, daß es diesmal Ernst werden würde, obgleich Don Juvencio mehr ein vollwertiger Mann war als einer seiner Vorgänger. Don Juvencio war sehr ruhig, sehr verträglich, nicht streitsüchtig und nicht rechthaberisch. Darum waren bis jetzt keinerlei Zwistigkeiten zwischen den beiden vorgekommen.

Dennoch hielt es die Großmutter für wohl geraten, gelegentlich zur Tante zu sagen: »Die sind noch lange nicht verheiratet, und ehe sie nicht beide im selben Bett sind, glaube ich es auch nicht, daß etwas daraus wird. Jedenfalls kümmere dich vorläufig weder um Kleider noch um sonst etwas, und am besten ist es, du sagst zu keiner Seele in der ganzen Stadt auch nur eine Silbe von der Sache.«

Die Tante folgte diesem guten Rat, denn sie war genauso voller berechtigter Zweifel wie die Großmutter.

Die Vorfälle, die eine Heiratsaussicht endgültig zerstörten, hatten sich, in allen früheren Fällen, stets immer erst in ihrer vernichtenden Wirkung gezeigt, nachdem die Vorverlobung stattgefunden hatte; also in jener Periode des Verlöbnisses, die nun folgte. Das war ja auch erklärlich.

Die beiden Leute verkehrten vertraulich miteinander, und dadurch geschah es ganz natürlich, daß sie gelegentlich ihre wahre Natur gegeneinander entschleierten und sich nicht immer die unbequeme Mühe machten, einen Ausbruch ihrer wirklichen Meinungen und Gefühle durch Zurückhaltung und Selbstbeherrschung dauernd zu unterdrücken.

Und es geschah deshalb immer während dieser Periode, daß die Freier zur Besinnung kamen und rechtzeitig absprangen. Es soll aber auch gesagt werden, daß nicht immer nur die Freier absprangen, sondern daß ebenso häufig auch Doña Luisa absprang und den Freier einfach aus dem Hause warf oder ihn so behandelte, daß er wußte, er könne nicht wiederkommen, ohne daß ihm in rücksichtslosester Weise die Tür gewiesen werden würde. Dieses Streiten und Rechthabenwollen begann schon eine Woche nach dem Gelöbnis.

Don Juvencio stand eines Morgens im Laden, um mit Doña Luisa eine Weile sprechen zu können. Sie kamen auf Sättel zu reden, und Don Juvencio sagte ganz frei heraus: »Das will ich dir nur einmal sagen, Licha, von Sätteln verstehst du gar nichts. Obgleich du eine Talabarteria hast, weiß ich mehr über Sättel und Leder als du. Kannst du mir ruhig glauben.«

Diese Äußerung hatte Doña Luisa hervorgerufen dadurch,

daß sie über die Güte und den Wert einer bestimmten Ledersorte durchaus recht haben wollte, während Don Juvencio ihr einfach nicht recht geben konnte, weil es gegen sein besseres Wissen ging. Als Ranchero hatte er genug mit Leder, Sätteln und Geschirren praktisch zu tun, um aus Erfahrung zu lernen, welches Leder sich für bestimmte Zwecke besser eigne und welches sich weniger gut dauerhaft oder brauchbar erweise.

Doña Luisa fuhr wild auf und schrie aufs höchste erbost: »Ich bin seit meiner Windelzeit hier in der Talabarteria zwischen Sätteln, Gurten, Riemen und Geschirren, und du willst mir in das Gesicht hinein sagen, daß ich nichts von Sätteln und Leder verstünde.«

»Ja, das will ich, weil das meine Meinung ist«, sagte Don Juvencio ruhig.

»Glaub nur nicht, daß du mich kommandieren kannst, auch wenn wir verheiratet sein sollten, was ich überhaupt noch gar nicht einmal so sicher annehme. Ich lasse mich nicht kommandieren, auch von dir nicht. Und damit du das nur gleich weißt, mach, daß du hier rauskommst, und laß dich hier nicht mehr blicken, oder es fliegt dir etwas an den Kopf, daß du lange genug daran denken und doktern kannst, um zu wissen, daß ich der bin, der kommandiert.«

Er sagte: »Gut, ganz wie du denkst.« Dann ging er, und sie warf wütend die Tür hinter ihm zu.

Sie lief ins Haus und sagte zu ihrer Tante: »Den habe ich rausgefegt. Der dachte, daß er kommandieren könnte. Ich brauche keinen Mann, und ich will keinen.«

Weder die Tante noch die Großmutter sagten etwas dazu, denn es war ja für sie keine Neuigkeit. Sie seufzten nicht einmal. Im Grunde war es ihnen überhaupt gleichgültig, ob Luisa heiratete oder nicht; denn sie wußten, daß Luisa auf alle Fälle doch tun würde, was ihr beliebte, ob es den beiden Frauen gefiel oder nicht.

Nun war Don Juvencio wohl wirklich ernstlich verliebt in das Mädchen. Er zog sich nicht zurück, wie es seine Vorgänger nach einigen Unterhaltungen dieser Art gewöhnlich getan hatten. Nach drei oder vier Tagen war er eines Morgens wieder im Laden. Darüber war Doña Luisa nicht wenig erstaunt. Aber er war vielleicht noch mehr erstaunt darüber, als er sich plötzlich ihr gegenüber im Laden wiederfand. Er hatte in der Tat den Hinauswurf vergessen, und er war in den Laden gekommen aus reiner Gewohnheit.

Es mochte wohl sein, daß Doña Luisa gleichfalls ihm gegenüber etwas tiefer empfand, als sie je gegen einen ihrer früheren Freier empfunden hatte. Sie war nicht gerade freundlich zu ihm, aber doch auch nicht abweisend. So erschien es als nichts anderes als eine Form der Höflichkeit, daß sie ihn zum Frühstück einlud.

Einige Tage ging es gut.

Dann aber kam ein Abend, wo sie behauptete, daß eine Kuh auch Milch geben könne, ohne ein Kalb gehabt zu haben. Sie behauptete, diese Tatsache in dem amerikanischen College gelernt zu haben.

Darauf sagte er: »Wenn du das in dem amerikanischen College gelernt hast, Licha, dann sind die Lehrer und Professoren des College alte Esel, und dann ist es nicht weit her mit der Bildung und dem Wissen, das du dort erworben hast.«

»Du willst doch nicht etwa sagen, daß du klüger bist als die Professoren, Bauer, der du bist!« sagte sie.

»Klüger oder nicht klüger«, gab er zurück, »aber gerade als Bauer weiß ich, daß eine Kuh, die kein Kalb gehabt hat, keine Milch geben kann, ob du sie nun von hinten oder von vorne melkst. Wo keine Milch ist, da kannst du keine rausmelken.«

»So, da willst du also sagen, daß ich nichts gelernt habe, daß ich eine dumme Henne bin, daß ich kein Examen gemacht habe. Und ich will dir auch gleich noch mehr sagen, ob du nun ein Bauer bist oder nicht: Hühner können Eier legen, ohne daß sie einen Hahn dazu brauchen.«

»Richtig«, sagte er, »ganz richtig, und Hähne legen zuweilen auch Eier, wenn die Hennen keine Zeit dazu haben, und Maultiere werfen Maultierfüllen, und es ist auch ganz richtig, daß viele Kinder geboren werden, die keinen Vater haben.«

»So, du willst mir widersprechen, mir, die ich studiert habe, während du die Schweine gefüttert hast!«

»Wenn wir, das sind ich und meinesgleichen, die Schweine nicht füttern, dann verhungern alle deine überklugen amerikanischen Professoren.«

Sie wurde von einer Wut gepackt, wie er bisher nicht geglaubt hatte, daß ein Mensch einer solchen Wut fähig sein könnte.

Sie schrie: »Gibst du zu, daß ich recht habe, oder nicht?«

»Du hast recht. Aber eine Kuh, die kein Kalb gehabt hat, gibt keine Milch. Und wenn es eine solche Kuh gibt, dann ist es ein Wunder. Und Wunder sind Ausnahmen. In der Landwirtschaft aber kann man sich weder auf Wunder noch auf Ausnahmen verlassen.«

»So, du verhöhnst mich und beschimpfst mich noch obendrein?«

»Ich beschimpfe dich nicht, aber Kühe, die kein Kalb gehabt haben, geben keine Milch, und einen brauchbaren Sattelgurt aus Ziegenleder kann man auch nicht machen.«

Die Ruhe, mit der er das sagte, brachte sie in größere Raserei, als das ein aufgeregter Widerspruch von ihm getan haben könnte.

Auf dem Tisch stand ein steinerner Wasserkrug. Mit einem Ruck war sie hoch, ergriff den Krug und pfefferte ihn ihrem Widersacher an den Kopf. Die Kopfhaut platzte, und das Blut lief in einem dicken Strom dem Don Juvencio über das Gesicht.

In einem Film oder in einem guten Roman würde jetzt

das Mädchen ihre rasche Tat bedauert haben, sie würde ihr Seidentüchlein genommen haben, hätte es auf die Wunde gepreßt, dann die Wunde mit zarten Händen ausgewaschen, dann den armen Kopf in ihre Arme gepreßt und ihn mit Küssen bedeckt, und am nächsten Morgen wären beide zur Kirche marschiert, hätten sich verheiratet und hätten von nun an für den Rest ihres Lebens in eitel Glück und Zufriedenheit gelebt. Da es sich aber hier weder um einen Film noch um einen Roman handelte, lachte Doña Luisa nur höhnisch auf, als sie den blutenden Freier sah, und schrie: »So, nun wirst du wohl endlich genug haben mit deiner Rechthaberei und mit deinem ewigen Besserwissenwollen. Und wenn du wirklich noch im Sinne haben solltest, mich zu heiraten, dann ist das jetzt ausgemacht einmal für allemal: Ich habe recht, und ich kommandiere. Wenn du damit einverstanden bist, gut. Wenn nicht, dann wird nichts daraus, und du kannst meinetwegen zur Hölle gehen mit deinem Rechthaben und mit deinem Herumkommandieren. Such dir ein dummes Indianermädchen zur Frau, mit der kannst du solche Dinge machen. Nicht mit mir. Du kennst mich nun.«
Sie ging in ihr Zimmer, ohne ein weiteres Wort zu sagen.
Er ging zum Doktor.

Es war in den letzten Wochen in der Stadt schon ein wenig bekannt geworden, daß Doña Luisa einen neuen Freier habe. Es war auch bekannt geworden, wer der neue Freier war. Denn in einer kleinen Stadt, auch in Mexiko, kann ein unverheirateter Mann nicht mehr als dreimal in ein Haus gehen, wo ein heiratsfähiges Mädchen mit ihrer Familie lebt, ohne daß jeder weiß, warum der Mann so häufig in jenes Haus auf Besuch geht.
Als Don Juvencio zwei Tage später mit verbundenem Kopf in der Stadt gesehen wurde, wußte man, daß die beiden sehr nahe vor der Heirat gestanden hatten, daß aber jetzt die Sache aus und vorbei sei.

Don Juvencio hatte auch gleich Freunde um sich herum.

»Aber, Hombre, Vencho, warum hast du denn nichts gesagt? Wir hätten dir doch die Augen aufknöpfen können. Die ist doch bekannt, daß sie ein Teufel ist. Schlimmer als ein Teufel. Die ist die Hölle und das Fegefeuer schon vor der Heirat. Was sie nach der Heirat sein wird, dafür gibt es kein Beispiel. Wie kannst du denn nur auf diese Tigerin so reinfallen! Weißt du denn, wie viele Bewerber sie in derselben Weise heimgeblasen hat wie dich? Ein halbes Dutzend langt nicht. Wer sie kennt, läßt die Finger weit davon. Hier kriegt sie keinen. Hier ist sie durch. Sie konnte nur noch einen erwischen wie dich, der von Welt und Hund nichts weiß, der nicht reinkommt von seinem Windfang da draußen. Danke deinem Schöpfer, daß du den Kopf noch zur rechten Zeit bekommen hast, ehe es zu spät war. Dir wird ja jetzt das Hirn da oben wieder zurechtgerückt worden sein. Wenn du heiraten mußt, heirate, was dir in den Weg gelaufen kommt, ganz gleich woher sie kommt und wie sie kommt; aber laß diese Dynamitpatrone allein. Wir sind uns bis heute noch nicht ganz sicher darüber, ob sie nicht ihren Vater und ihre Mutter erschlagen hat. Die sind beide merkwürdig rasch gestorben, und sie waren gar nicht krank. Und der Doktor, der das Attest ausgeschrieben hat, na, da weiß man ja auch nicht so recht, er war der Familiendoktor, und er muß ja auch leben und will keinen Gestank haben und mit den Gerichten seine Zeit verlieren. Die könnte zehn Millionen haben und noch zwanzigmal eine hübschere Fratze vorgebunden haben, einer, der sie kennt, nimmt sie nicht in einen Sack gebunden und umsonst.«

Zwei Monate später waren Don Juvencio und Doña Luisa verheiratet. Er hatte wohl zugestanden, daß er nicht darauf bestehen würde, recht zu haben, wenn sie anderer Meinung war, und er hatte wohl auch zugestanden, daß sie in der Ehe die Zügel führen dürfe. Das muß als sicher angenommen werden, weil ja sonst diese Heirat gewiß nicht möglich gewesen wäre.

Die Meinung der Männer in der Stadt war geteilt. Die einen sagten, Don Juvencio müsse ein ungemein mutiger Mann sein, weil er sich zwischen die Tatzen des Tigers gelegt habe. Andere glaubten, er sei in eine gewisse sexuelle Abhängigkeit geraten, die ihn blind gemacht habe, und er würde wahrscheinlich aufwachen, sobald er seine Wünsche nach der Verheiratung gekühlt habe. Wieder andere meinten, daß er sich in einer unüberlegten Fahrlässigkeit ihr gegenüber habe etwas zuschulden kommen lassen, das ihn zwang, sich wider bessere Einsicht zu verheiraten. Abermals andere sagten, er sei wohl doch im Grunde sehr geldgierig, daß er alles übrige darüber vergessen konnte. Wieder andere meinten, er sei vielleicht ein wenig anormal veranlagt und liebe es, unter dem Joch und der brutalen Gewalt einer Frau zu stehen. Und endlich waren da genug, die sagten, daß er wohl mehr auf eine hübsche Außenwand sehe als auf das, was dahinter ist.

Aber was die Männer auch in ihren einzelnen Parteien gedacht haben mögen, alle, ohne Ausnahme, sahen den kommenden Geschehnissen, die sich aus dieser Ehe entwickeln würden, mit einer erregten Spannung entgegen wie der Fortsetzung in einem guten Mörderfilm. Und die Wahrheit ist, daß niemand, selbst nicht jene Freier, die gern das Vermögen der Doña Luisa gehabt hätten, Don Juvencio beneideten oder es nachträglich bedauerten, daß sie nicht doch das Mädchen unter allen Umständen genommen hatten, als Gelegenheit dazu war. Jeder sagte zu sich und zu seinen Bekannten, daß er nicht im Fell des Don Juvencio stecken möchte.

Es kann nicht angenommen werden, daß Don Juvencio jemals von einem Manne gehört hatte, dessen Name Shakespeare war; noch viel weniger darf angenommen werden, daß Don Juvencio je davon gehört hatte, wie man, nach dem Bericht jenes Mr. Shakespeare, rabiate Tigerinnen in England zähmt. Und hätte Don Juvencio wirklich jenen Bericht gelesen, so war er doch Mexikaner genug, um zu wissen, daß in Mexiko die Zähmung nicht nach englischen Rezepten vorgenommen werden kann, um Wirkung zu haben, sondern nach Erfahrungen, die einen hier der Busch lehrt.

Bei der Hochzeitsfeierlichkeit hatte er ein Gesicht aufgesetzt, aus dem niemand schließen konnte, ob er zufrieden mit sich und der Welt sei oder nicht. Aber allen Gästen fiel es auf, daß er seiner jungen Frau immer recht gab, ihr in allem, was sie sagte, zustimmte; und wenn im Laufe der langen Sitzung wiederholt das Gespräch darauf kam, besonders von den anwesenden Damen, wie die beiden Leute dieses oder jenes in ihrem Hause und in ihrem künftigen Leben halten würden, da sagte er, das wird getan, wie Doña Luisa das anordnet. Als in vorgerückten Stunden nicht nur die Männer, sondern auch die Damen angeregter wurden durch die Getränke, fielen mehr und mehr Anzüglichkeiten über die starke junge Frau und den schwächlichen und nachgiebigen Mann, und daß nun eine neue Zeit auch in Mexiko angebrochen sei, in der endlich die Frau das Kommando übernehme. Zu allen solchen Neckereien, die zuweilen hart so dicht gingen, daß er offen lächerlich gemacht wurde, blieb er gleichgültig wie eine vertrocknete Speckkruste.

Einer seiner alten Freunde, sehr angetrunken, stand auf und rief über den ganzen Tisch hin: »Vencho, wir schikken besser morgen früh die Ambulance hinaus, um deine Knochenreste abzuholen.«

Es folgte ein brüllendes Gelächter.

Das war ein sehr gewagter Scherz. Bei viel schwächeren Scherzen wird in Mexiko, sei es bei einem Begräbnis oder bei einer Kindtaufe oder bei einer Hochzeit, nach solchen oder ähnlichen nackten Bemerkungen sofort gezogen und geschossen. Selbst bei einer Festlichkeit in den vornehmeren Kreisen. Hunderte von Hochzeiten enden mit drei oder vier Toten, darunter häufig der junge Ehemann und nicht selten – wenn auch nur durch fehlgegangene Schüsse – die Braut. Denn bei dem heißen Blute der Mexikaner und bei der Zimperlichkeit, mit der sie das betrachten, was sie Su Honor, ihre Ehre, nennen, weiß man nie, in welcher Weise eine Neckerei aufgenommen werden wird. Aber hier lief alles friedfertig ab.

Die Hochzeit dauerte bis weit in den folgenden Tag hinein. Sie war im Hause der jungen Frau gehalten worden. Und als die Feier als beendet angesehen wurde, waren alle hundemüde und alle genügend alkoholisiert, daß niemand, das junge Ehepaar eingeschlossen, an irgend etwas anderes dachte als daran, nun einmal recht tüchtig zu schlafen.

Es war ganz natürlich und niemand sah darin irgendeine Sache, die gegen hergebrachte Regeln verstieß, daß Doña Luisa in ihr altes Zimmer ging, um zu schlafen, und Don Juvencio sich in jenem Zimmer ins Bett legte, wo er einige Male schon geschlafen hatte, wenn er zur Nachtzeit nicht zurückreiten konnte zu seiner Hazienda. Es hatte auch in der Tat keiner von den Gästen irgendein Interesse daran, sich darum zu kümmern, was die beiden jungen Leute nun taten und wo und wie sie die folgenden Stunden verbrachten. Denn der Übermüdung wegen und unter dem Eindruck voller Mägen und betäubter Hirne hatte jeder einzelne so viel mit sich selbst zu tun, daß er keinen Gedanken mehr übrig hatte, den er auf das Tun und Lassen seiner Mitmenschen verschwenden konnte.

Am nächsten Morgen frühstückten Don Juvencio, Doña Luisa, die Tante und die Großmutter gemeinschaftlich. Es wurde dabei nicht viel geredet. Die beiden älteren Frauen waren in einer gerührten Stimmung, weil Luisa nun das Haus verließ; und das Ehepaar redete gleichgültige Worte über die Art und Weise des Heimritts und was man in der Hazienda wohl zuerst tun müßte, um sie für die neuen Verhältnisse einzurichten.

Dann kamen die Burschen von der Hazienda mit den

Reitpferden und mit den Maultieren. Es wurde den Maultieren nur gerade das Allerwichtigste aufgepackt, das Doña Luisa am notwendigsten für die ersten Tage brauchte. Alles übrige würde dann in den nächsten Tagen nachtransportiert werden.

Auf der Hazienda angekommen, hatte Don Juvencio nicht viel Zeit, sich um seine junge Frau zu kümmern; denn es hatte sich in den vergangenen Tagen reichlich Arbeit angehäuft, die er zu besorgen hatte.

Doña Luisa ordnete mit der alten indianischen Haushälterin und den Mädchen die Zimmer an.

Dann wurde es Abend, und Doña Luisa legte sich in das schöne weiche neue und sehr breite Ehebett. Aber wer nicht kam, sich zu ihr zu legen, das war Don Juvencio, ihr kürzlich erworbener Ehemann.

Ob sie erwartete, daß er kommen würde, um mit ihr zu schlafen, weiß man nicht. Es hat sie nie jemand danach gefragt, was sie sich gedacht hat in jener Nacht und was sie erwartet haben mag. Es ist aber wohl sicher, daß sie geglaubt hat, daß diese Hochzeitsnacht nicht ganz vollständig sei; denn sie war ja eine Frau, war fünfundzwanzig Jahre alt, hatte Romane gelesen, war in höhere Schulen gegangen und hatte Freundinnen, die längst verheiratet waren und Kinder hatten.

Daß ihre Hochzeitsnacht vorüberging, wie jede Nacht in ihrem unverheirateten Bett vorübergegangen war, machte sie verwirrt. Sie war überzeugt gewesen, daß zwischen Verheiratetsein und Nichtverheiratetsein auf jeden Fall ein Unterschied bestehen müsse, der, je nach den Verhältnissen, die teils in der Psychologie, teils in der Physiologie begründet liegen, angenehm, für die Gesundheit und das allgemeine Wohlergehen nützlich, unangenehm, peinlich, schwierig, unbefriedigt, unerfreulich, langweilig, widerwärtig, ermüdend, erfrischend oder pflichtschuldig sein kann.

Aber Doña Luisa bekam keine Gelegenheit, persönlich zu prüfen, in welcher Form und Weise der Unterschied zwischen Verheiratetsein und Nichtverheiratetsein sich bei ihr geltend machen würde. Denn in der folgenden Nacht blieb sie gleichfalls allein.

»Dios mio«, sagte sie zu sich, »mein Gott im Himmel, er wird doch nicht etwa nicht mehr können, oder sollte er etwa gar so unschuldig sein, daß er nicht weiß, wo es fehlt? Aber er ist doch Mexikaner. Er wäre der erste Mexikaner, der je gelebt hat, der das nicht wüßte. Und das glaube ich nicht. Er hat doch Kühe und Stiere und Hengste und Mähren und was weiß ich. Unterricht genügend. Heilige Maria, Mutter Gottes, allerreinstes Himmelsjüngferlein, ich werde ihn doch nicht etwa aufklären müssen! Himmel, was mache ich nur da? Ich kann ihm doch nicht die Tante herschicken! Wenn er wenigstens ins Bett kommen wollte, dann würde sich das ja alles von allein geben. Aber so –. Und wenn ich mir ihn ansehe, er ist ein angenehmer und kräftiger Muchacho. Der Beste der ganzen verfluchten Bande, die ich kenne. Ich will gar keinen andern haben.«

Das Einschlafen wurde ihr schwer. Sie wälzte sich hin und her in dem weichen, schönen, neuen, breiten Ehebett.

Es war am folgenden Nachmittag.

Don Juvencio war seit dem frühen Morgen auf den Feldern gewesen. Er war ziemlich ermüdet zum Essen heimgekommen. Er saß jetzt in einem Schaukelstuhl im Portico des Hauses. Vor sich hatte er ein Tischchen stehen, auf dem die Zeitung lag, in der er herumgeblättert hatte.

Im selben Portico, etwa zwölf Schritte entfernt von Don Juvencio, lag Doña Luisa in einer Hängematte. Sie hatte ein Kissen unter ihrem Kopfe, und sie las in einem Buche. Sie war in den paar Tagen, seit sie auf der Hazienda war, durchaus nicht müßig gewesen. Sie hatte ihren Teil zur Arbeit, zur Einrichtung, Umänderung und Führung des Haushalts reichlich beigetragen. In einem amerikanischen

Hause ist ja auch eine Frau bei weitem nicht ein solches Arbeitstier wie die Frau in Europa. Selbst in wenig bemittelten Kreisen läßt ihr Mann es nicht zu, daß sie mehr tut, als den Haushalt zu leiten, also die Einkäufe zu besorgen oder anzuordnen und das Arbeitsprogramm für die Köchin und für die Mädchen zu bestimmen. Da die Mexikaner sehr gesellschaftlich sind, sich ständig gegenseitig besuchen, hat die Frau genügend gesellschaftliche Aufgaben zu erfüllen, die in einem Hause nicht vernachlässigt werden dürfen, wenn der Mann einen Beruf oder eine Stellung hat, wo er darauf angewiesen ist, im Verkehr mit seinen Mitbürgern und Geschäftsfreunden zu bleiben. Es lag also hierin nichts besonders Auffallendes, daß Doña Luisa lässig in der Hängematte ruhte und in einem Buche las. »Du könntest auch lieber etwas Nützlicheres tun«, sagt ein Mexikaner zu seiner Frau wohl nur dann, wenn er einen deutschen Großvater gehabt haben sollte.

Seit Doña Luisa auf der Hazienda eingezogen war, hatten die beiden Eheleute sehr wenig miteinander geredet. Von dem albernen und zärtlich gemeinten Geschwätz, das jungverheiratete Leute in den ersten zwei Wochen zu führen pflegen, war hier nichts zu hören. Die Ursache war wohl nur bei ihm zu suchen. Er hatte nicht die Absicht, ein tobendes Ungewitter heraufzubeschwören, solange es vermieden werden konnte. Sie aber hatte im Gefühl, daß sich etwas vorbereitete; denn daß er nun drei Nächte schon ihr aus dem Wege gegangen war, als wäre sie hier nur ein gelegentlicher Gast, war denn doch zu merkwürdig, als daß sie sich keine Gedanken darüber hätte machen sollen.
Gestern morgen hatte er, als er zum Frühstück in das Zimmer kam, gefragt: »Wo ist der Kaffee?« Darauf hatte sie gesagt: »Frage Anita, ich bin nicht dein Dienstmädchen.« Dann war er selbst in die Küche gegangen und hatte den Kaffee selbst hereingebracht, ohne ein Wort

darüber zu verlieren. Sie hatte später freilich in der Küche gewaltig mit Anita aufgedonnert dieses Vorfalls wegen; aber Anita hatte sich damit entschuldigt, daß sie den Kaffee immer erst aufgetragen habe, nachdem die Eier gegessen seien, und wenn der Patron das jetzt anders haben wolle, so müsse er es ihr sagen.

Es war ein heißer tropischer Frühnachmittag. Der Portico lag zwar im Schatten, aber es ruhte dennoch in ihm, wie auf dem grasbewachsenen weiten Vorplatz, der von einer flirrenden Glut bedeckt war, eine lastende unbewegte schwere Wärme, die sich nur ertragen ließ, wenn man stillsaß oder sich in einem Schaukelstuhl oder in der Hängematte wiegte, ohne mehr zu denken, als was unbedingt notwendig war, um sich noch von einem Tier zu unterscheiden.

Auch die Tiere des Hauses, die in der Nähe waren, dröselten schläfrig ihre Zeit dahin, und sie bewegten sich nur, wenn die summenden Fliegen sie allzusehr belästigten.

Über dem Geländer des Portico, auf einer kleinen Schaukel, hockte der Papagei. Er träumte dahin, wachte gelegentlich auf, krächzte oder rasselte einige Worte und brütete dann wieder in sich hinein, wenn ihm niemand eine Antwort gab.

Auf der obersten Stufe der kurzen Treppe, die in den Portico führte, lag schlafend die Katze. Sie hatte gut gegessen, und sie lag nun, beinahe völlig auf dem Rücken, mit dem Kopf weit zurückgelehnt auf der heißen Stufe, mit jener satten Unbekümmertheit, die nur denjenigen irdischen Geschöpfen eigen ist, die um die Sicherheit ihres Lebens und um die Pünktlichkeit reichlicher Mahlzeiten nie in Sorge zu sein brauchen. Unter einem schattigen Baum in dem grünen Vorplatz des Hauses, im Patio, stand das bevorzugte Reitpferd des Don Juvencio angebunden. Der Sattel lag einige Schritte neben dem Pferde. Als Don Juvencio von den Feldern heimgekehrt war, hatte er das Pferd nicht auf die nahe kleine Weide führen lassen, sondern es war dem Tier hier auf dem Vorplatze sein Sacate vorgeworfen worden, denn Juvencio wollte später noch einmal zu seiner Trapiche, seiner Zuckermühle, hinunterreiten.

Auch das Pferd, ein prachtvolles Tier, dröselte in der Nachmittagshitze seine Zeit dahin. Es ließ den Kopf sinken und sinken, bis die Nase beinahe die übriggebliebenen, breit gestreuten Halme auf dem Erdboden berührte. Und wenn der Kopf endlich so tief gesunken war, daß das Pferd sich gegen die Nase stieß, dann warf es mit einem raschen Ruck den Kopf hoch, riß die Augen weit auf, und wenn es sah, daß sich inzwischen nichts von besonderer Bedeutung in der Welt ereignet hatte, schloß es die Augen wieder langsam, und der Kopf begann abermals Zoll bei Zoll herunterzusinken.

Don Juvencio hatte seinen Schaukelstuhl so stehen, daß er den Hof übersehen konnte. Er hob jetzt seine Arme hoch, reckte sich ein wenig aus, gähnte leicht und ergriff die Zeitung, die vor ihm auf dem Tischchen lag. Er las einige Minuten, und dann legte er die Zeitung wieder hin.

Nun sah er zu dem Papagei, der vor ihm in seiner Schaukel hockte.

»He, Loro«, rief nun Don Juvencio befehlend, »hole mir eine Kanne mit Kaffee und eine Tasse aus der Küche, ich habe Durst.«

Der Papagei, durch die Worte aus seinem Dahindämmern aufgeweckt, kratzte sich mit dem Fuß am Nacken, rutschte ein kleines Stück weiter auf seiner Schaukel, krächzte ein paar Laute und bemühte sich, sein unterbrochenes Dröseln wieder aufzunehmen.

Don Juvencio griff nach hinten, zog seinen Revolver aus dem Gurt, zielte auf den Papagei und schoß. Der Papagei tat einen Krächzer, es flogen Federn in der Luft herum, der Vogel schwankte, wollte sich festkrallen, die Krallen ließen los, und der Papagei fiel auf den Boden des Portico, schlug ein paarmal um sich und war tot.

Juvencio legte den Revolver vor sich auf den Tisch, nachdem er ihn einige Male in der Hand geschwenkt hatte, als ob er sein Gewicht prüfen wolle.

Nun blickte er hinüber zur Katze, die so fest schlief, daß sie nicht einmal im Traume schnurrte.

»Gato«, rief jetzt Don Juvencio, »he, Kater, hole mir Kaffee aus der Küche, ich habe Durst.«

Doña Luisa hatte sich umgewandt zu ihrem Manne, als er den Papagei angerufen hatte. Sie hatte das, was er zu dem Papagei sagte, so angenommen, als ob er mit dem Papagei schäkern wolle, und sie hatte darum nicht weiter darauf geachtet. Als dann der Schuß krachte, drehte sie sich völlig um in ihrer Hängematte und hob den Kopf leicht.

Sie sah den Papagei von seiner Schaukel fallen, und sie wußte, daß Juvencio ihn erschossen hatte.

»Hay no«, sagte sie halblaut, »lächerlich.«

Jetzt, als Don Juvencio die Katze anrief, sagte Doña Luisa laut zu ihm herüber: »Warum rufst du denn nicht Anita, daß sie dir den Kaffee bringt?«

»Wenn ich will, daß mir Anita den Kaffee bringen soll, dann rufe ich Anita, und wenn ich will, daß mir die Katze den Kaffee bingen soll, dann rufe ich die Katze.«

»Meinetwegen«, sagte darauf Doña Luisa, und sie rekelte sich wieder in ihre Hängematte ein.

»He, Gato, hast du nicht gehört, was ich dir befohlen habe?« wiederholte Don Juvencio seine Anordnung.

Die Katze schlief weiter, in dem sicheren Bewußtsein, daß sie, wie alle Katzen, solange es Menschen gibt, ein verbrieftes Anrecht darauf habe, ihren Lebensunterhalt vorgesetzt zu bekommen, ohne irgendeine Verpflichtung zu haben, sich dafür durch Arbeit erkenntlich zu zeigen; denn selbst wenn sie sich doch so weit herablassen sollte, gelegentlich eine Maus zu erjagen, so tut sie es nicht, um dem Menschen eine Gefälligkeit zu erweisen, sondern sie tut es, weil ja schließlich selbst eine Katze ein Recht darauf hat, hin und wieder einmal ein Vergnügen zu genießen, das im gewöhnlichen Wochenprogramm nicht vorgesehen ist.

Don Juvencio aber dachte anders über die Pflichten einer Katze, die auf seiner Hazienda lebte. Als die Katze sich nicht regte, um dem Befehle nachzukommen und den Kaffee aus der Küche zu holen, hob er wieder den Revolver, zielte und schoß. Die Katze versuchte hochzuspringen, aber sie brach zusammen, rollte sich einmal über und war tot.

»Belario«, rief Don Juvencio jetzt über den Hof.

»Si, Patron, estoy«, rief der Bursche aus einem Winkel des Hofes hervor. »Hier bin ich, was ist zu tun?«

Als der Bursche auf der untersten Stufe der Treppe stand, mit dem Hute in der Hand, sagte Don Juvencio zu ihm: »Binde das Pferd los und führe es hierher, hier dicht an die Stufen.«

»Soll ich es auch gleich satteln?« fragte der Bursche.

»Ich werde dich dann rufen«, antwortete Don Juvencio.

Der Bursche brachte das Pferd und entfernte sich.

Das Pferd stand eine Weile vor dem Portico. Don Juvencio sah das Tier an, wie eben nur ein Mann ein Pferd anzusehen vermag, der auf gute Reittiere angewiesen ist und sich darum mit einigen dieser Tiere so verbunden fühlen kann wie mit einem guten Freunde.

Das Pferd scharrte ein wenig, und dann, als es fühlte, daß man nichts von ihm wollte, begann es, mit kleinen Schrittchen lässig fortzutorkeln, wieder den Schatten des Baumes aufsuchend.

»Caballo, olla«, rief nun Don Juvencio das Pferd an, das inzwischen die Mitte des Hofes erreicht hatte, »trabe einmal rasch in die Küche und bringe mir eine Kanne mit Kaffee und eine Tasse, ich habe Durst.«

Bei dem Anruf »Caballo« hatte das Pferd den Kopf gewandt, weil es die Stimme seines Herrn wohl kannte und auf diesen Zuruf zu hören pflegte. Als es aber sah, daß der Herr nicht aufstand und nicht in den Hof trat, wußte es, daß es sein Herr weder streicheln noch satteln wollte. Es machte Geste, auf seinem Wege zu jenem Baum weiter fortzutrotten.

»Ja, du bist wohl verrückt geworden, loco enteramente«, sagte da Doña Luisa von ihrer Hängematte her, mit einer Stimme, die halb erstaunt und halb erbost klang.

»Verrückt? Ich?« erwiderte Don Juvencio. »Ich weiß nicht, warum ich verrückt sein sollte. Das ist mein Pferd, und das Pferd ist auf meiner Hazienda, und ich darf meinem Pferde auf meiner Hazienda befehlen, was ich will, genausogut, wie du deinen Mädchen befehlen darfst, was du willst.«

»Meinetwegen«, sagte Doña Luisa, während sie wieder in ihrem Buche weiterzulesen begann.

»Caballo«, rief nun Don Juvencio wieder über den Hof. »Wo ist der Kaffee? Bist du noch nicht fort?«

Das Pferd hatte wieder für einen Augenblick den Kopf gewendet und auf den Ruf gehört; und als es wieder seinen Herrn nicht näher kommen sah, wendete es sich ab und nahm seinen Weg zum Baum abermals auf. Don Juvencio nahm den Revolver auf, stützte den Ellbogen auf den Tisch, um einen ruhigeren Arm zu haben, zielte und schoß.

Das Pferd zuckte zusammen, stand dann wohl eine ganze Minute still auf einem Fleck, begann hierauf heftig zu zittern und brach plötzlich zusammen wie gefällt.

»Wahnsinn! So ein Prachttier!« schrie jetzt Doña Luisa auf. Ihre Erbostheit war zum vollen Ausbruch gekommen. Es war mit untrüglicher Sicherheit vorauszusehen, daß nunmehr das erste schwere Gefecht, das man Don Juvencio von allen Seiten mit allen seinen Schrecken vorausgekündigt hatte, geliefert werden würde und daß jetzt, wäre einer der Freunde des Don Juvencio anwesend gewesen, er raschest zur Stadt geritten wäre, um die Ambulance zu bestellen und ein Bett im Hospital zu mieten.

Doña Luisa warf das Buch, das sie gelesen hatte, mit einer

solchen Heftigkeit auf den Boden, daß es in allen seinen Blättern auseinanderflog. Sie begann sich innerlich einzuheizen, um überkochen zu können.

Don Juvencio sagte nichts. Ohne aufzustehen, drehte er sich mit seinem Schaukelstuhl so um, daß er nun mit dem Gesicht zur Hängematte gerichtet saß.

Er legte den Revolver nicht aus der Hand, sondern schwenkte ihn einige Male auf und nieder. Dann prüfte er die Trommel, und hierauf hauchte er auf den polierten Schaft und putzte ihn mit dem Hemdsärmel sauber.

Und gerade im selben Augenblick, als Doña Luisa aus der Hängematte springen wollte, um sich in die Tigerin zu verwandeln, sagte Don Juvencio mit sterbensruhiger Stimme, aber laut und hart: »Luisa, hole mir eine Kanne Kaffee aus der Küche und eine Tasse, ich habe Durst.«

Als er das sagte, hielt er die Augen gesenkt. Jetzt aber sah er auf und blickte seine Frau kalt und gerade an. Er nahm den Revolver ein wenig höher und schwenkte ihn einmal auf und nieder.

Doña Luisa fing den Blick auf, als sie aus der Hängematte hatte springen wollen. Sie sprang aber nicht, sondern sie begann ganz langsam aus der Hängematte wie von selbst herauszurutschen.

Juvencio hob den Revolver mit genau der gleichen Ruhe und Selbstverständlichkeit, wie er ihn erhoben hatte, als er auf seine Tiere geschossen hatte.

Doña Luisa wurde totenbleich, riß die Augen auf und sagte mit einem Schluck in ihrer Stimme: »Orito, Juvencio, sofort!«

Als kaum eine Viertelminute später Doña Luisa den Kaffee vor ihm auf den Tisch stellte, nahm er das hin und saß da in der Haltung eines Mannes, der jeden Tag in seinem Restaurant seinen Kaffee hingesetzt bekommt von einer Kellnerin, die ihm ebenso gleichgültig ist wie der Preis der Druckerschwärze, mit der die Zeitung gedruckt wird, die er liest. Er sagte kurz: »Gracias, danke!«, trank schluck-

weise den Kaffee und begann die Zeitung da weiterzulesen, wo er aufgehört hatte, als er zum erstenmal Durst
fühlte und den Papagei in die Küche schickte.

»Belario«, rief er dann über den Hof, »sattle mir den
Prieto, ich will zur Trapiche hinunterreiten, sehen was die
Muchachos tun.«

Als das Pferd gesattelt vor der Treppe stand, schob Don
Juvencio den Revolver in den Gurt, richtete sich auf, ging
zu dem Pferde und klopfte es auf den Hals.

Doña Luisa hatte sich, nachdem sie den Kaffee gebracht
hatte, nicht mehr in die Hängematte gelegt, sie hatte sich
auch nicht einmal auf einen Stuhl gesetzt. Sie stand da
wie in einem Zustand der Lähmung. Es schien, daß sie
Stunden oder gar Tage brauche, um in sich klarzuwer-
den, was geschehen war. Daß ihr Charakter sich in den
wenigen Minuten so vollständig geändert hatte, daß sie
das Bewußtsein ihres eigenen Selbst verlor und empfand,
daß sie mit ihrem eigenen früheren Menschen keine
Verwandtschaft mehr hatte, das ist ihr erst viele Monate
später klargeworden. Jetzt jedenfalls stand sie nur da wie
eine, die auf Befehle wartet und die auf dem Sprunge
steht, die erhaltenen Befehle mit blitzgleicher Schnelligkeit auszuführen.

Ehe sich Don Juvencio aufs Pferd setzte, drehte er sich
noch einmal um. Er sah das in Blättern zerfallene Buch
auf dem Boden liegen. Und er sagte, mit einem leichten
Ton von Freundlichkeit: »Licha, heb das Buch auf, ich
nehme es übermorgen mit zur Stadt, zum Neueinbinden.«
Während er davonritt, bückte sie sich nieder; und auf ihren Knien rutschend, suchte sie die Blätter zusammen.

Den Kosenamen Licha für Luisa hatte er nicht mehr gebraucht seit jenem Abend, als ihm der Kopf aufgeschlagen
wurde. Und dieser kritische Augenblick, der bewies, daß
Don Juvencio von praktisch angewandter Psychologie
mehr wußte, als Doña Luisa je in ihren Colegios gelernt

hatte, sie mit Licha anredete und den Befehl zum Aufsammeln der Blätter in einem Tonfall gab, der zwischen den Lauten ein »Bitte!« einschwingen ließ, war der Anlaß, daß in dem Charakter der jungen Frau noch eine andere entscheidende Wandlung vor sich ging. Und es war diese zweite Wandlung, die Doña Luisa plötzlich, wie mit einem Ruck unerwarteten Aufwachens, eine bestimmte Empfindung gab, die sie nie vorher gefühlt hatte. Sie bekam eine brennende Sehnsucht, daß Juvencio bald zurück kommen möchte, weil sie wünschte, in seiner Nähe zu sein.

Beim Abendessen sprachen sie nicht viel.

Als sich Doña Luisa dann niedergelegt hatte, klopfte ein wenig später Don Juvencio an ihre Tür.

»Adelante!« sagte Doña Luisa aufgeregt.

Don Juvencio kam herein. Er setzte sich auf den Rand des schönen weichen breiten Bettes und streichelte ihr Haar.

Dann stand er wieder auf und sagte: »Licha, wer befiehlt in diesem Hause?«

»Du, Vencho«, sagte Doña Luisa lachend und sich in die Kissen kuschelnd. »Du!«

»Und wenn ich nicht daheim bin, du, Licha!«

Dieser Tag schien für Doña Luisa nicht enden zu wollen mit neuen Erfahrungen. Denn zwei Stunden später war sie zu jener neuen Erfahrung – für sie neu – gelangt, daß, wenn auch oft in einem Hause oder in einer Ehe es nicht ganz zweifelsfrei feststeht, wer kommandiert, dann aber doch in einem Bett, in dem ein Mann und eine Frau nebeneinander liegen, die Frage, wer kommandiert und wer zu gehorchen hat, nicht erörtert wird, weil sie nicht besteht, solange die Gesetze der Natur nicht durch höhere Verfügung abgeändert werden. Denn an diesem Ort kann ein zufriedenstellendes Resultat nur dann erreicht werden, wenn der Mann befiehlt und sich die Frau dem Befehle willig und erwartungsvoll unterwirft. Und man darf ganz sichergehen, wenn in irgendeiner Ehe die Frau kommandiert, so ist es nur darum, weil dem Manne die Fähigkeit fehlt, im Bett mit so starker Stimme zu befehlen, daß der Frau nichts anderes übrigbleibt als zu gehorchen und zuzugeben, daß sie die Untergebene und Unterliegende ist.

Trotz dieser, mit viel Freude und wohltuender Zufriedenheit reich gesättigten neuen Erfahrung, die sich Doña Luisa in jener Nacht erwarb, vermochte sie doch nicht so rasch einzuschlafen, als sie das wünschte. Denn sie wurde von einer Frage gequält, die sie erst beantwortet haben mußte, um Ruhe in ihrem Kopf zu finden. Und weil Frauen selten etwas auf sich beruhen lassen können, das an sich unwichtig für das Leben im allgemeinen ist, so entschloß sich endlich auch Doña Luisa, zu fragen, um in einer bestimmten Sache für dauernd von allem Zweifel erlöst zu sein.

Sie sagte: »Venchito, hättest du mich wirklich erschossen, wenn ich dir den Kaffee nicht gebracht hätte? Hättest du das wirklich mit deiner Licha, die dich so sehr liebt, tun können?«

Don Juvencio, weniger von derartigen Zweifeln belästigt, war schon dreiviertel Stück im Schlaf gewesen, als er mit dieser Frage wieder aufgescheucht wurde.

Aber er vergaß dennoch nicht, daß er auch in Zukunft der Mann hier zu bleiben gedachte. Er sagte ruhig: »Ich hätte dich mit viel größerer Bestimmtheit und Sicherheit erschossen als mein Pferd, por Santa Purisima. Denn deinetwegen wäre ich nur zum Tode verurteilt und erschossen worden; aber ich werde lange und weit und breit suchen müssen, ehe ich ein zweites Pferd finde, wie das, mein bestes Pferd, gewesen ist, das ich erschießen mußte, um dir zu zeigen, wie sehr ich im Ernst war. Buenas noches, hasta mañana! Gute Nacht!«

Jeder Mensch, der ein gutes Pferd schätzen und aufrichtig lieben kann, wie es ein Mexikaner tut, der wird ohne viel Worte verstehen, daß dies das innigste Liebesgeständnis war, das ein Mann einer Frau nur machen kann.

Familienehre

Konsul Revelsen war der glänzend bezahlte Generalvertreter einer europäischen Firma, die Weltruf hatte. Jedes Kind kannte ihn. Aus hundert verschiedenen Gründen stand er bei der eingeborenen Bevölkerung in derselben hohen Achtung wie der Gouverneur. Er war ein stattlicher Mann und außerordentlich wohlbeleibt, was zu seinem Ansehen unter den Indianern, die alle sehr mager sind, nicht wenig beitrug.

Seine Gattin hielt auf eine gute – ach, was sage ich da! – hielt auf eine unvergleichliche Küche, die Konsul Revelsen, um seine Frau nicht zu kränken, so sehr schätzte, daß seine Leibesfülle beängstigend wurde.

Die gute Küche verlangte gute Köchinnen, und Señora Revelsen besaß die seltene Gabe, unter ihren indianischen Mädchen die Talentierteste herauszufinden, die dann, wenn sie zur Oberpriesterin im Allerheiligsten geweiht worden war, wie eine kostbare Kristallvase behandelt wurde. Diese beneidete und von ihren Stammesangehörigen mit Ehrfurcht betrachtete Stellung hatte jetzt Teofilia inne.

Teofilia hatte sich als Kind eines Tages elternlos gefunden. Ob die Eltern gestorben oder abgewandert oder zwei neue Familien gegründet hatten, ist nie bekanntgeworden. Teofilia wurde in die Hütte ihres kinderlosen Onkels aufgenommen. Obwohl weder Onkel noch Tante in die Arbeit sehr verliebt waren und sie infolgedessen in Verhältnissen lebten, die selbst unter diesen Leuten als sehr bescheidene angesehen werden, fand Teofilia hier eine wahre Heimat. Sie liebte Onkel und Tante und deren Freundeskreis mehr, als sie je ihre Eltern geliebt hatte. Mit dreizehn Jahren kam Teofilia zur Stadt und fand in einem europäischen Hause Stellung. Sie arbeitete sich immer höher hinauf, bis sie es zur höchsten Würde gebracht hatte, die einem Mädchen ihrer Herkunft nur unter den allerglücklichsten Voraussetzungen offenstand: Köchin bei Señora Revelsen.

Onkel und Tante zogen in ein Dorf ganz nahe der Stadt, um sich im Glanze ihrer Nichte zu sonnen, noch weniger zu arbeiten als bisher und die Krümelchen, die von den zahlreichen Seitentischen des großen Mannes fielen, als unzerstörbare Basis ihres Lebensunterhaltes zu betrachten.

Eines Vormittags kam Señora Revelsen in die Küche, und sie fand Teofilia auf einem Stuhl zusammengebrochen, in Tränen zerfließend.

Mit einem Aufschrei, in den die weiblichen Angehörigen dieses Volkes eine Welt voll Seelenstimmung legen können, fiel Teofilia ihrer Herrin zu Füßen.

»Oh, geliebte Señora, oh, angebetete Herrin, warum stürzt nicht der Himmel herunter! Oh, warum birst nicht die Erde, mich in meinem Unglück zu verschlucken! Warum haben die Heiligen, die ich anspeie – oh, heilige Maria, Mutter Gottes, vergib mir diese Todsünde –, oh, warum haben diese mir das angetan!«

Dabei wand sich Teofilia auf dem blanken Küchenboden herum, als ob sie in der Tat sich zum Mittelpunkt der Erde hindurcharbeiten wolle, um von ihrer Qual erlöst zu werden.

Um einen Fehltritt mit Folgen handelte es sich nicht. Señora Revelsen wußte aus reicher Erfahrung, das wird nicht tragisch genommen, sondern wird abgemacht mit derselben Geste, mit der man eine unvorsichtig beigebrachte Schnittwunde am Finger behandelt.

»Was denn?« fragte sie mütterlich. »Ist Mariano – hat er sich eine andere genommen?«

»Zur Hölle mit dem eiterbeuligen Hund! Er war gestern wieder besoffen. Ich hasse ihn und spucke ihn an, diesen aussätzigen Coyoten.«

Also eine Liebesgeschichte war es auch nicht.

»Wollen Sie es mir nicht sagen, Teofilia, was ist es denn? Vielleicht kann ich helfen?«

In dem Schluchzen und Stöhnen Teofilias entstand plötzlich eine effektvolle Kunstpause, die wie eine beängstigende Stille etwas Grausiges vorbereitet, das mit einem gewaltigen Donnerschlag beginnt.

Und in der Tat, es erfolgte ein Donnerschlag, wie ihn in solcher Ursprünglichkeit Himmel und Erde nicht hervorbringen können. Teofilia richtete sich halb vom Boden auf, als ob sie erst die Lungen ganz vollpumpen müsse. Dann warf sie die Arme hoch in die Luft und den Kopf in den Nacken und schrie: »Mein Onkel ist mu–errrrr–tooooooooo!« Instinktiv ging Señora Revelsen einen Schritt zurück, lehnte sich fest gegen den Türrahmen und hielt sich mit nach hinten geworfenen Händen an den Türpfosten fest. Sie hatte das Empfinden, als ob das Haus in seinen Grundfesten erschüttere, und mit einem verstörten Blick sah sie rasch nach den Fensterscheiben. Es überkam sie ein so träumendes dumpfes Gefühl, als müßten wenigstens die Fensterscheiben gesprungen sein.

Man falle nicht in den Irrtum, anzunehmen, daß diese Gefühlserregung Teofilias Komödie oder Verstellung war, um vielleicht das Mitleid ihrer Herrin wachzurufen. Dieses Stadium der Zivilisation, wo man mit vorgetäuschten Gefühlen Geschäfte macht, Geldgeschäfte oder Gefühlsgeschäfte, haben die Indianer noch nicht erklommen. Ihre Äußerungen des Schmerzes oder der Freude sind noch echt, wenn sie uns auch manchmal gekünstelt oder übertrieben erscheinen, weil sie in andern Instinkten wurzeln.

Teofilia erhielt sofort zwei Tage Urlaub, um ihren Onkel angemessen unter die Erde zu bringen; denn die Verstorbenen werden des Klimas wegen meist sofort am selben Tage oder am nächsten Morgen beerdigt.

Teofilia erhielt ferner zehn Pesos Vorschuß. Trotz ihres hohen Lohnes war sie immer in Geldnöten, weil sie all ihr Geld in seidenen Strümpfen, modernen Halbschuhen, Ohrringen, Halskettchen, Stierkämpfen, Lotterielosen und einer Unmasse kostspieliger Parfüme und Seifen anlegte.

Wenn einem Familien- oder Stammesangehörigen von einem der vielen Dienstboten des Konsuls Revelsen irgend etwas zustieß, was immer es auch sein mochte, so wandte er sich, um das Unheil abzuwenden oder wenigstens abzuschwächen, naturgemäß zuerst an die Heiligen, dann an die Heilige Jungfrau und, wenn die nicht helfen konnten oder nicht mochten, dann an Gottvater selbst. Wenn auch der in der Sache nichts tun konnte, dann wendeten sie sich vertrauensvoll an den, der allmächtiger war als alles, was im Himmel, auf Erden und unter der Erde ist. Und das war – kein Zweifel darüber – Señor Konsul Revelsen. Es gab nur einen Fall im Erdendasein jener Indianer, die in naher oder ferner, oft in nebelhaft ferner Beziehung zu seinem Hause standen, wo auch Señor Revelsen nicht mehr helfen konnte, und das war, wenn ein Indianer tot war, so tot war, daß man es bereits zwei Straßen weit roch. Solange er noch nicht roch, konnte Señor Konsul immer noch erfolgreich eingreifen.

Teofilias Onkel roch noch nicht, denn er war erst seit vier Stunden tot. Aber kein Gott und kein Señor Revelsen konnten ihn mehr erwecken; denn er hatte das Schilfdach seiner Hütte ausbessern wollen, war durch das Dach gestürzt, mit dem Fuß in einer Sparre hängengeblieben, dann runtergefallen und hatte sich dabei das Genick gebrochen.

Am nächsten Morgen, noch lange vor Frühstück, erschien Teofilia schon wieder in der Küche. Als Señora Revelsen sie fand, weinte das Mädchen herzzerbrechend und war nicht zu beruhigen.

»Wie war das Begräbnis, Teofilia?« erkundigte sie sich teilnehmend.

Und von Schluchzen und Tränenströmen unausgesetzt unterbrochen, erzählte Teofilia: »Oh, geliebte Señora, wir haben ihn nicht begraben können, meinen armen guten

Onkel. Seine Hose ist so alt und hat so viele verschiedenfarbige Flicken, und er hat kein ganzes Hemd. Wir können ja niemand von den Bekannten hereinlassen und ihn sehen lassen, wir müßten uns ja zu Tode schämen. Wie könnte ich meinem lieben guten Onkel, der immer so gut zu mir war, eine solche Schande antun? Das würde er mir in der Ewigkeit nicht vergessen, daß ich ihm gegenüber eine solche Undankbarkeit gezeigt habe. Und wenn wir ihn heimlich begraben, ohne daß alle Bekannten ihn gesehen haben, würde er keine Ruhe finden in seinem Grabe.«

Wie sich Teofilia den Ausgang der Angelegenheit dachte, war nicht festzustellen. Irgendeinen Gedanken oder Plan hatte sie nicht. Aber in ihrer Hilflosigkeit hatte sie, wie in einem Dämmerzustande, den Weg zu jenem Hause gefunden, wo Hilfe und Rat aufgespeichert lagen, von deren Art sie keine Vorstellung hatte. Es war wie ein rührendes Gottvertrauen, das sie zu der Küche trieb.

Señora Revelsen wußte sofort, was zu tun sei. Sie ließ die verzweifelte Teofilia für einen Augenblick allein und eilte zu ihrem Gemahl, mit dessen Hilfe der Rat zur Tat wurde. Es dauerte keine zehn Minuten, da war Señora Revelsen wieder in der Küche; und nach weiteren zehn Minuten verließ Teofilia so strahlend und so leicht beschwingt das Haus, als hätte sie das sichere Mittel in der Hand, ihren Onkel in das rauhe Leben zurückzurufen. Ob sie es in diesem Überschwang ihrer Seligkeit getan hätte, ist freilich sehr in Frage zu stellen, denn die Wiedererweckung des Onkels hätte eine grandiose Begebenheit unmöglich gemacht. Unter ihrem Arm trug sie, sauber verschnürt, einen fast noch neuen Frackanzug des Konsuls Revelsen, dem seine Anzüge immer sehr rasch zu eng wurden. Teofilia hatte nicht nur den vollständigen Frackanzug, sondern alles, was dazugehörte: Lackschuhe, seidene Socken, ein seidenes Frackhemd, einen blendendweißen Kragen, einen weißen seidenen Schlips und weiße Handschuhe. Auf dem ganzen Weg hatte Teofilia nur einen

Gedanken: Wenn doch das nur der Onkel sehen könnte, wenn er nur für zwei Minuten die Augen aufmachen könnte, um die unvergleichlich schöne Leiche zu sehen, die er darstellt, und alles, was seine Teofilia für ihn getan hat! Aber das Leben geht andere Wege, als wir armen Menschen denken.

Gegen Mittag war Teofilia wieder in der Küche, verweinter und verzweifelter als je. Señora Revelsen setzte das auf Kosten der Nachwehen des soeben stattgefundenen Begräbnisses, und sie sagte mitleidig zu Teofilia: »Nun hat der gute arme Onkel seine verdiente Ruhe, Gott wird ihm seinen Frieden geben!«

Jedoch ein aus tiefster Tiefe kommender Schrei des Schmerzes einer zur Verzweiflung kommenden Menschenseele leitete eine Erzählung ein, die man nur denen der antiken Tragödien als ebenbürtig an die Seite stellen kann: »Oh, angebetete Señora, wie reich haben Sie mich beschenkt! Wie hoch haben Sie, holde Señora, meinen guten Onkel geehrt mit jenem wundervollen Anzug! Aber der Anzug paßt ihm nicht! Der Onkel ist ja so sehr mager, und Ihr Señor ist so sehr fett. Wir haben ihm den schönen Anzug angezogen, haben dann aber den Onkel nicht wiedergefunden. Wir hätten die Tante und meinen andern Onkel noch dazupacken können und immer noch Platz übrigbehalten. Ich habe für einen Peso Sicherheitsnadeln gekauft, und wir haben den Anzug überall gesteckt, aber als es fertig war, konnte niemand sehen, was für einen schönen Anzug der Onkel hatte. Nun haben wir die Bekannten nicht hereinlassen können, und wir wissen nicht, was wir mit dem Onkel machen sollen, weil wir ihn nicht begraben können, ohne daß ihn die Leute gesehen haben.«

Señora Revelsen fragte sofort bei bekannten Familien an. Es war jedoch kein anderer Anzug aufzutreiben, der die Wünsche Teofilias befriedigt hätte.

Vollständig gebrochen, den Todesstachel scheinbar tief im

Herzen sitzend, schleppte sich Teofilia in die heimatliche Hütte zurück. Da auch der Allmächtigste der Allmächtigen hier keine Hilfe spenden konnte, bestand für Teofilia kein Zweifel, daß das Ende der Welt noch vor morgen früh erfolgen würde.

Die nächsten drei Tage hörte Señora Revelsen nichts mehr von ihrer Köchin. Sie setzte infolgedessen Teofilia auf die Verlustliste. Jedoch als Señora Revelsen am folgenden Morgen sehr frühzeitig in der Küche erschien, fand sie Teofilia bereits anwesend und arbeitend, als wolle sie in einer Stunde alles einholen, was sie in den verflossenen Tagen versäumt hatte. Das Frühstück war beinahe fertig, und es hatte alle jene kleinen Raffiniertheiten, die Señor Revelsen so sehr liebte.

Teofilia strahlte und blühte. Die Seligkeit, die in ihr brannte, schien sie zersprengen zu wollen: »Oh, angebetete, oh, allergnädigste und huldreichste Señora, das war ein Begräbnis! Das – war – ein – Begräbnis! Alles spricht davon. Ich habe doch hier so geweint, weil der herrliche Anzug nicht paßte. Da habe ich Ihnen doch recht große Undankbarkeit gezeigt. Ich bin wert, daß Sie mich gleich auf der Stelle verfluchen. Am nächsten Morgen, als wir so recht traurig waren und nicht wußten, was wir machen sollten, sahen wir auf einmal, daß der Onkel angefangen hatte, aufzuschwellen. Wir warteten, und am darauffolgenden Tage war er noch viel mehr geschwollen, und endlich war er so dick, daß ihm der Anzug paßte, als ob er für ihn gemacht worden sei. Da haben wir alle Verwandten und Bekannten hereingerufen, und die haben nur immer gestaunt und gestaunt über die wunderschöne Leiche, und sie haben gesagt, so eine schöne Leiche habe noch niemand gesehen. Und alle, die meinen guten Onkel sahen, sagten, er sehe genau so aus wie Ihr Mann, Señora, und wenn man ihn so ruhig, so fett und so schön daliegen sehe, könne man wahrhaftig meinen, es sei der Konsul Revelsen persönlich, der da aufgebahrt liege.«

Dennoch eine Mutter

Mercedes hatte ihr Hochzeitskleid an und stand vor dem Spiegel. Sie war zwanzig Jahre alt. In Mexiko geboren, lebte sie in Texas, seit sie sechs Monate alt war. Seit fünf Jahren diente sie als Stubenmädchen in einem Hotel. Sie wollte diese Stellung auch nicht aufgeben – vorläufig.

»Bleibe auf der sicheren Seite, Meche«, riet ihr gestern eine ältere erfahrene Arbeitskameradin. »Du brauchst nur mich fragen, die alte Henne, die ich bin – und die bis jetzt dreimal versucht hat, ein glückliches Eheleben zu führen. Es hat nicht ein einziges Mal richtig geklappt.«

Mercedes hatte Anselmo, den Mexikaner, der in Texas geboren war, auf einem Fest kennengelernt, das die Mexikaner der Stadt am Unabhängigkeitstag gegeben hatten. Aus dieser Bekanntschaft erwuchs in kurzer Zeit eine tiefe Liebe, die vor fünf Monaten zur Verlobung geführt hatte. Anselmo war Chauffeur einer reichen Familie auf ›The Hill‹, dem elegantesten Stadtteil.

Der Tag der Hochzeit war vor drei Wochen festgesetzt worden, und die Trauung sollte in der St.-Mary-Kirche stattfinden, die von den Mexikanern bevorzugt wurde.

Und heute war der Tag.

Eine Mexikanerin, die in einem anderen Stadtviertel lebte, war gekommen, um Mercedes beim Ankleiden zu helfen.

»Ich kann nicht lange bleiben, Meche, das weißt du. Ich muß um zwölf im Café antreten; und der Besitzer ist ein gemeiner Bursche, der mich mit höllischem Spektakel empfängt, wenn ich auch nur zwei Minuten zu spät am Küchenfenster erscheine.«

»Schon recht, Esther. Ich bin ja so gut wie fertig. Anselmo wird in einer Minute angesaust kommen. Die Trauung ist auf elf festgesetzt.«

»Ich weiß. Sieh her, was wir jetzt haben: zehn Minuten

vor elf, und es ist ein gutes Stück Weg zu St. Mary. Das ist mir auch ein Knabe, dein zukünftiger Knüppel!«

Mercedes seufzte. »Verspätet – wie gewöhnlich. Er wird nie ein wirklicher Amerikaner werden. Er hat drei Tage Urlaub genommen: heute, morgen und übermorgen. Um halb elf wollte er hier sein.«

»Well, mein Zuckerchen, jetzt schlägt es elf. Vielleicht läßt er dich elend sitzen, der Schurke, noch in der letzten Minute. Es sieht genauso aus.«

»Anselmo? Er mich sitzenlassen? Nie im Leben! Er weiß, daß ich ohne ihn nicht leben könnte und daß ich auf der Stelle sterben würde, wenn er mich sitzenließe.«

»Ach – Erdbeeren mit Sahne und Soda! Er würde der erste nicht sein und auch nicht der letzte, der zuletzt noch abschnappt. Diese Schurken von Männern! Nicht für einen lohnt es sich zu sterben oder auch nur zu heulen. Ich muß rennen, verflucht noch mal.«

Mercedes richtete ihre Augen auf Esther und biß sich in die Lippen.

»Drei gegen eins wette ich, daß dein Chauffeur stinkvoll ist«, sagte Esther und griff nach ihrer Handtasche. »Well, Meche, ich muß fliegen. Muß erst noch nach Hause laufen und mich umziehen. Wie ich das hasse, dieses ewige Geklapper von Tellern und Tassen und Messern und Löffeln! Dann muß ich den schmatzenden Schnellessern noch ein schönes Lächeln gratis dazugeben, auch wenn ich ihnen am liebsten die Suppe über den Kopf stülpen möchte. Wenn ich, weil mir die Rippen und Nieren weh tun, die Kunden nicht anlächle, heult mich der Alte an – und wenn ich was sage, schmeißt er mich raus. Schon gut, mein Zuckerchen; ich brauche dir nicht zu sagen, daß ich dir alles Glück auf Erden wünsche. Die Heilige Jungfrau möge dich segnen, meine Liebe! Adios!«

Die Mädchen umarmten sich, und Esther rannte davon.

Mercedes fand sich allein in ihrer kleinen Wohnung aus
zwei Zimmern und einer Küche. Es war nun halb zwölf.
Sie dachte daran, ein Taxi zu rufen und zur Kirche
zu fahren. Vielleicht wurde sie dort von Anselmo erwartet.

Sie lief zur Tür; dabei verwickelten sich ihre Füße im
Rocksaum, und sie wurde sich ihrer Hochzeitsgewandung
bewußt. »In diesem Kleid«, sagte sie zu sich selber, »kann
ich nicht allein in die Kirche gehen, um dort vielleicht zu
entdecken, daß niemand auf mich wartet.« Sie wechselte
das Kleid so schnell, als hätte es Feuer gefangen.

Auf der Straße winkte sie einem Taxi, erreichte die Kirche, trat hinein und blickte umher. Einige Frauen, die vor
Heiligenbildern knieten und beteten, war alles, was sie
sah. Sie lief in die Sakristei, wo sie Padre Justino antraf,
der sie hätte trauen sollen.

»Nein, liebe Tochter«, sagte der Geistliche, »er war nicht
bei mir und auch nicht in der Kirche; ich müßte ihn gesehen haben ... Natürlich, Tochter, ich weiß, von wem du
sprichst ... Vielleicht hat er einen Unfall erlitten, oder
seine Herrschaft hatte eine unaufschiebbare Fahrt zu erledigen – oder sein Herr mußte dringend verreisen, und der
junge Mann hatte keine Gelegenheit mehr, dich zu be-
nachrichtigen. Sorge dich nicht, mein Kind, alles wird
sich zum Guten wenden ... Natürlich, liebe Tochter,
natürlich, zu jeder Zeit könnt ihr herkommen, Tag und
Nacht. Ich wohne in dem kleinen Haus hinter der Kirche. Du brauchst nur an die Tür zu klopfen, und ich bin
sofort bereit, euch zu trauen. Gehe mit Gott, meine
Tochter.«

»Ich danke Ihnen, Padre.« Mercedes küßte die Hand des
Geistlichen und rannte in ihre Wohnung zurück.

Anselmo war nicht dort. Er hatte sich auch nicht sehen
lassen, während sie ihn in der Kirche suchte.

Große Angst stieg in ihr auf. Es mußte etwas geschehen
sein, etwas Entsetzliches. Hatte nicht Padre Justino ge-

sagt, daß ihm ein Unfall zugestoßen sein könne? Sie lief wieder hinaus und betrat den nächsten Laden, um das Haus seiner Herrschaft anzurufen.

»Nein, Miss«, sagte eine männliche Stimme, »er ist die letzte Nacht nicht im Hause gewesen ... Nein, auch heute morgen zum Frühstück war er nicht hier. Sehen Sie, Miss, er hat bis übermorgen Urlaub genommen ... Nein, ich weiß nicht, zu welchem Zweck. Er wolle eine private Angelegenheit erledigen, sagte er ... Wie bitte? Habe ich Sie recht verstanden? Heiraten wollte er? Heute? ... Ist das nicht ein Irrtum? ... Das ist das Neueste, was ich höre. Davon ist hier nichts bekannt. Wir sollten das wissen. Er geht doch seit langem mit dem Kammermädchen der gnädigen Frau ... Wie lange? Oh, schon hübsch lange. Bei der Dienerschaft wissen alle, daß die beiden verlobt sind und bald heiraten wollen. Ich kann es Ihnen ja nun verraten: die beiden sind heute zu einem Ausflug weggefahren ... Nein, Miss, Sie sprechen mit dem Hausmeister ... Entschuldigen Sie bitte, ich werde von Madame gerufen und muß abbrechen ... Keine Ursache, Miss, gern geschehen ... Wie war doch bitte Ihr Name? ... In Ordnung, Miss, natürlich; wenn Sie nicht wünschen, daß er von Ihrem Anruf erfährt, werde ich niemand davon erzählen ... Nichts zu danken, Miss. Guten Morgen!«

Mercedes glaubte, in der engen Telefonzelle zusammenbrechen zu müssen. Ein Klopfen an der Tür brachte sie zur Besinnung. »Hallo, Fräulein – wenn Sie sich da ausschlafen wollen, so kommen Sie doch bitte erst zur Theke und tragen sich ins Gästebuch ein. Inzwischen kann ich Ihnen ein Bett hineinbringen.«

Während sie langsam die Tür öffnete, sagte sie müde: »Entschuldigen Sie, Mister, es geht mir schon wieder besser.«

Die Leichenblässe ihres Gesichtes bemerkend, änderte der Drogist seinen Ton und sagte teilnehmend: »Verzeihen

Sie, ich wußte nicht . . . Kann ich etwas für Sie tun? Ich werde Ihnen eine Erfrischung holen. Es tut mir aufrichtig leid, Miss, wirklich. Wenn ich Ihnen helfen kann . . .«
»Vielen Dank, Mister, es geht schon wieder. Ganz gut geht es schon wieder; wirklich, vielen Dank!«

Zu Hause warf sie sich auf das Bett. Ein Wirrsal von Gedanken raste durch ihr Hirn. Töten wollte sie sich – oder Anselmo, oder das Kammermädchen, oder seinen Herrn, oder den Hausmeister. Oder das Hotel wollte sie anzünden, in welchem sie arbeitete . . . Endlich sank sie in tiefen Schlaf.
Zwei Tage und Nächte schlief sie durch. Da sie Urlaub hatte und ihre Kollegen überzeugt waren, daß sie sich auf der Hochzeitsreise befände, kam niemand sie suchen.
In der Frühe des dritten Morgens erwachte sie, stand auf, badete und fühlte sich so frisch und jung wie je. Nur im Kopf hatte sie ein Empfinden, als sei er angeschwollen, als befände sich etwas darin, das nicht hineingehörte. Mit einer Aspirintablette und einer Tasse starken Kaffees war sie gewiß, daß das Gefühl verschwinden werde.
Während sie, auf dem Bett sitzend, sich umsah, blieb ihr Blick am Kleiderschrank haften, dessen Türen offenstanden und in dem ihr Hochzeitskleid nachlässig aufgehängt war.
Sie nahm es heraus, breitete es über den Tisch und begann es zu glätten. Auf diese Weise beschäftigt, summte sie leise eine Melodie vor sich hin. Und nach wenigen Minuten sang sie mit voller Stimme alles, was ihr an mexikanischen Liedern einfiel.
Dann trat sie vor den Spiegel, lächelte sich zu und ordnete ihr reiches Haar. Dann bearbeitete sie ihr Gesicht, als ob sie zu einem Ball gehen wollte.
Nachdem alles erledigt war, was ein unerklärlicher Drang ihr eingegeben hatte, packte sie ihre Hochzeitskleidung in

einen kleinen Koffer, rief ein Taxi – und fuhr zu dem Fotografen, den sie bereits für ihr Hochzeitsbild erwählt hatte.

»Ich möchte eine gute Aufnahme in meinem Hochzeitskleid gemacht haben«, sagte sie.

»All right, Miss – oder Missus bereits?«

»Mistress, please. Ich habe vor einigen Tagen geheiratet. Wir hatten aber damals keine Zeit für die Aufnahme.«

»Freilich, freilich, Madame.« Der Fotograf grinste vertraulich. »Ich verstehe. Abgesaust auf die Hochzeitsreise? Ich irre mich nie in solchen Dingen.«

»Stimmt, Mister. Woher wissen Sie das so genau?«

»Erfahrung, Madame. Erfahrung mit einigen hundert Neuvermählten.« Zwei lange Schritte zurücktretend, breitete er beide Arme aus, erhob seine Augen und deklamierte: »O Hochzeit, o Ehe, o du schöne, süße Ehe, nichts auf Erden kommt dir gleich! O du herrliche romantische Ehe, die du die Herzen verliebter Turteltäubchen in unendlicher Glückseligkeit überfließen läßt!« Und als käme er aus seligem Traumland zurück auf die nüchterne Erde, schüttelte er sich, strich sich durchs Haar, verbeugte sich und sagte: »Verzeihen Sie, Madame, ich werde immer sentimental, wenn eine so junge Frau wie Sie, Madame, in meinem Atelier erscheint. Ich kann nichts dafür. Bei solchen Gelegenheiten werde ich von meinen Gefühlen überwältigt.«

Wenige Minuten später war das Bild aufgenommen. Der Mann zeigte Mercedes die nassen Abzüge. »Natürlich, Madame, die fertigen Bilder sehen hundertmal schöner aus als diese rohen Probeabzüge. Die Freiheit in der Bearbeitung ist es, an welcher Sie erkennen können, ob Sie es mit einem Künstler zu tun haben. Ist es Ihnen recht am Montag, Madame?«

Mercedes gab ihm Geld.

»Danke verbindlichst, Madame, tausend Dank. Ich bin auch als der beste Kinderfotograf der Stadt bekannt – besonders Babys. Sollte sich die Gelegenheit ergeben . . .«

»Das können wir besprechen, wenn es soweit ist, Mister.«

»Gewiß, Madame. Keine Ungehörigkeit meinerseits. Ich bin Geschäftsmann, Madame, verstehen Sie, und muß meine Kundschaft werben und auch erhalten.«

Mercedes schien nachzudenken. Sie war noch im Hochzeitskleid; denn der Fotograf hatte sie gebeten, es bis zur Fertigstellung der Proben anzubehalten.

»Ich denke gerade nach . . .«, sagte sie zögernd.

»Bitte, Madame – was soll es sein?«

»Ich denke darüber nach, ob Sie nicht ein Bild von mir an der Seite meines Mannes machen könnten, den ich jetzt nicht herholen kann, weil er mit seinem Chef in Kansas City ist und vermutlich erst in einigen Wochen zurückkommen wird. Ich habe ein Bild von ihm bei mir.«

Der Fotograf betrachtete Mercedes mißtrauisch.

»Natürlich kann ich ein solches Bild machen. Man nennt das Fotomontage. Es ist aber etwas ungewöhnlich, wenn ich so sagen darf, Madame. Sind Sie sicher, daß hinter diesem Auftrag nichts Unlauteres steckt?«

»Wieso? Ich verstehe Sie nicht.«

»Sehen Sie, Madame: wenn der Mann, dessen Bild Sie mir für diese Aufnahme geben wollen, gar nicht Ihr Mann sein sollte – das kann dann üble Folgen haben: Ehescheidung, Erpressungen oder was weiß ich. Ich wäre dann Mitschuldiger.«

»Gut, dann lassen Sie nur. Wenn Sie meinen, das nicht verantworten zu können, beauftrage ich einen anderen Fotografen.«

»Pardon, Madame, ich habe nicht gesagt, ich wolle die Arbeit nicht übernehmen«, beeilte sich der Fotograf. »Wenn Sie sagen, daß alles recht und legal zugeht, sehe ich keinen Grund, daß ich das Bild nicht machen sollte; genauso gut oder besser als irgendein anderer Fotograf.

Ich muß nur darauf hinweisen, daß derartige Arbeiten erheblich teurer sind.«

Mercedes öffnete ihren Handkoffer und brachte die Fotografie hervor.

Eine Woche darauf hatte Mercedes die Bilder. Die Aufnahme, auf welcher sie an der Seite von Anselmo zu sehen war, war so geschickt gearbeitet und so natürlich herausgekommen, daß nur ein Fachmann sie als Fotomontage erkannt haben würde.

Natürlich mußten alle Kolleginnen das Bild sehen.

»Potz Wetter«, sagte die eine, »das ist ein Junge, in den selbst ich mich noch verlieben könnte! Da gibt es wohl in der ganzen Stadt kein Mädel, das sich nicht um ihn den Hals verrenkt.«

Von nun an hatte Mercedes den Mädchen Tag für Tag etwas Neues und Interessantes aus ihrem Eheleben zu berichten. Sie erzählte ihnen, welche Frühstücksbeilagen er bevorzugte, zu welcher Zeit er abends zu essen wünschte, falls er daheim und nicht im Hause seiner Herrschaft äße; welche Kinostücke er am liebsten sah, welche Sportwetten er einging. Ja, ihren vertrautesten Kameradinnen berichtete sie von den intimen Dingen ihrer Ehe, und das mit einer Unbefangenheit und einem Freimut, daß die Reifen in ihrem kleinen Freundeskreis staunten – zuweilen sogar erröteten.

So verging ein Jahr. Eines Morgens erschien Mercedes im Büro des Hoteldirektors und bat um einen sechswöchigen Urlaub.

»Wozu?« fragte der Chef. »Wollen Sie nach Paris reisen? Oder haben Sie eine reiche Bekanntschaft gemacht?«

Mercedes errötete. »Nein, Mr. Leager. Wie soll ich Ihnen gleich erklären? Ich bin doch seit mehr als einem Jahr verheiratet. Wir – ich meine – ich und mein – wir werden nun Einquartierung – wir – ach, verstehen Sie doch endlich! Sie sind doch selber verheiratet und haben Kinder, nicht wahr?«

»Ach so – gratuliere, Mercedes, gratuliere! Natürlich können Sie sechs Wochen Urlaub haben, bei halbem Lohn zudem. Sollten Sie Geld brauchen – ich kann Ihnen einen Scheck auf fünfzig Dollar ausschreiben . . .«

»Vielen Dank, nein. Ich habe schon dafür gespart.«

»Hoffentlich ist es ein Junge, Mercedes.«

»Ich möchte gern ein Mädchen haben. Ein Mädchen bleibt länger bei der Mutter als ein Junge.«

»Auch richtig. Ich möchte jetzt fast glauben, für Sie wäre ein Mädchen besser. Bringen Sie morgen Ihre Stellvertreterin, und dann kann Ihr Urlaub beginnen. Nochmals, gratuliere, und ich hoffe, Sie kommen gut durch mit der Sache.«

Nach sechs Wochen, als sich Mercedes wieder zur Arbeit meldete, lachte der Direktor. »Nun, Mercedes – Junge oder Mädchen?«

»Ein Junge«, erwiderte Mercedes mit stolzer Kopfbewegung. »Ein Junge! Wog achteinhalb Pfund, als er ankam!«

»Tüchtige Frau!« sagte Mr. Leager bewundernd. »Glücklich, nicht wahr? Brauchen Sie mir nicht zu sagen. Gut, Mercedes, dann kommen Sie morgen wieder zur Arbeit. Nebenbei gesagt: für die nächsten vier Wochen können Sie alle drei Stunden einmal für eine halbe Stunde nach Hause gehen.«

»Vielen Dank, Mr. Leager. Das kann ich einrichten, ich brauche nur den Bus zu nehmen.«

Sobald Mercedes ihren Wochenlohn empfing, war ihr erstes, Spielzeug zu kaufen, oder ein Paar Strümpfchen, oder kleine Schuhe und ähnliches. Tage vorher beriet sie mit ihren Arbeitskameradinnen, was ihr kleiner Junge wohl am besten brauchen könne. Und nachdem sie eingekauft hatte, erzählte sie eifrig, wie sich das Kind über die Sachen gefreut habe und wie hübsch er in diesem oder jenem neuen Kleidungsstück aussähe. Die ganze Woche hindurch sprach sie kaum von etwas anderem: wie schnell das Kind heranwachse, wie schmerzvoll es die ersten Zähnchen bekäme, wie gesund der Junge aussähe und bei welcher Gelegenheit er zum erstenmal gelacht habe.

Sie unterhielt sonst keine enge Freundschaft mit ihren Kameradinnen, und auch anderswo hatte sie keine näheren Bekannten. Esther, die ihr am Hochzeitstage beim Ankleiden geholfen hatte und die sie als einzige wirkliche Freundin betrachtete, hatte sich kurz nach dem mißlungenen Hochzeitstag nach Oklahoma City verzogen, um mit ihrer älteren Schwester ein kleines Frühstückslokal zu eröffnen.

Gelegentlich indessen, obschon sehr selten, kam es doch vor, daß eine ihrer Kolleginnen oder eine Nachbarin zu einem kleinen Schwatz zu ihr hineinschaute. Bei solchen Besuchen gab sie an, daß sich der Junge auf dem Spielplatz im nahen Park befände, wohin eine Nachbarin ihn mitgenommen habe, damit er an die Sonne käme; sie selbst, Mercedes, habe ja dafür keine Zeit. Oder sie berichtete, daß der Junge zu Besuch bei einer Tante sei, die eine Farm habe, wo er nach Belieben umhertollen könne, wie es seiner Gesundheit zuträglich sei.

Auf alle Fälle jedoch bemerkten die Besucherinnen das Spielzeug des Kindes, seine Anzüge, die zum Waschen bereitlagen, und andere, die im Schrank hingen. Sie bewunderten auch sein hübsches Bettchen, sein eigenes Tischchen und die kleinen Stühle. Unter dem Hotelpersonal herrschte nur eine Meinung: es konnte auf der Erde keine Mutter geben, die ihr Kind mehr liebte als Mercedes.

Hin und wieder kam dann ein Tag, an welchem sie erregt und bekümmert bei der Arbeit erschien und den Geschäftsführer aufsuchte, um sich einen freien Tag zu erbitten oder früher nach Hause gehen zu dürfen, weil ihr Kleiner Fieber habe oder erkältet oder sonst nicht wohl sei. Am folgenden oder nächstfolgenden Tag erschien sie wieder strahlend und frohgelaunt bei der Arbeit und erzählte, selbst den Hotelgästen, daß sie überglücklich sei, weil ihr Junge wieder gesund wäre.

Der Junge war nun, wie Mercedes vor kurzem erwähnt hatte, sechs Jahre alt und sollte zum nächsten Schulbeginn angemeldet werden.

»Alle Wetter noch mal, Meche, wie doch die Zeit vergeht!« sagte eine ihrer älteren Kolleginnen. »Man kann es kaum glauben. Und nun kommt dein Junge schon zur Schule! Du schickst ihn doch auf die Universität, wenn es soweit ist, nicht wahr?«

»Dumme Frage, Rosy. Klar schicke ich ihn hin. Was glaubst du wohl, wozu ich all diese Jahre hindurch hier schufte? Doch nur, damit ich dem Jungen eine wirklich erstklassige Bildung ermögliche. Ingenieur soll er werden oder so etwas, vielleicht auch einer, der große Häuser baut, vierzig Stockwerke hoch. Ich weiß nur nicht, ob ich das alles von meinem Lohn hier bestreiten kann, so sehr ich auch spare. Wenn ich nur wüßte, welcher Art Geschäft ich aufmachen könnte, um sicher zu verdienen und meine Ersparnisse nicht zu verlieren.«

»Wie lange ist es jetzt her, daß dein Mann verunglückte?«

»Mehr als sechs Jahre. Du weißt ja, Rosy – er starb vor der Geburt des Jungen.«

»Natürlich weiß ich es, du hast uns das ja oft genug erzählt. Er krachte mit seinem Auto – oder war es das seines Herrn? – gegen einen Lastwagen, der einen Radbruch hatte. So war es doch wohl?«

»So war es«, bestätigte Mercedes mit einem tief heraufgeholten Seufzer. »Nur, bitte, erinnere mich nicht daran, ich bin noch immer nicht darüber hinweg.«

Unerwartet erkrankte Mercedes. Lungenentzündung, erschwert durch Tuberkulose im vorgeschrittenen Stadium: das war es, was der Arzt sagte.

Sie kam ins Hospital. Die Ärzte gaben sie am zweiten Tag schon auf, denn ihr Zustand verschlechterte sich so sehr, daß die Mediziner die Stunde ihres Verscheidens bestimmen zu können vermeinten.

Sie verfiel in Fieberphantasien. Von Stunde zu Stunde nahm ihre Unruhe zu. Dann begann sie, unaufhörlich nach ihrem kleinen Rudolf zu schreien.

Die Kameradinnen, die nach ihr schauten, sooft es ihre Zeit erlaubte, versuchten vergeblich, sie zu beruhigen. Die Mädchen hatten ihr ein Einzelkrankenzimmer verschafft, um ihr die letzten Stunden zu erleichtern.

Da ihr Rufen und Schreien nach dem Kinde immer unerträglicher wurde und die Mädchen ihr nach bestem Können zu helfen gewillt waren, machten sich zwei von ihnen auf, den Jungen zu suchen und zu ihr zu bringen, damit sie friedlich sterben könne. Indessen konnten sie das Kind nicht finden, und da sie der Arbeit nicht so lange fernbleiben durften, baten sie die St.-Anne-Schwestern um Hilfe und Beistand.

Zwei dieser Schwestern erschienen im Krankenhaus. Der Arzt, welcher sie in das Sterbezimmer führte, sagte zu ihnen: »Sie hat nur noch etwa drei Stunden zu leben, mit weiteren Injektionen vielleicht sogar sechs. Ich überlasse die arme Frau Ihrer Obhut; denn meine Aufgabe ist hier zu Ende. Bitte tun Sie alles, ihr die letzten Stunden zu erleichtern. Das beste, Sie fänden ihren kleinen Jungen und könnten ihn herbringen. Sie schreit sich die Lungen wund nach ihm. Erkennen wird sie ihn nicht, das ist sicher – aber wenn sie nur seine Händchen halten kann, wird sie einen leichten und raschen Tod haben. Sie kann nicht sterben, bevor sie ihren Jungen bei sich weiß.«

Die guten Schwestern eilten zu Mercedes' Behausung.

»Ja, Schwester, ich bin die Hausbesitzerin ... Nein, sie

schuldet mir keinen Cent, alles bezahlt, sogar zwei Monate im voraus, wie sie es immer tat ... Kind? Was für ein
Kind? ... Ihr Junge? ... Was, sie hat einen Jungen? ...
Ach, richtig, sie hat einen Jungen – er müßte jetzt etwa
im Schulalter sein ... Das können Sie hier sehen, die
ganze Wohnung ist voll von den Sachen des Jungen ...
Nein, Schwester, das tut mir sehr leid; wo der Junge jetzt
ist, kann ich Ihnen wirklich nicht sagen. Hier im Hause
ist er nicht, das weiß ich bestimmt. Vielleicht bei Nachbarn oder Verwandten ... Good-bye!«
Die Schwestern erkundigten sich in der Nachbarschaft,
aber der Junge war nirgends zu finden. Alle wußten, daß
Mercedes einen Jungen hatte, von welchem sie immerzu
sprach – wo er sich jedoch aufhielt, vermochte niemand
zu sagen.
Als die Schwestern ins Krankenhaus zurückkehrten, schrie
Mercedes herzzerbrechender denn je nach ihrem Kinde.

Der Stationsarzt sagte: »Wenn sie doch nur sterben könnte, die bedauernswerte Frau! Sie möchte so gern sterben,
aber sie kann es nicht, ohne den Jungen bei sich zu fühlen,
sie verbrennt innerlich in der entsetzlichsten Weise. Ich
flehe Sie an, Schwestern, helfen Sie ihr! Bringen Sie meinetwegen einen anderen Jungen gleichen Alters; sie erkennt ihn doch nicht. Aber sie wird ihn in ihren Armen
fühlen, und dann wird sie einschlafen als eine glückliche
Mutter ...«
Die Schwestern entsannen sich einer Familie ihres
Bezirkes, die einen Jungen hatte, wie er hier gesucht wurde. In Windeseile war die Familie aufgesucht, und die
Mutter, nachdem man ihr rasch die Not der sterbenden
Frau erzählt hatte, erlaubte, den Jungen mitzunehmen.
Schnell wurde der Kleine in seinen besten Anzug gesteckt,
und in wenigen Minuten stand er vor der Tür des Zim-
mers, darin Mercedes ihren letzten Kampf zu bestehen
hatte.

Rasch und weit rissen die Schwestern die Tür auf, schoben den Knaben in das Zimmer und auf das Bett zu – und riefen laut und eindringlich: »Hier ist Ihr kleiner Junge, teure Mercedes. Jetzt ist er bei Ihnen. Wollen Sie nicht mit ihm sprechen?«

»Ist er endlich doch noch gekommen, mein kleiner Junge, mein geliebtes Kind? Komm her, kleiner Rudolf, komm ganz nah zu deiner Mutti. Sie wartet auf dich, so lange Zeit hat sie auf dich gewartet, so unendlich lange Zeit ...« Der Knabe aber begann zu weinen und wollte wohl eben sagen: »Du bist nicht meine Mutti« – als ihm die Schwestern den Mund zuhielten und ihm zuflüsterten, er möchte furchtlos zum Bett treten, es würde ihm nichts geschehen. »Sie ist eine arme Mutti, die ihr Kindchen verloren hat, und sie weiß es nicht, weil sie so krank ist«, beschwichtigten sie ihn.

Trotz seiner wenigen Jahre verstand der Knabe sofort. Entschlossen trat er heran, ergriff die Hand der Frau und sagte: »Mutti, liebe Mutti, da bin ich. Ich bin hier an deinem Bett. Nicht weinen, Mutti. Ich habe draußen gespielt, aber jetzt bin ich bei dir.«

»Danke dir, mein Kindchen; endlich bist du doch gekommen. Siehst du, mein Junge, so lange habe ich auf dich gewartet – und jetzt bist du endlich bei mir. Es ist spät. Alles ist so dunkel. Sicher werden sie bald Licht machen. Weine nicht, mein Kindchen! Mutti ist morgen wieder gesund. Geh und trink deine Milch. Sie steht auf deinem Tischchen, du weißt ja, und ein Brötchen liegt dabei. Iß und trink nicht so hastig, sonst verschluckst du dich wieder. Ich bin nur heute so müde von der vielen Arbeit im Hotel und will jetzt schlafen. Wenn du morgen früh aufwachst, bin ich an deinem Bettchen und sag dir Guten Morgen, wie ich es immer tue. Bald ist auch Weihnachten. Ich bin so müde, so schrecklich müde. Komm, halt nur noch ein bißchen meine Hand; ein kleines bißchen, bis ich eingeschlafen bin.«

Diese lange Rede, die stückweise, halb unverständlich und mit langen Unterbrechungen aus ihrem Munde kam, hatte die letzten Kräfte der Kranken verzehrt. Ihre Hand in der des kleinen Jungen, seufzte Mercedes auf, öffnete noch einmal weit die Augen, als sähe sie etwas Wunderbares in weiter Ferne, neigte ihren Kopf dem Jungen zu, lächelte matt und verschied.

Die Schwestern begannen nunmehr, ernsthaft nach dem Jungen zu suchen. Irgendwo mußte er zu finden sein, und seine Verwandten mußten benachrichtigt werden, um sich seiner anzunehmen. Abermals besuchten die Schwestern die kleine Wohnung von Mercedes. Dort war alles reinlich und freundlich. Nichts von dem, was ein kleiner Junge braucht, fehlte. Sie fanden das Hochzeitsbild seiner Eltern. Aber ein Bild des Kindes fanden sie nicht, so sehr sie auch danach suchten.

Schließlich wurde die Sache der Polizei übergeben, der Abteilung ›Vermißte Personen‹. Der Junge mußte gefunden werden. Jedoch keine Spur von ihm wurde entdeckt.

Da kam der Beamte, der den Fall bearbeitete, auf eine eigentümliche Idee. Er wandte sich an den behandelnden Arzt des Krankenhauses.

Am Nachmittag wurde der Beamte vom Krankenhaus angerufen.

»Inspektor Kinner«, meldete er sich. »Jawohl, ich war heute morgen bei Ihnen . . .«

»Nun, Herr Inspektor: die Frau hat niemals ein Kind gehabt, ist niemals mit einem Manne zusammengewesen. Nein, Inspektor, kein Zweifel. Es steht einwandfrei fest.«

Die Wohlfahrtseinrichtung

Eine amerikanische Bergwerksgesellschaft in Sonora, Nordwest-Mexiko, hatte für ihre Arbeiter und deren Frauen und Kinder ein kleines Hospital eingerichtet, wo die Arbeiter in Unglücks- und Krankheitsfällen ärztliche Hilfe fanden. Um die Arbeiter für dieses Hospital zu interessieren und sie dadurch zur Beachtung hygienischer Vorsichtsmaßregeln zu erziehen, wurde ihnen ein kleiner, kaum nennenswerter Betrag vom Lohn abgezogen. Die Gesamtsumme dieses Betrages machte aber so wenig aus, daß mit ihr lange nicht einmal das Gehalt für die beiden Schwestern, die im Hospital tätig waren, bezahlt werden konnte.

Die Arbeiter, die ausnahmslos Indianer waren, hielten jedoch den Betrag, den sie beisteuerten, für so wesentlich, daß sie behaupteten, der Arzt und die beiden Schwestern führten ein faules Leben auf Kosten der Arbeiter und die Company erziele aus dem Hospitalertrag einen erheblichen Nebengewinn.

Jede Gelegenheit nun, die sich bot, den drei Hospitalangestellten das Leben zu erschweren, wurde mit Freuden ergriffen. Die Erfindungsgabe der Arbeiter war unausgesetzt tätig, neue Pläne auszuhecken, um das Hospital nicht müßig gehen zu lassen. Wenn die Leute krank wurden, so ging keiner von ihnen in das Hospital, sondern sie gingen, wie auch früher, zu ihren ›weisen‹ Männern und Frauen, zu den Medizinmännern, die das Handwerk besser verstanden als die Doktoren, deren Hände immer nach Gift stanken. Um aber dem Hospital nichts zu schenken, wurden die Frauen und Kinder hingeschickt, um die Beiträge ›abzuarbeiten‹. Und da sie mit wichtigen Krankheiten nicht kamen, so kamen sie mit solchen Fällen, die von den Arbeitern in ihren abendlichen Besprechungen ausgeheckt waren.

Eines Morgens erscheint eine hübsche Indianerin im Hospital und wünscht, einen Zahn gezogen zu haben.

Der Arzt untersucht die Zähne und findet, daß die Frau Zähne hat, so gesund, so kräftig und so schön wie die eines jungen Pferdes.

»Welcher Zahn tut Ihnen denn weh?«

»Mir tut kein Zahn weh. Mir hat noch nie ein Zahn weh getan.«

»Was wollen Sie denn da eigentlich hier?«

»Sie sollen mir einen Zahn ziehen.«

»Aber warum denn?«

»Weil ich keine andere Krankheit habe«, antwortete die junge Frau.

»Ich ziehe Ihnen keinen Zahn«, sagte nun der Arzt. »Ich bin doch nicht verrückt. Danken Sie Gott, daß Sie solche Zähne haben; ich würde ein Jahr meines Lebens geben, wenn ich solche Zähne hätte.«

»Wollen Sie mir jetzt den Zahn ziehen oder nicht? Ich kann mit meinen Zähnen machen, was ich will. Das geht Sie gar nichts an. Oder denken Sie vielleicht, mein Mann zahlt seine guten blanken Pesos (es waren in Wahrheit nur kupferne Centavos) für das Hospital für überhaupt nichts? Wir müssen auch arbeiten, da brauchen Sie nicht den ganzen Tag zum Fenster hinauszusehen oder auf der Veranda zu sitzen und Bücher zu lesen, und die Frauenzimmer könnten auch was Besseres tun, als sich von unserem Gelde immerfort neue Kleider zu kaufen.«

Inzwischen hat der Arzt begriffen, was los ist; denn er kennt ja seine Leute, und er kennt die schwarzen Pläne, die gegen das Hospital ausgeheckt werden. Er zieht also der Frau einen prachtvollen Molar, wobei er sich die denkbar größte Mühe gibt, die Operation mit ›absolutester Nichtschmerzlosigkeit‹ auszuführen. Aber die Frau verzieht keine Miene und läßt nicht das leiseste Wimmern hören.

Als die Schwester ihr ein Glas Wasser gereicht und sie es

ausgetrunken hat, wirft sie sich in den Rücken, sieht den Arzt triumphierend an und geht. Ihr Blick, dank der natürlichen Ausdrucksweise in den Gesten jener Rasse, sagt schärfer als Worte: »Wenn ich komme, Herr Doktor, dann haben Sie zu springen, verstehen Sie mich! Mein Mann bezahlt Sie.« Drei Tage darauf kommt die Frau wieder. Und wieder will sie einen ihrer prachtvollen Zähne gezogen haben. Und wieder bleibt dem Arzt aus politischen Gründen nichts anderes übrig, als der Frau abermals einen Zahn zu ziehen.

Wie beim ersten Male, so läßt sich auch diesmal die Frau den gezogenen Zahn geben, um ihn mit nach Hause zu nehmen und ihn ihrem Manne zu zeigen.

Nachdem die Zeit erfüllet war, waren der Frau sämtliche Zähne des Oberkiefers ausgezogen. Während dem Arzt bald das Weinen ankam, als er nun den leeren Oberkiefer noch einmal untersuchte, um irgendwelche Infektion zu finden, war die Frau durchaus zufrieden mit dem Ergebnis.

Eine Woche, nachdem der letzte Zahn des Oberkiefers gezogen worden war, erschien die Frau wieder im Hospital. Der Arzt, ohne zu fragen und ohne mit ihr zu handeln, nahm die Zange zur Hand und begann, den ersten Backzahn des Unterkiefers anzusetzen, als die Frau ihn heftig am Arm packte und schrie: »Was wollen Sie denn da eigentlich mit mir machen? Ich glaube gar, Sie wollen die andere Hälfte meines Mundes auch noch schänden.«

Verblüfft fragte der Arzt: »Ja, sind Sie denn nicht hergekommen, um wieder einen Zahn gezogen zu haben?«

»Aber ich denke ja nicht an so etwas. Habe ich Ihnen vielleicht den Auftrag gegeben, mir einen Zahn zu ziehen? Ich bin hier, daß Sie mir den Zahn, den Sie mir zuerst gezogen haben, wieder einsetzen. Denn ich kann doch nicht mein ganzes Leben lang ohne Zähne herumlaufen.«

Und sie überreichte dem Arzt jenen Zahn, der ihr zuerst

gezogen worden war. Der Doktor machte ihr nun klar, daß Zähne wohl gezogen, aber nicht wieder eingesetzt werden könnten, so weit habe es die medizinische Wissenschaft noch nicht gebracht.

»Was?« schrie die Frau nun in heller Empörung. »Sie können mir die Zähne nicht wieder einsetzen? Also nicht einmal das können Sie? Und Sie nennen sich Doktor? Und Sie sitzen hier den ganzen Tag faul auf der Veranda? Und mein Mann muß das ganze Hospital bezahlen? Aber so seid ihr verdammten Gringos (Spottname der Amerikaner in Lateinamerika)! Pfui Teufel noch mal, schämen Sie sich denn gar nicht, Sie Hurensohn, mir meine wunderschönen Zähne auszuziehen und dann zu sagen, Sie könnten sie nicht wieder einsetzen! Cabron! Grrrrringooooo!« Nachdem durch eine saftstrotzende – und wie! – Schlußwendung des Gesprächs der beabsichtigte Zweck dieses Besuches erreicht war, verließ die Frau das Hospital stolz wie die frischgeadelte Frau von Flohknicker, die soeben einen Kaiser gebackpfeift hat.

Obgleich das Hospital allen Anforderungen entspricht, die man an ein modernes Krankenhaus stellt, so stand es dennoch bei den indianischen Arbeitern jener Bergwerksgesellschaft nie in hoher Achtung. Durch die Zahngeschichte verlor es auch noch den Rest von Würde, der ihm verblieben war.

In den umliegenden Dörfern wurde die Frau als lebendes Beispiel der Unfähigkeit des Arztes und der Schändlichkeit des Hospitals herumgezeigt. Wohin sie kam, mußte sie ihre traurige Geschichte erzählen. Die Gringos wurden verflucht nach allen Regeln, die im Gebrauch sind, seit der liebe Gott Adam, Eva und die Schlange verfluchte. Und die Leute hatten ganz recht. Denn es ist eine Ausräuberei sondergleichen, daß die Arbeiter von ihrem kleinen Lohn ein Hospital unterhalten müssen, das sich nicht scheut, arme und unwissende Indianerfrauen zu schänden und sie für den Rest ihres Lebens zu schimpfieren, so daß der eigene Mann sie nicht mehr ansehen mag. Der Doktor ist ein Irrsinniger; denn hätte sich die unglückliche Frau nicht mutig zur Wehr gesetzt, so würde dieser Unhold der Frau auch alle Zähne des Unterkiefers ausgezogen haben.

Das alles konnte nicht bestritten werden; denn in einem Stück alten Hemdes eingewickelt, trug die Frau ja ihre Zähne, und ein Kind konnte sehen, daß die Zähne alle kerngesund waren.

Eine Weile ging das so fort, und eines Tages war der Tumult da.

Die Arbeiter kamen in Haufen zu dem Bürogebäude und schrien und gestikulierten und regten sich furchtbar auf. Was sie wollten, verstand niemand, denn in Einzelunterhaltungen ließen sie sich nicht ein.

Man hörte nur immer Schreie aus dem Gewoge der Haufen: »Kein Hospital! Kein Doktor! Alle Zähne! Arme Frau geschändet! Bezahlen! Doktor bezahlen! Schwestern schöne Kleider! Zeitung lesen! Alles bezahlen!«

Um Spanisch zu verstehen, genügt es nicht, es gelernt zu haben. Und um das Spanisch zu verstehen, das die indianischen Arbeiter in den Bergdistrikten sprechen, muß man schon eine Indianerin zur Mutter gehabt haben.

Die Manager der Company, die nicht eingestehen dürfen, daß sie die Sprache ihrer Arbeiter nicht verstehen, verstanden aber doch das Wesentliche des Geschreis. Sie redeten sich wenigstens ein, daß sie alles gut und richtig verstünden, und weil sie die Arbeitgeber waren oder deren legitime Vertreter, so reimten sie sich die Schreie entsprechend ihrer eigenen sozialen und wirtschaftlichen Stellung zusammen. In ihrem Report an die Zentralverwaltung der Company kam es später heraus, was sie sich zusammengereimt hatten. Nach jenem Report zu lesen hatten die Arbeiter geschrien: »Wir verdienen nicht einmal so viel, daß wir in ein Hospital gehen können. Nicht einmal so viel, daß wir zu einem Doktor gehen können. Wir verdienen so viel, daß wir nichts zwischen die Zähne zu beißen kriegen. Wir haben so wenig Lohn, daß unsere Frauen zur Schande herumlaufen, weil sie nichts zum Anziehen haben. Und unsere Schwestern wollen Kleider haben!«

Als der Tumult vor dem Bürogebäude nicht nachließ und die Schreie und Rufe der Leute immer heftiger wurden, ohne daß ein Wechsel des Inhalts der Worte sich zeigte, trat endlich der Manager auf die Veranda und hielt mit seinen paar Brocken Spanisch eine Ansprache, die darin gipfelte: »Jawohl, jawohl, wir bewilligen. Jeder Mann erhält fünfundzwanzig Centavos den Tag mehr von Montag dieser Woche an. Geht an die Arbeit. Es ist alles gut. Muy bueno, amigos!«

Von der Frau und ihren Zähnen wurde nicht mehr gesprochen.

Die Dynamitpatrone

Eine Anzahl indianischer Arbeiter, die in den Bergwerken von Chihuahua gearbeitet hatten und sich jetzt in dem Vorort der Stadt herumtrieben, stritten sich eines Tages über die Wirksamkeit der Dynamitpatronen, die beim Sprengen der Gesteinsmassen verwendet werden. Die Mehrzahl stimmte darin überein, daß die Wirkung auf den menschlichen Körper unbeschreiblich vernichtend sei; einige wenige dagegen behaupteten, die Wirkung komme nur Gesteinsmassen gegenüber zum vollen Ausdruck, während sie gegenüber dem menschlichen Körper beinahe harmlos zu nennen sei.

Als eine Einigung hierüber nicht erzielt werden konnte, erbot sich der Vertreter der ›harmlosen Wirkung‹, an seiner eigenen Person die Richtigkeit seiner Meinung zu beweisen.

Es dauerte nicht lange, da war eine Patrone besorgt, das Hütchen wurde aufgesteckt und die Zündschnur angehängt. Der mutige Kämpfer für seine Überzeugung ließ sich aber doch von der Gegenpartei überreden, daß er Vorsicht üben möge, denn es wäre ja immerhin möglich, daß die Majorität recht habe, und es wäre doch jammerschade, wenn er sich nicht davon überzeugen könne, daß er unrecht habe, um für sein ferneres Leben daraus eine Lehre zu ziehen. Er sah das schließlich auch ein, und er begab sich mit der Schar streitsüchtiger Genossen zu einem steinernen Eckhause. Nachdem die ›Wirkungsgläubigen‹ sich in respektvolle Entfernung zurückgezogen hatten, ging der Mann zu der Ecke, entzündete die Zündschnur und hielt die Patrone mit seiner rechten Hand um die Hausecke.

Wenige Augenblicke später erzitterte die ganze Stadt. Die Bevölkerung, ein Erdbeben oder eine Minenexplosion befürchtend, eilte auf die Straße. Als sie sah, daß es sich nur um zwei Eckwände eines Hauses handelte, die auf unerklärliche Weise eingestürzt waren, zog sich jeder wieder in seine ruhige Häuslichkeit zurück.

Die Freunde des Opfers gingen tüchtig an die Arbeit. Sie räumten den Schutt der beiden Wände fort, um festzustellen, welche Partei recht habe, denn bis jetzt war das noch nicht entschieden. Die Wirkung auf Gesteinsmassen war ja von keiner Seite bestritten worden. Und richtig, nachdem sie eine Weile gebuddelt hatten, kroch der Ungläubige ganz ruhig und mit der Miene eines Mannes, der das Recht auf seiner Seite hat, hervor und schüttelte sich den Schutt aus den Kleidern.

Ganz vollständig war er allerdings nicht mehr. Das hatte er ja auch nicht behauptet, daß dies der Fall sein würde. Jedenfalls war ihm die rechte Hand bis zum halben Unterarm fortgerissen. Daraus machte er sich aber nicht viel. Er bestand darauf, daß man nun die Hand auch noch suche, damit man sehen könne, daß sie nicht allzusehr beschädigt sei. Aber von der Hand war nichts zu finden.

»Und ich sage euch ganz bestimmt«, so begann sofort wieder der Streit, »es war nicht die Patrone, die meine Hand abgerissen hat. Die Patronen sind ganz und gar harmlos. Es war das Hütchen; denn was da die nichtswürdigen Fabrikanten hineinstecken, das weiß man nie. Das sind alles Schwindler und Betrüger.«

Der Indianer bedauerte später nie, daß er seine Hand hergegeben hatte. An Stelle der Hand bekam er einen eisernen Haken, einen Arbeitshaken. Er arbeitete aber nie damit, sondern wurde mit diesem Haken einer der gefürchtetsten Raufbolde unter der Arbeiterschaft, die ihm mit an Ehrfurcht grenzender Scheu begegnete und sich geschmeichelt fühlte, seine Wünsche erfüllen zu dürfen.

Der Wachtposten

In einem Bergwerk in der Nähe von Chihuahua meldete eines Morgens der Vorarbeiter, ein Mestize, dem diensthabenden Ingenieur, daß in einem der Hauptstollen »etwas im Gange sei«.

An der Decke des Stollens, so berichtete der Vorarbeiter, befände sich ein gewaltiger Stein, dessen Gewicht schätzungsweise drei bis vier Tonnen habe. Rund um diesen Stein beginne, so war die Meldung, seit einigen Stunden Sand und Kleinkiesel herunterzuregnen, ein sicheres Zeichen, daß der Stein am Lösen sei und bald kommen dürfte, was in einer Stunde, vielleicht aber auch erst in sechs Tagen geschehen könnte, so genau ließe sich der Zeitpunkt nicht bestimmen.

Zahlreiche Arbeiter hatten diesen Stollen zu begehen, und weil der Ingenieur deren Leben nicht aufs Spiel setzen wollte, rief er einen indianischen Bergarbeiter herbei und sagte zu ihm: »Sehen Sie den Stein dort, Augustin?«

»Natürlich sehe ich ihn, ich bin doch nicht blind, Señor.«

»Gut, dieser Stein ist los und wird bald herunterkommen.«

»Kein Wunder, wenn er los ist, man sieht ja bereits, wie es bröckelt.«

»Wenn der Stein runterkommt, und es ist gerade zufällig jemand darunter, dann ist er breitgequetscht wie eine Tortilla.«

»Das ist doch mal bombensicher, Señor. So schlau bin ich selbst.«

»Gut. Ich stelle Sie jetzt hier als Wachtposten auf. Sie haben nichts weiter zu tun, als jeden Mann, der hier drunter hergehen will, auf die Gefahr aufmerksam zu machen und ihn durch den Stollen 14 zu schicken, ihm jedenfalls nicht zu erlauben, daß er diesen Stollen benutzt. Sie sehen ein, wie gefährlich dieser Stollen ist.«

»Das sehe ich, man kann es ja schon riechen, Señor.«

Eine Stunde später ging der Ingenieur die Stollen ab, und auf seinem Wege kam er auch zu dem Gefahrstollen.

Der Wachtposten saß mitten unter dem losen Stein, rauchte gemütlich seine Zigarette und war die Seligkeit selbst, daß er einen so angenehmen Posten gefunden hatte, wo er nichts zu tun brauchte.

Pflichtgemäß berichtete er dem Ingenieur, daß er jedem untersage, hier unter dem Stein durchzugehen, weil der Stein jeden Augenblick kommen könne, und es sei auch noch keiner darunter hergegangen, seit er hier hergesetzt worden sei, um aufzupassen, der Señor Ingenieur könne sich auf ihn durchaus verlassen.

»Ich würde mich an Ihrer Stelle aber nicht gerade mitten unter den losen Stein setzen«, riet der Ingenieur, »der Platz ist keineswegs zu empfehlen.«

»Warum, Señor?« sagte der Mann. »Lassen Sie das nur meine Sorge sein, wo ich sitze. Dieser Platz ist sehr bequem für mich. Ich brauche mich dann nicht so anzustrengen, brauche nicht so sehr zu schreien, habe es nach jeder Seite hin gleich weit und kann so ohne große Mühe am besten verhindern, daß nicht doch noch jemand hier drunter herzugehen versucht. Denn es ist sehr gefährlich, Señor, wenn da gerade jemand drunter wäre, wenn der Stein kommt.«

Dabei drehte er sich seelenruhig eine neue Zigarette und zündete sie mit großem Behagen an.

Vier Stunden später war der Mann zermalmt. Alles, was man seiner Frau von seinen sterblichen Überresten bringen konnte, war die Sandale seines linken Fußes, der unter dem Steinkoloß hervorlugte.

Diplomaten

Während der Regentschaft des Diktators Porfirio Diaz gab es in Mexiko weder Banditen noch Rebellen, noch Eisenbahnüberfälle. Porfirio Diaz hatte das Land von den Banditen auf eine sehr einfache und gut diktatorische Weise befreit. Er hatte allen Zeitungen verboten, über Banditenüberfälle auch nur ein Wort zu berichten, es wäre denn, daß der Bericht von der Regierung selbst eingeschickt sei. Zuweilen hatte Porfirio Diaz ein Interesse daran, daß über Banditen- und Eisenbahnüberfälle berichtet wurde. Er wollte dann einem General, den er für bestimmte politische Zwecke brauchte, um sich in der Herrschaft zu erhalten, guten Verdienst zukommen lassen dadurch, daß er ihn mit seinen Truppen in die Banditenregion schickte. Das brachte für den so begünstigten General kleine Nebeneinnahmen von einigen zehntausend Dollar. Wenn der General sein Geschäft abgeschlossen und das Geld in der Tasche hatte – einkassiert bei allen Geschäftsleuten der Region, die den Kampf gegen die Banditen zu bezahlen hatten auf Grund der Rechnungen jenes Generals –, dann erschienen in aller Welt Berichte, daß der große Staatsmann Porfirio Diaz abermals das Land von Banditen mit eiserner Hand gesäubert habe, und daß fremdes Kapital in Mexiko so sicher sei, als läge es in den Gewölben der Bank von England. Einige Dutzend Banditen waren erschossen worden, darunter viele, die nicht Banditen waren, sondern Landarbeiter, die sich zu rühren begannen, um das grausame Joch der Latifundienbesitzer abzuschütteln. Ein halbes hundert Namen anderer Banditen, die erschossen worden waren, wurden in den Zeitungen veröffentlicht, um dem General das Einkassieren der Rechnungen zu erleichtern. Jene Namen erschienen glaubhaft. Sie hatten nur den Nachteil, daß sie keine Träger hatten, sondern daß sie der Sekretär des

Generals von Grabsteinen abgeschrieben oder sie sich einfach ausgedacht hatte. Es wurden damals, mehr als heute, Zahlmeister, Manager und Ingenieure der großen amerikanischen Kompanien in Mexiko in die Berge verschleppt mit der Androhung, daß sie stückweise zu Tode gehackt würden, falls nicht das Lösegeld für sie innerhalb von sechs Tagen zur Stelle sei. Porfirio Diaz zahlte das Lösegeld an die Banditen, damit die amerikanischen Zeitungen nichts erfahren sollten und so das fremde Kapital abgeschreckt werden möchte. Dem befreiten Mann wurde noch ein Sümmchen außerdem in die Hand gedrückt als Schmerzensgeld und Schweigegeld. Aber Porfirio Diaz bezahlte das Lösegeld und das Schweigegeld nicht aus eigener Tasche. Hätte er das getan, so hätte er sich nicht den Ruhm verdienen können, daß er den Staatsschatz außerordentlich ökonomisch verwalte. Darum kassierte er das verauslagte Lösegeld und Schweigegeld von denselben amerikanischen Kompanien ein, zu deren Gunsten – richtiger zugunsten des befreiten Angestellten jener Kompanie – er es bezahlt hatte. Er verkaufte jenen Kompanien für teures schweres Geld besondere Konzessionen und Kommuneland, das er den Indianern wegnahm. Dadurch gewann er zwei neue Freunde, die an seiner Diktatorschaft interessiert waren. Der eine neue Freund war die begünstigte amerikanische Kompanie, der andere neue Freund war ein mexikanischer Großgrundbesitzer, der dadurch, daß den Indianern das Kommuneland weggenommen wurde, einen neuen Trupp von Heloten bekam, die für drei Centavos arbeiteten – ›del sol hasta sol‹ – von Sonnenaufgang bis Sonnenuntergang.

Was Zeitungen nicht berichten, existiert nicht. Besonders nicht für das Ausland. So erhält ein Land immer seinen guten Ruf. Alle Diktatoren arbeiten nach demselben Rezept.

Wie damals, so sind auch heute noch die Zeitungen in Mexiko – ohne Ausnahme – in konservativen Händen, in den Händen der Angehörigen jener Klasse, die die Diktatorschaft des Porfirio Diaz als das ›Goldene Zeitalter Mexikos‹ preist. Und weil diese Klasse in Mexiko vor dem Ansturm des indianischen und halbindianischen Proletariats zu wanken beginnt, so sind heute die Zeitungen jener Klasse voll von Geschichten über Banditen, Rebellen und Eisenbahnüberfällen; sie feiert jeden schäbigen Meuchelmörder und jeden ehrlosen General, wenn es sich um Individuen handelt, die der gegenwärtigen Regierung Schwierigkeiten bereiten. Heute ist in Mexiko – nach der Aussage jener Zeitungen – täglich die unbeschränkte Pressefreiheit in Gefahr. Unter der Diktatorschaft des Porfirio Diaz wurde jedoch, trotz der strengen Verbote, über Banditen zu berichten, von bedrohter Pressefreiheit nie gesprochen. Denn damals gab es die wahre und allein richtige Pressefreiheit, jene gepriesene Pressefreiheit, die im Interesse der kapitalistischen Klasse wirkt und nur in deren Interesse Pressefreiheit gestattet.

Trotzdem Porfirio Diaz alle Banditen nach seiner einfachen und wirksamen Weise völlig ausgerottet hatte, kamen dennoch zuweilen Dinge vor, die höchst peinlich wirkten und seinen schönen goldbronzierten Aufbau – schöner und geschickter, als ein Potemkin es je vermocht hätte – in Erschütterung zu bringen drohten.

Es sollte ein neuer Handelsvertrag zwischen Mexiko und den Vereinigten Staaten abgeschlossen werden, oder der alte sollte erweitert werden. Bei allen solchen Verträgen glaubte Porfirio Diaz stets, daß er der schlaue Fuchs sei und der große Staatsmann; aber wenn es zum Ende kam und man den Vertrag mit allen seinen Folgerungen genauer betrachtete, fand sich immer, daß Mexiko gründlich geleimt worden war.

Die Regierung der Vereinigten Staaten sandte einen ihrer besten Handelsdiplomaten; denn Mexiko ist von den Vereinigten Staaten immer als eines der wichtigsten Länder in handelspolitischer Beziehung mit den Vereinigten Staaten angesehen worden. Und Mexiko wird für ewig – in Zukunft bei weitem mehr als in der Vergangenheit – das wichtigste Land für die Vereinigten Staaten bleiben. Wichtiger als ganz Europa.

Porfirio Diaz, um den Diplomaten der nordamerikanischen Regierung gut einzuseifen, um – wie er dachte – ihn nachher um so besser barbieren zu können, und um ihm gleichzeitig zu zeigen, wie reich Mexiko sei und wie reich seine Bevölkerung – die obere Klasse, weniger als ein halb Prozent des Volkes – sei und wie kultiviert und zivilisiert, veranstaltete ein luxuriöses Fest zu Ehren des nordamerikanischen Handelsdiplomaten.

Feste zu geben war etwas, was wohl selten ein Mann so gut verstanden hat wie Porfirio Diaz. Das Fest, das er im Jahre 1910 der Welt gab, die sogenannte Centenariofeier, die Hundertjahrfeier der Unabhängigkeit Mexikos von Spanien, gehört zweifellos zu den größten öffentlichen Festen, die bis heute auf dem amerikanischen Kontinent, um nicht zu sagen auf Erden, gegeben worden sind. Da strotzte und strahlte nur alles so in Gold, mit dem die Besucher aus fremden Ländern geblendet wurden. Die Millionen an Dollars, die jenes Fest das mexikanische Volk gekostet haben, sind nie gezählt worden. Die Besucher sahen nur jene goldstrotzenden Fassaden. Es war in außerordentlich geschickter Weise Vorsorge getroffen worden, daß kein fremder Besucher eine Möglichkeit hatte, zu sehen, was eigentlich hinter den goldenen Fassaden war. Hinter jenen Fassaden kauerten fünfundneunzig Prozent des mexikanischen Volkes in Lumpen und Fetzen, hatten fünfundneunzig Prozent des Volkes keine Schuhe oder Stiefel, lebten fünfundneunzig Prozent des Volkes nur von Tortillas, Frijoles, Chile, Pulque und Tee aus Baumblättern, lebten mehr als fünfundachtzig Prozent des Volkes, die nicht lesen, und mehr als fünfundachtzig Prozent des Volkes, die nicht einmal ihren

Namen schreiben konnten. Wo in aller zivilisierten und unzivilisierten Welt ist je ein solches Fest gefeiert worden! Und was für ein kleiner mickriger Dorfmusikant war ein Fürst Potemkin gegenüber diesem großen Fanfarenbläser Porfirio Diaz, dem anläßlich jenes Festes von allen Königen und Kaisern die Brust so voll mit Orden und Kreuzen gehängt wurde, daß sechzig vollbeladene Eisenbahnfrachtwagen nicht ausreichten, jene Orden und Ehrenzeichen zu transportieren. So sieht ein goldenes Zeitalter aus.

Man wird zugeben müssen, daß Porfirio Diaz Feste zu geben verstand. Und das Fest, das er einige Jahre vorher jenem nordamerikanischen Diplomaten gab, war eine angemessene Vorfeier jener gloriosen Fassadenbeleuchtung.

Das Fest zu Ehren des Diplomaten wurde gegeben im Schloß zu Chapultepec in Mexiko City. Seit der Revolution ist jenes Schloß ziemlich verödet. Feste werden dort nur sehr selten noch gegeben, weil das mexikanische Volk heute wichtigere Dinge zu tun hat, als glänzende Feste zu feiern. Das Schloß ist in der Hauptsache nur noch ein Museum für fremde Touristen, die das Bett der Kaiserin Charlotte sehen wollen und es abtasten, ob Charlotte auch weich genug darin geschlafen hat. Hier war auch die Sommerresidenz des Kaisers der Azteken, dessen Bad noch zu sehen ist und gut erhalten wurde. Obgleich das Schloß die offizielle Wohnung des Präsidenten der mexikanischen Republik ist, so wohnen doch die revolutionären Präsidenten selten dort. Präsident Calles hat nie im Schloß gewohnt, sondern in einem schlichten Hause in der Nähe.

Aber unter Porfirio Diaz ging es lustig und herrlich im Schloß von Chapultepec zu. Er mußte sich die kleine, aber sehr fette Aristokratie des Landes warm und vergnügt halten, um an der Regierung bleiben zu können, so wie andere Diktatoren sich den Papst warmhalten, wenn die Kapitalisten durch Geschäfte, die immer schlechter gehen, anfangen einzusehen, daß eine Diktatur auch ihre Nachteile hat. Zu dem Feste, das zu Ehren jenes Diplomaten gegeben wurde, war nur die Sahne der oberen Gesellschaft Mexikos geladen worden, um den Eindruck auf den Diplomaten zu vertiefen, wie elegant, wie zivilisiert, wie kultiviert und wie reich die Mexikaner seien. Es strotzte von glänzenden Generalsuniformen. Und Porfirio Diaz selbst, über und über mit Goldtressen und Goldverschnürungen beklebt, beleimt und behangen, sah aus wie ein Zirkusaffe, der die Hauptrolle in einer burlesken Operette spielt, deren Geschehnisse sich in irgendeinem fabulösen Balkanlande abwickeln. Die Damen waren mit Juwelen belastet wie das Hauptauslegebrett in dem Schaufenster eines Juwelenhändlers in einer der elegantesten Straßen von Paris zwischen zwei und sechs Uhr nachmittags. Alles in allem gesagt, es war die erlesenste Gesellschaft, die Porfirio Diaz nur aufbringen konnte.

Der nordamerikanische Diplomat war nicht zum ersten Male in seinem Leben von seiner Regierung damit beauftragt worden, Handelsverträge mit fremden Ländern durchzuberaten und abzuschließen. Nur wenige Zeit vorher hatte er einen Handelsvertrag zwischen seinem Lande und England geschickt zu Ende geführt. Bei diesem Vertrag hatte England, ohne daß er oder die amerikanische Regierung das begriffen, den fetteren Bissen erwischt, wie das England bei allen solchen oder ähnlichen Vorfällen immer gelingt. Um den nordamerikanischen Diplomaten für diese gute Arbeit auszuzeichnen und zu ehren und ihn so lange zu hypnotisieren, bis der Handelsvertrag unterzeichnet und von den Parlamenten beider Länder ratifiziert worden war, empfing ihn der König von England in Privataudienz, und da er ihn nicht zum Ritter erheben konnte – ein guter republikanischer Amerikaner läßt sich so etwas nicht gefallen –, verlieh er ihm eine goldene Taschenuhr, reich mit Brillanten gespickt und versehen mit schellenläutender und ehrenvoller Widmung und mit dem eingravierten Namenszug Edward VII., König von England und Kaiser von Indien.

Auf diese Uhr war der Diplomat natürlich sehr stolz, wie jeder gute republikanische nordamerikanische Mann stolz darauf ist, wenn ihm ein europäischer König oder Großherzog am Rockknopf gedreht hat. Denn es kommt auf die erste Seite aller amerikanischen Zeitungen.

Es war ganz natürlich, daß der Diplomat auf jenem Feste diese Uhr Don Porfirio zeigte. Don Porfirio fühlte sich außerordentlich geschmeichelt, daß die nordamerikanische Regierung ihn für so wichtig hielt, einen so bedeutenden Diplomaten, der vom König von England ausgezeichnet worden war, nach Mexiko zu schicken, um mit ihm, mit Don Porfirio, einen neuen Handelsvertrag zu beraten und zu beschließen. Dadurch fühlte sich Porfirio Diaz hochgeehrt, denn er wurde ebenso wichtig betrachtet wie der König von England. Solches Gleichstellen mit Königen und Kaisern macht Porfirio Diaz für alles gefügig, eine Tatsache, die den Regierungen aller fremden Länder und allen Diplomaten wohlbekannt war und rücksichtslos, zum Unheil des mexikanischen Volkes, von allen Regierungen und Diplomaten ausgenutzt wurde. Denn Porfirio Diaz war ja, wie die Mehrzahl aller Diktatoren, nur ein Emporkömmling, der weder durch seine Herkunft noch durch seine Familie, noch durch seine Erziehung, noch durch sein Geld, noch durch seine Begabungen ein begründetes Recht hatte, von der Aristokratie des Landes zu den Ihrigen gezählt zu werden. Die Eigenschaft, die am höchsten bei ihm entwickelt war, hieß Eitelkeit.

Als er die Uhr betrachtete, überlegte er bereits, wie er das Geschenk des Königs von England überbieten könne und in welcher Form, so daß alle Länder der Erde davon hören und berichten konnten.

Die Uhr wurde natürlich auch von allen anwesenden Generalen betrachtet und gebührend bewundert. Nachdem die Begrüßungszeremonien und die Vorstel-

lungsformalitäten vorüber waren, begab man sich zu dem
großen Bankett, wo viele gute Reden über die vorzügli-
chen Beziehungen zwischen Mexiko und den Vereinigten
Staaten und zwischen Mexiko und allen anderen Ländern
gehalten wurden und wo jeder anwesende Diplomat sich
seine Pflichtrede dadurch erleichterte, daß er das goldene
Zeitalter Mexikos pries und besonders den pries, der für
das goldene Zeitalter Mexikos allein verantwortlich war,
und das war kein anderer als Don Porfirio.
Als nun auch das vorüber war, rüstete sich alles für den
großen Ball, der im Stil der Gesandtenempfänge in Paris
heruntergetanzt wurde. Denn Don Porfirio war ein Ver-
ächter alles dessen, was mexikanisch oder gar indianisch
war, und ein Bewunderer alles dessen, was französisch
roch oder dem Hofleben von Wien ähnlich sein konnte.
Diese Bewunderung reichte zuweilen hinan zu vollstän-
diger Idiotie. Beweis: das Opernhaus in Mexiko.
Während einer Pause des Balles bemerkte der nordamerikanische Diplomat plötzlich, daß seine wertvolle Ehren-
uhr nicht mehr da war, wo sie ursprünglich gewesen war.
Bei längerem aufgeregtem Suchen fand er sie auch in
keiner anderen Tasche seines Frackanzuges. Und als er
nachher zusah, entdeckte er, daß die Uhr von der
goldenen Kette, an der sie gehangen hatte, sehr elegant
abgeknipst worden war, und zwar, wie später die Detektive feststellten, mit Hilfe einer Nagelschere.
Der amerikanische Diplomat hatte Takt genug, zu wissen,
daß man so etwas nicht erwähnt, wenn es sich um eine
gewöhnliche goldene Uhr handelt, die bei einem derart
hochgeschraubten diplomatischen Fest verlorengeht. Man
gibt vielleicht dem Zeremonienmeister einen kleinen
Wink. Wird die Uhr gefunden, ist es recht; wird sie nicht
gefunden, dann kommt sie auf die Rechnung des Auswärtigen Amtes. Solche Vorfälle sind viel häufiger, als
der kleine Mann, der nie Zutritt zu Diplomatenbällen hat,
glauben würde, denn auch Diplomaten sind, mehr als man

glaubt, häufig in Geldschwierigkeiten, die sich oft nur in einer Weise beheben lassen, die sich nicht ganz mit der guten Sitte, die man auf Gesandtschaftsbällen erwartet, decken dürfte. Aber auch Diplomaten sind Menschen. Und wo der ganze Beruf des Menschen darin besteht, einen anderen – meist ein ganzes Volk – geschickt zu übervorteilen, schleicht sich leicht ein Manöver ein, das rein persönlichen Zwecken dient. Es kommen auf diplomatischen Empfängen genügend Perlenhalsbänder, Brillantenarmbänder und goldene Uhren abhanden, daß die hohen Ausgaben für ›besondere diskrete‹ Budgets der Auswärtigen Ämter gerechtfertigt erscheinen. Nicht jede Frau eines Diplomaten hat Takt und besonders Geld und Laune genug, ihr Perlenhalsband zu verschmerzen. Sie pfeift auf die Karriere ihres Gatten, wenn das Halsband zehntausend Dollar gekostet hat, und sie droht ernsthaft, Skandal zu machen und die Zeitungen zu unterrichten. Was bleibt dem Auswärtigen Amt übrig? Das Halsband wird ersetzt.

Diese Uhr aber ließ sich nicht ersetzen. Daß ein Diplomat ein eigenhändiges Geschenk des Königs von England so wenig schätzt, daß er das Geschenk verliert, ist beinahe eine Beleidigung des Königs von England. Es kann den Diplomaten Ruf und diplomatische Stellung kosten. Nun darf man von einem amerikanischen Diplomaten ja auch nicht den Takt erwarten, den ein französischer, englischer oder russischer Diplomat besitzt. Der französische Diplomat würde eine geistreiche Ausrede dafür finden, wie und auf welche Weise ihm die Uhr abhanden gekommen ist, eine Ausrede, so fein und elegant, daß sie ihm in seiner diplomatischen Karriere eher förderlich als hinderlich sein würde. Aber wir sind auf diesem Gebiet noch Bauern und Schüler und machen darum Lärm. Der Diplomat wünschte ja auch, in seinen Klubs mit jener Uhr zu protzen. Und wenn ihm die Uhr fehlte, so blieben ihm nicht viel andere Dinge, mit denen er protzen konnte und mit deren Hilfe er Gold auf Hand beweisen konnte, daß er eine Privataudienz mit dem König von England gehabt habe. Denn niemand gibt sich die Mühe, alte Zeitungen aufzuheben oder durchzustöbern, um die Wahrheit jener Behauptung festzustellen. Jedenfalls niemand im Klub. Und ein Zeitungsausschnitt kann von jedem Druckerlehrling für zwei Dollar Entschädigung hergestellt werden.

Der amerikanische Diplomat, mit der unbekümmerten Robustheit in Taktfragen, die seinem Volke eigen ist, ging sofort auf Don Porfirio zu und bat ihn um eine kurze Unterredung mit Hilfe seines Sekretärs, der Spanisch sprach.

»Entschuldigen Sie, Don Porfirio«, sagte der Diplomat, »es tut mir aufrichtig leid, daß ich Sie belästigen muß, aber mir ist soeben meine Uhr, die ich vom König von England geschenkt bekommen habe, hier im Saal gestohlen worden.«

Porfirio Diaz verzog keine Miene. Er sagte nicht: »Das ist nicht möglich!« oder »Sollte das nicht ein Irrtum sein?« Er kannte ja seine Leute, und keiner wußte es besser als er, daß die Banditen nur in den Zeitungsberichten ausgerottet seien, nicht aber im Lande; denn er hätte ja zuerst einmal alle seine Generale und Gouverneure und Bürgermeister und Steuerverwalter und Staatssekretäre erschießen müssen, wenn er alle Banditen hätte ausrotten wollen. Und hätte er wirklich alle Banditen, die es während seiner Regentschaft gab, erschossen, so wäre wahrscheinlich kein einziger Mexikaner mehr übriggeblieben, den er hätte regieren können. Die regierende Klasse raubte aus unersättlicher Habgier und die nichtregierende Klasse aus bitterem Hunger.

So sagte Porfirio Diaz als Antwort zu jenem Diplomaten nur: »Seien Sie nicht in Sorge, Exzellenz, es liegt hier offenbar nur ein kleiner Scherz vor. Ich gebe Ihnen mein Ehrenwort, daß Sie die Uhr innerhalb von achtundvierzig Stunden wieder in Ihrem Besitz haben werden.«

Das Ehrenwort des Präsidenten. Porfirio Diaz konnte sein Ehrenwort beruhigt geben. Denn wer Meister aller Banditen und Spitzbuben ist, wer alle Banditen und Spitzbuben und deren Schliche und Wege so gut kannte wie Porfirio Diaz, er selbst ein Meisterspitzbube in allen solchen Dingen, wo es sich nicht gerade um gewöhnlichen Taschendiebstahl handelte, der würde die Uhr schon entdecken.

Mit den höflichsten Worten verabschiedete endlich zu gegebener Stunde Porfirio Diaz den nordamerikanischen Diplomaten, ohne daß hierbei auch nur mit einem Wörtchen das kleine Mißgeschick erwähnt wurde.

Aber, wenngleich es nur seine nächsten Vertrauten bemerkten, Don Porfirio raste, wie er nur zu rasen vermochte. Das Rasen eines Diktators, dessen Schwindel vor der Entdeckung steht.

»Der Alte hat wieder einmal die Tollwut«, flüsterten sich die Diener erschreckt zu und zitterten in Furcht vor dem, was geschehen würde, wenn der Ball vorüber sein wird. Die Anfälle von Tollwut des Diktators waren gefürchtet, mehr als Erdbeben. Denn er wurde dann bestialisch wie eine alte verärgerte Wildkatze.

Was er einmal gleich zuerst und durchaus sicher wußte, das war, daß die Uhr ein Mexikaner hatte, nur ein Mexikaner haben konnte. Und mit mexikanischen Spitzbuben wußte er ja umzugehen.

Hatte die Uhr ein Mitglied der Dienerschaft genommen, so war es jetzt bereits zu spät, den zahlreichen Detektiven den Auftrag zu geben, keinem von der Dienerschaft zu gestatten, das Schloß zu verlassen. Denn war die Uhr wirklich von einem der Bediensteten gestohlen worden, so waren die Detektive augenblicklich nicht zu gebrauchen, weil die Uhr inzwischen schon aus dem Schlosse hinausgeschmuggelt war. Freilich, ein Detektiv konnte die Uhr auch haben. So sicher war das nicht, daß die Detektive nicht nehmen würden, was sie auf leichte Weise kriegen konnten. Porfirio Diaz hatte ja genügend Spitzbuben, Taschendiebe, Einbrecher und Wegelagerer in die Polizei eingereiht, weil Spitzbuben häufig bessere Spitzbubenjäger machen als anständige Menschen.

Daß die Diamanten aus der Uhr herausgebrochen werden könnten, daß das Gehäuse der Uhr vielleicht zerhämmert werden möchte, um die Uhr stückweise leichter und unverdächtiger verkaufen zu können, das würde wohl kaum geschehen. Die Uhr würde zuviel an Wert verlieren. Eher war schon anzunehmen, daß die Gravierung ausgeschliffen sein wird, ehe die Uhr irgendwo zum Verkauf angeboten wieder zum Vorschein kommt. Ohne Gravierung aber war die Uhr natürlich wertlos für den Diplomaten. Eine goldene Uhr an sich, ganz gleich mit wie vielen Diamanten gespickt, hätte Don Porfirio sofort beschafft, wenn damit dem Diplomaten hätte gedient werden können. Aber wie die Dinge sich vorfanden, mußte es ganz genau die gleiche Uhr sein, die herangeschafft werden mußte.

Nicht darum verfiel Porfirio Diaz in Raserei, weil er befürchtete, er könnte vielleicht die Uhr nicht wieder herbeischaffen. Sie zu bekommen, betrachtete er als eine Aufgabe, die zu lösen für ihn möglich wäre. Nein, was ihn in jene schäumende Wut versetzte, war etwas anderes.

Durch das Stehlen der Uhr bei einer solchen Gelegenheit war von einer seiner glänzenden Fassaden die Goldtünche abgeblättert worden. Der gewöhnliche nackte und wahre Gipsverputz kam zum Vorschein.

Alle Welt war klein geschlagen worden mit der Mär, daß der große mexikanische Staatsmann Porfirio Diaz mit eiserner Hand und mit stählernem Besen das Land von Banditen und Spitzbuben so völlig und so dauernd gesäubert habe, wie das nie vorher ein anderer Mann in irgendeinem anderen Lande mit gleichem Erfolge zuwege gebracht habe. In Mexiko konnte man damals, nach den

Berichten, die Porfirio Diaz in der Welt verbreitet hatte, mit einem Sack voll Goldstücke zur Rechten und einem Sack voll Goldstücke zur Linken auf einem Pferde sitzend von einem Ende der Republik zum andern reisen, und wenn man an dem andern Ende ankam, so hatte man zur Rechten sowie zur Linken je einen Sack voll Goldstücke mehr, als man hatte an dem Tage, an dem man auszog. In gewissem Sinne war das richtig. Ein amerikanischer Kapitalist, der mit fünfzigtausend Dollar in Schecks in El Paso nach Mexiko einreiste, konnte sechs Wochen später über Nogales aus Mexiko wieder ausreisen mit hunderttausend Dollar in Schecks, einem Überschuß, den er mit Hilfe des Porfirio Diaz in jener kurzen Zeit aus dem mexikanischen Lande und Volke herausprofitiert hatte. Aber im buchstäblichen Sinne genommen, war es unter Porfirio Diaz bei weitem unsicherer, mit Geld oder anderen Werten beladen ohne militärische Bedeckung durch das Land zu reisen, als heute. Die militärische Bedeckung begann nicht selten auf dem Marsche auszurechnen, daß es weiser sei, sich selbst mit dem Gelde zu bedecken, das von ihnen bedeckt werden sollte. Dann erschien ein Bericht – falls die Angelegenheit nicht von der Regierung auf privatem Wege zu aller Zufriedenheit erledigt werden konnte –, daß der Transport in einen Sumpf geraten oder von einem Erdrutsch verschüttet worden sei.

Aber daß einem so wichtigen nordamerikanischen Diplomaten auf einem diplomatischen Fest innerhalb der Wände eines Saales im Schloß von Chapultepec eine goldene Uhr aus der Tasche gestohlen werden konnte, daß also selbst ein diplomatischer Würdenträger selbst auf einem diplomatischen Fest in Mexiko seines Eigentums nicht sicher war, brachte das ganze schöne Lügengewebe, in das sich die Diktatur eingekuschelt hatte, zum Zerreißen. Wenn die Banditen dem Throne des Diktators so nahe waren, wie mußte es dann im Lande aussehen? Kam dieser Vorfall in die amerikanischen Zeitungen, dann lernte die ganze Welt, daß die eiserne Hand des großen Staatsmannes Porfirio Diaz nur aus Pappe war und daß die fremden Großkapitalisten klug tun, Mexiko gegenüber vorsichtig zu sein mit Kapitalsanlagen.

Der Diplomat hatte das Ehrenwort des Diktators mit der Erklärung, daß es sich hier um einen kleinen Scherz handle. Und darum sagte der Diplomat kein Wort von dem Vorfall zu den Zeitungsleuten, weil er ja nun erst einmal die Pflicht hatte, abzuwarten, ob und in welcher Weise Porfirio Diaz sein Ehrenwort einlösen werde. Porfirio Diaz wußte, daß nach den Sitten in diplomatischen Kreisen der Amerikaner nichts der Presse seines Landes mitteilen durfte, solange das Ehrenwort des Diktators den Vorfall deckte.

Noch in derselben Nacht befahl Porfirio Diaz den Polizeichef zu sich, um mit ihm zu besprechen, wie man die Uhr wiedererlangen könnte, ohne sich der Zeitungsinserate zu bedienen.

Wie der Fall nun behandelt wurde, zeigt den Unterschied der Männer, die während der Diktatorschaft des Porfirio Diaz wirtschafteten, und der Männer, die nach der Revolution das mexikanische Schiff recht und schlecht durch Stürme und Klippen ruderten.

Der spätere Präsident Calles würde dem Polizeichef sechs Stunden Zeit gegeben haben, die Uhr heranzuschaffen. Oder – und das ist wahrscheinlicher, denn er hat es in vielen Fällen mit Generalen getan – er würde den Polizeichef wie einen Schuljungen heruntergerotzt und vielleicht gar rechts und links gebackpfeift haben, hätte ihn dann aus seinem Amte gefeuert und würde, wenn der Mann noch etwas wert gewesen wäre, ihn in eine ferne Ecke der Republik strafversetzt haben, oder er hätte ihm das Reisegeld für eine Erholungsreise nach Europa gegeben mit der ernsten Warnung, sich nicht mehr in Mexiko sehen zu lassen.

Auch Porfirio Diaz feuerte zuweilen Generale und andere

hohe Würdenträger ohne Zeremonie; aber er tat es nur dann, wenn er genau wußte, daß der Mann keinen Anhang hatte, daß er ihm also nicht schaden konnte. Wie alle Diktatoren, so war auch Porfirio Diaz ein furchtsamer Mann. Er bevorzugte es, weit von hinten aus an den Leinen zu ziehen, mit Intrigen zu wirtschaften und andere vorzuschieben, auf die er abladen konnte.

Calles würde nicht einen Augenblick darum besorgt gewesen sein, wenn der Vorfall am nächsten Tage in den Zeitungen gestanden hätte. Er hätte darüber genau so gelacht wie das ganze mexikanische und amerikanische Volk. Er hätte in seiner trockenen Art gesagt: »Warum läßt sich denn der Esel von einem Gringo seine Uhr aus der Tasche stehlen? Er ist doch in Mexiko, wo er auf jeder Eisenbahnstation die Zettel angeklebt sieht: ›Hütet euch vor Taschendieben!‹ Und wenn der Hammel Mexiko nicht besser kennt, soll er raus bleiben, dann kann ich überhaupt keinen Vertrag mit ihm abschließen.« Und zu den Zeitungsleuten würde er gesagt haben: »Da seht ihr, was für ein Spitzbubengesindel wir hier in Mexiko haben. Alles aufgezüchtet von dem Gauner Porfirio. Ich werde nun doch mal wieder mit einem himmelkreuzgottverfluchten Donnerwetter dazwischenfahren!« Dann hätte er alle Distriktspolizeigewaltigen, ein Dutzend Staatsanwälte und zwei Dutzend Richter gefeuert, daß die Funken spritzten.

Diese rücksichtslose, unbekümmerte, offensiv-geladene, immer mit einem grimmen Witz gepfefferte amerikanische Faustschlagmethode war dem mickrigen Wesen des Porfirio Diaz ebenso fremd, wie einem Presbyterianpfarrer alle die verschiedenen Marken von schottischem Whisky so gut bekannt sind wie die vier Evangelien.

Am nächsten Morgen begann die Umpflügung des mexikanischen Landes nach der gestohlenen Uhr des amerikanischen Diplomaten.

Der Polizeichef erschien in Belen. Belen ist das große

Untersuchungsgefängnis in Mexico City, wo alle männlichen und weiblichen Missetäter gehalten werden, bis ihr Urteil gesprochen wird.

Der Polizeichef ließ alle männlichen und weiblichen Gefangenen antreten, und er hielt folgende Ansprache: »Gestern abend ist eine goldene Uhr gestohlen worden. Die Uhr ist mit Brillanten besetzt. Auf der Innenseite des Deckels ist eine Widmung in englischer Sprache eingraviert. Die Widmung hat einen geschriebenen Namenszug Edward VII. Es ist jetzt sieben Uhr morgens. Wenn die Uhr bis heute abend um sieben Uhr bei dem Direktor des Gefängnisses abgeliefert wird, dann werdet ihr alle heute abend auf freien Fuß gesetzt, und niemand wird verfolgt für die Tat, derentwegen er sich heute hier in Belen befindet. Der Überbringer der Uhr wird nicht um seinen Namen gefragt; er darf frei gehen, wie er gekommen ist; er wird nicht gefragt, auf welche Weise er in den Besitz der Uhr gelangt ist; und er wird weder der Uhr wegen noch wegen irgendeiner andern Sache, die er vor heute morgen um sieben Uhr verübt haben sollte, verfolgt werden oder in Haft behalten. Außerdem erhält er vom Direktor eine Belohnung von zweihundert Pesos in Gold. Ihr alle bekommt jetzt einen Briefbogen und einen Briefumschlag und Bleistifte. Ihr dürft in jene Briefe schreiben, was ihr wollt. Die Briefe werden von der Inspektion nicht gelesen. Und niemand von der Direktion darf die Adresse lesen. Eine Stunde später kommen hier Briefträger, denen ihr die Briefe persönlich übergebt. Die Briefträger werden die Briefe an ihre Adressen befördern unter Amtsgeheimnis. Hier habe ich das Zertifikat, unterzeichnet von Don Porfirio, von mir und dem Direktor des Gefängnisses hier. Das Zertifikat hat Gesetzeskraft bis heute abend um sieben Uhr dreißig.«

Die Ansprache des Polizeichefs und das Zertifikat, das die Ansprache wörtlich niedergeschrieben enthielt, bewiesen, wie gut Don Porfirio seine Spitzbuben und Banditen kannte. War die Uhr wirklich in den Händen der gewöhnlichen Taschendiebe und Hehler, so wurde die Uhr um sieben Uhr oder noch früher abgeliefert.

Wie in anderen Ländern so auch in Mexiko kennen sich alle Spitzbuben und Hehler gegenseitig recht gut. Wenn einer allein auch nicht alle übrigen kennt, so kennt er doch wenigstens etwa zwanzig, kennt deren Schlupfwinkel, kennt die Kantinen und Pulquerias und Quartiere, wo jene zwanzig verkehrten, kennt ihre Liebchen und weiß, was jeder von ihnen auf dem Kerbholz hat. Jeder einzelne von diesen zwanzig kennt wieder eine Anzahl andere, die der erste nicht kennt. So ist – und hier verrechneten sich weder Don Porfirio noch der Polizeichef – die Sicherheit gegeben, daß der Inhalt jener Ansprache allen Spitzbuben in Mexico City sowie auch allen Hehlern in wenigen Stunden bekannt wird. Die Briefe, die von den Gefangenen nun an die Spießgesellen draußen geschrieben werden, ohne Aufsicht und ohne Inspektion, enthalten alles, was der Gefangene dem draußen in Freiheit lebenden Spießgesellen schon lange einmal gründlich sagen wollte. Die Briefe enthalten Zeilen etwa von dieser Art: »Höre einmal, querido Pedro, wenn du nicht zu dem Schuft von Hehler, dem Gomez, gehst und ihn mit dem Revolver in der Hand fragst, wo die Uhr ist und daß er sie herzubringen hat, dann sage ich hier dem Staatsanwalt, daß du bei dem Einbruch bei Señor Balsa mit dabei gewesen bist und das meiste davon eingesackt hast. Ich sehe nicht ein, warum ich das alles allein ausfressen soll, wo ich doch nur den einen lausigen Anzug abbekommen habe, mit dem sie mich auf dem Volador – dem sogenannten Diebsmarkt – erwischt haben.«

Ein anderer Brief heißt so: »Liebste und allerliebste Josefina. Du weißt, wie sehr ich mich nach Dir sehne. Ich habe doch dem Burschen da in der Bucareli-Straße in der Nacht nur darum eins über den Schädel gehämmert, weil ich sein Geld haben wollte und weil ich doch das Geld haben wollte und weil ich doch das Geld haben mußte und weil ich Dir doch von dem Geld das grüne Seidenkleid und die schönen Lackschuhe gekauft habe, damit du hübsch aussehen solltest, wenn wir in den Mexiko-Saal bei der Maria Redonda zum Tanzen gehen. Ich hab eine solche Sehnsucht nach Dir, liebe Josefina, das kannst Du Dir überhaupt gar nicht denken und wenn die Uhr kommt, dann bin ich heute abend schon raus. Geh nun gleich einmal hin zur Jeronima, sie ist eine ganz gewöhnliche Hure die in der Peru-Straße auf die Fangleine geht aber das macht jetzt nichts. Sie lebt mit dem Patrote da mit dem Emilio der weiß bestimmt wo die Uhr ist und da kannst Du dem Emilio auch gleich sagen wenn er die Uhr nicht um vier Uhr herangeschafft hat dann sage ich hier daß ich es gesehen habe wie er dem Tecolote, dem Polizisten, zwei in den Bauch gebrannt hat in der Moneda wo der Tecolote noch immer im Hospital liegt und niemand weiß wer ihm die zwei gebrannt hat aber ich sage es wenn er die Uhr nicht bis um vier Uhr hergebracht hat und er kriegt zweihundert Pesos vom Direktor für die Uhr. Wenn Emilio die Uhr nicht weiß dann gehe gleich einmal hin zu der Angelica die auch eine kräftige Hure ist die wird Dir schon gleich sagen wer die Uhr hat.«

Ein anderer Brief: »Querido Lorenzo Du weißt recht gut wer die Uhr hat die dem glattgeleckten Urschfucker abgeknipst worden ist denn weil Du ja auch in der Kegelbahn in Chapultepec Schloß die Kegel aufstellst und Dein Vetter Carlos der im Billardsaal in Chapultepec Schloß bedient hat ganz bestimmt die Uhr und wenn Du mir hier nicht raushilfst ist nichts mit meiner Schwester Anita und ich schlage dir so deine fetten Knochen ineinander, daß Du liegen bleibst wo du bist denn Du weißt recht gut wo die Uhr ist weil Du es ja gesehen hast und ich werde auch meiner Schwester Anita sagen daß Du ein guter Junge bist und nicht hinter den Mädchen hinterher bist was ich gut weiß.«

Alle Gefangenen ohne Ausnahme schrieben ihre Briefe, und alle Briefe wurden, genau dem Versprechen gemäß, ungesehen von der Inspektion, von den Briefträgern noch in derselben Stunde an ihre Adressen befördert.

Zum großen Leidwesen der Gefangenen und wohl noch zu einem größeren Leidwesen des Porfirio Diaz war die Uhr zu gegebener Stunde nicht abgeliefert. Das Mittel, dessen sich Porfirio Diaz in hoffnungslos erscheinenden Fällen so oft mit Erfolg bedient hatte, versagte hier.

Es ist später in Mexiko erzählt worden, daß die Uhr wirklich auf diesem Wege, mit Hilfe der Gefangenen, herbeigeschafft wurde, und daß alle Gefangenen ihre Freiheit erhalten hätten, wie ihnen versprochen worden war. Aber das ist nicht ganz richtig. Dieses Gerücht wurde nur verbreitet, um die Wahrheit zu verschleiern.

Als die Uhr abends um sieben Uhr nicht abgeliefert worden war, wußte Porfirio Diaz ganz sicher, daß die Uhr nicht von den gewöhnlichen Spitzbuben gestohlen worden war und daß sie auch noch nicht in den Händen der Hehler war. Er schloß daraus, und durchaus richtig, daß die Uhr jemand hatte, der zwar Geld brauchte, aber doch nicht so dringend brauchte, daß er sich mit dem Verkauf der Uhr hätte beeilen müssen. Es war jemand, der den Wert der Uhr richtig einzuschätzen verstand und seine Zeit abwartete, bis er die Uhr so günstig verkaufen konnte, wie das überhaupt nur bei einer Uhr aus zweiter Hand möglich war.

Da die gewöhnlichen Spitzbuben ausgeschaltet waren, kannte nun Porfirio Diaz sofort die nächste Schicht von Spitzbuben, die in Betracht kam. Es war nicht die letzte Reihe, aber diejenige Reihe, die den gewöhnlichen Spitzbuben und Wegelagerern am nächsten stand, in Moral und in ewigen Geldnöten sowie in Unverfrorenheit im Nehmen, wo sich eine Gelegenheit bot.

Don Porfirio ließ also nun alle Generale, die bei dem diplomatischen Feste zugegen gewesen waren, um es durch goldstrotzende Uniformen zu beleben, am Abend zur Audienz laden. Er hatte eine Liste der Generale, die im Schloß gewesen waren, und er sah zu, daß auch alle zur Audienz kamen.

Es fand sich aber, daß einer der Generale fehlte, ein Divisionsgeneral. Der Divisionär hatte sich entschuldigen lassen. Eine Entschuldigung, die Don Porfirio gelten ließ, weil es sich um einen dringenden Dienst handelte, der nicht aufgeschoben werden konnte.

Porfirio Diaz hielt eine Ansprache an die versammelten Generale: »Caballeros, Sie alle haben wohl gestern im Schloß die Uhr gesehen, die der amerikanische Diplomat mir zeigte. Diese Uhr ist im Schloß abhanden gekommen. Ich vermute, daß einer der wachhabenden Soldaten oder einer der Burschen, die Sie begleiteten, die Uhr gefunden hat. Die Uhr muß bis morgen früh um zehn Uhr in meinem Besitz sein. Ist die Uhr um die angegebene Zeit in meinen Händen, dann erhalten Sie, Caballeros, jeder eine Sondervergütung von eintausend Dollar für Ihre Bemühungen. Ich werde auch sonst noch versuchen, mich Ihnen erkenntlich zu zeigen. Es ist natürlich, daß Sie den Vorfall so unauffällig behandeln, wie das nur in Ihren Kräften steht; denn ich wünsche nicht, daß auch nur ein leises Fleckchen auf unsere ruhmreiche Armee fällt. Mit dem Missetäter wollen Sie nach Ihrem eigenen Ermessen verfahren. Ich danke Ihnen, Caballeros!«

Jeder, der Mexiko kennt, weiß, daß ein mexikanischer Soldat der unteren Grade alle möglichen Untugenden und Laster haben mag, daß er – besonders in seinen Liebesangelegenheiten – unbekümmert seinen Nebenbuhler ermordet. Der mexikanische Soldat stiehlt. Das ist wahr. Er stiehlt aber nur das und nichts mehr, was seine Generale und seine zahlreichen anderen Vorgesetzten ihm zum Stehlen übriglassen. In seiner Moral, in seiner Tapferkeit, in seiner Ehre, in seiner Liebe zu seinem Lande, in seiner Loyalität steht er bei weitem höher als seine Generale. Er wird von den treulosen und ehrlosen Generalen gebraucht, seine Brüder, seine Väter, seine Söhne, seine Mütter, seine Kameraden in andern Regimentern zu bekämpfen und zu ermorden. Er weiß nie, ob er in Wahrheit auf seiten der Rebellengenerale ist oder auf seiten der treu gebliebenen Truppen. Er kämpft, weil er seinem General die Treue hält, weil er eine Treue in sich trägt, die sein General nicht kennt. Seine Generale verüben eine Militärrevolte unter dem Ruf, das geplagte Land von den Tyrannen und von den Bolsches zu befreien, während sie in der Praxis die Revolte nur verüben, um die Banken und die wohlhabenden Geschäftsleute zu plündern, und das geraubte Gut nach den Vereinigten Staaten in Sicherheit gebracht haben, ehe die treu gebliebenen Truppen ihnen in den fernliegenden Distrikten des weiten Landes auf den Fersen sein können. Unter solchen Generalen ist der Mensch gezwungen, zu dienen und zu gehorchen, der als der tapferste, der treueste und der bedürfnisloseste Soldat aller Armeen der Erde angesehen werden darf.

Porfirio Diaz wußte gut, wie auch die versammelten Generale es wußten, daß die beschuldigten gemeinen Soldaten alle möglichen Untugenden und Laster haben mochten, aber daß sie eins ganz bestimmt nicht waren: Taschendiebe.

Und darum wußte Porfirio Diaz ja auch recht gut, daß er den Sack wohl prügelte, aber den Esel meinte. Es wird ja auch in verlorenen Kriegen immer den gemeinen Soldaten die Schuld an dem Verlust des Krieges gegeben, immer den gemeinen Soldaten, den Proletariern, die nicht länger standhalten wollten, deren Moral gebrochen war, die Verführern und Friedensaposteln ein williges Ohr schenkten, die keine Vaterlandsliebe besaßen. Nie wird die Schuld den unfähigen Generalen zur Last gelegt, nie den aderverkalkten Politikern, nie den rückenmarksschwachen und entnervten Diplomaten, nie den habgierigen Profitjägern. Immer hat der Soldat, der Prolet, die Schuld. Und wenn der Krieg gewonnen wird, dann ist es nur den befähigten Generalen zu verdanken, den weisen Staatsmännern, den geschickten Diplomaten. Die Generale, Staatsmänner und Diplomaten bekommen alle Ehren aufgehäuft in Weltgeschichten und in Schullesebüchern. Der gemeine Soldat bekommt als Belohnung einen Parademarsch, den sich der verhungerte, verlauste und verkrüppelte Munitionsarbeiter hinter einer dicht verrammelten Kette von Polizisten, die ihre Knüttel schwingen, schafsgeduldig ansehen darf, damit die Generale auch genügend Hurraschreier und Winker rotweißblauer Sternen-Fähnchen zur Verfügung haben.

Es wußten auch die Generale hier recht gut, daß Porfirio Diaz nicht einen Augenblick im Ernst meinte, daß einer der wachhabenden Soldaten oder einer der Burschen der Generale die Uhr hätte gestohlen haben können. Freilich wußten alle Generale, was Porfirio Diaz von ihnen in Wahrheit dachte, wie auch Porfirio Diaz recht wohl wußte, was alle seine Generale von ihm dachten. Meister und Spießgesellen, die ihre Füße, Fäuste und Krallen auf dem armen reichen Lande wuchten ließen.

Am nächsten Morgen um zehn Uhr war die Uhr nicht abgeliefert.

Einen Augenblick, aber auch nur einen Augenblick lang, wurde Porfirio Diaz verwirrt, weil es schien, als habe er sich verrechnet.

Dann aber dachte er an den Divisionsgeneral, der sich gestern abend hatte entschuldigen lassen, weil er in wichtiger dienstlicher Angelegenheit außerhalb der Stadt, in Tlalpam, zu sein hatte.

Diesen Divisionsgeneral befahl nun Porfirio Diaz eiligst zu sich.

Als der General vor ihm stand, sah ihn Porfirio Diaz eine Weile an und sagte dann kurz und hart: »Divisionario, geben Sie mir die Uhr des amerikanischen Diplomaten.«

Ohne eine Miene zu verziehen, ohne irgendwie verlegen zu werden, griff der General unter seinen Uniformrock, nestelte ein wenig in einer Tasche unter dem Uniformrock herum und brachte die Uhr hervor.

Er trat zwei Schritte näher auf den Diktator zu und überreichte ihm die Uhr mit den Worten: »A sus apreciables ordenes, Don Porfirio, zu Ihren hochgeschätzten Diensten.«

Porfirio Diaz nahm die Uhr und legte sie vor sich auf den Tisch.

Er fühlte, daß er etwas sagen müßte. Und darum sagte er: »Divisionario, ich verstehe nicht – eh – warum?«

Darauf antwortete der Divisionario nüchtern: »Ich befürchtete, Porfirio, daß du sie nehmen würdest, und da dachte ich, es ist vielleicht besser, ich nehme sie; denn du kannst dir leichter eine kaufen als ich.«

Daß aber doch wieder Porfirio Diaz klüger war als viele derjenigen, die ihn durch und durch verdammen, zugeben wollen, bewies er am besten dadurch, daß er auf die Antwort des Divisionario schwieg. Es ist ja wohl auch schwerlich anzunehmen, daß sich Porfirio Diaz mit gewöhnlichem Taschendiebstahl abgegeben haben würde. Auf keinen Fall wohl in den letzten fünf Jahren seiner Regentschaft, wo er schon ein wenig klapprig wurde.

Aber eines muß doch gesagt werden.

Porfirio Diaz mußte den Diplomaten freundlich stimmen und ihn in freundlicher Laune erhalten, damit der Vorfall nicht bekannt würde. Denn Porfirio Diaz war mehr besorgt um den guten Ruf seines Hofes als mancher europäische Potentat. Und um den Diplomaten zu besänftigen und vergnügt zu stimmen, war er gezwungen, ihm beim Abschluß des Handelsvertrages Zugeständnisse zu machen, die zwar das mexikanische Volk zu bezahlen hatte, die aber dem Diplomaten die Ehre einbrachten, als einer der geschicktesten Diplomaten der Vereinigten Staaten bezeichnet zu werden.

Eine wahrhaft blutige Geschichte

Es gab eine Zeit, in der ich ernstlich und ehrlich glaubte, daß ich ein ganz vorzüglicher Auslandskorrespondent sein könnte, sobald mir nur die Gelegenheit geboten würde, es zu beweisen. Von diesem gesunden Ehrgeiz getrieben, schrieb ich auf ungewöhnlich schönem und teurem Papier einen sehr eleganten Brief an eine bedeutende Tageszeitung in Ohio, der Redaktion berichtend, daß ich ganz ungewöhnliche Fähigkeiten besäße und eine geradezu unglaublich reiche Erfahrung hätte und aus diesem Grunde mir anzufragen erlaube, ob ich nicht den gewünschten Posten als Auslandskorrespondent haben könnte.

Der Chefredakteur, offensichtlich ein sehr beschäftigter Herr, aber freundlich genug, mir zu antworten, schrieb: »Geben Sie mir eine gute, lebenswarme Geschichte, mit einer beachtenswerten Menge guten, roten, männlichen Blutes darin und besonders, wenn irgend möglich, in Verbindung mit einigen Abenteuern, in denen der gottverdammte Räuber und Banditenführer Pancho Villa eine wichtige Rolle spielt. Aber ich wiederhole, die Geschichte muß erstklassig sein, echten roten Blutes, lebhaft, interessant und rasch aufs Ziel gehend.«

Der Redakteur konnte von großem Glück reden, daß er mit mir in Verbindung getreten war, denn ich war der Mann, der ihm das geben konnte, was er verlangte. Bei drei verschiedenen Gelegenheiten war ich Kriegsgefangener des Pancho Villa gewesen, und verschiedene Male war der Befehl erteilt worden, daß ich am nächsten Morgen erschossen werden sollte, da ich ein unwillkommener, nicht gern gesehener Herumschnüffler sei und einen ekelhaften, Ärgernis erregenden Charakter aufweise, wenn ich gegen eine Gefangennahme meiner Person protestiere.

Aber, um die Wahrheit zu gestehen, persönlich war ich

niemals Zeuge gewesen von Episoden, bei denen viel rotes Blut zu sehen war, auf keinen Fall genug rotes Blut, das die besonderen Wünsche des freundlichen Redakteurs befriedigt haben würde.

Es war Mitte 1915, etwa um die Zeit, als der General Obregon die Stadt Calaya eroberte und seinen rechten Arm verlor – es mag wohl einige Monate vor oder nach jener Schlacht gewesen sein –, als ich mich in Terreon befand. Irgendwo muß man ja wohl sein, solang man am Leben ist.

An einem schönen Morgen stand ich nahe dem Eingang zu dem Hotel, in dem ich den Abend vorher ein Zimmer genommen hatte. Es war meine Absicht, zu sehen, wie das Wetter war, und gleichzeitig eine Nase voll frischer, reiner Morgenluft zu genießen, bis das Frühstück bereitet war.

So stand ich da, meine Hände vor mir ausgestreckt und sie studierend, wie man es gewöhnlich tut, wenn im Augenblick nichts von größerer Wichtigkeit zu tun oder zu studieren ist und man darüber nachdenkt, ob die Fingernägel nicht vielleicht etwas mehr zivilisierte Behandlung vertragen könnten. Und während ich meine Hände so hielt, die Handflächen nach unten, geschah es, daß ein dicker, fetter Tropfen roter Farbe auf meine linke Hand klatschte. Gleich darauf schlug auf meine rechte Hand ein ähnlicher dicker roter Tropfen.

Ich blickte aufwärts, um zu sehen, wo denn diese dicke rote Farbe herkommen mochte. Aber ehe ich die Augen vollends hinaufgerichtet hatte, wurden sie infolge mehrerer besonders schwerer Tropfen dieser roten Farbe, die auf meine Nase platzten, verkleistert. Ich wischte Augen und Nase mit einem Taschentuch rein, und als ich auf den Boden blickte, bemerkte ich, daß sich da bereits sechs kleine Lachen befanden, gebildet von dieser häßlichen, dicken, roten Farbe.

Wieder blickte ich aufwärts, und ich bemerkte, daß gerade über mir eine Art von Balkon war. Das überzeugte mich, daß wohl ein Maler die Balustrade des Balkons neu anstrich und daß dieser Maler ein sehr sorgloser Bursche sein mußte.

Meine bürgerliche Pflicht, Menschen vor Unachtsamkeit zu warnen, trieb mich dazu, in die Mitte der Straße zu treten und dem Maler zuzurufen, daß er doch etwas vorsichtiger mit seiner Pinselei sein möge, da er leicht das schöne Kleid einer Dame verderben konnte, die vielleicht in diesem Augenblick aus dem Hotel herauskam.

Es war kein Maler, der dort auf dem Balkon beschäftigt war. Es war auch keine Farbe, die unausgesetzt auf die Gäste des Hotels tropfte, wenn sie das Hotel verließen oder dort eintraten. Es war etwas, das ich nie und nimmer zu sehen erwartet hatte, so früh und an einem so wunderschönen und ungemein friedlichen Morgen wie jenem.

Die Balustrade bestand aus einer Art von Gitter, verfertigt von einem Kunstschmied, und sie zeigte eine schöne ornamentale Arbeit im Stil der Kolonialperiode. Auf jeder Spitze der senkrechten Eisenstäbe befand sich aufgesteckt ein menschlicher Kopf, frisch abgehackt. Das Hotel hatte im oberen Stockwerk vier solcher Balkone, von denen je ein sogenanntes französisches Fenster, das ist eine Art von Glastür, in den dazugehörigen Hotelraum führte. Jeder Balkon hatte sechs gleiche senkrechte und zugespitzte Eisenstäbe, und jeder Stab war in der gleichen Form geschmückt.

Von grausigem Schrecken gejagt, sauste ich in das Hotel, um mit dem Besitzer zu sprechen. Ich erwartete, ihn in Ohnmacht, vielleicht gar in sterbendem Zustand zu finden.

Alles, was er tat, war, leicht mit den Schultern zu zucken und, ohne eine Miene zu verziehen, leichthin zu sagen: »Das ist keine Neuigkeit, amigo mio. Wenn da heute morgen keine solche Dekoration zu sehen wäre, dann würde ich es als große Neuigkeit betrachten. Schießen Sie einmal einen raschen Blick über die Straße hinweg auf die andere Seite. Was sehen Sie da? Richtig gesehen, ein Restaurant. Und bei dem großen Fenster frühstückt in diesem Augenblick Pancho Villa mit seinen Lieblingsgeneralen. Panchito, müssen Sie verstehen, hat keinen Appetit zum Frühstück, wenn er diese Art von Dekoration nicht vor Augen haben kann. Und glauben Sie mir, Joven, er ist ein starker Esser, verschlingt zwei Kilo Fleisch und zehn Eier und drei Hähne auf einen Sitz, als wäre das nur die Vorspeise. Und dort, wenn Sie genauer hinsehen, bemerken Sie einen Oberst. Ja, der mit dem schwarzen Schnurrbart, dessen Enden wie Stacheln aussehen. Sein Name ist Rodolfo Fierros. Er betrachtet es als eine seiner vielen Aufgaben, daß diese Dekoration stets vollständig ist in dem Augenblick, wenn sich Pancho an den Frühstückstisch setzt.«

»Wer sind denn diese armen Teufel, die dort auf die Eisenstäbe als Verzierung gesteckt sind?« fragte ich neugierig.

»Generale und andere Offiziere der Gegenpartei, die das Unglück hatten, ein Scharmützel zu verlieren und in Gefangenschaft zu geraten. Da sind stets ein paar hundert auf der Warteliste, so daß Pancho jeden Morgen eines guten Appetites sicher sein kann.«

»Herrlich, herrlich, das ist etwas gut Gepfeffertes, das ich meinen Leuten daheim zu ihrer Unterhaltung erzählen kann«, bemerkte ich, die gleiche nonchalante Leichtigkeit im Ton annehmend, die der Hotelbesitzer zeigte. »Aber«, setzte ich fort, »wenn ich recht sah, da war ein Kopf darunter, der auf mich nicht den Eindruck machte, als ob er einem Eingeborenen dieser Republik gehörte. Er schien mir eher der eines Ausländers, offenbar der eines Engländers zu sein.«

»Das war nicht der Kopf eines Engländers, den Sie da aufgesteckt sahen«, antwortete der Hotelbesitzer, mir ungemein häßlich ins Gesicht grinsend, beinahe möchte ich sagen: mit seinen Zähnen fletschend. »Nein, amiguito, no, no, kein Engländer. Es war ein ganz verfluchter und gottverdammter Hund von einem amerikanischen Zeitungsreporter, dessen Kopf Sie da aufgespießt sahen. Warum, im Namen aller Höllen und Teufel, muß diese stinkende, ekelerregende, verhurte und versoffene Pest von amerikanischen Zeitungsreportern ihre Nasen in unseren selbstgebackenen Kuchen stecken? Das möchte ich doch gern wissen. Wie ich gesehen und gehört habe, haben diese Korrespondenten genug Stank im eigenen Haus zuzudecken. Und wenn Sie mich fragen, wie ich persönlich darüber denke, so kann ich Ihnen nur gestehen, daß es diesen Stänkern und Stinkern nur recht geschieht, wenn sie sich hier in unserem Lande als Appetitanreger für Pancho nützlich machen.«

Da hatte ich nun endlich die Geschichte, die ich so lange gesucht hatte. Ich polierte sie fein auf, vermied jeden orthographischen, grammatischen und selbst jeden phonetischen Fehler, schrieb sie mit der Maschine auf das teuerste Papier, das ich für Geld kaufen konnte, und sandte sie noch am selben Nachmittag an den freundlichen Redakteur.

Mit umgehender Post hatte ich seine Antwort, aber auch meine so schön und sorgfältig geschriebene Geschichte zurück.

Anstatt, wie es üblich war, einfach eine gedruckte Ablehnung mit Dank beizufügen, hatte er sich die Mühe gemacht, mir einige persönliche Zeilen zu schreiben, wie es zuweilen ein Redakteur tut, um den Autor die grausame Ablehnung weniger hart fühlen zu lassen.

Hier sind die freundlichen Zeilen: »My dear sir! Ihre Geschichte ist weder sehr warm und gepfeffert, noch ist sie besonders blutig. Viel böser ist dies: Pancho spielt keine aktive Rolle in der Geschichte. Und Sie tun wohl besser daran, Ihren Plan, Auslandskorrespondent für eine amerikanische Zeitung zu werden, völlig zu vergessen. Yours truly, The Editor.«

Ich nahm mir den Rat des freundlichen Editors zu Herzen und machte keinen ferneren Versuch, Auslandskorrespondent für irgendeine amerikanische Zeitung zu werden. Und ich denke, daß dies wohl der Grund ist, warum ich heute, wo ich das schreibe, Juni 1951, sechsunddreißig Jahre später, immer noch meinen ersten Kopf auf meinen Schultern sitzen habe, während Pancho in seinem Grabe ruht ohne den seinen.

Ein Eselskauf

In dem Indianerdorfe, in dem ich lebte, lief alles Getier, Rinder, Ziegen, Schweine, Hühner und unzählige Hunde, frei herum. Irgendeinem Tier einen Stall zu bauen, hielt man für überflüssige Arbeit. Die Tiere fühlen sich hier viel wohler ohne Stall. Jeder Indianer kennt zudem sein Vieh ganz genau, auch wenn es keine Brandmarke trägt.

Unter diesem Getier befanden sich viele Esel; denn jede Indianerfamilie hatte wenigstens zwei Esel. Der Esel ist in Zentralamerika wichtiger als eine gute Kuh. Das sah ich bald selbst ein, und ich beschloß, mir einen Esel anzuschaffen, auf dem ich zu meinem Felde reiten konnte und der mir half, Holz und Feldfrüchte heimzuschaffen.

Ich bemerkte unter den herumlaufenden Eseln einen, der sicher keinen Besitzer hatte. Er wurde nie geritten, nie beladen, und wenn er sich in der Nähe einer Hütte sehen ließ, trieben ihn die Jungen fort oder hetzten die Hunde auf ihn.

Man konnte es leicht verstehen, warum niemand von den Indianern sein Besitzer sein wollte. Denn er war sehr häßlich. Das rechte Ohr stand waagerecht heraus, und das linke Ohr hing schlaff herunter, weil es, offenbar in des Esels weit zurückliegender Jugend, bei irgendeiner Gelegenheit gebrochen war. An dem einen Hinterbein hatte er eine dicke verhärtete Geschwulst, die von dem Biß einer Giftschlange oder einer sehr bösen Infektion herrühren mochte. Infolge der merkwürdigen Stellung der Ohren sah der Kopf sehr ähnlich dem eines Pariser Kunststudierenden.

Seine Unabhängigkeit und sein Vagabundenleben machten den Esel, der männlichen Geschlechts war, zum Herrscher über alle anderen Esel im Dorfe, und er verfügte über die weiblichen Esel wie ein Despot. Natürlich immer zu seinen Gunsten und mit Erfolg. Rücksichtslos kämpfte er jeden Nebenbuhler nieder, und bei diesen Kämpfen machte er nicht nur von seinen Hufen, sondern auch von seinen Zähnen brutalen Gebrauch.

Einmal wurde er von zwei Indianerbuben mit Holz beladen, das der Esel der beiden Burschen abgeworfen hatte, weil er glaubte, die Last sei zu schwer für ihn, und er sich deshalb nicht verpflichtet fühlte, sie zu schleppen. Der häßliche Esel jedoch nahm die Last auf, als sei sie nur gerade Spielerei für ihn. Als er bei der Hütte der Burschen abgeladen war, wollte er nicht mehr fort von der Hütte. Seine Sehnsucht war, einen Herrn zu haben und eine Hütte, wo er das Recht hatte, während der Mittagsglut im Schatten zu stehen, ohne daß ihn jemand mit Steinen forttrieb. Die Jungen aber trieben ihn hinweg, nachdem er seine Gelegenheitsarbeit getan hatte, weil sie nicht Besitzer eines so grundhäßlichen Esels sein wollten.

Ich hatte den ganzen Vorgang mit angesehen, und ich wußte auch, daß niemand im Dorfe den Esel haben wollte und niemand sich als seinen Besitzer erklärte. Nun ging ich in die Hütte und fand den Vater der beiden Burschen auf dem Boden hocken, einen Mango mit den Zähnen abschälend.

»He, Liborio«, fragte ich, »wem gehört denn eigentlich der Hängeohresel?«

»Der gehört niemand, Señor. Niemand im ganzen Dorfe, auch mir nicht. Der ist hier einmal zugelaufen oder vielleicht auch von einer durchziehenden Karawane zurückgelassen worden. Quién sabe! Was weiß ich! Der gehört niemand. Auch mir nicht.«

»Dann könnte ich doch eigentlich den Esel haben. Ich brauche notwendig einen, und niemand hat einen volljährigen Esel zu verkaufen«, sagte ich nun.

»Natürlich können Sie ihn haben, como no«, antwortete Liborio, »wir sind alle recht froh, wenn der Esel jemanden kriegt. Dann bricht er uns wenigstens nicht mehr in die Felder. Aber er ist sehr häßlich, muy feo. Ich möchte ihn nicht anfassen, so häßlich ist er.«

»Da mache ich mir nichts daraus. Er ist stark und läßt sich gut reiten«, erwiderte ich.

Dann ging ich heim, holte einen Lasso, fing mir den Esel ein und brachte ihn zu meiner Behausung. Darauf lief ich zur Tienda, kaufte fünf Kilo Mais und gab meinem neuen Arbeitsgefährten ein paar Hände voll Mais zu essen. Er nahm den Mais – wohl den ersten seit langer Zeit – freudig und dankbar entgegen und fühlte sich von jenem Augenblick an bei mir zu Hause.

Am nächsten Tage ritt ich stolz auf meinem Esel auf mein Feld hinaus, und auf dem Heimwege belud ich ihn mit einer schönen Last Kürbisse für meine Ziegen. Der gute Esel wurde mir durch seine willigen Dienste nach wenigen Tagen schon unentbehrlich. Dadurch, daß ich auf das Feld hinausreiten konnte, war ich in der Lage, mehr zu arbeiten, und weil mir das starke Tier solche Lasten von Feldfrüchten heimschleppen konnte, bekamen die Ziegen besseres Futter und gaben mehr Milch.

So ging eine Woche vorüber.

Es war an einem Sonntagnachmittag, als ein Indianer zu meiner Hütte kam, mich begrüßte und um Feuer für seine Zigarette bat. Dann sagte er mir, daß es sehr heiß sei, daß er schwer zu arbeiten habe, daß sein jüngstes Kind an Husten litte und daß seine beiden Kühe recht wenig Milch gäben. Um mir das alles zu erzählen, war er nicht gekommen. Nach einer Weile deutete er zu meinem Esel hinüber, der an Maiskolben kaute, und sagte: »Das wissen Sie doch wohl, Señor, daß dies da mein Esel ist?«

»Ihr Esel?« fragte ich erstaunt. »Das ist nicht Ihr Esel. Der Esel gehört niemand.«

»Da sind Sie aber doch im Irrtum, Señor. Das ist wirklich und wahrhaftig mein Esel, beim heiligen San Sebastian. Aber wenn Sie ihn gern haben wollen, will ich Ihnen den

Burro verkaufen. Billig, muy barato, fünf Pesos nur, hier in die Hand.«

Das war allerdings billig. Unter zwölf Pesos bekommt man schwerlich einen Esel; häufig kosten sie sogar fünfundzwanzig bis dreißig Pesos. Ich dachte, das beste ist, ich bezahle die fünf Pesos, dann bin ich rechtmäßiger Besitzer des Esels und habe mit niemand etwas zu tun. Ich handelte noch einen Peso herunter, und dann zog der Mann ab mit dem Gelde und mit den Versicherungen, daß ich sein Haus und alles, was er habe, als mein betrachten dürfe.

Es vergingen anderthalb Wochen, und als ich eines Spätnachmittags mit meinem schwerbeladenen Esel müde vom Felde heimwanderte, begegnete ich dem Indianer Rocio auf dem Wege.

Er sagte: »Buenas tardes, Señor, viel Arbeit, mucho trabajo, verdad?«

»Gewiß«, antwortete ich und wollte weitergehen. Aber Rocio hielt mich an und sagte: »Morgen brauche ich den Esel. Ich habe Holzkohle draußen im Busch und muß sie hereinschaffen.«

»Welchen Esel meinen Sie denn, Rocio?«

»Den da.« Dabei deutete er auf meinen Esel.

»Den können Sie morgen nicht haben«, gab ich zur Antwort. »Den brauche ich morgen selbst.«

Rocio sah mich ruhig und unverwirrt an und sagte: »Das ist mein Esel. Und ich denke doch nicht von Ihnen, Señor, daß Sie, ein so vornehmer und kluger Mann, einem armen Indianer, der nicht lesen und schreiben kann, den Esel stehlen wollen.«

»Das ist aber mein Esel, Rocio. Den habe ich von Felipe für vier Pesos gekauft.«

»Von Felipe, Señor? Da will ich Ihnen nur sagen, der Felipe ist ein gemeiner Schurke, ein Hurensohn, ein Lügner, ein Schwindler, ein Bandit, ein Mörder und ein großer Hausanzünder. Der hat Sie betrogen und belogen. Der hat Ihnen den Esel verkauft, und er hat doch ganz genau gewußt, daß dies mein Esel ist, den ich selbst aufgezogen habe. Aber ich will Ihnen etwas sagen, Señor, ich bin ein ehrlicher und anständiger Mann, die Heilige Jungfrau soll mich auf der Stelle mit den Pocken schlagen, wenn es nicht wahr ist. Und ich will Ihnen gern den Esel für sechs Pesos verkaufen. Er ist ja mehr als zwanzig wert; aber weil ich nicht ein solcher niederträchtiger Schurke bin wie der Felipe, so will ich Ihnen den Esel billig verkaufen, für zehn Pesos.«

»Sie haben doch soeben gesagt, für sechs Pesos.«

»Habe ich gesagt sechs? Wenn ich sechs gesagt habe, dann sollen Sie den Esel auch für sechs Pesos haben. Ich bin kein Betrüger.« Nun dachte ich aber doch, daß es vielleicht besser sei, erst einmal genau festzustellen, ob Rocio nun auch wirklich der Besitzer sei, damit nicht vielleicht morgen ein anderer Besitzer auftauche. Dazu ließ mir aber Rocio keine Zeit. Er wollte sofort wissen, ob ich den Esel kaufe oder nicht. Wenn nicht, dann würde er ihn hier auf der Stelle sofort abladen und mich auch noch bei der Ortsbehörde wegen Viehdiebstahls anzeigen, und dann käme ich ganz bestimmt in die Carcel, in das Gefängnis.

Während wir uns noch herumstritten, kam ein anderer Indianer vorbei, den ich ebenfalls kannte.

Rocio fiel ihn sofort an und fragte: »Hombre, Mensch, das ist doch mein Burro hier? Ist das nicht mein rechtmäßiger Esel?«

»Freilich ist das dein Esel«, sagte der Mann, »claro, seguro, das kann ich gut beschwören.«

Also da waren Zeugen. Rocio war im Recht. Ich handelte. Und als es anfing, dunkel zu werden, waren wir auf drei Pesos und fünfzig Centavos herunter. Er begleitete mich zu meinem Wohnbereich, wo er das Geld in Empfang nahm und dann mit seinem Zeugen abwanderte, immerwährend beteuernd und lamentierend, daß ich ihn bei dem Kauf schmählich übers Ohr gehauen hätte, der Esel sei zehnmal mehr wert, aber gegen die schlauen Gringos könne sich so ein armer unwissender Indianer ja nicht verteidigen.

Es vergingen wieder mehrere Tage.

Als ich an einem Sonntagnachmittag an der Hütte des Bürgermeisters vorüberkam, saß der Alkalde, der Bürgermeister, ebenfalls ein Indianer, vor der Tür. Er rief mich an und bat mich, einen Augenblick näher zu treten.

Er bot mir einen wackligen Korbstuhl an und erzählte mir einige Sachen aus seiner Familie. Dann, als ich endlich gehen wollte, sagte er: »Wie ist das eigentlich mit dem Esel?«

»Mit welchem Esel?« fragte ich.

»Mit dem Gemeindeesel, den Sie da in Ihrem Hofe haben, und den Sie reiten und arbeiten lassen.«

»Das ist mein Esel. Den habe ich gekauft«, sagte ich protestierend.

Der Alkalde lachte und antwortete: »Den Esel kann Ihnen niemand verkaufen. Das ist der Gemeindeesel. Wenn Ihnen jemand den Esel verkaufen kann, so bin das nur ich allein und niemand sonst.«

Ich begann zu erstarren.

Aber der Bürgermeister machte sich nichts daraus. Er sagte: »Der Felipe und der Rocio, das sind die größten und die gemeinsten Spitzbuben und Banditen. Das sind doch Mörder und Cabrones. Ich warte jetzt nur, bis die Soldaten von der Municipalidad demnächst wieder hier vorbeikommen. Dann lasse ich die beiden aber gleich verhaften, und da werde ich schon schnell dafür sorgen, daß sie sofort erschossen werden. Solch ein Gesindel habe ich hier im Dorfe.«

»Aber Rocio brachte einen Zeugen, der beschwören konnte, daß der Esel dem Rocio gehörte«, verteidigte ich meinen Besitz.

»Das war der Capillo«, sagte der Bürgermeister. »Der ist der allergefährlichste Bandit. Der hat Stacheldraht gestohlen. Den lasse ich auch erschießen. Gleich zuerst. Ich warte nur auf die Soldaten. Wie können denn diese Mörder und Hausanzünder und Frauenräuber den Gemeindeesel an Sie verkaufen! Ich habe doch gedacht, daß Sie als ein weißer Mann etwas klüger sein könnten. Gemeindeesel dürfen gar nicht verkauft werden. Das ist gegen die Konstitution. Aber ich will Ihnen etwas sagen, Señor. Sie haben den Esel gern, das weiß ich. Und wir haben keinen einzigen Centavito in der Gemeindekasse. Und da darf ich Ihnen schon den Esel verkaufen, damit wir etwas Geld in die Gemeindekasse bekommen. Ich will Ihnen den Esel, der ganz gut und ganz sicher zweimal zwanzig Pesos wert ist, für zehn Pesos verkaufen, weil Sie ja schon diesen Halunken soviel Geld gegeben haben.«

Schließlich einigten wir uns auf vier Pesos. Ich bezahlte das Geld, und nun war ich endlich rechtmäßiger Besitzer des Esels. Für das Geld, das ich bereits ausgegeben hatte, würde ich auch einen guten und schönen Esel irgendwo bekommen haben. Von den beiden Halunken war natürlich nichts wiederzukriegen.

Dann kam Señora Sanchez, eine ältere Frau, Halbblut, wieder heim ins Dorf. Sie war mehrere Wochen in Saltillo zum Besuch ihrer verheirateten Tochter gewesen. Im Dorfe besaß sie eine kleine Fonda, in der vorbeiziehende Karawanentreiber und Reisende zu übernachten und zu essen pflegten. Sie war keine zwei Stunden anwesend, da kam sie vor meine Hütte gerast wie eine Wahnsinnige. Am Stacheldrahtzaun stand sie und schrie: »Kommen Sie sofort heraus, ich habe ernsthaft mit Ihnen zu sprechen.«

Nach kurzer Überlegung hielt ich es für gut, sofort zu erscheinen.

Ohne »Guten Tag« zu sagen, schrie sie: »Wo ist mein Esel? Sofort meinen Esel her, oder ich schicke gleich zur Municipalidad, damit die Soldaten kommen und Sie erschossen werden. Sie haben mir meinen Esel gestohlen!«

»Das ist der Gemeindeesel, den hat mir der Alkalde verkauft.«

»Der Spitzbube, der infame, wie kann Ihnen denn der
Kindermörder und Holzräuber meinen Esel verkaufen!
Sofort will ich meinen Esel.«

Was soll man gegen eine halb wahnsinnige Frau machen?
Ich gab ihr den Esel. Sie nahm ihn in Empfang, schrie
noch einmal: »Eine solche Unverschämtheit!« und dann
gab sie dem Esel einen Tritt und ließ ihn seiner Wege ins
Freie ziehen. Sie hatte keine Verwendung für den Esel,
und sie gebrauchte ihn nie.

Ich wollte wenigstens das retten, was ich schon gezahlt
hatte, und ich fragte zaghaft, ob sie mir den Esel verkaufen wolle. Denn sie war der rechtmäßige Besitzer. So
konnte nur der auftreten, der zweifelsohne im vollen
Recht war.

»Einem solchen Viehräuber, wie Sie einer sind, verkaufe
ich meinen Esel nicht einmal für tausend Pesos. Spitzbubengesindel, ihr!« Und fort war sie.

Ich trabte zum Bürgermeister. Er wußte schon, was los
war. Das geht schneller als mit Telefon.

»Das ist, glaube ich, richtig«, sagte der Mann. »Der Esel
gehört der Señora Sanchez. Aber sie war ja nicht hier. Sie
war verreist. Und so war das doch der Gemeindeesel, weil
sie ja nicht hier war.«

»So genau kenne ich Ihre Spezialgesetze nicht,« erwiderte
ich. »Aber ich möchte doch meine vier Pesos wiederhaben,
die in der Gemeindekasse sind.«

»Die stehen Ihnen nun auch rechtmäßig zu«, sagte darauf
der Bürgermeister. »Aber die vier Pesos sind nicht mehr
drin in der Gemeindekasse. Ich habe sie ausgegeben. Für
Gemeindezwecke.«

Gemeindezwecke? Ich hatte nichts davon gesehen, daß
eine Straße geebnet oder eine Brücke gebaut oder sonst etwas getan worden war, seit ich das Geld in die Gemeindekasse gezahlt hatte.

Der Bürgermeister aber ersparte mir das Raten und sagte unschuldig: »Ich brauchte ein neues Hemd, sehen Sie, Señor, und ein Stück Leder für meine Sandalen.«

Dagegen ließ sich nichts sagen. Da er Bürgermeister war, so waren das in der Tat Gemeindezwecke, für die er das Geld verausgabt hatte. Denn ein Bürgermeister muß doch schließlich ein Hemd und ein Paar Sandalen haben.

Ich hoffe zuversichtlich, daß diese Geschichte mich endlich reinwäscht von der Beschuldigung, ich hätte irgendwo südlich des Rio Grande Esel gestohlen. Jenes Gerücht geht von der Señora Sanchez aus, die mir nicht wohlgesinnt ist, weil ich nicht in ihrer Fonda verkehre.

Ein Hundegeschäft

Eines Tages kam der Indianer Ascension zu mir und fragte mich, ob er denn nicht einen von meinen kleinen jungen Hunden haben könne. Ich hatte fünf und wäre froh gewesen, wenn ich drei hätte loswerden können.

»Sie können ganz gewiß einen haben«, sagte ich. »Welchen möchten Sie denn?«

Die kleinen Hunde spielten mit ihrer Mutter gerade vor uns im Sande.

»No le hace, das ist mir ganz gleich«, sagte Ascension. »Geben Sie mir einen, welchen Sie wollen, Señor.«

Ich nahm so einen kleinen Wicht beim Wickel und reichte ihn Ascension. Er hätschelte ihn gleich und freundete sich mit ihm an. Ich hatte ja nicht die Absicht, viel für den Hund zu verlangen. Aber mit dem Wegschenken muß man sehr vorsichtig sein. Das wird immer falsch verstanden. Hätte ich ihm den Hund geschenkt, dann wären eine halbe Stunde darauf alle Männer und Jungen des Dorfes gekommen, um einen Hund von mir geschenkt zu erhalten. Diejenigen nun, denen ich keinen hätte geben können, weil ich ja nur drei hergeben wollte, würden mich gefragt haben, warum ich denn den Hund gerade Juan gegeben habe und nicht Pedro, warum Elicio und nicht Atanasio, was mir denn Elicio je Gutes getan hätte, daß ich ihm den Hund gegeben hätte, während mir doch Nazario gestern erst einen halben gekochten Kürbis gebracht habe. Und wenn ich schon damit begann, einen kleinen Hund wegzuschenken, so kam morgen vielleicht ein Mann und sagte mir, ich könnte ihm doch gut eine von den kleinen Ziegen geben oder eins der kleinen Schweinchen. Es sind solche Erfahrungen, die einen lehren, alle Handlungen und Geschäfte, die man vorhat, klug zu überlegen.

»Das Hündchen kostet einen Peso«, sagte ich nun zu Ascension.

»Das ist viel zu teuer für so einen kleinen Hund«, sagte darauf der Indianer. »Er kann ja noch gar nicht richtig bellen.«

»Wenn Ihnen der Perrito zu teuer ist, dann mögen Sie den dort haben«, ich packte einen andern von den kleinen Burschen, »der kostet nur achtzig Centavos, vier mal zwanzig Centavos.«

Der Hund war genauso gut wie der für einen Peso.

»Oder«, ich ergriff wieder einen andern, »Sie können auch den hier haben, der kostet nur acht Reales.« Acht Reales sind ein Peso.

»Nur acht Reales?« fragte Ascension erstaunt. »Das ist aber einmal billig. Wie können Sie nur so billig einen so schönen Hund hergeben?«

»Ich tue das auch nur für Sie, Ascension, ein anderer Mann müßte mir wenigstens zwölf Reales dafür bezahlen.«

Nachdem er eine Weile nachgedacht hatte, sagte er: »Ich nehme aber doch lieber den Hund für einen Peso. Das ist ja sehr teuer, mucho dinero, aber er ist der beste Hund, der tapferste. Er macht einen guten Beller, das sehe ich jetzt schon.«

Er nahm den Hund auf, nestelte ihn in seinen Arm, sagte: »Adios, Señor!« und wollte gehen.

»Oiga, Ascension, hören Sie einmal, was ist denn mit dem Peso? Ich habe Ihnen doch gesagt, der Hund kostet einen Peso.«

Ascension blieb ganz unschuldig stehen: »Einen Peso? Ja, das ist ganz richtig, seguro, einen Peso. Sie haben das gesagt, einen Peso.«

»Und den Peso müssen Sie mir jetzt geben, Ascension, oder Sie können den Hund nicht mitnehmen.«

»Was sind Sie denn nun eigentlich?« fragte Ascension, ohne den Hund niederzusetzen. »Sind Sie denn nun eigentlich ein Christ, oder sind Sie ein böser Heide? Das glaube ich doch nicht von Ihnen. Sie sehen doch, wie sehr der Hund mich liebt.«

Das war nicht ganz richtig. Das Hündchen strampelte und wehrte sich und wollte wieder zurück zu seiner Mutter.

»Sehen Sie denn nicht, Señor, daß der tapfere Hund immer an mein Gesicht heran will, weil er mich liebt und nicht mehr von mir fort will?«

Ich mußte das Gespräch wieder auf den Kernpunkt zurückführen, denn ich erkannte seine Absicht, die Rechtslage zu verwirren und sie zu jenem Punkt zu führen, wo er von mir einen Peso verlangen wird, daß er den Hund überhaupt zu sich nach Hause trägt.

»Haben Sie einen Peso bei sich?« fragte ich ihn nun.

»Nein, ich habe natürlich keinen Peso bei mir.«

»Dann müssen Sie den Hund wieder hergeben und erst einen Peso bringen«, sagte ich und nahm ihm das Hündchen wieder ab.

Er war keineswegs gekränkt. Er blieb noch eine Weile stehen, sah den spielenden Hunden zu, redete noch einige nebensächliche Dinge und trottete dann seiner Wege.

Am nächsten Morgen, sehr frühzeitig, war Ascension wieder bei mir.

»Wer kocht Ihnen denn Ihre Frijoles?« fragte er.

»Die koche ich mir selbst.«

»Wer macht Ihnen denn die Tortillas?«

»Die mache ich mir auch selbst.«

Er schüttelte den Kopf. Er stand einer ihm völlig fremden Welt gegenüber. Für ihn war es unbegreiflich, daß ein Mann allein leben konnte, daß ein Mann sich sein Essen selbst kochte, seine Wäsche selbst wusch. Selbst die indianischen Soldaten der Armee haben alle ihre Frauen in der Nähe, und bei Truppentransporten müssen die Frauen alle mitgenommen werden.

Nun sah er mich eine Weile an und sagte dann: »Sie sehen gar nicht gut aus, Señor. Sie haben gar kein Fett an sich. Wie ein ganz mageres Hähnchen. Ich glaube nicht, daß Ihnen das gut tut. Wissen Sie, Sie können sehr leicht krank werden, wissen Sie das auch?«

»Krank? Ich? Warum?«

Er wartete und schien zu überlegen, was oder wie er das Was sagen sollte.

Endlich war er mit der Form, in der er seinen Gedanken ausdrücken wollte, einig: »Ja, krank, das meine ich. Man kann sehr leicht krank werden, wenn man ganz allein wohnt wie Sie. Das geht nicht. Ich will Ihnen auch sagen, was Ihnen fehlt. Es fehlt Ihnen jemand, der Ihnen die Frijoles kocht und die Tortillas klatscht. Das fehlt Ihnen, amigo.«

»Ich werde ganz gut allein fertig«, sagte ich.

»Das werden Sie nicht, Señor. Mir können Sie so etwas nicht erzählen. Ich bin ein ausgewachsener Mann. Kennen Sie meine Tochter Feliciana?«

»Nein.«

»Meine Feliciana ist siebzehn Jahre, ein starkes und gesundes Mädchen, meine Feliciana. Das ist sie. Und sie ist ein sehr hübsches Mädchen. Sie badet sich zweimal in der Woche in der großen Tonne. Das tut sie. Sie hat sehr schönes langes und dickes Haar. Das kämmt sie jeden Tag zweimal, und sie nimmt sich sehr viel Zeit dazu.«

»Das ist Ihre Feliciana? Bueno, aber warum erzählen Sie –?«

Er ließ mich meine Frage nicht beenden: »Meine Feliciana kocht die Frijoles und überhaupt alles viel besser als meine Frau. Sie kann viel mehr kochen. Sie kann auch viel besser zählen als ich. Und Sie werden es gewiß nicht glauben, aber es ist die reine Wahrheit, sie kann sogar ihren Namen schreiben. Ja, das kann die Feliciana.«

Die Hunde spielten dicht vor unsern Füßen herum. Ascension bückte sich nun und hob einen der kleinen auf, den er gestern schon in der Hand gehabt hatte.

»Das ist der kleine Beller, den Sie mir für einen Peso verkaufen wollen?« fragte er nun.

»Ja, das ist er. Der kostet einen Peso und nicht einen einzigen Centavito weniger. Der ist sehr tapfer und kann gut bellen.«

»Das glaube ich auch jetzt beinahe, er hat einen guten starken Mund, und die Zähne sind schon tüchtig spitz und scharf. Ich glaube, daß er schon bald einen Banditen beißen kann. Einen Peso, sagen Sie, Señor, einen Peso und nicht einen Centavito weniger? Das ist teuer, sehr teuer.«

»Sie dürfen den Hund ruhig hierlassen, ich will ihn gar nicht verkaufen«, sagte ich.

»Was die Feliciana ist, meine Tochter«, begann er nun wieder, »die macht eine sehr gute Köchin. Ich kann Ihnen das schwören bei Corpus Christi. Sie verlangt nicht viel Lohn. Sechs Pesos den Monat. Und sie kocht gut, und sie tut alle Arbeit. Sie läuft auch nicht fort. Freilich, drei Pesos Lohn muß ich voraushaben, sonst kommt sie nicht. Ich habe eine Menge Ausgaben für sie. Wenn Sie mir jetzt diese drei Pesos hier bezahlen, dann schicke ich sie rauf. Sie kann tüchtig arbeiten.«

»Nein«, sagte ich, »die drei Pesos gebe ich Ihnen nicht. Ich kenne die Feliciana gar nicht, weiß auch nicht, ob sie arbeiten will. Aber wenn Sie denken, daß sie eine gute Köchin ist, dann will ich sie für einen Monat zur Probe nehmen. Aber ich zahle nicht voraus. Nach zehn Tagen bekommt sie ihre zwei Pesos, und nach weiteren zehn Tagen wieder zwei Pesos. Viel Arbeit hat sie ja gar nicht zu tun, ich bin ja auch den ganzen Tag draußen auf meinem Acker.«

»Das weiß ich alles sehr gut«, sagte Ascension, »sonst könnte sie auch nicht für sechs Pesos arbeiten, und sie müßte wenigstens sieben Pesos haben. Also Sie wollen mir nicht die zwei Pesos vorausgeben, Señor?«

»Nein.«

»Aber vielleicht einen Peso, Señor. Ahora! Mire! Nun sehen Sie doch einmal hier, ein Peso ist doch ganz wenig, gerade nur ein kleines Stückchen Geld. Das können Sie mir doch leicht vorausgeben. Feliciana kann auch tüchtig waschen. Sie versteht das gut, sie spart auch sehr mit dem Fett, wenn sie kocht. Für ein paar Centavos kann sie ein gutes Essen kochen. Die kann für einen Peso, nun warten Sie einmal, also sie kann für einen Peso zwanzig Comidas, denken Sie nur, zwanzig Mittagessen kochen. Wissen Sie, was Señora Porragas in ihrer Fonda für ein einziges Mittagessen verlangt? Das wissen Sie nicht. Aber ich weiß es ganz genau, Jacinto hat es mir erzählt; sie verlangt für ein einziges Mittagessen fünfunddreißig Centavos. Von solchem Gelde kann Feliciana mehr als zwölf Mittagessen kochen.«

Während ich vorher nie an eine Köchin gedacht hatte, so war es mir während der langen Unterredung doch so nach und nach in den Sinn gekommen, daß ich unbedingt eine Köchin brauchte. Sie würde mir eine ganze Menge Arbeit abnehmen, und ich könnte meine Gedanken auf andere Dinge lenken als auf Hausarbeit, die mir viel Zeit wegnahm. So sagte ich denn schließlich: »Gut, ich werde Feliciana als Köchin annehmen.«

»Das habe ich doch gewußt, daß Sie eine Köchin brauchen, Señor«, sagte nun Ascension mit großer und überlegener Sicherheit. »Denken Sie denn nicht, daß es nun anständig wäre, mir wenigstens einen Peso zu geben als Vorausbezahlung für den Lohn?«

Ascension hatte im Grunde recht, dachte ich. Es ist nur billig, daß man bei Anstellung einer Arbeitskraft ein Handgeld gibt. Man tut es ja sogar, wenn man einen Esel kauft oder eine Ziege, warum soll man es dann nicht mit gleicher Berechtigung tun, wenn man einen Menschen zur Arbeit annimmt? Durch den Platzwechsel hat ja der Mensch gewisse Ausgaben nötig.

»Oiga, Ascension«, sagte ich nun, »gut, ich will Ihnen einen Peso vorausgeben auf den Lohn der Feliciana. Aber Sie müssen die Feliciana nun auch gleich sofort heraufschicken, damit sie schon das Mittagessen für heute kochen kann.«

»Auf der Stelle schicke ich sie rauf, die Feliciana«, sagte Ascension mit einer Gebärde, als ob ich etwa an seiner Ehrlichkeit gezweifelt hätte; »aber gleich sofort sage ich ihr, daß sie zu Ihnen hinaufgehen soll. Ich werde ihr helfen, ihre Kleider und Schuhe in den Sack zu packen, damit sie auch ganz schnell kommen kann.«

Ich ging ins Haus und brachte einen Peso heraus. Ich gab ihn Ascension und sagte noch einmal: »Also schicken Sie die Feliciana rauf und sagen Sie ihr, daß ich auf sie warte im Hause und nicht auf das Feld vorher hinausgehe.«

Ascension nahm den Peso, sagte: »Muchas gracias, Señor!«, schob den Peso in seine Hosentasche, drehte sich um und ging einige Schritte weit. Als er etwa zehn Schritte gegangen war, blieb er stehen, drehte sich wieder um und kam zurück.

Er ging auf die spielenden Hunde zu, hob den kleinen Hund, den er sich ausgesucht hatte, auf und sagte: »Das ist doch der kleine tapfere Beller, nicht wahr, Señor?«

»Ja«, sagte ich zustimmend, »das ist ein kleiner tapferer Bursche, der sicher einmal den Banditen das Fell tüchtig zerfetzen wird.«

»So sieht er aus«, sagte Ascension und nestelte das Hündchen in seinen Arm. »Was sagten Sie, Señor, wieviel das kleine winzige Hündchen kosten soll? Er wiegt doch noch nicht einmal ein Kilo.«

»Der kostet einen Peso; ich kann nichts herunterhandeln lassen.«

»Das ist viel Geld für einen so kleinen Hund. Ich weiß nicht, wie ich das machen soll. So viel Geld für einen kleinen Hund. Gut denn, Señor, ich will Ihnen einen Peso für den Hund bezahlen. Ich glaube nicht, daß er einen Peso wert ist.«

Er suchte jetzt umständlich in seiner Hosentasche herum und brachte endlich meinen Peso hervor.

»Hier ist der Peso, Señor, für das kleine Hündchen«,

sagte er. »Den Hund habe ich nun von Ihnen gekauft. Adios, Señor!«

Und fort ging er, mit dem Hund im Arm.

Ich wartete auf Feliciana. Aber sie kam nicht. Es waren nur etwa fünfzehn Minuten bis zu ihrem Hause, und jetzt wartete ich bereits drei Stunden. Ich mochte nun auch nicht aufs Feld hinaustrotten, weil sie ja inzwischen vielleicht kommen konnte und mich dann nicht im Hause antreffen würde. Endlich ging ich hinunter ins Dorf.

Als ich zu der Hütte des Ascension kam, spielte er mit dem Hunde.

»Pase, Señor!« sagte er sorglos, als er mich in der Tür stehen sah. Ich trat näher, aber er schien nicht zu wissen, was ich von ihm wollte.

»Hören Sie, Ascension«, sagte ich ohne weitere Einleitung. »Sie haben mir doch versprochen, die Feliciana sofort hinaufzuschicken.«

»Freilich habe ich das versprochen«, gab er unbekümmert zu, »und was ich verspreche, das halte ich stets. Ich habe Feliciana sofort hinaufgeschickt zu Ihnen.«

»Sie ist aber nicht gekommen.«

»Dafür kann ich nichts, Señor«, sagte er achselzuckend, »ich habe die Feliciana sofort hinaufgeschickt. Aber sie ist nicht gegangen. Sie sagt mir dreist: ›Du hast mir gar nichts zu sagen!‹ Was will ich denn da machen! Ich habe sie sofort hinaufgeschickt.«

»Also dann scheint es mir, daß Ihre Feliciana nicht als Köchin zu mir kommen will«, sagte ich.

»Ich habe sie sofort hinaufgeschickt, wie ich versprochen habe, ich bin ein grundehrlicher Mensch.«

Ascension blieb bei seiner Rede und brachte keinen Wechsel hinein.

»Das nützt mir nichts«, behauptete ich, »sie ist nicht gekommen.«

»Aber, Señor, ich kann sie doch nicht zu Ihnen ins Haus

schleppen wie eine kleine Ziege. Sie ist doch eine erwachsene Frau. Ich habe sie sofort hinaufgeschickt.«

»Gut, dann müssen Sie mir sofort den Hund wieder zurückgeben, Ascension.«

»Den Hund, Señor?« Ascension machte ein erstauntes Gesicht. »Aber haben Sie denn ganz vergessen, daß ich Ihnen den Hund für einen Peso abgekauft habe? Das ist jetzt mein Hund, den habe ich für einen Peso von Ihnen gekauft.«

»Dann müssen Sie mir den Peso wieder zurückgeben, den ich Ihnen vorausbezahlte auf den Lohn der Feliciana«, sagte ich.

»Den Peso, den Sie mir für die Feliciana bezahlt haben?«

»Ja, den Peso meine ich.«

»Aber, Señor«, lachte nun Ascension, »den Peso habe ich Ihnen doch zurückgegeben, als ich den Hund von Ihnen kaufte. Wissen Sie denn das nicht mehr?«

Der Mann hatte recht. Er hatte mir den Hund abgekauft, und er hatte mir auch den Peso, den ich vorausbezahlt hatte auf den Lohn der Feliciana, zurückgegeben.

Ich konnte das nicht gut bestreiten, denn ich hatte ja den Peso in meiner Hosentasche.

Seele eines Hundes

An einem Nachmittag, als die Uhr auf dem nahen Geschäftsgebäude dreiundeinhalb Uhr schlug, bemerkte Monsieur LeBlanc, ein Franzose und Besitzer eines Cafés in der Calle de Bolivar in Mexico City, einen mittelgroßen, schwarzen Hund nahe der Tür sitzen, die allezeit offenstand. Er saß aber so, daß Gäste, die herauskamen oder eintraten, in keiner Weise belästigt wurden. Der Hund hatte seine sanften, braunen Augen auf LeBlanc gerichtet, und in diesen ruhigen Augen funkelte etwas wie eine Einladung, Freundschaft zu schließen. Mehr als das, der Hund setzte eine ungemein drollige Miene auf, wie man sie zuweilen bei alten, gutgelaunten Vagabunden findet, die, wie immer sie auch gut oder übel behandelt werden mögen, selbst wenn man sie die Hintertreppe hinunterstößt oder ihnen einen Kübel mit Wasser auf den Kopf stülpt, ihren guten Humor nicht verlieren, sondern mit einem Grinsen auf dem Gesicht noch Danke sagen.

Für einige kurze Augenblicke, und wohl mehr gelegentlich als absichtlich, hielt der Franzose in seinem Revidieren der Kassenabschnitte inne und warf dem Hund einen zweiten Blick zu. Der Hund, diese erneute Beachtung rasch auffangend, erwiderte sie mit einem lustigen Wedeln des Schwanzes, neigte seinen Kopf in komischer Weise ein wenig auf die Seite und öffnete sein Maul schief auf der einen Ecke, so daß Monsieur LeBlanc den Eindruck gewann, daß der Hund ihn vertraulich angrinse.

LeBlanc konnte es sich nicht versagen, das Grinsen des Hundes zu erwidern, und für einige Sekunden hatte er die Empfindung, daß in dieser geräuschvollsten und gefühlslosesten Stunde der täglichen Geschäftsroutine ein kleines Stückchen goldene Sonne leise und verstohlen sich in seinem Herzen verkroch, um es kosend zu berühren und ihm eine neue, ungewohnte Wärme zu geben.

Seinen Schwanz nun eifriger bewegend, richtete sich der Hund leicht auf, setzte sich aber sofort wieder, und in dieser sitzenden Stellung verbleibend, schob er sich einige Zoll näher zur Tür, ohne jedoch in das eigentliche Café selbst hineinzugehen.

Der Franzose, diese Handlungsweise eines hungrigen Straßenhundes als anständig und lobenswert ansehend, vermochte seinen Gefühlen nicht länger zu widerstehen.

Von einem beinahe halbleeren Teller, den in diesem Augenblick eine Kellnerin von dem Tisch eines Gastes fortnahm, um ihn zur Küche zu tragen, ergriff er ein Rumpsteak, an dem der Gast, offenbar nicht sehr hungrig, nur gerade so herumgeknabbert hatte.

Dieses saftige Steak mit zwei Fingern hochhebend, es so einige Sekunden haltend, heftete er seinen Blick auf den Hund, schwang das Steak einladend einige Male hin und her, und mit einer Geste des Kopfes gab er dem Hunde zu verstehen, er möge hereinkommen und den reichen Happen in Empfang nehmen. Der Hund sah und verstand diese Einladung, wackelte nun nicht mehr nur mit seinem Schwanz, sondern mit seinem ganzen Hinterteil, öffnete und schloß sein Maul in rascher Reihenfolge und leckte seine Lefzen, als ob er das Steak bereits zwischen seinen Zähnen habe.

Dennoch, obgleich der Hund nun gut wußte, daß dieses Steak für ihn bestimmt war, trottete er nicht in das Café, sondern blieb außerhalb bei der Tür sitzen.

Der Franzose, plötzlich mehr interessiert an diesem Hund denn an seinen Gästen, verließ seinen Platz hinter der Bar und trug das Steak bis dicht zur Tür, spielte es eine gute Weile vor der Nase des Hundes und ließ es endlich in das hungrige Maul hineingleiten.

Der Hund ergriff es ohne Hast, gab dem Besitzer einen Blick des Dankes, trat von der Tür weg und legte sich auf dem asphaltierten Seitenweg nieder, jedoch dicht am Fenster des Cafés. Dort fraß er das dicke Steak in solcher unbekümmerten Ruhe, wie sie nur der voll genießen kann, der sich eines reinen Gewissens bewußt ist.

Als der Hund das Mahl beendet hatte, erhob er sich, ging zurück zur Tür und wartete dort geduldig, bis der Franzose ihn aufs neue bemerken würde. Sobald LeBlanc ihm den so sehnlichst erwarteten Blick zuwarf, stand der Hund auf, wackelte lustig mit seinem Schwanz, setzte jenes clownische Grinsen auf, das dem Franzosen vorher so gefallen hatte, schüttelte seinen Kopf so, daß die Ohren um ihn schlugen, drehte sich um und ging seiner Wege.

Monsieur LeBlanc, als er den Hund zur Tür zurückkommen sah, glaubte natürlich, der Hund wäre gekommen, um vielleicht einen zweiten guten Bissen zu erhalten. Aber als er die Tür erreichte, diesmal mit dem Bein eines Huhnes, an dem der größte Teil des Fleisches noch daran hing, war der Hund bereits verschwunden. Nun endlich verstand er, daß der Hund zum zweiten Male zur Tür gekommen war aus keinem anderen Grunde, als um in seiner eigenen Weise seinen Dank zu zeigen.

Im Verlaufe des Tages vergaß der Franzose den Vorfall, denn er betrachtete den Hund nur gerade wie irgendeinen anderen der zwanzig oder mehr Straßenhunde, die Restaurants besuchen und häufig genug, meistens sogar, hineingehen, um unter den Tischen der Gäste nach Überbleibseln und heruntergefallenen Brötchen und angenagten Knochen zu suchen, zuweilen sich auch noch vor den Gästen breit hinsetzen und einen Bissen erbetteln, bis sie von den Kellnerinnen hinausgejagt werden.

Am nächsten Tage jedoch und genau zur gleichen Zeit, um dreiundeinhalb Uhr, saß der Hund wieder bei der offenen Tür desselben Cafés.

Der Franzose sah ihn dort sitzen und lächelte ihn an, als wären sie alte Bekannte. Der Hund erwiderte das Lächeln mit seinem so urkomischen, man möchte sagen, stillen Grinsen auf seinem Gesicht. Er stand halb auf, wie er es gestern auch getan hatte, wackelte seinen Schwanz als

Zeichen seines Grußes und erweiterte sein Vagabunden-Grinsen, so weit es sein Maul erlaubte, während seine rosafarbige Zunge ihm über eine Seite des Kiefers hing.

Der Besitzer winkte mit seinem Kopfe, um anzudeuten, daß der Hund hereinkommen möge, um sein freies Mittagsmahl nahe der Bar zu empfangen. Der Hund jedoch kam nur einen halben Schritt näher zur Tür, und wie gestern, so auch heute, weigerte er sich hineinzugehen. Monsieur LeBlanc schien nun endlich zu begreifen, was der Hund anzudeuten gedachte, und das war, daß er sich nicht fürchtete hineinzugehen, sondern daß seine angeborene Anständigkeit und Intelligenz es ihm zu verstehen gebe, daß ein Raum, in dem reinliche Menschen verkehren, kein geeigneter Aufenthaltsort für gewöhnliche Straßenhunde ist, die sich ihr Futter in Mülleimern suchen müssen und nie gebadet werden.

Der Franzose erhob nun seine Hand und trommelte seinen Zeigefinger gegen den Daumen, blickte dabei den Hund scharf an und gab ihm auf diese Weise in der im Lande gebräuchlichen Form zu verstehen, daß er ein wenig warten möge. Zum Erstaunen des Franzosen verstand der Hund wirklich diese Zeichensprache, denn er bewegte sich einen Schritt weg von der Tür und legte sich draußen auf dem Seitenwege hin, seinen Kopf zwischen den Vorderpfoten und mit seinen halbgeschlossenen Augen den Franzosen beobachtend, der in diesem Moment sehr beschäftigt war.

Etwa fünf Minuten später trug eine Kellnerin ein Tablett, gefüllt mit Tellern, die sie soeben von den Tischen genommen hatte, zur Küche. Der Besitzer winkte ihr, zur Bar zu kommen, ergriff ein gutes Überbleibsel eines einst mächtigen Steaks, ging damit hinaus zum Hunde, wo er es vor der Nase des Hundes herumspielte und es dann gehen ließ. Der Hund schnappte es so sanft von des Mannes Hand, als ob er es von einem Kinde nehme. Und genauso, wie er es gestern getan hatte, so handelte er auch heute. Er legte sich ruhig und unbekümmert draußen auf dem Seitenwege unter dem Fenster des Cafés hin und erfreute sich des guten Mahles.

In diesem Augenblick erinnerte sich LeBlanc der eigentümlichen Art und Weise, wie der Hund gestern seinen Dank ausgesprochen hatte, und er war nun neugierig, zu erfahren, ob diese sonderbare Form der Danksagung nur einer gelegentlichen Eingebung folgte oder einem wohlüberlegten individuellen Betragen.

LeBlanc, der gerade mit einem Gaste zehn Pesos zu wetten gedachte, daß der Hund, nachdem er sein Mahl gegessen hatte, zur Tür kommen und seinen Dank bezeugen würde, fand, daß es für jene Wette zu spät war, denn er sah bereits den Schatten des Hundes dicht bei der Tür. Ohne sein Gesicht dem Hunde zuzuwenden, beobachtete er den Hund und dessen Gebaren von einem Winkel seiner Augen aus. Der Hund saß dicht bei der Türe und wartete darauf, daß der Besitzer ihn bemerken sollte. Jedoch absichtlich beschäftigte sich LeBlanc an den Regalen, wo Gläser, Flaschen, Konserven, Zigaretten und Zigarren aufgeschichtet waren, und hin und wieder revidierte er die Kasse, jedoch stets den Hund so von der Seite beobachtend, daß der Hund dessen nicht gewahr werden konnte. Es interessierte ihn, zu wissen, wie lange der Hund dort sitzenbleiben würde, zu keinem anderen Zweck, als seinen Dank zu sagen.

Vier, vielleicht fünf Minuten waren in dieser Weise vorübergegangen, als der Franzose endlich beschloß, die Anwesenheit des Hundes zu bemerken. Kaum hatte er aufgesehen und seine Augen auf den Hund gerichtet, als der Hund aufstand, fröhlich mit seinem Schwanz hin und her fegte, seinen Kopf auf eine Seite legte, für eine kurze Weile sein komisches Grinsen zeigte, sich umdrehte und verschwand.

Von nun an hielt der Franzose stets ein besonders schweres und saftiges Stück Fleisch, das von den Tischen zurückkam, für den Hund bereit. Der Hund kam nun jeden Tag und erschien an der Tür so pünktlich wie der Beginn eines Stierkampfes in Mexiko. Es war stets und immer halb vier, wenn Monsieur LeBlanc, einen gelegentlichen Blick zur Tür hinwerfend, den Hund dort sitzen sah, mit dem Schwanze wedelnd und ihn mit freundlichen, halb zugekniffenen Augen verschmitzt ansehend.

In dieser Weise ging es mehrere Wochen ohne irgendwelche Veränderung in des Hundes regelmäßigen Besuchen, seiner Empfangnahme eines reich mit Fleisch besetzten Knochens und seiner Danksagung, ehe er das gastliche Café verließ. Der Franzose betrachtete den Hund als seinen zuverlässigsten Gast, in mancher Hinsicht als seinen Glücksbesucher. So pünktlich kam der Hund jeden Tag, daß der Franzose seine Uhr nach dem Erscheinen des Hundes hätte stellen können.

Obwohl dieser schwarze, ungekämmte, ungepflegte Straßenhund zu dieser Zeit von der Gastfreundlichkeit des Besitzers nun völlig überzeugt sein mußte, änderte er in keiner Weise sein anständiges Betragen. Niemals kam er in das Café, wenngleich der Franzose ihm zu wiederholten Malen ganz deutlich zu verstehen gegeben hatte, daß er hereinkommen und sein Mahl ganz dicht bei den Füßen des Besitzers in Ruhe essen könne. In Wirklichkeit würde der Franzose es gern gesehen haben, daß der Hund ständig bei ihm geblieben wäre. Er hätte sich nützlich machen können dadurch, daß er andere, weniger anständige Straßenhunde, die in das Café kamen, hinausjagte und das Restaurant in der Nacht gegen mögliche Einbrecher bewachte. Monsieur LeBlanc hatte den Hund, um die Wahrheit zu gestehen, liebengelernt.

In letzter Zeit, wenn immer er dem Hunde seinen Bissen gereicht, liebte er es, den Hund für eine Weile zu streicheln, auf den Rücken zu klopfen und ihn leicht an den Ohren zu zupfen. Der Hund blieb, während er so gestreichelt wurde, mit seinem Stück Fleisch im Maul, geduldig

sitzen, bis Monsieur LeBlanc die Liebkosung beendet hatte
und zu seinem Platz hinter der Bar zurückkehrte. Und
erst dann, und nicht früher, entfernte sich der Hund von
der Tür, um, seiner Gewohnheit gemäß, sich draußen auf
dem Seitenweg niederzulegen und sein Mahl zu verzehren.
Und wie stets, sobald er damit zu Ende war, stand er auf,
ging zur Tür, wartete dort, bis der Besitzer ihn bemerkte
und ansah, wackelte daraufhin lustig mit seinem
Schwanz, grinste verschmitzt und öffnete das Maul, als
ob er zu sagen wünschte: »Vielen Dank, amigo mio, bis
morgen um die gleiche Zeit.« Und dann drehte er sich,
wie immer, um und trottete hinweg. Wohin er ging,
wußte der Franzose nicht.

Nun kam ein Tag, an dem Monsieur LeBlanc eine ganz
fürchterliche Auseinandersetzung mit einem Gaste hatte,
dem ein knochenhartes Brötchen serviert worden war.
Der Gast, im Glauben, das Brötchen sei weich, wie er ein
Recht hatte, es zu erwarten, biß fest darauf los und brach
sich einen Zahn. Es war nur natürlich, daß der Gast einen
entsetzlichen Skandal anfachte, dem Café-Besitzer an-
drohte, ihn auf einen Schadenersatz von zehntausend
Pesos zu verklagen und ihn wegen fahrlässiger Körperver-
letzung anzuzeigen.

Monsieur LeBlanc wurde wild wie ein Gorilla, feuerte die
Kellnerin, die den Gast bedient hatte, mit groben Worten
aus ihrer Stellung, und das bedauernswerte Mädchen verkroch sich in einer dunklen Ecke im Hintergrund des
Cafés, wo es bitterlich zu heulen anfing. Was unter den
Umständen gesehen ja nur natürlich schien. Es war
gewißlich nicht ihr Fehler allein. Sie hätte freilich bemerken sollen, daß jenes Brötchen hart wie Holz war. Aber
ebensogut hätte es der Gast bemerken sollen, als er das
Brötchen in die Hand nahm. Und es ist zu beachten, daß
es sicher keinen guten Eindruck auf die Gäste macht,
wenn eine Kellnerin, ehe sie dem Gast die Brötchen anbietet, jedes einzelne Brötchen erst zwischen ihren Fingern

knetet, um festzustellen, ob es frisch ist. Die Gäste würden sich das als eine unreinliche Handlung verbitten. Und mit Recht. Wie dem auch sein möge, sie hatte jenes Brötchen serviert und war darum für die Folgen verantwortlich.

Der wirklich Schuldige jedoch war der Bäcker, der, absichtlich oder infolge eines Versehens, das knochenharte Brötchen zwischen die frischen Brötchen geworfen hatte.

Und als Monsieur LeBlanc sich dessen bewußt wurde, hob er den Hörer vom Telefon und brüllte den Bäcker an, daß er mit dem Revolver in der Hand auf dem Wege sei, ihm einen Besuch abzustatten, und daß er diesen gottverdammten, gottverlassenen und fahrlässigen Teigkneter ermorden würde, wie es eine pesttragende Ratte, wie er eine sei, nicht besser verdiene, und daß bis an das Ende seiner Tage er stets und immer eine gottverfluchte, stinkende Kanalratte bleiben werde. Worauf der Bäcker mit einem Dutzend jener lieblichen Wahrheiten antwortete, die sich zum Teil mit der unbestimmten sozialen Stellung der Mutter des Monsieurs, die der Bäcker gar nicht kannte, beschäftigten und zum größten Teil von jener saftstrotzenden Art waren, daß, spräche man sie innerhalb einer Episkopal-Kirche aus, sich die weiß gekalkten Wände der Kirche tiefrot färben und tiefrot bleiben würden, bis der Bischof der Kirche sie aufs neue segnen und von jener gräßlichen Entheiligung erlösen würde.

Die lebhafte Unterhaltung endete damit, daß Monsieur den Hörer des Telefons mit solcher Heftigkeit auf den Haken schlug, daß von diesem Telefon nichts übriggeblieben wäre, wenn die Ingenieure, die jene Apparate bauten, solche gelegentliche Ausbrüche menschlicher Leidenschaften nicht vorgesehen und dementsprechend die Apparate konstruiert hätten.

Das Gesicht rot wie eine reife Tomate, zwei bläuliche, dick anschwellende Adern auf seiner kochenden Stirn, kehrte der Franzose zurück zu seinem Platz hinter der Bar, und als er nun wie zufällig zur Tür blickte, sah er dort seinen guten alten Freund, den schwarzen Hund sitzen, der auf sein Mittagsmahl wartete.

Und als LeBlanc den Hund dort so sitzen sah, so ruhig, so unschuldig, so in keiner Weise geplagt von den ewigen Sorgen, Kümmernissen und Ärgernissen eines Café-Besitzers in Mexiko, Sorgen, die einen Mann zwanzig Jahre vor seiner Zeit alt werden lassen, und so lustig und vergnügt seinen Schwanz wedelnd und ihn grüßend mit dem clownischen Vagabundenlächeln, das ihm so gut stand und von dem er gut wußte, daß es seinem Freunde, dem Café-Besitzer, so sehr gut gefiel, da packte den Franzosen, beinahe blind in seinem Ärger, plötzlich und völlig ungewollt und unbeabsichtigt eine solche ungeheure Wut, daß er das harte Brötchen, das vor ihm auf der Bar lag, ergriff und – später konnte er sich nicht erklären, warum er es getan hatte – es mit voller Wucht und Kraft dem Hunde an den Kopf warf.

Es besteht kein Zweifel darüber, daß der Hund die Bewegung des Franzosen beobachtet hatte, denn seit er bei der Tür erschienen war, hatte er nicht eine Sekunde lang den Franzosen aus seinen Augen gelassen. Der Hund sah den Franzosen das Brötchen ergreifen, sah ihn dabei scharf an und sah, daß jenes Brötchen auf ihn gezielt wurde. Er, ein Hund, der von dem lebte, was er auf der Straße fand, und aus diesem Grunde an ein hartes Leben, gewürzt mit Knüppelhieben und Steinwürfen, gewöhnt war, hatte durch bittere und schmerzliche Erfahrung gelernt, Hieben und Würfen aus dem Wege zu gehen.

Eine leichte Bewegung seines Kopfes hätte vollauf genügt, dem heransausenden Brötchen auszuweichen. Aber er bewegte sich nicht. Er hielt seine warmen braunen Augen auf den Franzosen geheftet. Und ohne irgendein Zeichen von Furcht zu offenbaren, empfing er den Wurf.

Für einige Sekunden blieb er sitzen, wo er war, als ob er gelähmt sei; weniger gelähmt durch jenen Schuß, als viel, viel mehr infolge der Verwunderung über das, was soeben geschehen war, etwas, wovon er bis zu diesem Augenblick nie geglaubt haben würde, daß es je geschehen könnte.

Das Brötchen lag nun nahe seinen Vorderpfoten. Er gab ihm einen kurzen studierenden Blick, als ob er erwartete, daß es sich erweisen möge, dieses Brötchen sei ein lebendiges Objekt, das in diesem Augenblick selbst aufspringen würde, um ihm dadurch zu beweisen, daß er sich geirrt habe in dem, was seine Augen soeben gesehen hatten.

Er erhob seine Augen nun von dem Brötchen nahe seinen Vorderpfoten und ließ sie am Boden entlanggleiten, bis sie die Bar erreichten und endlich auf dem Gesicht des Franzosen haften blieben. Dort standen sie wie durch magnetische Kraft gehalten. Es war keine Anschuldigung in diesen Augen, nur eine tiefe, tiefe Traurigkeit. Die Traurigkeit dessen, der ein unbegrenztes Vertrauen in die Freundschaft eines anderen gesetzt hat und dann ganz unerwartet sich betrogen sieht durch eine Handlung, für die er keine Erklärung finden kann.

Der Franzose, der sich in diesem Augenblick bewußt zu werden schien, was er getan hatte, stand wie versteinert, tief ergriffen von einem Empfinden, als ob er durch einen ungewollten Zufall ein menschliches Wesen getötet hätte. Mit einem plötzlichen Ruck, als habe er soeben einen Schuß bekommen, streckte er seinen Körper der ganzen Länge nach aus und kam zu sich.

Für einige Sekunden stierte er mit verlorenen Augen auf den Hund, als sähe er einen Geist.

Und im selben Moment richtete sich der Hund langsam auf, schüttelte seinen Kopf, so daß seine hängenden Ohren ihm ums Gesicht schlappten, wie er es gewöhnlich tat, kurz bevor er sich anschickte, fortzugehen, wendete sich um und ging seiner Wege.

Als der Franzose den Hund so von der Tür verschwinden sah, benahm er sich wie verwirrt, griff mit seinen Händen ziellos um sich, als suche er etwas wie im Traum, und so geschah es, daß seine Augen herumsuchend sich senkten und auf den Mann fielen, der unmittelbar vor ihm an der Bar saß und in diesem Moment seine Gabel in ein saftiges Steak stach, das soeben vor ihn hingestellt worden war.

Mit einem entschlossenen und entschiedenen Griff schnappte der Franzose das Fleisch vom Teller des aufs höchste erstaunten Gastes, der mit dem heulenden Gebrüll eines Wilden aufsprang und schreiend und energisch gegen die Verletzung der konstitutionellen Rechte eines Bürgers, sein Mittagsmahl in Frieden verzehren zu dürfen, protestierte und damit alle anwesenden Gäste als Zeugen einer solchen Untat anrief.

Das Steak in seiner Hand hin und her schwingend, sauste der Franzose raus aus der Tür, warf einen raschen Blick die Straße entlang, wo er den Hund bereits beim nächsten Block dahintrotten sah.

Er rannte hinter ihm her wie wild, pfeifend, rufend und sich in keiner Weise um die Leute scherend, die stehenblieben, um sich an einem aus dem Irrenhaus entwichenen Verrückten zu ergötzen, der, mit einem gestohlenen Steak zwischen seinen Fingern, pfeifend hinter einem Straßenköter herrannte. Es war wert, es anzusehen, denn es kam nicht alle Tage vor.

Als er endlich den dritten Block keuchend erreichte, hatte er den Hund aus seinen Augen verloren und vermochte nicht einmal zu sagen, wo und in welche Richtung der Hund abgebogen war, denn die Straße war um diese Zeit sehr belebt. Er ließ das Steak fallen und kehrte zurück zu seinem Restaurant.

»Entschuldigen Sie vielmals, Amigo«, sagte er zu dem Gast an der Bar, der in der Zwischenzeit sich beruhigt hatte und dem von der Kellnerin in aller Eile ein frisches Steak serviert worden war. »Entschuldigen Sie, Señor, das Steak war nicht besonders gut, um die Wahrheit zu sagen, und ich wollte es eben gerade jemand geben, von dem ich glaubte, er benötigte es schneller als Sie. Vergessen Sie den

Vorfall. Bestellen Sie von der Liste, was Sie wollen. Es geht auf meine Rechnung. Gracias.«

Der Gast lachte gutgelaunt und war vollauf zufriedengestellt. Nicht aber so Monsieur LeBlanc.

Er begann ruhelos im Lokal herumzuwandern, hier einen Stuhl näher zum Tisch schiebend, da einen anderen Stuhl fortziehend und ihn betrachtend, als ob er einer Reparatur bedürfte, dann wieder zu einem Tisch gehend und das Tischtuch mehr nach einer Seite zupfend und wieder ein anderes mit der flachen Hand ausglättend. So kam er auf diesem Rundgang zu der Ecke, in die sich die Kellnerin verkrochen hatte und dort in sich hineinschrumpfte und still vor sich hin weinte.

»Ya está bueno, Bertha, Sie bleiben natürlich hier. Es war ja nicht ganz allein Ihr Fehler. Aber der Bäcker kann sicher sein, daß ich ihn eines schönen Tages in bestialischer Weise ermorde. Bueno, auf alle Fälle werde ich mir einen anderen Bäcker suchen für die Ware, die wir hier verbrauchen. Marschieren Sie zurück zu Ihren Tischen. Verflucht noch mal, ich wurde wild wie ein gemarterter Teufel, als jener Hurensohn seines zerbrochenen Porzellanzahns wegen hier herumtanzte wie ein besoffener Schimpanse.«

»Gracias, Señor«, sagte Bertha, mit der Nase ihre letzten versiegenden Tränen hinunterschnupfend. »Wirklich, ich bin Ihnen dankbar, daß Sie mich nicht rauspfeffern. Ich verspreche Ihnen, besser und schneller zu bedienen als je zuvor. Wissen Sie, Señor LeBlanc, ich habe eine Mutter am Halse und zwei Bastarde, für die ich zu sorgen habe. Und es ist nicht gerade leicht, die Hölle weiß es, eine Stellung zu finden, wo ich dasselbe an Trinkgeldern bekomme wie hier.«

»Beim allmächtigen Gott im Himmel, reden Sie nicht so viel Unsinn. Ich habe Ihnen doch gesagt, es ist alles gut, vergessen und vergeben. Was wollen Sie denn noch mehr von mir?«

»Ich will ja weiter nichts. Ich bin ja so zufrieden und glücklich, daß ich bleiben darf. Ich wollte Ihnen doch nur danken, Señor ...«, und, sich umdrehend zu einem ungeduldigen Gast, der schon eine Weile mit einem Messer ein Wasserglas bearbeitete, um sich Aufmerksamkeit zu verschaffen: »Oh, gottverdammt noch mal, ja, ja, um Himmels willen, ich hörte ja, was Sie wollen. Ich bin doch nicht taub. Regen Sie sich nur nicht auf und behalten Sie Ihr Hemd ruhig an. Gewöhnliches Mignon mit Champignons? Bueno, bueno. In einer Sekunde haben Sie es. Halten Sie nur still, bis Mama mit der Milchflasche kommt. Ich renne vom Feuer gejagt.«

Der Franzose tröstete sich mit dem Gedanken, daß der Hund gewiß am nächsten Tage wieder erscheinen werde. Er würde sicherlich nicht sein Mittagsmahl aufgeben eines so kleinen Mißverständnisses wegen. So ein winziges Zerwürfnis kommt jeden Tag vor. Jeder Hund bekommt hin und wieder eine kleine Abreibung von seinem Herrn, wenn er sie verdient hat, und dennoch bleibt er seinem Herrn treu. Hunde halten zu dem, der sie gut füttert.

Merkwürdig war es, daß, obgleich er sich in seinem Innern unaufhörlich versicherte, daß der Hund wiederkehren werde, er sich nicht beruhigt fühlte. Für den Rest des Tages war es ihm nicht möglich, den Hund zu vergessen. Er versuchte es unzählige Male, indem er sich sagte, daß er nicht einmal wisse, wie der Hund heiße oder wo er die Nächte verbringe, wer sein Herr sei und wo er hingehöre. Und als er nun auf keinen Fall den ständigen Gedanken an den Hund loswerden konnte, wurde er ärgerlich und murmelte zu sich: »Ist nur ein ganz gewöhnlicher dreckiger Straßenhund, der von dem lebt, was er in den Ascheneimern findet, ohne Charakter im besonderen; reiche ihm einen Knochen, und du bist sein angebeteter Freund für alle Zeiten.«

Trotz alledem, je mehr er sich bemühte, den Hund zu vergessen, je mehr er sich einredete, daß dieser ungewaschene

Köter nicht wert sei, sich um ihn zu kümmern, je weniger vermochte er die Erinnerung an den Hund aus seinen Gedanken auszulöschen.

Am nächsten Tag, bereits um drei Uhr, hatte Monsieur LeBlanc ein dickes, saftiges, absichtlich nur halb gebratenes Steak zur Hand, um mit ihm den Hund zu bewillkommnen im Augenblick, da er bei der Tür sichtbar wurde, und ihn mit dieser Gabe gleichzeitig um Entschuldigung für den unliebsamen Vorfall zu bitten und auf diese Weise die alte Freundschaft zu erneuern.

Nun war es halb vier, und als ob der Glockenschlag der Uhr auf dem nahen Gebäude die Ursache sei, saß der Hund auf seinem gewohnten Platz bei der Tür.

»Ich wußte es, er würde kommen, ich wußte es ja«, sagte der Franzose zu sich selbst mit lauter Stimme, ein zufriedenes Lächeln auf seinem Gesicht. »Er würde ja kein richtiger Hund sein, käme er nicht für sein kostenloses Mittagsmahl.«

Obgleich er dies laut sagte, fühlte er sich dennoch ein wenig enttäuscht, daß dieser Hund sich genauso betragen würde wie irgendein anderer, gewöhnlicher Straßenhund. Da er den Hund liebengelernt hatte, glaubte er, daß dieser Hund sich von anderen Hunden unterscheiden müßte, daß er mehr Stolz, mehr Würde hätte zeigen sollen. Wie dem auch sei, er war erfreut, daß der Hund zurückgekommen war. Er vergab ihm das augenscheinliche Fehlen von Würde und redete sich ein, daß der Mensch die Hunde annehmen und aufnehmen müsse, wie sie nun gerade seien, da der Mensch ja nun einmal doch nicht die Macht besitzt, die körperliche Gestalt oder die Seele und das Gemüt eines Hundes grundlegend zu verändern.

Da saß nun der Hund und sah den Café-Besitzer mit seinen warmen braunen Augen an.

Der Franzose bot ihm ein breites offenes Lächeln als Gruß an und erwartete, daß der Hund mit seinem komischen Vagabunden-Grinsen darauf antworten würde.

Aber der Hund hielt sein Maul geschlossen, und er machte auch nicht die kleinste Bewegung, weder mit seinem Kopfe noch mit seinem Schwanz, als er den Franzosen das bereitgehaltene Steak aufnehmen sah. LeBlanc winkte damit dem Hunde zu, hereinzukommen, sich hier zu Hause zu fühlen und das Steak in Ruhe innerhalb des Lokals zu verspeisen.

Der Hund blieb jedoch ruhig auf seinem Platz bei der Tür sitzen, dem Franzosen geradezu direkt ins Gesicht starrend, als ob er ihn zu hypnotisieren gedachte.

Noch einmal schwang LeBlanc das Steak hin und her, schmatzte laut mit den Lippen und machte Hm, Hm, Hm, um des Hundes Appetit anzuregen.

Die Gesten des Franzosen bemerkend, begann der Hund leicht mit dem Schwanz zu wackeln, aber auch gleich darauf hielt er damit inne, als er gewahr zu werden schien, was er tat.

Der Franzose begriff nun endlich, daß der Hund nicht hereinkommen würde und offensichtlich wenig Wunsch offenbarte, die Freundschaft fortzusetzen, trug nun das Steak zur Tür, wo der Hund saß, und wie er verschiedene Male vorher bei anderen Gelegenheiten es getan hatte, spielte er das Steak dem Hunde vor der Nase herum, den Appetit des Hundes anreizend und erwartend, daß der Hund das Steak nun endlich aufschnappen würde.

Der Hund richtete seine Augen hoch, bis sie die des Franzosen trafen, als er ihn so dicht vor sich stehend fand. Er tat jedoch keine andere Bewegung irgendwelcher Art. Als er sich entschieden weigerte, das Steak anzunehmen, legte der Franzose, nicht einen Augenblick seine Geduld verlierend, das Stück Fleisch dem Hunde, der wie eine Statue still saß, dicht vor die Vorderpfoten. Er streichelte den Hund kosend für eine Weile. Der Hund erwiderte diese Freundschaftsbezeugung mit einem Wackeln des Schwanzes, aber er tat es so leicht, daß diese Bewegung kaum bemerkbar war. Aber nicht für eine Sekunde ließ er seine Augen von denen des Franzosen abweichen.

Plötzlich beugte er seinen Kopf, schnüffelte an dem Fleisch herum, ohne sich besonders dafür zu interessieren, richtete abermals seine Augen auf zu denen des Franzosen, stand auf und verließ seinen Platz an der Tür.

LeBlanc fegte hinaus auf den Seitenweg und sah den Hund längs der Gebäude dahintrollen, ohne je einen Blick zum Café zurückzuwerfen. Wenige Sekunden darauf war er im Gedränge der Leute, die dort geschäftig hin und her liefen, verschwunden. Am nächsten Tage, pünktlich wie immer, befand sich der Hund bei der Tür des Cafés sitzend, auf das Gesicht seines verlorenen Freundes starrend.

Und wieder, als Monsieur LeBlanc, einen dick mit Fleisch bedeckten Knochen zwischen seinen Fingern, sich dem Hunde näherte, blickte ihn der Hund, wie es am Tage vorher geschehen war, nur starr an, ohne auch nur die geringste Notiz von dem herrlichen Knochen, der bei seinen Vorderpfoten lag, zu nehmen.

Nicht für einen Moment ließ der Hund den Franzosen aus seinen Augen, und nur ganz leicht und behutsam wakkelte er mit dem Schwanz, als der Mann ihn streichelte und schmeichelnd an den Ohren zupfte.

Wohl eine Minute ging so vorüber. Der Café-Besitzer war unschlüssig, was zu tun sei, um den Hund zu versöhnen.

Nun stand der Hund auf, leckte die streichelnde Hand des Mannes wieder und wieder, mehr als ein Dutzend Mal, blickte nochmals dem Franzosen lange in die Augen und ließ ein kurzes unterdrücktes, kaum deutliches Bellen hören, das überging in ein leises, trauriges Heulen, sich dann lang hinzog in ein mitleiderregendes Wimmern, und ohne auch nur an dem Knochen zu schnüffeln, drehte er sich um, verließ die Tür und trottete hinweg.

Dies war das letzte Mal, daß Monsieur LeBlanc den Hund je wiedersah. Er kam niemals mehr zurück zum Café, und niemals wurde er in der Nachbarschaft gesehen.

Nachtbesuch im Busch

Der Doktor

Undurchdringlicher Dschungel bedeckt die weiten Ebenen der Flußgebiete des Panuco und des Tamesi. Zwei Bahnlinien nur durchziehen diesen neunzigtausend Quadratkilometer großen Teil der Tierra Caliente. Wo sich Ansiedlungen befinden, haben sie sich dicht und ängstlich an die wenigen Eisenbahnstationen gedrängt. Europäer wohnen hier nur ganz vereinzelt und wie verloren. Die ermüdende Gleichförmigkeit des Dschungels wird von einigen langgestreckten Höhenzügen unterbrochen, die mit tropischem Urbusch bewachsen sind, der ebenso undurchdringlich ist wie der Dschungel und in dessen Tiefen, wo immer Dämmerung herrscht, alle Mysterien und Grauen der Welt zu lauern scheinen. An einigen günstigen Stellen, wo Wasser ist, sind kleine Indianerdörfer über die Höhen verstreut; Wohnplätze, die schon dort waren, ehe der erste Weiße das Land betrat. Sie liegen fernab der Eisenbahn. Auf Eselskarawanen werden die Waren, die hier gebraucht werden, hauptsächlich Salz, Tabak, billige Baumwollhemden, Zwirnhosen, Musselinkleider, spitze Strohhüte für die Männer und schwarze Baumwolltücher für die Frauen, herbeigebracht. Als Tausch werden Hühner, Eier, Eselsfüllen, Ziegen, Papageien und wilde Truthähne gegeben.

Dort wohnte ich, tief im tropischen Busch, allein, in einer primitiven Hütte, die ich mir selbst gebaut hatte, nach Indianerart, ohne einen Nagel zu gebrauchen.

Ein Ritt von vierzig Minuten brachte mich zu meinem nächsten weißen Nachbar, einem Arzt aus Arkansas, namens Wilshed. Alle übrigen Menschen meiner Nachbarschaft, von denen keiner näher wohnte als dreißig Minuten, waren Vollblutindianer. Das nächste Dorf war elf

Meilen entfernt, die nächste Eisenbahnstation, wo zwei
weiße Familien wohnten, etwa vierzig Meilen.

Doktor Wilshed wohnte in einem Bungalow, einem einfachen Bretterhaus, das zwei Räume hatte. Er lebte dort
mutterseelenallein, betrieb ein wenig Landwirtschaft,
hatte drei Kühe, hundert Hühner, zwanzig Bienenstöcke,
zwei Pferde und drei Maultiere. Zwei Indianerfamilien,
die etwa eine Meile entfernt wohnten, auf dem Abhang
des Höhenzuges, waren seine nächsten Nachbarn. Die
Männer jener beiden Familien waren bei ihm als Farm-
arbeiter beschäftigt. Den größten Teil seiner Zeit verbrachte der Doktor mit Lesen. Wenn er nicht las, dann
saß er auf der Veranda seines Bungalows und sah unverwandt hinunter auf die unermeßlich weite Ebene, die sich
vom Fuße des Höhenzuges bis fern hinter den Horizont
hinzog. Dschungel, Dschungel, nichts als Dschungel. Zuweilen fiel mir die Einsamkeit des Busches heftig auf die
Nerven; denn es kam vor, daß ich zwei volle Wochen
kein menschliches Gesicht sah. Wenn es zu unerträglich
wurde, wanderte ich hinauf zum Doktor, nur um einen
Menschen zu sehen, eine menschliche Stimme zu hören
und zu fühlen, daß ich nicht allein sei auf der großen
Welt. Aber der Doktor war schweigsam. Der tropische
Busch macht schweigsam und denkend, und der Doktor
lebte hier seit einem Menschenalter, hatte sich hierher verkrochen, wahrscheinlich weil er die Menschen nicht ertragen konnte oder weil er eine Enttäuschung erlebt hatte,
aus der seine Seele zu retten eine Flucht in den tropischen
Busch die einzige Lösung gewesen war.

Wir konnten oftmals Stunden nebeneinander auf der
Holzbank seiner Veranda sitzen, ohne daß wir ein Wort
sprachen. Über uns selbst hatten wir nichts zu reden, über
andere wollten wir nicht reden; und da auch keiner von
uns so närrisch war, dem andern seine Ansichten über
Welt und Geschehen aufzudrängen, wußten wir in der
Tat nicht, was und worüber wir hätten reden sollen. Aber

die Schweigsamkeit des Doktors war doch oft beängstigend. Es kam vor, daß er einen Satz begann, in dem er ein Erlebnis, das er hier in den Tropen gehabt hatte, zu erzählen gedachte. Aber wenn der Satz zur Hälfte gesprochen war, zündete er sich seine Pfeife an und vergaß, den Satz zu beenden. Entweder es reute ihn plötzlich, eines seiner zahlreichen Abenteuer mitzuteilen und es dadurch aus seinem Privatbesitz fortzugeben, oder aber er hatte seinen Satz im stillen zu Ende gedacht, während er glaubte, er habe ihn gesprochen. Er konnte häufig nicht entscheiden, ob er etwas gesagt oder nur gedacht hatte.

»Haben Sie jemals ein Buch geschrieben?« fragte ich ihn eines Tages.

»Ein Buch?« gab er zur Antwort. »Ein Buch? Viele.«

»Worüber, Doktor?«

»Über – was ich hier gesehen habe, was ich hier in den Jahren gedacht habe, was Tiere taten, was Tiere gedacht und gesagt haben mögen, was der Busch mir erzählte und die Musik, die ich hier gehört habe.«

»Veröffentlicht?«

»Niemals. Jedesmal, wenn ich ein Buch vollendet hatte, las ich es, fand es gut und zerriß es. Warum sollte ich denn meine Bücher veröffentlichen? Ich hatte meine Freude und meinen Genuß, wenn ich sie schrieb. Für die Leute? Ich möchte wissen, warum. Die haben so viele gute Bücher, die sie nicht lesen. Warum sollte ich ihnen noch mehr geben? Zudem würden die Leute meine Bücher gar nicht glauben. Sie würden mich für unsinnig erklären, und ich müßte mich vielleicht gar noch mit ihnen herumstreiten, um sie zu überzeugen, daß ich recht habe und daß ich die Wahrheit sage. Immerhin, es ist mir ganz gleichgültig. Ich bin auch der Meinung, daß die besten Bücher, die jemals geschrieben wurden, entweder auf Papier oder im Geist, diejenigen sind, die niemals veröffentlicht wurden. Hinter jedem veröffentlichten Buche liegt etwas auf der Lauer, das nicht zugunsten des Werkes spricht und das den Menschen hindert, das Beste zu schaffen, dessen er fähig ist.«

Ich hatte zuweilen das Empfinden, daß der Doktor vor langer Zeit schon gestorben sei, daß er es selbst nicht wisse, daß er tot sei, und daß er darum hier noch sitze, weil niemand da sei, der sehen könne, daß er tot sei, und niemand komme, ihn zu begraben. Wenn man sorgfältig um sich blickt, wird man leicht finden, daß eigentlich nur die Menschen sterben und begraben werden, die Erben haben oder für die jemand zu sorgen hat.

Wenn der Doktor mir erzählt hätte, er säße hier bereits vierhundert Jahre und sei mit den ersten Weißen hier angekommen, ich hätte es ihm ohne weiteres geglaubt.

Des Doktors Bibliothek

Eines Morgens kam ich zum Doktor, und er empfing mich: »Hören Sie einmal, Gales! Sie wissen, ich habe für die *States* nicht viel übrig. Das Land hat aufgehört, jenes freie Land der Vorkriegszeit zu sein. Der Krieg für die Freiheit anderer Völker hat es völlig verdorben. Da ist zuviel Regieren, zuviel Kommandieren, zuviel Verbieten, zuviel Gesetze, und es wimmelt von Beamten. Es ist eine große Kinderbewahranstalt geworden. Ein Grund mehr unter vielen, warum ich nie zurückkehre. Aber jetzt habe ich eine wichtige Reise dorthin zu unternehmen, ich habe etwas zu kaufen, ein paar Bücher, hinter denen ich seit Jahren herjage. Seien Sie doch so gut und ziehen Sie während meiner Abwesenheit in meine Höhle. Wenn ich die Bude unbewohnt lasse, finde ich weder ein Dach noch eine Kaffeetasse wieder, wenn ich heimkomme. Die guten Leute können keinen Nagel sehen, ohne ihn rauszuziehen und mitzunehmen, wenn sie Gelegenheit dazu haben.«

»Gar keine Frage, Doktor, natürlich ziehe ich rüber«, sagte ich.

»Das ist recht. Nehmen Sie mein Pferd und holen Sie Ihr winziges Gelumpe her. Bei Ihnen bricht man nicht ein – nicht viel zu holen.« Er lächelte. Mein Haus hatte er zwar nie gesehen, aber ein Indianer hatte ihm offenbar erzählt, daß es nur eine Grashütte war.

Nachdem ich meine Krümel herübergebracht hatte, setzte er sich aufs Pferd und trabte zur Station, wo er das Pferd bei einem Farmer unterstellen konnte. Als er etwa fünfzig Schritt geritten war, drehte er sich um und rief: »Vergessen Sie nicht, die Eier aus den Nistkörben zu nehmen, und melken Sie die Kühe. Sie können nicht verhungern. Sie finden alles, was Sie benötigen, in den Kisten.«

Ein paar Stunden lungerte ich um das Haus herum, um mich zurechtzufinden für alle Fälle. Im Laufe des Spätnachmittags kam ich an seine Bibliothek, die sich in einem rohgearbeiteten Schrank befand.

Die Mehrzahl der Bücher handelte von den alten mexikanischen Völkern, deren Geschichte, Zivilisation und Religion. Viele der Bücher waren mit Bildern und Karten ausgestattet. Da waren Bücher und unveröffentlichte Handschriften, die bis zum sechzehnten und siebzehnten Jahrhundert zurückreichten. Diese Bibliothek war ein Vermögen wert, und der Doktor ließ sie in meiner Obhut, ohne sie auch nur zu erwähnen, als ob es sich um Werke handelte, die man in jedem Laden kaufen könnte.

Ich lebte nun in diesem Wunderland seit vielen Jahren. Ich hatte mit Indianern gelebt, die nicht wußten, was eine Geldmünze bedeutet, die mir zwei große schwarze Diamanten anboten für meinen Jagdrevolver, den ich aber nicht entbehren konnte, und denen ich statt dessen zweihundert Pesos in blankem Golde bot. Das lehnten sie ab und erklärten das Geld für wertlos. Viel hatte ich in jenen Jahren gelernt über das Land, seine Reichtümer, seine weißen und kupferfarbenen Bewohner, deren Zukunftsaussichten und Entwicklungsmöglichkeiten.

Doch von der Vergangenheit des Landes und seiner Bewohner wußte ich nichts.

Eine neue Welt steigt auf

Ich stürzte über jene Bücher her, wie man es nur kann, wenn man Monate und Monate kein Buch gesehen und plötzlich Bücher zur unbeschränkten Verfügung hat, die zu lesen man seit Jahren ersehnte.

In kürzerer Zeit, als ich gedacht hatte, lag ich in den festen Banden jener Bücher. Sie hielten mich so gefesselt, daß ich vergaß, mir mein Essen zu kochen. Ich trank die Milch, wie ich sie molk, und schluckte die Eier roh, um nur keine Zeit für meine Bücher zu verlieren. Den ganzen Tag, während die Sonne herunterglühte, man sich wie in einem Backofen fühlte, und mehr als die halbe Nacht saß ich über den Bänden, von der Furcht gejagt, der Doktor könnte zurückkommen, ehe ich die Bücher zu Ende gelesen hätte.

War es möglich, daß Menschen und Völker dieser Art hier auf dieser Erde, wo ich jetzt stand, gelebt, geliebt und gelitten hatten? Konnte es wirklich wahr sein, daß auf diesem Kontinent Menschen und Völker von hoher Kultur gelebt hatten, sechstausend Jahre vor jener dunklen Fabelzeit, die wir als den Anfang der menschlichen Geschichte bezeichnen?

Von nun an betrachtete ich das Land mit anderen Augen als zuvor. Wenn ein Indianer zufällig vorüberkam oder vor dem Hause um einen Trunk Wasser bat, dann forschte ich sorgfältig in seinem Antlitz nach einer Ähnlichkeit mit jenen alten Königen, Fürsten und Häuptlingen, deren Bilder ich in jenen Büchern gesehen hatte. Und in der Tat, ich fand überraschende Ähnlichkeiten. Jedoch nicht zufrieden damit, ihre Gesichter, ihre Gesten, die Art ihres Ganges, den Tonfall ihrer Stimme zu studieren, begann ich, die Leute gelegentlich auszufragen. Ich war nicht wenig erstaunt, als ich vernahm, daß diese Leute die Vergangenheit ihres Volkes gut kannten, daß sie die Geschichte ihres Volkes, ihre Balladen, die Taten ihrer großen Männer, ihre Religionslegenden durch mündliche Überlieferung von Generation zu Generation erhalten hatten. Viele jener Indianer beteten noch ihre alten Götter an, während alle übrigen die Hunderte von Heiligen, die ihnen ganz unbegreiflich erscheinende Unbefleckte Empfängnis sowie die ihnen ebenso unverständliche Dreieinigkeit derart mit ihrer alten Religion verwirrt hatten, daß sie in ihren Herzen und ihren Vorstellungen die alten Götter hatten, während sie auf den Lippen die Namen der unzähligen Heiligen trugen.

Die Begegnung im Busch

Um mich ein wenig wieder in dieser Welt zurechtzufinden, mein Hirn ein wenig zu entlasten und meine Beine nicht steif werden zu lassen, machte ich mich eines Morgens auf den Weg, um eine lange Wanderung durch den Busch zu unternehmen.

In weiter Tiefe des Busches, in einer Umgebung, die wegen der Entfernung von jeglicher menschlichen Behausung und wegen der Abgelegenheit selbst von den primitiven Buschpfaden beklemmend unheimlich wirkte, traf ich einen Indianer an, der dort Holzkohle brannte. Ich wäre nie an jene Stelle gekommen, wenn ich nicht Rauch hätte aufsteigen sehen, dessen Ursache ich finden wollte.

Es war gewiß ein hartes Leben, das dieser Mann führte. Wochenlang in der Tiefe des Busches lebend, ganz allein, unzähligen Gefahren, an denen der tropische Busch so reich ist, ausgesetzt, um einige Ladungen Holzkohle abliefern zu können, die er auf seinem Esel zu den weitverstreuten Siedlungen schleppte, um einen lächerlich kleinen Geldbetrag dafür zu erhalten.

Der Indianer saß vor dem rauchenden Erdhügel und starrte bewegungslos den ruhig aufsteigenden Rauchfähnchen nach. Er war ein schmächtiger Mann, dem man aber achtunggebietende Kräfte zugestehen durfte; denn die Ebenholzbäume zu fällen und sie für den Verkohlungshügel zurechtzuhacken verlangt alles an Kraft, was ein Mensch hergeben kann; und diese harte Arbeit in tropischer Sonnenglut zu verrichten setzt eine Zähigkeit des Körpers voraus, die eine schwächliche oder untergehende Rasse nicht aufbringen kann. Was mir an diesem Manne eigentümlicherweise sofort auffiel, waren der merkwürdig traurige Ausdruck seiner Augen und die feine Gliederung seiner schönen schmalen Hände, deren rassiger Bau so ehern unverwüstlich war, daß die harte Arbeit des Holzfällens ihre edle Form nicht beeinflussen konnte. Er trug einen dünnen Schnurrbart und am Kinn dünne Flusen, die er wahrscheinlich für einen Vollbart hielt. Ich setzte mich zu ihm nieder, gab ihm Tabak, und wir kamen nach und nach ins Erzählen.

»Sie haben richtig geraten, Señor, meine Vorfahren sind einst stolze Fürsten unter den Panukesen gewesen, angesehen weit über die Grenzen der benachbarten Stämme hinaus. Der letzte jener Tapferen wurde von den Spaniern gehenkt wegen Rebellion gegen die Fremdherrschaft. Wäre es seiner Frau und seinen Kindern nicht rechtzeitig geglückt, in die Berge zu flüchten, wohin zu folgen die Spanier sich fürchteten, säße ich nicht hier. Das war in jener Woche, in der die Spanier ein Blutbad unter meinem Volke mit dem Hängen von fünfhundert Häuptlingen, unter denen mein Vorfahr sich befand, würdig feierten.«

»Glauben Sie, daß dieses Land jemals wieder zu solcher Macht gelangen wird, wie damals, ehe die Spanier kamen?«

»Das Gehen unseres Volkes ist langsam. Wir haben Zeit. Die weißen Männer haben keine Zeit. Aber können Sie nicht hören, Señor, wie alle nichtweißen Völker der Erde ihre Glieder regen und strecken, daß man das Knacken der Gelenke über die ganze Welt vernehmen kann?«

Etwas unsicher sagte ich: »Dagegen werden wir uns zu wehren wissen.«

»Womit?« fragte er ruhig und ohne jede Ironie. »Womit? Mit Ihrer Zivilisation? Die ist nicht stark genug, Señor. Sie hat ja keine tragende Idee. Ihre Zivilisation wird nur von einem einzigen Gedanken geleitet, und der heißt: Geld. Mit Geld kann man Geschäfte machen, aber keine Seelen erwärmen.«

Ich jagte heim und stürzte wieder über die Bücher her. Neue Fragen hatten sich mir aufgedrängt, und ich suchte nach Lösungen, suchte nach einer Andeutung dessen, was uns bevorstand. Wenn irgendwo, dann war in diesen Büchern der Schlüssel zu finden zu jenem großen Tor, dessen Öffnung mich die Zukunft unserer Rasse sehen ließ.

Wie im Fieber las ich und las, fiel nach Mitternacht, wie mit Blei ausgefüllt, in mein Bett und stand bei den ersten Strahlen der Sonne mit dumpfen Gliedern auf. Doch als meine Schläfen zu hämmern begannen, mein Blut durch die Adern raste, als wollte es jeden Augenblick überkochen, zwang ich mich gewaltsam zur Ruhe und zu mehr gleichmäßigem Studium. Auf diese Weise zog ich einen erheblich größeren Gewinn aus meinem Lesen. Ich fing an, ernsthaft zu studieren, statt nur zu lesen.

Nichtsdestoweniger lebte ich in einem anderen Zeitalter. Ohne Gelegenheit, zu einem Menschen zu sprechen oder eine menschliche Stimme zu hören, vergaß ich Zeit und Ort und meine eigene Person. Ich konnte sprechen wie jene Personen, die in den Büchern erschienen, oder glaubte wenigstens, es zu können; ich konnte deren Gedanken denken, ich konnte in meiner Vorstellung deren Ideen über Welt und Leben wachrufen, ohne daß mir der Vorgang selbst zum Bewußtsein kam.

Diese Gefühle waren besonders stark am Abend und in den frühen Nachtstunden, wenn alle Türen des Bungalows weit offenstanden und der ewig singende Busch mir im Ohr summte.

Der Nachtbesuch

Es war eines Abends zwischen zehn und elf etwa, als ich meine Augen hob von einem Buche über die Zivilisation der Texcocos. Nein, um genau zu sein, ich war gezwungen, meine Augen zu heben; denn ich hatte das Empfinden, daß jemand im Zimmer mit mir sei und daß ich seit einiger Zeit aufmerksam beobachtet würde.

Wie ich zu diesem Empfinden kam, ist seltsam genug. Mein aktiver, mein handelnder Sinn war voll beschäftigt mit dem Buche, das ich las. Dagegen hatte mein inaktiver Sinn, der unbewußte, die Vorgänge, die sich während meines Lesens abspielten, sorgfältig aufgenommen und festgehalten. Dieser unbewußte Sinn, hier als Schutzinstinkt wirkend, wurde stärker mit jeder Sekunde und zeigte einen unzweifelhaften Drang, meine Aufmerksamkeit von dem Buche abzulenken und mich auf etwas aufmerksam zu machen, was für mich eine Gefahr bedeuten könne. Immerhin lag eine unmittelbare Gefahr nicht vor, was ich auffallend klar im Unterbewußtsein fühlte und was mich auch veranlaßt hatte, das Rufen des inaktiven Sinnes für ein Anklopfen überarbeiteter Hirnzellen, die sich nach Ruhe sehnten, zu halten. Aber der inaktive Sinn zeigte sich endlich doch als der stärkere, und mit einem letzten heftigen Anprall zerbrach er meine Konzentration, und mein inaktiver Sinn gehorchte dem zähen Ruf.

Ich wendete den Kopf. In der Mitte des Raumes stand ein Indianer. Kein Zweifel, er stand dort seit einer geraumen Weile. Sein Blick ruhte auf meinem Gesicht, und taktvoll und geduldig wartete er darauf, daß ich ihn anreden möchte.

In diesem Augenblick war ich fähig, genau die Zeile, ja das Wort zu zeigen, das ich in dem Augenblick las, als der Mann das Zimmer betreten hatte.

Augenscheinlich war der Mann die Holztreppe, die zur Veranda führte, heraufgekommen und geräuschlos eingetreten.

Es ist hier nicht Sitte, ein Haus, und sei es noch so primitiv, zu betreten, ehe man sich durch einen Gruß oder ein Rufen bemerkbar gemacht und der Inwohner gesagt hat: »Pase!« Die meisten Häuser, die der Indianer alle, haben keine Türen, und wenn sie welche haben, werden sie mit Bast oder einem Bindfaden geschlossen. Ginge man auch nur bis vor die offene Tür, ohne daß man sich durch ein Geräusch ankündigte, würde man die Hausbewohner oftmals in die allerpeinlichste Verlegenheit bringen, weil die Hütten meist ja nur einen Raum haben. Dieser Mann hatte sicherlich verschiedene Male gerufen, um meine Aufmerksamkeit auf sich zu lenken. Da ich so versunken in mein Studium war, hatte ich es nicht gehört, und er, mich am offenen Fenster lesen sehend, war dann zögernd ins Haus gekommen, weil er mich aus irgendeinem Grunde sprechen mußte und keine andere Möglichkeit sah, sich bemerkbar zu machen.

Da stand er, bewegungslos wie eine Säule. Als ich ihn ansah, beugte er ein Knie, berührte mit der flachen Hand den Fußboden, hob dann die Hand bis zu seinem Scheitel, das Innere der Hand mir zugekehrt, und mit dieser Geste stand er gleichzeitig auf.

Eine seltsame Form der Begrüßung, dachte ich, eine Art des Grußes, wie ich sie bisher von einem Eingeborenen nicht gesehen hatte.

»Guten Abend!« sagte ich zu ihm auf spanisch.

»Nacht ist kalt und lang«, begann er zu reden. »Schweine stören mich. Entsetzlich ist es, o Herr, sich nicht verteidigen zu können. Gebaut mit heiliger Sorgfalt, sicher zu sein für die Ewigkeit. Doch es zerfällt und bricht. Lang ist die Nacht, dunkel und kalt. Denken Sie, o Herr, die Schweine. Schweine sind das Grauen.«

Er hob seinen Arm und deutete in eine bestimmte Richtung.

Nicht wissend, was für eine Antwort ich ihm geben sollte, da ich nicht verstand, wovon er überhaupt redete, beugte ich mich über mein Buch, um einen Augenblick Zeit zu gewinnen, meine Gedanken, die offenbar in Verwirrung geraten waren, zu ordnen. Es war in der Tat für mich nicht ganz klar, ob mein Geist sich in einem Zustand fieberischer Erregung befand – eine Folge des unaufhörlichen Lesens – oder ob ich wirkliches Geschehen erlebte. Die Gedanken fingen an, in meinem Hirn so durcheinanderzuwirbeln, daß ich nicht in der Lage war, zu entscheiden, wo die Wirklichkeit aufhörte und die Einbildung begann.

Nur um etwas zu reden, sagte ich: »Was meinen Sie eigentlich? Um die Wahrheit zu sagen, ich weiß überhaupt nicht, wovon Sie sprechen. Reden Sie im Zusammenhang, lieber Mann.«

Er aber war bereits gegangen, ebenso geräuschlos, wie er gekommen war. Mit einem Satz war ich an der Tür. Ich wollte gewiß sein, ob meine Sinne bereits so weit herunter waren, daß sie mir Erscheinungen vorgaukeln konnten, oder ob ich wirklich eben einen Menschen gesehen und gesprochen hatte.

Dank den Göttern, ich war gesund, mein Geist war klar: Dort, im bleichen Licht des zunehmenden Mondes, sah ich ihn dahinschreiten, schattengleich. Groß war er nicht, mehr von knabenhafter Gestalt, schlank gebaut, reines, unvermischtes Indianerblut.

Ich kehrte zurück an meinen Tisch und versuchte, mich seiner Worte zu erinnern. Seltsam genug, ich konnte seine Worte nicht wiederfinden. Und mir fiel ein, daß er nicht spanisch gesprochen hatte, daß er keine Sprache gebraucht hatte, die ich kannte; aber dennoch hatte ich ihn vollkommen verstanden, der Inhalt seiner Sätze war mir deutlich, nur der Zusammenhang fehlte mir.

War sein Gruß nicht der gleiche gewesen, wie er bei den alten indianischen Völkern Brauch war? Aber das war ja offenkundiger Unsinn. Meine Bücher hatten meine Gedanken verwirrt.

Dagegen wenn ich nun seine Erscheinung in mein Gedächtnis zurückrief: Er war in Lumpen gekleidet. Das wieder war nichts Auffallendes, denn die Mehrzahl der Indianer laufen in zerfetzten Hosen und Hemden herum. Hemden? Nein, er hatte weder eine richtige Hose noch ein richtiges Hemd angehabt. Die Lumpen, mit denen er behangen war, hatten ausgesehen wie die verrotteten Überreste eines sehr kostbaren uralten Stoffes; ein merkwürdiges, phantastisches Gewebe, wie ich irgendwo gesehen zu haben mich kaum erinnerte, es wäre denn in einem Museum.

Jedoch kein Zweifel bestand darüber, daß seine Oberarme sowie die Enkel seiner Füße mit Goldreifen geschmückt gewesen waren, daß er eine Halskette trug, die ein Goldschmied verfertigt hatte, der ein großer Künstler war.

Und dennoch, je deutlicher alle die Einzelheiten in mein Gedächtnis zurückkehrten, desto klarer wurde mir, daß ich nichts von alledem gesehen hatte, was ich glaubte, bemerkt zu haben. Ich hatte den armen Indianer lediglich mit all jenen Äußerlichkeiten ausgestattet, die ein Merkmal jener Völker waren, über die ich gerade las. Höchste Zeit, sagte ich zu mir selbst, mit diesen Dingen nun ernsthaft Schluß zu machen und den Weg zu meinem Jahrhundert und zur nüchternen Wirklichkeit, in der die Postsäcke ratternd einige tausend Meilen weit durch die Lüfte geworfen werden, zurückzukehren.

Ich klappte mein Buch zu und ging zu Bett.

Am nächsten Morgen bemerkte ich drei Schweine, zwei
schwarze und ein gelbes, die sich um das Haus herumtrieben. Ich hatte sie bereits bei zwei, drei anderen Gelegenheiten gesehen. Jetzt aber betrachtete ich sie mit Interesse,
denn sie erinnerten mich an meinen Besucher in der vergangenen Nacht, der von Schweinen gesprochen hatte.
Was diese Schweine jedoch mit ihm zu tun hatten, konnte
ich nicht herausfinden.

Sicherlich waren sie Eigentum einer der Indianerfamilien,
die weiter unten am Abhang des Höhenzuges wohnten.
Die Schweine werden hier kaum gefüttert, haben auch keinen Stall, deshalb müssen sie herumlaufen und sich ihr
Futter selbst suchen. Ihren Besitzer erkennen sie nur daran, daß er ihnen Wasser gibt, sie ab und zu an einen Baum
bindet und sie endlich, nachdem er ihnen zwei Wochen
lang täglich einen Sack voll Maiskolben vorgeworfen hat,
ihrer Bestimmung zuführt. Aber es kommt nicht vor, daß
Schweine sich so weit von ihrem Besitzer entfernt herum-
treiben, weil in seiner Nähe schon immer einmal ein Löffel voll gekochter Bohnen vor die Tür fallen könnte, die
ein Schwein nicht gern missen möchte.

Jedenfalls konnte ich keinen Zusammenhang mit diesen
sehr natürlich aussehenden Schweinen und meinem Besucher sehen. Wenn es seine Schweine waren und er
nicht wünschte, daß sie sich hier oben herumtrieben, so
war es sein Geschäft und nicht meines, sich um sein Vieh-
zeug zu kümmern. Überdies, wenn ich es recht bedachte,
war es höchst eigentümlich, daß mich der Mann mitten in
der Nacht seiner Schweine wegen belästigte.

Etwas konnte ich immerhin für den Mann tun. Ich warf
mehrere Steine nach den Schweinen, und sie verließen den
Vorplatz vor dem Bungalow. Sie liefen aber nicht den
Pfad hinunter, der zu ihren Eigentümern führen mußte,
sondern sie bogen nach einer Weile von dem Pfade ab und

trotteten auf einen Hügel zu, der sich in etwa dreihundert Schritt Entfernung vom Hause befand und der völlig mit dichtem Buschwerk bewachsen war.

Es schien, daß sie dort in der Nähe reichlich Futter fanden, denn ich bemerkte, daß sie eine Weile durch das Gebüsch hin und her krochen, bis ich jegliches Interesse an ihnen verlor und die Hühnernester absuchen ging, weil ich Hunger bekam.

Der zweite Besuch

Drei Tage später, wie gewöhnlich über meinen Büchern sitzend, gegen elf Uhr nachts, hatte ich plötzlich dasselbe seltsame Gefühl, das mich in jener Nacht aufgescheucht hatte, als der Indianer in mein Haus gekommen war.

Ein Frösteln lief mir über den Rücken, als ich, zur Seite blickend, meinen indianischen Besucher im Zimmer stehend fand, mich schweigend, aber unverwandt beobachtend.

Doch dieses Gefühl des Unbehagens verflog sofort, weil mich die Wut packte, die zu verbergen ich mich keineswegs bemühte, als ich den Mann fragte: »Wie sind Sie denn hier hereingekommen? Was denken Sie sich denn eigentlich, daß Sie sich solche Freiheiten erlauben? Das ist doch hier kein öffentliches Gebäude. Das ist ein Privathaus, verstehen Sie? Und ich wünsche, daß Sie es als ein Privathaus respektieren. Was, zum Teufel, wollen Sie denn eigentlich? Wenn Sie einen Schweinehirten suchen, dann sehen Sie sich anderswo um. Ich mag Schweine nicht.«

Ich polterte die Sätze heraus, mehr um mein Sicherheitsgefühl wiederzugewinnen und jenes Frösteln loszuwerden, als um dem Manne weh zu tun.

Er starrte mich an mit weit geöffneten Augen und mit

einem Ausdruck des Gesichts, als müsse er vorsichtig den Sinn meiner Sätze erst ergründen, ehe er darauf antworten könne.

Dann sagte er: »Auch ich fürchte Schweine. Sie sind so grauenhaft! Oh, so sehr grauenhaft!«

Kurz angebunden erklärte ich: »Das geht mich nichts an. Schlagen Sie die Biester tot und kochen Sie das Fett aus, wenn sie Ihnen unbequem sind. Aber lassen Sie mich nun endlich damit in Ruhe.«

Ich sah ihm ins Angesicht. Seine Augen blickten so traurig, daß ich plötzlich heißes Mitleid mit ihm empfand.

»Sehen Sie hier, o Herr!« Er deutete auf seine Wade. Gräßlich! Einige Zoll über dem Knöchel befand sich eine furchtbar aussehende Wunde.

»Das haben die Schweine getan.« In seiner Stimme klang jetzt ein Ton, der es mir schwermachte, nicht anzufangen zu weinen. Mein übermüdetes Hirn begann sich zu rächen.

»O grauenhaft! O grauenhaft! Und gleichzeitig zu wissen, daß man ganz hilflos ist, daß man sich nicht einmal gegen solch wüstes Getier schützen kann. Flehen Sie alle Schicksalsmächte an, daß Ihnen nicht ein gleiches Los beschieden werde. Es wird nicht lange währen, und diese entsetzlichen Tiere werden an meinem Herzen nagen, und sie werden mir die Augen ausfressen, bis jener Tag des Grauens kommen wird, wo sie mein Hirn schlürfen werden. Oh, Herr und Freund, bei allem, was Ihnen heilig ist, helfen Sie mir, erretten Sie mich aus meiner namenlosen Pein. Ich leide mehr, als ein Mensch ertragen kann. Was mehr noch kann ich sagen, um Sie von meinen Qualen zu überzeugen!«

Nun endlich wußte ich, was der Zweck seines Besuches war. Der Mann glaubte, ich sei der Doktor. Es war allgemein bekannt, daß der Doktor nicht praktizierte; da aber der nächste Arzt fünfundachtzig Meilen entfernt wohnte, leistete Doktor Wilshed auf Verlangen in sehr dringenden

Fällen Erste Hilfe. Augenscheinlich litt der Mann entsetzliche Schmerzen.

Nach langem Suchen fand ich in einer Kiste die Medikamente. Ich nahm eine Binde heraus, Baumwolle und Salbe.

Als ich mich nun dem Manne näherte, ihm die Binde anzulegen, trat er zwei Schritte zurück und sagte: »Das ist nutzlos. Es sind die Schweine, die ich fürchte und die mir Qualen bereiten, nicht die Wunde, die ich kaum beachte. Diese Wunde ist für mich nur das Zeichen dessen, was noch folgen wird.«

Auf seine Weigerung nicht achtend, langte ich energisch nach seinem Bein. Aber ich tappte in die leere Luft. Etwas verwirrt sah ich auf, und ich nahm wahr, daß der Mann noch einen Schritt zurückgegangen war. Lächerlich, wie leicht man sich täuschen läßt, ich konnte schwören, daß meine zupackende Hand an derselben Stelle gewesen war, wo sein Bein stand.

Ich gab meinen ärztlichen Beistand auf und ging zum Tisch, wo ich stehenblieb und ihn beobachtete.

»Das sind ganz wundervolle Schmucksachen, die Sie da tragen«, sagte ich. »Wo haben Sie die erhalten?«

»Mein Neffe hängte sie über mich, als ich ihn verlassen mußte.«

»Scheinen sehr alt zu sein. Antike Arbeit.«

»Sind sehr alt«, bestätigte er. »Sie gehören zum Schatze meiner königlichen Familie.«

Ich konnte es nicht vermeiden zu lächeln, was er aber nicht zu bemerken schien, oder er war zu höflich, es zu sehen. Spaßhafte Leutchen, diese Indianer. In Lumpen gekleidet, wohnend in elenden Grashütten, selten im Besitz der paar notwendigen Münzen, um sich rohes Leder für Sandalen zu kaufen, tragen sie dennoch Diamantringe an den Fingern.

Wieder begann ich nüchterne Wirklichkeit und den Inhalt der Bücher, die mich in Atem hielten, miteinander zu verwirren. »Mein Neffe gab sie mir.« Aber das war ja ein Brauch bei den Azteken, bei den Panukesen, bei vielen anderen indianischen Völkern, wo nie der Sohn, sondern der Bruder oder Neffe Thronerbe war. So ging das nicht weiter. Ich mußte unter Menschen gehen; die Einsamkeit des tropischen Busches bekam mir nicht, ganz besonders nicht, wenn ich nichts tat, als derartige Bücher zu lesen.

»Nun muß ich gehen!« Er unterbrach meine wandernden Gedanken. »Vergessen Sie nicht, daß es die Schweine sind, mein Herr. Einige große schwere Steine werden genügen. Es ist so hart, um Hilfe bitten zu müssen, aber ich kann mich nicht verteidigen. Ich bin ja so sehr hilflos.«

Aus seinen traurigen Augen rollten Tränen langsam über sein Gesicht, obgleich er sich bemühte, ihnen Einhalt zu gebieten.

Dann hob er seine Hand, führte sie an seine Lippen, hob sie hoch über sein Haupt und hielt die innere Handfläche eine kleine Weile gegen mich gekehrt. Und ich erkannte, daß seine Hand von einer edlen Form war, die ich irgendwo gesehen hatte. Wo aber, konnte ich mich nicht erinnern. Auch bemerkte ich zum ersten Male, daß er einen Bart trug, der zwar Kinn und Backen hinreichend umrahmte, aber doch sehr dünn erschien. Und obgleich einen solchen Bart gesehen zu haben ich mich nicht erinnerte, rief er doch etwas, das mit merkwürdig gesprochenen Sätzen verknüpft war, in mir wach, über das ich nachzugrübeln begann, ohne es finden zu können.

Ich riß mich von dieser verwirrenden Gedankenkette los, um den Mann nach seiner Wohnung zu fragen, was zu wissen mir plötzlich und ganz ohne Grund ungemein wichtig erschien.

Aber er war bereits gegangen.

Ich sprang zur Tür.

»Wahrlich! Er schreitet wie ein König!« sagte ich zu mir selbst, als ich ihn den Pfad dahingehen sah.

Wie wunderschön war die Nacht! Sie war gekleidet in

den magischen Silberschimmer des Vollmondes, der steil über meinem Scheitel stand. Die zauberhafte Sonne der Tropennacht. Die Dinge standen in diesem Lichte da in einer so unheimlichen Schärfe, als müsse sich in jeder Minute etwas Unerhörtes ereignen. Es lag ein Warten in diesem Lichte, als würden diese grellbeleuchteten, schreckhaft lebendig erscheinenden Dinge mit dem nächsten Atemzuge einen gellenden Schrei ausstoßen, um den Schatten aufzujagen, der schwer und schwarz und wuchtig auf ihren Füßen lastete. Und der in der Luft hängende Schrei fiel auf mein Herz und machte es stocken, als der Indianer stehenblieb, sich umwandte und mir sein Gesicht zukehrte, in dem ich jede Linie, ja selbst jede Pore deutlich sehen konnte, obgleich er beinahe dreihundert Schritt entfernt war. Nun hob er den Arm und deutete nach jenem Hügel, wohin sich die drei Schweine verzogen hatten, nachdem ich sie mit Steinen fortgejagt hatte.

Dann verließ er den Pfad und ging auf den Hügel zu. Das Gebüsch reichte ihm bis zur Schulter. Langsam stieg er den Hügel hinauf, bis er die Höhe erreicht hatte, wo das dichte Gebüsch so hoch stand, daß es ihm weit über den Kopf reichte, und es machte auf mich den Eindruck, als habe ihn das Gestrüpp verschluckt; denn ich sah ihn nicht mehr.

Eine Entdeckung

Sobald die Sonne am nächsten Morgen aufgegangen war, nahm ich mein Buschmesser und schlug mir einen Pfad durch zu jenem Hügel. So sorgfältig ich auch das Gebüsch untersuchte, ich konnte den Weg nicht finden, den der Indianer in der verflossenen Nacht gegangen war. Es war eine harte Aufgabe, ihm auf seinem Wege zu folgen. Nichts war niedergetreten, kein Zweig abgebrochen. Ich hatte mir vorgenommen, ihn in seiner Hütte aufzusuchen. Vielleicht konnte ich eines seiner einzigartigen

Schmuckstücke gegen ein Paar Stiefel oder ein Hemd oder Sattelzeug eintauschen.

Als ich endlich den Hügel erreichte, machte ich eine merkwürdige Entdeckung: Der Hügel war nicht ein natürlicher Haufen Erde oder ein Felsblock, wie ich geglaubt hatte, sondern er war aus gehauenen Steinen und Mörtel künstlich aufgebaut. Dem Anschein nach war er einige hundert Jahre alt. Das dornige dichte Gebüsch hatte ihn völlig bedeckt und sich in das Mauerwerk festgewurzelt und eingefressen. Diese unerwartete Entdeckung ließ mich ganz vergessen, dem Indianer nachzulaufen.

Ich hieb das Gebüsch nieder und machte eine weitere Entdeckung: Steinstufen führten in östlicher Richtung auf die Oberfläche des Hügels. Der Hügel selbst war etwas mehr als drei Meter hoch. Oben hatte er eine viereckige Fläche, die wohl drei Meter im Geviert war.

Eine Seite des Hügels war durchwühlt, und da hier das Buschwerk niedergetrampelt war, schien diese Wühlerei ganz kürzlich getan worden zu sein. Kein Zweifel, die Schweine hatten das neulich verübt, als sie hier herumlungerten. Als ich dieser Wühlerei nachging, fand ich, daß die Schweine sich durch das Mauerwerk gearbeitet hatten, das an dieser Stelle zu zerfallen begann und bloßlag.

Wenn irgendwo, dann lag hier das Geheimnis verborgen, das mich beschäftigte. Hier war die Erklärung zu suchen für alles, was in den letzten Tagen geschehen war.

Ich eilte zurück zum Hause und holte mir Pickhacke und Schaufel.

Stein um Stein, Brocken um Brocken brach ich heraus, bis das Loch groß genug war, daß ich meinen Oberkörper hindurchzwängen konnte. Ich zündete ein Streichholz an.

Doch kaum flammte es auf, als ich es mit einem unartikulierten Schrei fallen ließ und mich so rasch hinausquetschte, daß sich Schultern, Brust und Rücken mit blutenden

Schrammen bedeckten. Dann, im hellen Sonnenlichte vor dem Loche sitzend und meinen Atem wiederfindend, dachte ich, daß Augen doch recht unzuverlässig sein können.

Ursprünglich hatte ich die Absicht gehabt, den Hügel unberührt in jener Form zu lassen, in der ich ihn gefunden hatte. Doch nun blieb mir keine andere Wahl. Ich hatte den Kopf des Hügels aufzubrechen, um das blendende Tageslicht hineinfluten zu lassen und dem Innern der Höhle die unerträgliche Geisterhaftigkeit zu rauben.

Harmlosere Dinge als das, verborgen in dieser Höhle, können einem im Dschungel oder im tropischen Busch ein tieferes Grauen einjagen. Eine zwanzig Zentimeter große behaarte Spinne, die einem über das Gesicht läuft, oder ein fünfunddreißig Zentimeter großer schwarzer Skorpion, der sich ins Zelt oder in die Hütte geschlichen hat, erfüllen einen häufig genug mit größerem Entsetzen als die Begegnung mit einem Tiger, wenn man nichts weiter in der Hand hat als einen Stock.

Ich beschloß, sofort an die Arbeit zu gehen. Das Unbestimmte mochte sich in meiner Einsamkeit, besonders zur Nachtzeit, vielleicht schwerer auf die Nerven legen als das klare, festumgrenzte Wissen, wenn es auch noch so Grauenhaftes aufweisen sollte.

Der Panukese ist tot

Gegen Mittag war ich, trotz der Gluthitze, so weit mit meinem Ausgraben gekommen, daß der Inhalt der Höhle öffen im hellen Licht des Tages lag.

Es ist ganz gewißlich wahr, ich war weder geistesgestört noch träumte ich. Wäre ich im Zweifel gewesen, die Blasen an meinen Händen und die Müdigkeit meines Körpers hätten mich eines Besseren belehrt.

Da, in jener Höhle, deren Mauerwerk so fest gefügt war,

als wäre es beste Betonarbeit, befand sich mein Besucher, jener Indianer, der mich zweimal des Nachts in meinem Hause gesprochen hatte. Er saß auf dem Boden der Höhle in hockender Stellung. Die Ellbogen ruhten auf den Knien. Sein niedergebeugtes Antlitz war verborgen in seinen Händen.

Er war tot. Tot seit vier-, fünfhundert Jahren, vielleicht viel länger, und er war begraben worden mit unnennbarer Sorgfalt, aus der Liebe sprach und Ehrfurcht zugleich. Die Höhle war luftdicht abgeschlossen gewesen bis vor wenigen Tagen, als die Schweine angefangen hatten, dort herumzuwühlen. Sein Aussehen war nicht das einer ägyptischen Mumie. Vielmehr sah er ganz so aus, als wäre er vor drei Tagen erst gestorben.

Die Lumpen, in die er gekleidet war, erschienen im hellen Tageslicht bei weitem kostbarer und reicher in ihrer ursprünglichen Herkunft als in der Nacht. Die Schmucksachen, die er trug, waren Meisterstücke hochentwickelter Goldschmiedeskunst, und ich hatte nie zuvor irgendwo Arbeiten von solcher Vollendung gesehen.

Plötzlich bemerkte ich, daß seine Wade angefressen war, und gerade an jener Stelle, die er mir in der vergangenen Nacht gezeigt hatte. Kein Blut war zu sehen, obgleich die Schweine bereits bis auf den Knochen gekommen waren. Das Fleisch seiner Brust, seines Gesichts und das seiner Waden war hart und fühlte sich an wie Holz. Ich konnte mir nicht erklären, welche Anziehungskraft dieses holzartige Fleisch, das augenscheinlich auch nicht den allergeringsten Nährwert enthielt, auf Schweine ausüben konnte. Aber es war ja immerhin möglich, daß Schweine hinsichtlich dessen, was gut schmeckt, eine andere Meinung haben, als wir gemeinhin annehmen. Warum sich der Körper so frisch erhalten hatte, war leicht zu erklären: Die Höhle war luftdicht abgeschlossen, und die Erde rundherum enthielt chemische Substanzen, die auf den Körper konservierend einwirkten, nachdem sie in feinen

Partikelchen das Mauerwerk durchsetzt hatten. Wahrscheinlich war auch das Konservierungsmittel, das beim Einbalsamieren des Körpers gebraucht worden war, von anderer Beschaffenheit und Wirkung als jenes, das die Ägypter verwandten.

Immer wieder und wieder betrachtete ich meinen Fund. So lebensfrisch hockte er da, daß ich jeden Augenblick erwartete, er würde den Kopf heben, aufstehen und mit mir zu sprechen anfangen.

Von Erde bist du gemacht

Mitleidlos schleuderte die Sonne ihre feurigen Wogen hinunter, und es kam mir der Gedanke, daß diese Gluthitze meinem kostbaren Funde von Nachteil sein könne, wenn er zu lange dem grellen Sonnenlicht ausgesetzt sei.

Ich holte aus dem Hause eine große Kiste, um den Körper hineinzulegen und ihn dann in Sicherheit zu bringen. Ehrlich gesagt, es war mir nicht ganz klar, warum ich das alles tat, weshalb ich nicht den Körper da lassen wollte, wo er seit vielen hundert Jahren geruht hatte. Aber diese Krankheit, die schon so viel Unheil angerichtet hat, so viel Seelenlosigkeit in unsere Kultur gebracht hat, die Museumswut packte mich. Ich sah meinen Namen in wissenschaftlichen Zeitschriften gedruckt, sah mich am Rednertisch stehen, zur Seite eine weiße Leinwand, sah die Briefe von Redaktionen großer Zeitungen auf mich einregnen, die mich um Aufsätze anflehten und mir die Freiheit ließen, das Honorar zu bestimmen, sah die Museumsdirektoren mit fabulösen Summen um meinen Fund kämpfen und sah Dollarmillionäre bescheiden vor meiner Tür stehen und mir Blankoschecks anbieten, um ihre Privatsammlungen auf den ersten Seiten der New Yorker Blätter erwähnt zu sehen.

Und doch wieder ließen mich diese materiellen Aussichten

ganz kühl, und sie verflogen so rasch aus meinem Geist, wie sie, kaum eine Spur zurücklassend, gekommen waren. Noch jetzt weiß ich ganz genau, daß mein Handeln, ohne einen bestimmten Gedanken über das Warum zu haben, sich so mechanisch abwickelte, als hätte es gar nicht anders sein können. Dennoch wußte ich, daß ich nicht unter einer Suggestion, von welcher Art und Herkunft sie auch immer sein mochte, handelte.

Mit Sorgfalt ging ich ans Werk. Da die Höhle nicht breit genug war, um die Kiste neben den Körper in die Vertiefung zu setzen, sprang ich hinunter, um den Körper auf den Rand der Höhle zu heben.

Doch kaum hatte ich zugepackt, als meine Hände auch schon zusammenklatschten, als hätten sie Luft umarmen wollen, denn zwischen meinen Händen fiel der Körper zusammen, und übrig blieb nichts von ihm als ein kleines, ganz kleines Häuflein Staub, das, wenn ich es zusammenscharrte, nicht größer war als eine Faust.

Es waren nicht mehr als zwanzig Minuten vergangen, seit ich den Körper abgetastet hatte, daß er hart war und sich anfühlte wie Holz. Alles, selbst die kostbaren Gewebe, das schwarze Haar des Kopfes und des Bartes, die Fingernägel hatten sich so überraschend in zarte Flugasche verwandelt, als habe ein gewaltiges Feuer mit der Raschheit und der Konzentriertheit des Blitzes einen Strohhalm aufgebrannt.

Ich starrte auf das winzige Häuflein Asche, das noch während meines Hinsehens der Erde, die beim Ausgraben auf den Boden der Höhle gefallen war, immer ähnlicher wurde, und ich hätte schon nicht mehr mit Gewißheit sagen können, was Sand und was jene Asche war.

Es war zwecklos, noch länger da in der Mittagssonne zu stehen. Ein Traum äffte mich; ich begann aufzuwachen und bemühte mich, klar und ruhig auf ein Mittel zu sinnen, das mich von diesen Wahnbildern, die mich herumjagten, befreien könnte. Ich fühlte deutlich, daß ich anfing krank zu werden. Der Busch stand unheimlich drohend um mich herum, ebenso drohend stand über mir die glühende Sonne, einer erbarmungslosen Feindin gleich, sich in mein Hirn bohrend, fressend und nagend. Die Menschen hatten seit hundert Jahren die Erde verlassen, mich hatten sie vergessen zu rufen und mitzunehmen, weil ich zu tief im Busch war, weil sie mich totgeglaubt hatten.

Aber...

Oh, Sonne, Mond und alle Sterne, erlöst mich von meinen Qualen! Was, um aller Lebenden und Toten willen, ist Wahrheit? Dort, vor meinen Füßen funkelt und glitzert es so lustig im Sonnenlicht, so verheißungsvoll und so beruhigend: die Schmuckstücke des Indianers. Sie zerfielen nicht zu Asche, und wenn sie da sind – und sie sind wirklich und wahrhaftig da, denn ich fühle sie in meinen Händen –, dann ist auch der Indianer dagewesen, und ich bin durchaus gesund und weiß, was ich tue. Ich eile zum Hause. Mit der Freude über das neugeschenkte Leben im Herzen betrachtete und studierte ich die kleinen Kunstwerke. Dieses Studium erfüllte mich mit Andacht und mit Ehrfurcht gegenüber den Künstlern, die so Wundervolles schaffen konnten und die ihre Namen nicht zurückließen.
Endlich wickelte ich die Sachen in Papier, machte ein kleines Paketchen, das ich verschnürte, und legte es in eine leere Blechbüchse, die ich oben auf das Bücherbrett stellte.
Noch vor Sonnenuntergang ging ich abermals zur Höhle und füllte sie mit Erde und Steinen. Ich tat es, um zu verhindern, daß sich herumtreibende Pferde und Maultiere hineinstürzten, die Glieder brachen und dann hilflos darin liegenblieben.

Den ganzen Abend verbrachte ich damit, mir alle Geschehnisse der letzten Tage, und besonders des heutigen,
ins Gedächtnis zurückzurufen und sie zu ordnen, damit es
ihnen nicht gelänge, mich zu verwirren. Denn da ich niemand hatte, mit dem ich hätte sprechen, auf den ich einen
Teil meiner Erregung hätte abladen können, war ich genötigt, Widersprüche, Einwendungen, Erklärungen und
Vermutungen gegen mich allein zu führen, um eine Unterhaltung in Fluß zu bringen.
Mitternacht war längst vorüber, als ich zu Bett ging, erregt wie ein Kind am Weihnachtsabend. Erschöpft und
übermüdet infolge der harten Tagesarbeit und der seeli-
schen Aufregungen der letzten zwanzig Stunden, fiel ich
sofort in Schlaf.

Träume

Mein Schlaf war alles andere, nur nicht sanft und ruhig.
Aus einem schweren und wüsten Traum wurde ich in
einen andern gejagt. Keiner meiner Träume war süß, ja
nicht einmal indifferent oder alltäglich. Aber jeder hatte
seinen Höhepunkt, und wenn dieser Höhepunkt erreicht
war, schoß ich auf, nur um sofort wieder in Schlaf zu fallen, mit keinem anderen Sinn, als sogleich einen neuen
Traum herunterzuhetzen. Es war ganz natürlich, daß
jeder Traum mit den Dingen, die mich in den letzten Tagen außerordentlich beschäftigt hatten, in enger Verbindung stand.
Ich sah mich über die lebhaften Märkte der alten indianischen Städte wandern, aber es war mir nicht möglich, das
zu finden, was ich so bitter nötig hatte. Und immer, wenn
ich glaubte, es nun gefunden zu haben, machte ich die
Entdeckung, daß ich vergessen hatte, was es war. Nun begann mein Geist angestrengt zu arbeiten, um das, was ich
brauchte, in mein Gedächtnis zurückzurufen. Dann ging
ich an einen Verkaufsstand und kaufte etwas. Wenn ich es

aber in der Hand hatte, kam mir zum Bewußtsein, daß ich ganz etwas anderes hatte kaufen wollen. Ich steckte den Gegenstand, den ich plötzlich gar nicht kannte, in die Tasche, aber ich fand, daß ich keine Tasche an meinen Kleidern besaß. Nun sollte ich bezahlen, aber sosehr ich auch suchte, ich konnte die Kakaobohnen nicht finden, die das Geld waren, mit dem ich zu zahlen hatte. Denn was immer ich in die Hand nahm, waren Pfefferkörner, oder Ameisen, oder Fingernägel. Und dann wurde ich von halbnackten Marktpolizisten gejagt und als Marktbetrüger verfolgt. Ich raste durch den Busch, wo mich die Schlingpflanzen und Kaktusstauden festzuhalten suchten, meine Haut mir in Fetzen vom Leibe gerissen wurde durch die Dornen und Stacheln, die sich mir überall in den Weg drängten. Und wohin ich trat, waren Schlangen, Riesenspinnen und gigantische Skorpione, große Eidechsen, deren Maul halb so weit offen wie ihr Körper lang war, während hinter mir die nackten Polizisten wie Wölfe heulten und brüllten und Polizeitiger auf meine Fährte setzten. Nun hatte ich einen hohen Felsen zu erklimmen, und als ich oben war und eine Meute von Berglöwen und Geiern mich gerade packen wollte, fiel ich in eine tiefe Schlucht hinunter. Der Fall dauerte viele Stunden, und während des Falles sah ich, wie die Polizisten, die in Papageienfedern gekleidet waren, die Possums, die ihnen als Polizeihunde gedient hatten, herbeipfiffen, dann mit Musik heimmarschierten, den Kaufmann, dem ich drei und eine halbe Kakaobohne schuldete, verhafteten und am Nebenstand als Sklaven verkauften. Inzwischen kam ich unten in der Schlucht an. Ich schlug so heftig auf, daß ich aufwachte und die Schlucht hell erleuchtet fand. Es war aber der Mond, der in meinem Zimmer war. Und darüber beruhigt, schlief ich sofort wieder ein.

Nun kämpfte ich auf seiten der spanischen Eroberer, und die Azteken nahmen mich gefangen. Ich wurde in den Tempel gebracht, um geopfert zu werden. Priester legten mich auf den Opferstein und hielten mich fest. Der Hohepriester kam heran, um mir das Herz aus der Brust zu reißen und es dem fürchterlich aussehenden Gotte vor die goldenen Füße zu werfen. Ich sah, wie der Gott mich angrinste und mit den Augen blinkte, obgleich er von Stein war. Dann streifte der Hohepriester den Ärmel seines Rockes zurück, packte mich mit der linken Hand brutal am Kinn und riß mir den Kopf zurück, während er mit der rechten Hand das Messer aus Obsidian in meine Brust schlug, wobei ich aufwachte.

Aber gleich fiel ich wieder in Schlaf und kämpfte nun auf seiten der Tabascaner. Ich fiel in Gefangenschaft der Spanier, kam vor ihr Kriegsgericht und wurde zum Verlust beider Hände verurteilt, die mit einem stumpfen Taschenmesser abgeschnitten wurden. Die Arme fühlten sich ganz dumpf an, ich erwachte, und meine Hände, die seitlich aus dem Bett hingen, waren eingeschlafen.

Nun besaß ich ein Atelier für Kunstgewerbe in Tenochtitlan, und ich hatte den Befehl bekommen, den Krönungsmantel für den neugewählten Monarchen aus den schönsten Federn tropischer Vögel anzufertigen. Aber die Federn flogen mir alle fort, und ich hatte hinter jeder einzelnen herzujagen, während nur eine knappe Viertelstunde noch fehlte, bis die Krönung beginnen sollte. Alle Fürsten und die Gesandten fremder Herrscher waren schon versammelt; die Volksmenge summte vor dem Krönungspalast und in den Straßen, die zum Tempel führten. Ganze Scharen von Dienern und hohen Beamten kamen angejagt, um den Mantel zu holen; aber wenn ich eine Feder angenäht hatte und die nächste danebenheftete, flog die vorher angenähte schon wieder fort. Ich hörte die Trompeten schmettern und die großen Pauken dröhnen, die gigantischen Bronzeplatten von den Tempeln klingeln und die Priester ihre schrillen Gesänge anstimmen, während mein Haus von Tausenden von wütenden Dienern und Hofmarschällen umstellt war, die schrien: »Den Krönungsmantel! Den Federmantel! Wir müssen alle sterben! Zum Tode verurteilt! Zum Tode geflogen!« In meiner Hast, den Mantel doch noch fertigzustellen, schlüpfte er mir aus den Fingern, und alle Federn, die ich in wochenlanger mühseliger Arbeit angenäht hatte, flogen zwitschernd zum Fenster hinaus. Ich erwachte und hörte die Millionen Grillen und Graspferdchen im Busch zirpen.

Und wieder schlief ich gleich darauf ein in dem sicheren und beruhigenden Bewußtsein, daß ich im Bett liege und mir die Krönung des Kaisers von Anahuac ganz gleichgültig sei, noch gleichgültiger als sein Mantel. Da öffnete sich die Tür zu meinem Zimmer. Ich wunderte mich darüber, wie das geschehen könne; denn ich wußte genau, daß ich vor dem Zubettgehen, wie es meine Gewohnheit war, den schweren Vorlegebalken sorgfältig in die Hintschen geschoben hatte. Aber die Tür öffnete sich trotzdem, und herein kam mein indianischer Besucher, derselbe, den ich, wie ich genau wußte, am Tage vorher hatte zu Staub zerfallen sehen. Das Zimmer war durch ein merkwürdig bleiches und flutendes Licht erhellt, dessen Quelle ich nicht ergründen konnte. Es war weder Sonne noch Mond, es war vielmehr ein weißer, in sich leuchtender Nebel, der aber nicht dicht genug war, daß er irgend etwas verbergen oder auch nur verschleiern konnte.

Der Indianer kam nahe an mein Bett. Dort stand er ruhig und sah mich lange an. Ich hatte meine Augen weit geöffnet, konnte mich aber nicht bewegen. Besser gesagt, es kam mir von nirgendwoher der Wille, mich zu bewegen, und ich fühlte, daß ich mich nicht bewegen könne, wenn ich nicht irgendwo den Willen fände, der mir fortgelaufen war. Doch ich spürte keinerlei Furcht, dagegen war in mir ein wohltuendes Empfinden brüderlicher Liebe oder Freundschaft. Ein merkwürdiges, schwer zu beschreibendes Gefühl von Ruhe, Zufriedenheit, Vollkommenheit und großer Glückseligkeit. Und ich geriet unter den Eindruck, daß, sollte ich in den letzten Minuten meines Lebens ein ähnliches Empfinden haben, ich Sterben als das herrlichste Ereignis meines ganzen Lebens betrachten würde. Nun hob mein Besucher mit ruhigen Bewegungen den Moskitoschleier auf und schlug die Seite, an der er stand, oben über die Bandleine. Dann grüßte er mich in seiner feierlichen Weise. Wieder betrachtete er mich eine Weile mit tiefem Ernst, und dann begann er zu reden.

Er sprach sehr langsam, jedem einzelnen Wort das volle Gewicht der auszudrückenden Meinung gebend: »Ich frage Sie, mein Freund, wie Sie fühlen würden, wenn man Sie in einem Zustande völliger Hilflosigkeit jener kleiner Gaben beraubte, die Ihnen mitgegeben wurden als Begleiter auf jene lange Reise durch das Land der Schatten? Wer gab sie mir, jene kleinen Geschenke? Sie wurden mir gegeben von jenen, die mich liebten und die ich liebte, von jenen, die heiße Tränen weinten, als ich sie verließ. Nichts sonst als diese geringfügigen Gaben sind es, die meinen Weg erleuchten durch die Nacht. Für Liebe allein ist es, daß Menschen geboren wurden, und nur der Liebe wegen ist es, daß sie leben. Was auch immer man an Würden, Ehren, Verdiensten, Ruhm und Reichtümern erworben haben mag, verglichen mit der Liebe zählt es nichts. Vor dem großen Tor, durch das wir alle zu gehen haben, werden selbst die innigsten Gebete, die zum Himmel hinaufgesandt wurden, nur als Bestechungsgelder angesehen, nicht mehr wert als eine kleine Kupfermünze. Im Angesicht der Ewigkeit zählt nur die Liebe, die wir gaben, die Liebe, die wir empfingen, und vergolten wird uns nur in dem Maße, als wir liebten. Darum, Freund, geben Sie mir zurück, was Sie mir nahmen, so daß, wenn am Ende meiner langen Wanderung, vor dem Tore stehend, ich gefragt werde: ›Wo sind deine Beglaubigungen?‹ ich sagen kann: ›Siehe, o mein Schöpfer, hier in meinen Händen halte ich meine Beglaubigungen. Klein sind die Gaben nur und unscheinbar, aber daß ich sie tragen durfte auf meiner Wanderung, ist das Zeichen, daß auch ich einst geliebt wurde, und also bin ich nicht ganz ohne Wert.‹«

Die Stimme des Indianers verhauchte in ein Schweigen.

Es war nicht seine wogende Beredsamkeit, es war vielmehr sein Schweigen, in eherner Urgewalt den Raum füllend, Dingen, Worten und Taten wortlos befehlend, das mein Handeln bestimmte. Ich stand auf, kleidete mich notdürftig an, zog die Stiefel über die Füße und eilte zum Bücherbrett. Ich öffnete das Paketchen, hängte dem Indianer die goldene Kette über den Hals, schob den schweren Ring an seinen Finger und kniete endlich vor ihm nieder, um ihm die Reifen um die Knöchel zu legen. Als ich mich von den Knien erhob, hatte er den Raum verlassen. Die Tür war verschlossen und der Balken vorgeschoben. Ich kehrte zu meinem Bett zurück und fiel sofort in einen Schlaf, der so tief, so gesund, so traumlos war, wie ich seit Wochen keinen gehabt hatte. Er war wie der erste erfrischende, wohltätige Schlaf nach einer schweren Krankheit.

Das Erwachen

Spät am folgenden Morgen wachte ich auf, wundervoll ausgeruht und mich so kräftig fühlend wie seit langer Zeit nicht mehr.

Auf dem Bettrand sitzend und mich lässig ankleidend, fiel mir der letzte Traum ein, und ich mußte gestehen, daß ich mich keines Traumes erinnern konnte, der so klar und so logisch sich abgewickelt hatte wie dieser. Ich langte nach meinen Stiefeln, und ich fand es höchst merkwürdig, daß sie nicht auf dem Stuhle standen und nicht mit Papier ausgestopft waren. Durch Erfahrung gewitzigt, hatte ich mir angewöhnt, wenn ich im Busch oder im Dschungel lebte und die Stiefel des Abends ausziehen konnte, sie auszustopfen und hochzustellen, um zu verhindern, daß Skorpione darin versteckt waren, wenn ich mich des Morgens eilig ankleiden wollte.

Aber die Stiefel standen nicht auf dem Stuhl, sondern unter dem Bett, und als ich das bemerkte, fiel mir ein, daß ich sie dorthin hatte fallen lassen, als ich ins Bett zurückkehrte, nachdem der Indianer gegangen war und ich mich so müde fühlte, daß ich nicht die Kraft mehr aufbringen konnte, die Stiefel auszustopfen, während ich, halb schon wieder schlafend, ins Bett rollte.

Nun sprang ich zum Bücherbrett. Die Blechbüchse stand nicht mehr dort. Ich sah mich um und fand, daß sie auf dem Tische stand. Leer. Das Papier, in das die Schmuckstücke gewickelt waren, lag zerrissen auf dem Fußboden. Kein Anzeichen war zu entdecken, wo die Sachen sein mochten und auf welche Weise sie verschwunden sein konnten. Die Tür war noch immer sorgfältig verschlossen, von innen, mit dem schweren Querbalken davor, genauso, wie ich die Tür gestern abend und alle Abende vorher gesichert hatte.

Ich stürmte hinüber zum Hügel. In fieberhafter Eile räumte ich die zugeschüttete Höhle aus, fand es aber völlig aussichtslos, zwischen den Steinen, der Erde und dem Gebüsch, womit ich gestern nachmittag die Höhle aufgefüllt hatte, irgend etwas zu entdecken, das mich auf die Spur meiner verlorenen Schätze bringen könnte.

Wo, um aller törichten Träume willen, hatte ich nur in meiner Schlaftrunkenheit dieses Zeug hingeschleppt?

Vergeblich marterte ich mein Hirn und hämmerte in meinem Gedächtnis herum. Nicht eine einzige Idee kam mir, der nachzugehen sich hätte lohnen können. Vielleicht die Schweine? Es war zwar lächerlich, das in Erwägung zu ziehen, aber versuchen konnte ich es ja, ich brauchte ja niemand etwas von diesem Aberglauben zu erzählen.

Jedoch die Schweine sah ich niemals wieder.

Der Doktor kehrt zurück

Zehn Tage später kam der Doktor zurück.

Meine erste Frage war: »Sagen Sie, Doktor, haben Sie jemals drei Hogs (Schweine) hier in der Nähe des Bungalows oder in der Nachbarschaft gesehen? Zwei schwarze und ein gelbes? Von der dickbehaarten indianischen Art?«

»Hogs?« fragte er, mich dabei scharf beobachtend. »Hogs?« wiederholte er nach einer Weile noch einmal, und ich hatte das Empfinden, als ob er in seine Stimme und in seinen mich festhaltenden Blick eine Färbung legte, die ganz gut eine unauffällige Prüfung meines Geisteszustandes sein konnte. »Hogs? Nein! Sie meinen ganz bestimmt Dogs (Hunde). Sie verwechseln nur die Wörter. Ich habe hier allerdings verschiedene Male drei Hunde herumlaufen sehen, zwei schwarze und einen gelben der hier üblichen dickbehaarten Art, die sich etwas sonderbar benahmen. Ich habe herumgefragt, aber niemand kannte die Hunde. Schließlich, was habe ich mich um streunende Indianerhunde zu kümmern?«

Nun erzählte ich ihm meine Geschichte. Ich glaubte, er würde in Ekstase geraten.

»Einen toten Indianer, sagen Sie? Einer, der Sie besuchte, in zwei Nächten?« Er löste meine lange ausführliche und begeistert vorgetragene Erzählung in so trockene Worte auf, preßte meine Ausrufe des Entzückens in so winzige und klapperdürre Fragezeichen zusammen, daß es mir leid tat, zu diesem zynischen Skeptiker überhaupt von meinem Erlebnis gesprochen zu haben.

Wie mit einer Sonde in einer Wunde, so bohrte er mit seinen Augen in meinem Gesicht herum und sagte: »Schmucksachen? Antike aztekische Arbeit? In der Hand gehabt? Verschwunden? Wissen nicht, wo und wie?« Seine Ironie empörte mich, und ich sagte lauter und rascher, als nötig war: »Wenn Sie es nicht glauben, ich kann Ihnen den Hügel zeigen mit den Steinstufen und auch die Höhle, die ich gegraben habe.«

Immer noch die Augen auf mich geheftet, als ob er einem Krankheitsbericht zuhöre, dann die Stirn hochziehend, nahm er endlich ruhig seine Pfeife aus der Tasche, griente mich unverschämt an und sagte knochentrocken: »Ich kann Ihnen auch eine Höhle zeigen, die ich gegraben habe im Busch, vor – achtundzwanzig Jahren. Passiert mir heute nicht mehr. Ich lasse die toten Indianer und ihre Könige ruhig schlafen in ihren Gräbern.«

Dann tat er zwei Züge aus seiner kleinen Pfeife.

Er blies den Rauch mit einem langen Atem und spitzem Mund aus – sehr philosophisch und nachdenklich.

Als der Rauch sich verzogen hatte, betrachtete er seine Tabakspfeife von allen Seiten, und während er wieder einen Zug nahm, heftete er seine Augen auf mich und ließ mein Gesicht nicht mehr los.

Er neigte den Kopf ein wenig zur Seite, sah mich von unten herauf an, griente, pfiff abermals den Rauch in einem langen Stoß aus und sagte nun, die Augen halb zugekniffen: »Ja, was ich Ihnen raten möchte: Nehmen Sie sich ein nettes, nicht zu dreckiges Indianermädel in Ihre Strohbude. Als Köchin. Dann erscheinen Ihnen keine toten Indianer mehr. Dieser Rat ist honorarfrei. Kostenlos gegeben. Erworben in langer Erfahrung und, medizinisch gesehen, der beste, den ich Ihnen geben kann. Ja, und was ich noch sagen wollte, Gales, ich schulde Ihnen etwas für Ihren Aufenthalt in meinem Hause.«

Er reichte mir ein dickes Paket über den Tisch: »Ich habe Ihnen fünf Pfund des allerbesten Tabaks gekauft, den ich auftreiben konnte. Diese Gabe wird Ihnen willkommen sein. Da nehmen Sie sie und lassen Sie sich's gut schmecken.«

Die Gabe willkommen? Willkommen? Mir willkommen? Dieses Wort Willkommen bohrte sich merkwürdig in meine Seele. Es ließ mich nicht mehr los. Es stach und stach sich in mein Hirn.

Willkommen? Bin ich wirklich willkommen hier? Nein, ich bin nicht willkommen. Ich bin nicht länger willkommen hier.

Irgend etwas wurde zerstört, in mir, außerhalb von mir, rund um mich herum, oder irgendwo in weiter Ferne.

Ich kann nicht mit Genauigkeit erklären, was zerstört wurde und wo. Aber irgend etwas ist nicht mehr, wie es war. Der Busch ist nicht mehr derselbe Busch. Wenigstens nicht für mich.

Ich fühlte Schrecken, wo ich vorher eine himmlische Ruhe gefühlt hatte.

Ich sehnte mich ganz plötzlich nach Veränderung.

Er hatte drei Hunde gesehen, drei Hunde der stark behaarten indianischen Art, zwei schwarze und einen gelben.

Ich dagegen hatte drei Schweine gesehen, drei Schweine der stark behaarten indianischen Art, zwei schwarze und ein gelbes.

Das Furchtbarste, das mir geschehen mochte, war, daß ich eines Tages genau dieselben drei Hunde sehen würde, die er behauptete hier gesehen zu haben. Sollte dies je geschehen, ich würde die Kraft nicht haben, es zu überleben. Er hingegen hatte die Kraft gefunden, eine solche Begegnung mehr als einmal zu überleben. Dessen war ich gewiß. Er war anders geformt, anders ausgestaltet, mit anderen natürlichen oder unnatürlichen Gaben versehen.

»Darf ich wohl noch für diese Nacht hier in Ihrem Bungalow schlafen?« fragte ich ihn.

»Natürlich, dürfen Sie«, antwortete er, »zwei Nächte, drei, eine ganze Woche, wenn es Ihnen so gefällt.«

»Hören Sie, Doktor«, sagte ich nun, ihm geradenwegs ins Gesicht sehend, »Sie befinden sich wohl, recht wohl, wie es scheint?«

»Warum die Frage, Gales? Ich – ich verstehe nicht recht, was Sie damit meinen. Wie Sie es meinen.«

»Ich wollte dessen nur gewiß sein. Das ist alles, Doktor. Good night, ich werde mich in meine Bunk kollern.«

»Good night, Gales«, erwiderte er, sich nachdenklich das Kinn reibend und mit einem fremdartigen, starren Blick in seinen Augen meine Gesten aufmerksam verfolgend, als ich das Moskitonetz für die Nacht ordnete.

Der Morgen

Am nächsten Morgen, als wir im Porch frühstückten, sagte ich beiläufig: »Wie denken Sie darüber, Doktor, könnte ich Ihnen nicht vielleicht vier Pfund des wundervollen Tabaks verkaufen, den Sie mir mitgebracht haben?«

»Ja, warum denn das, Gales? Ich gab Ihnen doch den Tabak als ein Geschenk dafür, daß Sie mein Haus bewachten. Was ist denn los mit diesem Tabak? Er ist der beste auf dem Markt, die am besten bekannte Marke. Schmeckt er Ihnen denn nicht? Oder was ist der wahre Grund?«

»Sehen Sie, Doktor, die Sache ist die und der Umstand der: Ich wünsche Ihnen diese vier Pfund Tabak zu verkaufen für, sagen wir, fünfundzwanzig Pesos in barem Gelde.«

»Aber natürlich kaufe ich ihn zurück, wenn Sie ihn im Ernst los sein und einheimischen Tabak für das Geld kaufen wollen. Keine Einwendungen meinerseits. Tatsache ist, daß in wenigen Wochen ich mich selbst in Not befinden werde mit einem guten Tabak. Ich konnte nicht viel mit herüberbringen. Sie wissen, der Zoll ist lächerlich hoch.«

»Es ist nicht meine Absicht, mir für das Geld einheimischen Tabak zu kaufen, Doc. Das ist es wirklich nicht. Ich bin völlig zufrieden mit einem Pfund, das mir verbleibt. Was ich in Wahrheit benötige, ist das Geld, das ich für den Tabak haben möchte.«

»Darf ich mir erlauben zu fragen, wofür Sie das

Geld so dringend brauchen, wenn es kein Geheimnis ist?«

»Kein Geheimnis, Doktor«, sagte ich. »Nein, wahrhaftig, kein Geheimnis. Die Sache ist recht einfach. Ich möchte hier ausklären, fortgehen von hier, das ist alles. Letzte Nacht habe ich alles und jedes in meinem Kopfe erwogen, alles, was dafür spricht und was dagegen. Sehen Sie, Doc, das Rezept, das Sie mir gaben, das mit der gut aussehenden und nicht gar zu ungewaschenen Köchin, hat seine Heilkraft für mich verloren. Es ist nun zu spät. Es wäre eine vorzügliche Medizin für mich gewesen, sagen wir, vor drei Monaten. Aber jetzt, wie die Dinge stehen, wirkt es nicht mehr. Ich weiß das nun, ich fühle es durch und durch in mir.«

»Und was geschieht mit Ihrer Farm? Das Geld, das Sie dort angelegt haben und all die harte Arbeit, die Sie darauf verwendeten, um etwas daraus zu machen? Ihre Arbeit ist mehr wert als das Geld, das Sie für dieses beinahe wertlose Land bezahlten. Sie wollen doch nicht etwa sagen, daß Sie das alles im Stich zu lassen gedenken?«

»Das ist meine Absicht, Doc. Ich überlasse das alles für nichts dem, der zufällig des Weges kommen sollte und sich dort festsetzt. Meinetwegen mag es der Busch zurücknehmen. Es gehört dem Busch von Rechts wegen auf alle Fälle. Ich stahl es vom Busch, und er kann es zurückhaben. Es gehört dem Busch. Ich gehöre nicht dem Busch. Und dem Busch ist diese Gabe willkommen mit meinen besten Wünschen für sein ferneres Wohlergehen. Ich hoffe, er kann es nun für immer behalten, bis unsere Welt zu Ende kommt. Gratuliere.«

»Ganz wie Sie wünschen, Gales. Ich werde Sie gewiß nicht zu überreden versuchen, hierzubleiben und es noch einmal aufs neue zu versuchen mit vielleicht mehr Glück. Sie sind alt genug, selbst zu wissen, was Sie wollen und was Sie nicht wollen. Gut denn, hier sind Ihre fünfundzwanzig Pesos. Im Falle, daß Sie mit der Bahn zu reisen gedenken, können Sie Ihren Pony im Ort an der Station verkaufen. Jeder wird ihn gern nehmen für einen nicht zu hohen Preis. Ich denke, daß Sie gut vierzig dafür bekommen werden, wenn Sie ihn für siebzig anbieten.«

In diesem Augenblick bemerkte ich, daß seine Gesichtszüge sich in merkwürdiger Weise verändert hatten, während er sprach. Er bewegte seine Lippen, wie er gewöhnlich tat, wenn er angestrengt über etwas nachdachte.

Er wendete sich um, ging zur äußersten Ecke des Porch und starrte hinunter über den weiten Dschungelozean. Nun holte er tief Atem und, ohne sich zu mir zurückzuwenden, auf den Dschungelozean blickend, sagte er: »Ich wünschte, Gales, daß ich mit Ihnen gehen könnte. Ich wünschte, daß ich ebensoleicht und frischweg diese Stelle hier verlassen könnte, wie Sie es tun.«

Aufs neue zog er tief den Atem ein und setzte fort: »Wie Sie es heute noch tun können. Noch. Ehe es selbst für Sie zu spät ist. Aber ich kann es nicht. Ich kann es nicht mehr. Ich bin hier festgebunden, gottverdammt noch mal, festgebunden. Ich bin hier begraben. Knochen, Seele, Herz und Fleisch. Begraben. Es ist nur Asche, was hier von mir verbleibt. Alles, was ich war und was ich bin, ist hier begraben. Nur mein Denken ist noch immer am Leben. Zuweilen denke ich, daß selbst mein Denken eingeschlafen ist und lediglich frühere Gedanken um mich herumhängen, um mich glauben zu lassen, daß ich noch denke und darum lebe. Ich muß hier bleiben, wo meine Seele und meine Knochen rasten. Ich kann diese hier nicht vereinsamt zurücklassen. Sehen Sie, Gales, die einfache Tatsache ist, daß ich hier begraben liege in mehr als einer Weise. Was – eh – was – was – was war es doch gleich, was ich sagen – ich meine – was ich im Sinn hatte – jetzt zu – –«

Er starrte hinaus in die unermeßliche Ferne, über den

weiten Dschungel hinweg, als ob er trachtete, über die Welt hinauszublicken. Und wie ich bei verschiedenen Gelegenheiten geglaubt hatte, so glaubte ich auch jetzt: Er war lange, lange Zeit vorher gestorben, ohne es zu wissen, und da er es nicht weiß, daß er schon lange tot ist, darum bewegt er sich noch hier herum. Staub und Asche, zusammengehalten in seiner ursprünglichen Form aus reiner Gewohnheit und aus keinem anderen Grunde.

Ruckartig wendete er sich um zu mir: »Natürlich, Gales, natürlich will ich Ihnen die beiden Mules leihen, damit Sie Ihre Sachen zur Station bringen können. Lassen Sie die Tiere bei den Staddlers, bis ich einen Mann hinunterschicke, sie abzuholen. Well, well. Wenn doch Gott im Himmel nur Mitleid mit mir haben wollte und mir die große Gnade erweisen möchte, daß ich mit Ihnen gehen könnte, frei zu sein und leichten Herzens wie Sie, zu gehen, wohin man wünscht und wohin ein guter Stern mich leiten würde. Well, Gales, da es wohl nun nicht anders sein kann, viel Glück, good luck. And, God bless you. Good-bye. Bye! Bye!«

Die Station

An der Eisenbahnstation angekommen, schlug ich zehn silberne Pesos hart auf das Brett, über dem ein Loch in der Holzwand ein Fenster vorzutäuschen versuchte.

»Wohin geht der nächste Zug? Westen oder Osten?«

»Oeste, Westen wollte ich sagen«, antwortete der Stationsvorsteher.

»Ein Billett zweiter Klasse für zehn Pesos, por favor.«

»Welche Station, bitte?«

»Lediglich ein Billett für zehn Pesos irgendwohin nach Westen. Der Name der Station ist mir ganz und gar gleichgültig, Señor.«

Der Stationsvorsteher blickte über die Liste hin. »Da ist

ein Billett für neun Pesos und fünfundneunzig Centavos und das nächstfolgende ist für zehn vierzig. Welches von beiden wünschen Sie?«

»Geben Sie mir das für neun fünfundneunzig. Gut für mich zu jeder Zeit, heute wie morgen.«

»Da haben Sie es. Fünf Centavos heraus. – Eitel Jubilieren. – Da faucht die alte Tante ja gerade heran, als ob sie an unheilbarem Asthma leide. Aber sie kommt auf die Minute genau. Ein Ereignis.«

Der Zug kam stöhnend und zischend zum Halten. Ich nahm mir nicht die Mühe, den Namen der Station, der auf meinem Billett gedruckt war, zu lesen. Dazu war später Zeit genug. Die eine Station war für mich genausogut wie jede andere, soweit ich und meine Ziele in Betracht kamen.

Wenn es dir beschieden sein sollte, eine Goldmine zu entdecken, magst du ebensogut daheim bleiben, dein Haus abbrechen und den Boden aufwühlen. Dieser Platz ist genauso nahe bei deinem Glück und Reichtum wie ein anderer zehntausend Meilen entfernt, wenn du der Bursche bist, der sich aufmachte, zu erhalten, was er sich wünschte.

Als ich nun im Zuge saß und die Lokomotive ständig an Geschwindigkeit zunahm, kam der Schaffner auf mich zu, nahm mir mein Billett ab, las den Namen der Station, kreuzte ihn mit einem Blaustift an und gab mir an Stelle des Billetts ein Stückchen Papier, auf das er mit demselben Blaustift einige Hieroglyphen gepinselt hatte. Ich fingerte das Stückchen Papier hilflos hin und her. Da bekam der gute Schaffner endlich Mitleid mit meiner Hilflosigkeit, nahm mir das Papierchen wieder ab und steckte es in mein Hutband, dabei fragend: »Das ist doch Ihr Hut, Mister, nicht wahr?«

Ich nickte bejahend, und er sagte geschäftsmäßig: »Ich werde Sie zur rechten Zeit aufrufen, damit Sie aussteigen. Machen Sie sich darum nur keine Sorge. Inzwischen tun

Sie vielleicht ein kleines Nickerchen und sorgen Sie sich um nichts, um absolut gar nichts. Ich wache über Sie.«

Er gab mir ein Lächeln, nickte mir in väterlicher Weise zu, als ob er einen kleinen Jungen vor sich hätte, der zum ersten Male in einer Eisenbahn fährt und völlig allein und unbegleitet ist. Dann ging der Mann seines Weges, andere Fahrgäste besuchend.

Der Wagen war armselig beleuchtet, und ob man nun wollte oder nicht, es dauerte nicht lange und man dröselte ein, da ja nichts anderes von Wichtigkeit zu tun war.

Nachdem ich geschlafen hatte – ich glaubte, es müßten wenigstens sechzig Stunden oder so gewesen sein –, wurde ich an den Schultern gerüttelt, und ich hörte eine Stimme sagen: »Nächste Station ist Ihre. Sie haben fünf Minuten. So, schütteln Sie Ihre Schlaftrunkenheit gut aus und machen Sie sich fertig. Wir halten hier gewöhnlich nicht. Wenn wir einen Fahrgast haben, der hier auszusteigen wünscht, so läßt die Lokomotive nur ein wenig in ihrer Geschwindigkeit nach, und der Passagier muß versuchen, so rasch wie möglich abzuspringen, ehe die Lokomotive wieder an Geschwindigkeit zunimmt. In meinen ganzen Erinnerungen, well, ich will sagen, so lange ich diese Strecke bereise, haben wir niemals einen Passagier gehabt, der hier aussteigen oder einsteigen wollte. So eilen Sie sich, Señor, und geben Sie gut acht, daß Sie nicht unter die Räder geraten. Ich werfe Ihr Gepäck aus dem Fenster. Sie können es auflesen, wenn Sie einmal abgesprungen und draußen heil und gesund angekommen sind.«

Ich raffte mich, immer noch ein wenig schläfrig, zusammen und machte mich fertig für den Absprung.

»Eine wunderschöne, klare Tropennacht, würde ich es nennen«, sagte der Schaffner, durch das offene Fenster spähend und meine Koffer nahe ans Fenster schiebend. »Alle Sterne leuchten wie reine Diamanten. Well – bueno – da sind Sie nun. Buenas noches. Gute Nacht. Buena Suerte. Viel Glück!«

Der Zug fuhr allmählich langsamer. Ich bemerkte, daß meine Sachen bereits aus dem Fenster gesaust waren. Ich stand an der offenen Tür des Wagenendes auf der Platt-form, und sobald mir der Zug langsam genug schien, daß ich es wagen konnte, sprang ich ab. Sprang in tiefe Fin-sternis. Ehe ich mich zurechtfinden konnte, was eigentlich geschehen war, und als der letzte Wagen des Zuges bereits vorübereilte, vergingen nur noch wenige Sekunden, und dann konnte ich bereits das rote Schlußlicht des Zuges in weiter Ferne sehen. Ich blickte mich um nach allen Seiten. Aber nichts war zu sehen, weder eine Stationshütte noch eine Indianerhütte, noch ein auch noch so bescheidenes Kästchen, das man als notdürftiges Gehäuse ansehen konnte, sich für ein paar Stunden niederzulegen. Nichts war da, absolut gar nichts.

Gar nichts, mit Ausnahme eines Holzpfostens, an den ein Brett genagelt war, von dem mehr als die Hälfte abge-brochen sein mochte. Ich ging dicht heran, zündete ein Streichholz an und blickte auf einige Flecken an dem Stückchen Brett, das noch da hing.

Diese paar verstreuten Flecken waren augenscheinlich die letzten Überreste eines Namens, des Namens der Station, der einst auf das Brett aufgemalt worden war.

Kein anderes Licht als das der Sterne konnte irgendwo wahrgenommen werden, weder in der Nähe noch in weiter Ferne.

Ich sammelte meine Gepäckstücke zusammen und setzte mich auf das, das mir am widerstandsfähigsten schien.

Weniger als dreißig Meter von der einen Seite des Bahn-geleises wie auch von der anderen stand der Busch. Der Busch, dicht, trocken, vergrämt, und wie es mir schien grüngrau, in diesem Augenblick schwarz, in der sammet-weichen Finsternis der Nacht den Eindruck auf mich machend, als ob er näher auf mich zukomme, langsam wohl, aber unentrinnbar. Er kam auf mich zu, düster und unaufhaltsam, drohend, mich mit seinen Fängen zu umschließen, mein Herz mit Schrecken erfüllend, daß, sollte er mich in seiner Gewalt haben, er mich langsam aufschlürfen würde, mein ganzes Sein, mein Herz, meine Seele, ohne auch nur ein paar bleichende Knochen übrigzulassen, die anderen Menschen erzählen könnten, daß hier einmal in dieser Nacht ein menschliches Wesen des Weges gekommen sei, um dem Busch zu entfliehen.

Nur Eisenbahnzüge würden hier vorübersausen, in denen Leute saßen, die sich entsetzlich fürchteten, es könnte einmal geschehen, daß der Zug hier infolge eines Maschinendefekts halten müßte, und sie so gezwungen wären, hier einige Minuten zu verbringen, hier, in dieser ungeheuerlichen Einsamkeit, von allen Seiten eingeschlossen vom drohenden Busch.

Die balsamische Luft der Tropennacht war gefüllt mit Zirpen, Flöten, Singen, Summen, Murmeln, Winseln, Geigen, Wispern, Flüstern, hin und wieder durch einen Schrei, durch ein grausiges Schrillen unterbrochen, das kurz und hart durch die Finsternis der Welt schnitt.

Der Busch sang sein ewiges Lied, sang seine ewig sich verändernden Geschichten, von denen jede neue begann mit dem letzten Satze der soeben beendeten.

So wurde ein neuer Gott geboren

Bei vielen alten Völkern, und nicht immer nur bei den barbarischen, wurden die Götter nach dem Ebenbilde des Menschen gemacht; man gab den Göttern alle Charaktereigenschaften, alle Laster und Tugenden eines Menschen. Die Fabrikanten der jüdischen und der christlichen Religion, um eine Ausnahme zu machen, machten den Menschen nach dem Ebenbilde Gottes. Das Endergebnis ist in beiden Fällen das gleiche, und der erreichte Zweck entspricht dem, der beabsichtigt war: es sollte gezeigt werden, daß der Mensch ein göttliches oder gottähnliches Wesen sei und er darum das Recht habe, alles das und alle die zu beherrschen, die keine gottähnlichen Wesen seien. Alle Götter, heidnische, jüdische und christliche, sind Schöpfungen von Menschen. Nur in ganz seltenen Fällen läßt sich die Geburt oder die Fabrikation eines Gottes auf den wahren, schlichten und einfachen Vorgang des In-die-Welt-Kommens zurückführen, weil diejenigen, die durch die Religion ihre Vorteile finden, den Ursprung Gottes mit Mystizismus verräuchern. Ein Stern führt Könige aus fernen Landen zum Geburtsplatz, und unmittelbar nach der Geburt klafft der Himmel auseinander, und Trompetenbläser und ein gut eingedrillter Opernchor geben ein Freikonzert für Schafhirten. In vielen christlichen Ländern, besonders in den Vereinigten Staaten von Nordamerika, wird wegen Gotteslästerung bestraft, wer versucht, die wahre Entstehungsgeschichte der jüdischen oder christlichen Religion aufzudecken. Dagegen ist es keine Gotteslästerung, wenn man die Entstehung sogenannter heidnischer Götter erforscht und die Ergebnisse der Forschung bekanntgibt. Und weil man bei der Erforschung heidnischer Religionen nicht behindert, sondern sogar noch oft reichlich unterstützt wird, so kommt man hierbei den wahren Dingen leichter auf den Grund. Wenn ich hier die Geschichte der Geburt eines indianischen Gottes erzähle, so geschieht es mit der wohlbegründeten Überzeugung, daß es auf Erden keine einzige Religion gibt und nie gab, bei der nicht die Geburt des Gottes oder der Götter, und damit die ganze Entstehung der Religion, auf einen ähnlichen schlichten und natürlichen Vorgang zurückgeführt werden kann.

Nachdem Hernan Cortes Mexiko erobert hatte, unternahm er eine Expedition nach Honduras. Diese Expedition wurde unternommen, um einen Wasserweg vom Atlantischen nach dem Pazifischen Ozean zu finden; denn zu jener frühen Zeit glaubte man, daß der nordamerikanische und der südamerikanische Kontinent nur zwei große Inseln seien, zwischen denen ein gewaltiger Meeresarm hindurchführe.

Mit dieser Expedition kam Cortes an den Peten-See, einen sehr großen See im heutigen Guatemala. Auf den Inseln dieses Sees sowie an seinen Ufern fand Cortes Indianer, die den Spaniern eine rührende Gastfreundschaft entgegenbrachten.

Infolge des langen Marsches über unwegsame Dschungelbezirke, über Gebirge, über Sümpfe, durch Flüsse und durch wüstenhaftes Gelände war die Armee des Cortes völlig heruntergekommen. Sie schleppte sich nur noch darum weiter, weil sie ein Zurück durch das gleiche Gebiet nicht überlebt haben würde. Hätte Cortes hier nicht diese gastfreundlichen Indianer getroffen, die ihr Bestes taten, der verhungernden und zusammenbrechenden Expeditionsarmee wieder auf die Beine zu helfen, so wäre der ganze Trupp elend in den Dschungeln und Sümpfen zugrunde gegangen. An sich hat jene Expedition sehr wenig Erfolg gehabt, und sie zählt mit zu den größten katastrophalen Fehlschlägen der spanischen Eroberer in Amerika.

Die Indianer des Peten-Sees fütterten die Spanier wieder hoch, versorgten sie reichlich für den Weitermarsch und taten für sie, was wirklich gastfreundliche Menschen nur immer tun können für die, die einer Hilfe benötigen.

Um den Fremden noch mehr zu Gefallen zu sein und ihnen keinen Wunsch zu versagen, willigten die Eingeborenen leichten Herzens ein, sich taufen zu lassen und alle Christen zu werden. Innerhalb von zwei Tagen wurden alle Indianer, die hier zu einem großen Feste zusammengekommen waren, getauft, und in ihrer großen Güte und Friedensliebe gestatteten sie den Weißen, ihre Götter und Tempel zu zerstören, und als sie bemerkten, daß diese Zerstörung den Weißen so viel Freude machte, sahen sie dem aufgeregten Treiben und Wüten der Spanier belustigt zu. Sie betrachteten das als eine Art von Komödie.

Die Indianer jener Region, die ihr Leben schlicht fristeten von den vielfachen Gaben, die ihnen der große See und die umgebenden Wälder boten, besaßen weder Gold noch Silber, noch Edelsteine, noch hatten sie irgendwelche Kenntnis von Gold- oder Silberminen. Aus diesen Gründen hatte Cortes nicht viel Interesse für sie übrig. Er betrachtete die Zeit, die er bei ihnen zubrachte, im Grunde als verloren. Er beeilte sich, so schnell als möglich die Gegend wieder zu verlassen, und trieb die Mönche, die seine Armee begleiteten, an, sich mit ihrem Geschäft der Heidenbekehrung zu beeilen, weil es hier nichts zu verdienen gäbe.

Um das glorreiche Fest der Massenbekehrung mit dem gehörigen Pomp zu begleiten und gleichzeitig den erforderlichen Eindruck der Macht der Weißen bei den Indianern zurückzulassen, ordnete Cortes an, daß an dem Tage der Massentaufe die Kanonen abgefeuert werden und daß seine Reiter einige militärische Übungen vorführen sollten.

Für die Indianer, die so etwas nie gesehen hatten, war das natürlich eine große Sache. Das Donnern und Feuern der Kanonen, die Turniere der Reiter und das ganze Getue der Mönche machte auch wirklich auf die Neubekehrten den Eindruck, den die Mönche so sehr wünschten. Die Indianer sollten davon überzeugt werden, daß die Leute, die alle diese merkwürdigen Kunststücke ausführen konnten, einen Gott haben mußten, der mehr konnte als ihr alter indianischer Gott und der deshalb ihren alten Göttern überlegen sein mußte.

Den tiefsten Eindruck auf die Indianer aber machten nicht die donnernden und feuerspuckenden Kanonen, sondern die Reiter und die Pferde. Da es auf dem amerikanischen Kontinent keine Pferde gab, so hatten die Indianer niemals Pferde gesehen. Sie betrachteten den Reiter und das Pferd als ein gemeinsames Wesen. Und es erschien ihnen als das gräßlichste aller Ungetüme, das sich nur vorstellen läßt. Es hatte vier Beine, konnte rascher laufen als der schnellste Läufer, es hatte zwei Köpfe, einen Menschenkopf und einen seltsamen langen Kopf mit großen runden Augen, es hatte einen langen Stachel, die Lanze des Reiters, und ein kurzes Messer, das Schwert, mit dem es nach allen Seiten Hiebe austeilen konnte.

Cortes ließ diese gastfreundlichen Indianer völlig ausgebeutet zurück, ohne ihnen irgendeine andere Bezahlung für ihre gastfreundliche Hilfe zu hinterlassen, als ihnen gezeigt zu haben, wie sie ihre Sünden abwaschen könnten, von deren Vorhandensein sie bisher gar nichts gewußt hatten.

Jedoch am Tage seiner Abreise beschloß er, ihnen etwas zurückzulassen, was sie als genügende Bezahlung anerkennen würden, ohne die Weißen als gar zu große Knicker in Erinnerung zu behalten. Deshalb, um seine Dankbarkeit zu beweisen, bot er den Eingeborenen bei seiner Abreise als Zeichen der guten Freundschaft ein fußlahmes Pferd an, das für seine Weiterreise nur ein Hindernis war.

Die Indianer nahmen diese Gabe in Empfang mit den aufgeregten Gesten und Reden von Leuten, die eine so

fürstliche Bezahlung für erwiesene Dienste nie erwartet
haben.

Dann verschwanden Cortes und seine Armee ebenso my-
steriös, wie sie gekommen waren. Allein nur das lahme
Pferd, das die Eingeborenen jetzt im Besitz hatten, bewies
ihnen, daß alles das, was sie in den vergangenen Tagen
erlebt und gesehen hatten, kein Traum, sondern Wirklichkeit gewesen war.

Nun wohl, Cortes hatte seinen freundlichen Wirten ein
Pferd als Geschenk hinterlassen. Was er ihnen aber nicht
hinterlassen hatte, das war eine genügende Kenntnis von
der Nahrung und der Pflege eines Pferdes. Tausende und
aber Tausende von Indianern aus den benachbarten Re-
gionen waren inzwischen erschienen, um das Pferd zu sehen und zu bewundern. Da das Pferd so intim verknüpft
war mit diesen mysteriösen weißen bärtigen Leuten, die
Donner und Blitz erzeugen konnten, so fühlten die
Indianer die tiefste Ehrfurcht gegenüber diesem Tier. Sie
boten ihm die schönsten Blumen und Blüten als Opfer-
gabe an.

Jedoch dieses göttliche Tier schnüffelte nur stolz an diesen
Opfergaben herum und wendete dann seinen Kopf ver-
ächtlich hinweg.

Darüber waren die unschuldigen Kinder dieses sonnigen
Landes recht betrübt. Sie beteten und sangen, tanzten und
hielten feierliche Prozessionen ab, um diese göttliche
Kreatur wieder zu versöhnen.

Endlich sagte ein alter Medizinmann: »Seht ihr denn
nicht, das göttliche Wesen ist verwundet am Fuß. Behandelt es entsprechend.«

Die Indianer häuften nun vor dem Rößlein Riesenberge
von gebratenen wilden Truthühnern auf; denn gebratene
Truthühner werden bei den Indianern als die Nahrung
für Verwundete angesehen.

Trotzdem die Truthühner auf schön geschliffenen Kupfer-
platten, mit Blumen, Früchten und köstlichen Kräutern,

vorgesetzt wurden, das Pferdlein schüttelte nur seine Mähne und trampelte ungeduldig mit den Füßen.

Dieses Trampeln mit den Füßen gab den Indianern eine andere Idee. Es wurde eine schöne Jungfrau erwählt, die man nun dem Pferde anbot. Aber das Roß war viel zu stolz, diese liebliche Gabe auch nur zu beschnüffeln. Das war ja auch ganz verständlich. Das Mädchen war bronzebraun, während das Pferdchen nur an weiße Jungfrauen gewöhnt war.

Obgleich hier ein lahmes Pferdchen die seltene Gelegenheit hatte, das glücklichste Leben zu führen, das einem Pferd auf Erden und im Besitz von Menschen je gegönnt war, obgleich dieses himmlische Geschöpf nur wenige hundert Schritte entfernt war von den schönsten Weiden, bewachsen mit saftigem und immergrünem Grase, obgleich die Felder der Indianer reich standen mit dem herrlichsten Mais, so mußte dieses unschuldige Tier qualvoll verhungern. Es legte sich eines Tages hin und starb.

Voll von Schrecken und abergläubischer Furcht standen die Indianer um den toten Körper des göttlichen Tieres. Und da sie seine Rache fürchteten, weil sie es so schlecht behandelt hatten, daß es vorzog, zu sterben, wurde ein geschickter Steinhauer unter ihnen beauftragt, eine Skulptur des Pferdes anzufertigen, die im Haupttempel aufgestellt wurde.

Dreiundneunzig Jahre später, im Jahre 1618, kamen zwei Franziskaner-Mönche an jenen See, um Heiden zu bekehren. Seit Cortes die Gegend verlassen hatte, war nie wieder ein weißer Mann in jenem fernen Winkel des Landes aufgetaucht.

Die beiden Mönche traten in den Tempel, und sie waren aufs höchste erstaunt, als sie hier eine riesenhafte steinerne Skulptur eines Pferdes vorfanden, in einer Gegend der Erde, wo Pferde völlig unbekannt waren.

Aber dann glaubten sie ihren Sinnen nicht mehr trauen zu

dürfen, als sie sahen, daß die Indianer diese steinerne Skulptur als höchsten Gott anbeteten. Und die Mönche wurden völlig verwirrt, nachdem sie fanden, daß hinter dem steinernen Pferde ein gewaltiges hölzernes Kreuz aufgerichtet war. Es stellte sich heraus, daß jenes steinerne Pferd als der allein wahre Gott des Donners und des Blitzes angebetet wurde.

Es ist erklärlich, daß der Bericht jener Mönche viel Aufregung unter den Leuten, die sich mit der Erforschung des Landes und mit der Geschichte der Indianer befaßten, hervorrief. Die wildesten Gerüchte und Vermutungen tauchten auf, wie die Indianer in diesem fernen Gebiete des Kontinents dazu gekommen seien, ein Pferd in Verbindung mit einem Kreuz als Gott zu verehren. Diese Vermutungen und Spekulationen würden vielleicht die Erforscher der indianischen Geschichte auf die verwirrtesten Abwege geführt haben, wenn man nicht in einem der Briefe, die Cortes an den Kaiser Karl V. schrieb, eine Notiz gefunden hätte, die den Sachverhalt völlig aufklärte.

Der Danksagebrief

In Jalisco, wo er mehrere Male mit der Polizei in Berührung gekommen war, konnte sich Vicente Pliego nicht mehr halten, weil ein neuer Polizeidirektor eingesetzt worden war, der schnell und gründlich mit den kleinen Spitzbuben aufzuräumen begann. Mit den großen Spitzbuben war das nicht so leicht, weil sie teils Mitglieder der eigenen Familie des Polizeidirektors waren, und teils waren sie Diputados, die genügend Einfluß hatten, dem Polizeidirektor zur Absetzung zu verhelfen. Und weil Vicente Pliego mit den Großen nicht konkurrieren konnte, schob er sich für eine Zeit aus dem Licht und ging nach Mexico City, wo er noch unbekannt war.

Vicente Pliego war Mestize. Sein ordentlicher Beruf war Spitzbube. Er hatte nie einen anderen Beruf gehabt und hoffte, nie genötigt zu werden, einen anderen Beruf ergreifen zu müssen.

In Mexico City hielt er sich eine Zeitlang mit Taschendiebstählen über Wasser. Er war ein guter Katholik, und darum machte er seine besten Geschäfte innerhalb der Kirchen. Er kniete sich andächtig, mit vielen geschlagenen Kreuzen blendend, neben kniende und inbrünstig betende Frauen und stahl ihnen die Handtaschen leer. Den knienden Männern zog er die Börsen aus den hinteren Hosentaschen und erleichterte sie um ihre Uhren. Die Opferstöcke zu berauben, hielt er für unkatholisch und schamlos, weil es andere erfolgreich besorgten, die geschickter waren als er und ihm mit Dolchstößen gedroht hatten, falls er versuchen sollte, ihnen in das Geschäft, das sie als ihr Privileg betrachteten, hineinzumanschen.

Vicente hatte ein Mädchen kennengelernt, und ihretwegen brauchte er eine größere Summe; denn sie machte Ansprüche auf elegante Kleider, goldene Ohrringe, Armbänder und was ein Mädchen sonst gern haben will.

Durch einen Chauffeur hörte er von einer sehr wohlhabenden Familie, die in einer der eleganten Avenidas wohnte; und er beschloß, sich bei dieser Familie die Summe, die er benötigte, zu verschaffen. Er besuchte seinen Freund, den Chauffeur, und hierbei sah er sich im Hause um mit der klugen Vorsicht, das Betriebsfeld zu studieren.

Überall in Mexico gibt es Kirchen, in denen sich bestimmte Heilige befinden, die in langer Erfahrung sich den Ruf erworben haben, Spitzbuben, Einbrechern, Straßenräubern und Raubmördern freundlich gesinnt zu sein und ihnen ihren göttlichen Schutz nicht zu versagen, vorausgesetzt, daß man sie genügend anbetet und ihnen Kerzen und andere besonders gut klingende Opfergaben zu Füßen legt. Außerdem erwarten jene Heiligen, daß ihr Ruhm der Welt verkündet wird. Da der ungeweihte und der uneingeweihte Mensch keine Befugnis hat, solche Lobreden auf Heilige öffentlich oder gar in der Kirche zu halten, so ist der schlichte Gläubige genötigt, einen Brief zu schreiben und in dem Briefe dem Heiligen seinen Dank für die gewährte Hilfe auszusprechen, dabei zu erwähnen, welcher Art die Hilfe war, und dann diesen Brief offen, für jeden anderen Gläubigen sichtbar, dem Heiligen mit einer Stecknadel an die Kutte oder den Samtmantel anzupicken.

Vicente hatte in der Nähe des Marktes Merced eine Wahrsagerin angetroffen, der er fünfzig Centavos bezahlte, um von ihr zu erfahren, welcher Heilige ihm wohl für seine besonderen Geschäfte am günstigsten gesinnt sei. Die Wahrsagerin kannte ihren Mann sofort – warum wäre sie sonst Wahrsagerin? –, und sie gab ihm den Namen der Kirche und den Namen des Heiligen, der für seine speziellen Bedürfnisse in Frage käme, sagte ihm, in welcher Nische der Heilige zu finden sei, wie er aussehe und wieviel er für seine Mitwirkung erwarte.

Die Kirche befand sich nahe dem Barrio de la Bolsa, jenem Stadtviertel in Mexico City, das als das gefährlichste Räuber-, Mörder- und Spitzbubenstadtviertel berüchtigt und verrufen ist. Es gilt als verwegener denn irgendein ähnliches Stadtviertel in New York, Chicago, San Francisco, London oder Paris. Fremde und Touristen, die nach Mexico City kommen, werden stets dringend gewarnt, jenes Stadtviertel weder bei Tage noch bei Nacht aufzusuchen, weil für ihr Geld und ihre Kleidung, einschließlich Hemd, gar nicht und für ihr Leben so gut wie nicht gebürgt werden kann. Hier pflegen die Mörder für politische und private Angelegenheiten gemietet zu werden. Hier werden, laut Polizeibericht, kleine Mädchen von sechs Jahren in den Pulquerias an den Meistbietenden versteigert und meist von ihren eigenen Eltern oder ihren nächsten Anverwandten. Und alle die Menschen, die hier leben, haben ihren Rosenkranz in der Tasche und ein von den Pfaffen geweihtes Amulett um den Hals hängen; und jeden Tag, ohne einen auszulassen, gehen sie wenigstens einmal für zehn Minuten in eine der Kirchen des Distrikts, um sich mit Weihwasser zu besprengen und ihre Kniebeugen vor der Gottesmutter und ihre Pflichtbekreuzigungen zu machen.

Vicente machte sich sofort auf, um sich mit seinem neugewonnenen Heiligen anzufreunden. Er fand ihn offenbar willig und bereit, ihm seinen himmlischen Beistand nicht zu versagen. Vicente kniete nieder, sagte andächtig alle die Gebete herunter, die jenem Heiligen laut Gebetbuch zustehen, und erklärte ihm, was er vorhabe und in welcher Form er die Mithilfe erwarte. »Wenn alles gut geht, wenn ich mit allem gut herauskomme und ich nicht erwischt werde, will ich dir zwanzig Kerzen opfern und fünfundzwanzig Prozent des Geschäfts«, versprach Vicente, im Gebete flüsternd, dem Heiligen. Dann fügte er noch eine Reihe Gebete hinzu, stellte dem Heiligen vier neue Kerzen auf den Altar, bekreuzigte sich und ging. Ging mit der Überzeugung, daß er jetzt den geplanten Einbruch erfolgreich begehen könne, auch wenn zwei Polizisten vor dem Hause stehen sollten.

Zwei Tage darauf erhielt er von seinem Freunde, dem Chauffeur, die Mitteilung, daß er, der Chauffeur, seine Herrschaften zu einer Geburtstagsfeier nach San Angel zu fahren habe und daß die Herrschaften ganz bestimmt nicht vor zwei Uhr morgens zurück sein würden; das Hauspersonal habe Urlaub für die Lichtspiele und komme nicht zurück vor zwölf Uhr.

Vicente machte alles allein, ohne jegliche Mithilfe.

Am Morgen darauf sah er sich im Besitze von etwa zweitausendvierhundert Pesos, zwei Uhren, einigen Ringen, einem goldenen Zigarettenbehälter und noch einigen Kleinigkeiten, wie sie bei einem solchen Besuch gewöhnlich als Dreingabe mit abzufallen pflegen.

Es war alles gut gegangen. Ein Polizist hatte ihn herauskommen sehen, aber nichts gesagt und gewiß auch nichts vermutet. Und weil alles so vortrefflich und ruhig und ohne Revolverschießerei abgegangen war, erinnerte sich Vicente des Versprechens, das er dem Heiligen gegeben hatte.

Er ging zu einem Evangelisten in den Kolonnaden der Plaza Santo Domingo und ließ sich den Danksagebrief an den Heiligen mit der Schreibmaschine schreiben, und er bestand darauf, daß die wichtigen Stellen des Briefes mit rotem Band getippt werden sollten. Der Evangelist berechnete dafür, obgleich er keine besondere Arbeit hatte, weil das Band zweiteilig war, einen Peso extra.

Aber Vicente konnte nicht sofort zu dem Heiligen gehen, weil er eine Verabredung mit seinem Mädchen hatte, und diese Verabredung verzögerte sich immer mehr, bis es endlich zu spät war, zu jener Kirche hinauszugehen. Dagegen bezahlte er am selben Abend noch seinem Freunde, dem Chauffeur, die ausgemachte Belohnung.

Als endlich, am nächsten Nachmittag, Vicente sich aufs neue seiner Pflicht gegenüber dem Heiligen erinnerte, fand er, daß die Verabredungen mit seinem Mädchen und die damit verknüpften Einkäufe so viel gekostet hatten, daß er dem Heiligen auf keinen Fall die fünfundzwanzig Prozent vom Reingewinn bezahlen konnte, also etwa sechshundert Pesos, die in den Opferstock gelegt werden sollten. Er hatte zwar noch etwa siebenhundert Pesos, aber wenn er davon dem Heiligen sechshundert abgab, dann war es morgen schon aus mit weiteren Verabredungen mit seinem Mädchen. Er kam zu der Überzeugung, daß der Heilige ja von großer Güte sei und von einem tiefen Verständnis für die Schwächen der Menschen, und daß er sich gewiß mit zweihundert Pesos, vielleicht mit hundertfünfzig Pesos durchaus begnügen werde.

Vicente schob also am folgenden Vormittag hinaus zu der Kirche, kniete nieder, verrichtete seine Gebete, hängte dem Heiligen den schön rot und blau geschriebenen Danksagebrief an und begann nun die Pesos, je ein silbernes Ein-Peso-Stück nach dem andern, in den Schlitz des Opferkastens zu stecken. Das dauerte eine gute Weile.

Er war nicht der einzige Mensch, der vor dem Heiligen kniete; denn es gab ja mehr Spitzbuben in Mexiko als nur einen. Die Nicht-Spitzbuben hatten wieder andere Heilige, je nach ihren Bedürfnissen. Oft wußten freilich auch die Nicht-Spitzbuben nicht ganz genau, ob die Sache, für die sie ihren Heiligen um Beistand anflehten, nicht eigentlich mehr in das Spezialgebiet jenes anderen Heiligen, den sich Vicente erwählt hatte, gehört hätte.

Weil nun Vicente nicht der einzige Betende war, so achtete er wenig darauf, wer die andern waren, die vor demselben Heiligen knieten und beteten. Er sah da einen Mann knien, der gleichfalls zum selben Handwerk zu gehören schien. Der Mann stand auf und sah sich oberflächlich die Briefe an, die dem Heiligen angeheftet waren. Er schien die Briefe gut zu kennen, denn er sah sofort, daß ein neuer Brief angehängt war, und er hatte auch gesehen, wer ihn angehängt hatte. Und er sah ferner, daß Vicente dort einen Peso nach dem andern in den Kastenschlitz steckte. Er war wieder niedergekniet und betete mit tiefer Inbrunst und mit unzähligen Bekreuzigungen.

Vicente war inzwischen mit dem Bezahlen zu Ende gekommen. Er hatte noch einige zwanzig Pesos von der Belohnung heruntergehandelt, weil es ihm zuletzt dumm vorkam, die schönen Pesos dort nur immer so hineinzuschieben.

Nun kniete er wieder nieder, um die Abschiedsgebete herunterzuflöten. Er zischte sie mit großer Schnelligkeit von dannen, weil er sich erinnerte, daß er mit seinem Mädchen eine frühere Verabredung getroffen hatte, was ihm gerade in diesem Augenblick einfiel.

Jener Mann, der zum selben Handwerk gehörte und ebenso dringend seine Angelegenheit dem Heiligen ans Herz legte, wie Vicente es getan hatte, kniete noch immer. Aber jetzt endlich schien er fertig zu sein. Er machte noch eine Anzahl Kreuze über sich her, dann stand er auf und ging hinaus. Draußen vor der Kirche winkte er einen Mann heran, der dort gelangweilt herumstand, eine Zigarre rauchte und einen Spazierstock trug, von dem er anscheinend nicht wußte, was er damit machen sollte, denn er warf ihn von einem Arm in den andern, schleuderte ihn in der Luft herum, hielt ihn wie ein Gewehr, dann wie einen Besen, dann kratzte er damit auf den Steinen herum, dann schabte er sich mit ihm hinter den Ohren, und was man sonst noch alles mit einem Spazierstock machen kann, wenn man nicht als Kind schon gelernt hat, daß ein Spazierstock nur einen Zweck hat: ihn irgendwo stehenzulassen und schnell auszurücken, daß er einem nicht etwa nachgebracht werden kann. Also so war der Mann da draußen. Er hatte einen Spazierstock. Und er rauchte eine Zigarre. Diese Art Leute sind auf der ganzen Welt völlig gleich. Man erkennt sie auf zweihundert Schritt, und man erkennt sie leichter als die uniformierten Polizisten, von denen man oft nicht weiß, ob sie von einem Maskenball übriggeblieben sind oder ob sie als die neue Schutz- und Ordnungstruppe nach dem oberen Kongo geschickt werden sollen.

Aber, und das ist der Punkt, der Mann, der auch zum Handwerk gehörte, auch vor dem Heiligen andächtig kniete und Kreuze machte, versteht alle Danksagebriefe, die dem Heiligen an seinen Plüschmantel gepickt werden, viel besser zu lesen, als der geschickteste Spitzbube mit Hilfe des besten Evangelisten sie je wird schreiben können. Der Spitzbube muß doch wenigstens, wenn auch noch so umschrieben und geheimnisvoll, andeuten, was der Heilige für ihn getan hat, denn andernfalls weiß ja der Heilige ja gar nicht, was los ist, und er verwechselt die Briefe, die Gelder und die Namen und hilft aus reinem Versehen nicht dem, der am besten zahlt und die schönsten Ruhmbriefe schreibt, sondern dem, der am schäbigsten mit den Kerzen, mit den Lobesbriefen und mit den Geldern ist. Die Polizei betet auch zu dem Heiligen, so gut wie die Spitzbuben. Und wenn der Polizei gemeldet wird, vorgestern nacht wurde in einem bestimmten Hause eingebrochen und das und jenes gestohlen, und der Spitzbube wurde nicht erwischt, dann geht ein Polizist in Zivil auf den Diebsmarkt, wo die gestohlenen Sachen gehandelt werden. Ein zweiter Polizist geht in bestimmte Kirchen, wo er seine Heiligen alle kennt. Wurde der Spitzbube nicht erwischt, dann kommt er sich beim Heiligen bedanken, wenn nicht heute, dann morgen oder übermorgen. Aber er kommt, denn er ist ein guter Katholik, der an die Hilfsbereitschaft seiner Heiligen glaubt und ihnen zu Dank verpflichtet ist. Der Chauffeur war gestern schon in Haft genommen worden, weil die Polizei ja sehr dumm sein mag, aber doch nicht so dumm, daß sie nicht nach wenigen Stunden weiß, daß jemand, der zum Hause gehört, jemandem, der nicht zum Hause gehört, etwas erzählt haben muß, wann das Haus verlassen ist und wo das laufende Geld aufbewahrt wird.

Und Vicente, der treue Gläubige, schreibt in seinem Danksagebrief in roter Schrift und vertrauensvoll und kameradschaftlich: – – und ich küsse Dich, Santito mio, auf Dein Herz aus Dankbarkeit, daß Du mir einen so guten Freund in den Weg sandtest wie meinen Freund, der Ch . . . . . . r Pancho L., und ich bitte Dich aus tiefstem Herzen, auch ihn zu schützen und mit Deinen Gnaden zu überhäufen, und ich preise – –. Selbst wenn die Polizei gar kein Interesse daran hat, ob die Spitzbuben gefangen werden oder nicht, denn das Geld ist ja auf alle Fälle fort, so kann sie doch nicht, wenn sie auch nur einen Funken von Berufsstolz hat, sich einen derartigen Brief direkt vor die Nase kleben lassen und dann sagen: wir bedauern, mit der Verhaftung des Chauffeurs einen groben Irrtum begangen zu haben. Polizei und Richter begehen keine Irrtümer. Wenn jemand hingerichtet wurde, und es stellt sich später heraus, daß er unschuldig hingerichtet wurde, so war es seine eigene Schuld; warum hatte er sich so nahe hingestellt, daß man glauben mußte, er sei schuldig? Wo ein Verbrechen geschieht, geht man rechtzeitig fort, dann kann man nie unschuldig verhaftet werden.

Alle diese so wunderbaren Untersuchungen und Erwägungen und tiefen Gedanken aus dem Gebiete der Justizpflege waren weder Vicente bekannt noch seinem treuen Freunde, dem Chauffeur. Sie beide werden beim nächsten Male alles ganz genau wieder so machen, wieder Briefe an den Heiligen schreiben und wieder vor dem Heiligen knien.

Es war ihnen bald klar, warum der Heilige versagt hatte.

In La Penitenciaria trafen sich Vicente und der Chauffeur. Keiner hatte den anderen verraten. Sie waren bessere Freunde als vorher.

»Ich verstehe nicht«, sagte der Chauffeur, »warum dich dein Santo so ganz und gar im Stich gelassen hat.«

»Ich weiß es, warum«, sagte Vicente gedrückt. »Ich bin glänzend aus dem Haus gekommen. Aber verflucht, dann habe ich eben die große Dummheit gemacht. Ich hatte dem Santo fünfundzwanzig Prozent versprochen. Weißt du, wieviel ich ihm gegeben habe, Chato? Achtzig Pesos, und davon habe ich ihm auch noch zwanzig Pesos abgezogen, und die zwanzig Kerzen habe ich ihm auch nicht gebracht.«

»Da freilich«, sagte der Chauffeur, »wundert's mich nicht mehr, warum wir hier sitzen. Für das Geld konnte er das mit dem allerbesten Willen nicht machen. Das hättest du doch wirklich wissen können. Wenn ich es dafür nicht gemacht habe, wie kannst du es denn dann von deinem Santo erwarten? Einen solchen Dummkopf, wie du bist, habe ich lange nicht gesehen.«

»Wir müssen zwölf Mules von der Weide haben«, sagte
der Farmer, Mr. Hilbert, zu seinem Foreman Toribio.
»Wir wollen morgen mit dem Durchpflügen der Toma-
tenfelder anfangen. Reiten Sie rauf auf die Prärie und
fangen Sie die zwölf Mules ein.«
Das war sehr früh am Morgen.
Als Toribio auf dem Wege war, traf er den Indianerburschen Elfego. Elfego war achtzehn Jahre alt und wohnte
mit seinen Eltern im Dorfe. Er hatte seine Kühe auf die
Prärie getrieben und war jetzt auf dem Heimwege. »Wo
reitest du denn hin?« fragte er Toribio.
»Ich soll für den Patron zwölf Mules einfangen und run-
terbringen, wir brauchen sie zum Pflügen.«
»Das würde mir gerade Freude machen«, sagte Elfego
darauf, »dir bei dem Einfangen zu helfen. Ich habe jetzt
doch weiter nichts zu tun.«
Er wendete sein Pferd und ritt nun mit Toribio hinauf
auf die Weide des Amerikaners. Die Weide lag über dem
Tal, auf einer Hochebene, wo ein angelegter Teich genügend Wasser hielt, um die Tiere auf der Weide zu trän-
ken. Mr. Hilbert hatte hier Guinea-Gras angebaut, das
vorzügliches Futter für seine Viehherden und für seine
Mules und Pferde gab, die hier hinaufgetrieben wurden,
wenn unten auf den Feldern keine Arbeit für sie war. Die
Weide war ringsum von dichtem Urbusch umgeben. An
der Nordseite war die Weide durch einen steilen Abhang
begrenzt, der aus sehr grobem felsigem Gestein bestand.
Das Einfangen der Mules würde Toribio schwergefallen
sein, wenn er nicht Elfego zur Hilfe gehabt hätte; denn
die Mules waren lange nicht in Arbeit gewesen und waren
darum ziemlich verwildert. Endlich hatten sie zehn Mules
beisammen. Toribio hatte sie gekoppelt, und es fehlten
nur noch zwei, die er herauszufangen hatte.

Toribio trieb dem Elfego ein Mule entgegen. Elfego schwang den Lasso weit aus, um es zu fangen. Aber das Mule brach durch eine rasche Wendung unter dem Lasso aus. Nun versuchte Elfego das Mule zu umgehen und es Toribio zuzutreiben, der den anderen Halbkreis hielt, auf den das Mule zujagen mußte.

Als Elfego in rasendem Ritt innerhalb seines Halbkreises das Mule beinahe abgedrängt hatte und den Bogen noch um einige Längen zu erweitern suchte, um das Tier überraschend von hinten zu packen, hielt, mitten im rasendsten Lauf, sein Pferd mit einem Ruck an. Denn vor sich hatte das Pferd plötzlich den felsigen Abhang entdeckt, auf den Elfego sein Pferd zu dicht gejagt hatte, weil er infolge des hohen Grases die Entfernung von dem Abhang unterschätzt hatte. Durch den plötzlichen Ruck des Haltens wurde Elfego, dessen Körper sich im Zeitmaß des rasenden Galopps befand, kopfüber aus dem Sattel geschleudert. Er sauste über dem Kopf seines Pferdes über den Rand des Abhangs. Er fiel nicht tief. Vielleicht nur drei Meter. Aber er traf mit dem Kopf zuerst auf und blieb bewußtlos liegen.

Toribio hatte gesehen, wie Elfego hoch über den Hals des Pferdes ging. Aber er glaubte, es sei nur ein gewöhnlicher Fall, wie er häufig beim Reiten vorkommen kann, und er war überzeugt, daß Elfego nur in das Gras gefallen sei, weil auch Toribio der Meinung war, daß dort der Abhang noch nicht beginne; denn er hielt Elfego, der ja die Weide gut kannte, nicht für so unvorsichtig, daß er so dicht an den Abhang reiten würde. Freilich war Elfego im Eifer des Fangens, und er war auch schon darum nicht zu tadeln, weil hier der Abhang eine Bucht in die Weide hineinbog, die durch das hohe Gras nicht zu erkennen war.

Toribio richtete jetzt auch sein ganzes Augenmerk auf das umkreiste Mule, das auf ihn zugejagt kam, weil es sich noch immer von Elfego verfolgt dachte. Toribio schwang den Lasso, der Lasso fing, und er ritt nun auf das keuchende Tier zu, das jetzt stillstand, um es zu den übrigen zu bringen und dort zu koppeln, bis alle zum Abtreiben bereit waren.

Ob Elfego inzwischen aufgestanden war oder nicht, konnte Toribio infolge des hohen Grases, das an vielen Stellen den Kopf des Reiters überragte, nicht sehen. Als er sich rückwärts wandte, bemerkte er ein weidendes Mule in der Nähe eines großen schattigen Baumes. Er stieg vom Pferde, nahm den Lasso mit und schlich sich vorsichtig durch das hohe Gras an das weidende Tier, dem er sich unauffällig so weit nähern konnte, daß er es vom Boden aus lassote. Jetzt hatte er alle zwölf Mules beisammen.

Er pfiff hinüber zu Elfego. Keine Antwort. Dann rief er, aber auch jetzt hörte er nichts. Endlich stieg er aufs Pferd und ritt hinüber zu der Stelle, wo er Elfego hatte fallen sehen. Das Pferd Elfegos stand ruhig da und weidete.

Toribio kam zu der Bucht und sah dort Elfego unter sich. Er kletterte hinab, hob Elfego auf und setzte ihn aufrecht auf den Stein. Er schüttelte ihn, und nach einer Weile kam Elfego zu sich, verstört und ungewiß, wie aus einem langen Schlafe erwachend.

Toribio untersuchte ihn, aber er fand keine Verwundung. Dann fragte er: »Tut dir etwas weh, Elfego?«

»Nein«, sagte Elfego. »Es tut mir nichts weh. Der Kopf tut mir ein wenig weh. Ich glaube, daß ich eine Beule habe.«

Toribio untersuchte den Kopf, aber er fand keine Beule.

»Kannst du heimreiten?« fragte Toribio.

»Ja, natürlich kann ich heimreiten.«

Er stand nun auf und kletterte an dem Abhang hinauf, ohne daß er der Unterstützung Toribios bedurfte. Toribio holte die Pferde heran. Elfego stellte den Fuß in den Bügel, schwang sich hoch und wollte sich gerade in den Sattel setzen, als er sagte: »Mir wird schlecht, auch schwindlig im Kopf. Ich werde mich lieber dort noch eine

Weile in den Schatten des Baumes setzen und ein wenig ausruhen.«

»Gut«, sagte Toribio. »Ich setze mich mit dir dorthin. Wir haben Zeit. Wenn ich erst am Nachmittag mit den Mules hinunterkomme, macht es auch nichts.«

Beide gingen hinüber zu dem Baum.

Hier stand Elfego eine Weile, dann tastete er nach dem Baumstamm, weil er fürchtete, nach vorn zu fallen, hierauf schüttelte er mit dem Kopfe, als ob ihm der Kopf lose auf dem Halse sitze, dann erbrach er sich heftig, hierauf sank er in die Knie, endlich fiel er mit dem Kopfe vornüber, kollerte langsam rollend auf die Seite, streckte sich aus und war tot.

Toribio schüttelte ihn heftig, klopfte ihm auf die Handflächen und auf den Puls sowie auf den Nacken, aber er kam nicht mehr zu sich. Er atmete nicht mehr, und sein Herzschlag war nicht mehr zu hören.

Toribio zog ihm sein Taschentuch aus der Tasche und deckte es über sein Gesicht, lüftete den Sattel an dem Pferde des Verunglückten, zog die Säcke hervor, die als Satteldecken dienten, und deckte den Toten damit zu, um die Geier fernzuhalten.

Dann setzte er sich auf sein eigenes Pferd. Als er aufgesessen war, dachte er eine Weile nach, ob er die Mules erst hinuntertreiben oder ob er besser schnell ins Dorf reiten solle, um den Eltern Elfegos zu sagen, was geschehen sei. Er kam nach kurzem Nachdenken zu dem Entschluß, sofort im schnellsten Trab heimzureiten und die Mules später abzutreiben, weil er ja doch mit dem Vater Elfegos wieder heraufreiten würde, um ihm zu zeigen, wo der Junge läge.

Er fand den Vater nicht daheim. Der Vater war in der Departementshauptstadt, wo er mit einem Holzhändler wegen Holzlieferung verhandelte.

Nur die Mutter war daheim. Elfego war ihr einziges Kind. Sie schrie auf in einem schrillen Kreischen.

Die Nachbarn kamen gleich herbei, und einige Männer und Burschen gingen zu Mrs. Hilbert und baten sie um einen leichten Wagen, mit dem man bis dicht an den Berg fahren könne, um den Leichnam heimzuholen. Nachmittags um drei Uhr waren die Leute mit dem Wagen und mit dem Verunglückten im Dorf. Am Eingang des Dorfes hielten sie an. Sie banden rasch ein Gestell zusammen, legten Elfego darauf, legten eine Decke über ihn und trugen ihn so, in einem feierlichen Aufzuge, alle Träger und Begleiter entblößten Hauptes, der Mutter ins Haus. Als die Träger vor dem Stacheldrahtzaun, der das kleine Anwesen der Eltern Elfegos einzäunte, erschienen, schrie die Mutter gellend auf, und alle ihre Nachbarinnen und weiblichen Verwandten, die im Hause auf den Verunglückten warteten, fielen in das gellende Schreien mit ein.

Die Mutter hatte sich einen Tisch ausgeliehen und den Tisch mit ihrem eigenen zusammengestellt, ein weißes Laken darübergebreitet, Blumen daraufgestreut, am Kopfende ein großes grellfarbiges Bild der Jungfrau Maria aufgestellt und sechs Kerzen angezündet, die vor dem Bilde standen.

Der Verunglückte wurde auf den Tisch gelegt, und die Mutter warf sich über ihn.

Die schlichte Stube in dem dünnwandigen Holzhause war gedrängt voll Menschen. Mrs. Hilbert war auch anwesend und bemühte sich zu helfen oder die weinende Mutter zu beruhigen.

Es war wohl etwa während dieser Zeit, als ich am Hause des Mr. Hilbert vorritt, vom Pferde stieg, ins Haus kam, um Mr. Hilbert um einige Zeitschriften zu ersuchen und eine halbe Stunde mit ihm zu schwatzen. Wir saßen schon eine gute Weile zusammen, da kam Toribio ins Haus und erzählte die Geschichte. Bisher wußte Mr. Hilbert nichts davon, weil er soeben erst von einem seiner fernen Außenfelder hereingeritten gekommen war und seine Frau sich ja im Hause des Verunglückten befand. Er hatte die Mädchen nicht gefragt, wo sie sei.

»Dann lassen Sie uns nur einmal hingehen und zusehen, was da vor sich geht«, sagte Mr. Hilbert.

Wir kamen in das Haus und fanden das ganze Dorf versammelt. Die Leute, die nicht im Hause Platz fanden, standen draußen herum. Alle betrachteten sich den Toten und gingen dann wieder hinaus, um draußen herumzustehen. Die Frauen beschäftigten sich unausgesetzt, meist mit ganz überflüssigen Dingen, aber sie taten es, um der Mutter zu zeigen, daß sie ihr hilfeleistend zur Seite stünden.

Mr. Hilbert und ich, wir traten ganz dicht an den Leichnam und sahen ihn uns an.

»Wann ist er gestorben?« fragte ich. »Welche Zeit?«

»Früh um neun ungefähr.«

Ich sah nach der Uhr.

»Und jetzt ist es fünf.«

Ich hob die Augendeckel des Toten auf, fühlte an seine Backen, fühlte die Schädeldecke ab, tastete auf die Brust, nahm die Hände auf und bewegte die Finger.

Mr. Hilbert stand hinter mir. Ich drehte mich zu ihm und sagte: »Der Junge ist nicht tot, der lebt noch. Angeblich soll er seit neun Uhr tot sein. Das sind acht Stunden bereits. Die Finger sind noch genauso gelenkig, wie bei mir und wie bei Ihnen, die Augen sind starr, aber nicht gebrochen. Fühlen Sie die Schädeldecke an. Na? Die ist doch ganz heiß. Wenn der Bursche acht Stunden tot wäre, dann dürfte nichts mehr heiß sein, und die Finger würden bereits erstarren. Gestern haben wir schweren Regen gehabt. Heute war ein ungemein heißer Tag. Der Bursche müßte schon stinken. Aber er stinkt nicht. Nicht eine Spur.«

»Es scheint in der Tat, als ob Sie recht hätten«, sagte Mr. Hilbert. »Wir wollen ihn einmal bearbeiten.«

Die Mutter, die interesselos in einer Ecke saß und nur gelegentlich einmal gellend aufschrie, sah auf, als ich den

Burschen so eingehend untersuchte und dann mit Mr. Hilbert den Fall besprach.

»Geben Sie mir einen Spiegel«, sagte ich zu einer Frau. Der Spiegel wurde gebracht, und ich hielt ihn gegen den Mund des Verunglückten. Ein ganz leiser Hauch war auf dem Glase sichtbar, als ich den Spiegel betrachtete.

Alle Anwesenden, auch die Mutter, hatten mich während dieses Vorganges fortgesetzt beobachtet. Sie erweckten den Eindruck, als wagten sie nicht zu atmen. Sie erwarteten zweifellos, daß ich jetzt den Burschen bei der Hand nehmen und sagen würde: »Stehe auf und wandle!«, und er würde dann wandeln. Aber das ließ ich doch besser bleiben.

Ich sagte nun: »Der Junge lebt noch; ich vermute, er hört jedes Wort, das wir hier sprechen. Er hat nur eine sehr schwere Gehirnerschütterung.«

Die Mutter sprang auf. Sie wollte einen Freudenschrei ausstoßen, aber sie besann sich noch rechtzeitig und preßte ihre Hand gegen den Mund.

»Freilich«, fügte ich hinzu, »ob der Junge wieder zu sich kommt, oder ob er bewußtlos bleibt und doch noch stirbt, das läßt sich nicht sagen. Er hängt genau in der Mitte.«

»Sagen Sie, was wir tun sollen«, wisperte die Mutter, »wir wollen alles tun, was Sie für richtig halten.«

Die Mutter wurde geschäftig und vergaß all ihren Schmerz. Von diesem Augenblick an betrachtete sie den Jungen nur noch wie einen Fieberkranken, den man mit aller Sorgfalt pflegen müsse.

Ich ordnete an, daß man Steine heiß mache und gegen die Fußsohlen lege. Dann ließ ich gleichzeitig heiße Umschläge auf den Leib machen. In der Tienda wurde Eis geholt, und ich ließ Eis auf die Schädeldecke legen und gegen den Hinterkopf. Ich sagte mir, der Kopf ist heiß, also muß im Kopf ein starker Blutandrang sein, und den müssen wir zum Leibe und zu den Füßen führen, damit das Blut wieder zirkuliert. Wir klopften den Puls, klopften die Brust an der Stelle des Herzens, und wir klopften die Waden und die Füße. Zuweilen machten wir künstliche Atembewegungen. Es wurde Ammoniak besorgt, und ich hielt es unter die Nase des Burschen, und dann flößte ich ihm einige Löffel voll starken Branntweins in den Mund.

Ich sprach etwa zwei Stunden später mit Mr. Hilbert, der inzwischen fortgegangen, aber jetzt wiedergekommen war, und ich machte den Vorschlag, dem Burschen am Puls eine Ader zu öffnen.

Durch diese Aderöffnung würde vielleicht das Blut zu laufen beginnen, und die Blutstockung im Hirn würde geringer werden. Eine Gefahr der Verblutung lag nicht vor, weil wir ja zur Hand waren und den Oberarm rechtzeitig abbinden konnten.

»Das erscheint mir sehr gut«, sagte Mr. Hilbert. »Aber ich rate Ihnen, tun Sie es nicht. Wenn auch die Mutter gesagt hat, daß sie Ihnen den Körper ihres Jungen bedingungslos überantwortet – geht es schief, können die Leute Sie anzeigen, daß Sie hier operiert haben, und die Sache kann so gedreht werden, daß behauptet wird, Sie haben den Jungen durch die Aderöffnung getötet. Das kann eine unangenehme Sache werden. Solange wir rein äußerlich hier arbeiten, mit heißen Steinen, Umschlägen und Eisauflagen, das schadet nichts; aber wenn Sie schneiden, dann kann man Ihnen etwas anhängen, was Sie nicht mehr loswerden.«

Das war ein guter Rat. Man ist ein Fremder, und man befindet sich unter einer fremden Rasse, die anders denkt und anders urteilt.

So unterließ ich die Aderöffnung.

Nun war es elf Uhr nachts. Ein Teil der Leute war gegangen, dafür aber waren andere erschienen, die aus entfernter liegenden Dörfern gekommen waren, sei es auf der Durchreise, oder sei es aus Neugierde.

An dem Verunglückten hatte sich nichts geändert. Die

Finger und Zehen, wie alle Gelenke, waren weich und beweglich, die Augen waren nicht gebrochen, die Schädeldecke war noch immer heiß, wenn auch nicht mehr so heiß wie am Nachmittag, die Lippen waren bläulich mit einem rötlichen Schimmer; und die Fingernägel waren kalkweiß, aber wenn man sie ganz heftig preßte und dann losließ, nahmen sie einen ganz dünnen, rosigen Hauch an. Ich hielt ein brennendes Zündholz auf den Unterarm. Die Haut rötete sich leicht, zog aber keine Blase. Ich kühlte den Spiegel mit Eis und hielt ihn gegen den leicht geöffneten Mund. Ein kaum sichtbarer Schleier zeigte sich auf dem Spiegel. Die Augenlider waren dicht geschlossen, und wenn man sie hob, schlossen sie sich nach einer Weile langsam wieder. Der Bursche lebte noch immer. Da war kein Zweifel.

Das braune Gesicht hatte einen Ausdruck angenommen, der sich von dem Ausdruck, den das Gesicht am frühen Nachmittag gezeigt hatte, völlig unterschied. Am Nachmittag trug das Gesicht den starren Ausdruck eines Toten. Jetzt dagegen hatte das Gesicht den Ausdruck eines Menschen, der tief schläft wie in einem narkotischen Rausch. Man gewann den Eindruck, daß der Bursche jeden Augenblick die Augen aufschlagen müsse, einen Eindruck, den man am Nachmittag nicht hatte.

Mit den Neuangekommenen war ein Spanier ins Haus getreten. Ich kannte ihn. Er war ein Aufkäufer von Holzkohle.

Sobald er in den Raum getreten war, tat er sich sofort wichtig. Er warf seinen Hut in die Ecke, drängte sich durch die Leute, kam auf den Verunglückten zu, packte ihn brutal an, als ob er damit zeigen wolle, daß er allein wisse, wie man einen solchen Fall zu behandeln habe. Er tat sehr geräuschvoll. Weil bisher alles sehr ruhig hier zugegangen war, alle Handlungen, das Auswechseln der Steine und Umschläge sowie die immer wieder aufgenommenen Atembewegungen und Massierungen, wohl energisch und sicher, aber doch schweigend oder nur flüsternd gehandhabt wurde, wirkte das Gebaren des Spaniers ungemein lästig und aufdringlich.

Er fühlte die Backen des Verunglückten an, hob die Augenlider auf und sagte dann sehr laut und kommandierend: »Der ist nicht tot, wir werden ihn gleich hoch haben. Das ist ja alles verkehrt, was hier gemacht wird. Umgekehrt. Das Eis mal sofort auf die Füße und Eisumschläge auf den Leib. Auf den Kopf und auf den Nacken müssen die heißen Steine.«

Die Mutter des Verunglückten, die bisher alles, wie ich es anordnete, willig getan hatte und meinen Ratschlägen auf das Wort vertraute, blieb mitten im Zimmer stehen. Sie trug gerade einen heißen Stein in einem Stück Sackleinwand in der Hand, um ihn gegen den kaltgewordenen Stein an den Füßen auszuwechseln. Sie wurde völlig verwirrt und sah mich mit aufgerissenen Augen an, was ich dazu sage.

Ich zuckte mit den Schultern, trat zurück von dem Verunglückten und ging in den Hintergrund, das Feld dem Spanier überlassend. Hier hatte allein die Mutter zu entscheiden, welchen Anordnungen gefolgt werden sollte.

Ich sah, daß sie sprechen wollte, und ich fühlte, daß sie sagen würde, der Spanier möge seiner Wege gehen. Aber der Spanier ließ ihr keine Zeit, irgend etwas zu denken oder zu sagen. Er riß ihr den Stein beinahe aus der Hand, packte mit harten Griffen das Eis unter dem Nacken und auf dem Kopfe fort, legte es zu den Füßen und stopfte alle heißen Steine, die er bekommen konnte, unter den Nacken und unter den Hinterkopf. Die Mutter stand regungslos im Zimmer. Sie kümmerte sich um nichts mehr. Sie tat nichts mehr. Sie erschlaffte völlig. Alle Aufregung, die sie seit zwölf Stunden oder länger gehabt hatte, zeigte sich nun ganz plötzlich in einer Ermüdung, der sie nicht mehr widerstehen konnte. Das rasche brutale Gebaren des Spaniers wirkte auf sie wie ein harter Schlag, der ihren

Willen, ihr Hoffen und alle ihre Widerstandskraft lähmte. Sie schleppte sich zu einem Stuhl in der Ecke des Zimmers, wo sie niedersank und in sich zusammenfiel.

Der Spanier arbeitete laut und lärmend, kommandierend und unausgesetzt schwätzend um den Verunglückten herum. Alles war verkehrt, die Beine müßten viel höher liegen als der Kopf, und wenn er nicht glücklicherweise vorbeigekommen wäre, hätte man den armen Burschen gar lebendig eingegraben. Mr. Hilbert und ich, wir hatten während dieser Zeit im Hintergrund gestanden. Als jetzt einige Leute das Zimmer verließen, kamen wir wieder näher zu dem Tische, auf dem der Verunglückte lag.

In der halben Stunde, in der wir den Körper nicht gesehen hatten, hatte sich nun etwas Merkwürdiges ereignet. Der Ausdruck des Gesichtes hatte sich völlig verändert.

Der Mund hatte sich zu einem sonderbaren ironischen Grinsen verzogen, das die ungeschminkte Antwort auf die Frage enthielt: »Wißt ihr, was ihr alle mir mal könnt?«

Ich betrachtete den Burschen so eine Weile, dann stieß ich Mr. Hilbert leicht an. Auch er sah es. Der Unterkiefer sank langsam herab, und die kräftigen gesunden Zähne des Burschen traten scharf hervor.

Das war um halb eins in der Nacht. Und ich ging heim.

Am nächsten Morgen gegen acht Uhr ging ich wieder zu dem Hause. Das Haus war leer, alle Türen standen offen. Ich ging in das Nachbarhaus. Ich traf eine alte Indianerin, die da hockte und rauchte.

»Elfego?« sagte die Frau. »Ja, wissen Sie das nicht? Die sind doch mit ihm auf den Friedhof gegangen. Heute morgen um sechs stank er, und die Finger waren hart, und da sind sie um sieben mit ihm losgegangen. Das wissen Sie doch aber, Señor, der Spanier hat den armen Jungen ermordet.«

Das ist die Ursache, warum seitdem in jenem Dorfe behauptet wird, ich könne Tote erwecken, obgleich ich noch nie einen Toten erweckt habe.

Aber der Beweis, daß ich Tote erwecken kann, ist zweifelsfrei erbracht, nach Meinung jener Leute. Denn selbst der einfachste und schlichteste Indianer wird die Tatsache begreifen: Wenn ich in allen Dingen genau das Gegenteil tue von dem, was einen Menschen tötet, so muß das Resultat immer sein: Auferweckung eines Toten.

Göttin des Donners und des Blitzes

Der Pfarrer eines indianischen Dorfes hatte eine Reise nach der Hauptstadt des Staates zu machen, wo der Bischof eine Konvention angeordnet hatte. Eine Eisenbahn war nicht vorhanden, darum war der Pfarrer genötigt, die Reise auf einem Mule zu machen. Da er sich nicht sehr anstrengen wollte, ritt er jeden Tag gerade nur so weit, bis er zur nächsten Hazienda kam. Er wurde überall gut bewirtet, und so betrachtete er – wie es auch alle seine Brüder im Amt des Herrn taten – jene Dienstreise gleichzeitig als Erholungsreise, die er infolge seiner schweren Tätigkeit als Dorfpfarrer indianischer Bauern auch gewiß redlich verdient hatte. Er wußte, daß die Reise vier bis sechs Wochen dauern würde. Und nachdem er alle Schäfchen gut eingesegnet hatte, damit während seiner Abwesenheit nicht etwa Satanas hier eine gute Ernte halten könnte oder gar die alten indianischen Götter – mehr gefürchtet als Satanas, dessen Schliche und Wege man ja kennt und wissenschaftlich erforscht hat – sich hier wieder einnisten könnten, rief er seinen Kirchendiener herbei, um dessen Wachsamkeit und Treue die Kirche mit allem, was drin und drum war, feierlichst zu übergeben.

Cipriano, der Kirchendiener, war, wie alle Mitglieder der Gemeinde, Indianer. Er war Holzfäller und Kohlenbrenner von Beruf, und als Mensch war er weder besser noch schlechter als irgendein anderer Mann des Dorfes. Aber er war sehr stolz auf sein Amt als Kirchendiener, und er hatte mehrfach im Dorfe zu verstehen gegeben, daß es auf Erden nur zwei wirklich wichtige Personen gebe: Pfarrer und Kirchendiener; der Pfarrer könne ohne Kirchendiener kein Amt halten, und der Kirchendiener sei so wichtig wie der Pfarrer. Vertraulich hatte Cipriano sogar seinen Freunden gegenüber durchblicken lassen, daß er, Cipriano, vielleicht gar noch wichtiger sei als – aber das wolle er nicht aussprechen, weil das sicher eine Sünde sei, so etwas zu sagen.

Es muß nun freilich berichtet werden, daß der Pfarrer in seiner Gemeinde wohl geachtet war in geziemender Weise; aber respektiert und gefürchtet war nicht der Pfarrer, sondern Cipriano. Der Pfarrer war Mestize, mit wenig indianischem Blut. Cipriano jedoch war Vollblutindianer. Er nahm darum unter seinen Leuten den Rang eines Medizinmannes ein. Das war auch zu verstehen. Er war den Göttern ebenso nahe wie der Pfarrer, hatte ungehindert Zutritt zu dem Allerheiligsten, und er konnte die gesamte Zeremonie der Messe heruntersingen und herunterbeten, viel besser als der Pfarrer, der zuweilen steckenblieb und von dem aufgeschlagenen Meßbuch die Litaneien ablesen mußte. Denn Cipriano war beinahe dreißig Jahre Kirchendiener, hatte unter den drei Pfarrern gedient, die vor dem jetzigen hier amtiert hatten. Er konnte alles auswendig von dem langen andächtigen Zuhören, kannte jedes einzelne Glasperlchen an den zahlreichen Heiligenfiguren der Kirche, kannte jedes Stückchen Stuck und jede noch so kleine Holzschnitzerei der Kirche, wußte jeden Feiertag und jeden Tag der Heiligen auswendig. Die indianischen Gemeindemitglieder, insbesondere aber die Kinder und die Halberwachsenen, hielten in der Tat Cipriano für viel wichtiger für die Religion und deren zahlreiche und verzwickte Zeremonien als den Pfarrer.

So wie sich die Indianer immer erst an die Heiligen wenden, wenn sie etwas von dem lieben Gott haben wollen, so wendeten sich hier die Gemeindemitglieder immer erst an Cipriano, wenn sie etwas vom Pfarrer wollten. Ob es eine Heirat war, eine Kindtaufe oder ein Begräbnis, zuerst wurde Cipriano um Rat gefragt. Sogar wenn die Burschen oder Mädchen zur Beichte zu gehen hatten, wendeten sie sich erst an Cipriano, um von ihm zu hören, ob dies oder das eine Todsünde sei, wenn man es nicht beichte oder wenn man es vergäße, und in welcher Form man das oder jenes ausdrücken könnte, ohne direkt zu sagen, was es sei.

Cipriano wußte für alle Rat und hatte für alle Hilfe. Er war der Vertraute aller Gemeindemitglieder in einem viel höheren Maße, als es der beste Pfarrer je werden könnte. Aus diesem Grunde ging es Cipriano verhältnismäßig gut. Er bekam hier ein Hühnchen, dort ein Hähnchen, hier einen Tequila, dort einen Habanero; und wenn er Namenstag hatte, bekam er so viel aufgehäuft, daß er davon einen vollen Monat in Freuden leben konnte.

Als der Pfarrer reisefertig war, sagte er zu Cipriano: »Mit dem Läuten weißt du ja gut Bescheid, da brauche ich dir nichts zu sagen. Tags ist die Kirche offen, und nachts schließt du sie gut zu, wie wir das immer machen. Und des Sonntags früh und Samstag abend und Mittwoch abend, wenn die Gemeinde in der Kirche ist, dann singst du vor. Hier sage ich dir die Lieder und die Aves, die gesungen werden. Die kennst du ja alle. Und vergiß nicht, die Weihwasserbecken zu füllen, wenn sie leer sind. Das weißt du ja auch. Und dann ist da etwas Wichtiges. Du gehst in die Stadt und kaufst Farben und Goldbronzen. Dann reinigst du einmal alle die Figuren von dem Staub und von dem vielen Dreck, den die Vögel draufgemacht haben. Es ist eine Sünde, wie die Figuren aussehen, es ist fürwahr eine Gotteslästerung. Wo die Farbe abgeblättert ist, da malst du neue Farbe auf. Die Gnadenmutter über dem Altar aber bemalst du nicht. Du wäschst sie nur gut, und dann lackierst du sie schön mit farblosem Lack, den man dir in der Botica in der Stadt verkaufen wird. Nein, kaufe das nicht. Ich werde das alles in der Stadt kaufen und bezahlen, und du holst es ab. Kannst gleich mit mir kommen, und dann sage ich dir alle Farben und wie du sie gebrauchst. Wenn ich dann zurückkomme, haben wir eine schöne reine Kirche.«

Mit dieser Anordnung war Cipriano außerordentlich zufrieden. Es machte ihm Freude, die Kirche schön herzu-richten und die Figuren zu bemalen. Und diese Freude wurde erhöht, als ihm der Pfarrer versprach, daß er ihm, wenn alles gut und schön getan sei, acht Pesos geben wolle, so daß er also nicht im Busch zu arbeiten brauche, sondern hier die ganze Zeit hindurch sich in der Kirche beschäftigen könne.

Cipriano begleitete den Pfarrer am nächsten Tage in das kleine Städtchen, wo er die Farben in Empfang nahm und die Gebrauchsanweisungen für die Anwendung der Farben erhielt.

Nachdem er sich einen Kleinen eingehoben hatte, um den Tag festlich zu beschließen, ritt er, zufrieden mit sich und mit der Religion und aller Welt, gemächlich auf seinem Esel heim.

Er kam gerade recht zum Abendläuten, das die Jungen schon begonnen hatten, noch ehe er das erste Haus des Dorfes erreicht hatte.

Am nächsten Morgen begann er seine Arbeit der Kirchen-verschönerung.

Wenngleich Cipriano keineswegs Maler war, so hatte er doch genügend Klugheit – angeboren oder durch Erfah-rung erworben, das weiß man nicht –, mit dem Abwa-schen von bemalten Heiligenfiguren vorsichtig zu sein. Er war nicht allzu reich mit Farben versorgt worden, und darum mußte er mit dem Abwaschen sorgsam umgehen, um nicht zuviel Farbe zu verlieren. Er wollte auch erst wissen, wie die Farben annehmen; denn die Anweisungen des Drogisten waren sehr allgemein gehalten gewesen. So nahm er sich zuerst einmal den Judas Ischariot vor. Judas Ischariot war ja eigentlich nur ein Halbheiliger, dessen wahres Verhältnis zu dem Herrn bis heute nicht völlig aufgeklärt ist. Die einen sagen, er hat den Herrn verraten und verkauft, und darum ist er ein Schurke, der in der Hölle seit beinahe zweitausend Jahren bereits schmort. Andere dagegen aber, die wissenschaftlich in die Heilslehre eingedrungen sind, behaupten, Judas Ischariot war von Gott dem Herrn bestimmt, den Heiland zu verraten; denn hätte Judas Ischariot den Herrn nicht verraten, so wäre der Herr nicht gefangengenommen worden, und hätte man ihn nicht gefangen, so hätte er nicht gekreuzigt werden können, und der Heiland hätte nicht, mit den Sünden aller Welt beladen, sterben können, um die armen Menschen zu erlösen. Da also Judas Ischariot als das Werkzeug Gottes nötig war, um das Heilswunder zu vollbringen, darum betrachtet ihn der Indianer als einen Halbheiligen, wie er auch den bösen Schächer am Kreuz als Halbheiligen betrachtet, der unter Umständen oben im Himmel ein gutes Wort für den geplagten Indianer einlegen kann. Es ist überhaupt und immer gut, sich mit niemand ernstlich zu verfeinden, dessen Name in den biblischen Geschichten oder in den Legenden erwähnt wird. Denn man kann nicht wissen, ob sie nicht Werkzeuge Gottes sind, auch wenn sie sich scheinbar recht unchristlich hier auf Erden benommen haben.

Der Judas Ischariot steht gewöhnlich wie ein Schuljunge, der was verbrochen hat, in einer dunklen Ecke in der Kirche, wo er von niemand sonderlich beachtet wird. Da steht der Arme das ganze Jahr hindurch. In der Semana Santa, in der Heiligen Woche, wird er dann aus seiner Ecke herausgenommen, abgestaubt und aufgefrischt, und er wird dann an die Abendmahlstafel gesetzt, die in der Kirche aufgebaut wird. An dieser Tafel darf Judas Ischariot nicht fehlen, wenn auch vielleicht die Hälfte der übrigen Jünger fehlen sollte oder einige doppelt oder dreifach vorhanden sein sollten. Es kommt auch vor, daß, um die Zahl zwölf oder dreizehn voll zu machen, irgendeine Figur mit an die Tafel gesetzt wird, die ursprünglich nicht die Ehre hatte, bei der Abendmahlsfeier zugegen zu sein, also vielleicht der heilige Antonio oder der heilige Jeronimo. Man muß sich zu helfen wissen.

In diesem Fall, den Cipriano jetzt zu besorgen hat, ist

kein einziger Heiliger besser zu gebrauchen als Judas Ischariot. An ihm erprobt nun Cipriano, wie weit er mit dem Waschen gehen darf, ohne zuviel Farbe einzubüßen, an ihm kann er herummalen und herumlackieren nach Herzensfreude, um zu sehen, wie die Farben annehmen und wie sie herauskommen auf diesem alten wurmzerfressenen Holz. Denn wird am Judas Ischariot etwas verdorben, so ist das nicht so wichtig und wird wohl auch kaum als Sünde im Himmel gebucht werden. Judas Ischariot wird nach der Wasch- und Anstrichprobe wieder in seine dunkle Ecke gestellt, und bis zur Semana Santa ist mehr als ein halbes Jahr Zeit. Dann liegt genügend frischer Staub drauf, so daß man die Künstlerversuche des Cipriano nicht mehr so genau erforschen kann. Die Hauptsache ist, daß der Bart und der Geldbeutel des Judas Ischariot erhalten bleiben, damit man ihn erkennt und damit man weiß, mit wem man es zu tun hat; denn sonst könnte es geschehen – und es muß gesagt werden, es ist geschehen –, daß er verwechselt wird mit dem heiligen Joseph, auf dem Joseph-Altar aufgebaut und dort angebetet, angebettelt und mit Kerzen und Gaben beschenkt wird.

Der Judas Ischariot, nachdem er von Cipriano mit Andacht und Sorgfalt behandelt worden ist, nachdem er hier einen Tupfen Goldbronze, dort einen Flapp Silberbronze, hier wieder einen Klecks grelles Rot, dort wieder ein paar Striche Grün mit Braun aufgepinselt erhalten hat, sieht bald so schön und königlich aus, daß sich Cipriano kaum noch von ihm trennen kann. Er bedauert und lamentiert, daß der Judas Ischariot nur ein Halbheiliger ist und daß er ihn darum wieder ins Eckchen stellen muß, wo niemand die Kunst des Cipriano bewundern kann. Es ist fürwahr traurig, so redet Cipriano im stillen in sich hinein, daß Judas Ischariot sich bestechen ließ und den Heiland so schmählich verriet; hätte er es doch besser nicht getan, dann könnte ihn Cipriano jetzt in den Vordergrund stellen und dort leuchten lassen. Aber es läßt sich nun nicht mehr ändern. Es steht schon alles in den biblischen Geschichten, und Cipriano kann nicht die Sünde auf sich nehmen, jene Geschichte zu fälschen, nur um Judas Ischariot dicht am Eingang der Kirche, gleich nahe beim Weihwasserbecken aufzustellen, wo ihn alle Leute sehen müßten und alle Leute natürlich die Kunst Ciprianos bewundern könnten. Dann überlegt Cipriano eine Weile, ob er nicht den Bart des Judas Ischariot beschneiden und ihm den Geldbeutel dem heiligen Antonio oder dem heiligen Joseph in die Hand drücken und dessen Bart so zurechtstutzen könnte, daß er das Aussehen des Judas Ischariot bekommen würde. Dann wäre Cipriano vielleicht in der Lage, aus dem ursprünglichen Judas Ischariot einen Joseph zu machen, der im Vordergrunde stehen darf, wo er von allen Leuten bewundert werden kann. Aber er fürchtet doch, das könnte herauskommen; denn die grimmigen Gesichtszüge des Judas Ischariot sind jedem einzelnen Mitgliede der Gemeinde zu gut bekannt, und die Indianer haben ein zu gutes Auge für solche Dinge, um nicht sofort den Tausch zu erkennen.

Warum Cipriano überhaupt auf solche Gedanken kommt, einen Vertausch vorzunehmen, kann leicht begründet werden. Er weiß, wie das jeder echte Künstler weiß, daß er ein zweites Kunstwerk gleicher Art nicht schaffen kann. Hier, bei dem Judas Ischariot, hat Cipriano alle Farben angewendet, um deren Brauchbarkeit zu erforschen. Das kann er nun bei keiner anderen Figur mehr tun, weil er sonst mit den Farben nicht auskommen würde. Die eine Figur braucht mehr Braun, die andere mehr Rot, von der Goldbronze und der Silberbronze gar nicht zu sprechen, denn etwas Gold und Silber müssen alle bekommen. Bei den übrigen Figuren muß er sich genau an die ursprünglichen Grundfarben halten, damit die Figuren auch von den Gemeindemitgliedern wiedererkannt werden. Es könnte geschehen, daß sich selbst der Pfarrer nicht mehr auskennen würde. Allein beim Judas Ischariot, bei dem es nicht so genau darauf ankommt, ob er sich sehr verändert oder nicht, konnte und durfte Cipriano alle seine Talente spielen lassen. Bei den übrigen, nun ganz besonders beim Christus und bei der Heiligen Jungfrau, darf er nicht das geringste an den Grundtönen ändern.

Cipriano stellt endlich schweren Herzens den so herrlich geglückten Judas Ischariot in dessen dunkles Brummeckchen. Aber während er sich nun in den folgenden Tagen mit den übrigen Figuren redlich abgibt, kann er seine Gedanken von jenem vortrefflichen Kunstwerk, das er schuf, nicht mehr abwenden. Ob er nun die heilige Anna bemalt oder den heiligen Pablo, oder den heiligen Francisco, seine Gedanken sind bei Judas Ischariot.

Daß Cipriano derart hart in die Klauen und Fänge des Erzverräters aller Erzverräter, die je auf Erden gelebt haben, fallen konnte, war, kein Zweifel darüber, das Werk des Teufels, der es darauf abgesehen hatte, die Abwesenheit des Pfarrers zu benützen, um die reine und treue Seele des Kirchendieners Cipriano zu erhaschen. Denn alles, was nun geschah, konnte in seinen Urgründen darauf zurückgeführt werden, daß Cipriano seine höchsten Talente, die nur den wahren Heiligen dienen sollten, in einem so verschwenderischen Maße auf den Erzschurken Judas Ischariot ausgegeben hatte. Judas Ischariot ließ die Gedanken des armen Cipriano nicht mehr los. Und darum beging Cipriano Fahrlässigkeiten, die böse Folgen hatten.

Was nun geschah, beweist erneut, in welch geschickter Weise Satanas zu arbeiten weiß, um das Reich des Antichrist auf Erden aufzubauen.

Cipriano war endlich zu der großen Aufgabe gekommen, die Heilige Jungfrau, die über dem Altar thronte, zu reinigen und aufzufrischen. Er wußte, daß diese Arbeit die heiligste war, die ihm auf Erden beschieden werden konnte.

Mit den verschiedenen Christusfiguren, am Kreuz hängend, oder mit dem Kreuz auf der blutigen Schulter, oder hingelagert in der Felsenhöhle (aus gestärkter und zerknitterter Sackleinwand), war er genauso leicht umgegangen wie mit den Heiligenfiguren. Das war ja sowieso kein großer Unterschied.

Aber die Heilige Jungfrau war das Allerheiligste, war der Sinn und Inhalt der ganzen Religion. Wichtiger als Gottvater selbst.

Ehe Cipriano die Heilige Jungfrau berührte, um sie von ihrem hohen Stand herunterzuheben, kniete er nieder und betete ein halbes Hundert Aves. Er machte alle Kreuze, die er kannte. Und endlich hatte er die hölzerne Figur auf dem Kirchenboden. Er stellte sie aber nicht auf den nackten Boden, sondern breitete seine Tilma unter den Füßen der Gottesmutter aus.

Er begann die Figur sorgfältig zu waschen, zart, als wäre sie ein neugeborenes Kind. Dann rieb und polierte er sie mit weichgezupften Läppchen. Er nahm ihre Kleider ab, um sie auszustauben und auszuwaschen. Sie hatte keinen eigentlich nackten Körper unter ihren Gewändern. Sondern der Körper war so geschnitzt, daß die inneren Gewänder ebenfalls Holzschnitzwerk waren, so daß selbst die respektloseste Person nichts hätte finden können, daß darüber die Heilige Gottesmutter hätte schamrot werden müssen.

Auf dem Steinboden der Kirche hatte Cipriano ein kleines Feuer brennen. Das Feuer diente dazu, das Wasser zum Abwaschen der Figuren ein wenig anzuwärmen, es diente ferner dazu, Leim zu kochen und flüssig zu halten, um Bruchstellen der Figuren auszuheilen.

An diesem Feuer hockte jetzt Cipriano und wärmte sich seinen Kaffee und seine Tortillas, weil er keine Zeit damit verlieren wollte, zu seiner Hütte zu gehen. Die Kleider der Gottesmutter hatte er draußen, im Garten der Kirche, auf Sträucher gehängt, damit sie trocknen sollten.

Als er seinen Kaffee getrunken und seine Tortillas mit Chile gegessen hatte, ging er hinaus in den Kirchengarten, um der Sonne zuzusehen, wie sie die Kleider der Heiligen Jungfrau trockne.

Dieser Arbeit zusehend, drehte er sich eine Zigarette und rauchte.

Die Sonne trocknete nicht nur die Kleider der Heiligen Jungfrau, sondern sie spielte gleichzeitig wechselnde Farben über den Kirchengarten hin. Und das lenkte abermals die Gedanken Ciprianos auf sein großes Kunstwerk, auf die so herrlich geglückte Verschönerung des Judas Ischariot. Er begann darüber nachzudenken, daß er vielleicht, wenn alles übrige in der Kirche getan sei und er noch Farben übrigbehalten sollte, was ja sehr wahrscheinlich war, weil er sehr sparsam mit den Farben umgegangen war, er noch mehr für Judas Ischariot tun könnte. Er dachte darüber nach, daß es vielleicht gar möglich werden könnte, daß selbst der Señor Pfarrer Gefallen und Freude an jenem Kunstwerk finden könnte, und daß vielleicht die Möglichkeit bestünde, Judas Ischariot zu erlösen und ihm, wenn auch keinen Ehrenplatz, so doch einen besseren Platz anzubieten, wo er schon leichter gesehen werden könnte. Immer mehr in seinem Nachdenken kam Cipriano zu der Ansicht, daß eigentlich und überhaupt dem Judas Ischariot ein großes Unrecht zugefügt worden sei, ihn zweitausend lange Jahre dafür büßen zu lassen, daß er einmal dreißig Silberlinge verdienen wollte, die er ganz sicher für irgend etwas sehr Notwendiges gebraucht haben muß, vielleicht gar für die Medizin eines kranken Kindes, jedenfalls für etwas, worüber uns nichts berichtet worden ist, um seine Tat nur um so ruchloser erscheinen zu lassen. Überhaupt sei dem Judas Ischariot auch darum ein großes Unrecht zugefügt worden, daß man ihn dauernd und für ewig aus der Erlösung ausgeschlossen habe, während doch sogar Pedro, der den Herrn ebenfalls verleugnete, vergeben wurde, ihm auch noch die Schlüssel des Himmelstores anvertraut wurden, und man ihn zum Heiligen machte.

In diesem angestrengten Nachdenken über das zweierlei Maß, mit dem selbst im Himmel gemessen wird, und über die verwickelten Ansichten und Fragen der Religion überhaupt und im allgemeinen, und im Nachdenken darüber, daß die Beziehungen des Señor Pfarrer mit Señora Elodia und mit Señora Roberta recht gut, ohne fahrlässig zu sein, nach zwei verschiedenen Seiten hin ausgelegt werden könnten, dröselte Cipriano so nach und nach und so langsam ein. Zu tun hatte er augenblicklich nichts, weil er der Sonne beim Trocknen ja doch nicht helfen konnte.

Er wachte darüber auf, daß ihm im Traume die Beziehungen zwischen Mann und Frau deutlich wurden, ohne daß sie sich diesmal auf den Señor Pfarrer und auf Señora Elodia ausdehnten, an die Cipriano in den letzten Phasen seines Träumens gerade nicht gedacht hatte. Eigentlich aber wachte er wohl darüber auf, daß sich drei Hunde prügelten, die sich innerhalb der Kirche um einige Tortillas zankten, die Cipriano von seinem Mahle übriggelassen hatte.

Cipriano hatte, weil er ja nur für einen kurzen Augenblick in den Kirchengarten gehen wollte, um dort eine Zigarette zu rauchen, die hintere Kirchentür offengelassen. Und durch jene Tür waren die Hunde in die Kirche eingedrungen.

Als Cipriano in die Kirche trat, noch ein wenig im Schlaf, wischten die Hunde hinaus.

Nach einigen Sekunden hatte sich Cipriano von dem hellen Sonnenlicht an die Dämmerung in der Kirche gewöhnt, und als er nun zu der Figur der Gottesmutter kam, faßte ihn ein kalter Schrecken. Er mußte mehrere Male genau hinsehen, ehe er wußte, daß er richtig gesehen hatte.

Die Hunde hatten bei ihrem Herumbalgen die Gottesmutter in das Feuer gestoßen, wo die Figur genauso hilflos und unbeschützt war, wie auch jedes andere gewöhnliche Stück Holz zu sein pflegt, das ins Feuer geworfen wird.

Hunde wissen das ja nicht besser, und man soll sie dafür nicht anklagen. Cipriano jedoch wußte sofort, daß die Hunde von Satanas geschickt worden waren, um jenes Unheil anzustiften.

Er hob mit einem raschen Griff, diesmal ohne auch nur ein einziges Ave zu beten, die Gottesmutter aus dem Fegefeuer.

Die Gottesmutter hatte die linke Hand auf das Herz gepreßt, von dem goldbronzierte Strahlen nach allen Seiten ausgingen. Ihre rechte Hand hatte sie segnend erhoben, etwa in der Höhe ihres Mundes. Die Handfläche dieser Hand war flach nach unten gerichtet und nicht, wie das häufig bei segnenden Händen geschieht, dem Betenden zugekehrt.

Diese Hand war völlig verkohlt, die Form jedoch war erhalten geblieben. Auch die rechte Seite der Figur war angekohlt.

Cipriano löschte die noch kohlenden Stellen rasch mit dem Rest von Kaffee, den er noch in seinem Tonkrügchen fand; und als das allein nicht ganz half, vergaß er sich soweit, die übrigen kohlenden Stellen mit seiner Spucke zu löschen. Daß hierin eine Respektlosigkeit gefunden werden möchte, darüber dachte Cipriano auch nicht einen Augenblick lang nach. Gegenüber harter Wirklichkeit wurde er trotz aller christlichen Erziehung stets sofort wieder heidnischer Indianer. Nicht nur in einem solchen Ding, wie das, was hier geschehen war.

Und er wurde erst recht heidnischer Indianer, als er damit begann, zu überlegen, was nun zu tun sei.

Er vergaß völlig, daß er eine Gottesmutter in der Hand hatte, die verehrt und angebetet wurde, als wäre sie die wirklich lebende Gottesmutter in Person.

Zuerst einmal schloß er sofort die Kirchentür, so daß niemand hereinkommen konnte, um Zeuge des Unheils zu sein, das hier geschehen war. Er wußte, daß es für diese Fahrlässigkeit keine Entschuldigung gab. Wenngleich er sich darauf berufen konnte, daß die Hunde Werkzeuge des Bösen gewesen seien, so hatte er dennoch durch eine lange Reihe von Unbedachtsamkeiten dem Bösen das Handwerk erleichtert.

Dieses Unheil würde die Ursache sein, daß er seinen Posten verlöre. Das wäre zu verschmerzen gewesen, denn das Amt an sich brachte nicht viel ein. Fünf oder zehn Centavos bei einer Taufe, fünfundzwanzig Centavos bei einer guten Hochzeit, bei einer kleinen Hochzeit entweder nichts oder fünf oder gar nur zwei Centavos. Auch das kam vor. Und von Begräbnissen war besser nicht zu reden. Das Dorf hatte nicht einen einzigen Wohlhabenden. Und daß der Señor Pfarrer eine fette Pfründe hier gehabt hätte, konnte man auch nicht sagen. Es war eine ziemliche Last für diese arme Gemeinde, den Pfarrer überhaupt durchzubringen; und hätten die Leute nicht die sichere Überzeugung gehabt, daß sie dereinst im Himmel reich belohnt werden würden und daß der Pfarrer nötig sei, Regen und Sonnenschein herbeizubeten, die Fruchtbarkeit der Ziegen und Schafe zu besegnen, so hätten sie ihn überhaupt nicht mit durchfüttern können. Für gute Medizinangelegenheiten war er sowieso nicht zu gebrauchen. In solchen Dingen hielt man sich sicher an die eigenen Medizinmänner und Medizinfrauen.

Es war also nicht das Amt, das Geld hätte einbringen können, um das Cipriano besorgt war. Er war vielmehr und beinahe einzig darum besorgt, daß er seine respektgebietende Stellung in der Gemeinde verlieren könnte. Er konnte, wenn dieser Vorfall hier bekannt wurde, nicht länger mehr der Mann sein, der dem Pfarrer am nächsten stand, er konnte nicht länger mehr als einziger neben dem Pfarrer das Allerheiligste versorgen, er konnte nicht länger mehr während der Abwesenheit des Pfarrers die Aves und Litaneien in den Andachten vorsingen, er konnte nicht länger mehr vor den Augen der ganzen Gemeinde die Kerzen anzünden, dem Pfarrer Waschbekken und Handtuch reichen, das Messebuch vorhalten, ihm die Meßgewänder anlegen oder abnehmen. Niemand würde mehr seinen Rat verlangen, und an seinem Namenstage würden die Hühnchen und Hähnchen ausfallen, und das ganze Jahr hindurch würden alle die kleinen Aufmerksamkeiten fortfallen, hier ein Gläschen Tequila und dort ein in wildem Honig gekochter Kürbis. Das Leben wäre nicht länger mehr wert gewesen, gelebt zu werden. Er war in den dreißig Jahren so eins geworden mit der Kirche und dem Dienst in der Kirche, daß kein Mitglied der Gemeinde sich die Kirche ohne ihn denken konnte; denn die gegenwärtige Generation war geboren worden und aufgewachsen in dem Glauben an die Unersetzlichkeit seiner Person. Er hätte nun vielleicht wacker beten können, und es wäre vielleicht das große Wunder geschehen, daß der Gottesmutter die Hand wieder nachgewachsen wäre. Aber soweit ging der Glaube des Cipriano denn doch nicht. Er war viel zu sehr Indianer, um nicht zu wissen, daß totes Holz unter keinen Umständen nachwächst, auch wenn man noch so viele Aves abbetet.

So kam er schließlich auf die einzige Idee, auf die ein Indianer in einem so verzweifelten Falle kommen kann. Er nahm sich vor, den verkohlten Handstumpf der Gottesmutter einfach abzusägen, eine neue Hand zu schnitzen und sie an dem Armstumpf anzuleimen. Er würde das dann alles schön dick bemalen, und wenn die Jungfrau endlich wieder hoch über dem Altar aufgestellt ist, wird niemand den Schaden bemerken.

Nun würde freilich das Schnitzen der Hand einen Tag in Anspruch nehmen. Während dieser Zeit mußte freilich die Gottesmutter an ihrem alten Platze stehen, weil die Gemeindemitglieder, die zum Beten in die Kirche kamen, die Gottesmutter sofort vermißt haben würden, und weil das Beten ohne die Gottesmutter über dem Altar zwecklos und resultatlos gewesen wäre. Die Indianer müssen das leibhaftig vor sich sehen können, was sie anbeten sollen, andernfalls können sie sich auf ihre Gebete nicht konzentrieren und denken statt dessen an ihren Mais und an ihre Ziegen und Schafe. Dadurch wird nur das Heidentum gefördert.

Cipriano kleidete also die Gottesmutter wieder an. Als das vollendet war, stellte er sie auf ihrem Platze über dem Altar wieder auf. Er ordnete die Kerzen so an, daß man in der Dämmerung der Kirche die verbrannte Hand nicht leicht sehen konnte, es wäre denn, daß man ziemlich dicht vor dem Altar stünde. Außerdem drapierte er eine Falte des Gewandes so, daß die Hand zum Teil bedeckt wurde; und weil das Gewand dunkelblau war, so war in der Tat der Schaden nicht leicht zu bemerken. Ehe der Pfarrer zurückkam, war die neue Hand angeleimt. Obgleich Cipriano wohl wußte, daß er damit eine Sünde begehe, so nahm er sich vor, seine sündhafte Fahrlässigkeit dem Pfarrer nicht zu beichten. Er würde die Sache einfach vergessen, und das, woran man sich nicht erinnert, braucht man ja nicht zu beichten. Weder hier noch anderswo. Würde ein Indianer überhaupt alles beichten, was er getan hat, so könnte ihm kein noch so gütiger Pfarrer die Absolution erteilen, und selbst Gott der Herr würde es sich noch sehr überlegen, ob er einem solchen Sünder derartige Untaten vergeben kann, und er, der Herr, wahrscheinlich zu der Überzeugung kommen, daß hier jede Hoffnung aufgegeben werden muß und es besser ist, die Indianer zu lassen, wie sie sind, und sich mit dem zu begnügen, was man bekommen kann.

Die Gottesmutter stand auf ihrem Platze. Inzwischen war es Abend geworden. Cipriano öffnete die Kirche, und es kamen einige Frauen, um in Andacht zu schwelgen.

Als dann die Stunde gekommen war, schloß Cipriano die Kirche und ging heim in seine Hütte, beruhigt in dem

Bewußtsein, daß während der Nacht bestimmt nichts herauskommen würde.

Er suchte sich ein passendes Stück Holz aus, und bei dem trüben Licht eines rußenden Blechlämpchens begann er, das Holz in die rohe Form einer Hand zurechtzuschnitzen. Die Feinheiten würde er dann bei hellem Tageslicht machen. Er war sicher, daß er die Hand vielleicht gar schon vor Mittag des nächsten Tages fertig haben würde. Die Figur brauchte ja nur während der Frühandacht an ihrem Platze zu stehen. Und am Abend war alles vielleicht schon angeleimt und sorgfältig bepinselt und bemalt. Es ging viel schneller, als er das in seiner ersten Bestürzung ausgerechnet hatte.

Als er nun beim Schnitzen hockte und es weiter in die Nacht ging, erhob sich ein gewaltiges Unwetter. Der Donner rasselte von allen Seiten, und es dröhnte, als ob alle Himmel einstürzen wollten. Die Blitze fegten über das Firmament dahin und rissen die schwarze Nacht in gellende Fetzen auseinander.

Ein frommerer Mann, als es Cipriano war, würde jenes Unwetter sofort in Verbindung mit der geschändeten Gottesmutter gebracht haben. Und der Pfarrer würde ganz sicher gesagt haben: »Na, da siehst du es ja, Cipriano, was du angerichtet hast. Die Strafe des Himmels ist über dir. Tue Buße und beuge dich unter der Allmacht des Höchsten.«

Cipriano war gewiß recht fromm. Aber so fromm war er doch nicht, daß er auch nur für einen Augenblick lang geglaubt haben würde, daß jenes Unwetter die Folge seiner Fahrlässigkeit sein könnte. Er war ein viel zu guter Beobachter der Natur, als daß er sich zu einer so kindlichen Frömmigkeit hätte emporschwingen können. Denn er hatte bereits am frühen Nachmittag gesehen, daß sich schwere Gewitterwolken weit hinten am Horizont bildeten, und er hatte zu Mateo und zu Panfilo, als sie eine Weile mit ihm im Kirchengarten schwatzten, gesagt:

»Gebt gut acht, Muchachos, heute nacht bekommen wir ein verdammt schweres Gewitter, wie wir lange nicht gehabt haben; wer weiß, ob nicht ein paar Hütten brennen werden.«

Und das hatte sich ein paar Stunden vorher zugetragen, ehe der Gottesmutter die Hand verbrannt wurde.

Der Pfarrer freilich – Cipriano war lange genug im Dienst, um das zu wissen – würde gesagt haben: »Das hat die Gottesmutter alles vorausgewußt, was geschehen würde, darum hat sie das Gewitter rechtzeitig vorbereitet.«

Darauf würde Cipriano, wie er das immer tat, geantwortet haben: »Si, Señor Cura, das ist so, das ist wahr.« Denn mit dem Señor Pfarrer darf man nicht herumstreiten, das ist gegen die Religion; was der Señor Pfarrer sagt, ist die Wahrheit. Bei sich würde Cipriano aber gesagt haben – und was man bei sich sagt, hört der Señor Pfarrer ja nicht –, ja, bei sich würde er gesagt haben: »Gut, wenn die Gottesmutter das alles vorher gewußt hat, und sie hat es vorher gewußt, denn der Señor Pfarrer sagt es ja, dann hat sie doch auch gewußt, daß sie von einigen schmutzigen Dorfhunden in das Feuer gestoßen werden wird. Sie wird doch das nicht etwa getan haben mit der Absicht, mir Unannehmlichkeiten zu bereiten. Man kann sich eben auf nichts mehr verlassen, und man findet gar nichts mehr heraus. Am besten, man läßt alles, wie es ist.« Cipriano drehte sich eine Zigarette und rauchte. Er unterließ es, einige Dutzend Aves zu beten, damit das Unwetter vorübergehe, ohne hier Schaden anzustiften. Er wußte aus Erfahrung, daß das nicht viel hilft, und daß man am besten tut, das Unwetter sich austoben zu lassen, dann hört es von selbst auf. Er kennt einen Fall, es handelt sich um Lucina, die Frau des Pancho Lazcano, die vom Blitz erschlagen wurde, während sie den Rosenkranz betete. Also ist es besser, eine Zigarette zu rauchen und sich, in der offenen Tür der Hütte stehend, die Herrlichkeit des Unwetters anzusehen.

Und während er eine Stelle am Himmel beobachtet, wo es sich aufzuklären beginnt und die Sterne bereits funkeln, kracht ein gewaltiger Donnerschlag über ihm, der ihn so erschüttert, daß er sich fest gegen einen Pfosten des Einganges halten muß, um nicht umzufallen. Gleichzeitig sieht er einen dicken Blitzstrahl herunterfegen, und, wie er genau sehen kann, direkt in das Kirchdach hinein. Er hört die Dachziegeln deutlich prasseln, und er wartet, daß im nächsten Augenblick die Kirche in hellem Feuer auflodern wird.

Aber nichts geschieht. Die Kirche steht wieder vergraben in der tiefen Nacht. Der Donner ebbt ab. Die Blitze verzucken sich. Ein heftiger Regen setzt ein. Nach einer kleinen halben Stunde läßt der Regen nach, das Unwetter hat sich verzogen, und nur fern am Himmel schwebt hin und wieder ein Leuchten durch die Nacht.

Cipriano steht noch in dem Eingang seiner Hütte. Da kommen einige Männer auf sein Haus zu, und sie fangen gleich an zu reden: »Hast du das gesehen, Cipriano, der Blitz hat in die Kirche eingeschlagen. Komm mit den Schlüsseln und öffne die Kirche. Wir wollen sehen, ob es nicht etwa drinnen irgendwo brennt. Jetzt ist noch Zeit, zu löschen.«

Als die Männer zur Kirche kommen, sind dort schon viele Leute versammelt, und immer mehr kommen herbei, Männer, Frauen und Kinder. Sie kommen mit brennenden Tannenspänen und mit verräucherten Laternen. Alle Leute haben gesehen, wie der Blitz in die Kirche einschlug, und alle möchten sehen, ob er Unheil angerichtet hat.

Cipriano schließt die Kirche auf, und die Männer suchen herum, ob sie irgendwo Feuer entdecken können. Aber nichts wird gefunden. Der Blitz ist offenbar kalt gewesen.

Bis gegen Mitternacht bleiben die Leute vor der Kirche. Und ehe Cipriano die Kirche endgültig abschließt, suchen noch einmal alle Männer sorgfältig in der Kirche herum, ob nicht doch vielleicht irgendwo ein Feuer glimmt. Sie sind endlich überzeugt, daß keine Gefahr vorliegt. Und alle gehen heim, um sich niederzulegen.

Am Morgen schließt Cipriano zu gewohnter Stunde die Kirche auf. Die Jungen bemühen sich um das Frühläuten. Cipriano zündet die Kerzen an. Frühe Beter kommen. Beinahe ohne Ausnahme Frauen und einige Kinder mit ihnen. Schnell wird es heller Tag.

Zwei Frauen kommen nahe zum Altar, um dort ein besonderes Gebet zur Gottesmutter hinaufzusenden.

Cipriano steht nahe der Tür, um Wasser in die Weihwasserbecken nachzufüllen.

Plötzlich schreien die beiden Frauen vor dem Altar gellend auf, während sie sich gleichzeitig, wie rasend geworden, bekreuzigen.

Cipriano wendet sich um und bekommt einen ungeheuerlichen Schreck. Auch er bekreuzigt sich jetzt und murmelt einige Ave Marias schnell herunter. Er weiß, daß nunmehr alles entdeckt ist und daß er nur noch auf die Rückkehr des Pfarrers warten kann, um in allen Unehren seinen Abschied zu erhalten.

Die Frauen vor dem Altar werden immer lauter, und alle übrigen Frauen, die in der Kirche sind, laufen hinzu, um zu sehen, was geschehen ist. Auch sie fallen sofort nieder und bekreuzigen sich.

Die Kirche ist ja nicht so sehr groß. Und so kann Cipriano am andern Ende gut verstehen, was hier aufgeregt geredet wird. Um so leichter kann er es verstehen, weil die Frauen beinahe schreien. Er will nicht hinhören, weil er ja weiß, daß er nur seine Schande hören wird. Aber er fängt doch die Worte auf, ohne sich die Mühe zu nehmen, sie zusammenzureimen.

»Un milagro! Un gra-a-a-n mi-laaagro le paso! Por Santa Purisima! Virgencita! Señora Nuestra! O Heilige, Allerreinste! O Heiliges Jungferchen! Ein Wunder ist geschehen! Ein großes Wunder!«

Alle Frauen wenden sich um zu Cipriano, der noch immer an der Tür steht bei den Weihwasserbecken. Er weiß immer weniger, was er tun soll. Am besten ist es, er geht nach Hause, legt sich auf seinen Petate und sagt, er ist todkrank.

Aber die Frauen lassen ihm keine Zeit, irgend etwas zu beschließen. Sie kommen auf ihn zugeeilt und zerren ihn zum Altar.

Ihm ist nun alles gleichgültig geworden.

Die Frauen packen ihn bei den Armen und schreien alle gleichzeitig auf ihn ein: »Siehst du das nicht, Cipriano? Hast du keine Augen für das große Wunder, das hier geschehen ist? Der Blitz hat in der vergangenen Nacht eingeschlagen, hier in die Kirche. Siehst du dort oben die durchgeschlagenen Dachziegel?«

Cipriano blickt nach oben und nickt und nickt.

»Ein Wunder! Ein großes Wunder ist uns aus Gnaden gegeben worden. Der Blitz wurde aufgefangen von der Hand des Jüngferleins. Ihre Hand hat die Heilige Jungfrau geopfert, um das Geheiligte Fleisch des Herrn in der Monstranz zu schützen und die Kirche vor dem Feuer zu bewahren. Ein Wunder! Un gran milagro!«

Es vergingen keine drei Tage, da war die Kirche von Tausenden umlagert, von Indianern, von Mestizen, von Weißen.

Cipriano konnte nun nichts mehr an der Sache ändern. Er kam zu der Überzeugung, daß vielleicht doch ein höherer Wille obwaltet, der die Geschicke auf Erden bestimmt.

Die Kirche wurde eine fette Pfründe. Und eine fette Pfründe ist sie heute noch.

Es ist menschlich durchaus zu verstehen, daß Cipriano niemals etwas sagte. Denn wie durfte er, der einfache Indianer, der weder lesen noch schreiben konnte, den Bischöfen und anderen großen Herren der Kirche, die hierherkamen, um Messe zu lesen und zu firmen, in das Gesicht hinein sagen, daß hier ein kleiner Irrtum unterlaufen sei? Die Bischöfe würden ihn ausgelacht haben, und sie würden gesagt haben, er sei zu alt geworden und darum schwach im Geist. Und als echter Vollblut-Indianer wußte er wohl zu schweigen, wo es nicht notwendig schien zu reden und wo gar kein Vorteil für irgend jemand darin lag, Dinge zu verwirren, die große geistliche Herren, tausendmal klüger als er, als zu göttlichem Recht bestehend betrachteten. Es war nicht seine Aufgabe, Religionen zu reformieren. Nach guter Indianerlebensauffassung dachte er, daß man die Dinge am besten läßt, wie sie sind, solange sie einem selbst keine Unbequemlichkeiten bereiteten. Und daß er Unbequemlichkeiten durch seine Schweigsamkeit zu erdulden gehabt hätte, konnte nicht behauptet werden. Denn der Kirchendiener einer fetten Pfründe kann ein beschaulicheres Dasein führen als der einer armen indianischen Dorfgemeinde. Cipriano brauchte kein Holz mehr zu fällen und keine Holzkohle mehr zu brennen; und er brauchte sich nicht länger mehr mit den Aufkäufern der Holzkohle herumzuzanken, die für ewig das Gewicht der Waage fälschen und für ewig an den Preisen heruntergeizen. Und daß Hartholzfällen im Busch und Kohlebrennen in tropischer Glut eine große Freude sei und ein angenehmes Schicksal für einen Indianer, von dieser Lebensauffassung war Cipriano frühzeitig in seinem Dasein geheilt worden, viele, viele Jahre vorher, ehe er ein leises Mitleid für Judas Ischariot zu fühlen begann.

Daß nicht alle Wundergottesbilder in dieser oder ähnlicher Weise entstanden sind, beweist nichts gegen die Wahrheit dieser Geschichte; denn es ist ganz und gar zwecklos, sich mit einem Islamiten der prophetischen Fähigkeiten Mohammeds wegen herumzustreiten.

Der ausgewanderte Antonio

Der Minenarbeiter Silvestre hatte es mit vielen Mühen endlich erreicht, daß er sich eine Taschenuhr kaufen konnte. Die Uhr war aus Nickel und kostete acht Pesos fünfzig Centavos. Es muß hinzugefügt werden, daß sie eine gute und brauchbare Uhr war, denn sie zeigte vierundzwanzig Stunden, was als sehr wertvoll galt in einem Lande, wo im ganzen öffentlichen Leben die Zeitangabe sich auf die Vierundzwanzigstundenuhr bezieht. Silvestre war natürlich sehr stolz auf seine Uhr, und weil er in seiner Arbeitskolonne wie auch in seinen Nachbarkolonnen der einzige war, der eine Uhr besaß, die er mit in die Mine brachte, so wurde er nicht nur von seinen Arbeitskameraden, sondern zuweilen sogar von seinem Kolonnenforeman wie von denen der Nachbarkolonnen nach der Zeit gefragt. Das machte ihn zu einer wichtigen Persönlichkeit. Und weil es die Uhr war, durch die er in diese etwas erhöhte soziale Schicht der Arbeiterschaft gelangt war, so hielt er die Uhr in großen Ehren, und sie war ihm bei weitem mehr wert als das schönste Ritterkreuz irgendeiner Ehrenlegion. Er trug sie, wenn er in der Mine arbeitete, stets in Papier eingewickelt, damit sie nicht durch den Staub der Erze leiden sollte.
Eines Tages entdeckte er zu seinem großen Schrecken, daß die Uhr verschwunden war. Offenbar hatte er sie verloren, entweder bei der Einfahrt oder während der Arbeit. Daß sie gestohlen sein könnte, hielt er für sehr unwahrscheinlich. Sie hätte auch wohl kaum von dem, der sie vielleicht gestohlen haben könnte, getragen oder verkauft werden können, weil Silvestre, von Natur aus sehr vorsichtig und mißtrauisch, gleich nachdem er die Uhr in der nächsten Stadt gekauft hatte, sich vom Uhrmacher seinen Namen dick hatte eingravieren lassen. Dafür bezahlte er einen Peso extra. Der Uhrmacher – wie die Mehrzahl der

Uhrmacher in Mexiko und in den Staaten – war von Beruf Grobschmied, und der hatte Silvestre die Gravierung dringend angeraten und ihm den großen Schutz- und Erhaltungswert einer kräftigen Gravierung so überzeugungsvoll geschildert, daß Silvestre einsah, seine Uhr würde ohne Gravierung am selben Tage schon spurlos aus seiner Tasche gestohlen. Die Gravierung war, wie man ja von einem Grob- oder Wagenschmied zu erwarten berechtigt sein durfte, so tief und kräftig eingeschnitten, daß, hätte der Dieb versucht, die Gravierung auszufeilen, von dem Gehäuse nichts übriggeblieben wäre.

Nachdem er den Uhrmacher verlassen hatte, brachte Silvestre die Uhr in die Kirche, um sie vom Pfarrer einsegnen zu lassen, was auch nicht umsonst getan wurde, und endlich hatte er sie noch persönlich mit Weihwasser besprengt. Aber obgleich durch alle diese Schutzmittel die Uhr beinahe auf den doppelten Preis gekommen war, so hatten jene Mittel nicht genügt, daß die Uhr bis an sein Lebensende in seiner Tasche blieb. Vielleicht hatte er etwas übersehen bei dem Einsegnenlassen, oder er hatte sie neben die Uhrtasche seiner Hose gesteckt, oder sie war von selbst herausgerutscht. Wie dem auch sei, die Uhr war jetzt fort.

Er suchte eine volle Schicht in der Mine herum, aber die Uhr kam nicht wieder, und sie war nirgends zu sehen.

Es blieb Silvestre also nichts anderes übrig, als bis zum Sonntag zu warten, um die Angelegenheit mit Hilfe der Kirche und ihrer Heiligen in Ordnung zu bringen. Als guter Katholik wußte er, wie alle Indianer, recht geschickt sich zu bekreuzigen und kannte auswendig alle die Heiligen, die für irgendeine Sache mit Erfolg zu gebrauchen sind. Für verlorengegangene Dinge, jedoch nicht für gestohlene, ist San Antonio derjenige Heilige, der immer weiß, wo sich der verlorene Gegenstand befindet.

So ging Silvestre am Sonntag in die Stadt zur Kirche, suchte hier die hölzerne Figur des San Antonio auf, opferte ihm eine Kerze, bekreuzigte sich unzählige Male und flehte San Antonio an, ihm die Uhr wiederzubringen. Silvestre wußte aus reicher und kostspieliger Erfahrung, daß in der Kirche nichts umsonst getan wird, und darum versprach er dem San Antonio drei Fünf-Centavos-Kerzen und ein silbernes Zehn-Centavos-Händchen, wenn er ihm die Uhr wieder verschaffen würde, spätestens jedoch bis zum nächsten Sonntag, wenn er, Silvestre, wieder zur Kirche kommen würde, um zu sehen, was San Antonio inzwischen für ihn erwirkt habe.

Die Uhr fand sich im Laufe der Woche nicht ein. Und Silvestre, als er am nächsten Sonntag zur Kirche kam, sah auch nicht, so sorgsam er auch alles untersuchte, daß die Uhr zu Füßen des San Antonio lag, oder in einer Falte der braunen Mönchskutte der Figur hing oder irgendwo unter dem Gewande der Figur, das Silvestre respektlos aufhob, verborgen war. Aber die Uhr war nicht da, und Silvestre erkannte, daß er seine Kerze, seine Gebete und Bekreuzigungen umsonst verschwendet habe.

Er ging nun wieder eine Kerze kaufen. Er brauchte nicht weit zu laufen; denn die Kerzen, Heiligenbildchen und silbernen Ärmchen und Beinchen wurden auf zahlreichen Tischen innerhalb der Kirche verhandelt und verschachert, wo es lebhaft zuging wie auf einem Jahrmarkt, mit Feilschen, Verschwören der hohen Preise wegen, Herunterhandeln vom Preise und Umtauschen der gekauften Gegenstände. Am Altar wurde zu gleicher Zeit, unbekümmert um die feilschende Welt entlang der inneren Wände der Kirche, die Messe gelesen. Silvestre hatte diese Art christlicher Religion nicht erfunden und war darum nicht verantwortlich dafür; aber er glaubte, daß er ein unzerbrechliches Recht darauf habe, von San Antonio seine Uhr zurückzuerhalten, wenn er ihm Kerzen, Bekreuzigungen und Gebete opfere. Denn wozu brauchte man sich alle die Mühen und Ausgaben zu machen, wenn es doch nichts nützte!

Silvestre, der in einer Welt lebte, wo jede Kreatur für das Essen oder für den Lohn, den sie empfängt, arbeiten muß, auch wenn es ihr noch so schwerfällt und sie vielleicht gar am Zusammenbrechen ist, hatte weder Verständnis noch Mitleid mit einem Heiligen, der sich mit Kerzen und Gebeten bezahlen läßt, ohne dafür zu arbeiten.

Als Silvestre seine Kerze auf dem Altar des San Antonio aufgestellt hatte, kniete er nieder, bekreuzigte sich mehrere Male und begann zu beten. Er besaß kein Gebetbuch, und wenn er eines gehabt hätte, so würde es ihm nichts genützt haben, weil er nicht lesen konnte. So war er genötigt, aus dem Stegreif zu beten und so, wie es ihm sein Gott ins Herz legte. Das Wort Gotteslästerung kannte er nicht, weil ihm der Begriff hierfür fehlte, und in Mexiko gibt es keine Gotteslästerung, weil das Gesetz ein solches Vergehen nicht kennt. In Mexiko hat das jeder mit seinem Gewissen und mit seinem Gotte abzumachen; denn der mexikanische Gesetzgeber und der mexikanische Richter fühlen sich nicht berufen, in die unerforschlichen Wege und Gesetze Gottes mit ihrem menschlichen Urteilsvermögen und ihren menschlichen Rechtsirrtümern hineinzupfuschen. Wenn Gott im Himmel nicht mächtig genug ist oder nicht willens ist, Beleidigungen und Lästerungen gegen seine Majestät zu bestrafen, warum soll der kleine irdische Staatsanwalt dem lieben Gott vorschreiben, wieviel Monate diese Gotteslästerung und wieviel Wochen jene wert ist?

Darum muß man Silvestre verstehen und ihm vergeben. Er weiß es nicht besser. Was er aber gut wußte, war, daß er seine Uhr so rasch wie möglich wiederhaben wollte, und daß er nicht zu warten gedachte, bis sie ihm nach seinem Tode im Paradiese ausgehändigt werden würde. Er brauchte die Uhr hier auf Erden; denn zu welcher Stunde man im Paradiese in die Erzminen einzufahren habe, wird ihm der Foreman dann schon sagen, wenn es soweit ist.

Silvestre betete darum schlichtweg darauflos: »Oye,

querido, San Antonio, cuidad, hombre! Jetzt hör einmal gut zu, geliebter Antonio, und gib wohl acht, was ich dir erzählen werde, denn ich bin jetzt ziemlich fertig mit dir. Ich habe eine Uhr verloren. Das habe ich dir bereits vorigen Sonntag gesagt. Du kannst die Uhr gar nicht verwechseln. Es ist ein S und ein G dick eingraviert. Ich kann hier auch nicht jeden Sonntag herkommen. Die Kerzen kosten auch Geld. Und ich habe dir doch wirklich genug versprochen. Du mußt nicht etwa denken, daß ich das Geld auf dem Wege auflese, da liegt keins herum. Ich muß verflucht kräftig dafür arbeiten und habe es nicht so gut wie du, hier faul herumzustehen und mich an den Kerzen schön zu wärmen. Der Spaß hat auch einmal ein Ende. Wir müssen alle arbeiten, da kannst du auch meine Uhr suchen gehen. Und nun sage ich dir noch etwas, mein lieber San Antonio. Ich warte noch eine Woche, und wenn die Uhr dann nicht da ist, stecke ich dich, bei der Heiligen Jungfrau, in den Brunnen ins Wasser, und ich lasse dich so lange da drin, bis du die Uhr wieder herbeigeschafft hast oder mir im Traum gesagt hast, wo sie ist. Du weißt nun Bescheid, und meine Geduld ist fertig.«

Silvestre bekreuzigte sich wieder, stand auf, verneigte sich vor dem Altar und verließ die Kirche, überzeugt, daß sein inniges Gebet in Erfüllung gehen werde, getreu dem Worte folgend: Bittet, so wird euch gegeben, und vergeßt nicht die Armut des Heiligen Vaters in Rom.

Auch in dieser Woche kam die Uhr nicht zum Vorschein.

Es ist darum nicht zu verwundern, daß Silvestre die Geduld nun endgültig verlor. Er wollte auch keine Zeit mehr mit Beten vergeuden, denn er hatte eingesehen, daß es nutzlos war. Gegen San Antonio, der sich nicht die Mühe zu machen schien, einem armen Indianer zu helfen, auch wenn er noch so sehr angebetet wurde, halfen offenbar nur ganz kräftige Mittel, um ihn an seine Pflichten zu erinnern. Und diese Mittel wandte er jetzt an.

Er besaß keine große Erfindungsgabe, sich neue Zuchtmittel auszudenken. Darum gebrauchte er eines von denen, die gegen ihn und seine Mit-Peones angewandt wurden, als er noch auf der Hazienda arbeitete und noch nicht den Mut aufgebracht hatte, in die Minendistrikte zu fliehen.

Am Samstagnachmittag verschaffte er sich einen alten Zuckersack und trabte damit zur Stadt. Als er zur Kirche kam, war es bereits finster. Seine Bekreuzigungen und Verbeugungen machte er jetzt nur, vom Hintergrunde der Kirche aus, zu dem Altar, wo die Heilige Jungfrau stand, die ihm bis jetzt ja noch nichts Übles zugefügt hatte. Dagegen verweigerte er diesmal dem San Antonio jegliche Bekreuzigung und jegliche Kniebeuge. Er gab gut acht; und als er bemerkte, daß er von niemand aus den Reihen der andächtig betenden Leute beobachtet wurde, warf er dem San Antonio den Sack über den Kopf, nahm die Figur rasch herunter von ihrem Altar und schlich sich mit seiner Beute gewandt zur nächsten Tür hinaus. Die Stadt war klein, und es dauerte keine zehn Minuten, da war Silvestre im Freien und auf dem Wege zu dem Minenarbeiterdorf, wo er lebte.

Silvestre ging jedoch nicht in das Dorf mit seinem Heiligen, sondern noch ehe er die ersten Hütten erreichte, bog er von der Straße ab und wanderte auf den Busch los. Silvestre konnte seinen Weg nicht verfehlen, denn erstens kannte er ihn gut, und zweitens war heller Mondschein.

Nur etwa einen halben Kilometer in den Busch hinein, da befand sich eine Lichtung, die zwar schon völlig wieder verwachsen war, die aber doch noch als eine ehemalige Lichtung erkannt werden konnte. Hier in dieser Lichtung war ein alter ausgemauerter Brunnen, der noch aus der Kolonialzeit her stammte und wohl von einem Spanier gegraben worden sein mochte, als er hier eine Farm hatte errichten wollen.

Dieser Brunnen wurde von niemand gebraucht, selbst die

Kohlenbrenner im Busch tranken kein Wasser daraus. Das Wasser, das in dem Brunnen stand, war verschlammt und grün verfilzt von Pflanzen und Blättern und Wurzeln. Der Brunnen war voll von Fröschen, Kaulquappen, Wasserkäfern, Moskitos, Schlangen, Eidechsen und allem anderen Getier, das in einem verlassenen Brunnen sich nur ansammeln kann. Seiner Lage, seines uralten Aussehens und des phantastischen Getiers, das in ihm lebte, wegen war der Brunnen der Sagenschreck aller Indianerkinder des Dorfes, die zu dem Brunnen kamen, wenn sie sich einen gruseligen Tag machen wollten, und er war der Mittelpunkt zahlreicher Geister- und Spukgeschichten der erwachsenen Indianer der Gegend.

Silvestre ging nicht sehr leichten Herzens mit seinem eingesackten Heiligen auf der Schulter zu jenem Brunnen. Jeden Augenblick glaubte er, daß hinter einem Baume eine Spukgestalt hervorspringen würde, um ihm etwas Übles und Grausiges anzutun. Und er erwartete auch, daß vielleicht Gott seinen Donner rollen und seinen Blitz zucken lassen würde, um ihn für solche Freveltat, die zu begehen er im Sinne hatte, zu bestrafen. Aber es war Samstagabend, und Silvestre wußte recht gut, daß an einem Samstagabend der liebe Gott keine Zeit hat, sich um einen indianischen Minenarbeiter zu kümmern, der seine Uhr wiederhaben möchte. Samstag ist großes Reinemachen, und am Abend Wochenabschluß und Vorbereitung für den Sonntag. Nicht nur auf Erden. Darum hatte Silvestre ja auch gerade den Samstagabend für seine ruchlose Tat gewählt. Man möge doch nie vergessen, daß auch ein indianischer Arbeiter Intelligenz hat.

Vor den Spukgestalten des Brunnens hatte Silvestre nicht ganz so viel Furcht wie alle übrigen Bewohner des Dorfes; denn da er nicht aus der Gegend stammte, waren ihm alle die grausigen Geschichten, die über den Brunnen erzählt wurden, nicht so in Fleisch und

Einbildung von Jugend auf übergegangen wie den Leuten, die hier in diesem Distrikte geboren und aufgewachsen waren. Wenn man nicht weiß, daß hinter der nächsten hölzernen Wand ein gestorbener oder gar ermordeter Mann liegt, schläft man genauso ruhig, friedlich und ungestört wie in dem Zimmer eines Hotels, das noch zu neu ist, als daß sich in ihm schon ein Selbstmord hätte ereignen können.

Auch wer vor Verliebtheit bebt, vor Eifersucht schäumt, vor Wut sich zerfetzen möchte, vor Ärger grün wird, der sieht und hört nie Spukgestalten. Und Silvestre war wütend und verärgert, wie nur ein Mensch sein kann, der an die Nützlichkeit von Heiligen glaubt und so bitter enttäuscht wird, wie es ihm geschah. Einem Indianer kann man nicht mit der billigen Ausrede kommen, Gott und die Heiligen haben es in ihrem hohen Ratschluß anders beschlossen. Ein Medizinmann, der nicht hilft, wird abgesetzt. Faulenzer werden nicht unterhalten. Wenn von den paar Pesos Lohn, die man sich mit schwerer Arbeit verdienen muß, dem Heiligen Kerzen geopfert werden, damit er sich Hände und Nase daran wärmen kann, dann muß er dafür auch etwas tun. Man bezahlt den Pfarrer für das Lesen einer Messe, und er hat die Messe zu lesen; man bezahlt den Pfarrer für die Taufe des Kindes, und er hat das Kind zu taufen, ob ihm das Kind gefällt oder nicht. Warum soll man mit San Antonio eine Ausnahme machen? Vielleicht weil er Heiliger ist? Dann braucht er auch keine Kerzen, Bekreuzigungen, Kniebeugen und Gebete anzunehmen, wenn er gar so heilig sein will. Aber wenn er das alles verlangt und annimmt wie ein syrischer Kattunhändler in Puebla, dann hat er dafür auch zu zeigen, was er kann. Silvestre kann sich in der Erzmine auch nicht damit herausreden, daß er es heute einmal in seinem Ratschluß anders beschlossen habe und daß er heute einmal nicht arbeiten werde, aber den Lohn dennoch verlange und annehme. So etwas gibt es nicht.

Und bei dem Philosophieren über die Rechtmäßigkeit der Handlung, die er vorzunehmen gewillt ist, denkt Silvestre sehr wenig an Spukgestalten, die in der Nähe des Brunnens auf ihn warten könnten.

Silvestre vollzog die Folterung an seinem Heiligen nun nicht etwa so unvermittelt, ohne dem Heiligen noch genügend Zeit zu geben, seine Pflicht zu tun. Darum hielt er, als er beim Brunnen angelangt war, eine Ansprache an San Antonio. Er zog die Figur aus dem Sack heraus, stellte sie auf den gemauerten Brunnenrand, glättete die braune Mönchskutte, die San Antonio trug, und sagte zu ihm: »Freundchen, ich habe dich jetzt hier, wir sind ganz unter uns, und wir wollen nun einmal ein sehr deutliches Wort miteinander sprechen. Du kannst jeden Gegenstand, der verlorenging, wiederfinden. Das weiß ich. Der Cura, der Pfaffe, hat es gesagt. Ich habe dich angebetet und habe dir Kerzen angezündet und dir genügend versprochen. Aber du hältst es nur mit den reichen Leuten, die dir dicke Pesokerzen opfern können. Das kann ich nicht. Dazu habe ich nicht Geld genug. Du siehst ja den Brunnen hier, Freundchen. Es ist nicht angenehm, darinnen zu liegen, da sind Schlangen drin – Lagarto! Lagarto! –«, unterbrach er sich, »und da ist noch vieles andere drin, schrecklich und grausig. Und wenn du mir nicht die Uhr wiederschaffst, kommst du in den Brunnen und bleibst drin, bis du die Uhr herbeigeschafft hast. Ich kann nicht jede Woche zur Stadt laufen. Ich habe andere Dinge zu tun. Und Kerzen gibt es auch nicht mehr für dich. Und ich werde dir gleich einmal zeigen, daß ich es ganz ernst mit dir meine.« Silvestre brachte einen starken Bindfaden aus der Tasche und band dem San Antonio eine Schlinge um den Hals. Dann hob er die Figur über den Brunnenrand und ließ sie hier eine Weile hängen und zappeln.

»Wo ist die Uhr, San Antonio?« fragte Silvestre.

San Antonio war entweder zu heilig oder zu eigensinnig, den Mund zu öffnen, vielleicht war er auch an Folterungen des ersten Grades zu sehr gewöhnt, als daß er jetzt schon, aus Furcht, den Ort, wo sich die Uhr befand, verraten haben würde. Aber so wenig wie irgend jemand bisher Mitleid für Silvestre im Leben gezeigt hatte, so wenig Mitleid zeigte er nun für San Antonio. Er ließ, als San Antonio nicht antworten wollte, ihn an dem Bindfaden weiter hinunter in den Brunnen, bis die nackten Füße des Heiligen das Wasser berührten.

»Wo ist meine Uhr?« fragte Silvestre wieder. Und wieder fühlte sich San Antonio zu erhaben, zu antworten.

Da ließ ihn Silvestre nun völlig untertauchen, tauchte ihn einigemal auf und nieder in dem Wasser, zog ihn hinauf und stellte ihn auf den Brunnenrand.

»So«, sagte er, »nun weißt du, wie es unten im Brunnen aussieht. Ich gebe dir jetzt Zeit bis morgen. Dann komme ich hierher zurück. Und wenn du dann die Uhr nicht hast und mir auch nicht sagst, wo sie ist, lasse ich dich für eine volle Woche unten im Brunnen. Dann wirst du wohl endlich deine Widerspenstigkeit aufgeben.«

Silvestre hatte es gut erfahren, wie ihm und seinen Mit-Peones auf den Haziendas der Großgrundherren Widerspenstigkeit und angebliche Faulheit ausgetrieben wurden; so durfte sich der Heilige nicht darüber beklagen, daß an ihm nun verübt wurde, was weder er noch alle Pfaffen je verhütet hatten, daß es an indianischen Landarbeitern regelmäßig getan wurde. Und es darf als sicher angenommen werden, würde man an allen Göttern, Heiligen und Pfaffen das gleiche tun, was man an Arbeitern tut, ganz gleich ob es indianische oder europäische sind, so würde die Religion, die derartige Dinge in zweitausend Jahren nicht zu verhüten vermochte, wohl schnell abgeändert werden.

In Mexiko hängt man unzufriedene Landarbeiter vierundzwanzig Stunden in den Brunnen, und in Europa hängt man unzufriedene Arbeiter auf die Verhungerungsliste oder hinter Gefängnisgitter.

Silvestre gab seinem Heiligen Zeit, sich zu besinnen. Er nahm ihn herunter vom Brunnenrand, steckte ihn wieder in den Zuckersack und verbarg ihn unter einem dichten Dornenstrauch im Busch. Die Mönchskutte des Heiligen war sehr naß geworden; aber Silvestre hatte jegliches Mitleid mit seinem widerspenstigen San Antonio verloren und ließ ihn in der nassen Kutte frieren.

Am nächsten Tag war Sonntag, und Silvestre hatte Zeit genug, die Folterung seines Heiligen fortzusetzen.

Er machte sich frühzeitig auf den Weg, um zu sehen, ob San Antonio inzwischen die Uhr herbeigeschafft habe. Die Uhr war natürlich nicht zur Stelle. San Antonio hatte sie nicht auf sich und nicht unter sich liegen, und in einer Falte seiner jetzt naß und modrig riechenden Kutte war die Uhr auch nicht verborgen. Silvestre hatte die Uhr auch nicht in seiner Hütte unter der Schilfmatte, auf der er schlief, gefunden, wie er bestimmt gehofft hatte.

Silvestre nahm infolgedessen seinen Heiligen wieder vor. »Immer noch widerspenstig, querido Santo?« sagte er zu ihm. »Warte nur, ich werde dich schon kriegen.«

Und ohne weitere Ansprachen oder gar Gebete zu vergeuden, ließ er den Heiligen wieder hinunter in den Brunnen, so tief, bis er mit den Füßen auf dem Grunde aufzustehen schien. Er knüpfte den Bindfaden an einen Strauch, der in dem Mauerwerk des Brunnens Wurzel gefaßt hatte, fest, um den Heiligen auch wieder aus dem Brunnen ziehen zu können, wenn er die Uhr unter seiner Matte gefunden haben würde.

Diese Arbeit getan, überließ er es dem Heiligen, sich zu befreien oder, wenn er sich nicht selbst befreien konnte, seine Befreiung dadurch zu erwirken, daß die Uhr unter die Matte, auf der Silvestre schlief, gelegt würde.

Silvestre hatte während der ganzen Woche keine Zeit, zum Brunnen zu gehen; denn er hatte in der Kupfermine zu arbeiten. Und abends war er zu müde, den weiten Weg in den Busch zu tun, um zu sehen, wie es dem Heiligen ginge.

Am Freitagnachmittag, als sie ausfuhren aus der Mine, sagte sein Arbeitskamerad Lozano zu ihm: »Oye, Silvestre, wieviel gibst du mir Finderlohn für deine Uhr, die ich beim Aufkehren heute im Tunnel gefunden habe?«

»Hombre, das ist gut von dir«, sagte Silvestre; »ich gebe dir ganz gern einen Toston, fünfzig Centavos, als Vergütung.«

»Das ist mir recht, Silvestre, gib den Toston her, und hier hast du deine Uhr. Es ist nichts daran, sie geht wie neu. Nicht einmal das Glas ist zerbrochen; denn als ich es blinken sah im Kehricht, da war ich vorsichtig, und darum ist gar nichts daran beschädigt. Ich wußte gleich, daß es deine Uhr ist. Ist ja doch dein Name drin, und du hast es ja auch allen gesagt, daß du die Uhr verloren hast.«

Silvestre bezahlte die fünfzig Centavos – sein Arbeitskamerad tat es billiger als der Heilige – und empfing seine Uhr.

Am Sonntag ging er zum Brunnen, den Heiligen zu erlösen, weil es nun keinen Zweck mehr hatte, ihn zu foltern.

Aber von dem Hinundherscheuern des Strauches im Winde war der Bindfaden, an dem San Antonio im Brunnen hing, am Mauerwerk abgeschliffen worden und endlich gerissen. Silvestre konnte deshalb den Heiligen nicht mehr heraufziehen, und die Mühe, seinetwegen in den Brunnen zu klettern, war der Heilige nach Meinung des Silvestre nicht wert.

»Geschieht dir ganz recht, Santito«, rief Silvestre hinunter in den Brunnen, »daß du da drin liegst. Wenn Lozano meine Uhr nicht gefunden hätte, du würdest sie in deinem ganzen Leben nicht gefunden haben. Ich brauchte Lozano nicht soviel zu bezahlen, als ich dir für deine Arbeit versprochen habe. Du bist überhaupt zu nichts zu gebrauchen. Und es ist gar nichts an dir verloren, wenn du da unten stehen bleibst, wo du bist. Dein gut verdientes Los.«

Gott läßt keinen Sperling verhungern, wenn es nicht in seiner, Gottes, Absicht liegt. Noch viel weniger läßt er einen seiner Heiligen, obgleich er die meisten von ihnen nicht kennt und nie von ihnen gehört hat, in einem grausigen Brunnen vermodern. Denn Gott ist die Liebe und die Gerechtigkeit von Ewigkeit zu Ewigkeit, Amen. Darum sandte er zwei indianische Kohlenbrenner zufällig einen Weg so durch den verwilderten Busch, daß sie an dem Brunnen nahe vorübergehen mußten. Um sich auszuruhen, setzten sie sich eine Weile auf den Brunnenrand und drehten sich eine Zigarette.

Und als sie rauchten und gelegentlich hinunter in den Brunnen blickten, sagte der eine von ihnen: »Hombre, da ist ja ein Mann drin im Brunnen, ich sehe seinen Kopf und das Haar, das er auf dem Kopfe hat.«

Erschreckt sagte der andere: »Wo? Ja, richtig, jetzt sehe ich ihn auch. Mensch, das ist ein Pfaffe, er hat eine Tonsur auf seinen Schädel barbiert.«

Sie liefen ins Dorf und erzählten, daß im Busch ein Pfarrer in den Brunnen gefallen sei.

Die Einwohner machten sich gleich auf mit einer Baumleiter und mit Lassos, um den verunglückten Cura aus dem Brunnen zu fischen.

Als sie ihn nun auf ebener Erde hatten, erkannten einige der Leute ihn als den San Antonio, der seit dem vorigen Samstag auf so ungemein geheimnisvolle Weise von seinem Altar fort auf die Wanderung gegangen war, ohne einen Zettel mit einer Erklärung seines Abschiedes zurückzulassen.

Zu welchem Zweck und mit welchen heiligen und unerforschlichen Absichten San Antonio auf eine so ferne Reise gegangen war, verriet der Señor Cura nicht. Er tat jedoch sehr geheimnisvoll und sprach viel von göttlicher

Weisheit und göttlicher Fügung, die zu erforschen zu versuchen der gewöhnliche Mensch kein Recht habe, und es lieber bleiben lasse, um sich nicht unnötig zu versündigen.

Es war dem guten Pfarrer sehr darum zu tun, Zeit zu gewinnen und sich Rat von der oberen Kirchen-Autorität einzuholen, welche Deutung und welche Auslegung er dieser geheimnisvollen Wanderung des Heiligen geben könne, um den verdammenswerten und gottverfluchten Unglauben, der sich besonders unter den Arbeitern in den nahe gelegenen Kupferminen breitmachte, von Grund auf und mit energischen Mitteln zu zerstören und die armen verführten Schäflein zurückzugeleiten in die Herde, wo eitel Freude und Lobgesang seien. Das war seine Pflicht hier auf Erden, und diese Pflicht zu erfüllen war er ausgesiebt worden aus der Spreu der Verlorenen und Verdammten, die weder Gott noch Baal anerkennen und denen das reich vergoldete Himmelstor für ewig verschlossen bleibt.

Indianertanz im Dschungel

Seit mehreren Monaten bewohnte ich eine primitive Hütte im Dschungel. Bis zur nächsten Siedlung, wo eine weiße Familie wohnte, hatte ich etwa drei Stunden zu reiten. Alle Menschen meiner Nachbarschaft waren Indianer. Aber selbst der nächste von ihnen war eine halbe Stunde von meinem Platze entfernt.

Es war an einem Spätnachmittag im November, gegen Ende des Monats und sehr heiß. Ich saß halbnackt vor meiner Hütte und las. Da plötzlich kommt ein Indianer, mein Nachbar, gemächlich angeritten, setzt sich zu mir, und wir reden eine Weile über die viele Arbeit, die wir haben. Vorgeblich haben, denn wir taten alle eigentlich nichts, weder die Indianer noch ich.

Nach dieser Vorrede über die viele Arbeit und das wenige Geld, das es dafür gebe, kam mein rothäutiger Nachbar zum Kernpunkt seines Besuches.

»Señor«, sagte er lachend, »wir machen heute abend tanzen, wir haben musica, muy bonita, auch ich werde schön spielen, guitarra, ich habe es gelernt fünf Tage.«

Damit meinte er, daß er vor fünf Tagen angefangen habe, es zu lernen.

»Wir machen viel Spaß«, redete er weiter, »Sie sind hier so allein und so sehr traurig, Señor.«

Ich war keineswegs traurig, ganz im Gegenteil, ich war überaus glücklich, weder Straßenbahnen noch Autos, noch Telefonklingel zu hören. Aber wenn man keine indianische Köchin in die Hütte nimmt, so ist man, nach Ansicht der Indianer, unbedingt traurig. Ist man auch. Aber ich konnte die acht Pesos Lohn nicht aufbringen, die eine Köchin monatlich haben möchte.

»Darum möchte ich Sie einladen, Señor, kommen Sie rüber zu unserm Tanz; Sie können bei mir zu Nacht essen.«

»Kommen hübsche Mädchen hin?« fragte ich.

»Señor, verflucht noch mal, die allerhübschesten, die hier herum wohnen.«

Gleich nach Sonnenuntergang machte ich mich auf den Weg. Wenn ich nicht in rabenschwarzer Nacht durch den Busch zockeln wollte, mußte ich mich beeilen; denn sobald die Sonne am Horizont verschwunden ist, hat man gerade Zeit genug, sich mal umzudrehen, und die Nacht ist da, ohne daß man sagen könnte, wo sie so schnell hergekommen ist.

Die Hütte meines Nachbars lag auf demselben Höhenzuge, auf dem meine Bärenhöhle lag, aber er wohnte noch abgeschiedener im Dickicht als ich. Warum er sich so tief verkrochen hatte, ist eine andere Geschichte, die zu erzählen wäre.

Der Platz war idyllisch. Etwa ein Dutzend gigantischer Ebenholzbäume stand verstreut über der Buschlichtung, die eine Art Plateau bildete, von dem aus man weit über das flache Dschungelland blicken konnte. Diese herrlichen Bäume standen nicht da wie uninteressierte Säulen. Mit den langen grauen Moosbärten, die von den Ästen hingen, erweckten sie den Eindruck, als wären sie alte, jedoch sehr lustige Herren, die mit großem Behagen darauf warteten, daß der Tanz beginne.

Zwei Indianer mit ihren Frauen waren bereits anwesend. Nachdem die sehr höfliche Begrüßung vorüber war, wurde ich aufgefordert, in die Hütte zu kommen und zu Abend zu essen. Es gab schwarze Bohnen, Tortillas und Kaffee.

Inzwischen kamen weitere Gäste, nur Indianer; ich war der einzige Weiße und war nur darum wohl eingeladen worden, weil ich ein Mitbewohner in diesem wilden Dschungelbezirk war. Die Indianer kamen geritten, auf Pferden, Maultieren oder Eseln. Viele hatten keine Sättel. Alle brachten ihre Frauen und Kinder mit. Manchmal saßen Mann, Frau und zwei Kinder auf demselben Pferd, während die Frau noch einen Säugling im Arme hielt. In einem Basttäschchen hatten sie Tortillas, falls sie Hunger bekommen sollten, denn getanzt wird bis Sonnenaufgang.

In einem Sack hatten die Frauen ihre flimsigen Musselinkleider und lacklederenen Halbschuhe. Bei der Ankunft waren sie entweder barfuß oder trugen selbstgemachte schlichte Sandalen, und gekleidet waren sie in ihre billigen Kattunkleider.

Sobald sie von den Reittieren abgesessen hatten, wobei ihnen ihre Männer mit höflichem Anstand halfen, verkrochen sie sich in einen Winkel der Schilfhütte oder hinter die Hütte und zogen sich um. Sie wuschen sich noch einmal, wobei sie stark nach Patschuli und Moschus riechende Seife benutzten. Dann lösten sie ihr langes rabenschwarzes Haar und kämmten es sorgfältig.

Der Mond war aufgegangen, ein runder, glänzender, satter Vollmond. Und er glitt in majestätischer Ruhe über den klingend klaren Nachthimmel.

Nach und nach kamen die Frauen schüchtern hervor, an ihren hauchdünnen Gewändern die Falten herunterstreichend. Die Kleider waren kurz, nach der Mode, hatten kurze Ärmel und ließen Hals und Nacken frei. In das offen hängende Haar hatten die Frauen Blumen gesteckt. Manche der Frauen waren kaum fünfzehn oder sechzehn Jahre alt, hatten aber schon ihre Säuglinge mit; alle übrigen Frauen, die keine Säuglinge hatten, standen in der Erwartung, bald welche zu bekommen.

Der Gastgeber hatte einige Bretter über ein paar morsche Kisten gelegt, damit die Damen sitzen konnten. Die Männer standen schwatzend herum. Sie hatten sich nicht umgekleidet, weil sie nichts zum Umkleiden hatten. Sie trugen ihre üblichen gelben oder blauen Zwirnhosen, ein weißes oder farbiges Baumwollhemd, Sandalen oder Schuhe und ihren großen spitzen Strohhut. Jacke oder Weste hatten sie keine. An Stelle dessen hatten manche braune, rote oder bunte Wolldecken mitgebracht, für den Fall, daß es in der Nacht kühl werden sollte. Die Frauen hatten große schwarze Baumwolltücher, die sie um die Schultern legten. Diese Tücher dienten als Hut, als Schleier, als wärmendes Umschlagetuch, als Schal, häufig auch als Taschentuch und zuweilen als Windel für die Säuglinge und, wenn zusammengefaltet, als Kissen für den Scheitel, wenn die schweren Wasserkrüge vom Flusse herauf geschleppt werden müssen.

Die Musiker hatten gleichfalls ihre schwarzen Bohnen und ihren Kaffee bekommen. Darauf hatten sie sich eine Zigarette gedreht, und als sie aufgeraucht war, begann die Musik. Eine Geige und eine Gitarre. Mein Nachbar spielte noch nicht, er wollte erst tanzen.

Er hatte eine hübsche Frau, ungetrübtes indianisches Vollblut. Von allen Frauen war sie am hübschesten angezogen, hatte die Blumen auf sehr geschmackvolle Weise ins Haar gesteckt. Außerdem hatte sie sich parfümiert. Sie war noch nicht ganz zwanzig Jahre alt; ihr ältester Sohn, ungefähr fünf Jahre alt, zeigte sich im Laufe der Nacht als ausgezeichneter Solotänzer und als Konsument von wenigstens zwanzig Zigaretten. Seine Mutter war die einzige unter den anwesenden Frauen, Männern, Mädchen und Kindern, die nicht rauchte. Alles, was sonst auf menschlichen Beinen stand, die älter als drei Jahre waren, rauchte wie besessen. Wenn alles das, was Nichtraucher und Mukker über die Schädlichkeit des Rauchens erzählen, nur zu einem Fünftel wahr wäre, würde die indianische Rasse längst ausgestorben, erblindet oder geistesgestört sein; denn die Indianer rauchen Tabak schätzungsweise elftausend Jahre länger als die übrigen Völker.

Als die Musik zu spielen begann, wurde sofort getanzt. Dieses Zögern, das die erste Stunde einer Tanzfestlichkeit oft wie eine Begräbnisfeierlichkeit erscheinen läßt, kennen die Leute nicht. Ihnen ist Tanzen keine Verführung Beelzebubs, noch viel weniger etwas, das sich mit der Würde des Menschen nicht verträgt. Es waren Frauen da mit ihren Kindern und mit Enkelkindern, die auch bereits in Hoffnung waren, während die werdende Urgroßmutter selbst noch einen Säugling an der Brust liegen hatte. Und diese lebenstrotzende Urgroßmutter tanzte nicht weniger oft und nicht weniger graziös als die fünfzehnjährigen Mädchen.

Die Frauen säugten ihre Kleinen, ohne irgendwelche Prüderie dabei zu zeigen. Das geschah so natürlich, so unverhüllt, als ob dem Kindchen eine Milchflasche gereicht würde. Hatten sich die Kleinen satt getrunken, dann wurden sie in das schwarze Baumwolltuch gehüllt und glatt auf die Erde gelegt, direkt unter die Bank, ein wenig nach hinten geschoben, damit man sie nicht mit den Absätzen der Schuhe treffen konnte. Die Kleinen schliefen dann lustig drauflos bis gegen Mitternacht, wo sie sich meldeten und abermals ihre beiden Flaschen gefüllt vorfanden, obwohl die Mütter keinen Tanz versäumten.

Wenn man aus Erfahrung weiß, was auf dem Erdboden im tropischen Busch, auch wenn er in der Größe eines Hofes gelichtet ist, herumkriecht, besonders zur Nachtzeit, so überläuft es einen eiskalt, wenn man die kleinen Würmchen auf die Erde gebettet sieht. Die größeren Kinder tummelten eine Weile herum, dann wurden sie müde, legten sich auf die blanke Erde neben die Säuglinge, zogen die Knie so hoch sie konnten und schliefen wie kleine Ratten. Wenn der Vater eine Decke hatte, wurde sie dem Kinde untergeschoben, und es wurde wie ein Baumstamm eingewickelt, bis das nächstältere auch müde ankam und hinzugewickelt wurde.

Bis gegen neun Uhr kamen immer noch weitere Gäste angeritten. Auf mich machte es einen unheimlichen Eindruck, wenn plötzlich eine Frau, seltener ein Mann, mitten in der Musik oder im Tanzen anhielt, einige Sekunden in die Nacht hinauslauschte und dann sagte: »Es kommt wieder ein Paar. Wer mag es sein?«

Der Weg zog sich in langen, verwachsenen Windungen durch den Busch. Selbst bei Tage konnte man niemand in größerer Entfernung sehen als hundert Meter an den günstigsten Stellen. Infolge der Musik und des Geplauders der Leute konnte man nichts hören, was in einiger Entfernung vor sich gehen mochte. Wenn jemand gesagt hatte: »Es kommt ein Paar auf einem Maultier«, so dauerte es gut zehn Minuten, wenn nicht oftmals mehr, ehe die Angemeldeten sichtbar wurden. Diese Gabe der Fernmeldung ist bei Stämmen, die mehr im Süden wohnen, viel höher ausgebildet und wirkt wahrhaft gespenstisch.

Die Musik spielte alles nach Gehör. Ab und zu spielte der Geiger die Gitarre und der Gitarrespieler die Geige. Wenn die Musiker selbst tanzen wollten, ergriff einer der Indianer das Instrument und spielte, vielleicht nicht ganz so gut wie die Musiker, die natürlich keine Berufsmusiker waren, sondern wie alle übrigen Indianer Holzhauer und Köhler. Auch mein Nachbar beeilte sich, zu zeigen, was er in den fünf Tagen gelernt hatte. Ich wußte, daß er die Gitarre nicht länger im Hause gehabt hatte, denn ich hatte ihn damit ankommen sehen, als er sie sich ausgeliehen hatte. Jemand hatte ihm gezeigt, wie man das Instrument anzupacken hat, ihm einige Griffe klargemacht, und das war alles. Was er jetzt leistete, war in der Tat erstaunlich. Er hatte zwar nur die Geige zu begleiten, aber auch das muß gekonnt sein. Ein paarmal vergriff er sich wohl, fand aber immer von selbst die richtige Tonart wieder.

Der Geiger, ein kleines schmächtiges Bürschchen, tanzte seltener mit den Mädchen. Er zog es vor, Solo-Grotesktänze zu veranstalten. Diese Solotänze waren so urkomisch, daß nicht nur die Indianer zum Bersten lachten, sondern daß auch ich so lachen mußte, daß mir der Leib weh tat. Die Kunst des Tanzes läßt sich nicht schildern, noch viel weniger die des Grotesktanzes.

Gespielt wurden amerikanische Onesteps und Foxtrotts, ferner Walzer, die im altväterlichen Polkaschritt, nur viel langsamer, getanzt wurden, ähnlich wie der sogenannte ›Boston‹. Der Rundwalzer oder Wiener Walzer ist ganz unbekannt. Dann tanzte man eine Art Rheinländer. Diese Tänze interessierten mich wenig.

Jedoch jeder vierte Tanz etwa war das, was ich sehen wollte: ein Originaltanz.

Ich habe denselben Tanz hier bei Vögeln gesehen in der Balzzeit. Dann tanzen sie in der gleichen Weise voreinander, was ungemein drollig ist.

Während des Tanzes nähern sich die Paare und entfernen sich, berühren sich aber nie, nicht einmal bei den Händen. In bestimmten Intervallen setzt die Musik aus, und die Musiker sowie diejenigen Männer, die keine Tänzerinnen haben, ersetzen die Musik durch Singen. Dieses Singen geschieht auf der höchsten Spitze der menschlichen Stimme und ist ein sehr taktmäßiges, jedoch schrilles und kreischendes Modulieren von Tönen, die kaum etwas Menschliches an sich haben. (Der Kriegsschrei der Azteken war ein ganz hoher schriller Schrei, der die Spanier, als sie ihn zum ersten Male hörten, mit Grauen erfüllte.) Ein Hauch von diesem Grauen überkommt einen sogar dann, wenn dieser Gesang rein freudigen Zwecken dient. Nur bei diesem Tanz, sonst nicht, fühlte ich, daß ich in einer andern Welt lebte, daß Jahrhunderte mich von meiner Zeit, Tausende von Meilen mich von meiner Rasse trennten, daß ich auf einem andern Erdball lebte als dem, auf dem ich geboren war.

Der Mond stand jetzt steil über mir. Der tropische Nachthimmel war von so glänzender Klarheit wie eine große schwarze Perle. Eine weiße schimmernde Helle lag wie ein flutender dünner Seidenschleier auf dem Plateau, und sie lag wie flimmernder Lichtnebel auf dem weiten Dschungel. Es war die blendende Helle des Tages, gehüllt in eine dicke weiße Wolke. Myriaden und Myriaden von Grasperdchen, Grillen, Käferchen sangen den urewigen gleichförmigen Gesang der tropischen Nacht, während in dem nahen Busch und dem Dschungel ein mitleidloses Kämpfen um Leben und Liebe war. Ein leichter Wind wehte um die grauen Bärte der Ebenholzbäume, und das war, als ob die alten Herren, die Hunderte von Jahren zählten, einander zunickten und sich lustige Dinge erzählten. Die angebundenen Pferde scharrten und schnüffelten, während die Esel arme dürre Strünke abknabberten, kauten und hin und wieder kläglich trompeteten, um die Tiger, die durch den Busch schlichen, zu erschrecken. Ab und zu lief ein Schwein den Tanzenden zwischen die Beine, während ein anderes sich an einem Holzsattel, der auf der Erde lag, den Rücken schabte und ein drittes sich behaglich grunzend in dem Schlamme wälzte, der sich von den ausgeschütteten Kaffeeresten gebildet hatte.

Ein Kindchen begann leise zu weinen, und die Mutter ließ ihren Tänzer los, lief zu dem winzigen Bündelchen, das auf der Erde kollerte, hob es auf, wickelte es aus, knöpfte sich das Kleid weit auf, setzte sich auf die Bank, gab dem Kinde zu trinken und sah dabei belustigt den Tanzenden zu.

Jeder Tanz wurde so lange gespielt, bis die Tänzer so ermattet waren, daß sie ihre Damen zu der Bank führen mußten. Getrunken wurde nur Wasser, und das in großen Mengen. Zwei Burschen hatten alle Augenblicke mit einem Eimer zu einem Regenpfuhl zu laufen, der im Busch lag und zur Nachtzeit allerlei gefährliche Gäste einlud, die vom Durst hingetrieben wurden.

Und ich tanzte und tanzte. Die jüngeren Frauen und Mädchen waren anfangs ein wenig scheu mir gegenüber; aber als sie sahen, daß ich nicht bissig war und beim Tanzen die Beine genauso bewegte wie ihre Stammesgenossen, auch nur Hose, Hemd und Hut hatte und meine Zigaretten verschenkte, bekamen sie Zutrauen. Bald konnte ich den Indianertanz tanzen, worüber die Leute sich nicht wenig wunderten. Singen freilich konnte ich ihn nicht und werde es auch nie lernen, dazu ist eine Vorübung notwendig, die bei den Meistern zehntausend Jahre gedauert hat.

Bald hatte ich die beste Tänzerin entdeckt, die ich für die zweite Hälfte der Nacht mit nur wenigen Ausnahmen Tanz für Tanz heranholte, was mir niemand übelzunehmen schien. Es war die Urgroßmutter. Ihr Gesicht war zerknülltes und zerknittertes schwarzbraunes Leder, ihre Augen waren schwarz, ihr geöltes, langes strähniges Haar noch schwärzer, und ihre Haut strömte einen nicht angenehmen scharfen Geruch aus. Möglich, daß man sie, wenn man sie in Mitteleuropa anträfe, für des Teufels Großmutter ansehen würde. Aber sie tanzte wie eine Göttin, und ihre Grazie und ihre Anmut beim Tanzen waren von großer Schönheit.

Mit Sonnenaufgang verblaßte der Mond, verblaßte die Musik. Unauffällig zog sich eine Frau nach der andern hinter die Hütte zurück, kam nach einer Weile wieder vor in ihren Lümpchen und mit einem Bündelchen. Ebenso unauffällig, ohne Abschiedsszenen, setzten sie sich auf ihre Pferde und Esel und verschwanden lautlos. Die aufgegangene Sonne fand einen kahlen Platz, auf dem niemals getanzt, vielleicht vom Tanzen geträumt worden war.

Sonnenschöpfung
Indianische Legende

Die Menschen lebten in Frieden auf Erden, und sie waren
froh. Sie freuten sich der Sonne, die ihnen Licht gab und
Wärme, ihren Feldern Frucht, den Blumen Wohlgerüche
und schöne Farben, den Bäumen schattenverleihende Dä-
cher grünen Laubes und den Vögeln unter dem Himmel
die Lust zu jubilieren.

Und die Menschen verehrten die Sonne als Spenderin allen Segens und allen Reichtums auf Erden. Sie bauten den
guten Göttern, denen sie die Erhaltung und Bewachung
der Sonne verdankten, große Tempel aus Steinen, und sie
sangen ihnen zum Lobe viele schöne Lieder.

Und es begab sich, daß die bösen Götter der Finsternis,
die in tiefen Schluchten wohnten und entlang der Ufer
unterirdischer Seen und Flüsse, es unternahmen, die
Herrschaft der Welt zu rauben.

Der grimmige Kampf der Götter erschütterte das Weltall
in seinen Festen und verwirrte das Leben der Menschen
und ihre Reden und verwirrte alle ihre Handlungen und
Werke.

Meere, Seen und Flüsse überschwemmten die Felder, und
die Gewässer trugen die Häuser und Städte der Menschen
hinweg. Darauf geschah es, daß die Seen und Flüsse ver-
trockneten, und es war lange Dürre und viel Not im Lande. Aber die Menschen besaßen die Sonne am Himmel.
Und es war die Sonne, die ihre Herzen mit Hoffnungen
erfüllte und ihren Glauben wachhielt an den Sieg der guten Götter über die bösen.

Jedoch, verbündet mit allen den bösen Geistern und Fein-
den des Guten und mit den Geistern der Grausamkeit, der
Roheit, der Herrschsucht, der Eitelkeit, der Habgier, des
Neides, der Lieblosigkeit, der Unduldsamkeit, der Erbar-

mungslosigkeit, der Eifersucht und des trüben Sinnes, gelang es den bösen Geistern nach langem und erbittertem Kriege, die guten Götter zu besiegen. Und sie erschlugen alle guten Götter und ließen ihre Körper den Zopilotes und den Coyotes zum Fraß, und sie begruben sie nicht. Und es war viel Wehklagen allerorten im Weltall. Denn die Eintracht aller Dinge und Geschehnisse und deren Verwandtschaft zueinander waren zerstört worden. Es erhoben sich Zwietracht und Feindschaft, wo auch immer zwei Dinge oder Geschehnisse sich trafen und berührten.

Als nun alle guten Götter erschlagen waren, gingen die bösen Götter hin und löschten die Sonne aus.

Denn sie haßten die Sonne, weil deren Licht und deren Wärme und deren Freundlichkeit zu den Menschen sie ärgerte. Und sie löschten die Sonne aus, weil sie die Menschen zu vernichten gedachten. Denn die Menschen waren eine Schöpfung der guten Götter, und sie waren gezeugt worden, als die lachende Güte und der warme Atem der guten Götter sich vereinten, um den Menschen zu schaffen. Als die Sonne nun ausgelöscht worden war, mit Schnee, mit vielen Bergen von Eis und mit vielen Tausend eiseskalten Stürmen, da begann eine ewige Nacht sich auf die Erde zu senken.

Alles war von Eis bedeckt und von Hagel. Es wuchs nur ganz spärlich Mais.

Und der Mais wuchs nur auf ganz wenigen Äckern, die geschützt und eingebettet lagen zwischen bewaldeten Höhen. Jedoch des Maises war nicht genug auf Erden; und viele, viele Menschen starben Hungers.

Und viele, viele Menschen, die nicht Hungers starben, die froren zu Tode. Und viele Menschen verloren ihren Weg in der ewigen Nacht, und sie kehrten nie mehr heim zu ihren Hütten.

Es wuchsen keine Bäume mehr mit süßen Früchten; und die alten Bäume begannen zu sterben. Es blühten keine Blumen mehr. Es sangen keine Vögel mehr.

Die Grillen und Zikaden im Busch und auf der Prärie hörten auf zu geigen und zu flöten.

Keine Bienen und Käfer summten mehr in den Wäldern und auf den Wiesen. Und keine Schmetterlinge, die Kronjuwelen der guten Götter, spielten mehr in den Lüften.

Das große Himmelsgewölbe, einst die blauflirrende Sängerhalle Hunderttausender jubilierender, buntgefiederter Vögel, verödete in Stummheit.

Die Menschen starben dahin.

Die Tiere des Waldes, des Busches, der Prärie starben dahin. Seltener und seltener begab es sich, daß die Männer ein Tier zu erjagen vermochten, um ihre Frauen und Kinder zu ernähren und sie mit wärmenden Fellen zu bekleiden.

Als nun die Not immer größer wurde und die Weisen in den Tempeln keinen auch noch so winzigen Schimmer am Himmel entdeckten, der die Geburt einer neuen Sonne verkündet hätte, da riefen die Könige und Häuptlinge aller indianischen Völker einen großen Rat zusammen, um zu besprechen, wie sie eine neue Sonne schaffen könnten, allen bösen Göttern zum Trotz.

Am Himmel standen nur die klaren, glitzernden Sterne, und sie waren das einzige Licht, das den Menschen geblieben war. Die bösen Götter hatten nicht vermocht, die Sterne ebenfalls auszulöschen. Alle Mühen, die sie sich gaben, den Menschen auch noch die Sterne zu rauben, waren ihnen fehlgeschlagen. Auf den Sternen lebten die Geister der abgeschiedenen Menschen, denen von den guten Göttern die Aufgabe und zugleich die Kraft hierzu verliehen worden war, die Sterne für ewig am Leuchten zu erhalten. Denn die Sterne waren die Stützen des Weltalls; und nur mit Hilfe der leuchtenden Sterne können neue Sonnen geboren werden.

Sieben Wochen dauerte der große Rat der Könige und Häuptlinge. Jedoch niemand wußte einen Weg, wie eine neue Sonne geschaffen werden könnte.

Nun befand sich unter den Königen ein Sabio, ein großer Weiser, der mehr als dreihundert Jahre schon alt war. Alle Geheimnisse der Natur waren ihm offen. Er wohnte, von seinem Volke hochgeehrt, in der befestigten Stadt der Tempel und Tigermenschen und Schlangengötter, in Tonalja, das ist der Felsen der Gewässer. Sein Name war Bayelsnael. So sprach der Sabio Bayelsnael:

»Wohl, ihr Könige, hochgeehrt, ihr Häuptlinge, hochgeachtet, ihr Brüder, blutsverbunden, ihr Freunde, vertraut in Treue, wohl gibt es einen Weg, eine neue Sonne zu schaffen, groß und schön, wie die war, die ich mit meinen Augen sah. Es ist ein schwerer Weg, und er ist von tausend Gefahren bedroht. Ein junger, starker und sehr tapferer Mann indianischen Blutes muß zu den Sternen gehen. Dort angekommen, muß er die Geister der Abgeschiedenen bitten, ihm von jedem Stern ein kleines Stückchen zu geben. Er muß wohl achtgeben, daß die Stückchen ihm nicht die Hände verbrennen. Denn sie sind feuriger als heiße Feuer auf Erden. Dann muß er alle diese kleinen Stückchen Sterne sammeln und mit sich tragen, höher und immer höher hinauf am Himmelsgewölbe, so weit, bis er endlich oben im Mittelpunkt der Wölbung angelangt ist. Dort muß er alle die kleinen Stückchen Sterne an seinen Schild heften. Und sobald er das getan, wird sein Schild sich in eine große, leuchtende, heiße Sonne verwandeln. Ich selbst möchte wohl recht gern gehen und unsern Völkern eine neue Sonne schaffen; aber ich bin alt und schwach. Ich vermag nicht mehr gut und weit und hoch zu springen, wie ich es vermochte, als ich jung und stark war. Ich könnte nicht von einem Stern zum andern springen, um mir kleine Stückchen Sterne auszubitten und sie mit mir hinaufzutragen zum Mittelpunkt des Himmels. Auch bin ich nicht kräftig und gewandt genug, Speer und Schild zu führen und mit den bösen Geistern zu kämpfen, die es verhindern wollen, daß eine neue Sonne geschaffen wird.«

Als der Sabio so gesprochen hatte, sprangen alle Könige, Häuptlinge und erfahrenen Krieger im Rat auf, erhoben ihre Speere, schlugen sich begeistert gegen ihre Schilde und riefen mit lauter Stimme: »Wir sind bereit, zu gehen und eine neue Sonne zu schaffen!«

Darauf sagte der Weise mit ruhigen Worten:

»Viel Ehre tut es euch an, daß ihr so willig seid zu gehen. Aber ich sage euch, es kann nur einer gehen. Dieser eine muß allein gehen mit seinem Schild, weil nur eine Sonne geschaffen werden darf. Wären es zu viele Sonnen, so würde die Erde verbrennen. Es sei auch gesagt, euch allen zur Gewißheit, daß der tapfere Mann, der zu gehen gewillt ist, wohl das größte Opfer bringen muß, das ein Mensch zu geben vermag. Er muß sein Weib verlassen, seine Kinder, seinen Vater und seine Mutter, seine Freunde, sein Volk. Niemals kann er zurückkehren zur Erde. Für ewig muß er am Himmelsgewölbe wandern, den Schild in seiner Linken, den Speer in seiner Rechten; gekauert hinter seinem Schild; stetig gerüstet zum Kampf. Die bösen Götter werden nicht ruhen und abermals versuchen, die Sonne auszulöschen; denn die Sonne ist ihnen verhaßt, weil sie ihnen Unheil und Verderben bringt. Er, der die Sonne zu schaffen unternimmt, kann immer die Erde sehen, sein Volk, seine Freunde. Aber er kann nie zurückkehren. Er sieht seine Freunde sterben, einen nach dem andern, während er selbst unsterblich ist für Ewigkeiten. Je älter er wird an Zeit, desto fremder wird er seinem Volk. Er ist ein Einsamer im Weltall. Für ewig ein Einsamer. Bedenke das alles ein jeder recht wohl, ehe er gehe. Ich habe meine Worte gesprochen aus der Weisheit meiner Jahre.«

Als die Könige diese Rede der Warnung vernommen hatten, verzagten sie und schwiegen. Keiner von ihnen wünschte für ewig von seiner Frau, seinen Kindern, seinem Vater und seiner Mutter, seinen Freunden und seinem Volke getrennt zu sein. Und starben sie, so starben

sie unter ihrem Volke, inmitten ihrer Freunde, Sippen und
Verwandten. Und sie durften in ihrer Erde ruhen.

Was sie jedoch mehr fürchteten als alles andere, war, daß
sie niemals sterben konnten, daß sie eine Ewigkeit zu leben gezwungen waren; während sie sahen, wie auf Erden
Geschlechter geboren wurden, blühten, sich entwickelten
und dann wieder verwelkten, konnten sie an diesem so beruhigenden Wechsel in den Schicksalen der Menschen
nicht teilnehmen. Sie schieden aus der Gemeinschaft der
Menschen für immer; vermochten nicht mehr mit ihnen
zu leiden, zu hoffen, sich zu erfreuen. Sie sahen Unheil
kommen und die Menschen überfallen und vermochten
nicht, die Menschen, ja nicht einmal ihr eigenes Volk, zu
warnen und ihnen zu helfen. Dies alles war mehr, als
auch der tapferste Krieger unter ihnen auf sich zu nehmen
wagte. Es schien alles so leicht zu sein für den Augenblick.
Aber ihre Gedanken hatten die Kraft, weit vorauszueilen.
Und sie besaßen die Fähigkeit, sich in tiefes Nachdenken
zu versenken und ihrer Zeit und ihren Gefühlen und
Empfindungen um Jahrzehnte vorauszuleben, wenn sie in
Gedanken waren. So wußten sie, daß sie nicht die Kraft
haben würden, alles das zu opfern und alles das zu erdulden, was der Sabio dem Schöpfer der Sonne als unab-
wendbares Schicksal verkündet hatte.

Da war ein langes Schweigen im Rat, das wohl sieben
Tage währte. Dann, am Morgen des achten Tages, er-
hob seine Stimme einer der jüngsten unter den Häupt-
lingen.
So sprach er:
»Mit eurer Erlaubnis, ihr edlen Könige und ihr geachteten
Häuptlinge, ich möchte reden. Jung und stark bin ich.
Auch wohlgeübt in den Waffen. Eine junge, schöne Frau
habe ich, der ich mehr zugetan bin als mir selbst; denn sie
ist die Güte und Freundlichkeit, und sie wird ihres guten
Herzens niemals müde. Einen prächtigen Jungen habe ich,

gut und schön gewachsen, gewandt wie ein junger Tigrete und schnell wie eine Antilope. Er ist gleich meinem Herzblut. Auch lebt mir noch eine Mutter, sorgend und schmerzend um mich allerzeiten; und ich bin ihre Hoffnung und ihr Schutz. Gute, treue Freunde habe ich wohl zehn, die mir wert sind seit meinen Kinderjahren, mit denen ich jagte Antilopen und Tiger und mit denen ich oft Gefahren teilte, Hunger, Durst und Verwundungen. Ich bin ein Sohn dieser Erde und ein Sohn meines Volkes. Und ich liebe mein Volk, in dem ich geboren wurde und von dem ich ein Teilchen bin, untrennbar, wie mein Atem untrennbar ist von der Luft unter dem Himmel. Jedoch, was ist das alles mir zu Nutzen und alles das meiner Seele zu tiefer Freude, wenn mein Volk ohne Sonne ist und eure Völker, ihr edlen Könige und geachteten Häuptlinge, keine Sonne haben und alle Menschen, die weit von uns und um uns auf Erden wohnen, sich nicht der Sonne erfreuen können und vergehen und verwelken müssen, wenn keine Sonne geschaffen wird. Wie kann ich hier auf Erden glücklich sein, allein und für mich, wenn alle Völker und Menschen leiden! Ohne Sonne müssen alle Menschen vergehen und verkümmern. Und darum, ihr edlen Könige, obgleich der Jüngste hier in diesem großen Rat weiser und erfahrener Männer so vieler Völker und Stämme, ich bin bereit und willens, mich auf den Weg zu machen, eine neue Sonne zu schaffen. Es ist nicht mein Wunsch, mich über einen hier in diesem großen Rat zu erheben mit Sucht nach tapferen Taten und mit Gier nach Ehren. Ein jeder hier im Rat ist würdiger als ich. Aber in dem langen geduldigen Schweigen der sieben Tage wurde mir bewußt, daß ein jeder der Könige, Häuptlinge und Herren hier im Rat größere Pflichten gegen sein Volk, gegen seine Sippe, seine Freunde und gegen die Erde hat als ich, der Jüngste und Unerfahrenste in diesem Kreis edler und weiser Männer. So werde ich gehen und eine neue Sonne schaffen, was immer auch mein Los und mein

Schicksal sein möge. Ich habe gesprochen und nun nichts mehr zu sagen.«

Der so geredet hatte, die längste Rede in seinem Leben, war Chicovaneg, der junge Häuptling der Shcucchuitsanen, eines Stammes der Tseltalen.

Er nahm Abschied von seinem Weibe, seinem Sohn, seiner Mutter, seinen Freunden und von seinem Volke.

Versehen mit dem Rat und Unterricht des Weisen Bayelsnael von Tonalja, begab er sich auf den Weg, sich auszurüsten.

Er fertigte sich einen starken Schild aus den Fellen königlicher Tiger, eng und fest verwebt mit Häuten großer Schlangen aus den Dschungeln.

Darauf fertigte er sich einen Helm aus einem mächtigen Adler, der auf dem höchsten Felsen bei Socton horstete und viele Männer, die ihn zu fangen versucht oder sich auf der Jagd in sein Gebiet verirrt hatten, mit seinen mächtigen Fängen und seinen gewaltigen Flügeln erschlagen hatte.

Nun ging er aus, die Gefiederte Schlange zu suchen.

Nach vielen Jahren, gefahrvoll und an Kämpfen reich, fand er die Gefiederte Schlange in einer tiefen dunklen Höhle im Lande der Soquesen und eine Tagesreise weit von Tulhlum.

Ein Quetzal, von einem jagenden Mann an einem Flügel verwundet, war in einen See gefallen. Chicovaneg, der des Weges kam und am Ufer des Sees nach den Spuren der Gefiederten Schlange suchte, sah den herrlichen Vogel hilflos auf dem Wasser. Er litt um dessen Schicksal und Weh. So warf er seinen Jorongo ab und schwamm hinaus in den großen See, den königlichen Vogel zu retten. Jedoch ein böser Geist, im hohen Schilf am Ufer des Sees versteckt, fing einen Fisch und gab ihm Botschaft, zu dem bösen Geist der Tiefen des Sees zu eilen und Nachricht zu bringen, daß der Sonnenschöpfer im See schwimme und wohl vernichtet werden könne.

Es erhob sich ein gewaltiger Sturm über dem See, und aus den Tiefen schossen schäumende und gepeitschte Wellen hoch empor, und quirlende Wirbel packten Chicovaneg, ihn in die Tiefe zu zerren. Aber mit starken Armen bahnte er sich seinen Weg, unbekümmert um die vielen Feinde, die ihn verderben wollten.

Als er den schönen Vogel Quetzal erreicht hatte, setzte er ihn auf seinen Scheitel. Und der Vogel wies ihm den Weg zurück zum Ufer, allen bösen Geistern zum Trotz. Denn der Vogel mit seinen scharfen Augen vermochte jeden heranpeitschenden Wirbel früher zu sehen als Chicovaneg und ihm so den besten Weg zu weisen, damit er nicht in die Tiefen gerissen wurde.

Chicovaneg, der Sonnen-Anzünder, pflegte den Quetzal und heilte seinen verwundeten Flügel. Und als der schöne Vogel endlich sich wieder erheben konnte, sagte er zu Chicovaneg: »Ich weiß, wo die Gefiederte Schlange gefangengehalten wird. Ich werde dich zu ihr führen, zur Höhle bei Tulhlum.«

Die Gefiederte Schlange war das Symbol der Welt.

Weil sie das Symbol der Welt war, darum hatten die bösen Götter, nachdem die guten Götter besiegt und alle erschlagen waren, die Gefiederte Schlange gesucht und endlich in Gefangenschaft gebracht. Es gelang den bösen Geistern nicht, die Gefiederte Schlange zu töten, wie sie wohl gern getan hätten.

Die bösen Geister brachten die Gefiederte Schlange gefesselt in die Höhle von Tulhlum, wo der böse Zauberer Brujo Mashqueshab wohnte.

Mashqueshab stand in Diensten der bösen Geister. Und sie gaben ihm nun viel Gold und schöne Perlen, die sie den guten Göttern geraubt hatten und die sie gestohlen hatten aus den Tempeln von Tonalja, Chamo, Socton, Sotslum, Shimojol, Huninquibal und vielen anderen reichen Städten des Landes.

Mashqueshab war des vielen Lohnes wohl zufrieden. Er war immer in Not um Gold und Perlen; denn er trug seinen Namen Mashqueshab seiner vielen Laster wegen und seiner bösen Sünden. Er verführte die ehrlichen Frauen der Männer des Landes mit dem Glanz seiner Schätze. Dann stahl er die Frauen, schleppte sie in seine Höhle und vergnügte sich mit ihnen. Und wenn die Herzen der Frauen gebrochen waren und bluteten, träufelte er Gift in ihren Körper und sandte sie wieder heim zu ihren Männern, wo sie unter vielen Schmerzen starben.

Mashqueshab fesselte die Gefiederte Schlange hart an einen Felsen in der Tiefe der Höhle. Und er nahm einen bösen Mann in seine Dienste. Der hieß Molevaneg, und er hatte einen verknorpelten Fuß, der ihn noch böser in seiner Seele machte.

Der böse Molevaneg tat es sich zur Lust, Tag und Nacht die Gefiederte Schlange, die gefesselt war und sich nicht zu wehren vermochte, zu quälen und zu peinigen. Und er weidete sich an ihren Schmerzen.

Doch eines Nachts gelang es der Gefiederten Schlange, den bösen Molevaneg an seinem verknorpelten Fuß zu packen. Sie vermochte nicht, ihn zu verschlingen, weil sie zu hart gefesselt war. Aber sie ließ ihn nicht entkommen. Sie hielt ihn fest an seinem verknorpelten Fuß, so lange, bis der böse Molevaneg verhungert und ganz verdorrt war. Dann ließ sie ihn aus ihren Fängen gleiten, und er zerfiel in Asche.

Sein Schreien und Wehklagen aber war von Mashqueshab gehört worden, der auf einer langen Wanderung im Lande sich befand, um wieder Frauen zu stehlen mit dem verlockenden Gleißen seiner Schätze.

Mashqueshab eilte zu seiner Höhle. Aber er fand nur ein Häufchen Asche.

Da kam Chicovaneg des Weges daher. Er wanderte verkleidet, sehr häßlich, bucklig, mit vielen Bärten und Warzen versehen. Und er sah sehr hungrig in die Welt.

»Bist du ein guter Wächter?« fragte ihn Mashqueshab.

»Ich bin ein guter Wächter für Schlangen«, antwortete Chicovaneg, »denn ich fange Schlangen ihrer Häute wegen, und niemals vermag mir eine Schlange, auch wenn sie sehr groß sein sollte, zu entkommen.«

Mashqueshab erkannte Chicovaneg nicht, weil er so gut verkleidet war und weil er sprach gleich einem gewöhnlichen Mann, der einen Dienst suchte. Und Mashqueshab nahm ihn in seinen Dienst, die Gefiederte Schlange zu bewachen.

Mit viel List und großer Klugheit gelang es Chicovaneg endlich, den bösen Zauberer Brujo Mashqueshab zu erschlagen. Er machte ihn völlig trunken mit süßen Säften aus Maguey, Nanche, Cañe, Tuna und Miel.

Mashqueshab aber hatte vierzig Augen, vier Köpfe, acht Arme und acht Beine. Und wenn er schlief, verwandelte er sich in eine große Tarantel, die sich in eine Erdröhre einscharrte und zehn Augen offenhalten konnte, während die anderen Augen schliefen.

Nach vielen Mühen und langer Geduld aber hatte Chicovaneg den bösen Zauberer mit den süßen Säften so trunken gemacht, daß alle vierzig Augen geschlossen waren und Mashqueshab alle seine Arme und Beine dicht an seinen Leib preßte, um wohlig schlafen zu können.

Und als Chicovaneg bemerkte, daß der böse Zauberer tief im Rausche und fest im Schlafe war, da schlich er sich heran und tötete ihn mit seinem Speer, den er vergiftet hatte mit hundert Giften, die ihn der Sabio alle kennen gelehrt hatte. Als das geschehen war, ging Chicovaneg hin und löste alle Fesseln der Gefiederten Schlange. Es waren der Fesseln so viele, daß es viele Tage währte, ehe er die Fesseln alle aufgeknotet hatte; denn die Fesseln waren mit besonderer List von Mashqueshab erfunden und mit böser Zaubergewalt verknotet worden, und mit Künsten aller bösen Jäger und Fallensteller.

Nun sang Chicovaneg süße Lieder und flötete sanfte

Melodien und tanzte vor der Höhle den Tanz der Jäger und der Antilopen. Und er tanzte den Tanz der Quetzal-Vögel, und den Tanz der Tiger, und den Tanz der hundert Feuer. Und als er den Tanz der Blumen in der Nacht und den Tanz der Schmetterlinge am Ushumacintla-Strom getanzt hatte, da kam die Gefiederte Schlange hervor.

Und die Gefiederte Schlange freute sich ihrer Freiheit und ihrer Stärke; und sie erkannte Chicovaneg, den Sonnen-Anzünder. Von diesem Tage an folgte sie ihm, allen seinen Befehlen gehorchend.

Hierauf ging Chicovaneg auf seine große Wanderung, bis er nach vielen, vielen Jahren endlich, nachdem er unzählige Kämpfe mit den bösen Geistern und vielen hundert Feinden siegreich bestanden hatte, an das Ende der Welt kam. Hier fand er zu seiner Freude die Sterne am tiefsten über der Erde, so nahe, daß er glaubte, er könnte die untersten leicht mit seinen Händen erfassen.

Er ging jagen und fing zwei mächtige Adler.

Als er sah, daß die beiden Adler königlichen Blutes waren und einst Botschafter der guten Götter, tötete er sie nicht, sondern bat sie um Vergebung, daß er sie gefangen habe.

Jedoch die Adler sprachen: »Wir wissen wohl, warum du uns erjagtest. Du brauchst die mächtigen Schwingen, die wir besitzen, damit sie dich zu den Sternen tragen. Denn wir haben dich erkannt, du bist Chicovaneg, der Sonnen-Anzünder. Hier, Chicovaneg, wir geben dir unsere mächtigen Schwingen. Wir werden dich lehren, sie recht zu gebrauchen.«

Und Chicovaneg band sich zwei mächtige Adlerschwingen an seine Beine und zwei an seine Arme. Als die Adler ihn die Flügel zu gebrauchen gelehrt hatten, nahm er die beiden großen Vögel unter seine Arme, flog mit ihnen auf den Felsen Taquinvits, wo er sie in eine Höhlung niedersetzte, gut geborgen, damit sie, nun flügellos, nicht gefressen werden sollten von den wilden Tieren.

Die Adler sprachen: »Hier ist ein guter Horst, fürwahr. Hier werden wir die Sonne erwarten. Und wenn du die Sonne geschaffen hast, werden uns neue Flügel wachsen, und wir werden dir nahe kommen, dich zu grüßen.«

Chicovaneg nahm Abschied von den Adlern und ging auf den Platz am Ende der Welt, sich zum letztenmal zu rüsten. Als er gerüstet stand, da trug er als Helm einen mächtigen Adler. In seiner Linken trug er den Schild, stark gewoben aus den Fellen großer Tiger und den Häuten vieler Schlangen. In der Rechten trug er den gewaltigen Speer mit langer, goldfunkelnder Spitze. Seine Hände und Füße waren bekleidet mit den Tatzen eines mächtigen Tigers. An den Beinen und Armen trug er die gewaltigen Schwingen der Adler. Sein Körper war bekleidet mit den Fellen von Löwen. Und bedeckt war er mit einem weiten wallenden Mantel aus Federn der schönsten Vögel aus dem Lande Chiilum. Die Sohlen seiner Füße waren bekleidet mit Sandalen, gefertigt aus den Sehnen der Beine junger Antilopen.

Ihm zur Seite lagerte die Gefiederte Schlange, seine Befehle erwartend.

Und Chicovaneg sprach: »Ich bin gerüstet. Laß uns nun den Kampf beginnen.«

Und die Gefiederte Schlange sprach: »Springe, Chicovaneg, du Sonnen-Anzünder. Springe. Du wirst nicht fehlen. Ich bin bei dir und schütze deinen Rücken. Sieh dich nicht um. Sieh nicht zurück. Sieh voran, springe.« Als Chicovaneg nun zu springen gedachte und erkannte, daß der unterste Stern viel höher war, als er fähig war zu springen, da wurde er sehr verzagt.

Er fürchtete sich und sagte: »Oh, Gefiederte Schlange, wenn ich nun zu kurz springe und in das kalte Weltall stürze, was wird mir dann geschehen? Die bösen Götter werden mich fangen.«

Die Gefiederte Schlange antwortete: »Denk nicht daran, was geschehen wird. Springe drauflos. Und denke jetzt nicht an das kalte Weltall und an die bösen Götter. Daran magst du später denken, wenn du gesprungen bist.«

Er setzte zum Sprunge an, aber er verzagte wieder und sagte: »Der unterste Stern ist viel zu hoch für mein Springen. Oh, wenn ich doch nur einen sehr hohen Felsen hier hätte. Oder wenn es kein Felsen sein kann, dann wenigstens ein hoher Berg. Und wenn es auch kein hoher Berg sein kann, so möchte ich mich mit einem bescheidenen Hügel recht wohl begnügen. Und wenn es kein Hügel sein kann, möchte ich wohl zufrieden sein mit einer hohen Palme. Wenn ich eine Palme hier hätte, so würde ich ganz gewiß den Sprung wagen.«

Da sagte die Gefiederte Schlange abermals: »Springe, Chicovaneg. Sieh nicht hinter dich. Sieh nur voran. Springe, Chicovaneg.«

Und Chicovaneg, der Sonnen-Anzünder, wurde abermals verzagt. Und er sagte: »Mein Schild ist locker an meinem Arm, ich muß ihn neu festknoten. Und auch die Riemen meiner Sandalen, gewirkt aus den Sehnen der Beine junger Antilopen, sind nicht genügend festgezogen und schlottern um die Fesseln meiner Füße. Ich würde den Sprung wohl verfehlen, wenn ich die Riemen nicht erst ordnete.«

Die Gefiederte Schlange sah ihm geduldig zu, wie er seinen Schild aufs neue an seinen Arm festband und wie er die Riemen seiner Sandalen löste und sie dann neu legte und festzog. Zu diesen Handlungen aber nahm sich Chicovaneg viele Tage Zeit.

Als er doch endlich mit dieser Arbeit zu Ende kam, blickte er auf zu dem untersten Stern, sah sich um nach allen Seiten und gedachte zum vierten Male zu zögern.

Da sagte die Gefiederte Schlange wieder: »Springe, Chicovaneg. Springe und sieh nicht zurück.«

Chicovaneg setzte zum Sprunge an.

Und als die Gefiederte Schlange nun sah, daß er in der rechten Stellung war, schnellte sie rasch auf und stieß

Chicovaneg mit solcher Wucht in den Rücken, daß er einem Pfeile gleich vorwärtsschoß und Hals über Kopf auf dem untersten Stern lang hinstürzte.

Chicovaneg raffte sich verwundert auf, suchte seinen Speer, der ihm bei dem unerwarteten Sturz entfallen war, reinigte seinen Federmantel von dem Staub des Bodens und machte sich auf den Weg, die Bewohner des Sternes, die als Geister der Abgeschiedenen hier lebten und den Stern hüteten, zu begrüßen.

Sie waren schwarz von Angesicht, denn sie waren nicht indianischen Blutes.

Als er ihnen nun erzählte, daß er sein Weib und sein Volk verlassen habe und auf weiter Wanderung sei, den Menschen, denen die Sonne ausgelöscht worden sei, eine neue Sonne zu schaffen, da gaben sie ihm freudigen Herzens ein kleines Stückchen des Sternes, um den Menschen zu helfen. Chicovaneg heftete das Stückchen Stern auf seinen Schild, wo es sofort in strahlender Schönheit zu leuchten begann.

Von nun an vermochte er seinen Weg in der tiefen Nacht des Weltalls schon besser zu sehen, weil dieses kleine Sternlein an seinem Schild ihm leuchtete.

Seine Verzagtheit war von ihm gewichen. Und er begann sich stark und mutig zu fühlen wie ein junger Gott.

Von Stern zu Stern sprang er.

Überall, auf welchen der Sterne er auch immer kam und obgleich er nicht geladen war und völlig unerwartet und ganz und gar überraschend in einem gewaltigen Sprunge anlangte, gaben ihm die Geister der Abgeschiedenen ein kleines Stückchen ihres Sternes. Und sie gaben ihm ein kleines Stückchen, auch wenn sie oft selbst nicht viel besaßen und ihr Stern nur klein war und kaum sichtbar. Und ob auch die Geister schwarzen, gelben oder weißen Angesichtes waren und sie ihm fremd erschienen in Gestalt und Rede, sie alle gaben ihm mit Freuden und mit Grüßen ein Stückchen ihres Sternes. Als Chicovaneg nun zu jenen kam, die seines eigenen Blutes waren, da wurde er mit großen Festlichkeiten empfangen. Sie waren stolz, daß er einer ihres Blutes sei, der den Menschen eine neue Sonne schaffen wolle. Sie stärkten seinen Körper und schärften seine Waffen. Und seine Väter erkannten ihn, kamen auf ihn zu, und er sprach mit ihnen. Und sie gaben ihm guten Rat für seine Wanderung und wünschten ihm Glück und viele verwundete Feinde.

Neu gestärkt und mit frohem Mut erfüllt, zog Chicovaneg seines langen, harten Weges weiter. Mit jedem Sprung, den er von einem zum anderen Stern vollführte, wurde sein Schild leuchtender. Als nun sein Schild so zu glänzen begann, daß er den größten der Sterne an leuchtender Pracht weit überstrahlte, da wurden die bösen Götter seiner gewahr. Sie erkannten, daß er auf dem Wege war, den Menschen eine neue Sonne zu schaffen.
Nun begannen sie, ihn mit Ernst und großer Wut zu bekämpfen. Bisher hatten sie seiner nicht geachtet; denn er war nur der unbekannte schlichte Häuptling eines kleinen Stammes. Wohl hatten sie Botschaft erhalten von seinen Rüstungen. Aber sie lachten dessen und waren gewiß, daß er in sein Verderben rennen werde.
Doch nun wurden sie grimmig und erbost und führten den Kampf gegen ihn mit aller Kraft und Grausamkeit.
Sie ließen die Erde erbeben, um die Sterne zu erschüttern, damit er den Sprung zu einem der nächsten Sterne auf seinem Wege verfehlen sollte. Sie wußten, wenn er auch nur einen einzigen Sprung verfehlte, würde er abstürzen in das kalte, schwarze Weltall. Hier würde er sich nicht befreien können, selbst nicht mit Hilfe der Gefiederten Schlange. Denn hier hatten die bösen Götter seit urdenklichen Zeiten alle Macht, und alle bösen Götter der Finsternis und des Schreckens waren ihnen zu Diensten.
Chicovaneg jedoch war klug und listig. Und er war ge-

duldig und weise geworden auf seiner langen Wanderung.
Er tat nichts mehr in unüberlegter Hast.

Lachend, Lieder dichtend und sich mit der Gefiederten
Schlange abenteuerliche Taten erzählend, wartete er ge-
ruhsam ab, bis die Erdbeben ein wenig schwächer wurden.
Und ehe sie aufs neue anhoben und sich wieder zu ver-
stärken begannen, vollführte er seinen gefahrvollen
Sprung.

Wenn ein Stern zu klein war, um ihn gut sehen zu können, so ließ er die Gefiederte Schlange erst Ausschau halten. Sie sagte ihm die richtige Entfernung, so daß er in
gutgemessenem Schritt anlaufen konnte, um nicht zu kurz
zu springen.

Auch mußte er stets achtgeben, daß er nicht über den
Stern hinaussprang. Denn ob er zu kurz springen würde
oder zu weit, immer war er in Gefahr, in das Weltall
abzustürzen, wo die bösen Götter harrten, ihn in ihre Gewalt zu nehmen. Und es geschah auch zuweilen, daß die
Entfernung viel zu weit war für einen Sprung, wie
Chicovaneg ihn zu tun vermochte. Dann ließ er die Gefiederte Schlange zuerst hinüberfliegen. Mit ihren Fängen
biß sie sich fest ein am Rande des Sternes. Nun ließ
sie ihren Schweif lang hinunterhängen. Und in der
schwarzen Nacht erschien ihr schöner, langer Schweif wie
ein goldener Nebelstreif.

Es war nun leichter für Chicovaneg, so weit zu springen,
daß er den Schweif erhaschen konnte. Und an dem
Schweife der Gefiederten Schlange kletterte er empor und
erreichte den Stern, der so weit entfernt gewesen war.

Als Chicovaneg nun immer höher stieg am Himmelsgewölbe und sein Schild immer leuchtender und glänzender wurde, da begannen endlich die Menschen auf der
Erde ihn zu sehen. Und die Menschen erkannten, daß
ihnen nun eine neue Sonne geschaffen wurde.

Sie waren fröhlich und feierten viele Feste mit Schmau-
sereien, mit Musik und Tänzen.

Jedoch die Menschen vermochten nun auch den schweren Weg, den Chicovaneg zu gehen hatte, mit ihren Augen zu verfolgen. In ihren Herzen lebten sie von nun an mit ihm in allen seinen Triumphen, aber auch in allen seinen Ängsten. Wenn sie die Entfernung zum nächsten Stern sahen und erkannten, daß Chicovaneg diesen Stern in seinem weiten Sprung vielleicht gar verfehlen könnte, bemächtigte sich ihrer eine tiefe Verzweiflung. Sie zündeten große Feuer auf den Bergen an, damit Chicovaneg erkannte, daß die Menschen seiner gedachten. Und er wußte, daß er ihre Hoffnung war und ihre Zuversicht und daß er nicht fehlen durfte. Das stärkte seinen Mut und seine Kraft.

Auch sahen die Menschen den Kampf, den die bösen Götter gegen Chicovaneg führten. Und mehr als hundertmal fürchteten sie, daß er ihnen erliegen möchte.

Jedoch in diesen vielen Kämpfen mit den bösen Göttern war dem Chicovaneg keine seiner Waffen von größerem Wert als sein Schild, der immer glänzender und leuchtender wurde. Denn Chicovaneg, wann immer er von der Übermacht seiner vielen Feinde allzuhart bedrängt wurde, hob rasch seinen Schild und hielt ihn den anstürmenden Feinden ins Angesicht. Und die Feinde wurden von dem feurigen Glanz des Schildes in den Augen geblendet, und ihre Streitäxte, Speere und Pfeile verfehlten seinen Körper.

Chicovaneg aber, von seinem Schild wohl gedeckt, schoß seine Pfeile und warf seinen Speer mit sicherer Hand. Und er vernichtete viele Tausend seiner Feinde.

Und seinen Speer hatte er an einem langen glänzenden Lasso, und seine Pfeile an langen glitzernden Sehnen. So geschah es, daß alle seine Waffen, wenn sie viele der Feinde erschlagen hatten, zurückkehrten in seine Hand. Chicovaneg war niemals ohne Waffen.

Die bösen Geister aber, als sie erkannten, daß ihnen Chicovaneg an Stärke, an List, an Klugheit und an Mut weit überlegen war, gingen hin und übten Rache an den Menschen. Denn die Menschen hatten begonnen, ihre Furcht vor den bösen Geistern zu verlieren, und sie hörten auf, den bösen Göttern zu dienen und ihnen Tempel zu bauen und ihnen Wachs der Bäume zu räuchern.

Das erzürnte die bösen Götter mehr und mehr, und sie verfielen in immer größere Wut, weil es ihnen nicht gelang, Chicovaneg in die Tiefe des Weltalls zu stürzen.

So rächten sich die bösen Götter an den Menschen, daß sie heftige Hurrikane über die Erde stürmen ließen, die alle Hütten und Städte der Menschen zerstörten, alle Felder verwüsteten, und sie füllten alle Frucht mit Würmern und schickten Heere von Ratten über die Erde, die alle jungen Keime, die sich im wärmenden Erdboden zu regen begonnen hatten, zernagten und fraßen.

Und sie überschwemmten die Erde mit Wasserfluten. Und viele, viele Menschen und viele Tiere der Wälder und der Prärien ertranken.

Auch ließen die bösen Götter die Gebirge der Erde aufbrechen. Und aus den Gebirgen und Felsen strömten feurige Flüsse, und giftiger Rauch lagerte sich allerorten über die Erde, so daß die Menschen ihren Atem verloren.

Denn die bösen Götter gedachten alle Menschen und alle Tiere und Vögel zu vernichten, ehe eine neue Sonne am Himmel stand.

Sie schleuderten glühende Steine gegen Chicovaneg, der, mutig kämpfend, immer höher am Himmelsgewölbe aufwärts stieg. So viele Steine warfen die bösen Götter nach Chicovaneg, daß viele Tausend jener glühenden Steine noch heute zur Nacht über den Himmel dahinsausen. Aber höher und höher stieg Chicovaneg, allen seinen Feinden und ihren böswilligen Listen zum Trotz.

Leuchtender und leuchtender wurde sein Schild.

Blumen begannen zu wachsen und zu blühen auf Erden. Die Vögel kamen wieder, mit Federn, schöner an Farben als je zuvor. Sie sangen, jubilierten und zwitscherten ihre fröhlichen Lieder, die neue Sonne zu grüßen und ihre Pracht zu preisen. Bäume sprossen aus dem Erdboden. Mangos und Papayas begannen zu reifen, Tunas, Gitomaten, Mameys, Cantalupes, Guaibas, Sandias, Nüsse und viele Tausend andere Früchte gab es bald in Fülle.

Der Mais wuchs hoch und in so dicken, reichen Kolben, wie niemand unter den Alten je gesehen zu haben sich erinnern konnte.

Die Wälder wurden wieder belebt mit allem Getier, Antilopen und vollgefressene Sainos trieben in Herden durch den Busch und über die Prärien.

Die Flüsse und Seen schwollen an von den Mengen an Fischen, die in ihnen zu neuem Leben erwachten. Und wenn eine Frau zum Fluß ging, Wasser zu schöpfen, so trug sie ihren Krug heim, gefüllt von Fischen und wenig Wasser. Das war ein wunderbares Zeichen dessen, wie reich die Erde wieder geworden war und daß die Menschen nun ledig waren aller Nöte und Kümmernisse.

Und als die Menschen dann endlich eines Tages aufsahen, da stand die neue Sonne strahlend in ihrem herrlichen Glanze am Himmelsgewölbe.

Und die Sonne stand mitten am Himmelsgewölbe hoch über ihnen.

Da gingen die Menschen hin, und sie feierten ein großes Sonnenfest. Sie feierten das Sonnenfest, Chicovaneg zu Ehren. Und sie begingen das Sonnenfest mit vielem Tumult in der alten Stadt Chamo.

Und zu dem großen Sonnenfeste kamen Tausende und Zehntausende weither gewandert. Und sie kamen von Tila, von Shitalja, von Huitstan, von Jovelto, auch von Oshchuc, Baschajom, Shcucchuits, Yajaton, Yalanchen, Acayan, Nihich, Natjolom, Huninquibal, Sjoyyalo, Japalenque, Bilja, Jocotepec, Yealnabil, Sotslum, Tonalja, Ishtacolcot, Chalchihuistan, Sibacja, Chiilum und von vielen anderen Städten, Dörfern und Ortschaften der Stämme und Sippen aller Völker. Und als das Fest zu Ende ging, da wanderten die Stämme und Sippen alle wieder heim zu ihren Städten, frohen Sinnes und guter Dinge.

Und die Menschen gingen an ihre Arbeiten mit Kraft.

Und sie bauten viele neue Städte und schöne Tempel. Auch bauten sie die heilige Stadt von Tonina, gegen Sonnenaufgang von Hucutsin.

Chicovaneg, obgleich er alle seine Taten kühn vollbracht hat und obgleich er, wohl müde, sich nun ausruhen möchte, kann sich nicht der verdienten Ruhe erfreuen, und er kann nicht in Frieden leben.

Es ist ihm, zum Leide der Menschen, nicht gelungen, alle die bösen Götter zu erschlagen; denn es waren ihrer zu viele, die ihm Feinde waren.

Und so sind die bösen Götter ohne Unterlaß am Werke, die Sonne wieder auszulöschen und Chicovaneg zu vernichten. Sie hüllen die Erde in dicke schwarze Wolken, und sie machen die Menschen fürchten, damit sie Chicovaneg vergessen und die bösen Götter ehren.

Und wenn die Erde so ganz versunken ist unter schwarzen, Schrecken verbreitenden Wolken, dann beginnen wohl die Menschen leicht zu verzagen, weil sie glauben, die Sonne sei ihnen wieder ausgelöscht. Jedoch Chicovaneg, der tapfere Kämpfer und Sonnen-Anzünder, ist auf der Wacht.

Hinter seinem gewaltigen Sonnenschild kauert er in List oder er steht aufrecht in Erwartung des Kampfes, um die Menschen und ihre Sonne vor den bösen Göttern zu schützen. Wenn gar die bösen Götter wagen, es zu arg zu treiben, die Menschen auf Erden zu ängstigen mit schweren Stürmen und ungestümen, dicken schwarzen Wolken, dann gerät Chicovaneg in Zorn. Dann schleudert er seine blitzenden Speere über die Erde hin, um die bösen Götter, die sich in den schwarzen Wolken versteckt halten, zu treffen und zu verjagen. Und in seinem gerechten Zorn gegen die Götter der Finsternis und des Unheils rüttelt Chicovaneg mit Kraft und wildem Übermut seinen mächtigen Schild, daß dumpfes Donnern die Lüfte unter dem Himmel erzittern macht.

Und wenn er endlich aufs neue die bösen Götter alle verjagt und in ihre finsteren Winkel getrieben hat, dann freut sich Chicovaneg seines Sieges. Dann malt er in seiner Freude und in seiner Lust an schönen Farben einen mächtigen und schöngewebten Bogen am Himmel auf, gleich einer Brücke, auf der die Menschen von der Erde zum Himmel wandern mögen. Und mit diesem an Farben so reichen Bogen verkündet er den Menschen auf Erden, daß sie ruhig sein und in Frieden ihre Arbeit verrichten können, denn er, Chicovaneg, der tapfere Sonnen-Anzünder, ist auf der Wacht, und er wird nicht zulassen, daß die Sonne noch einmal von den bösen Göttern ausgelöscht und zerstört wird.

So gingen der Jahre viele dahin im Wechsel der Zeiten auf Erden. Es gab der Ernten ohne Unterlaß, und die Menschen freuten sich des Tages. Aber sie waren bekümmert in der Nacht und fürchteten die Finsternis.

Als nun der Sohn des Chicovaneg herangewachsen war, wurde er betrübten Sinnes. Und die Männer seines Volkes nannten ihn Huachinogvaneg, weil er viel träumte und seine Gedanken mehr am Himmel mit seinem Vater waren als auf der Erde mit den Menschen.

Eines Tages nun, als Lequilants, seine Mutter, von einer Feier im Tempel heimkehrte, sah sie ihren Sohn im Schatten eines Baumes sitzen, in Gedanken tief versunken.

Und seine Mutter ging auf Huachinogvaneg zu und sprach zu ihm: »Mein Sohn, warum bist du betrübt? Alle Menschen sind froh, und sie freuen sich der herrlichen Sonne, die dein Vater geschaffen hat.«

Und Huachinogvaneg stand auf, verbeugte sich vor seiner betagten Mutter, führte seine Nase über ihre Hand zum Gruße und sprach: »Oh, meine verehrte und geliebte Mutter, warum soll ich nicht betrübt sein unter allen

Menschen, die so froh sind. Mein Vater hat große Taten vollbracht auf Erden und im Himmel. Ich dagegen komme nun zu Jahren, und ich habe nichts getan, meinen Vater und dich, meine geliebte Mutter, mit großen Taten zu ehren und würdig zu sein meines Vaters.«

Da sprach seine Mutter zu ihm: »Mein Sohn, du sollst nicht betrübt sein. Dein Vater weiß es wohl, und ich weiß es wohl, daß du deines Vaters in allen Dingen würdig bist. Und wäre keine Sonne am Himmel, du würdest gewißlich noch heute gehen und eine neue Sonne schaffen, wie dein Vater getan hat, als du ein Kind warst und schwach und ohne Übung. Aber du errichtest für die Menschen schöne Häuser aus Steinen, und gut verwebt die Steine mit Sand und Kalk, damit die Leute sicher und gut geborgen vor den Stürmen und dem Regen darin wohnen können.«

Und Huachinogvaneg antwortete: »Gewiß, meine Mutter, baue ich schöne Häuser. Aber jetzt bin ich dessen müde. So viele junge, starke und fleißige Männer habe ich das Bauen gelehrt. Die ich lehrte, bauen nun so gut und schön, wie ich es kann. Aber Häuser werden gebaut, und sie zerfallen wieder, und niemand erinnert sich mehr dessen, der sie baute und wie er genannt wurde.«

Darauf sagte die Mutter: »Mein Sohn, es können nicht alle Männer neue Sonnen schaffen; es müssen auch Häuser gebaut, Felder bestellt, Felle gegerbt, Matten geflochten, Töpfe geformt, Bäume gefällt, Tiere gejagt werden. Denn würde das alles nicht getan, mein Sohn, welche Nützlichkeit hätte dann die schöne Sonne am Himmel?«

Und Huachinogvaneg sprach: »Meine verehrte Mutter, du bist weise und redest weise. Aber du bist eine Frau, und ich bin ein Mann, und meine Gedanken gehen andere Wege. Als ich dort unter dem Baume saß, redete ich mit meinem Vater, wie ich es oft schon getan habe, wenn ich allein war. Ich will ihn besuchen gehen, meine Mutter. Und ich will ihm Grüße bringen von dir.«

Die Mutter sagte: »Ich weiß nun, daß du gleich deinem Vater bist. Keine Mutter, keine Frau, keine Gattin besitzt die Kraft, einen Mann, der starken Sinnes ist, zu hindern, das zu tun, was er zu tun gedenkt. Geleite mich, mein Sohn, zum Hause. Ich fühle, daß meine vielen Jahre mich zu schmerzen beginnen und ich eines starken Armes bedarf, auf den ich mich stützen kann in Vertrauen und mit Zuversicht.«

Und Huachinogvaneg führte seine Mutter ins Haus. Als er sie wohlgeborgen wußte, ging er hinaus und sah, daß die Nacht gekommen war.

Seine Mutter rief ihn abermals. Und als er zurückkam ins Haus, löschte sie das Licht und deckte das Feuer auf dem Herd mit Asche zu.

Er aber hatte die Tür des Hauses offengelassen, weil er gedachte, wieder hinauszugehen, die Sterne am Himmel zu betrachten und zu sinnen.

Da sprach seine Mutter Lequilants zu ihm: »Komm hierher, mein Sohn, und setz dich zu mir. Sieh hinaus zur Tür. Und siehe, wie finster die Nacht ist. Ich habe die Nacht nie so finster gesehen wie heute. Und ich fürchte mich, mein Sohn, ich fürchte mich vor der finsteren Nacht.«

Huachinogvaneg sagte: »Fürchte dich nicht, meine Mutter, ich bin bei dir.«

Da sprach Lequilants zu ihrem Sohn: »Wohl bist du bei mir, und ich freue mich dessen, und ich fürchte mich nun nicht mehr. Doch gibt es viele, viele Mütter, denen ihre Söhne verlorengingen; und viele, viele Mütter gibt es, die nie einen Sohn hatten; und andere wieder gibt es, die allein sind, weil ihre Söhne fern sind, ihren Geschäften nachzugehen. Alle diese armen Mütter fürchten sich vor den finsteren Nächten, wie ich mich wohl fürchte, wenn du nicht bei mir bist. Ich denke wohl, daß die Menschen recht gut auch eine Sonne in der Nacht haben könnten. Ich möchte wissen, wer es wagen würde, den Menschen eine kleine Sonne für die Nacht zu schaffen. Die Mutter eines solchen Mannes und sein Vater könnten sehr stolz auf einen Sohn sein, der eine solche Sonne schaffen würde. Freilich, die Sonne für die Nacht ist viel schwerer zu schaffen als die Sonne für den Tag. Die Schaffung der Sonne für den Tag erforderte Mut und Tapferkeit. Jedoch die Sonne für die Nacht zu schaffen, benötigt weniger Mut, aber etwas anderes, das gewiß soviel oder mehr wert ist als Mut und Tapferkeit. Die Sonne für die Nacht zu schaffen, vermag nur ein Mann zu vollbringen, der klug ist und gelehrt. Die Sonne der Nacht soll Licht geben, jedoch keine Wärme, denn sonst könnten sich Menschen, Tiere, Vögel, Bäume, Blumen und Pflanzen nicht erholen von der Glut des Tages. Alles würde im Licht ertrinken und ersticken. Alles, was auf Erden ist, muß schlafen, um neue Kräfte zu gewinnen.«

Huachinogvaneg, nachdem er eine Weile über die Worte seiner Mutter gedacht hatte, antwortete: »Du bist sehr weise, meine Mutter. Eine Sonne für die Nacht zu schaffen ist schwer. Das erkenne ich.«

Da redete seine Mutter wieder zu ihm: »Es ist viel schwieriger, als du glaubst, mein Sohn. Die Sonne der Nacht darf nicht immer scheinen, weil das den Menschen, Tieren und allen Gewächsen ihre gesunde Ruhe stören würde. Die Sonne der Nacht sollte nur zuweilen volles Licht geben. Dieses Licht sollte langsam größer werden, und wenn es groß geworden ist, dann sollte es wieder kleiner werden, damit sich alles, was auf Erden lebt und gedeiht, an Licht und Dunkelheit gewöhnt; und damit auch die Menschen, wenn sie auf weite Wanderung gehen müssen, wohl wissen, wann sie Sonne in der Nacht haben und wann nicht. Und es sollten wieder in Abwechslung auch Nächte sein, in denen die Sonne der Nacht völlig verschwindet, damit die Menschen sich der Sterne erfreuen können und damit alles, was auf Erden ist, ganz und wahrhaftig einer vollen Ruhe teilhaftig werden kann und die Menschen nicht vergessen, daß auch die Nacht schön ist in ihrer Stille. Doch ich weiß, daß es keinen Mann geben wird, der so klug ist, daß er eine solche Sonne der Nacht schaffen könnte. Dennoch, mein Sohn, es tut wohl, einen so schönen Traum von einer Sonne der Nacht zu haben, wie ihn deine Mutter hat.«

Huachinogvaneg sagte darauf: »Ich habe nie einen so schönen Traum gehabt, meine Mutter; aber ich bin froh, daß du mir einen so schönen Traum erzähltest. Ich werde ihn gewißlich nie mehr vergessen.«

Als eine Zeit vergangen war, fand Lequilants eines Tages ihren Sohn, wie er auf der Erde hockte und Ringe in den Sand malte.

Sie trat auf ihn zu und fragte: »Was tust du, mein Sohn, da du sinnend bist?«

Huachinogvaneg antwortete: »Meine Mutter, ich werde gehen und die Sonne für die Nacht schaffen, wie mein Vater die Sonne für den Tag geschaffen hat. Ich habe viel darüber gesonnen, und ich habe nun gefunden, wie ich die Sonne schaffen muß, damit sie nur Licht gibt, jedoch keine Wärme, und damit sie langsam groß wird und wieder klein und zuweilen ganz verlischt.«

Lequilants lachte und sprach: »Dessen freue ich mich von Herzen, mein Sohn, daß du gehen wirst, die Sonne für die Nacht zu schaffen, damit nicht alle Nächte so finster sind und die Mütter sich nicht mehr zu fürchten brauchen vor den finsteren Nächten. Gehe, mein geliebter Sohn, und mein Segen wird dich geleiten auf allen deinen Wegen. Und wenn du nahe deinem Vater kommst, dann grüße ihn von mir; und daß ich seiner gedenke immerdar, das sage ihm. Und wenn du, mein Sohn, dereinst die Sonne für die Nacht geschaffen haben wirst und ich sie zum ersten Male am Himmel leuchten sehen werde in dunkler Nacht, dann werde ich wissen, daß meine Tage vollendet sind und ich von dieser Erde gehen kann, die Gattin eines großen tapferen Mannes und die Mutter eines klugen und weisen Sohnes.«

Und als Huachinogvaneg Abschied von seiner Mutter genommen hatte und sie wohlversorgt sah aller Bedürfnisse, ging er hin, eine gefiederte Schlange zu suchen. Auf seiner Wanderung traf er den Sabio Nahevaneg, und er fragte ihn: »Kannst du mir sagen, weiser Mann, wo ich eine gefiederte Schlange finden mag, um die Sonne für die Nacht zu schaffen?«

Der Sabio Nahevaneg sprach: »Die Gefiederte Schlange ist das Symbol der Welt. Und da es nur ein Symbol gibt, also gibt es auch nur eine Gefiederte Schlange. Aber dein Vater befreite die Gefiederte Schlange von dem bösen Zauberer, und er nahm sie mit, als er die Sonne schuf. Und als er, der tapfere und edle Chicovaneg, die Sonne geschaffen hatte, gebot er der Gefiederten Schlange, sich rund um die Erde zu legen, dort, wo das Himmelsgewölbe auf der Erde ruht. Hier liegt sie auf der Wacht gegen die bösen Götter, die auf der anderen Seite des Himmelsgewölbes ihre Reiche haben und von dort aus einbrechen wollen auf die Erde, um die Macht der bösen Götter unter dem Himmelsgewölbe zu verstärken und, mit ihnen vereint, deinen Vater zu töten und die Sonne wieder auszulöschen. Jedoch dein Vater ist nicht nur tapfer, er ist auch voll kluger List. Er traut der Gefiederten Schlange nicht ganz; denn sie liebt sich vollzutrinken an den süßen Strömen, die am Rande des Himmelsgewölbes fließen. Es sind die süßen Ströme aus dem Morgentau der Blumen, davongetragen von den lauen Lüften, und die, wenn sie heruntergleiten am Himmelsgewölbe, sich mit dem herabfallenden Staub der Sterne mischen zu einem süßen, schweren Wein köstlicher Fülle. Dieses Sternstaubes wegen ist der Wein so sprühend und so goldfunkelnd in seinem Licht. Nun freilich ist die Gefiederte Schlange jenen süßen Strömen immer nahe. Immer dürstet sie, stetig auf dem heißen Erdrande liegend. Kein anderes Getränk hat sie, ihren Durst zu stillen, als den Wein jener Weltströme, die dort fließen, wo sie auf der Wacht liegt.

Und darum, weil Chicovaneg des Durstes der Gefiederten
Schlange wegen ihrer Wachsamkeit nicht sicher ist, darum
steigt er jeden Abend hinunter zu ihr, zu sehen, ob sie
nicht etwas schläft und ihre Wacht vergißt. Und wenn er
sie antrifft, wachsam und munter, dann strahlt sein Antlitz vor Freude, und seine Freude taucht den Abendhimmel in eine rotgoldene Pracht. Doch wenn er sie
schlafend findet und berauscht von den süßen Strömen,
dann erzürnt er, seine Augen blitzen vor Zorn gleich feurigen Flügeln, die am dunklen Abendhimmel hin und her
huschen. Aber was immer auch sei, Huachinogvaneg, du
wirst dir wohl ein anderes Tier suchen müssen, um es mit
dir auf deine Reise zu nehmen.«

Als der Sabio so gesprochen hatte, blickte er um sich, und
da kam ein Kaninchen lustig und vergnügt angehüpft
und begann in der Nähe des Weisen und unbekümmert
seiner Anwesenheit, von dem fetten Grase der Prärie zu
essen.

Der Sabio sah dem Kaninchen eine Weile zu. Dann lächelte er und sagte zu Huachinogvaneg: »Nimm dir ein
Kaninchen mit auf den Weg, mein Sohn. Ein Kaninchen
kann gut springen, es ist immer lustig und guter Dinge. Es
kann dir von großem Nutzen sein.«

Huachinogvaneg ergriff das Kaninchen bei den Ohren,
hob es auf und setzte es auf seinen Arm, wo es ruhig
sitzen blieb und ihn fröhlich anblinzelte.

Dann nahm er Abschied von dem Sabio Nahevaneg und
ging hin, sich zwei Schilde zu fertigen.

Einen schweren Schild trug er an seinem linken Arm befestigt. Den zweiten Schild fertigte er aus feiner Faser des
Maguey. Er fertigte diesen zweiten Schild leicht und so
vortrefflich gewebt, daß, wenn er ihn gegen die Sonne
hielt, er die Sonne wie eine dunkle Scheibe hinter dem
Schild zu sehen vermochte.

Diesen leichten Schild befestigte er nicht an seinem Arm,
sondern trug ihn in der Hand, zuweilen in der linken,

zuweilen in der rechten, je wie es ihm nützlich schien oder angenehmer zu reisen.

Einen Speer benötigte er nicht, denn er gedachte desselben Weges zu gehen, den sein Vater vor ihm gegangen war. Auf jenem Wege waren alle bösen Götter vernichtet worden von seinem Vater, und da er stets auf dem Wege seines Vaters zu bleiben gedachte, so würde Chicovaneg ihn gegen alle Feinde schützen. Freilich hätte Huachinogvaneg wohl gern einen guten Speer mit sich geführt, um alle seine Kämpfe allein auszufechten. Da er jedoch keine gefiederte Schlange mit sich nehmen konnte, sondern nur das Kaninchen Tul, das weniger gute Dienste leisten konnte als eine gefiederte Schlange, wäre ihm ein Speer nur hinderlich gewesen.

Denn Huachinogvaneg mußte statt eines guten Speeres einen langen kräftigen Lasso mit sich nehmen, um die Sonne der Nacht schaffen zu können.

Als Huachinogvaneg nun völlig ausgerüstet war, machte er sich auf den Weg zum Ende der Welt. Hier fand er eine tiefe Schlucht, in der ein großer Tiger lebte, der hieß Cananpalehetic.

Der große Tiger kam heraus aus der Schlucht. Er sagte: »Fürchte dich nicht vor mir, Huachinogvaneg, ich bin der Welt-Tiger. Hier ist der Ort, von dem Chicovaneg ausging, die Sonne zu schaffen. Aber er zögerte, weil ihm der Sprung zu dem untersten Stern zu weit und zu gefährlich schien. Und er trat von einem Fuß auf den anderen in seinem Denken, wie er wohl zu jenem untersten Stern springen könne, ohne in das finstere Weltall zu stürzen. Er trat so lange auf dem Boden herum in seinem Nachdenken, bis sich endlich diese tiefe Schlucht gebildet hatte. Ich kam des Weges daher, verfolgt von einem Rudel Coyotes, ausgeschickt von den bösen Göttern, mich zu vernichten. Da bot mir Chicovaneg diese Schlucht an zur ewigen Wohnung, und er errettete mich vor den Coyotes. Denn er sandte die Gefiederte Schlange aus, alle die Coyotes, die mich zerfleischen sollten, zu fressen. Und die Gefiederte Schlange fraß alle Coyotes, und ich konnte meine vielen Wunden pflegen, die mir das Rudel der wilden Coyotes gebissen hatte. Hier bleibe ich nun für ewig, um den Pfad vom Ende der Welt zu dem untersten Stern gegen die bösen Götter zu schützen. Hier magst du ruhen, Huachinogvaneg, und alle Kräfte sammeln für deine lange Reise. Und drüben ist eine große fette Prärie, wo das Kaninchen Tul sich in Frieden satt essen kann. Ich werde die Prärie wohlbewachen gegen Wölfe, Schlangen und wilde Vögel in den Lüften.«

Als Huachinogvaneg nun gerastet und als das Kaninchen Tul gegessen hatte, stieg er hinauf auf den Felsen Chabuquel. Dort angekommen, sah Huachinogvaneg, daß der unterste Stern zu weit war, als daß er ihn mit einem Sprunge hätte erreichen können.

Und er verzagte und fürchtete sich sehr.

Das Kaninchen Tul war müde geworden von der langen Reise. Es verkroch sich in einer Spalte und schlief ein. Es schlief so fest, daß Huachinogvaneg es nicht zu wecken vermochte; und er wurde sehr betrübt, weil er nun ohne Gefährten war.

Doch Chicovaneg sah ihn in seiner Betrübtheit und erbarmte sich seiner. Er sandte einen glänzenden Sonnenstrahl in den Spalt, in dem sich das Kaninchen verkrochen hatte.

Es kam fröhlich hervorgesprungen, blinzelte Huachinogvaneg lustig an und sagte: »Ich werde vorausspringen, und du wartest hier auf mich. Wenn ich in das Weltall Balamilal stürzen sollte und es mich verschluckt, dann ist nicht viel verloren. Du magst wohl zurückwandern und dir ein anderes Kaninchen suchen gehen. Es gibt deren viele, und ich habe mehrere Söhne, wohl zweihundertvierzig an der Zahl. Du magst dir den besten und kräftigsten aussuchen und ihm sagen, daß ich ihm befehle, dir zu folgen. Und er wird kommen.«

Darauf sprach Huachinogvaneg: »Höre, Tul, ich möchte nicht, daß du springst und in das Weltall Balamilal stürzest. Wir beide sind so gute Kameraden geworden, daß ich dich nicht verlieren möchte. Laß uns hierbleiben und warten, bis der Felsen Chabuquel, auf dem wir sitzen, höher gewachsen ist und der Sprung zu dem untersten Stern weniger weit ist als heute.«

Da sagte das Kaninchen Tul: »Mein Leben ist nicht so lang wie das deine, Huachinogvaneg. Ich kann nicht so lange warten wie du. Ich muß mich beeilen, oder ich werde nicht fertig mit meinen Geschäften.«

Und ehe Huachinogvaneg noch antworten konnte, war das Kaninchen Tul gesprungen. Es überkugelte sich auf dem Sprunge viele Male. Doch es sprang um seine ganze Körperlänge zu kurz. Nur mit einem seiner langen Ohren tippte es an den untersten Stern, und es zappelte mit seinen Beinen verzweifelt in der Luft, nach einem festen Halt suchend. Es fiel und begann in das Weltall zu stürzen. Jedoch ein Dornenstrauch ragte über den Stern hinaus. Und als das Kaninchen zu fallen begonnen hatte, fing ein langer Ast des Strauches das Kaninchen bei einem Ohr auf, und das Ohr spießte sich an einem Dorne fest. Nach langem Zappeln gelang es dem Kaninchen, seine Beine in den Strauch zu bringen und sich hinaufzuzerren. Mit einem heftigen Ruck schlitzte es dann sein Ohr auf und befreite sich von dem Dorn.

Es dankte dem Strauch und sprang darauf lustig auf den Gipfel eines Berges. Hier hüpfte es so lange umher, bis endlich Huachinogvaneg, der geglaubt hatte, es habe seinen Sprung verfehlt, es sehen konnte.

Nun warf er geschwind seinen Lasso auf den Stern.

Das Kaninchen fing die Schlaufe auf, befestigte sie an einer Felsensäule und winkte dann Huachinogvaneg, zu springen. Als Huachinogvaneg auf dem Stern angekommen war, gingen er und das Kaninchen Tul, die Bewohner des Sternes zu begrüßen.

Aber die Geister der Abgeschiedenen konnten ihm nicht mehr ein so großes Stück von ihrem Sterne geben, wie sie seinem Vater zu geben vermocht hatten. Ihr Stern wäre sonst zu klein geworden.

So kam er auf seinem Wege zu allen Sternen. Und auf allen Sternen konnte man ihm nur ein ganz kleines Stückchen geben, um die Sterne nicht zu klein werden zu lassen.

Jedoch Huachinogvaneg war dessen wohl zufrieden. Denn nun wurde die Sonne der Nacht nicht so glänzend und nicht so groß, wie die Sonne des Tages war.

Und immer, wenn Huachinogvaneg ein neues Stückchen von einem Stern erhalten hatte, band er es an seinen Lasso und ließ es hinuntergleiten in das kalte Weltall, um es abzukühlen. Und so geschah es, wie er gewollt hatte, daß es geschehen sollte. Die Sonne der Nacht war weniger glänzend und weniger groß als die des Tages. Und sie war kalt.

Als er nun alle Stückchen Sterne auf seinem großen Schilde befestigt hatte, leuchtete den Menschen auf Erden eine Sonne auch in der Nacht.

Aber Huachinogvaneg, aller Wünsche seiner Mutter wohl gedenkend, war mit seiner Schöpfung noch nicht voll zufrieden.

Und er sagte zu dem Kaninchen: »Ich konnte keine Sonne schaffen, groß und schön, wie die ist, die mein Vater schuf. Auch mangelte es mir an großen Stücken von den Sternen. Mein Vater ist ein tapferer Kämpfer. Ich hatte wenig Kämpfe auszufechten. Aber ich habe Klugheit, und der Klugheit habe ich mehr als der Tapferkeit. Darum bin ich des Vaters würdig, und meiner Mutter, die mich sandte, meinen Vater zu grüßen. Mein Vater schuf eine Sonne, die immer gleichbleibt in ihrer Schönheit und in ihrer Glut. Ich aber schuf eine Sonne, wie meine Mutter sie erdachte, eine Sonne, die bald groß ist, bald klein, bald voll ist, bald völlig erlischt.«

Da fragte das Kaninchen Tul: »Wie willst du das machen, Huachinogvaneg?«

Da nahm Huachinogvaneg seinen leichten Schild, gefertigt aus feinen Fasern des Maguey, in seine rechte Hand und schob diesen Schild langsam über seinen großen Schild am linken Arm.

Als er das tat, wurde die Sonne der Nacht kleiner und kleiner, bis sie endlich von dem leichten Schild ganz verdeckt wurde, und nur ihre Form, jedoch ganz verdunkelt, sichtbar blieb. Dann, als er den großen Schild lange genug verdeckt gehalten hatte, zog er den leichten Schild wieder langsam fort, und die Sonne begann groß und größer zu werden, bis sie ihre volle Gestalt wiedergewonnen hatte.

Als seine Mutter das auf Erden sah, rief sie alle ihre Nachbarn herbei und sagte: »Nun darf ich mich hinlegen und sterben; denn ich habe einen Gatten gehabt, der ein tapferer Kämpfer war, und ich habe einen Sohn geboren, der an Klugheit größer war als sein Vater.«

Und als Lequilants das gesagt hatte, neigte sie sich gegen die Erde und verschied auf ihren Knien.

Und die Männer des Stammes nahmen sie auf und trugen sie auf den höchsten Berg des Landes, wo sie ihrem Gatten und ihrem Sohne für ewig näher ist als alle anderen Menschen. Und der Himmel bedeckte sie mit ewigem Schnee. Und der erste Strahl, den Chicovaneg am Morgen eines jeden neuen Tages aussendet, küßt ihr Haupt, ehe er alle anderen Menschen erreicht. Und der letzte Strahl, den Chicovaneg am Ende jedes Tages über die Erde sendet, hüllt ihre Gestalt in eine rotglühende Pracht, der nichts gleichkommt auf Erden.

Als nun alles beendet war, fand es sich, daß Huachinogvaneg auf seinem Wege über das Himmelsgewölbe stolperte und sich verspätete und die Menschen auf Erden in ihren Rechnungen irre wurden.

Denn wo immer Huachinogvaneg auch ging, da war ihm

das Kaninchen Tul im Wege. Es hüpfte vor ihm herum, hinter ihm her und lief ihm zwischen die Beine, allerlei Spiel mit ihm treibend.

Dessen wurde Huachinogvaneg endlich müde, und er sprach: »Die Menschen auf Erden werden denken, ich sei ein betrunkener Wicht, und sie werden mir keine Tempel bauen und keinen Tag und keine Zeit mir zu Ehren nennen. Dich kann ich nicht mehr brauchen, Tul, und du würdest mir eine Freude bereiten, wenn du dich nun aufmachtest, zurückzukehren auf die Erde und mit deiner Familie glücklich zu leben und in Frieden und tausend Söhne mehr zu zeugen. Ich weiß, daß du die Nächte mehr liebst als den Tag und nur in der Nacht dein Futter suchst. Ich werde dir gewiß die Nächte gut erleuchten und dich warnen, wenn Coyotes oder Schlangen hinter dir her sind. Aber nun ist es Zeit für dich, dich von hier fortzumachen; denn du bist mir nur im Wege, und du treibst nichts als Unfug.«

Darauf hockte sich das Kaninchen Tul hin, blinzelte Huachinogvaneg an und sagte: »Aus langer Erfahrung weiß ich, daß die Menschen keine Dankbarkeit kennen und nie wissen wollen, was Dankbarkeit ist. Damit habe ich mich abgefunden, lange ehe ich dich kannte, Huachinogvaneg. Aber du bist kein Mensch. Du bist nun ein Gott geworden, der Tempel auf Erden hat und der seine eigenen Tage und Zeiten den Menschen aufbestimmt. Und daß ich heute erfahren muß, und durch dich, Huachinogvaneg, daß selbst ein Gott nicht weiß, was Dankbarkeit ist, das schmerzt mich. Ich habe gedacht, wir sind Freunde. Auch habe ich erwartet, daß die Menschen mich zu einem halben Gott wenigstens machen werden, wenn schon nicht zu einem ganzen.«

Da sagte Huachinogvaneg: »Das ist alles richtig, was du sagst, Tul. Aber siehe, ich kann dich hier nicht gebrauchen. Du hüpfst mir ewig im Wege herum. Springe schon zu und springe hinunter zur Erde. Vielen Dank für die

Mühen, die du dir gabst, mir ein wenig zu helfen. Ich hätte am Ende meinen Weg auch ohne dich gemacht, dessen darfst du gewiß sein.«

Und das Kaninchen sagte: »So gewiß war das nicht, Huachinogvaneg, an dem Tage, als du am Rande der Schlucht standest, wo der Tiger Cananpalehetic lebt. Ich habe wohl gesehen, wie du begannst, von einem Fuß auf den andern zu treten, und eine neue Schlucht zu bauen gedachtest. Aber ich habe nichts gesagt. Freilich kann ich hinunter zur Erde springen. Aber ich bin nun alt geworden, und ich kann nicht mehr so gut springen, als ich es konnte einst, als wir zusammen auf die Wanderung gingen. Und wenn ich einen einzigen Sprung verfehle, dann falle ich in das kalte Weltall. Du kommst nicht, mir wieder herauszuhelfen; denn du mußt dich nun um die Zeit der Menschen kümmern. Und auch wenn ich nicht abstürze ins Weltall, so komme ich auf Erden an mit gebrochenen Beinen. So viel schönes Licht du mir auch gibst in der Nacht, das kann ich nicht essen. Auf Erden brauche ich Gras, und wenn meine Füße alle zerbrochen sind, kann ich mir mein Futter nicht suchen; wenn ein Coyote hinter mir her ist, kann ich ihm nicht entwischen; wenn ein Adler über mir kreist, kann ich mich nicht rasch genug in meiner Höhle verkriechen. So komme ich an auf Erden und lebe keinen Tag lang. Und ob es dir nun gefällt oder nicht, ich hüpfe dir zwischen den Beinen herum und renne auf deinem Wege hin und her, solange es mir gefällt oder bis du mich endlich auch zu einer Sonne machst.«

Da wurde Huachinogvaneg wütend. Er packte das Kaninchen bei den Ohren und gedachte, es hinauszuschleudern in das Weltall Balamilal.

Jedoch das Kaninchen wandte seinen Kopf hin zu ihm, blinzelte Huachinogvaneg lustig und vertraulich an und strampelte vergnügt und furchtlos mit seinen Beinen in der Luft umher. Da erinnerte sich Huachinogvaneg des Sprunges, den das Kaninchen mit diesen strampelnden

Beinen für ihn getan hatte, damit er ein Gott werden möchte.

Und Dankbarkeit kam auf in seinem Herzen und Liebe zu den natürlichen Geschöpfen.

Und von diesem Augenblick an wurde er ein Freund der Liebenden. Er zog das Kaninchen an seine Brust und koste es.

Dann sagte er: »Ich habe nur gescherzt, Tul, als ich dich hinuntersenden wollte, zurück zur Erde. Du sollst für ewig bei mir bleiben, als Zeichen, daß ich verbunden bin mit allem Wechsel im natürlichen Verlauf allen Lebens der Erde. Ich will dich mitten auf meinen großen glänzenden Schild setzen. Und auf diesem Schilde will ich dich immer tragen auf allen meinen Wegen. Und die Menschen auf Erden sollen dich für ewig mitten auf meinem Schilde sehen, damit sie wissen, daß Dankbarkeit wohl selten ist, doch nicht ganz verlorenging und zuweilen, unter besonderen Verhältnissen, vielleicht entdeckt werden kann.«

Und als Huachinogvaneg das gesagt hatte, brach er inmitten seines großen Schildes viele Stückchen von Sternen, die er mit so vieler Mühe gesammelt hatte, wieder aus und setzte das Kaninchen Tul an deren Stelle, wo es heute zu sehen ist. So begab es sich, daß auch das Kaninchen in den Kalender der Menschen kam, als ein Zeichen, daß es geholfen hatte, den Menschen eine Sonne für die Nacht zu schaffen.

Der dritte Gast

Macario, der Holzhauer des Dorfes und Vater von elf immer zerlumpten, allezeit nach Nahrung flennenden Kindern, hegte und pflegte seit zwanzig Jahren in seinem Herzen nur einen einzigen Wunsch. Nicht nach Reichtümern gelüstete es ihn oder nach einem wohlgebauten Haus statt der verfallenen alten Hütte, in der er mit seiner Familie wohnte. Seiner Sehnsucht höchstes Ziel war ein gebratener Truthahn, der nur ihm allein gehören sollte, und zugleich die Möglichkeit, ihn in Ruhe und ganz für sich, tief im Walde, ungesehen von seinen hungrigen Kindern, zu verzehren.

Ohne jemals seinen Bauch zu voller Befriedigung gefüllt zu haben, mußte er an jedem Morgen im Jahr, ob wochentags oder sonntags, vor Sonnenaufgang sein Heim verlassen, in den Wald gehen und bei Einbruch der Dunkelheit eine Last gehackten Holzes auf seinem Rücken zurückbringen.

Diese Last, die eines ganzen Tages Arbeit bedeutete, pflegte er für einen Silbergroschen zu verkaufen, manchmal auch für weniger. Während der Regenzeit freilich, wenn die Konkurrenz nicht groß war, gelang es ihm ab und zu, für seine Ladung Brennholz zwei Silbergroschen zu erhalten.

Und für sein Eheweib, das im Dorf nur die Frau mit den traurigen Augen hieß und noch zerlumpter aussah als ihr Mann, bedeuteten zwei Silbergroschen ein Vermögen.

Wenn er abends nach Sonnenuntergang heimkam, warf er mit einem Stöhnen seine Bürde von sich und betrat schwankend den Hauptraum seiner Hütte, wo er sich mit einem hörbaren Plumpser auf einen niedrigen, roh zusammengezimmerten Stuhl fallen ließ, den eines der Kinder geschwind an den ebenso roh gezimmerten Tisch geschoben hatte. Dann legte er beide Arme auf den Tisch und sagte: »Ach, Frau, wie bin ich müde und hungrig! Was gibt es heute zum Abendbrot?«

»Schwarze Bohnen«, antwortete die Frau, »grüne Pfefferschoten, gesalzene Maiskuchen und Tee aus Zitronengras.«

Es war immer die gleiche Speisenfolge, ohne daß jemals die geringste Änderung eintrat. Er wußte die Antwort, lange bevor er nach Hause kam, und fragte nur, um etwas zu sagen und damit die Kinder nicht meinten, er sei stumm wie ein Tier. Wenn dann das Essen in irdenen Gefäßen vor ihn hingesetzt wurde, schlief er gewöhnlich tief und fest, und seine Frau mußte ihn rütteln und sagen: »Mann, das Abendbrot steht auf dem Tisch.«

Dann betete er: »Wir danken dir, o Herr, für die Gaben, die du uns beschert hast«, und fing gleich darauf zu essen an. Doch kaum hatte er ein paar Löffel Bohnen hintergeschluckt, als er fühlte, wie die Augen seiner elf Kinder sich auf seinen Mund richteten, aufpaßten, daß er nicht zuviel äße, damit für sie noch eine kleine zweite Portion übrigbliebe, da die erste so gering gewesen war. So hörte er mit dem Essen auf und trank nur den Zitronengrastee. Wenn er dann den irdenen Topf geleert hatte, seufzte er tief und sagte mit einer jammervollen Stimme: »O lieber Gott im Himmel, wenn ich doch nur ein einziges Mal in meinem trübseligen Leben einen gebratenen Puter ganz für mich allein haben könnte! Dann würde ich glücklich sterben und friedlich im Grabe ruhen, bis ich zum Jüngsten Gericht gerufen werde.«

Häufig freilich verstieg er sich nicht zu einer so langen Rede, doch verfehlte er niemals zu sagen: »O Herr, wenn ich doch nur ein einziges Mal einen gebratenen Puter ganz für mich allein haben könnte!«

Die Kinder hatten diesen Klageruf schon so oft gehört, daß keines von ihnen mehr darauf achtete, sondern sie nahmen die Worte hin, als wären sie des Vaters Dankgebet nach dem Abendessen. Er hätte ebensogut um tausend

Goldpesos beten können, denn es bestand nicht die geringste Wahrscheinlichkeit, daß er jemals in den Besitz eines gebratenen Hühnchens gelangen würde, geschweige denn in den eines schweren gebratenen Puters, dessen Fleisch noch keines seiner Kinder gekostet hatte.

Sein Eheweib, die treueste und selbstverleugnendste Gefährtin, die sich ein Mann wünschen kann, wußte wohl, daß ihr Gatte so lange nicht in Ruhe und hinreichend essen konnte, als die Kinder ihm auf den Mund blickten und jede einzelne Bohne zählten, die etwa für sie übrigbliebe. Sie hatte allen Grund, ihn für einen sehr guten Mann zu halten, denn einen besseren zu finden, hätte sie sich wohl kaum erhoffen dürfen. Er schlug sie nie, arbeitete so hart, als es nur möglich war, und pflegte sich nur am Samstagabend ein Gläschen Mezcal für drei Centavos zu gönnen, das sie ihm, so wenig Geld sie auch haben mochte, jedesmal kaufte, und zwar in dem großen Kaufladen, denn in der Schenke hätte er für das gleiche Geld nur die Hälfte bekommen.

Da ihr nun klar war, wie schwer er schaffte, um seine Familie am Leben zu erhalten, und wie sehr er auf seine Art sie und die Kinder liebte, begann die Frau von dem wenigen Geld, das sie von den Dorfbewohnern, die selbst kaum besser dran waren als sie, für allerlei kleine Dienstleistungen erhielt, Heller auf Heller zurückzulegen.

Nachdem sie so drei lange Jahre hindurch, die sie wie eine Ewigkeit dünkten, Heller auf Heller zusammengespart hatte, konnte sie endlich ihre Hände auf den schwersten Puter legen, der auf dem Markt verkäuflich war. Fast närrisch vor Freude und Glück, nahm sie den Vogel mit nach Hause, während die Kinder auswärts waren, und versteckte ihn, so daß niemand ihn sah. Kein Wort sagte sie, als ihr Mann müde, erschöpft und hungrig wie immer nach Hause kam und wie gewöhnlich vom Himmel einen gebratenen Puter erflehte.

An diesem Abend schickte sie alle Kinder sehr früh zu

Bett. Sie brauchte nicht zu fürchten, daß ihr Gatte merkte, was sie vorhatte, denn er wurde schon am Tisch von Schläfrigkeit überwältigt, erhob sich schlaftrunken eine halbe Stunde später und schleppte sich zu seinem Lager, auf das er niederfiel, als hätte man ihm mit einem Knüppel über den Kopf geschlagen.

Wenn jemals bei der Zubereitung eines sorgfältig ausgesuchten Truthahns zu einer vortrefflichen Mahlzeit ein echtes Gefühl von Glück und Freude die Hände und den Geschmackssinn der Köchin beschwingten, so war dies hier der Fall. Sie arbeitete die ganze Nacht durch, um den Puterbraten eine Stunde vor Aufgang der Sonne fertig zu haben.

Macario stand auf, um an sein Tagewerk zu gehen, und setzte sich an den Tisch zu seinem kärglichen Frühstück. Er ließ es sich nie angelegen sein, seiner Frau einen guten Morgen zu wünschen, und war es auch nicht gewohnt, diesen Gruß von ihren oder den Lippen eines anderen Hausgenossen zu vernehmen. Wenn bei Tisch etwas nicht recht war oder wenn er sein Waldmesser oder die Stricke nicht gleich fand, die er zum Binden des geschlagenen Holzes brauchte, pflegte er, fast ohne den Mund zu öffnen, nur undeutlich vor sich hin zu murmeln. Und da seine Äußerungen selten waren und diese wenigen Mitteilungen sich in Worten und Gebärden auf das unbedingt Notwendige beschränkten, verstand ihn sein Weib immer, ohne sich jemals zu irren.

Jetzt erhob er sich, bereit zu gehen. Er trat hinaus, und während er so einige Sekunden lang in der Tür seiner Hütte stand und in das dunstige Grau des anbrechenden Tages starrte, kam sein Weib und stellte sich ihm in den Weg. Sie reichte ihm einen alten Korb, in dem sich, appetitlich hergerichtet und mit allem, was dazu gehört, der gebratene Puter befand, das Ganze reinlich und hübsch in frische grüne Bananenblätter gewickelt.

»Hier, mein lieber Mann, ist der gebratene Puter, um den

du so viele Jahre gebetet hast. Geh denn mit ihm in den tiefsten und dicksten Wald, wo niemand dich stören kann, und iß ihn dort ganz allein. Jetzt mach aber schnell, damit nicht die Kinder durch den Geruch des köstlichen Bratens aufmerksam werden, denn du könntest ihnen nicht widerstehen und würdest ihnen davon geben. Beeile dich!«
Er blickte sie mit seinen müden Augen an und nickte. Bitte und danke waren Wörter, die nie aus seinem Munde kamen. Und seiner Frau auch einen Bissen von dem Puter abzugeben kam ihm nicht in den Sinn, weil in seinem Kopfe immer nur für einen einzigen Gedanken auf einmal Platz war und er in diesem Augenblick ausschließlich an die Aufforderung seiner Frau dachte, mit seinem Puter schnell davonzulaufen, bevor noch die Kinder erwachten.

Etliche Zeit später hatte er tief im Walde ein wohlverborgenes Plätzchen gefunden, verspürte auch den richtigen Hunger und fühlte sich bereit, dem Puter mit großem Genuß zu Leibe zu rücken. Er machte sich's auf dem Waldboden so gut es gehen wollte bequem, lehnte sich mit einem Seufzer äußerster Glückseligkeit an den Stamm eines mächtigen Baumes, holte den Puter aus dem Korb hervor, breitete vor sich auf der Erde die großen, frischen Bananenblätter aus und legte den Vogel mit einer Gebärde darauf, als bringe er den Göttern ein Opfer dar.
Nach dem Mahle gedachte er, lang ausgestreckt den ganzen übrigen Tag zu verschlafen und so aus ihm einen richtigen Feiertag zu machen, den ersten in seinem ganzen Leben.
Als er nun so den prächtig zubereiteten Vogel betrachtete und der herrliche Duft eines sorgfältig und sachkundig gebratenen Puters – ein Duft, der unter den fünfundzwanzig Millionen Düften, die die Menschheit kennt, nicht seinesgleichen hat – ihm in die Nase stieg, stammelte er vor lauter Begeisterung: »Ich muß wahrhaftig sagen, daß sie eine verdammt gute und wundervolle

Köchin ist; nur hat sie nie Gelegenheit, es zu zeigen.« Das war das höchste Lob und die innigste Dankesbezeigung, deren er fähig war. Seine Frau wäre, hätte er diese Worte nur ein einziges Mal in ihrer Gegenwart gesagt, vor Freude und Stolz überglücklich gewesen. Aber dazu war er nicht imstande, denn in ihrer Gegenwart wären ihm solche Worte einfach nicht über die Lippen gekommen.

In einem nahegelegenen Bach wusch er sich die Hände, und nun war alles so vollkommen vorbereitet, wie es sich für einen so feierlichen Anlaß schickte, nämlich für die Wunscherfüllung eines Mannes, um die er seit einer schier endlos langen Reihe von Jahren täglich gebetet hatte.

Er hielt des Puters Brust fest in der linken Hand und packte entschlossen mit der rechten zu, um einen der feisten Schenkel abzureißen.

Und im Begriffe, dies zu tun, bemerkte er plötzlich gerade vor sich, keine vier Schritt entfernt, zwei Füße. Er hob die Augen. Da waren schwarze, enganliegende Hosen, die bis an die Knöchel über die niedrigen Reitstiefel reichten, da war zu seinem großen Erstaunen ein ganzer, prächtig gekleideter Charro, der zusah, wie er sich an seinen gebratenen Truthahn machte. Der Charro trug einen Sombrero von ungeheurem Umfang und reich geschmückt mit goldenen Bändern, dazu ein kurzes Lederwams, mit Gold und Silber und buntfarbiger Seide so reich bestickt, als man sich's nur vorstellen kann. An den äußeren Säumen der schwarzen Beinkleider, vom Gürtel hinab bis dort, wo sie die schweren Sporen aus gediegenem Silber berührten, war eine Reihe goldener Münzen aufgenäht, die, als nun der Charro mit Macario zu sprechen anhob, bei jeder seiner Bewegungen ein lieblich tönendes Klingeln von sich gaben. Er hatte einen schwarzen Schnurrbart, der Charro, und einen Kinnbart wie eine Ziege. Seine Augen waren pechschwarz, eng beieinanderstehend und stechend wie Nadeln.

Als Macarios Blick bis zu des Charros Gesicht aufstieg, lächelte der Fremde mit schmalen Lippen und einer gewissen Arglist. Offenbar hielt er dieses Lächeln für äußerst anmutig, so daß jedes Menschenwesen, ob Mann oder Weib, dadurch unfehlbar bestrickt werden mußte.

»Wie wär es, Freundchen«, sagte er mit metallischer Stimme, »wenn du einem hungrigen Reitersmann ein schönes Stück deines köstlichen Puters abließest? Schau, Freundchen, ich bin die ganze Nacht hindurch geritten und jetzt beinah verhungert. Drum lade mich, bitte, um der Hölle willen, zu deinem Frühstück ein.«

»Erstens«, berichtigte ihn Macario, der seinen Puter festhielt, als fürchtete er, der Vogel könnte ihm jeden Augenblick davonfliegen, »erstens handelt es sich um kein Frühstück. Und zweitens ist es mein Feiertagsmahl, das ich mit niemandem zu teilen gedenke, wer immer du auch zu sein vorgeben magst. Verstanden?«

»Ich will dir meine Silbersporen geben, wenn du mir den feisten Schenkel abläßt, den du gerade in der Hand hast«, begann der Charro zu verhandeln und befeuchtete seine Lippen mit der dünnen Zunge, die, wäre sie gespalten gewesen, einer Schlange hätte gehören können.

»Ich habe keine Verwendung für deine Sporen, mögen sie nun von Eisen, Messing, Silber oder Gold oder auch ganz und gar mit Diamanten besetzt sein, denn ich habe kein Pferd, auf dem ich reiten könnte.«

Macario kannte den Wert seines gebratenen Puters.

»Schön, dann will ich all die goldenen Münzen abschneiden, die du an meinen Hosen baumeln siehst, und sie dir für die halbe Brust deines Puters geben. Was meinst du dazu?«

»Dieses Geld würde mir kein Glück bringen. Wenn ich nur eine einzige dieser Münzen ausgeben wollte, würde man mich schnurstracks ins Gefängnis stecken und so lange foltern, bis ich bekenne, wo ich sie gestohlen habe. Dann würde man mir als Dieb eine Hand abschlagen.

Was sollte ich, ein armer Holzhacker, mit einer Hand weniger anfangen, wo ich doch vielmehr deren vier gebrauchen könnte, wenn unser Herrgott sie mir gewähren wollte!«

Ungeachtet der Beharrlichkeit des Charro, schickte sich Macario eben an, den Puterschenkel vom Rumpfe abzutrennen und endlich mit dem Essen zu beginnen, als sein Besucher ihn unterbrach: »Blicke um dich, Freundchen, ich bin der Eigentümer dieses Waldes. Dieser ganze Wald hier und alle Wälder ringsum gehören mir, und ich will sie dir geben, wenn du mir nur einen Flügel deines Puters und eine Handvoll von der leckeren Fülle abgibst. Sieh her, alle diese Wälder!«

»Jetzt lügst du aber, Fremdling. Dieser Wald gehört nicht dir, sondern dem lieben Herrgott, denn sonst dürfte ich hier nicht Brennholz schlagen und meine Dorfgenossen damit versorgen. Und wenn du mir diese Wälder zum Geschenk oder als Bezahlung für einen Teil meines Puters gäbest, wäre ich doch um nichts reicher, denn ich müßte weiter Holz schlagen, genauso wie jetzt.«

Sagte der Charro: »Nun höre, guter Freund!«

Da fuhr ihm Macario ärgerlich ins Wort: »Nun höre lieber du, was ich dir zu sagen habe. Du bist mein Freund nicht, und ich bin nicht der deine und hoffe es niemals zu werden. Verstanden? Und jetzt pack dich in die Hölle zurück, aus der du gekommen bist, und laß mich in Frieden mein Feiertagsmahl verzehren!«

Der Charro schnitt eine abscheuliche Fratze, stieß einen Fluch aus und hinkte, die Welt und das Menschengeschlecht verwünschend, davon.

Macario blickte ihm nach, schüttelte den Kopf und sprach vor sich hin: »Wer hätte geglaubt, daß man in diesem Wald so spaßige Gesellen trifft? Es gibt doch allerlei Geschöpfe in Gottes weiter Welt.«

Er seufzte, faßte wie zuvor mit der linken Hand des Puters Brust, und seine Rechte griff entschlossen nach einem der feisten Schenkel.

Und wieder sah er zwei Füße gerade vor sich stehen, und zwar an der gleichen Stelle, auf der vor kaum einer halben Minute der Charro gestanden hatte.

Die Füße staken in gewöhnlichen Huaraches, die durchgetreten waren wie bei einem Mann, der einen weiten und mühsamen Weg gewandert ist. Der Eigentümer dieser Füße war offensichtlich sehr müde, denn seine Füße schienen wie in sich zusammengesunken.

Macario blickte auf und sah in ein sehr gütiges Gesicht mit einem dünnen Bart. Der Wanderer hatte sehr alte, aber sauber gewaschene weiße Baumwollhosen an, dazu ein Hemd aus dem gleichen Stoff, und sah wohl nicht viel anders aus als die anderen indianischen Landleute der Gegend.

Nun hielten des Wanderers Augen den Blick Macarios wie durch eine Bezauberung fest, und Macario wurde inne, daß in dem Herzen dieses müden Pilgers alle Güte und Liebe der Erde und des Himmels vereinigt waren, und er sah in jedem dieser Augen eine kleine goldene Sonne, und jede dieser kleinen Sonnen schien nur ein kleines goldenes Loch zu sein, durch das man geradewegs in den Himmel krabbeln und dort Gott selbst in all seiner Herrlichkeit schauen konnte.

Mit einer Stimme, die wie der Ton einer mächtigen Orgel aus weiter, weiter Ferne klang, sagte der Wanderer: »Gib mir, mein guter Nachbar, wie ich dir geben will. Ich bin hungrig, denn siehe, mein geliebter Bruder, ein langer Weg liegt hinter mir. Bitte, gewähre mir nur diesen einen Puterschenkel, den du in der Hand hältst, und ich werde dich dafür segnen. Diesen einen Schenkel, sonst nichts. Er wird sicherlich und wahrhaftig meinen nagenden Hunger stillen und mir neue Kraft schenken, denn sehr lang ist noch der Weg zu meines Vaters Hause.«

»Wanderer«, sagte Macario, »du bist ein sehr liebreicher Mann, der liebreichste von allen Männern, die jemals waren, sein werden und heute sind.« Macario sagte diese Worte, als bete er vor dem Bild der Heiligen Jungfrau.

»So bitte ich denn, mein guter Nachbar, gib mir nur die eine Hälfte von des Vogels Brust. Du wirst das Stück gewiß nicht besonders entbehren.«

»Oh, mein geliebter Pilger«, beteuerte Macario, als spräche er zu dem Erzbischof, den er zwar nie gesehen hatte und auch nicht kannte, aber für den Höchsten unter den Hohen auf dieser Erde hielt, »oh, mein Herr und Meister, wenn du tatsächlich behaupten willst, daß ich das Stück nicht besonders entbehren würde, so muß ich dir darauf antworten, daß ich mich in meiner Seele dadurch gewaltig gekränkt fühle, denn ich muß dir nach bestem Gewissen sagen, gütiger Mann, daß das ein großer Irrtum ist. Ich weiß wohl, daß ich so etwas zu dir nicht sagen sollte, weil es beinah eine Lästerung ist, aber ich kann nicht anders, ich muß es sagen, und sollte es mich den Eintritt in den Himmel kosten, denn deine Augen und deine Stimme zwingen mich, die Wahrheit zu reden. Schau, erlauchter Herr, ich kann auch nicht das kleinste Knöchelchen von diesem Truthahn missen. Denn wisse, und bitte, bitte, verstehe mich recht: Dieser Truthahn wurde mir als ein Ganzes gegeben und ist dazu bestimmt, als ein Ganzes verspeist zu werden. Es würde kein ganzer Puter mehr sein, wenn ich auch nur das geringste Bröcklein davon fortgäbe, und wäre es nicht größer als ein Fingernagel. Nach einem ganzen Puter sehnte ich mich mein ganzes Leben lang, und wenn ich ihn jetzt, nachdem ich mein Lebtag darum gebetet habe, nicht behalten dürfte, das würde die ganze Glückseligkeit meines guten, treuen Weibes zerstören, das sich über alle Begriffe geopfert hat, um mir dieses reiche Geschenk zu machen. Drum bitte, mein Herr und Meister, verstehe eines armen Sünders Sinn, ich bitte dich, verstehe mich!«

Da blickte der Wanderer Macario an und sprach zu ihm: »Ich verstehe dich, Macario, der du mein Bruder und guter Nachbar bist, ich verstehe dich sehr gut. Sei gesegnet allezeit und iß deinen Puter in Frieden! Nun will ich gehen und, wenn ich in dem Dorf an deiner Hütte vorüberkomme, dein gutes Weib und alle deine Kinder segnen. Gott mit dir! Leb wohl!«

Macario folgte dem Pilger mit dem Blick, bis er ihn nicht mehr sehen konnte, dann schüttelte er den Kopf und sagte bei sich: »Es tut mir wahrhaftig sehr leid für ihn. Er war so furchtbar müde und hungrig. Aber ich konnte doch einfach nicht anders. Ich würde meinem Weibe einen Schimpf angetan haben. Außerdem ist es mir nicht möglich, einen Schenkel oder ein Stück von der Brust preiszugeben, denn dann wäre es nicht mehr ein ganzer Puter.«

Hastig griff er nach des Puters Schenkel, um ihn vom Rumpfe zu trennen und endlich sein Mahl zu beginnen, als er wiederum zwei Füße vor sich erblickte. Sie staken in altmodischen Sandalen, und Macario dachte, der Mann müsse ein Ausländer von weither sein, denn er hatte nie zuvor solche Sandalen gesehen.

Er hob die Augen und starrte in das hungrigste Gesicht, das man sich bei einem Manne, der noch aufrecht zu stehen vermag, vorstellen kann. In einer Hand hielt der Mann einen langen Stab, auf den er sich stützte. In dem Gesicht gab es kein Fleisch, es bestand aus nichts als Knochen. Und nichts als Knochen waren die Hände und waren die Beine des neuen Besuchers. Seine Augen schienen nur zwei schwarze Löcher zu sein, die sich tief in das fleischlose Gesicht bohrten. Der Mund zeigte zwei Reihen starker Zähne, aber keine Lippen.

Gekleidet war der Sonderbare in einen verblichenen, bläulich-weißen Mantel, dessen Stoff, wie Macario gleich auffiel, weder Kattun noch Seide, noch Wolle, noch sonst etwas war, was er kannte. Von dem ziemlich nachlässig um die Leibesmitte geschlungenen Gürtel des Fremden baumelte an einem Stück Schnur eine über und über zerkratzte Mahagonischachtel, in der eine Uhr vernehmlich tickte. Und diese Schachtel an der Stelle, wo Macario ein Stundenglas zu sehen erwartet hatte, beirrte ihn anfangs in seiner Meinung über die Persönlichkeit des neuen Besuchers.

Der Fremde begann nun zu sprechen. Er sprach mit einer Stimme, die klang, wie wenn zwei Stöcke aneinanderklappern.

»Ich bin sehr, sehr hungrig, Gevatter, sehr hungrig!«

»Du sagst es, und ich kann es dir ansehen, Gevatter«, stimmte ihm Macario bei, der über die grauenhafte Erscheinung des Fremden nicht im geringsten erschrocken war.

»Da du es sehen kannst und keinen Zweifel darein setzest, daß mein Magen der Nahrung bedarf, so wirst du wohl nichts dagegen haben, mein Bester, mir diesen Puterschenkel, den du in der Hand hältst, zu überlassen?«

Macario stieß ein Knurren der Verzweiflung aus, zuckte zusammen und rang in äußerster Ratlosigkeit die Hände.

»Nun wohl«, sagte er endlich, und seine Stimme bebte vor Trauer, »was vermag ein Sterblicher gegen das Schicksal? Nichts. Es hat mich doch schließlich erwischt. Da gibt's keinen Ausweg mehr. Es wäre ein herrliches Glück gewesen, aber das Schicksal will es nicht zulassen und denkt anders. Niemals werde ich einen ganzen Puter für mich allein haben! Nie, nie, nie. Was kann ich also tun? Gut denn, Gevatter, du sollst deinen Bauch voll bekommen! Ich weiß, wie Hunger tut und wie man sich fühlt, wenn man hungrig ist. Nimm Platz, hungriger Mann, nimm Platz neben mir. Die Hälfte des Puters ist dein, und wohl bekomm's!«

»Oh, das ist fein, Gevatter!« sagte der hungrige Mann, setzte sich Macario gegenüber auf die Erde und machte eine Bewegung mit seinen beiden Zahnreihen, als wolle er mit ihnen ein Grinsen oder Lächeln versuchen. Macario war nicht ganz sicher, was der Fremde mit diesem Zähne-zeigen meinte, ob er damit seiner Dankbarkeit Ausdruck verleihen wollte oder seiner Freude, dem sicheren Ver-hungern entgangen zu sein.

»Ich werde nun den Vogel in zwei Teile zerlegen«, sagte Macario, der es jetzt sehr eilig hatte, aus Angst, es könnte ein neuer Besucher auftauchen und seinen Anteil auf ein Drittel verringern. »Sobald ich ihn entzweigeschnitten habe, mußt du wegschauen. Ich lege dann mein Wald-messer zwischen die beiden Hälften, und du sagst mir, welche du willst, die bei dem Griff oder die bei der Spitze. Auf diese Weise sind wir sicher, gerecht zu teilen. Einverstanden, Knochenmann?«

»Mir soll's recht sein, Gevatter.«

So schmausten denn die beiden zusammen. Und es war ein fröhliches Mahl mit vielen klugen Reden von seiten des Gastes und viel Gelächter von seiten des Wirts.

»Weißt du, Gevatter«, sagte Macario jetzt, »anfangs war ich ein bißchen befremdet, weil du nicht zu dem Bilde paßtest, das ich von dir in meinem Kopfe hatte. Diese Mahagonischachtel mit der Uhr drin, die dir am Gürtel baumelt, verwirrte mich und machte es mir schwer, dich gleich zu erkennen. Was ist denn mit deinem Stundenglas passiert? Oder ist es ein Geheimnis?«

»Ach, keine Spur von Geheimnis. Du kannst es in der ganzen Welt herumerzählen, wenn du Lust hast. Schau, das war so: Da war irgendwo in Europa, das für mich nächst China der fetteste Weideplatz ist, eine große Schlacht im Gang. Und ich muß dir sagen, Gevatter, diese Schlacht hielt mich im Schwung, als wäre ich noch ein Jüngling. Hin und her mußte ich springen, bis ich darüber beinahe den Kopf verlor und gänzlich ausgepumpt war. Natürlich konnte ich dabei nicht so auf mich selber achten, wie ich es sonst zu tun pflege, um mich in guter Form zu halten. Auf einmal kommt, von einem halbbetrunkenen Lümmel in der falschen Richtung abgefeuert, eine britische Kanonenkugel daher und zerschmeißt mir das Stundenglas so gründlich, daß es vom alten Schmied Pluto, der sich mit solcherlei Dingen befaßt, nicht wieder repariert werden kann. Ich habe mich dann überall umgesehen, wollte ein neues kaufen, fand aber keines; denn sie werden seit langem nicht mehr angefertigt, nur noch als Dekoration auf Kaminsimsen, und die sind wie all dieser Schnickschnack zu nichts zu gebrauchen. Ich versuchte, eins in den Museen zu klauen, entdeckte aber zu meinem Entsetzen, daß sie sämtlich Nachahmungen waren, nicht ein einziges echtes darunter.«

Ein Happen zarten, weißen Fleisches, an dem er kaute, lenkte eine Weile die ganze Aufmerksamkeit des Erzählers auf sich, so daß er alles andere darüber vergaß. Dann besann er sich wieder und fragte: »Wo war ich doch gleich in meiner Erzählung, Gevatter?«

»Du sprachst von den Stundengläsern in den Museen, die sich alle als Schwindel entpuppten, als du sie ausprobiertest.«

»Richtig. Da stand ich also ohne ein zuverlässiges Stundenglas. Nun begab es sich nicht lange nachher, daß ich einem Kapitän meinen Besuch abstattete. Er saß in der Kajüte seines Schiffes, das schnell unter ihm sank, und die ganze Mannschaft war schon draußen in den Booten, er aber, nämlich der Kapitän, hatte sich geweigert, sein Schiff zu verlassen, und den Union Jack gehißt, entschlossen, was immer auch geschehen mochte, auf seinem Schiff zu bleiben, wie es einem getreuen britischen Kapitän gebührt. Da saß er nun in seiner Kajüte und schrieb in sein Logbuch. Als ich ihm vor Augen trat, lächelte er und sagte: ›Nun, verehrter Herr Knochenmann, es scheint, meine Zeit ist um!‹ – ›So ist es, Kapitän‹, bekräftigte ich und lächelte ihm gleichfalls zu, um ihm die

Sache leichter zu machen und ihm die Sorgen um die Seinen, die er zurückließ, zu versüßen. Er warf einen Blick auf sein Chronometer und sagte: ›Würden Sie mir bitte noch fünfzehn Sekunden gewähren, damit ich die letzte Zeitangabe in mein Logbuch eintragen kann?‹ – ›Zugestanden‹, antwortete ich. Und er war schrecklich froh, daß er die richtige Zeit einschreiben durfte. Als ich ihn so glücklich sah, sagte ich zu ihm: ›Hören Sie mal, Herr Kapitän, hätten Sie was dagegen, mir Ihr Chronometer zu geben? Ich glaube, Sie können es jetzt leicht entbehren, da Sie ja doch keine Verwendung mehr dafür haben werden, denn an Bord des Schiffes, auf dem Sie von nun an segeln, brauchen Sie sich um die Zeit überhaupt nicht mehr zu kümmern. Die Sache ist nämlich die, Herr Kapitän, daß eine britische Kanonenkugel mir mein Stundenglas zerschmissen hat, und so finde ich es nur recht und billig, daß ich als Ersatz dafür ein in England fabriziertes Chronometer bekomme.‹«

»So? Dann nennst du also diese komische kleine Wanduhr da ein Chronometer? Das habe ich nicht gewußt«, unterbrach ihn Macario.

»Ja«, sagte der ausgehungerte Mann mit einem Grinsen seiner nicht von Lippen umrahmten Zähne, »so ist es. Aber der Unterschied ist, daß ein Chronometer hundertmal genauer die Zeit angibt als eine gewöhnliche Taschen-, Wand- oder Turmuhr. Nun, Gevatter, wo sind wir eigentlich in meiner Geschichte stehengeblieben?«

»Du batest den Kapitän um sein Chro . . .«

». . . nometer. Stimmt. Als ich ihn ersuchte, mir diesen hübschen Zeitmesser zu überlassen, sagte er: ›Da haben Sie es gerade richtig erraten, denn der Zufall will, daß dieses Chronometer mir gehört, und ich kann darüber verfügen, wie ich will. Wenn es Eigentum der Kompanie wäre, müßte ich Ihnen diesen zuverlässigen Begleiter meines Lebensweges verweigern. Es ist vor einigen Tagen, kurz vor dem Antritt dieser ereignisreichen Reise, völlig

neu instandgesetzt worden, und ich versichere Ihnen, Herr Knochenmann, daß Sie sich auf dieses Ding hundertmal mehr verlassen können als auf so ein altmodisches Stundenglas.‹ So nahm ich es also zu mir – die Tiefe hatte inzwischen das Schiff verschluckt – und bin auf diese Weise in den Besitz des Chronometers gelangt, das ich jetzt statt des alten schäbigen Stundenglases vergangener Zeiten trage. Und ich sage dir, Gevatter, dieses in England fabrizierte Spielzeug funktioniert so vorzüglich, daß ich, seit ich es benütze, nicht einen einzigen Termin verpaßt habe, während es sonst öfters geschah, daß ein Mann, für den schon der Sarg oder der Korb oder ein alter Sack in das Haus gebracht worden war, mir entwischte. Und mir zu entwischen ist für alle betroffenen Teile eine schlechte Sache, das kannst du mir glauben; auch tut es meiner Reputation großen Abbruch, sooft es passiert. Aber es wird mir nicht mehr passieren.«
So schwatzten sie, erzählten sich Späße, trockene oder saftige, lachten schallend miteinander und waren so lustig wie Freunde, die sich nach langer Trennung wiedersehen.

Dem hungrigen Manne schmeckte der Puter sichtlich, und er äußerte viele gute Worte zum Lobe des Weibes, das den Vogel so lecker zubereitet hatte. Ganz hingegeben der Beschäftigung mit dem köstlichen Mahle, war er zuweilen so verzückt, daß er vergaß, wer er war, und mit einer Zunge, die er nicht besaß, versuchte, seine nicht vorhandenen Lippen zu lecken. Aber Macario hatte Verständnis für diese Geste und nahm sie als ein sicheres Zeichen dafür, daß sein Gast zufrieden war und sich auf seine Weise glücklich fühlte.
»Du hast heute vor mir noch zwei andere Besuche gehabt, nicht wahr?« fragte der Fremde im Laufe des Gesprächs.
»Das ist richtig. Aber woher weißt du das, Gevatter?«
»Nun, ich erfahre, was so ungefähr in der Welt vorgeht. Du mußt wissen, daß ich gewissermaßen der Chef der

Geheimpolizei bin des ... Nun, du kennst ja meinen Prinzipal, auf den ich anspiele, es ist mir nicht gestattet, seinen Namen zu nennen. Weißt du denn auch, wer deine beiden Besucher waren?«

»Natürlich. Wofür hältst du mich denn, für einen Heiden?«

Der hungrige Mann – übrigens war er jetzt gar nicht mehr hungrig –, kurz: der Knochenmann sagte: »Der erste war, was wir gemeiniglich den bösen Feind nennen, nämlich der Teufel.«

»Das hab ich wohl gemerkt«, bekräftigte Macario. »Der Kerl kann zu mir kommen, in welcher Verkleidung er will, ich werde ihn immer erkennen. Diesmal versuchte er wie ein Charro auszusehen, aber in seiner Ausstaffierung stimmte einiges nicht. So hab ich gleich erraten, daß es ein falscher Charro war.«

»Wenn du ihn erkannt hast, warum gabst du ihm dann nicht ein Stückchen deines Puters? Der Kerl kann dir viel Schlimmes antun.«

»Mir nicht, Gevatter. Ich kenne alle seine Kniffe, und er wird mich nicht erwischen. Und warum hätte ich ihm ein Stück von meinem Puter geben sollen? Wo er doch so viel Geld hatte, daß die Taschen nicht langten und er die Münzen außen an seine Hosen nähen mußte. In der nächsten Wirtschaft kann er sich, wenn er Lust hat, ein halbes Dutzend gebratene Puter kaufen und ein paar gebratene Spanferkel dazu. Der hat einen Schenkel oder einen Flügel von meinem Puter nicht nötig.«

»Aber der zweite Besucher war ... nun, du weißt wohl, wen ich meine. Hast du ihn erkannt?«

»Wie sollte ich nicht, ich bin doch ein Christ. Ich würde ihn überall erkennen. Es tat mir schrecklich leid, daß ich ihm diesen kleinen Bissen abschlagen mußte, denn ich konnte deutlich sehen, wie äußerst hungrig er war und wie furchtbar bedürftig der Nahrung. Doch wer bin ich armer Sünder, daß mir die Ehre zuteil werden sollte, unserem Herrn ein Stückchen von meinem gebratenen Puter abzugeben? Seinem Vater gehört die ganze Welt und alle die Vögel, weil er doch alles geschaffen hat. Er kann seinem Sohn so viele Truthähne geben, als der Sohn zu verzehren wünscht. Und mehr noch: Unser Herr, der mit zwei Fischen und fünf Brotlaiben an einem einzigen Nachmittag fünftausend hungrige Menschen speisen und ihren Hunger stillen konnte und dabei noch etliche Dutzend Säcke voller Krumen übrigbehielt – nun, Gevatter, ich meine, der hätte sich doch mit einem Grashalm ernähren können, wenn er tatsächlich Hunger verspürte. Ich würde es als eine schwere Sünde betrachtet haben, ihm einen Schenkel von meinem Puter abzugeben. Und noch etwas. Er, der Wasser in Wein verwandeln kann, kann sicher auch die kleine Ameise dort, die mit einer winzigen Last über den Boden läuft, in einen gebratenen Puter, köstlich gefüllt, versehen mit allem, was dazu gehört, und allen Saucen, die der Himmel kennt, verwandeln. Wer bin ich, ich, ein armer Holzhauer mit elf Bälgern auf dem Hals, daß ich unserem Herrn die Schmach antun sollte, von mir einen Schenkel meines Puters anzunehmen, den ich mit meinen unreinen Händen berührt habe? Ich bin ein treuer Sohn der Kirche und habe als solcher die Macht und die Herrlichkeit unseres Herrn zu respektieren.«

»Trefflich, Gevatter, du bist ein philosophischer Kopf«, sagte der Gast. »Ich kann dir versichern, du hast gesunden Menschenverstand, und dein Hirn funktioniert vorzüglich, besonders in jener menschlichen Tugend, die auf die Erhaltung des Eigentums abzielt.«

»Davon habe ich nie was gehört, Gevatter«, versetzte Macario mit verständnisloser Miene.

»Da ist nur eines, was mich verblüfft, nämlich dein Benehmen gegen mich, Gevatter.« Der Gast nagte, während er sprach, mit seinen starken Zähnen von einem Flügelknochen das letzte Fäserchen Fleisch ab. »Wie kommt es nur, daß du mir eine ganze Hälfte deines Puters überließest, während du doch kurz vorher dem Teufel und unserem Herrn den viel kleineren Teil des Bratens verweigert hast?«

»Ah!« stieß Macario hervor und warf beide Arme in die Höhe, als wollte er damit seinem Ausruf mehr Kraft verleihen. »Ah!« wiederholte er, »das ist was anderes, bei dir, Gevatter, ist das ganz was anderes! Erstens einmal bin ich ein Mensch und weiß, wie Hunger tut und wie man sich fühlt, wenn man am Verschmachten ist. Auch habe ich nie etwas davon gehört, daß du die Macht besitzest, irgend etwas zu schaffen oder Wunder zu bewirken. Du bist nur ein gehorsamer Diener des höchsten Richters. Geld, mit dem du dir Essen kaufen könntest, hast du auch nicht, denn du hast ja keine Taschen in deinem Grabtuch. Freilich habe ich es übers Herz gebracht, meinem Weibe einen Bissen von diesem Puter zu verweigern, dem sie doch die ganze Würze ihrer Liebe gab. Ich tat es, weil, so mager sie auch ist, sie doch nicht ein Zehntel so hungrig aussieht wie du. Es gelang mir sogar, ein solches Maß an Willenskraft aufzubringen, daß ich meinen armen Kindern, die allezeit nach Essen schreien, einige Bröcklein des Puters versagte. Aber so hungrig meine Kinder sind, keines von ihnen sieht nur ein Hundertstel so hungrig aus wie du.«

»Hör mal, Gevatter, sprich weiter!« schnatterte der Gast, indem er sich sichtlich bemühte, seine Lippen, die nicht da waren, zu einem Lächeln zu verziehen. »Heraus mit der Wahrheit, ich kann sie ertragen! Du fingst soeben deine Erklärung mit ›Erstens einmal‹ an, nun fahre fort und erzähle mir, was dich zweitens bewog!«

»Nun denn«, entschloß sich Macario, »ich will es dir gestehen. Ehrlich gesagt, Gevatter, als ich dich so vor mir stehen sah, wurde mir sofort klar, daß mir keine Zeit bleiben würde, auch nur einen Schenkel zu verspeisen, geschweige denn einen ganzen Puter. Da sagte ich mir: Solange er ißt, werde ich auch essen – und machte halbpart.«

Der Gast sah aus seinen tiefen Löchern seinen Wirt mit großem Erstaunen an. Dann grinste er und brach in ein herzliches Gelächter aus, das klang, wie wenn man mit Knüppeln auf ein leeres Faß trommelt. »Beim großen Jupiter, Gevatter, du bist ein heller Kopf und sehr gerissen! Seit langem habe ich keinen Mann getroffen, der sich, als seine Stunde schlug, so klug und schlagfertig erwies. Wirklich und wahrhaftig, du verdienst, daß ich dich für einen kleinen Dienst aussehe, einen kleinen Dienst, der in mein einsames Dasein ein wenig Kurzweil bringen soll. Du weißt, Gevatter, ich spiele hie und da den Menschen gern einen Possen – einen Possen, der niemandem schadet, aber mich belustigt und mir meine Arbeit weniger unproduktiv erscheinen läßt, wenn du verstehst, was ich damit meine.«

»Ich glaube, ich versteh's.«

»Weißt du, was ich tun werde, um dich für das Mahl, das du mir mit einer so großmütigen Geste geboten hast, gebührend zu entlohnen?«

»Was ist es, Gevatter? Was wirst du tun? O bitte, Euer Gnaden, macht mich nicht zu Eurem Assistenten! Nur das nicht, bitte, alles andere, nur nicht zu Eurem Helfer!«

»Einen Assistenten brauche ich nicht und habe auch noch nie einen gehabt. Nein, es handelt sich um etwas anderes. Ich will einen Doktor aus dir machen, einen großen Doktor, der alle die hochgelehrten Ärzte und Mediziner, die mir immer häßliche Streiche spielen wollen und glauben, mich hineinlegen zu können, übertrumpft. Jawohl, ein Doktor sollst du sein, und ich verspreche dir, daß dein Puter millionenfach bezahlt werden soll.«

Bei diesen Worten stand er auf, machte etwa zehn Schritte, blickte auf den Boden, der um diese Jahreszeit trocken und sandig war, und rief zurück: »Gevatter, bring deine Guajeflasche herüber, ich meine die Flasche, die aussieht wie aus einer komischen Art von Kürbis gemacht. Aber erst gieß das Wasser aus, das drin ist!«

Macario gehorchte und stellte sich neben seinem Gast auf. Dieser spuckte siebenmal auf den trockenen Boden, wartete eine Weile schweigend, und dann, ganz plötzlich, schoß aus dem Sande kristallklares Wasser empor.

»Jetzt gib mir deine Flasche!« befahl der Knochenmann. Er kniete bei dem kleinen See nieder, der sich gebildet hatte, und er schöpfte mit einer Hand das Wasser in Macarios Guajeflasche, was ziemlich lange dauerte, denn der Flaschenhals war sehr eng. Die Guajeflasche faßte ein gutes Liter.

Als die Flasche voll war, klopfte der Knochenmann, der immer noch an dem kleinen See kniete, mit der Hand auf den Boden, und das Wasser verschwand.

»Gehen wir jetzt an den Platz zurück, wo wir gegessen haben, Gevatter«, sagte der Gast. Wieder setzten sie sich zusammen auf die Erde. Der Fremde reichte Macario die Flasche und erklärte ihm das Geheimnis. »Diese Flüssigkeit in deiner Flasche wird dich zum größten Doktor unserer Zeit machen. Ein Tropfen von diesem Naß wird jede Krankheit heilen, und wenn ich sage jede Krankheit, so meine ich damit alle Leiden, die als tödlich und unheilbar bekannt sind. Aber paß auf und präg es dir gut ein, Gevatter: Sobald einmal der letzte Tropfen verbraucht ist, ist es aus mit der Arznei, und deine heilende Kraft hat ein Ende.«

Macario ließ sich durch dieses große Angebot keineswegs aus der Ruhe bringen. Er zögerte, es anzunehmen. »Ich weiß nicht, ob ich dieses Geschenk von dir annehmen soll, Gevatter. Schau, ich bin bisher auf meine Weise glücklich gewesen. Zwar litt ich mein ganzes Leben lang Hunger, war immer todmüde, mußte mich schinden und plagen, ohne Aussicht, daß es jemals besser würde. Aber so geht es nun einmal den Leuten meines Standes und meiner Art. Wir nehmen dieses Leben auf uns, weil es uns so bestimmt ist. Und wir sind auf unsere Weise glücklich, weil wir uns

bemühen, aus einer ganz schlimmen und scheinbar hoff-
nungslosen Lage doch noch das Allerbeste zu machen.
Dieser Puter, den wir heute zusammen verspeisten, war
der höchste Gipfel meines Ehrgeizes. Nie wäre mir der
Gedanke gekommen, in meinem Leben nach etwas Höhe-
rem zu verlangen. Ich wünschte mir einen gebratenen
Puter mitsamt der Fülle und allem, was dazugehört, für
mich allein, und daß es mir vergönnt sein möge, ihn ganz
allein in Frieden zu verzehren, fern von den Blicken meiner hungrigen Kinder, die jeden Bissen zählen, der in meinem hungrigen Magen landet.«
»Siehst du, das ist es ja. Du hast deinen gebratenen Puter
ganz für dich allein nicht gekriegt, denn du hast mir die
Hälfte abgegeben. Und der höchste Wunsch deines Lebens
ist dir immer noch nicht in Erfüllung gegangen.«
»Du weißt ja am besten, Gevatter, daß ich in dieser Sache
keine Wahl hatte.«
»Darin magst du recht haben«, gab der Knochenmann zu.
»Wie dem auch sei und welches der Grund auch sein
möge, so ist dir doch dein einziger Wunsch bis heute nicht
erfüllt worden. Und wenn dir der Sinn danach steht,
einen neuen Puter zu kaufen, ohne daß du wiederum vier
Jahre darauf warten mußt, so bleibt dir nichts anderes
übrig, als jemanden zu heilen, um das Geld zum Ankauf
des Bratens zu erhalten.«
»Daran habe ich noch gar nicht gedacht«, stammelte Macario. »Ich muß beileibe einen ganzen gebratenen Puter
für mich allein haben, komme, was wolle. Wenn mir das
nicht gelingt, werde ich als der unglücklichste Mann auf
der Welt sterben.«
»Nun höre, Gevatter, ich muß dir noch einiges mitteilen,
was du wissen mußt, bevor wir endgültig scheiden. Wann
immer du zu einem Kranken gerufen wirst, wirst du mich
bei ihm erblicken. Aber kein anderer wird mich sehen als
du allein. Und jetzt paß auf, was ich dir sage. Siehst du
mich zu seinen Füßen stehen, dann gieße einen Tropfen

der Arznei in eine Schale oder ein Glas frischen Wassers und gib es ihm zu trinken. Bevor zwei Tage vergangen sind, wird er wieder wohlauf sein, frisch und gesund. Siehst du mich aber am Kopfende des Lagers, so laß die Arznei; denn wenn ich zu Häupten des Kranken stehe, wird er sterben, ganz gleich, ob du etwas tust oder nicht, ganz gleich, ob ein Dutzend Ärzte sich um ihn schart, in der Absicht, ihn mir zu rauben. In diesem Falle sollst du die Arznei, die ich dir gab, nicht verwenden, denn sie wäre sinnlos vertan, und es wäre nur ein Verlust für dich. Wisse, Gevatter, daß die göttliche Macht, den Menschen auszuwählen, der diese Erde verlassen muß, während vielleicht ein anderer, mag er auch alt oder ein Schurke sein, auf ihr noch verweilen darf, mir allein zusteht. Es ist mir nicht gestattet, diese Macht auf ein menschliches Wesen zu übertragen, das irren oder sich bestechen lassen kann. Darum muß die letzte Entscheidung in jedem einzelnen Fall mir überlassen bleiben, und du hast zu gehorchen und meine Wahl zu respektieren.«

»Ich werde es mir merken, Herr«, beteuerte Macario.

»Daran wirst du gut tun. – Und jetzt, Gevatter, laß uns Abschied nehmen. Das Mahl war ausgezeichnet, ich würde sagen: exquisit, wenn du dieses Wort verständest, und ich gestehe dir, daß ich in deiner Gesellschaft die Zeit aufs angenehmste verbracht habe. Das Mahl, an dem du mich teilnehmen ließest, wird meine Kräfte auf weitere hundert Jahre wiederherstellen. Gebe der Himmel, daß ich, wenn einmal mein Bedürfnis nach Nahrung wieder so heftig werden sollte, wie heute, einen andern ebenso großzügigen Gastgeber finde, wie du es warst. Sehr verbunden, Gevatter. Und tausend Dank. Auf Wiedersehen!«

»Auf Wiedersehen, Gevatter!« entgegnete Macario, dem zumute war, als erwache er aus einem schweren Traum.

Doch merkte er bald nur zu gut, daß er nicht geträumt hatte.

Vor ihm auf dem Boden lagen die säuberlich abgenagten

Knochen des von seinem Gaste mit soviel Appetit verspeisten halben Truthahns. Mechanisch klaubte er alle die übriggebliebenen Fleischbröckchen auf, stopfte sie sich in den Mund, damit nichts umkomme, und versuchte zugleich, die bunten Abenteuer, die ihm an diesem ereignisreichen Tage widerfahren waren, in seinem etwas beschränkten Kopf unterzubringen und ihre Bedeutung zu ergründen.

Bald überkam ihn die Müdigkeit, und wie er es sich von allem Anfang vorgenommen, legte er sich nieder, um nach beendetem Festmahl den Rest des Tages zu verschlafen.

An diesem Abend kam er ohne ein einziges Scheitchen Brennholz heim.

Zwar hatte sein Weib keinen roten Heller im Haus, um am nächsten Tag Essen davon zu kaufen. Trotzdem machte sie ihrem Mann wegen seiner Trägheit keine Vorwürfe. Sie empfand nämlich ein unermeßliches Glücksgefühl. Denn gegen Mittag, als sie im Patio der Hütte die Lumpen der Kinder wusch, hatte ein seltsamer goldener Strahl, der, wie es schien, nicht von der Sonne kam, ihren ganzen Körper berührt, während sie zugleich in ihrem Herzen eine süße Musik vernahm, als tönte eine ungeheure Orgel in großer Ferne. Von diesem Augenblick an hatte sie den ganzen Tag lang die Empfindung, als schwebte sie über dem Boden, und ihr Gemüt war so mit Frieden erfüllt wie nie zuvor in ihrem Leben. Doch erzählte sie ihrem Gatten nichts von diesen Erscheinungen. Sie behielt sie ganz für sich als ihr alleiniges geheiligtes Eigentum. Als sie das Abendbrot auf den Tisch stellte, war auf ihrem Gesicht noch etwas wie ein Widerschein dieses goldenen Strahls. Sogar ihr Mann bemerkte es, als er sie zufällig ansah. Aber er sagte nichts, noch zu sehr mit seinen eigenen Erlebnissen beschäftigt.

Bevor er an diesem Abend schlafen ging, später als gewöhnlich, denn er hatte sich während des Tages im Walde gut ausgeruht, fragte ihn sein Weib schüchtern: »Wie war der Puter, lieber Mann?«

»Was meinst du denn, daß mit dem Puter los war, da du mich fragst, wie er war? Was soll das bedeuten? Er war ganz richtig, soweit ich das bei meiner geringen Erfahrung im Puteressen beurteilen kann.«

Von seinen Besuchern ließ er kein Wörtchen verlauten.

Der nächste Tag war für die ganze Familie ein Hungertag. Ihr Frühstück, das von Macario mit eingeschlossen, war schon immer sehr kärglich, aber an diesem Morgen mußte sein Weib es noch mehr einschränken, damit es für zwei weitere Mahlzeiten reichte.

Sehr schnell hatte Macario einige wenige Löffel voll schwarzer Bohnen, gewürzt mit grünen Pfefferschoten, verschlungen. Er beklagte sich nicht, denn er wußte wohl, daß die Schuld bei ihm lag. Er nahm sein Waldmesser, seine Axt und die Stricke und stapfte in den nebligen Morgen hinaus. Man hätte meinen können, die Arznei und alles, was mit ihr zusammenhing, sei ihm aus dem Sinn entschwunden, da er genau wie sonst an seine gewöhnliche harte Arbeit des Holzfällens ging.

Doch kaum war er einige Schritte gegangen, als sein Weib hinter ihm hergelaufen kam: »Mann, deine Wasserflasche!«

Das rief ihm die Ereignisse des vergangenen Tages ins Gedächtnis zurück und ließ ihn erkennen, daß das gestrige Abenteuer nicht nur ein Phantasiegebilde gewesen war, wie es ein befriedigter Bauch erzeugt.

»Sie ist noch voll Wasser«, sagte das Weib, die Guajeflasche schüttelnd. »Soll ich es ausgießen und frisches einfüllen?« fragte sie, an dem Stöpsel drehend, der aus einem Maiskolben geschnitzt war.

»Ja, sie ist noch voll«, bestätigte Macario, den die Vorstellung, sein Weib könnte die kostbare Flüssigkeit voreilig ausschütten, nicht im geringsten zu schrecken schien. »Ich habe gestern aus dem kleinen Bach getrunken. Gib mir die Flasche, so wie sie ist.«

Auf seinem Wege in den Wald, in ziemlicher Entfernung von seiner Hütte, die auf dieser Seite des Dorfes die letzte war, versteckte er die Flasche im dichten Gebüsch und vergrub sie zum Teil in der Erde.

An diesem Abend trug er eine ganz große Last von schönem hartem Brennholz heim, wie er es seit Monaten nicht mehr nach Hause gebracht hatte. Seine beiden ältesten Jungen verkauften es noch am selben Abend beim ersten Angebot für ganze zwei Silbergroschen, und die Familie kam sich vor, als hätte sie eine Million gewonnen.

Am nächsten Tage ging Macario an seine Arbeit, wie gewöhnlich.

Am Abend vorher hatte er seiner Frau wie beiläufig gesagt, ein schwerer Baumstamm sei auf seine Guajeflasche gefallen und habe sie zerschmettert, sie solle ihm von den vielen, die es im Hause gab, eine andere geben. Diese Flaschen kosteten nämlich nichts, denn die älteren Jungen fanden die Kürbisse wildwachsend im Busch.

Wieder brachte er am Abend eine schwere Last geschlagenen Holzes heim, aber diesmal fand er seine Familie furchtbar betrübt vor. Seine Frau stürzte ihm mit geschwollenem Gesicht und vom vielen Weinen geröteten Augen entgegen und rief: »Reginito liegt im Sterben, Regino, der arme Kleine, hat höchstens noch ein halbes Stündchen zu leben!« Und sie brach in herzzerreißende Klagen aus, die Tränen rollten ihr übers Gesicht.

Hilflos und stumpfsinnig starrte er sie an, wie er es immer tat, wenn etwas vom trübselig-altgewohnten Trott abwich, mit dem sein Haushalt betrieben wurde oder sich selbst betrieb. Als sein Weib zur Seite trat, bemerkte er, daß mehrere Nachbarinnen in der Stube waren, die neben dem Lager, auf das man das Kind gebettet hatte, standen oder hockten.

Seine Familie war die allerärmste im ganzen Dorf, und

trotzdem gehörte sie zu den beliebtesten um ihrer Friedlichkeit, ihrer Ehrlichkeit, ihrer Bescheidenheit willen und auch noch wegen einer Tugend, an der sie kein Verdienst hatte, nämlich der Tatsache, daß die Armen überall und von jedermann mehr geliebt werden als die Reichen.

Diese Frauen in ihrem nachbarlichen Eifer, dem bettelarmen Macario zu helfen, hatten auf die Nachricht von des Kindes Krankheit allerlei Kräuter, Wurzeln und Baumrindenstückchen mitgebracht, wie sie die Bauern in solchen Fällen anzuwenden pflegen. Das Dorf besaß keinen Doktor und keine Apotheke; und das war vielleicht der Grund, warum es auch keinen Leichenbestatter hatte.

Jede Frau kam mit anderen Heilkräutern und anderen Absuden, und jede einzelne von ihnen schlug etwas anderes zur Rettung des Kindes vor. Seit Stunden war das kleine Geschöpf der Qual der verschiedensten Behandlungsweisen ausgesetzt und hatte Tränklein schlucken müssen, gebraut aus Wurzeln, aus Kräutern, aus gemahlenen Schlangenknochen, gemischt mit einem Pulver, das aus verbrannten Kröten hergestellt wird.

»Es hat zuviel gegessen«, versicherte eine der Frauen, als der Vater an das Bett trat. »Seine Därme sind ganz durcheinander, dagegen gibt's keine Hilfe«, berichtigte die andere. »Falsch, Gevatterin«, beteuerte die dritte, »es handelt sich um eine Ansteckung des Magens, mit dem Kinde ist's aus.« Nun ergriff die Frau, die neben ihr stand, das Wort: »Wir haben getan, was wir konnten; der Kleine kann keine Stunde mehr leben. Eines unserer Kinder ist genauso gestorben. Ich kenne das. Ich kann seinem Gesichtchen ansehen, daß ihm schon die Flügel für den Himmel wachsen, dem kleinen Engel, dem armen kleinen Engelchen!«

Ohne auf das Geschwätz der Frauen im geringsten zu achten, blickte Macario auf seinen kleinen Sohn, den er von seiner ganzen Kinderschar vielleicht am meisten liebte, weil er der jüngste war und ein so unschuldiges Lächeln hatte. Wie freute sich der Vater, wenn das schwächliche Kind zuweilen kurze Augenblicke auf seinen Knien saß und ihm mit den winzigen Fingerchen das Gesicht betastete. Oft kam es Macario vor, als bestehe für ihn der einzige Grund zum Weiterleben und die einzige Glückseligkeit darin, immer ein kleines Wesen um sich zu wissen, das unschuldig lächelte und ihm mit den Fäustchen über die Nase und die Wangen fuhr.

Jawohl, das Kind lag im Sterben, daran war nicht zu zweifeln. Der Spiegel, den eine der Frauen vor seinen Mund hielt, zeigte kaum eine Spur des Atems mehr, und wenn die eine oder die andere ihren Kopf an seine Brust legte, war es ihr kaum mehr möglich, ein Schlagen des Herzens zu vernehmen.

Macario stand da und blickte ratlos auf sein Kleines. Sollte er sich entschließen, näher zu treten und sein Gesichtchen zu berühren, oder bleiben, wo er war? Sollte er zu seinem Weibe oder einer der anderen Frauen etwas sagen? Oder sollte er mit den Kindern reden, die ängstlich zusammengedrängt in einem Winkel der Stube hockten, als fühlten sie sich schuldig an dem Mißgeschick des Brüderchens? Sie hatten kein Abendbrot gehabt und sagten sich, daß sie wohl heute keins bekommen würden, denn ihre Mutter befand sich in einer fürchterlichen Verfassung.

Macario drehte sich langsam um sich selbst, ging schließlich zur Tür und schritt in die dunkle Nacht hinaus.

Ohne zu wissen, was er tun oder wohin er gehen sollte, da sein Heim in solch einem Aufruhr war, müde von des Tages harter Arbeit und mit einem Gefühl, als müßte er in die Knie sinken, schlug er mechanisch den Weg ein, der in den Wald führte, denn der Wald war sein eigentliches Reich, die Stätte, wo er sicher die Ruhe zu finden hoffte, deren er so dringend bedurfte. Als er an den Ort kam, wo er am frühen Morgen die Guajeflasche vergraben hatte, blieb er stehen, suchte die genaue Stelle, nahm die Flasche an sich und lief so schnell, wie er seit Jahren nicht gelaufen war, wieder der Hütte zu.

»Gib mir einen Becher mit frischem, klarem Wasser!« befahl er, als er die Türe öffnete, mit lauter, entschlossener Stimme. Seine Frau beeilte sich, von neuer Hoffnung erfüllt, und brachte ihm kurz darauf einen irdenen Becher voll Wasser.

»Jetzt, Frauen, geht alle aus der Stube und laßt mich mit meinem Sohn allein! Ich will sehen, was ich für ihn tun kann.«

»Hat keinen Sinn, Macario. Du siehst doch, daß er nur noch wenige Minuten zu leben hat. Knie lieber nieder und sage mit uns die Sterbegebete, bevor er seinen letzten Atemzug tut!« So riet ihm eine der Frauen.

»Ihr habt gehört, was ich euch sagte. Gehorcht und geht!« entgegnete er, jeden weiteren Widerspruch abschneidend.

Noch nie hatte ihn sein Weib so barsch reden hören. Sie hatte fast Angst vor ihm und drängte die anderen Frauen aus der Stube.

Nun waren sie alle gegangen. Macario blickte auf und sah sich gegenüber den knochendürren Genossen seines Festmahls stehen; das Lager mit dem sterbenden Kind war zwischen ihnen. Der Besucher blickte ihn aus den tiefen, schwarzen Löchern, die er statt Augen hatte, an, zögerte, gab sich einen Ruck und bewegte sich langsam, als erwäge er noch seine Entscheidung, gegen die Füße des Knäbleins, wo er verblieb, während der Vater in den Becher frischen Wassers eine reichliche Portion der Arznei goß. Als er sah, daß der Gast mißbilligend das Haupt schüttelte, fiel ihm ein, daß nach der Vorschrift ein einziger Tropfen zur Heilung genügte. Doch war es jetzt zu spät, denn die Flüssigkeit war mit frischem Wasser gemischt und konnte nicht mehr zurückgeschüttet werden.

Macario hob des Kindes Kopf, öffnete ihm das Mündchen und ließ den Trank hineinträufeln, wobei er darauf achtete, nichts zu vergießen. Zu seiner großen Freude bemerkte er, daß der Kleine, sowie seine Lippen benetzt waren, freiwillig zu schlucken begann, bis alles, auch der letzte Tropfen, ausgetrunken war; kaum hatte die Medizin den Magen erreicht, da fing Regino freier zu atmen an, in sein blasses Gesicht kehrte allmählich die Farbe zurück, und er drehte sein Köpfchen, um es bequemer zu betten.

Der Vater wartete noch einige Augenblicke, und da er sah, daß sich das Kind wunderbar schnell erholte, rief er sein Weib herein.

Die Mutter warf einen einzigen Blick auf ihr Kind, und schon fiel sie neben dem Lager auf die Knie und rief mit lauter Stimme aus: »Ehre sei Gott und der Heiligen Jungfrau! Ich danke dir, o Herr im Himmel, mein kleines Kind wird leben!«

Als die Frauen, die draußen warteten, den Ausruf der Mutter hörten, stürzten sie allesamt herein. Da sahen sie, was sich, während der Vater mit dem Sohn allein war, zugetragen hatte, bekreuzigten sich, sperrten den Mund auf und starrten Macario an, als sähen sie ihn zum erstenmal und als wäre er ein Fremder.

Eine Stunde später war das ganze Dorf um die Hütte Macarios versammelt. Alle wollten sich mit eigenen Augen überzeugen, ob das, was die Frauen überall im Dorf erzählten, wirklich wahr sei.

Der Kleine lag mit rosigen Wangen, die Fäustchen gegen das Kinn gepreßt, in tiefem Schlaf, und man konnte deutlich sehen, daß jede Gefahr vorüber war.

Am nächsten Morgen stand Macario zur gewohnten Stunde auf, setzte sich an den Tisch zu seinem kärglichen Frühstück, nahm sein Waldmesser, die Axt und die Stricke und machte sich, schweigend wie immer, auf in den Wald, um für seine Dorfgenossen Brennholz zu schlagen.

Die Flasche mit der wunderbaren Arznei nahm er mit sich und vergrub sie an der nämlichen Stelle, an der er sie am Abend zuvor geholt hatte.

So ging er die nächsten sechs Wochen lang täglich seiner Arbeit nach, aber als er eines Abends nach Hause kam, fand er dort Ramiro, der auf ihn wartete und mit einem freundlichen »Bitte« sein Anliegen vortrug. Seine Gattin sei seit Wochen krank, und ihre Kräfte verfielen jetzt zusehends, er möge doch kommen und sie anschauen. Ramiro, der größte Ladenbesitzer und Händler des Dorfes und der reichste Mann in der ganzen Gemeinde, setzte Macario auseinander, daß er von seiner heilenden Kraft vernommen habe, und bat ihn, seine Fähigkeiten an seinem jungen Weibe zu versuchen.

»Bring mir eine kleine Flasche, eine ganz kleine Glasflasche aus deinem Laden. Ich will hier auf dich warten, die Sache überdenken und sehen, was ich für deine Gattin tun kann.« Ramiro brachte die Flasche, ein Medizinfläschchen, das eine Unze Flüssigkeit faßte.

»Was hast du mit dieser Flasche im Sinn?« fragte Ramiro neugierig.

»Überlaß das mir, Ramiro. Geh jetzt heim und warte auf mich. Ich muß deine Frau erst sehen, bevor ich sagen kann, ob ich sie zu retten imstande bin oder nicht. Sei unbesorgt, sie wird am Leben bleiben, bis ich komme. Inzwischen muß ich in die Felder gehen und ein paar Kräuter suchen, die ich kenne.«

Er ging in die Nacht hinaus, holte seine Guajeflasche, füllte die kleine Glasphiole zur Hälfte mit dem kostbaren Naß, vergrub die Flasche wieder und begab sich zu Ramiro, der in einem der einstöckigen Backsteinhäuser wohnte, die der Stolz des Dorfes waren.

Die Frau, die er vorfand, war ihrem Ende nah, so nah, als es sein kleiner Sohn gewesen war.

Ramiro blickte fragend in Macarios Augen. Dieser zuckte als Antwort nur mit den Achseln. Nach einer Weile sagte er: »Geh jetzt hinaus und laß mich mit deinem Weibe allein!«

Ramiro gehorchte. Da er aber außerordentlich eifersüchtig auf seine junge und sehr hübsche Frau war, die hübsch blieb, sogar im Angesicht des Todes, und mit der er noch nicht länger als ein Jahr verheiratet war, spähte er durch das Schlüsselloch, um Macarios Tun zu beobachten.

Macario, der nahe an der Tür stand, drehte sich plötzlich um. Und als er in der Absicht, ein Glas Wasser zu verlangen, sie entschlossen aufriß, war es für Ramiro, der sein Auge krampfhaft an das Schlüsselloch preßte, zu spät, sich davonzumachen, so daß er seiner ganzen Länge nach ins Zimmer plumpste.

»Das war nicht sehr anständig von dir, Ramiro«, sagte Macario, der die Eifersucht des Händlers durchschaut hatte. »Eigentlich müßte ich mich weigern, dir dein junges Weib zurückzugeben, denn du verdienst sie nicht, das weißt du wohl.«

Plötzlich hielt er äußerst bestürzt inne, er konnte nicht begreifen, was über ihn gekommen war. Wie, er, der ärmste und geringste Mann im Dorfe, ein gewöhnlicher Holzhauer, vermaß sich, mit dem hochmütigen und reichsten Manne, dem Millionär des Dorfes, in einem Tone zu sprechen, den selbst der Bezirksrichter kaum wagen würde! Aber als er Ramiro, diesen Gewaltigen und Mächtigen, gedemütigt und mit der Gebärde eines Bettlers vor sich stehen sah, zitternd vor Furcht, daß er sich weigern könnte, seine Frau zu heilen, wurde ihm auf einmal bewußt, daß er selbst jetzt zu einer großen Macht geworden war, da der anmaßende Ramiro in ihm einen Doktor sah, der Wunder wirken konnte.

Ramiro bat nun Macario untertänigst um Verzeihung für sein Spionieren und flehte ihn in der kläglichsten Weise an, sein Weib, das ihm in vier Monaten das erste Kind schenken sollte, zu retten.

»Wieviel würdest du verlangen, um sie mir so frisch und gesund zurückzugeben, wie sie früher war?«

»Ich verkaufe meine Heilkunst nicht für feste Preise und pflege solche nicht zu nennen. Es ist an dir, Ramiro, den Preis zu bestimmen. Denn nur du allein kannst wissen, was dein Weib dir wert ist. So nenne selbst den Preis.«

»Würden zehn Goldstücke genügen, mein lieber, guter Macario?«

»Wie, deine Frau ist dir nicht mehr wert? Nur zehn Goldstücke?«

»So mußt du es nicht auffassen, Macario, natürlich bedeutet sie viel mehr für mich als all mein Geld. Geld kann ich täglich genug verdienen, so Gott mir das Leben schenkt. Aber wenn ich meine Frau verliere, wo sollte ich eine andere finden, die ihr gleicht? Gewiß nicht in dieser Welt. Ich will den Betrag auf hundert Goldstücke erhöhen, aber dann, bitte, mußt du sie sicher retten.«

Macario kannte Ramiro gut, nur zu gut. Beide waren in demselben Dorfe geboren und aufgewachsen. Ramiro war der Sohn des reichsten Händlers im Dorfe und jetzt daselbst der reichste Mann, während Macario, Sohn des ärmsten Taglöhners, nur ein bettelarmer Holzhauer war, der obendrein die zahlreichste Familie zu erhalten hatte. Und da er Ramiro so gut kannte, brauchte ihn niemand darauf aufmerksam zu machen, daß der Kaufmann, sobald sein Weib kuriert war, versuchen würde, vom Lohne von hundert Goldstücken soviel wie möglich abzuzwacken, und daß es, wenn Macario nicht nachgab, zu einem langen, häßlichen Rechtsstreit kommen würde, der viele Jahre dauern könnte. Darum sagte Macario jetzt: »Ich will mich mit den zehn Goldstücken zufriedengeben, die du mir zuerst geboten hast.«

»Ich danke dir, Macario, ich danke dir von Herzen, nicht weil du den Preis ermäßigt hast, sondern weil du gewillt bist, sie zu heilen. Ich werde dir nie vergessen, was du für mich getan hast, sei dessen gewiß. Ich hoffe sehr, daß auch das ungeborene Kind keinen Schaden nehmen wird.«

»Sei unbesorgt, es wird ihm nichts geschehen«, sagte Macario, der sich seines Erfolges sicher fühlte, seit er den knochendürren Genossen seines Festmahls am Fußende des Bettes stehen sah.

»Nun bring mir ein Glas frisches Wasser«, gebot er Ramiro.

Das Wasser wurde gebracht, und Macario gab dem Händler den guten Rat: »Daß du es dir ja nicht wieder einfallen läßt, hereinzugucken! Denn, merke wohl, ich könnte einen Fehler begehen, und es wäre dann deine Schuld. Drum forsche mir nicht nach und gucke nicht durchs Schlüsselloch! Und jetzt laß mich mit der Kranken allein.«

Diesmal achtete Macario sorgfältig darauf, nicht mehr als einen einzigen Tropfen der kostbaren Flüssigkeit aufzubrauchen, ja, er gab sich sogar mächtige Mühe, diesen Tropfen noch in zwei Hälften zu spalten. Durch sein Gespräch mit Ramiro war ihm aufgegangen, wie ungeheuer wertvoll seine Arznei sein mußte, wenn ein so stolzer und reicher Mann wie der Händler sich vor ihm, dem armen Holzhauer, um ihretwillen demütigte. Und diese Erkenntnis eröffnete ihm trotz seinem langsam arbeitenden Verstande den Ausblick auf eine Zukunft, in der er seinen Beruf als Holzhacker aufgeben und sich ganz und gar der Heilkunde widmen würde. Natürlich sah er als den wesentlichsten und besten Inhalt dieser Zukunft eine unbegrenzte Reihe gebratener Puter vor sich, die er verspeisen konnte, wann immer ihm der Sinn danach stand.

Sein ehemaliger Gast, der sah, wie er einen Tropfen in zwei Hälften teilte, nickte zustimmend, als Macario ihn, ratheischend, anblickte.

Zwei Tage, nachdem Ramiros Frau wieder völlig hergestellt war, teilte sie ihrem Mann mit, sie sei ganz sicher,
daß das Kind in ihrem Leibe keinen Schaden gelitten habe, sie könne genau fühlen, wie es sich bewege.

Ramiro, in seiner großen Freude, zahlte Macario die zehn
Goldstücke aus, nicht nur, ohne den hohen Preis zu be-
mängeln, sondern mit tausend Dankesworten als Zugabe.
Er lud die ganze Macariofamilie in seinen Laden ein, wo
alle, Mann, Weib und Kinder, soviel mitnehmen durften,
als sie in ihren Armen heimtragen konnten. Auch veranstaltete er ein großes Festessen, an dem die Macarios als
seine Ehrengäste teilnahmen.

Macario baute nun ein richtiges Haus für seine Familie,
erwarb einige fruchtbare Felder und begann sie zu be-
ackern, denn Ramiro hatte ihm hundert Goldstücke zu
sehr niedrigem Zins geliehen.

Ramiro tat dies nicht aus purer Dankbarkeit; als guter
Geschäftsmann lieh er niemals Geld aus, ohne an fetten
Gewinn zu denken. Nun sagte er sich, daß Macario eine
große Zukunft bevorstünde, und hielt es für eine treffli-
che Anlage seines Geldes, wenn er damit Macario im Dorfe
zurückhielte, wohin das Volk in Mengen strömen würde, um ihn zu sehen. Ließ er hingegen Macario in eine
Stadt ziehen, so war dadurch der Gewinn für das Dorf
und Ramiro verloren. Je mehr Menschen das Dorf um
Macarios willen aufsuchten, um so bedeutender mußte
Ramiros Geschäft aufblühen. Und in Erwartung dieser
künftigen Entwicklung fügte der Händler seinen verschiedenen Geschäftszweigen das Bankgeschäft hinzu.

Er setzte auf Macario und gewann, gewann weit über
seine kühnsten Träume hinaus.

Er war es, der die öffentliche Bekanntmachung und die
ganze Propaganda übernahm, um die Aufmerksamkeit
auf Macarios große Gabe zu lenken. Kaum hatte er einige
Briefe an Geschäftsfreunde in der Stadt gesandt, als schon
die von den gelehrten Ärzten für unheilbar Erklärten in

der Hoffnung, gesund zu werden, herdenweise in das Dorf strömten.

Bald konnte sich Macario einen wahren Palast bauen. Er kaufte alles Land rundherum an und verwandelte es in Gärten und Parks. Seine Kinder schickte er in Schulen und auf Universitäten bis nach Paris und Salamanca. Was sein ehemaliger Genosse beim Putermahl ihm versprochen hatte, traf tatsächlich ein: Macario wurde sein halber Puter millionenfach heimgezahlt.

Ungeachtet seiner Reichtümer und seines Rufes als der wundertätigste Curandero seiner Zeit blieb Macario rechtschaffen und unbestechlich. Jedermann, der von ihm geheilt werden wollte, wurde gefragt, wieviel ihm seine Gesundheit wert sei. Und wie er es das erstemal gehalten hatte, so hielt er es auch in allen anderen Fällen. Er ließ die Kranken oder die Angehörigen den Preis selbst bestimmen. Einen armen Mann oder eine arme Frau, die nicht mehr zu bieten hatten als einen Silberpeso oder ein Schwein oder einen Hahn, heilte er genausogut wie die Reichen, die sich gelegentlich bis zu zwanzigtausend Louisdors verstiegen. Er heilte Herren und Damen der höchsten Adelsgesellschaft, von denen einige den Ozean überquerten, aus Spanien, Italien, Portugal, Frankreich und anderen Ländern kamen, einzig aus dem Grunde, von ihm Hilfe für ihren kranken Leib zu erbitten.

So ehrlich er sich bei der Festsetzung der Preise betrug, so ehrlich übte er seine Kunst. Allen denen, die ihn um Heilung angingen, gestand er offen, daß er zu ihrer Rettung nichts vermöge, wenn er, mit dem Kranken allein gelassen, den Knochenmann zu seinen Häupten stehen sehe. In solchen Fällen verlangte er kein Entgelt. Alle, wer immer sie auch sein mochten, fanden sich mit seiner endgültigen Entscheidung ohne Widerspruch ab. Wenn er ihnen einmal gesagt hatte, daß es für sie keine Hilfe gäbe, versuchten sie nicht, mit ihm zu streiten. Etwa die Hälfte der

Patienten, die ihn besuchten, rettete er, die übrigen forderte sein Partner für sich. Oft konnte er wochenlang nicht einen einzigen Patienten kurieren, weil sein ehemaliger Genosse beim Putermahl es anders beschlossen hatte.

War es ihm zu Beginn seiner Praxis gelungen, einen Tropfen in zwei zu spalten, so lernte er nun, ihn in vier zu spalten. Er schaffte sich alle Erfindungen und Vorrichtungen an, mittels deren man einen Tropfen in fast unendlich viele winzige Tröpfchen verwandeln kann. Aber wie sehr er auch spaltete und teilte, wie sorgsam und sinnreich er auch bei jeder Dosis verfuhr, um sie so klein wie möglich und doch noch in der Form eines wirksamen Tropfens zu halten, die Arznei wurde in erschreckender Weise immer weniger und weniger.

Er hatte im ersten Monat seines neuen Berufes die Guajeflasche ausgeleert, weil er wußte, daß die Guajeflaschen einen gewissen Teil der in ihnen enthaltenen Flüssigkeit nicht nur aufsaugen, sondern, was schlimmer ist, auch durch die Wände verdunsten lassen; aus diesem Grunde bleibt das Wasser in den Guajeflaschen, wie sie die Eingeborenen verwenden, immer kühl, selbst wenn der Tag sehr heiß ist.

So hatte er denn die Arznei in besondere Flaschen aus schwarzem Glas gefüllt und sie obendrein fest versiegelt. Das letzte Fläschchen hatte er schon vor Monaten geöffnet, und eines Tages bemerkte er zu seinem Entsetzen, daß nur noch kaum zwei Tropfen darinnen waren. Infolgedessen beschloß er, sich von seinem Beruf zurückzuziehen und niemand mehr zu heilen.

Macario war inzwischen alt geworden und sagte sich, daß er ein Recht habe, die wenigen Jahre seines Lebens, die ihm noch blieben, in Frieden zu verbringen. Diese letzten beiden Tropfen gedachte er ausschließlich für die Mitglieder seiner Familie zurückzuhalten, besonders für sein geliebtes Weib, das er im Laufe der letzten fünf Jahre schon zweimal hatte heilen müssen. Sie zu verlieren, hätte ihn ein unerträgliches Unglück gedünkt.

Just um diese Zeit geschah es, daß der achtjährige Sohn des Vizekönigs Don Juan Marques de Casafuerte, der höchsten Persönlichkeit in Neu-Spanien, in Krankheit fiel. Die besten Ärzte wurden an sein Lager gerufen, keiner vermochte dem Knaben zu helfen. Die Doktoren gaben offen zu, daß er von einem Leiden befallen sei, das die ärztliche Wissenschaft noch nicht kenne.

Der Vizekönig hatte von Macario gehört, aber er schuldete es seiner Würde, seiner Bildung und seiner hohen gesellschaftlichen und politischen Stellung, Macario als einen Quacksalber zu betrachten, um so mehr, als dieser Mann von jedem richtigen Doktor, der seinen Titel von einer staatlichen Universität erhalten hatte, so genannt wurde.

Des Kindes Mutter aber, die weniger auf ihre Würde erpicht war, sobald das Leben ihres Söhnchens auf dem Spiel stand, lag dem Vizekönig so unentwegt in den Ohren, daß ihm schließlich kein anderer Ausweg blieb, als nach Macario zu senden.

Macario, der kein Freund von Reisen war, verließ sein Dorf nur selten und für kurze Zeit. Doch einem Befehl des Vizekönigs höchstselbst mußte bei Todesstrafe gehorcht werden. So machte er sich denn auf.

Vor den Vizekönig gebracht, erfuhr er, was von ihm erwartet wurde. Der Vizekönig, der an die von Macario vollbrachten, sogenannten Wunder nicht glaubte, sprach zu ihm wie zu einem beliebigen anderen indianischen Holzhauer.

»Nicht ich habe dich herbeigerufen, guter Mann, das mußt du wohl verstehen. Meine Gemahlin bestand darauf, dich herzubringen, damit du unsern Sohn rettest, den, wie es scheint, gelehrte Doktoren nicht zu heilen vermögen. Nun höre! Gelingt es dir tatsächlich, mein Kind gesund zu machen, so ist ein Viertel meines Vermögens dein.

Überdies darfst du alles verlangen, was du hier im Palast erblickst und wonach es dich gelüstet. Wie kostbar es auch sei, es soll dir gehören. Ferner werde ich dir ein in aller Form ausgestelltes Diplom aushändigen, das dich berechtigt, überall in Neu-Spanien die Heilkunde auszuüben mitsamt allen Rechten und Privilegien, die ein gelernter Arzt hat; endlich sollst du einen besonderen Schutzbrief mit meinem Insiegel erhalten, der dir Sicherheit gibt gegen jede Festnahme und Beschlagnahmung durch Polizei oder Soldaten sowie gegen jede ungerechtfertigte Gerichtsaktion. Nun, mein guter Mann, das ist doch wohl eine königliche Belohnung für deinen Dienst?«

Macario nickte, sagte aber nichts.

Der Vizekönig fuhr fort: »Was ich dir für den Fall, daß du meinen Sohn rettest, versprochen habe, entspricht genau den Vorschlägen Ihrer Hoheit der Marquesa, meiner erlauchten Gemahlin, und was ich verspreche, halte ich immer. Nun höre aber, was ich, der Vizekönig, dir zu sagen habe: Wenn du meinen Sohn nicht zu heilen vermagst, so werde ich dich unter der Anklage der Zauberei und des Paktes mit dem Teufel dem heiligen Inquisitionsgericht überantworten, und du wirst auf der Alameda bei lebendigem Leibe vor allem Volke am Pfahle den Feuertod erleiden.«

Der Vizekönig hielt inne, um den Eindruck, den seine Drohung auf Macario machte, zu beobachten.

Macario erblaßte, sagte aber noch immer kein Wort.

»Hast du voll und ganz verstanden, was ich dir gesagt habe?« fragte der Vizekönig.

»Jawohl, Eure Hoheit«, erwiderte der Indianer, leicht erschauernd, während er sich ungeschickt verbeugte.

»Nun werde ich dich persönlich zu meinem kranken Kinde führen. Folge mir!«

Sie betraten sodann das Zimmer des Knaben, den zwei Wärterinnen pflegten. Freilich vermochten sie nichts anderes zu tun, als ihm Erleichterungen zu verschaffen und sein langsames Hinscheiden mit anzusehen. Die Mutter des Kindes war nicht zugegen; auf den Rat der Ärzte blieb sie in ihrem Zimmer.

Der Knabe ruhte in einem leichten Bett, das zwar aus edlem Holze angefertigt, aber völlig schmucklos war.

Macario blickte um sich, ob ihm wohl ein Zeichen die Anwesenheit seines Genossen beim Putermahl verriete. Auch griff er in seine besondere kleine Hosentasche, um sich zu vergewissern, daß die Glasphiole mit den beiden letzten Tropfen der Arznei sich darin befand.

Nun sagte er: »Eure Hoheit, geruhet für eine Stunde das Zimmer zu verlassen und auch alle anderen Personen wegzusenden, damit ich mit dem Kranken allein bleibe.«

Der Vizekönig zauderte. Offenbar fürchtete er, daß der unwissende Bauer seinem Sohne etwas zuleide tun würde, wenn man ihn mit ihm allein ließe.

Macario, der diesen Ausdruck der Unruhe auf dem Gesicht des Vizekönigs gewahr wurde, mußte daran denken, wie er zum erstenmal die Heilung einer kranken Person unternommen hatte, die nicht seiner Familie angehörte. Das war damals in seinem Heimatdorfe Ramiros junges Weib gewesen. Der Gatte hatte in ähnlicher Weise gezögert, als er ihm gebot, ihn mit der jungen Frau allein zu lassen. Eine solche Zweifelsmiene auf den Gesichtern von Angehörigen seiner Patienten hatte er in seiner langen Praxis nur in diesen beiden Fällen gesehen. Und Macario fragte sich, ob es wohl von irgendeiner Vorbedeutung für sein Schicksal sei, daß er heute, da er nur noch zwei Tropfen der Arznei besaß, denselben Ausdruck des Argwohns an einem Menschen sah, der eines großen Dienstes bedürftig war und doch dem einzigen Mann, der ihm diesen Dienst zu leisten vermochte, mißtraute.

Jetzt war er allein mit dem Knaben. Und plötzlich war auch sein dürrer Partner da: er stand am Kopfende des Bettes.

Die beiden, Macario und der Knochenmann, hatten, seit

sie das Putermahl gemeinsam eingenommen, nie mehr ein Wort miteinander gewechselt. Wenn sie sich in einem Krankenzimmer begegneten, begnügten sie sich damit, einander wortlos anzublicken. Macario hatte von seinem Gevatter nie eine besondere Gunst erbeten, nie eine Person, auf die der Knochenmann Anspruch erhob, für sich verlangt. Sogar zwei Enkelkinder hatte er seinem ehemaligen Gast überlassen, ohne mit ihm zu rechten.

Diesmal freilich lag der Fall anders. Man würde ihn unter der Anklage, einen Pakt mit dem Teufel geschlossen zu haben, als Hexenmeister öffentlich verbrennen. Seine Kinder, die nun alle in hochgeehrten Stellungen waren, mußten in Schimpf und Schande fallen, wenn ihr Vater durch einen Spruch des heiligen Inquisitionsgerichts des entehrendsten Todes starb, der einem Christenmenschen auferlegt werden kann. Sein ganzes Vermögen und all sein Landbesitz, die er seinen Kindern und Kindeskindern zu vererben gedachte, würden beschlagnahmt werden und der Kirche anheimfallen. An dem Verlust seines Vermögens war ihm selbst wenig gelegen, es hatte nie eine besonders große Bedeutung für ihn gehabt. Sehr viel aber bedeutete ihm das Glück seiner Kinder. Und mehr noch als an sie dachte er in dieser fürchterlichen Lage seines Lebens an seine geliebte Frau. Sie würde wahnsinnig werden vor Kummer, wenn sie erfuhr, was ihm in dieser großen fremden Stadt, so weit von seinem Heime, zugestoßen war, ohne daß sie die Möglichkeit hatte, ihm in seinen letzten Stunden mit Taten zu helfen oder auch nur ihn mit Worten zu trösten. Und so geschah es hauptsächlich um seines Weibes willen, nicht um sich selbst zu retten, daß er sich diesmal entschloß, den Kampf mit seinem ehemaligen Gast aufzunehmen.

»Gib mir den Knaben«, bat er, »gib ihn mir um unserer alten Freundschaft willen! Ich habe dich nie um eine Gunst gebeten, nicht um die kleinste Gunst für den halben

Puter, den du mit solchem Genuß verspeistest, als du einer nahrhaften Kost so dringend bedurftest. Du gabst mir freiwillig, worum ich dich nicht bat. Gib mir den Knaben, und ich will den letzten Tropfen deiner Arznei ausgießen und die Flasche zerschmettern, so daß darin nicht ein einziges feuchtes Fleckchen übrigbleibt, das ich zu einer anderen Kur gebrauchen könnte. Bitte, gib mir den Knaben! Nicht um meinetwillen flehe ich dich an, sondern um meines teuren, treuen, ergebenen, heißgeliebten Weibes willen. Du weißt doch oder kannst es dir wenigstens vorstellen, was es für eine christliche Familie bedeutet, wenn eines ihrer Mitglieder vor allem Volke bei lebendigem Leibe am Pfahle den Feuertod erleidet. Bitte, gib mir diesen Knaben! Ich werde die Reichtümer, die man mir für seine Heilung bietet, nicht einmal anrühren. Du fandest mich als einen armen Mann im Walde vor, und ich war damals auf meine Art glücklich. Es soll mir nichts ausmachen, wieder so arm zu sein, wie ich damals war, und ich will gerne wieder Holz hacken wie zu der Zeit, da ich dir zum erstenmal begegnete. Nur bitte ich dich inständig, gib mir diesen Knaben!«

Der Knochenmann blickte ihn aus seinen schwarzen, tiefen Löchern lange an. Wenn er so etwas wie ein Herz besaß, mochte er es wohl in diesem Augenblick befragen. Dann schaute er vor sich hin, als überdenke er den Fall von allen Seiten, um die vollkommenste Lösung zu finden. Offensichtlich lautete seine Weisung, den Knaben mit sich zu nehmen. Er war nicht fähig, seine Gedanken durch die Augen oder das Gesicht auszudrücken, aber in seinem Gebärdenspiel lag deutlich die Bereitschaft, einem Freunde in der Not zu helfen, andererseits aber auch die Versicherung, daß er in diesem Falle machtlos sei oder nicht imstande, einen Ausweg zu finden, der den Bedürfnissen beider Teile gleichermaßen entgegenkäme.

Nun ruhte sein Blick eine gute Weile lang auf dem Knaben, als überlege er seine Entscheidung noch einmal, wäge

Macarios Anliegen gegen des Kindes schon bei der Geburt vorbestimmtes Schicksal ab.

Und wieder blickte er wie in tiefem Bedauern und Mitgefühl auf Macario. Endlich schüttelte er den Kopf, langsam wie ein Mann in großer Betrübnis, der sich hilflos einer verzweifelten Lage gegenübersieht.

Er klappte seine fleischlosen Kiefer auf und sagte mit einer Stimme, die klang, wie wenn man mit dicken Knüppeln auf ein Brett trommelt: »Es tut mir leid, Gevatter; in diesem Falle kann ich dir aus der Patsche, in die du geraten bist, nicht heraushelfen. Sei versichert, daß ich nur selten bei Ausübung meines Amtes trauriger war als heute. Ich kann nicht anders, ich muß den Knaben nehmen.«

»Nein, du darfst es nicht, du darfst es nicht! Hörst du, du darfst das Kind nicht nehmen!« schrie Macario in äußerster Verzweiflung. »Du darfst es nicht nehmen, du kannst es nicht! Ich werde es nicht zulassen!«

Der Knochenmann schüttelte abermals sein Haupt, doch sagte er jetzt nichts mehr.

Da packte Macario mit einem entschlossenen Griff des Knaben Bett und drehte es geschwind herum, so daß sein Partner ans Fußende zu stehen kam.

Doch gleich darauf löste er sich in Luft auf und erschien schnell wie ein Blitz wieder zu des Knaben Häupten.

Noch einmal drehte Macario das Bett, so daß der Knochenmann ans Fußende zu stehen kam, und wiederum verflüchtigte sich dieser für einen Augenblick und stand im Nu am Kopfende.

In rasendem Eifer wirbelte Macario das Bett des Kranken herum, als sei es ein Rad, aber jedesmal, wenn er, um Atem zu holen, innehielt, sah er den ehemaligen Genossen seines Mahles am Kopfende stehen; und Macario begann sofort wieder das wahnsinnige Spiel, mit dem er den Gegner um seine Beute zu betrügen gedachte.

Dieses immerwährende Drehen des Bettes, ohne der Ewigkeit mehr als zwei Sekunden abzujagen, war für den alten

Mann zuviel. Er hoffte, diese zwei Sekunden allmählich bis auf zwanzig Stunden zu erweitern. Gelang ihm dies, so konnte er den Vizekönig vielleicht von der Heilung des Knaben überzeugen, die Hauptstadt verlassen und der grauenvollen Hinrichtung entrinnen.

Er war nun so müde, daß er das Bett nicht mehr ein einziges Mal zu drehen vermochte. Instinktiv faßte er in seine kleine Hosentasche und machte die Entdeckung, daß die Glasphiole mit den beiden letzten Tropfen der kostbaren Arznei während seines wilden Spieles mit dem Bette zerbrochen war.

In der überwältigenden Erkenntnis dieses Verlustes und seiner Bedeutung fühlte er, wie der letzte Funke seines Lebenswillens in ihm erlosch und ihn leer zurückließ.

Er blickte in dem Gemache wirr um sich, ihm war, als erwache er aus einem Alptraum, der eine unzählige Reihe von Jahren, vielleicht von Jahrhunderten gewährt hatte. Und er erkannte, daß sein Schicksal über ihm war und daß es sinnlos sein würde, noch länger dagegen zu kämpfen.

Und wie er seine Augen so durch das ganze Zimmer schweifen ließ, blieben sie auf des Knaben Gesicht haften; und er sah, daß das Kind verschieden war.

Wie ein gefällter Baum stürzte er zu Boden, gänzlich erschöpft.

Und als er so dalag, hörte er die Stimme des ehemaligen Genossen seines Mahles, die diesmal sanft klang. Und er hörte sie sagen: »Noch einmal, Gevatter, danke ich dir für die Hälfte des Puters, die du mir damals so großmütig gespendet hast und die meine erlahmenden Kräfte wiederherstellte für weitere hundert Jahre widerwärtiger Arbeit. Er war wirklich exquisit, dein Puter, wenn du das Wort verstehst. Aber um auf die Situation zu sprechen zu kommen, in der du dich gegenwärtig befindest – schau, Gevatter, ich habe nicht die Macht, dich davor zu retten, daß du auf der Alameda vor dem ganzen Volke am Pfahle den Feuertod erleidest, weil dies nicht zu meinem Amtsbereich gehört. Aber ich kann dich davor retten, bei lebendigem Leibe verbrannt und öffentlich entehrt zu werden. Und das will ich für dich tun, aus alter Freundschaft und weil du dich mir gegenüber stets wie ein Ehrenmann verhieltest und nie vorher versucht hast, mich zu betrügen oder zu überlisten. Eine königliche Bezahlung hast du empfangen und hast sie wie eine königliche Bezahlung geehrt. Du hast wie ein wahrhaft wackerer Mann gelebt. Gehab dich wohl, Gevatter!«

Macario öffnete die Augen und sah, als er zurückblickte, den ehemaligen Genossen seines Mahles zu seinen Häupten stehen.

Macarios Weib war in großer Sorge um ihren Gatten, der am Abend nicht heimgekehrt war. Am nächsten Morgen rief sie alle Leute des Dorfes zusammen, damit sie ihr hülfen, Macario zu finden, der vielleicht tief im Walde einen Unfall erlitten hatte und nicht imstande war, ohne Beistand nach Hause zu gelangen.

Nach vielstündigem Suchen fanden sie ihn endlich im dicksten Wald, in einem Teil, weit entfernt vom Dorfe, in den sich kein einziger je getraut hatte, allein vorzudringen.

Er saß auf dem Boden, seinen Leib hatte er bequem in die Öffnung eines großen hohlen Baumstamms eingeschmiegt, und er war tot. Ein breites, schönes Lächeln lag auf seinem Gesicht.

Vor ihm auf der Erde waren Bananenblätter ausgebreitet, die ihm als Tischtuch gedient hatten, und darauf lagen die sauber abgenagten Knochen eines halben Truthahns.

Ihm gegenüber, getrennt durch einen Zwischenraum von ungefähr drei Fuß, waren in ähnlicher Weise Bananenblätter ausgebreitet, auf denen die äußerst reinlichen Knochen der anderen Truthahnhälfte mit einer solchen Sorgfalt gefällig aufgeschichtet waren, daß dies nur jemand getan haben konnte, der sein Mahl mit großer Eßlust und außerordentlicher Befriedigung genossen hatte.

Da nun Macarios Weib die beiden Häuflein abgenagter Puterknochen sah, quollen dicke Tränen aus ihren traurigen Augen hervor, und sie sagte: »Ich möchte wohl wissen – ach, wie gerne wüßte ich, wen er zu Gast hatte, aber es muß ein schöner und vornehmer und sehr freundlicher Gast gewesen sein, sonst wäre Macario nicht so glücklich, so überaus glücklich gestorben.«

Ein indianischer Häuptling, Pluma Negra mit Namen, kam eines Tages zu dem spanischen Mönch Balverde, der in Mexiko als Missionar tätig war, um den Indianern die wahre Lehre des Heils zu verkünden.

Dies begab sich zu jener Zeit, als hin und wieder einer der katholischen Missionare, die in Mexiko wirkten, nicht darauf bedacht war, die irdische und politische Macht der Kirche zu stärken, sondern der zu bekehren versuchte mit dem aufrichtigen und durchaus ehrlichen Wunsche, den Indianer von seinen Sünden zu erlösen und ihm in brüderlicher Weise in das Paradies zu verhelfen. Viele dieser Mönche arbeiteten unter den Indianern so selbstlos und so interessenlos zu jener Zeit, wie wohl selten irgendwo Missionare gewirkt haben. Sie brachten den Indianern nicht nur die Lehre des Heils, sondern sie brachten ihnen viel mehr Dinge, die dem Indianer schon hier auf Erden sehr nützlich waren und vielen von ihnen eine gewisse ökonomische Befreiung verliehen. Sie lehrten sie Hunderte von nützlichen Handwerken und Künsten; das Züchten von Seidenraupen, das Sticken feiner Handarbeiten, das Glasieren von Töpferwaren, um einiges zu nennen.

So erscheint es durchaus natürlich, daß Indianer zuweilen freiwillig zu den Mönchen kamen, um von der neuen Religion zu hören. Und das war es, was jenen Häuptling mit seinen beiden Begleitern zu dem Mönch Balverde führte.

Der Häuptling sagte zu dem Mönch: »Mit unseren Göttern, besonders mit den großen, sind wir ganz zufrieden. Mit unseren Nebengöttern haben wir oft viel Sorge. Wenn wir Regen brauchen, dann schickt uns der Regengott keinen Tropfen, und wenn wir Trockenheit haben müssen, dann können wir tun, was wir wollen, und der Gott der trockenen Winde ist nicht daheim bei uns. So ist es mit manchen unserer kleinen Götter. Die Ältesten meines

Stammes haben nun beraten und beschlossen, daß ich zu dir komme, Verkünder einer neuen Religion, zu hören, ob du uns bessere Götter anbieten kannst. Wenn wir lernen, daß deine Götter besser sind als unsere, dann sind wir willens, deine Götter anzunehmen und die unsrigen zu vergessen. Erzähle uns, mir und meinen beiden Beratern, von deiner Religion. Wir wollen dir zuhören und alles, was du uns von deinen Göttern sagst, wollen wir unserem Volke daheim berichten und dir dann zu gelegener Zeit unseren Entschluß mitteilen.«

Der Pater Balverde, ohne viel unnötigen Pomp zu machen, erzählte in schlichter Weise die Grundgeschichten des Evangeliums, in klaren, unverbrämten Sätzen, so wie man die Geschichte einem Kinde erzählen würde. Alles, was verwirren könnte, ließ er vorläufig aus. Darin tat er recht, und er bewies damit, daß er es wohl verstand, mit den einfachen Menschen, die seine Besucher waren, gut umzugehen. Es blieb ihm ja keine andere Wahl; denn er mußte in der Sprache jener Indianer reden, und seine Kenntnisse in dieser Sprache waren sehr beschränkt.

Der Häuptling hörte stundenlang zu, ohne den Mönch auch nur ein einziges Mal zu unterbrechen.

Als der Mönch geendet hatte, sagte der Häuptling: »Mein guter Freund, ich habe vernommen, was du mir und meinen Beratern erzählt hast. Ich könnte dir gleich jetzt darauf antworten. Aber du hast so ehrlich erzählt, daß es meinem Herzen weh tun würde, dir sofort zu antworten, denn ich könnte voreilig reden und damit dir und deinen Göttern Schmerz zufügen. Das ist ganz gewiß nicht mein Wille. Ich werde nun zur Nacht schlafen gehen, hier in diesem Ort, und ich werde im Schlaf wohl überdenken, was du mir gesagt hast. Und morgen früh will ich kommen und dir sagen, was ich denke und was ich in mir beschlossen habe. Dann ist es nicht länger voreilig, sondern wohlbedacht, und es sind dann meine wahren Worte. So kann es dann weder dich noch deine Götter schmerzen, weil es meines ruhigen Denkens klare Frucht ist. Und wenn man wohlüberdacht und ehrlich seine Wahrheit sagt, so kann kein Gott zürnen, denn es ist Gott selbst, der diese Wahrheit in mein Herz legt. Bist du dessen zufrieden, mein Freund?«

»Gewiß, mein Bruder«, sagte der Pater, »ich bin dessen durchaus zufrieden. Gott und die Heilige Jungfrau werden deine Gedanken lenken und dich und die Deinen zu dem alleinigen Heil führen. Gehe mit Gott!« Am nächsten Morgen, als der Pater die Messe in der Kapelle des Ortes gelesen hatte und sich gerade zum Frühstück hinsetzte, kam der Häuptling mit seinen beiden Beratern, um seine Antwort zu bringen.

Der Mönch wollte sofort mit dem Häuptling sprechen. Aber der Häuptling sagte: »Ich sehe, daß du bereit bist, zu essen. Es ist für dich besser, du ißt ruhig dein Mahl, denn du bist gewiß hungrig. Das würde dich eilfertig machen. Und Religion ist nichts in Eile, nicht meine und gewiß auch nicht die deine. Iß, und wenn du gut gegessen hast, werden wir sprechen.«

Als der Mönch nun gegessen hatte, kam er heraus; und der Häuptling und seine beiden Berater setzten sich unter einen Baum, der dicht bei der Kapelle stand.

Der Mönch fragte nicht und drängte nicht. Er wartete ruhig, bis der Häuptling zu reden begann.

Sagte der Häuptling: »Ich habe wohl überlegt in meinem Herzen alle Worte, die du mir gesagt hast. – Dein Gott ließ sich auspeitschen. Ist das so?«

»Ja, um die Sünden der Welt auf sich zu laden«, sagte der Pater.

»Er ließ sich bespucken, beschimpfen, mit Schmutz bewerfen, ließ sich vehöhnen als ein närrischer König, ließ sich in Verhöhnung einen Hut aus Dornen aufsetzen. Ist das so?«

»Ja, um die Sünden der Menschen auf sich zu laden«, sagte der Pater wieder.

»Er ließ sich an einen Balken nageln und starb dort schmählich und wie ein kranker Hund. Ist das so?«

»Ja, um die Menschen von allen Sünden zu erlösen«, sagte der Pater.

Darauf sagte der Häuptling sehr ruhig: »Das ist es, was mir Gott ins Herz gab in der Nacht: Jemand, der nicht durch seine Person den Menschen genügend Respekt einflößen kann, daß sie nicht wagen, ihn zu bespucken, zu beschimpfen, ihn zu verhöhnen und mit Kot zu bewerfen, kann kein Gott für einen Indianer sein. Eine Person, die sich nicht wehren kann und nicht wehren mag, hat kein rotes Blut und keinen Mut. Eine solche Person kann kein Gott für einen Indianer sein. Eine Person, die sich nicht befreien kann und nicht befreien will von dem Balken, an den sie genagelt ist, kann keine Menschen erlösen und kann darum kein Gott für einen Indianer sein. Eine Person, die, an einen Balken genagelt, jammert und winselt wie ein altes Weib, kann kein Gott für einen Indianer sein.«

Der Häuptling wollte fortfahren in seiner Rede; aber eine solche tiefe Ruhe, wie der Häuptling gestern während der Rede des Mönches gezeigt hatte, konnte der Mönch nicht bewahren.

Er fiel dem Indianer in die beginnende neue Rede: »Das alles tat mein Gott mit Absicht, um die Menschen zu erlösen; er wollte leiden, um für alle Menschen zu leiden.«

Darauf sagte der Häuptling: »Du sagst, er ist ein allmächtiger Gott, dein Gott, und ein Gott unendlicher Liebe. Ist das so?«

»Ja, das ist wahr.«

»Ist er wahrhaftig allmächtig, dein Gott, warum nimmt er nicht alle Sünden und Missetaten von den Menschen, ohne zu leiden, ohne sich verhöhnen zu lassen, ohne jämmerlich winselnd zu sterben? Und wenn er wahrhaft ein Gott unendlicher Liebe ist, warum läßt er die Menschen in ihren Sünden leiden und warum läßt er sie Sünden überhaupt begehen? Nur um dieses große, so jämmerlich vor-übergehende Schauspiel aufführen zu können? Ein Gauk-ler kann kein Gott für einen Indianer sein.«

»Aber«, unterbrach der Mönch wieder, »das tat Gott, da-mit die Menschen durch eigenes Verdienst und durch Glauben sich das ewige Leben verdienen.«

Sagte der Indianer ruhig: »Warum der Umweg, mein Freund? Warum verdienen müssen, was ein Gott unendli-cher Liebe und unendlicher Allmacht den Menschen um-sonst geben kann, wie meine Mutter mir alles und alles umsonst gibt aus Liebe und nicht danach fragt, ob ich es verdiene, ob ich an sie glaube, ob ich sie anbete. Sie würde mir alles in Liebe geben, ohne zu rechten und ohne zu handeln, selbst dann, wenn ich sie – mein Gott möge mich davor behüten – selbst dann, wenn ich sie beschimpfte, verspottete oder gar schlüge. Meine Mutter ist größer als dein Gott; denn sie hat mehr unendliche Liebe, mehr unendliche Vergebung und weniger Verlangen nach Glau-ben und Gebeten als dein Gott.«

Der Pater wich aus und führte das Gespräch hinweg nach einer anderen Lehre, von der er aus Erfahrung wußte, daß sie einen großen Eindruck auf die Indianer, die er bisher getroffen hatte, zu machen pflegte.

Er sagte: »Aber mein Gott ist nicht gestorben, wie du meinst und wie du gewiß gestern überhört hast. Mein Gott ist nach drei Tagen von den Toten auferstanden und in großer Pracht hinauf zum Himmel gefahren.«

»Wie oft?« fragte der Häuptling kurz und trocken.

Ein wenig erstaunt antwortete der Pater: »Aber – natür-lich nur einmal.«

»Und ist er, ich meine dein Gott, seitdem schon einmal wieder zurückgekommen?« Auch das fragte der Häupt-ling ebenso kurz und trocken wie vorher.

»Nein«, sagte der Mönch, »er ist nicht wiedergekommen seitdem, aber er hat verheißen, er wird dereinst wieder-kommen, zu richten und zu ...«

Diesmal fiel der Häuptling ihm in das Wort: ». . . und zu verdammen.«

»Ja«, sagte der Mönch, nun ein wenig erregt, »ja, um zu verdammen alle und alle, die nicht an ihn glauben und die an seinen Worten herumkratzen und die Lehre des wahren Heils nicht erkennen wollen, wenn sie ihnen mit offenen Händen dargebracht wird und für nichts zu haben ist.«

Der Häuptling ließ sich von der Erregung des Mönches nicht mitreißen. Als der Pater geendet hatte, sagte der Indianer ruhig: »Und das ist es, was Gott mir als letztes Wort ins Herz gelegt hat: Mein Gott stirbt jeden Abend für uns, seine indianischen Kinder, um uns Kühle zu bringen, Ruhe und Frieden. Er stirbt in tiefer, goldener Schönheit, nicht verhöhnt, nicht angespien, nicht mit Kot beworfen. Er stirbt schön wie ein wahrhaft großer Gott. Aber am Morgen steht er wieder auf von den Toten, anfangs von den Schleiern des Todes noch umhüllt, dann aber glitzern seine goldenen Speere über das blaue Firmament, und endlich steht er da, groß, golden und mächtig, Licht, Wärme, Schönheit und Fruchtbarkeit spendend, den Blumen Duft und Farbe gebend, die Vögel süße Lieder lehrend, dem Mais Kraft und Gesundheit in die Kolben flößend, den Früchten Süßigkeit und heilende Säfte einhauchend, mit den Wolken spielend jagen im Meer der blauen Lüfte. Und gleich meiner geliebten Mutter ist mein Gott, gebend und gebend und gebend, keine Gebete verlangend, keine Gebete erwartend, keinen Glauben gebietend und niemals verdammend. Und wenn der Abend kommt, stirbt er wieder dahin in rotgoldener Pracht, nicht verhöhnt, nicht winselnd, sondern in einem ruhigen, tiefen Frieden verheißenden Lächeln, mit dem letzten Zucken seiner müde werdenden Augen seine indianischen Kinder segnend. Und am Morgen ist er wieder da am Firmament, der ewig junge, ewig strahlende, ewig schenkende, ewig sich neugebärende, ewig wiederkehrende, große, goldene Gott der Indianer. Und so sagte mir Gott als letztes Wort in mein Herz: Tausche deinen Gott nicht, mein guter Sohn, denn es ist kein größerer Gott als dein Gott, der lachende Gott, der in seinen Strahlen jauchzt und singt, kein schönerer und kein edlerer Gott ist in der weiten Welt, als der im flutenden Golde badende Gott, als der herrliche strahlende Gott des Indianers.«

Und als der Häuptling das gesagt hatte, dankte er dem Pater Balverde für die Freundlichkeit, die er ihm erzeigt hatte. Dann rollte er seine Decke, auf der er gesessen hatte, zusammen, warf sie sich über die Schulter und ging, gefolgt von seinen Begleitern, zurück zu seinem Volke.

Und als er dort angekommen war, rief er alle Männer des Stammes zusammen, um Bericht zu geben von seiner Reise zu dem Missionar. Die Männer waren nicht gewohnt, lange Reden zu halten und lange Reden zu erwarten.

Aber diesmal waren sie wahrhaft erstaunt, wie kurz der Bericht einer langen Reise und einer langen Unterredung mit dem Verkünder einer neuen Religion sein kann und doch keinen Zweifel bei den Zuhörern zurückläßt.

Der Häuptling Pluma Negra sandte seinen Blick die Runde der Männer entlang und sagte ruhig: »Ihr Männer, tauscht euren mit reifem, goldenem Mais gefüllten Korb nicht gegen einen zugedeckten Korb, von dem ihr nicht wißt, was drinnen ist. Ich habe gesprochen.«

Der Stamm wohnt in der nördlichen Hälfte der Sierra Madre. Er ist bis zum heutigen Tage ohne die Lehre des wahren Heils geblieben. Bei dem raschen, unaufhaltsamen Zerfall der katholischen Kirche, einer Kirche, die behauptet, die Friedensbringerin zu sein, aber nicht vermocht hat, in zweitausend Jahren der Menschheit Frieden zu bringen, ist nunmehr jede Hoffnung geschwunden, jenen Stamm und einige fünfzig andere Indianerstämme dereinst im Paradies als geflügelte Harfenschläger und Posaunenbläser begrüßen zu können. Wir werden es als gute Christen, in tiefer Demut und völliger Unterwerfung unter den Willen anderer, geziemend zu ertragen wissen. Halleluja!

Ein Nachweis der Erzählungen von Traven würde einen philologischen Apparat füllen, der im Rahmen dieser Ausgabe nicht gegeben werden kann und nicht beabsichtigt ist. Traven-Geschichten erschienen unter verschiedenen Titeln, zum Teil in verschiedenen Fassungen, zum Teil in veränderten amerikanischen und spanischen Übersetzungen. Eine genaue Bibliographie bringt u. a. Rolf Recknagel in seiner Traven-Biographie, Leipzig, 2., erweiterte Auflage 1971.

Die vorliegende Ausgabe hält sich an die besten, deutsch geschriebenen greifbaren Textvorlagen.